浙江文叢

許汝霖集

〔上册〕

〔清〕許汝霖 著

劉瑜 朱昌元 點校

浙江古籍出版社

圖書在版編目(CIP)數據

許汝霖集 / (清) 許汝霖著 ; 劉瑜， 朱昌元點校
. -- 杭州 : 浙江古籍出版社， 2024.8
(浙江文叢)
ISBN 978-7-5540-2976-3

Ⅰ. ①許… Ⅱ. ①許… ②劉… ③朱… Ⅲ. ①古典詩歌－詩集－中國－清代②古典散文－散文集－中國－清代 Ⅳ. ①I214.92

中國國家版本館 CIP 數據核字(2024)第 102300 號

浙江文叢

許汝霖集

(全兩册)

〔清〕許汝霖 著 劉 瑜 朱昌元 點校

出版發行	浙江古籍出版社 (杭州市環城北路 177 號 郵編:310006)
網 址	https://zjgj.zjcbcm.com
責任編輯	周 密
文字編輯	韓 辰
封面設計	吴思璐
責任校對	吴穎胤
責任印務	樓浩凱
照 排	浙江大千時代文化傳媒有限公司
印 刷	浙江新華數碼印務有限公司
開 本	710mm×1000mm 1/16
印 張	48
字 數	491 千
版 次	2024 年 8 月第 1 版
印 次	2024 年 8 月第 1 次印刷
書 號	ISBN 978-7-5540-2976-3
定 價	340.00 圓(精裝)

如發現印裝質量問題，影響閱讀，請與本社市場營銷部聯繫調換。

浙江省文化研究工程指導委員會

浙江文化研究工程成果文庫總序

習近平

有人將文化比作一條來自老祖宗而又流向未來的河，這是説文化的傳統，通過縱向傳承和横向傳遞，生生不息地影響和引領着人們的生存與發展；有人説文化是人類的思想、智慧、信仰、情感和生活的載體、方式和方法，這是將文化作爲人們代代相傳的生活方式的整體。我們説，文化爲群體生活提供規範、方式與環境，文化通過傳承爲社會進步發揮基礎作用，文化會促進或制約經濟乃至整個社會的發展。文化的力量，已經深深熔鑄在民族的生命力、創造力和凝聚力之中。

在人類文化演化的進程中，各種文化都在其内部生成衆多的元素、層次與類型，由此決定了文化的多樣性與複雜性。

中國文化的博大精深，來源於其内部生成的多姿多彩；中國文化的歷久彌新，取決於其變遷過程中各種元素、層次、類型在内容和結構上通過碰撞、解構、融合而産生的革故鼎新的强大動力。

中國土地廣袤、疆域遼闊，不同區域間因自然環境、經濟環境、社會環境等諸多方面的差異，建構了不同的區域文化。區域文化如同百川歸海，共同匯聚成中國文化的大傳統，這種大傳統如同春風化雨，滲透於各種區域文化之中。在這個過程中，區域文化如同清溪山泉潺潺不息，在中國文化的共同價值取向下，以自己的獨特個性支撐着、引領着本地經濟社會的發展。

從區域文化入手，對一地文化的歷史與現狀展開全面、系統、扎實、有序的研究，一方面可以藉此梳理和弘揚當地的歷史傳統和文化資源，繁榮和豐富當代的先進文化建設活動，規劃和指導未來的文化發展藍圖，增强文化軟實力，爲全面建設小康社會、加快推進社會主義現代化提供思想保證、精神動力、智力支持和輿論力量；另一方面，這也是深入瞭解中國文化、研究中國文化、發展中國文化、創新中國文化的重要途徑之一。如今，區域文化研究日益受到各地重視，成爲我國文化研究走向深入的一個重要標誌。我們今天實施浙江文化研究工程，其目的和意義也在於此。

千百年來，浙江人民積澱和傳承了一個底蘊深厚的文化傳統。這種文化傳統的獨特性，正在於它令人驚歎的富於創造力的智慧和力量。

浙江文化中富於創造力的基因，早早地出現在其歷史的源頭。在浙江新石器時代最爲著名的跨湖橋、河姆渡、馬家浜和良渚的考古文化中，浙江先民們都以不同凡響的作爲，在中華民族的文明之源留下了創造和進步的印記。

浙江人民在與時俱進的歷史軌跡上一路走來，秉承富於創造力的文化傳統，這深深地融匯在一代代浙江人民的血液中，體現在浙江人民的行爲上，也在浙江歷史上衆多傑出人物身上得到充分展示。從大禹的因勢利導、敬業治水，到勾踐的卧薪嘗膽、勵精圖治；從錢氏的保境安民、納土歸宋，到胡則的爲官一任、造福一方；從岳飛、于謙的精忠報國、清白一生，到方孝孺、張蒼水的剛正不阿、以身殉國；從沈括的博學多識、精研深究，到竺可楨的科學救國、求是一生；無論是陳亮、葉適的經世致用，還是黄宗羲的工商皆本；無論是王充、王陽明的批判、自覺，還是龔自珍、蔡元培的開明、開放，等等，都展示了浙江深厚的文化底藴，凝聚了浙江人民求真務實的創造精神。

代代相傳的文化創造的作爲和精神，從觀念、態度、行爲方式和價值取向上，孕育、形成和發展了淵源有自的浙江地域文化傳統和與時俱進的浙江文化精神，她滋育着浙江的生命力、催生着浙江的凝聚力、激發着浙江的創造力、培植着浙江的競争力，激勵着浙江人民永不自滿、永不停息，在各個不同的歷史時期不斷地超越自我、創業奮進。

悠久深厚、意韻豐富的浙江文化傳統，是歷史賜予我們的寶貴財富，也是我們開拓未來的豐富資源和不竭動力。黨的十六大以來推進浙江新發展的實踐，使我們越來越深刻地認識到，與國家實施改革開放大政方針相伴隨的浙江經濟社會持續快速健康發展的深層原因，就在於浙江深厚的文化底藴和文化傳統與當今時代精神的有機結合，就在於發展先進生産力與發展先進文化的有機結合。今後一個時期浙江能否在全面建設小康社會、加快社會主義現代化建設進程中繼續走在前列，很大程度上取決於我們對文化力量的深刻認識、對發展先進文化的高度自覺和對加快建設文化大省的工作力度。我們應該看到，文化的力量最終可以轉化爲物質的力量，文化的軟實力最終可以轉化爲經濟的硬實力。文化要素是綜合競争力的核心要素，文化資源是經濟社會發展的重要資源，文化素質是領導者和勞動者的首要素質。因此，研究浙江文化的歷史與現狀，增强文化軟實力，爲浙江的現代化建設服務，是浙江人民的共同事業，也是浙江各級黨委、政府的重要使命和責任。

二〇〇五年七月召開的中共浙江省委十一届八次全會，作出《關於加快建設文化大省的決定》，提出要從增强先進文化凝聚力、解放和發展生産力、增强社會公共服務能力入手，大力實施文明素質工程、文化精品工程、文化研究工程、文化保護工程、文化産業促進工程、文化陣地工程、文化傳播工程、文化人才工程等『八項工程』，實施科教興國和人才强國戰略，加快建設教育、科技、衛生、體育等『四個强省』。作爲文化建設『八項工程』之一的文化研究工程，其任務就是系統研究浙江文化的歷史成就和當代發展，深入挖掘浙江文化底藴、研究浙江現象、總結浙江經驗、指導浙江未來的發展。

浙江文化研究工程將重點研究『今、古、人、文』四個方面，即圍繞浙江當代發展問題研究、浙江歷史文化專題研究、浙江名人研究、浙江歷史文獻整理四大板塊，開展系統研究，出版系列叢書。在研究内容上，深入挖掘浙江文化底藴，系統梳理和分析浙江歷史文化的内部結構、變化規律和地域特色，堅持和發展浙江精神；研究浙江文化與其他地域文化的異同，釐清浙江文化在中國文化中的地位和相互影響的關係；圍繞浙江生動的當代實踐，深入解讀浙江現象，總結浙江經驗，指導浙江發展。在研究力量上，通過課題組織、出版資助、重點研究基地建設、加强省内外大院名校合作、整合各地各部門力量等途徑，形成上下聯動、學界互動的整體合力。在成果運用上，注重研究成果的學術價值和應用價值，充分發揮其認識世界、傳承文明、創新理論、諮政育人、服務社會的重要作用。

我們希望通過實施浙江文化研究工程，努力用浙江歷史教育浙江人民、用浙江文化薰陶浙江人民、用浙江精神鼓舞浙江人民、用浙江經驗引領浙江人民，進一步激發浙江人民的無窮智慧和偉大創造能力，推動浙江實現又快又好發展。

今天，我們踏着來自歷史的河流，受着一方百姓的期許，理應負起使命，至誠奉獻，讓我們的文化綿延不絕，讓我們的創造生生不息。

二〇〇六年五月三十日於杭州

浙江文化研究工程成果文庫序言

易煉紅

國風浩蕩、文脈不絶，錢江潮涌、奔騰不息。浙江是中國古代文明的發祥地之一、是中國革命紅船啓航的地方。從萬年上山、五千年良渚到千年宋韻、百年紅船，歷史文化的風骨神韻、革命精神的剛健激越與現代文明的繁榮興盛，在這裏交相輝映、融爲一體，浙江成爲了揭示中華文明起源的『一把鑰匙』，展現偉大民族精神的『一方重鎮』。

習近平總書記在浙江工作期間作出『八八戰略』這一省域發展全面規劃和頂層設計，把加快建設文化大省作爲『八八戰略』的重要内容，親自推動實施文化建設『八項工程』，構築起了浙江文化建設的『四梁八柱』，推動浙江從文化大省向文化强省跨越發展，率先找到了一條放大人文優勢、推進省域現代化先行的科學路徑。習近平總書記還親自倡導設立『文化研究工程』並擔任指導委員會主任，親自定方向、出題目、提要求、作總序，彰顯了深沉的文化情懷和强烈的歷史擔當。這些年來，浙江始終牢記習近平總書記殷殷囑托，以守護『文獻大邦』、賡續文化根脈的高度自覺，持續推進浙江文化研究工程，接續描繪更加雄渾壯闊、精美絶倫的浙江文化畫卷。堅持激發精神動力，圍繞『今、古、人、文』四大板塊，系統梳理浙江歷史的傳承脈絡，挖掘浙江文化的深厚底藴，研究浙江現象、總結浙江經驗、豐富浙江精神，實施『「八八戰略」理論與實踐研究』等專題，爲浙江幹在實處、走在前列、勇立潮頭提供源源不斷的價值引導力、文化凝聚力、精神推動力。堅持打造精品力作，目前一期、二期工程已經完結，三期工程正在進行中，出版學術著作超過一千七百部，推出了『中國歷代繪畫大系』等一大批有重大影響的成果，持續擦亮陽明文化、和合文化、宋韻文化等金名片，豐富了中華文化寶庫。堅持礪煉精兵强將，鍛造了一支老中青梯次配備、傳承有序、學養深厚的哲學社會科學人才隊伍，培養了一批高水平學科帶頭人，爲擦亮新時代浙江學術品牌提供了堅實智力人才支撑。

文化是民族的靈魂，是維繫國家統一和民族團結的精神紐帶，是民族生命力、創造力和凝聚力的集中體現。在以中國式現代化全面推進强國建設、民族復興偉業的新征程上，習近平文化思想在堅持『兩個結合』中，以『體用貫通、明體達用』的鮮明特質，茹古涵今明大道、博大精深言大義、萃菁取華集大成，鮮明提出我們黨在新時代新的文化使命，推動中華文脈綿延繁盛、中華文明歷久彌新，推動全黨全國各族人民文化自信明顯增强、精神面貌更加奮發昂揚。特别是今年九月，習近平總書記親臨浙江考察，賦予我們『中國式現代化的先行者』的新定位和『奮力譜寫中國式現代化浙江新篇章』的新使命，提出『在建設中華民族現代文明上積極探索』的重要要求，進一步明確了浙江文化建設的時代方位和發展定位。

文明薪火在我們手中傳承，自信力量在我們心中升騰。縱深推進文化研究工程，持續打造一批反映時代特徵、體現浙江特色的精品佳作和扛鼎力作，是浙江學習貫徹習近平文化思想和習近平總書記考察浙江重要講話精神的題中之義，也是浙江一張藍圖繪到底、積極探索闖新路、守正創新强擔當的具體行動。我們將在加快建設高水平文化强省、奮力打造新時代文化高地中，以文化研究工程爲牽引抓手，深耕浙江文化沃土、厚植浙江創新活力，爲創造屬於我們這個時代的新文化貢獻浙江力量。要在循迹溯源中打造鑄魂工程，充分發揮習近平新時代中國特色社會主義思想重要萌發地的資源優勢，深入研究闡釋『八八戰略』的理論意義、實踐意義和時代價值，助力夯實堅定擁護『兩個確立』、堅决做到『兩個維護』的思想根基。要在賡續厚積中打造傳世工程，深入系統梳理浙江文脈的歷史淵源、發展脈絡和基本走向，扎實做好保護傳承利用工作，持續推動優秀傳統文化創造性轉化、創新性發展，讓悠久深厚的文化傳統、源頭活水暢流於當代浙江文化建設實踐。要在開放融通中打造品牌工程，進一步凝煉提升『浙學』品牌，放大杭州亞運會亞殘運會、世界互聯網大會烏鎮峰會、良渚論壇等溢出效應，以更有影響力感染力傳播力的文化標識，展示『詩畫江南、活力浙江』的獨特韻味和萬千氣象。要在引領風尚中打造育德工程，秉持浙江文化精神中藴含的澄懷觀道、現實關切的審美情操，加快培育現代文明素養，讓陽光的、美好的、高尚的思想和行爲在浙江大地化風成俗、蔚然成風。

我們堅信，文化研究工程的縱深推進，必將更好傳承悠久深厚、意藴豐富的浙江文化傳統，進一步弘揚特色鮮明、與時俱進的浙江文化精神，不斷滋育浙江的生命力、催生浙江的凝聚力、激發浙江的創造力、培植浙江的競争力，真正讓文化成爲中國式現代化浙江新篇章中最富魅力、最吸引人、最具辨識度的閃亮標識，在鑄就社會主義文化新輝煌中展現浙江擔當，爲建設中華民族現代文明作出浙江貢獻！

二〇二三年十二月

點校説明

許汝霖（一六四〇——一七二〇），字時庵，號且然。浙江海寧硤石人。清康熙二十一年（一六八二）進士，選庶吉士。曾督江南學政，釐正文體，整飭士風，選拔人才。試士既竣，置酒於君山，大會諸生，一時傳爲盛事。二十六年，典試四川。四十二年，總裁會試，選才恰當，時稱得士。許氏曾出修子牙河，悉心規劃施工，沿河八州縣免除水患。歷任禮部侍郎、吏部侍郎，後晋升禮部尚書兼理吏部。告歸後，康熙親書『清慎勤』匾額以賜。歸里後，築也園于硤石東南湖，讀書著述；創辦東山書院，集當地文人學士讀書課士以終。汝霖性孝友，行謹飭，熟讀經史，文章詞醇理正。有《易經説》《德星堂文集》傳於世。

作爲科舉名人，許汝霖是經過正規科舉考試並成爲朝廷股肱之臣的。雖然他也有文字傳世之心，且留下了衆多文字，但不可否認，許氏留下的文字多是應酬性和實用性的文字，比如整卷的『傳』『志銘』『祭文』，還有純粹的實用文字——《河工集》，作爲有意識地抒情言志的文學原創性文字似乎不多，而這也似乎從某種程度上影響了許氏在文學上的地位，哪怕他是很有文學才華的。值得一提的是，許氏的文章多是駢儷文，這或是當時一種風氣熏染所致，抑或是地方文化的一種傳承。晚于許汝霖一百多年的海寧同鄉許槤後來編輯了一套膾炙人口的六朝人駢體文集——《六朝文絜》，這是不是地方文化的一脈相承呢？這裏不作回答。

由於許氏生平達到『立功、立言、立德』，兼之取得高壽，一生所結交人物衆多，故其應酬文字所涉及人物也多。不可否認，這些人物在當時多有着煊赫的地位，但由於歷史時光的淘洗，在今天想尋找一些他們的文字資料，似乎也是很困難的，而許汝霖給他們撰寫的祭文、志銘等文字卻或多或少保留了一些資料，這也是本書文字價值所在。

通過讀許集可以發現，集中價值最高的是他的信札類文字，這些文字一方面保存了不少地方文化史料，比如倡建『三者會』，三者除許氏外，還有查慎行、楊中訥，都是清代文化史上的名人。另一方面，這些文字在文學上也是不可多得的駢體文典範。比如，從他寫給楊中訥的信可見一端：

逕啟：十五日徐觀老伻以一札致他山，一札委僕，謂臥病旬餘，致稽曩訂。今梅蕚雖殘，而梨葩正豔，欲僕轉懇先生暨梅谿道長，即同鼓棹。僕以他山於二月初旱往西江，大約夏杪方還，則梨園似少點板，況梅殘梨媚，舍彼就此，是棄貞娘而趨嬌女。僕老矣，非我思存，不如省卻月會，總俟八九月間，各帶杖頭，徑往具區，或訪桂，或尋菊，橙黃橘緑，作半月之婆娑，似與天時、地境、物態、人情事事吻合，因即草數行覆之，不知臺旨以爲然否？擅意之罪，幸祈原諒。

本次整理以浙江圖書館所藏清康熙刻本《德星堂文集》八卷、《續集》一卷，《河工集》一卷、《詩集》五卷爲底本。關於許汝霖著作，迄今未能尋出其他本子作爲參考互校。故集中部分缺失的内容不能利用其他的本子進行參照補充，暫付闕如，實是一種遺憾。

本書整理過程中，按照現行的標點符號進行點逗，對書中出現的一些俗體字及相關的錯訛字進行規範化處理，爲保留作者行文用字的特點，對於部分不影響文意的異體字則不加修改。而對於一些明顯舛誤之處，直接改正，不作説明。

由於整理者才疏學淺，在古籍整理過程中不可或缺地出現一些錯誤，雖整理者努力彌補缺漏，而舛誤不可避免，惟懇讀者方家諒宥之，且爲匡正爲盼。在此要感謝浙江圖書館的黄凱與紹興圖書館的唐微爲本書出版作出的貢獻。

朱昌元

二〇二二年十二月

目録

德星堂文集

德星堂文集卷二

德星堂文集卷五……（二四六）

德星堂文集卷七

德星堂文集卷九……（四二一）

德星堂詩集

德星堂詩集卷四

德星堂文集

德星堂文集卷一

海寧許汝霖時菴著

館課

主一論

天地之道，爲物不貳。故天得一以清，地得一以寧，而人之參贊乎天地者，亦得一以貞。一者，三才之本，萬化之原也。顧降衷伊始，莫不皆然。而形生神發以來，氣拘于初，物蔽于後，事役其外，嗜亂其中，攻取日紛而摇摇莫主，無論其逐感而動也，即或一物未交，一事未接，一念未萌，漠然無爲，而此心之恍忽而莫可據者，求其一焉，何可得哉？

而或者謂，人之一心，二氣具焉，五行備焉。自神聖以及庸愚，綱常倫紀，何一端不係于乃衷？飲食起居，何一息不營于乃慮？千變萬化，隨時而應，人固不得而測已，亦不得而專。向使沾沾焉執一以持之，異學之寂守而已，子莫之偏執而已。其何以變化生心，守經達權，參天地而盡人物也哉？此其説似矣，而不知一非膠固也，非淡泊也，非清净也，非惝恍而無憑也。蓋純此一心，以酬酢乎萬變，或安常而履順，或貽大而投艱，經權任遇，變化因時，錯綜參伍，一似極天下之紛紜，而此中則確然自一者。若是者何哉？曰無欲而已。且夫欲亦何可無也？先儒曰：『無欲以觀其初，有欲以觀其復。』故耳欲聰也，目欲明也，爲子欲孝，爲臣欲忠，交朋友欲信也，賢欲希聖，而聖欲希天。古今來内聖外王之道，何一不殫我欲以致之？而必曰一者，無欲也。欲固若是，其可卻乎？曰：非也。欲原于性，則未發之中，即爲天命之良；欲徵于情，則已發之和，即爲率性之道。致中和而位天地、育萬物，皆欲也，欲亦何可無哉！然或不辨其真妄，不察其貞邪，而第曰隨所欲焉。無論其邇于聲色也，殖于貨利也，狃于宴安而即于慆淫也。即名教自持而矢念未純，道德即爲功利之習；剛大自矜而返衷未粹，忠義亦爲意氣之階。古之人讀書談道，動以聖賢自命，而一念或漓，卒之身敗名裂，爲天下惜者豈少哉？孔子曰：『棖也慾，焉得剛？』甚矣，欲之宜審，而無欲之難也！然則何以無欲？曰誠而已矣。誠則存之也無妄，誠則發之也不欺。不見可欲，而心固不亂；習見可欲，而心更不搖。日用云爲，隨在有沂水春風之趣；俛仰動静，無往非鳶飛魚躍之機。肫肫乎其無僞也，浩浩乎其無私也，此即天地之不二也。誠也，其何欲焉？周子曰：『無欲則静虚而動直。』虚非冥心以守也，經營以周乎蕃變，而實者自虚；直非徑情以往也，委蛇以達乎機宜，而曲者愈直。静虚動直而卓然有主，尚何不一之有？而猶恐操焉其或舍也，暫焉不克繼也，無欲而欲思萌焉，可奈何？曰：持之以敬而已。

朱子謂主一無適之謂敬。敬則戒之于不睹不聞，慎之于至微至隱，内防其攻取之幾，而外嚴其出入存亡之介。理無論精粗，揆之以盡善；事無論大小，酌之以至純。運無論污隆，遇無論顯晦，衷之以天經地義之恒；時無論安危，行無論難易，準之以物理人情之至。兢兢焉，利不得而誘也，害不得而阻也，愛惡不得而攻，情僞不得而淆也，吉凶悔吝之數不得而亂也，貧富禍福之形不得而役也。天下之常者、變者、聚者、散者、往者、來者，紛焉至賾以相嘗者，舉不得而擾也。以主一之敬，純主一之誠，俛焉仰焉，兩間之闔闢，不越我通復之中；發焉藏焉，萬類之生成，即在我操存之際。所爲天得一以清，地得一以寧，而人之參贊乎天地者，亦得一以貞也。三才之本，萬化之原，孰有外于我心之主一者哉？故曰一爲要。

立綱陳紀論

有治人，無治法。法者，綱紀也，而所以維乎法者，人也。彼人之懷一能，挾一技，奔走以邀禄位者，何嘗不可以集事？而要其審取舍，别是非，正誼明道，與天子相可否，則必在讀書明大體之士。故《周官》之命官也，曰元士、中士、下士。而四民中亦以士爲冠，農次之，工與商又次之，彼庶人在官者，不得與焉。而近且何如哉？流品既淆，官方益雜，于是貿遷之流，府史胥徒、僕隸之屬，皆得操奇贏，翹首以希天子之爵禄，而絃誦詩書被服於古聖賢之教者，或皓首而不一用用矣，日暮氣頽，碌碌無由自振，則操奇贏以博富貴者，反得以彌縫工巧，善事上官，傲之以所不能，而羞與爲伍。名器倒置，人材日漓，而欲紀綱之克立也，其何日之有？且天下士之所爲奇才異能超越儕衆者，其人原不多覯。下此則循繩墨、守矩矱者多焉。故古聖王破格以待天下之奇傑，而循資按序以安天下之中才，則賢者有以自勉，而不肖者亦不敢有徼倖之思，法至善也。今自侍從而下，一遇陞轉，皆將破資格而爲選擇。選擇之途開，而奔競之風熾，無論其長賄賂縱情面也。十大夫服官涖事，不思恬静謙退爲名教重，而顧乃翹翹然暴其技，逞其長，以求名公卿一旦之知。此其人居何等哉？若乃外吏自監司而藩臬，而督撫，歷級而升，黜陟操于人主，罔敢私也。今以虚公之雅槩，委諸公卿之推轂，斯其心與疇咨若采者何以異？而無如上以公求，下以私應，一二人主之，數十人不得不隨而和之，當則獨尸其功，不當則諉其罪於人而己不與。以國家之名器，爲若輩夤緣之具，以朝廷之虚懷，卿大夫之公論，爲一二人恩威自專之藉，天下事尚可問乎？

昔蘇軾上書神宗，欲存紀綱而專其責于臺諫，謂竊恐自兹以往，習慣成風，勢必盡私人而後止。紀綱一廢，何事不生？吁可畏哉！然則紀綱之大要可知已。欲立法，則莫若任人；欲任人，則莫若整躬以率屬。深宫之内，不邇不殖，寡慾以清心；廟堂之上，無怠無荒，勑幾以凝命。窮經讀史，非詞章也，究古今治亂之原；巡岳省方，非遊豫也，察遠近安危之要。而且飭内府之大臣，罔干威福；嚴外廷之近侍，不假笑嚬。夫然後凜萬幾以匡百職。位三事者，何以調燮未遑，而徒事頌颺以塞責？司九列者，何以匡救無策，而止狥條例以苟安？職記注者，何以啟沃無聞，而僅博詩詞以固寵？號諫議者，何以糾繩不事，而祗工奔走以希容？旬宣莫亟於督撫，而何以較優劣者止争彌縫工拙之間？親民莫切於守令，而何以課殿最者僅在捕緝催科之際。甚至一事奏覆，而屢經查駁，則内外之需索何窮；一案告訐，而輒遣重臣，則供億之繹騷何限？兵興大役，動云設法于地方，則應誅求者，何異醫瘡而剜肉？水旱奇災，乃責勸輸于官吏，則望賑救者何殊畫餅以充饑？由此以推，凡事之背理而傷道者，難徧以疏舉。然而進言者皆曰：海宇宴然，百度具舉，登三咸五之盛不難復見。此真賈誼所謂抱火厝諸積薪之下而寢其上，火未及燃，因謂之安者也。

然則如之何而可？曰：天下事，苛細以求全，則人思自遁；寬大以鼓舞，則不勞而事集。堯舜之治天下也，端拱無爲，初不聞屑屑然爲後世綜核之術，而惟急親賢以先當務，故六府修而三事和，萬世下號至治焉。宫廷之上，宵衣旰食，弘濟艱難，實足以邁百王，踰千聖，而但不以求治太急，立法過嚴，使士大夫救過不暇，而羣思相遁于文法之外。興一利也，規其久，不圖其暫；除一害也，謀其大，不責其細；行一令也，務中外之必遵，而非以餙故事；立一法也，求久遠之可守，而非以急目前；議一事也，公卿之意見，或有不同，則不妨各爲是非，以俟裁擇，而不必拘以畫一之條，定一案也。廟堂之可否，或有未宜，則不妨力爲獻替，以盡劻勷，而不可徒爲承順之習，公聽並觀，虚衷詳酌，嘉與二三大夫權其緩急，而次第布之。以飭幾康，至慎也；以定賞罰，至當也；以伸舉措，至公也；以輯兵刑，以興禮樂，至無不宜也。立綱陳紀，輕重同得，實可以爲萬世法程。而猶慮繁重難舉，徒餙奉行之迹，而究且因循不振者，吾未之前聞。

道德仁義論

理之命於天，具於人，推行於事物之間，而存之於吾心者，名雖殊，一以貫之者也。何則無極而太極，渾然而已。自動而生陽，静而生陰，動静互根，兩儀分立。而人之受中於天地者，稟二五之精，擅萬物之秀，一心之中，衆善具焉。循之則爲共由，備之則爲獨得。實而體之，則不外乎愛敬之良，廓然而大公，油然而順應，故理之紛焉萬殊者，究其實，皆一致而同歸。知此，可以論道德仁義矣。

顧世之所爲道德仁義者，吾惑焉。異端之學，遺棄一切，謂道德爲虚無，而仁與義其矯揉者也，至淪於清浄者。其爲説也固妄。又曰：『失道而後德，失德而後仁，失仁而後義。』是道德與仁義皆若可離不相合者。而儒者之言又謂仁與義爲定名，道與德爲虚位，是故道有君子、有小人，德有吉有凶，其視道與德若兩岐之路然，任其所之，而隨有以博愛爲仁者矣，以知覺爲仁者矣。以物自外來，因而應之于吾心，若不相係爲義者矣。立説愈紛，要皆道其所道，德其所德，竊仁義之説，以賊夫仁義者也。

且亦知道何昉乎？或曰：離器無以爲道。或曰：由氣化有道之名。或曰：道者太虚之體。此其説似矣，然揆其所自，則道之大，原出於天而已。彼立天之道曰陰與陽，立地之道曰柔與剛。道固冒乎兩間，貫乎萬類，流行于終古者。而人自降衷以來，沖漠無眹之中，萬象森然而已具。及其隨感而動，則小而日用，大而倫常，極而參天地、育萬物，莫不各有當然之理，可大而可久。故曰道者，原于天之所命，根于人之所性，而著見于日用事物之間，如大路然，莫之離也。若夫行是道而實有得于心，則德名焉。德者，得也。一德立而百善從之，故自其得乎天者而言之，虛靈不昧曰明德，聖凡同具曰達德，粹然至善曰懿德，漠然無爲曰天德，而要以得之于天者，力而行之，以實得乎其身。爲子之道，宜孝也，而我則實得乎孝焉；爲父之道宜慈也，而我則實得乎慈焉；爲臣之道宜忠，爲君之道宜仁也，而我則實得乎其忠，實得乎其仁焉。推之萬事，莫不皆然。彼堯、舜、禹、湯、文、武、周公、孔子，非古今來所推爲至德不可及哉？究其實，不過循循然力行乎斯道，而實有諸已焉已矣。故曰：至德以道爲本也。

然而《易》曰：『立人之道曰仁與義。』而周子亦曰：『德愛曰仁，宜曰義。』則道與德又孰有外于仁義哉？仁者何？生之性也，而愛其情也，公則其用也。彼謂仁者，天下之正理；又謂仁者，天下之公心。此亦就其理言耳。若其體乎人者，以好生之性，發而爲慈祥惻怛之情，天地萬物，無不與爲一體，而五常統焉，百行備焉，萬善該焉。道德之大原，莫越于是矣。顧又非姑息而寡斷者也，是非可否，確乎不拔于其中，而因事以施，隨物以應，自日用飲食，辭受取予，以及綱常名教之大，緩急先後，安危常變，無不化而裁之，各適乎其宜，而義自不可勝用矣。雖其間或以仁爲體，義爲用，或以爲仁體柔而用剛，義體剛而用柔，而要以生成並濟，恩威互用，則非仁無以統義，非義無以成仁，非仁義無以全道德。是仁義者，道之本也，德之原也。道德者，仁義之統；仁義者，道德之實也。故曰：名雖殊，而一以貫之者也。堯、舜、禹、湯、文、武、周公、孔子以仁至義盡之學，爲道全德備之儒。後之君子不能幾乎是也，則惟不役于形，不囿于氣，不狃于習，不亂于情，不惑于異端，不安于小就，存誠主敬，窮理力行，自一念以推乎萬感，自一息以凜乎終身，動静咸宜，經權各當，而道德仁義問心而自裕，何外求焉？

南北郊配位説

孝莫大於嚴父，嚴父莫大於配天。有虞氏郊嚳，夏后氏郊鯀，殷人郊冥，雖有其文，荒遠不足據。自成周郊祀后稷以配天，而典禮大備，誠以物本於天，人本於祖，大報本而反始，尊尊親親之義也。秦漢以降，郊社之祀或分或合，甚有以皇后配地祇者。要以《周禮》冬至祀天，夏至祀地，各以后稷配，則南北郊自宜分祀。新莽同牢之説既屬不經，而漢魏之以皇后配也，其瀆褻又何事辨哉？

我國家膺天地之篤祐，承祖宗之積累，肇舉殷禮，折衷盡善，始亦嘗合祭，而今則圜丘、方澤二至分舉。且以祖功宗德，超越千古，太祖高皇帝、太宗文皇帝、世祖章皇帝並配郊壇，煌煌鉅典，誠古今所未有。而議者以配位之左右鰓鰓然慮之，蓋以南郊南向，故配位東昭而西穆，此無可議者。宋政和間，改地壇爲北向，設太祖位于西。西方東向，是地之配位仍在左也。自明嘉靖中，始分北郊，位亦北向，以太祖配地，而配地者位仍東設西向，似以右爲昭矣。一祖從祀猶爲可議，今以三祖並配而設位，猶沿明季。左右昭穆之不詳，先後尊卑之亦紊，所當亟爲釐訂，以昭定制，其説似矣，而愚以爲無庸也。

凡祭必視其所主，而主必從其所尚。天，陽也，陽尚左；地，陰也，陰尚右。奚以知其然？嘗考《周禮》小宗伯之職，掌邦國之神位，右社稷，左宗廟。先儒曰：『右，陰也，地道之所尊；左，陽也，人道之所嚮。』以是知陽之尚左，而陰之尚右也，彰彰明矣。陽尚左，故配之位左尊而右卑；陰尚右，故配之位右先而左後。左右不易其方，乃以見天地之合德。左右各從所尚，益以見天地之同尊，似亦禮以義起，未可執一成之道以概之者。

而或者曰：人主之於天地，猶子之于父母也。子于父母拜跪侍立，未有或異其左右儀者，何獨于天地而不然？然亦思同一天地也，天之壇既不從北而向南，地之壇又不從南而向北，天與地既各因所尚，以異其方，而人主必執左昭右穆之説以爲配，是不從父母而從人子也，有是理乎？況二至之祭，天則何以宜冬，地則何以宜夏？壇坫之地，天則何以宜圜，地則何以宜方？而且祭天之樂以黄鍾，祭地之樂以太簇；祭天之玉以蒼璧，祭地之玉以黄琮；祭天之牲以騂剛，祭地以黝犢。由此而推，無非以天爲陽，故祭之者各從其陽；地爲陰，故祭之者各從其陰。陰陽異尚，罔不皆然。而顧以左右爲鰓鰓也，毋乃好是古而非今也乎。

若夫以昭穆爲疑，則亦知昭穆之義果何昉耶？宗廟太祖之主東向，子孫之侍北而向南者爲昭，昭明之意也；侍南而向北者爲穆，邃深之義也。昭穆以南北名，初不以左右定。不以左右定，而曰左爲昭，右爲穆，亦適以主位之東向言耳。向使當日主位而西向，則子孫必易其位，而向北者可仍爲昭，向南者可仍爲穆耶！矧夫郊社之配，尤當因天地之所尚爲尊卑，爲先後，而例以宗廟之序，左昭右穆，抑何其拘而鮮通也。故曰：無庸疑也。獨是對越天地，神無二主。《禮》曰：『郊以祖配，昭得姓受命之始也。』故周之郊祀，獨配后稷，以文王之功德僅祀明堂，而武王之克集大勳者，併不與焉。漢以高祖配，而不及光武之中興。魏晉以下，無不如是。自唐始以高祖繼以太宗，後加以高宗，遂有三祖同配之例。識者非之。宋亦配及三帝，後禮院議遂寢。明洪熙間，太祖而外增奉成祖，嘉靖議禮之臣俱謂不可，仍止配太祖。良以得姓受命，禮有專崇，仁之至，義之盡，不可過也。鉅典所垂，凡知禮意者，無不皆以爲然。而愚獨謂時有今古，業有異同。我太祖開天立極，太宗恢廓丕基，世祖統一區夏，弘猷駿德，皆爲千百代所未有。創守相承，團圞于圜丘方澤之間；幽明上下，未有不顧而相慶者。奚拘于周家一代之制，而反以千百代未有之盛事爲疑也哉？

兵　制

從古兵制之善，莫如本朝；兵威之盛，亦無如今日。而議者以海寓蕩平，遂議銷兵之策。臣獨以爲未也。夫履安不可忘危，修文亦當振武。古聖王所爲建威以銷萌者，正在已治已安之日耳。今四方清晏，萬年鞏固，而綢繆區畫，不在神京之禁旅，要在各省之分防。則當推居重御輕之方，爲碁布星羅之勢。滿兵之宜設也，如閩粵，如滇黔，如秦蜀之錯壤，地既遥，則鞭長不及。當倣江浙之駐防，各宿重師以扼其要。旗之宜設也，如總督，如巡撫，如巡守之監司，兵不屬則控制無由。當分水陸之提鎮，各統偏旅，以予其權。滿與漢相維，文與武互制，有事既可共伺其不測，無事亦可杜患於未形。臂指交使而犄角互援，於以鞏億萬年金湯之固者，法無有踰於此矣。

至于慮緑旗之糜餉，方議裁汰，又念行間之效力，復勅撫綏，皇上仁至義盡之恩何以更加？而臣謂即撫綏之内陰寓以裁汰之漸者，則莫如屯田。今夫八旗之制，披甲者各有莊屯，是即寓兵於農意也。屬在緑旗，不可倣而行乎？況乎駐師之地，西北固有石田，東南亦多曠土，山陬海澨，其爲斥鹵不耕者，不知凡幾。誠相土而分屬之，給以牛種，緩其賦税，以卒之精鋭者捍禦，而以老弱者半伍而半農，以地之險要者駐防，而以閒曠者且耕而且守，則名以示滿漢一體之制，實以寓兵農漸戢之機。顯酬其效力，陰消其雄心，以壯軍威，以節兵餉，所謂即撫綏而寓裁汰者也，亦何憚而不爲此？

吏治

民生之休戚係於吏治，而吏或不甚惜民者，非吏之盡不肖也，考成之法密，則補救惟艱，督率之人多，則彌縫倍苦。況事例一開，挾貲者以作吏爲奇贏之術，服官者以剥民爲加納之資，而名列正途者且皓首不一用矣。即或截留至部而守候經年，朝夕不給，以桑榆之暮氣，歷艱苦之備嘗，一行作吏，惟知苟且以自便耳，其能出所學爲國家愛養百姓乎？今例雖稍簡而待選猶繁，莫若於計察之中，陰示以甄別之意，使流品既清，官方不雜，然後寬之考成，以專其心力，重之事權以免其牽制，酌繁簡之宜以量其才德，隆超擢之典以鼓其功名。而其所懸以黜陟者，尤莫要於獎廉。廉則無額外之徵，而催科即撫字也；廉則無狥私之法，而刑罰即教化也；廉則淡泊寧静，而德可格奸，逃自緝，盜自化也；廉則强固精明，而才可應劇，吏自服，民自安也。《周官》以六計弊吏，不可仿其意而實行之乎？若夫督撫者，所以表率乎羣吏者也。合天下計之不下二十餘人，其二十餘人中，弘猷清節賢者固多，而一有不職，則吏之受其弊者已不可勝數。是在皇上慎之於將用之初，防之於既用之後，闢門詢岳以激濁而揚清，則唐虞之熙帝載而亮天工，又何難復見于今哉！

安　民

議安民於未安之日，非振動無以更新；議安民於既安之時，非鎮静無以休息。則安民者，不必别求安也，務去其不安而已。國家重熙累洽，民登仁壽。近以逆氛肆毒，搶攘數年，蕩定以來，肆赦蠲逋，湛恩汪濊，山陬海澨，已盡宥于皇上如天好生之德矣。而猶以元氣未復，動厪聖懷。

臣謂澤沛萬邦者，先謀緩急；恩周百世者，務酌淺深。則惟審天下之全勢，而次第布之。兵滇、黔、閩、粤之郊甫離湯火者，亟圖其安集；吴、越、秦、楚之地久困供億者，宜定其撫綏。民雜處者，或强弱之相陵，則規以輯睦；水旱洊臻者，或流亡之未復，則廣以招徠。大綱既振，民命乃甦。夫而後賦役雖寬，尤懲有司之加派；刑罰雖當，須禁無故之株連。驛遞雖無濫擾，而經費當復其初；逃人雖有明刑，而波累當寬其典。盗賊弭矣，尤宜禁憑城之胥役；貪污黜矣，尤宜戢倚勢之豪强。嚴丁田捏報之罪，勿使開墾者仍荒而招攜者無實；禁關鹽溢額之解，務使貿遷者樂業而行路者懽心。沿河困于征徭，濱海困于遷移，則當沛非常之惠，以復幹年；澤國苦于水潦，高原苦于旱乾，則當謀經久之規，以消災祲。凡此者，去其不安，即所以安之也。而其要則尤在于簡督撫、擇守令。爲守令者實以興農桑、廣教化，爲循卓而不徒效于簿書期會之間；爲督撫者實以恤士民、率僚屬，爲賢良而無所取于承順奉行之迹。大法小廉，共圖休息。而皇上又以痌瘝一體之恩，使無一夫不得其所。則時雍風動，復覯于今，而又何民之不安哉？

論程敏政考正祀典得失

按尼山之亡廟賜于周，魯哀公賜地立廟。祀創于漢。而以諸賢陪祀，實始于唐，貞觀時，以左丘明等二十二人從祀孔廟。盛於宋，備于明。士大夫尚論者言人人殊，而準今酌古，則惟程公一疏，庶幾近是，然其間尚有可議者。聖門中惟公伯寮愬子路，跡近讒諂，景伯告於夫子，而欲肆諸市朝，則其人誠可斥耳。蘧伯玉知非寡過，默契聖心，縱非及門，亦不當罷祀。申黨與申棖姓同名異，乃疑爲一人，以去其一，則顏氏八人，亦將有可去者乎？林放載於《禮殿圖》，顏何載于《史記》，秦冉二書皆載，彰彰著明，何所據而斷其爲後人所增益，且以爲字畫相近之誤也？至考正歷代先儒欲進董仲舒、王通、胡瑗三人與著《曲臺記》之后蒼加以封爵，一體從祀，發微闡幽，誠爲定論。而其所議罷斥如楊雄頌莽背漢，爲名教罪人，萬無侑食之理。馬融設絳談經，生徒最盛，而前既附隲，後又媚冀，文行相背，斥之亦宜。他如賈逵之附會圖讖，戴聖之治行不法，王肅之贊勸司馬，杜預之贖遺要人，略跡原情，不無可酌，然罪狀既著，亦難爲之曲諱。至於荀況生戰國之季，崇仁義，斥功利，有功世道人心。惟以性爲惡，以禮爲僞，以子思、孟子爲有罪，未免悖謬。然歐陽永叔之斥《繫辭》，司馬君實之疑《孟子》，皆未嘗見擯於學宫，奈何苛責荀子耶？劉向忠諫直言，乃心宗室。何休辭病不仕，進退可觀。誦神仙而註風角，其罪似可末減。王輔嗣雖好老氏，所著《易傳》闡發義理，而不雜于陰陽灾異，實超于兩漢諸儒。范甯謂其造爲清談，罪深桀紂。噫，亦太過矣！鄭衆、盧植、服虔、范甯四人經術節操皆卓卓可稱。鄭康成囊括墳典，精通六藝，又在諸儒之上。乃亦謂所行未能窺聖門，所著未能發聖學，與鄭衆輩同改祀於其鄉，千百載尊之，一旦罷之，是何説也？吴澄學術淵深，與許魯齋相伯仲，惜也貢舉於宋，仕於元，大節不無可議，而程公反不及焉，殊未免于疎矣。

以上二十二人，有功少而罪多者，公伯寮、楊雄、馬融、賈逵、戴聖、王肅、杜預七人是也。有罪少而功多者，荀卿、劉向、何休、王弼、吴澄五人，當與鄭衆、盧植、服虔、范甯四人一體祀于其鄉者也。有從祀既久，無可指摘者，林放、蘧瑗、秦冉、顔何、申黨及鄭康成六人是也。乃嘉靖九年，永嘉爲相，概行黜罷，則追用程公之説爲多。又有程疏所未及，而崇祀之典尚當更定者十哲，世俗之論，宜入兩廡。而程子接不傳之統緒，朱子集儒學之大成，僅與諸儒並列，未免有待。元代名儒最著者惟魯齋一人，而何、王、金、許四先生後先興起，以斯道爲己任，魯齋既從祀，而諸先生詔祀於鄉學，不亦可乎？明儒自薛、胡、王、陳外指不勝屈，而方子希直、劉子念臺醇粹忠直，出處生死，動合古先，爲二百七十餘年留此浩然之氣，表章之舉，不能無望于聖朝矣。

論郊社分合

王者繼天地而立極，未有不崇郊祀之文，以隆一代之大典，報萬世之歲功者也。然帝王之郊祀雖同，而古今之分合或異，所貴定其制者，以父天母地之心，爲報本反始之義，則明禋既合，而一代之大典以此定，萬世之歲功亦無不以此答矣。

考自《虞書》有肆類之文，夏商有郊禘之舉，祀典雖隆，無所謂分與合也。迨成周，冬至祀天於圜丘，夏至祀地於方澤，而分祀之説遂始於此。然先儒以謂庚戌柴望之舉告天而即以祭地；《昊天成命》之什祀地而即以歌天，則分之之中，亦未嘗無合之之意矣。三代而降，祀無定法。如漢祀分也，而光武之後則又合；唐祀合也，而中宗之世則又分；宋祀分也，而元祐之後則又合；明祀合也，而嘉靖之世則又分。立法不同，而揆諸明察之意，極之仁孝之念，未有不以合祭爲得宜者也。

夫主分之説者，謂天爲君而地爲臣，君臣似難於合食。不知元勳可以配廟，百神可以配帝，而謂后土之難以從祀也，有是理乎？謂天爲生，而地爲成，生成似宜於各報。不知天道可以下濟，地道可以上行，而謂施生之必有殊量也，有是義乎？抑謂冬至祀天，夏至祀地，則陰陽不爽其序；天子祭天，諸侯祭地，則尊卑不混其統。《周禮》所以無合祀也。不知周正建子，故祀天於歲首；周有列國，故郊統於王朝。今以建寅之月，而必拘冬夏之至，則地先於天，固非崇報之序。以一統之盛，而必分郊社之制，則天異於地，亦非合漠之誠。此緣情以制禮，因時以致祭，爲古今不易之説也。況乎天猶父也，地猶母也，父之與母，雖有尊親之異，而究之孝享之意，則怙恃同懷。稱天曰『皇』，稱土曰『后』，皇之與后，雖有倡隨之分，而究之資生之功，則陰陽合德。所以禮曰：『郊天者，掃地而祭。』言地與天交而後可謂郊也。合祀之説，不益彰明較著哉！

論刑罰寬嚴

今夫政教者，帝王治世之大經，而刑罰者，帝王治世之大法。是刑之爲用，固所以輔政之不逮，而弼教之不及者也。但論刑於今日，人以謂不患其不嚴，而第患其不寬；某以謂不患其不寬，而第患其不嚴。非患其不嚴也，蓋嚴其所當嚴，而後能寬其所當寬，則嚴之適所以寬之也。粤稽《虞書》有欽恤之典，《周禮》垂赦宥之條，刑期無刑，遐哉尚矣。即如漢祖之約法，唐宗之讞獄，宋祖之恤囚，自古以來，未有不以寬而用刑者。

我皇上御極之初，即面諭各官，毋得偏引重條，而赦令並頒，大獄必讞，好生之德，誠自古所未有。而某以謂今日之刑宜嚴而不宜寬者，何也？蓋上世之刑，恒恐於官吏之煅煉，故非寬不足以核其實；而近世之獄，恒苦于草野之誣訐，故非嚴不足以戢其奸。今夫朝廷之德意非不廣也，官吏之奉行非不恪也，閭閻之守法非不謹也。而民之敢於爲奸者，往往伺朝廷之好惡，以伸一己之恩仇；挾官吏之短長，以憑一時之喜怒；窺閭閻之貧富，以恣一日之貪謀。或微隙而誣以大罪，或私怨而陷以深文，或因一事之發而遷累多人，或因一案之成而動經數載，雖無辜者幸而得白，其人已不勝苦矣。所以案牘益繁，處分益衆，而刑獄亦益紛也。乃議者不察，而動以寬大之説，爲當宁獻。不知刑固宜寬也，但寬其所當嚴，必反嚴其所當寬；刑固不宜寬也，但嚴其所不可寬，而後能寬其所不必嚴。此蓋理之所固然，勢之所必至也。

爲今之法，莫若申誣告之令，重反坐之條，懲越訴之弊，禁株連之累，而且飭其等威，辨其名分，肅其志氣。庶爲姦者不敢以身試法，而不肖者亦不敢以己嘗人。所謂嚴其所當嚴者，此也。夫而後良民之罹於刑者，則爲平反以釋之；無知之陷於法者，則爲原情以恤之；罪之介於輕重而獄之介於出入者，則爲矜疑以慎之。秉之以公，成之以斷，出之以大度，矢之以小心。將見承問之時，既不敢以飾詞周內者失帝王平允之法；則讞決之日，自不致以深文羅織者違天地好生之心。豈非聖朝無枉法，而盛世無冤民哉？某故曰：嚴其所當嚴，而後能寬其所當寬也。

策問

丙子順天武鄉試策問一道〔一〕

癸未會試策問五道

問：三代以上治道之隆，惟有禮耳。禮也者，天地之經，民物之則，而從古帝王持世之大衡也。禮不可纖微缺，即不可斯須離。百年後興，胡爲而有此説與？先儒謂禮者，性也，理也，原禮以制禮，依禮以節性。夫性無弗中，即理無弗協。設施運用，因之而已，何節制之與有？將無三百三千儀文度數之盛，悉皆先王精意之所存。所謂出乎自然，略無勉强者與？或曰，剛柔絿競成乎習，忠敬質文從乎時。然則大經大法，即在因革損益之中。聖人範圍曲成之妙，固合當如是與？漢唐而降，禮制罕備，古意寢衰。明祖《集禮》一書，亦寡所折衷，施行未允，豈非道不虛行，即修明有待與？我皇上創制顯庸，章程明備，且鋭意復古，滙列聖制作而集其成，則一時典禮之司，稽古之士，當何如考究，何如釐定，俾綱舉目張，盡善盡美，於以昭垂萬世，而無弊與？考亭《儀禮經傳通解》尚須校正，《家禮》參用三家之説，亦非成書。累朝言禮諸家牒可充棟，並費商訂，博而綜之，精而畫之，固非易易矣。諸生好古有年，曷詳著於篇，以佐聖代休明之治。

問：考績之法，肇自虞廷，于以亮天工而熙帝載，典至重也。後世鮮有能遵行之者，其故安在？即或議行之矣，而時日之久暫，科指之寬嚴，條例之繁簡，並迥然其各異。其間孰得孰失，可得而悉數之與？漢以六條察二千石，年終，丞相奏事，舉殿最。唐令百司之長，歲校其屬功過，差以九等，曰四善、二十七最，相爲參列，以第内外官。宋初，文武常參各以曹務閒劇爲期限，後復設審官、考課二院主之，諸所措注，果與成周六卿率屬倡牧詔王廢置之典，微有合與？明制，京察大計有常期，庶幾《周官》『五服一朝』之意。然所云八法，考注猶屬空名，非關實跡，斯其爲弊不更烈與？我皇上加意吏治，舉錯予奪，俱出宸斷，慮無不精，白澄叙纖，悉靡遺矣。顧所司奉行不力，人情巧僞易滋，則欲其賢否晰分，刺舉允當，以副聖主黜陟幽明之意，將何道之從與？漢宣最稱綜核，當時王成猶以僞增户口受責。故黄龍之詔曰：『上計簿，具文而已，務爲欺謾，以避其課。』東京朱浮亦上疏謂尚書之平，決于百石之吏，兼以私情憎愛，人不厭服。然則九年通考，羣后四朝舍敷奏明試之外，别有畸術與？抑舉而措之，端存乎其人也？涑水司馬氏曰：『采名不采實，責文不責意。』二語切中後世考課之弊。然所以采之、責之之法必何如，而後盡善與？多士其悉念敷陳毋隱。

問：從來糧儲輸輓，其法有三：曰陸，曰河，曰海。議者謂河費半省于陸，海省幾倍之，其信然與？《禹貢》於九州貢賦後必言達帝都之所，則皆由河也。穿溝泛舟，已見于春秋之世。而黄腄負海之郡率三十鐘而致一石，又何其艱與？漢都關中，用張良議而行漕，初不過資山東粟數十萬石而已。暨元鳳間，乘孝武凋耗之餘，議減議捐無虚歲，豈非撙節愛養之遺意與？唐劉晏領度支，囊米而造歇艎，計百一十萬石，無升斗溺者，今其法尚可踵而行之與？宋、明兩朝並仰給東南矣。然河、汴、江、淮，船艘遞易，軍民長短，轉運各殊，亦其勢有不得不然者與？國家飛輓之法，率準先朝舊制。年來講求利病，優恤弁丁，蓋不啻諄諄焉。漕規所載，如交兑脚耗、贈折尖樣、寄囤乞運，一切程限禁約之類，積猾宿蠹，從而囊橐其間，幾至不可窮詰，何道而可徹底清察，公私胥便與？且自大江入邗溝，上清口，經徐、吕、沂、泗，至濟寧而北溯漳御，趨直沽，抵白潞河而達於京師。三千七百里之間，地有淤墊，歲有旱澇，伏汛有消長，物力有盈絀，則剥淺過閘，挨次守凍之苦難以悉數。又淮南運道，勢不得不視河渠爲通塞，一綫之高堰，六壩之洪波，防濬失宜，關係匪細，必作何區畫經理，俾百萬舳艫啣尾而集天庾，略無阻滯，允爲萬世利賴之長計與？多士留心康濟已久，其各抒所見，以備採擇焉。

問：自有載籍以來，文章之功用抑鉅矣，上之經世華國，明道覺民，固宇宙之精英，造物生人之命脉也。其次若士女之謳唫，儒生之撰述，或抒情見志，或比物興懷，掞藻摛辭，各呈其美。苟未甚謬戾，亦天壤間之不能無者。然作稽省覽，卷帙實繁，倘非探其本原，抉其微奥，辨其體製，折其駢枝，則立言者奚所取法，而持衡者亦何所據爲標準耶？古之學者大都以通經讀史、明體達用爲第一義，及著爲文詞，則一衷以六藝而澤身于大雅之林。今之操觚濡墨者，果能如是耶？程子曰：『聖賢之言，包涵盡天下之理。後人所爲，乃無用之贅談耳。』朱子曰：『古之賢聖有是實于中，則必有是文于外，初非有意學爲之。』觀二子之云，不大彰明較著與？若夫六朝之纖，三唐之排儷，與夫二氏、百家之荒誕而駁雜，皆文士家所最忌。而近代作者則往往犯之，豈文章一途不能不隨風氣爲推轉，非真正豪傑之士，罔克滌袪陳習，超越時趨，卓然特立而浩然獨存乎？多士之於此道，蓋童而習之者也，而又幸生文明之世，捧讀聖製，沐浴教思至熟矣，可暢言極論，以覘平日之所學。

問：吏道雜而莠民起，是盜之興自有司失職始也。則試反其術而用之，不已得其要領耶？爲拔本之計者，曰盜賊，亦吾人也。惟慎簡循良之長爲之，足其衣食，導以信義，相與撫綏而約束之，則刁頑自化而攘竊亦消。其説是矣，然必如龔遂之治渤海，黄霸之守潁川，而後道不拾遺，境内以靖，斯其人可多得耶？他若甯成操下如束濕薪，義縱以鷹擊毛摯爲治，一時豪强慴伏，野無犬吠，史册亦稍稱之。或又以爲闘健任威，頗傷苛急，非愷悌君子之義。然則椎埋穴墉之雄，顧可任其滋蔓充斥，而不一遏翦之耶？國家令甲優捕緝之賞，重疎縱之條，又諱匿有罰，株連有禁，可謂張弛互用，而恩法兩全矣。乃闤闠之内，劫敚時聞，萑苻之中，胠篋屢告，其故何？〔二〕

丁卯四川鄉試策問五道

問：自古帝王，繼天立極，定一代之大業，開萬世之太平，雖曰天授，蓋亦有學問之功焉。自唐虞一中允執，肇啟心傳。嗣後禹之祗台，湯之日新，文之亦臨亦保，武之敬勝義勝，歷聖相承，心源符契，未嘗言學也。迨傅説之勉高宗曰：『學于古訓乃有獲。』成王之《訪落》曰：『學有緝熙于光明。』而學之名始焉。豈唐虞三代開創之主，神靈天亶，可不學而能，而守成令辟乃事學歟，抑傳心即所以傳學歟？三代而下，經術始盛。漢武帝表章六經；光武投戈講藝；唐太宗聚四部書二十餘萬卷，博選文學之士，更番商確；宋太宗詔史館修《太平御覽》，日進三卷，不以爲勞。彼皆勤學好問，號稱令主。然或鋭初而怠終，循名而鮮實，豈學之不篤歟？抑心介于純雜，故學焉而未醇也。皇上聰明天縱，健行不息，神功峻德，直接堯、舜、禹、湯、文、武之心傳，而非漢唐以下諸君斤斤章句者所可擬矣。顧猶御經筵，咨日講，丙夜皇皇，披覽勿倦，稽帝王之大典，闡賢聖之微言，下至諸子百家，詩文騷賦，靡不晰微而抉藴。自開闢以來，未有典學若斯之盛也。欣逢神聖，親炙懋勤，思攄涓埃，以仰裨其道，果安在歟？夫學貴窮經，而六經四子之書，皇上已精研其閫奥；學貴讀史，而編年紀事之册，皇上已深灼其源流。學以窮理盡性爲要，皇上洞貫古今，念念求諸踐履，非期飾于聲華；學以法天勤民爲大，皇上博綜典籍，事事措諸治安，非徒彰于文誥。由宫禁以至大廷，無在非就將之地；自公卿以逮百職，無一非啟沃之人。盛暑隆寒，誦讀勿輟，窮年皆念典之時；用人行政，規畫精詳，萬幾皆懋修之實。古今來千聖百王之學，皇上總以一心握之，當更無殊術足贊高深，而第就古大儒先後論學之旨，或格物，或居敬，或主静而立人極，或存誠以握化源，由博返約，慎終如始，必有同條而共貫者，多士其詳言之，以仰佐聖天子心學之要。

問：天生人材，原足供一代之用，而用之之途，古今各異。虞廷敷奏以言明試，以功官人之法，遐哉尚矣！《周禮·大司徒》：『以鄉三物教萬民而賓興之。』鄉大夫三年則大比，層累升于司馬，而司士掌羣臣之版，以德詔爵，以功詔禄，以能詔事，蓋用之之若是其慎也。兩漢孝廉、茂才、賢良方正諸科，得人稱盛，而六條殿最，猶爲近古。自魏崔亮始限年勞，唐裴光庭奏用資格，説者謂執簿呼名，一吏已足，而萬事之所以頽弊，百吏之所以廢弛，皆由資格之失。其説然矣，然因其失而盡變之，捷徑一開，士途旁雜，誠有如古人所謂官無一程之式者，其故何歟？我皇上旁求俊乂，立賢無方，近者停捐納之例，廣疏通之法，師師濟濟，行見奮庸而熙載矣。然事例雖停，而冗雜猶故，議者以漢人納粟，欲倣御試旗下之例，文義既優，然後畀以民社，庶不致有美錦而學製，其法果可行歟？抑于計察之年，别置一格，果其治行卓越也，不妨優容，否則稍澄叙之，可歟？循資按序，所以安中才；不次超擢，所以鼓豪傑。近慮人才壅滯，間行選擇，庶賢者有以自奮，而又恐巧宦者或藉以速化，恬退之吏無由上達，其弊果有然矣。皇上求才若渴，每遇督撫藩臬缺出，必令會推，雖闢門詢岳，何以加兹？然出自宸斷，則中外翕然；出自衆推，則異同漸起。將師錫之公，尤不如睿照之明歟？夫賢才不拘于一轍，而舉錯要酌乎大公。今欲使吏道澄清，官方肅叙，懸異數以開功名之路，循常格以杜僥倖之門。爾多士致身將有日矣，其敷陳毋隱。

問：古今不朽有三：立德、立功、立言。言者，心之聲也。《易》曰：『修辭立其誠。』心誠而辭達，文乃炳焉。故曰：『文以載道。』六經，言道之書也。其文如布帛菽粟，不假雕繢，而辭尚體要，焕然如日月之經天，沛然若江湖之行地，何其盛歟！諸子百家，人矜著作，然而卓卓可傳者代不數人，豈果皆悖道，不足述歟？抑爲之也易，故傳之也不遠歟？賈、晁、班、馬，争雄兩漢，而大醇者惟董江都；潘、陸、徐、庾樹幟六朝，而起衰者惟韓昌黎。文章至宋，號稱極盛，而關、閩、濂、洛之書，庶幾與六經表裏，其間之淺深，可得而詳論歟！聖天子重道崇儒，表章經術，允廷臣之請，刊刻御製詩文，行將頒示中外，日星雲漢，昭垂天壤，煌煌乎與典謨訓誥並勒矣。獨是取士之科，首崇制義，兼及策論、表、判，將以明體，亦期達用。而或者謂黼黻休明，鼓吹大雅，非詩賦不足以揚扢。皇上每召詞臣親行校閲，觀人文以化成，猗歟盛已！考核于既仕之後，不如揣摩于未用之先，則制舉一途，時藝而外，或可兼校於此歟！《記》曰：『事君先資其言，拜自獻其身，以成其信。』先儒又曰：『文衷于道，行乃可遠。』平日窮經讀史，以養其立誠之基，儲其載道之器，和順積中而英華發外，又不徒在區區辭章間歟。旨本淺而佶曲以鈎深，氣本薄而矜張以鳴厚。學不足以窮今古，托迹于幽奇，理不足以達體用，假途于緣飾，皆非文之所取爾。西蜀相如、子雲賦麗以則，眉山蘇氏父子文詞卓犖，張寬學于文翁，受七經，還以教授其鄉里，而經學推蜀獨盛，其淵源所自久矣。多士幸生文獻之後，躬逢明備之時，欲思報國，惟在文章，則立言之學，必有與立德、立功相表裏者，盍悉心以對。

問：蜀省，《禹貢》梁州之域也。漢爲益州地，沃野千里，有鹽鐵之利，有竹木之饒，有筰馬僰僮之富。民殷物阜，古稱奥區，蓋坤維一大都會也。五十年間，叠罹鋒鏑，市廛井邑，蕩爲廢墟。賴我皇上德威遠届，削平逆亂，出湯火而登諸衽席者，非朝伊夕矣。猶復軫念瘡痍，德音並頒，蠲税免賦，殆無虚歲，湛恩汪濊，亘古以來所未有。而户口凋瘵，四野荆榛，日廑司牧之噢咻不暇給，豈游食者衆，而生穀之土未盡墾歟，抑哀此殘黎，靡有孑遺也？近奉俞旨，令蜀中紳士游宦他省而輕去其鄉土者，悉回原籍，爲庶民復業之倡。行見《葛藟》不作，《鴻雁》興歌矣。顧迺遲回樂土，裹足不前，捐墳墓而背井里，彼獨非人情哉！夫或有不獲已者，何道而使之歸焉？恐後也縉紳之家，慕義急公，而窮黎之失業流離于東西南北者，不知凡幾。惟桑與梓，人亦有心，言旋言歸，復我邦族，可無術以徠之歟！土著者有限，慕化者無窮，蜀號土滿，而東南人滿之區無立錐，而饑寒者亡算，裒多益寡，則招民之例，募墾之方，尚可酌而行焉者乎？未至者思招，當令已歸者樂業。數年來，哀鴻甫集，開墾方殷，而供億絡繹，不能驟減于他省民力幾何？不苦賦而苦徭，則相率而逃耳。休養而綏輯之，其道安在？昔唐太宗貞觀之治，號稱極盛。逮至永徽中，直將一世，而生齒猶未殷繁。舍人李嶠言：天下流散非一，浮衣寓食，積歲淹年，宜設禁令以防之，垂恩德以撫之，助其乏困，蠲其懸逋，而又施權術以濟之。由斯以觀，蓋生聚若斯之難也，況以蜀之傷殘未復，而驟異富庶，勢固有所不能。然先儒有言：輕徭薄賦，得良有司以撫循之，民將不招而自來。廉范之治蜀也，有『昔無襦，今五袴』之謡；薛逢之刺巴州也，其兒童皆願以名垂，非已事之驗邪？聖天子知人善任，深惟西南一隅，必得清廉强幹之吏，始足以鎮撫。故張咏在蜀，可無西顧之憂，而大吏得人，尤賴守若令之共宣德意歟！爾多士情關梓里，所以綢繆夫牖户者計之熟矣，尚其各抒所見。

問：井田之制，寓兵于農。後世阡陌既開，征戍煩而召募廣，始有長從之兵，遂增養兵之費。當事者思變通以盡利，即兵以務農，則屯田昉焉。此在往昔，歷有成效，而以語於蜀省，似尤切。蜀省山川四塞，北接關隴，東控荆襄，瞿塘扼巴峽之流，劍閣表殘雲之固，界以番族，限以蠻部，西南之重險也。皇上聖武布昭，蕩平再奏，而建威銷萌，不得不設重兵以鎮之。兵衆則餉繁，餉繁則賦急，計蜀賦所入，歲不過四五萬，不足供軍需之半。皇皇焉懵濟於鄰省，崎嶇跋涉，餽運惟艱，而蜀之民乃益困矣。夫因民以設兵，而兵或反致於累民，奚如籍兵以爲民，而民又不困於養兵，如古所謂屯田，一石可當轉輸二十石者，豈宜於古不宜於今邪？若之何未一行也？或者以駐兵之處不皆曠土，而兵之執干戈以捍牧圉者，獷悍性成，恐不能降心以力穡，扞格而難行，所固然乎？亦思今之蜀，地多而民少，民少而兵多，各鎮㑹之星羅碁布於兹土者，閒田沃壤所在皆是，非若人稠土狹之區，奪民田以給戎行者也，奚不便之有？且蜀兵皆隸於緑旗，緑旗之兵從田間而來，當亦身習夫農事者。八旗禁旅皆有庄屯，豈防鎮之卒而逍遥成習，不可一自食其力乎？昔趙充國之田金城，羊祜之守襄陽，郭子儀之鎮河中也，軍旅匆猝，攻取方殷，尚復躬先耕耨，爲諸將倡，卒之大收其效。况當戢干櫜矢之年，人稀土滿之境，釋戈矛而事耒耜，闢磽瘠而爲膏腴，固天假以時，地予以利，而人争自奮其力者也。師往制而規畫之，可勿亟歟？古者分軍置堡，大約以十分爲率，三分戍守，七分耕屯，半伍半農，且耕且守，而又爲之懸賞格，給牛種，寬追科，良法具在，一一可循，特恐樂於觀成，難於慮始，則良將士之督率，與賢有司之經理，何以使之奉行恐後歟！多士讀書懷古，留心經濟久矣，當酌其切實可行者，願藉手以紓兵食之計。

跋

寶翰堂擬跋

恭惟我皇上德懠天樞，學優聖域。勅幾宰治，切咨儆於勳華；錫極體元，契淵源於洙泗。龍帷餘暇，手不釋書；鳳藻常新，道兼游藝。時陶情於翰墨，亦擅技乎神奇。自秦逮明，諸家悉綜其妙；由真及草，各體咸攬其長。或巨製，或細書，結構皆成琬琰；爲連篇，爲單幅，體勢並籠烟雲。允矣集古今字格之成，焕乎超帝王筆法而上。蓋即書學精微之極致，總屬聖功神化之難名。凡朝列諸臣，時蒙寵賚；而天家帝子，尤被恩頒。

惟郡王書羅六藝，策擅三雍。典秩修明，久樹鴻儀於譜牒；彝倫惇叙，長承寶訓於宫庭。每於趨侍之時，叠有御書之賜。彙短牘長牋以成帙，統年經月緯以爲編。因念雲翰緡緹，千百國傳觀難徧；必得貞珉剞劂，億萬年垂範始長。是用妙選良工，俾之細礲嘉石。曲摹深刻，期神采之逼真；硾紙和烟，極晶輝之焕發。

臣忝隨鵷侍，久沐奎光；欣覩琅函，彌驚睿藻。尋行數墨，偕倉書羲畫以同珍；考義徵文，共禹鼎湯盤而不朽。仰聖人制作之富，載賡日月光華；捧賢王卷軸之藏，永並河山帶礪。竊慙蠡測，敢效管窺。敬紀末行，用申忭舞。

王總憲薛澱三鳳閣跋

婁子風雲之地，茆湖襟帶之鄉。山比象于鳳凰，人交輝于鸑鷟。則有佩刀華胄，列戟高門。弟兄依日月之光，勳爵占蓬瀛之盛。同儀阿閣，駕荀氏之八龍；並啄岐山，邁薛家之三鳳。後先虎觀，次第螭坳。唱和一時，峥嶸九列。大兄康樂，典禮樂于容臺；小弟清和，綜權衡于農部。更有中和之質，方居季孟之間。作臺主而踞南床，領憲司而踐北斗。露門仗退，珂珮齊歸；星户漏沉，火城争擁。莫不金輝羽殿，玉立麟軒。非道不陳于前，在廷無出其右。

某稔羣鸞之令望，欣鳴鳥之深交。猶憶曩佐冬官，繼勷民部。兩值大農先生爲之領袖，示我典型。幾年欽底績之訏謨，萬事服寧邦之卓識。中與少宗伯先生同趨建禮，分掌秩宗。寅清則端賴夔龍，黼黻則誰如班馬？至若總憲先生，自題名于雁塔，攜手看花；旋珥筆于鸞坡，隨肩視草。譬諸金石，孰比堅貞；如彼瑟琴，常資調劑。鳳翮之擊，九千里莫究端倪；鵷班之附，三十年已諳踐履。似此金昆玉友，宛然璧合珠聯。氣象巖巖，争輝楓陛；丰神靄靄，交映荆枝。雖清任和，各擅一家之勝；而直方大，無慙六德之臣。真所謂鏘鏘丹穴，節律吕于簫韶；翽翽紫庭，耀文明于鶉火。翥九天而太平應，騰八極而大化臻者矣。在昔象徵帝夢，肖傅説于巖間；秀出班行，摹王商于畫裏。未有萃三君于雁序，彙寫羽儀；鍾八座于鴒原，爲留粉本。繪衣冠之盛事，當讓君家；傳翰墨于大勳，誰如此卷？正使鵬摶六翮，應慙溟海之未寬；若令鷃見九苞，尤媿藩籬之終陋。敢抒小序，聊代微吟。

駕幸少宗伯秀甲園賜書蒸霞二字謹跋

華亭王少宗伯先生燕許宗工，夔龍鼎望。揮毫東觀，彰黼黻于螭坳；曳履南宮，聯星辰于雁序。庭堦則棣蕚荆枝而外，玉樹交柯；郊園則泖湖崑岫之旁，珠林蔽墅。藍田丘壑，秀極人間；緑野亭臺，甲于天下。山來鏡裏，樹到床頭。花妥鶯飛，楊柳之風四面；波澄雁落，芙蓉之月一奩。野芳發而屐齒香，水荇開而箏船放。過司州之印渚，自滌襟懷；招子敬于習園，都忘塵俗。較量樂事，樓臺與鼎鼐俱歸；眷戀君恩，風月與江湖未遂。

歲當乙酉，帝念平成；駕幸三吴，民徼游豫。適届成天之節，慶洽百神；廣敷匝地之恩，懽呼萬歲。爰停芝蓋，特莅松江。開金谷之名園，迎珠旆之仙仗。孝廉伏謁，嘉鮑昱之象賢；綸綍榮褒，幸蘇瓌之有子。繁花旖旎，挹和氣而争開；翠幙周遮，護曉風而不落。安榴千葉，彌洽皇情；魏紫重樓，頓邀宸盻。旋移黄屋，更就朱藤。林禽與汀鷺齊飛，鳳竹共鸞絲競奏。前池琴筑，雜珂珮以鏘鳴；遠岫烟雲，棲軒窗而罨畫。天顔喜溢，鑒捧日之精誠；睿藻輝騰，錫蒸霞之寶翰。神羅萬象，超典則于書林；腕運三辰，該遒奇于字苑。鍾王墨妙，僅等粃糠；虞褚筆精，都安臣僕。伏羲龍畫，宜齋宿而仰觀；神禹螺書，必正冠而下拜。

昔韋公寵渥，金輿降于山莊；韓國功高，玉趾臨于風雪。然而笛鳴竹院，誰見摛毫；酒進蘭筵，未聞潑墨。即攀車而受貺，豈在臣家；或登床而被恩，多從御闥。況若連江之鳳艒，不巡瀕海之鶴坡。山川則雲罕未逢，父老則翠華罕覯。乃九霄仙蹕，竟在松齋藥畹之間；而五色奎章，復懸杉月蘭泉之上。瑶光照而丹砂結，墨彩輝而甘露凝。既典册之未經，實臣工之曠遇。史簪彤而紀勝，公拜手以銘恩。誦十首之新詩，奚啻《徵招》《角招》之盛；逢百年之此日，謾誇鑑湖石湖之榮。敬綴蕪詞，式彰異數。

李約齋先生年譜跋

乙卯冬，余應省試來都下，蔚州李子麗生惠然以文字稱莫逆。越庚申，大司蔻敏果魏公邀余與其嗣君一齋同事硯席。時麗生尊公約齋先生方官户曹，與魏爲葭莩親，晨夕過從，因得稔知先生生平。又一年，麗生之兄東生亦來同學，又一年同成進士。敏果公喜東生之與余、一齋同售也，邀其祖恒岳太先生來邸爲十日飲。當是時，李氏三世聚首一堂，余以通家舊好，相得甚歡。未幾，太先生別去，而先生以户曹轉刑曹。京邸六年，追隨杖履，無旬朔離也。丁卯，余奉使入蜀，而先生亦重念老親，請假歸里，遂成契闊。逮東生以中書舍人選授諫垣，癸酉冬，迎養先生，踰月，余復使江左，不獲見。既而麗生捷南宫，選庶常，思得面受嚴訓，先生復來京師，則乙亥二月也。相見問訊，道故舊，且稱比年遊踪所歷，渡大江，遊滄海，攬姑蘇、錢塘諸勝，更涉浙湍，謁禹陵，遊山陰道而歸。詩歌記序，充牣奚囊，抵掌間，喜動眉宇。不意此會之後，遽爾永訣。噫嘻悲哉！

麗生兄弟哀思展轉，輯其生平事實，爲年譜若干卷，以余知先生最深，千里寓書，俾序其後。人生可惜，百年一瞬耳！老將至矣，功業不建，古人所歎也。平生紛糾營擾，趨騖利禄，身家以外，絶無所用心。逮至蓋棺論定，而生平乃無一事可述，遂靡然與草木同腐矣。先生生六十八年，孝友以立身，勤儉以理家，清慎以服官，禮法以垂後。好行其德，洽於鄉閭。一生梗概具於譜者，皆卓卓可傳，古所謂鄉先生殁而可祭於社者，不在斯人乎哉！

昔漢時家風之熾，咸稱萬石、太丘，然石氏諸子如建、慶等，不過舉策數馬，以訓行著聞而已；陳氏又有『公慚卿，卿慚長』之評。今先生子若孫後先鵲起，族望燕晉，服官者卓犖有聲，澡身者學成名立，家風雍穆，突過昔代。何哉？德厚者流光。李氏自恒岳太先生樹德既厚，而先生又能愷悌闊達，善承先志，故足以令其後人而寖昌寖熾，夫且與敏果箕裘並垂，奕葉不替也。書此以慰東生兄弟，並以質諸一齋，其以余爲知言否？

跋王文成公全書後

今天下哆然議文成之學矣，亦曾取其全書讀之乎？公全書爲卷三十有八，首語録三卷，次文録五卷，又次别録十卷，又次外集七卷，又次續編六卷，而以附録七卷終焉。乃公門人餘姚徐愛、錢德洪、孫應奎、嚴中、揭陽薛侃、山陰王畿、渭南南大吉、安福鄒守益、臨川陳九川、泰和歐陽德、南昌唐堯臣諸君所編緝，而豫章謝廷傑彙集之者也。

某嘗取其語録讀之，《傳習》諸録見公與其門人授受之宗旨焉。又取其文録讀之，見公書、序、記、説、雜著等篇純乎講學明道之文焉。其奏疏及公移則爲别録，具見公一時經濟之略。其詩賦及應酬諸作，則爲外集，并見公當年文學之工。至于續編之簡書、墨跡，皆尋常瑣屑細務之言，而莫不有物各付物之意。若夫年譜、附録，則并公生平功業，與其先代世德一一可攷見焉。善乎，茅坤氏之言曰：『文成諸書及學記、尊經閣等文，乃程朱所欲爲而未能者也。江西辭爵及撫田州諸疏，此陸宣公、李忠定所不逮者。至如浰頭、桶岡軍功之疏，條次兵情如指諸掌，公真百代殊絶人物也。』嗚呼！三代而降，聖學榛蕪，百家蠭起，道德之與文章，事功之與學術，莫不判然二之矣。公生千百載之後，闡微言於既絶，振鴻業於天壤，舉夫文章、道德、學術、事功，渾而歸之一貫，此必非從事于虚無寂滅者所克具其體段也。世人乃徒隨聲附和，泛而指之曰禪，豈爲得公之真者哉？某故表而出之，使欲議公者得以考證焉。

題查逸遠學圃圖

查逸遠先生心潛百聖，胸著千年。文舉裁書，許以士鄉之望；林宗避席，信其王佐之才。自風景不殊，山河非昔。感鱮魴之相戒，驚燕雀之俱焚。埋照墻東，沉光水北。息交遊而學圃，寄歲月于灌園。書卷則野老農皇，生涯則元修諸葛。落南山之豆，富貴安知；賣東陵之瓜，滄桑不問。籬邊黄菊，得高士之孤標；嶺上青松，遇達人之曠致。

其或草堂春雨，麥壟晴雲，主伯具來，少長咸集。殷兄、張丈，同話桑麻；朱老、阮生，平章菘韭。則有緯蕭諸子，傳硯文孫。或帶經而鋤，或剪鬟而侍。雖鹿門餘澤，但遺以安；而鶴蓋成陰，相將以仕。顧乃春苗可擷，逝水不回。撫栝棬之清芬，芙蓉城遠；睹丹青之遺像，兜率天高。在昔杯案清談，我懷歷落；春秋嘉會，君樂蕭棲。時逢紅稻莊前，非舟非駕；同處青楊巷裏，爲彈爲輪。每語長鑱，相期白首。詎意鶴猿茹怨，雞鵠殊音。遂雨散而風流，且星移而物换。曩容過眼，昔夢登心。訪橘顆之素交，綺黄已矣；問酒壚之往事，高李如何？幸也觸目琳琅，兼之盈庭簪組。撫今追昔，恍晤當年；溯往覘來，能忘勝事。裁尋遂初之賦，重爲思舊之銘。悲羨方乘，鋪棻曷極。

讀近思録書後二則

《近思録》凡十四卷，俾初學之所入門，而馴致乎廣大閎博之域。由是而四子，由是而六經，庶可漸見其大原，此朱子喫緊爲人處也。《論語》曰：『學而不思則罔，思而不學則殆。』近思云者，學與思，其交至矣乎。文公之言曰：『若憚煩勞，安簡便，以爲取足於此而可，則非所以纂集此書之意。』似爲不及者言之。成公之言曰：『若乃厭卑近而騖高遠，躐等凌節，流於空虚，迄無所依據，則豈所謂近思者耶？』似爲過者言之。余常反覆探索，而更皇然有大懼者。

竊謂高遠空虚，今之學者并不能有此患。惟是甫窺是書，未能有得，而憚煩勞、安簡便之意往往輒起，此則隱痼之病，又取足於此者之罪人也。過此以往，勉圖卒業，方墮堦隕梯之是慮，遑凌躐哉！

先賢相對旬日，商榷編摩，掇述舊聞，抽揚微義，爲千百世學者計，是何等心事？我輩幸讀此書，若不實體貼得幾句，將自己家當，悠悠忽忽，終歸墮落，則負愧無地矣。

序一

送魏司寇序

今上御極二十三年，兵銷刑錯，海内乂安。大司寇魏先生年六十有八，以衰疾懇致政。上倚毗方篤，温旨慰留。越數月，疾未瘳，陛辭益力。上惻然嗚咽良久，不獲已，予致仕，馳驛歸里。歸之前，召見者數四，賜饌、賜飲、賜手書，顔其堂曰『寒松』，宣付史館誌不朽。一時公卿、大夫、都人士咸嘖嘖羨其榮，既又悲老成之去，無不嘆息，泣數行下。而予小子，獨踴躍爲先生慶。夫余與先生誼竊淵源，館其署三載，情不啻骨肉。攀轅先生，宜莫如予。而予顧以先生之去慶先生者，蓋先生進退，事關風教，非可與流俗人之去留同年語也。

考亭朱子曰：『儒者出處，非特其身之事而已。』苟進易而退難，雖功勳爛然，聲施後世，君子有所不取，謂其人以功名終焉耳。先生以名進士給諫世祖朝，廉直之聲震中外。嗣請終養，伏處蔚蘿者十年，著書講學，翕然爲世儒宗。益都馮先生時執國柄，薦於上，命召之，先生以疾辭。詔不許，徵車再至，遲回不自決。里戚中有恒嶽李先生者，勸之曰：『宰相薦賢，盛事也。公當之尤宜，而重違焉可乎？稔公貧，不能爲仕宦計，願歲輸所有，以佐公行。』先生於是作誓詞，告之家廟曰：『此行若負，當無面目復歸見先人。』遂慨然出。陛見，擢侍御，不一載，洊歷卿貳，尋拜御史大夫，薦名賢，擊巨憝，整綱肅紀，人所不敢言不能行者，先生不憚以身狥。當是時也，三逆倡亂，中外惶惑不自定，得先生冰操鐵面，主張國是，而敵胆始破，而人心始安。光復之功，不得不爲先生屈第一指。晉秩大司寇，巡察畿甸，仁聲義問，道路成碑。天子寵眷彌殷，而先生遂初之志決矣。

中世士大夫才華論議類能遠勝古人，而出處之際，往往難言。彼志營温飽，以官爲家者，齷齪不足論。亦有砥節勵行，功在民社，非不卓然可紀，而依廻戀主，漸逐浮沉，不必瀕呵譴，淪斥辱，頓喪生平，即其齒頹髮落，俛仰依依，使朝廷謂天下必無一輕爵禄之士，識者鄙之。先生再召而來，再辭而去，功成身潔，進退從容，此豈可求諸功名中耶？

歸之日，門下士滌一巵慶先生，先生曰：『余何足慶？第聖天子厚待老臣，俾全終始。而馮先生特達之知，李先生緩急之誼，亦庶幾無負。更可幸者，年幾七十矣，長兄在庭，老妻無恙，有子倖成名，其幼者亦醇朴可讀書。抵里之日，率長幼謁家廟，仍可以面目見先人。而百世下，過敝廬而興感者曰：「此魏尚書寒松堂也。」則徽榮多矣，又何足慶？』嗚呼！聞斯言也，先生不誠天地一完人哉！此余小子所以踴躍而稱慶也。

奉送澤州相國予告還山序

皇帝垂衣五十年，乾坤交泰，日月重光。輦轂航琛，府無虛日；鴻符巨慶，史不絕書。時則我澤州相國陳座師，絕席元僚，顓槐上相。調六氣于虬床之下，四序功成；奠三堦于鼇柱之中，五湖身退。于是沙路火城之外，玳簪珠履之徒，供帳如林，賦詩成軸。濃墨大字之頌，肆力鋪觀；樓臺鼎鼐之詞，潛心援据。門霖蛙如語海，嘗吻何奇；蟻欲冠山，汗顏有靦。入座雖陪杖履，報恩尚欠文章。唯是坯冶一陶，價光三倍。辱知遇之最厚，幸鑽仰之獨深。願獻管窺，用供燎照。

夫以我師神同璣鏡，名應玉璜。籠蓋九十八族相門，豈如房杜之細；貫穿一百三家書籍，肯談管晏之卑。自其飛步三神，掌蓬山之文物；陞華獨座，領梓署之班行。隨會爲士師，國無羣盜；臯陶作司寇，民罔不仁。張壯武之在度支，獻納負台衡之望；杜當陽之掌邦賦，運籌歸食貨之書。六燕一鴻，差其輕重；三銓九品，秩其幽明。風流則劉井柯亭，簡要則丘山沔水。胸中五色，補堯舜之衣裳；魁下三台，占臯夔之事業。莫不擎天煥壁，燭野光朝。至若總裁書局，疊簡文衡。滇南鵬起，雲中得風斯變；冀北馬多，天下逐日皆空。凡王國之羽儀，皆公門之桃李。況乃孔戣耳目未衰，衛武精神益固。廟堂詢于黄髮，延李泌而稱先生；草野誦其衮衣，留温公以相天子。其垂勳也如此，其蒙恩也如彼。固宜穆明一德，二十四考中書；師保萬民，三十六年宰輔。顧乃挂翮赤霄，抗章紫禁。帝嘉元老，作王室之股肱；詔許全人，樂清明之鐘鼓。安車駟馬，遂大雅之保身；緑野平泉，喜耆英之聚首。黄閣别梧桐之月，滄洲趂蘆荻之風。允矣至貴不軒冕而榮，至仁不導引而壽矣。

門霖從遊數仞，親炙卅年。未能入室登堂，聞道座右；亦嘗進禮退義，奉政朝端。晨趨建禮之門，唯虞漏盡；晚出明光之省，常恐日斜。乞身上致政之章，徼恩遂懸車之請。雖登庸衣鉢，敢望師傅；而引退林園，庶幾家法。然而先零蒲柳，豈同松栢之姿；無用櫟樗，不比棟梁之質。二宜陳疏，匪辭禄而遺榮；五技自窮，非急流而勇退。豈若我師息心塵外，見幾事先。擺落卿相之榮，雖聖賢而難決；終始功名之際，尤今古所罕全者哉！

今者祖張青門，逍遥白社。貽琳瑯于朝右，撫蘭蕙于堦前。投竿養雁之陂，巢由知己；講道銜魚之席，游夏從游。門霖空瞻靈鷲之峰，飛來無術；欲到畫龍之壁，變化奚從？徒結夢于緇帷，難贏糧于畏壘。外則爲天下惜老成之去，内則爲師門慰相倚之私。不揣巴詞，敢祈郢政。

送余京兆念劬省覲序

同年余京兆念劬，族望寶林，秀鍾蘭渚。校龍編於秘閣，躍驄馬於天街。使領仁鈞，處脂膏而不潤；官同景儉，持法律以能平。既而建節陪京，司衡遼左。教敷千里，佐培豐邑菁莪；績奏期年，佇卜傅巖霖雨。而乃嬾從鴻舉，愛聽烏啼。萱堂九十將盈，子舍之光陰可惜；驛路五千不止，曙樓之眺望何賒。勇上封章，苦求定省。蓋自登朝伊始，幾番懷表而陳情，及兹陟屺彌殷，始獲蒙恩而逮養。呱呱勿顧，剌剌何爲？花撲金鞍，飛送使君之馬；鶯啼緑岍，坐迎遊子之舟。樂事如斯，高懷誰偶？

僕等烟霞雖戀，紱佩空縻。憶聯步於雲端，歲盈二八；悵離羣於日下，儔止十三。落落晨星，依依舊雨。陶情借杯酌，每閲月而開尊；遣興待篇章，亦分題而鬮韻。時維春暮，禊事重修；月在閏餘，羽觴再舉。屬荒厨以烝瓠，適歸馭之停驂。遠地初還，慰經年之契闊；明朝便别，盡此夕之綢繆。擬折柳於灞橋，慙贈車於渭涘。倥偬離緒，滿堂皆叩鉢以成詩；繾綣餘情，下走并濡毫而作序。

羅整菴困知記序

先儒爲學，未有不求自信于心而苟同乎人者。羅整菴先生之講學，適與陽明王氏同時。其時，良知之説尊信于天下，而先生致書陽明，則有三可疑之説，且謂《大學》古本之復，不宜遂去朱子分章，而削其所補之傳。于是天下學者謂先生之學誠得乎朱子之傳，而非他人所可比並矣。

雖然，此猶未識先生自信于心之處也。某嘗取《困知記》讀之。先生之學，莫精于論理氣。朱子以理氣爲二物，嘗有氣强理弱之説。先生則謂，通天地、亘古今者，惟一氣而已。而其動静闔闢，莫知其所以然者，即所謂理，非别有一物依氣而立，附氣以行也。先生何嘗肯苟同朱子而墨守之者乎？不第此也，《太極圖説》朱子所最信從者，而先生謂無極之真，二五之精，妙合而凝，則太極與陰陽已爲二物。其未合之先，各安在耶，未敢以爲然也。此其不苟同乎元公者也。《正蒙》曰：『聚亦吾體，散亦吾體，知死生之不亡者，可與言性矣。』先生謂氣聚而生，則有此理；氣散而死，則無此理。安得所謂死而不亡者？此其不苟同乎横渠者也。邵子數學，推見至理，其所見超卓，殆與二程無異。而先生謂其發本要歸不離乎數，其作用既别，未免與理爲二，此其不苟同乎康節者也。象山言心即理也。先生謂《易》言『聖人以此洗心』，孟子言『理義之説我心』，詳味斯言，心非即理明矣。此其不苟同乎子静者也。

夫先生自信于心之學，已不肯苟同乎元公、横渠、康節、紫陽、象山諸公，而何論于陽明？然苟執《困知記》之説，而遂謂元公、横渠、康節、紫陽、象山、陽明之學俱有可議，則又豈先生《困知記》之心乎？故學苟自信于心，雖伯夷之隘，柳下惠之不恭，不害其爲趨之一，無損其爲聖人之稱也，况區區言論之殊指乎？苟不察其自信于心之處，而徒以其言，則夫荀卿之崇王黜霸，不幾與子輿氏同科，而楊雄之《太元》《法言》，不且與《易》《論語》等列哉！故夫章句之儒，拘文牽義，是非可否，俛仰隨人，不足語于深造自得之學矣。此《困知記》不可不讀，又不可不善讀也。若其探討釋典，排斥佛氏，高景逸謂自唐以來，未有若是明且悉者，其立身行己，自發身詞林，以至八座。林希元謂如精金美玉，莫可致疵。嗚呼！學術醇正，人品卓然，先生可謂一代之真儒矣。

保定張氏傳後序

夫見危授命，士之常；守圉扞敵，臣之分。食禄而避難，妾婦所羞；綰綬而偷生，國家安賴？未有身歸林下，地異戎行。未憑授鉞之恩靈，亦鮮專城之寄託。遇黑山而咆勃，遏青犢而激昂。虞長史之一門，埋魂中野；韋護軍之三弟，析骨窮塵。則地老天荒，無二之心不改；主辱臣死，在三之節凜然。孔曰成仁，孟云取義。豈非生輕一髮，名重千鈞者哉！

在昔明室板蕩，大眚流行。玉牀圮而帝曜移，寶鏡亡而孝陵哭。螽螟匝野，流民枕墻壁之間；參虎經天，叛卒起竿旂之下。窮奇檮杌，各螽午于崤函；石勒王彌，漸鴟張于江漢。加以陳濤之將，本乏神機；灞上之軍，但如兒戲。九州瓜潰，五嶽塵飛。鯉魚上天，勸進獻海東之讖；李花結子，成符援河北之謡。錦帳銀箏，賣雄城而自得；青袍白馬，渡重險而不知。遂犯居庸，長圍鉅鹿。將傾大厦，一木何爲；既濁黄河，寸膠奚補？

乃有保定張氏者，大兄釋褐，預關宴于曲江；介弟挂冠，留清風于光禄。張安世累葉國恩，袁劭公乃心王室。對監軍而流涕，誓鄉勇以嬰城。左袒一呼，義旂四起。戰無三北，不求螘子之援；智卻九攻，大有鵶兒之勢。武安則瓦同雷震，盱眙則戸與城平。既而六經猿鶴，九廟灰塵。聞魚服而椎心，攀龍髯而無路。則有築壇上將，不圖祀夏之功；推轂元臣，竟蹈奔周之迹。射帛告華元之急，縋城獻督亢之圖。雲漢烟紅，崑岡玉碎。西偏既陷，睢陽無殺賊之時；北面長辭，初起得捐軀之地。臣力已竭，天道何言？伯兮叔兮，牽衣而赴鼎鑊；無小無大，執手而下井闌。百六運終，此何時也？廿三人死，欲誰爲哉！

嗚呼！雪霜貿貿，知曉節之益堅；風雨蕭蕭，信晨鳴之不變。粤自龍飛白水，虎踞金陵，拔茅則陽德方升，開國則小人勿用。雖復成王何在，蹈赤族而如飴；愍帝無歸，抱青衣而痛哭。更有整頓乾坤之手，急收中興將帥之心。惟禄士而尊賢，乃破家而仗節。洎乎嘉隆中替，威福下移。元載盜枋于前，盧杞蠹國于後。及任刑餘于恭顯，宵小呈身；寵乳媪之聖嬈，清流醢骨。北寺之玄黄未息，東林之水火相仍。田竇負貴而蛇争，牛李分明而鱗鬭。赭衣何罪，刊章逮鈎黨之魁；碧血多冤，録牒滿同文之獄。過墓門而悲大鳥，賢聖道衰；焚筆硯而聽黄鸝，衣冠數盡。遂使鬼謀曹社，人哭秦庭。風鶴相驚，或竊妻而逊晉；鼓鼙尚遠，已挈族而辭虞。豈知良臣解骨之年，竟餘子一兄弟；庶士叩心之日，猶傳南八男兒。下至汪踦殤魂，不忘社稷；杞梁嫠室，亦厲松筠。十六才子之生，方斯未讓；五百軍人之死，儷此非慙。立懂則合乎貞，併命則貫乎義。爲招魂于桑梓，全節名鄉；倘刻木于春秋，表忠識觀。與臧洪而同日，一片丹心；後袁粲而死讐，百年恨淺。不揣婞鄙，聊寫悲歌。

彭禹峰先生讀史亭集序

鄧州彭禹峰先生，星象降精，山川結粹。威容器觀，森梢烟雨之標；雄辨壯詞，舒卷風雲之氣。探羽陵而搜汲冢，腹富詩書；譏高密而薄扶風，眼空今古。以至穀城奇策，鬼谷兵謀，九攻九卻之方，七縱七擒之術。莫不樞機在手，變化從心。吕文穆見而改容，許以台司之量；郭林宗出而延譽，重其王佐之才。

爾其雁塔初題，牛刀始割。正值邊郵烽火，旋驚畿輔滄桑。終制北堂，避兵南服。未幾，拜雄藩之辟命，羔雁方來；提節度之孤軍，鸛鵝已整。衆裁一旅，寇乃重圍。玉鼓龔行，鞭笞痍叛；金戈直指，篲掃欃槍。請纓縛眴町之魁，破竹搗牂牁之穴。既而昆明持節，乃比王褒；南粤擁旄，還如陸賈。遂使蘭滄葱嶺，歸我版圖；羅帶玉簪，服吾聲教。棄觚學劍，傅介子之功名；投筆登壇，班定遠之骨相。固可書之年表，載以旂常。至若幕謀檄草，不藉陳琳；薦墨辟書，無煩阮瑀。事當火迫，磨楯以揮；變起倉皇，横刀而去。文勇與弓聲並振，才鋒將劍氣俱來。河瀉崑崙，走滄溟于萬里；雲生泰岱，徧寰宇以崇朝。又若横槊題詩，書鞭作賦。入曹劉之坐，意氣沉雄；登李杜之壇，冠裳綷縩。豈惟聒蟄爆聾，愈風已瘧，轥轢前古，沾丐後人而已哉！

顧乃風景不殊，江山無恙。採陶潛之菊，聊爾消憂；種邵平之瓜，且將息世。洎乎蛾眉見妬，猿臂難封。驚心新息之讒，銷骨中山之謗。推枕則黄粱已熟，金帶安歸；攬鏡則白髮無多，唾壺欲缺。頭顱如許，未酬馬革之心；髀肉奈何，莫究龍文之用。又況山陽日暮，舊雨依稀；易水風寒，昔遊零落。茫茫青塚，無非埋恨之場；浩浩黄塵，安得寄愁之所？于是臨河下泣，登嶽長謡。託興于炎風瘴雨之間，感懷于楚水黔山之上。平原歎逝之賦，大都怊悵居多；蘭成思舊之銘，唯以悲哀爲主。則又孤臣所不忍讀，秋士所不忍聞者也。

其手筆也如此，其功業也如彼。惟其生長南陽，抱武侯之方畧；結鄰西鄂，占平子之才華。故得身作功臣，傳歸文苑。杜當陽何嘗跨馬，將帥並推；祭征虜不廢投壺，儒雅胥服。豈若殷家名士，未解韜鈐；曹氏武人，麄諧競病。則信乎應百年之運，鍾五行之秀者矣。

令嗣直上先生，員半千之子弟，卓爾不羣；何第五之德言，褎然無敵。哀父書于篋衍，壽家集于棗梨。不圖沆瀣之精，乃屬糠粃之導。某望琳瑯而目眩，對珠玉而形慙。登薛卞之門，何知論寶；入夔牙之室，敢謂解音？諈諉難辭，揣摩略附云爾。

潘夫子稼堂文集後序

吴江潘夫子道航聖瀆，材棟儒林。孝弟根心，樹五常之軌範；文章報國，萃六籍之菁英。張茂先之洽聞，三十餘乘；鄭夾漈之博物，五十八籤。莫不原始要終，望表知裏。加以吟鞭弔古，蠟屐尋幽。登泰岱而涉黄河，眼高四海；上會稽而探禹穴，胸著千年。波起洞庭，遥聞廣樂；月明太華，獨聽清鐘。求笙吹于伊川，仙人宛在；想簫聲于汾水，古韻依然。五嶺逢人，梅花如雪；三瀧放棹，荔子初丹。訪李渤之弟昆，淹留廬阜；問篯鏗之孫子，躑躅幔亭。舟車窮宇宙之奇，筆墨擅江山之秀。況乃支郎今日，摩詰前身。心會真如，義聞第一；光生湛寂，語契前三。清衆筵邊，曾闡羊車之教；浄名席上，咸諧龍樹之禪。故凡九章三統之書，得其原本；四聲五音之學，辨至毫釐。而平生得力，尤在十翼之中；精義入神，不襲九師之説。管公明服其旨遠，王輔嗣讓厥辭文。固已秦肆金輕，周京紙貴者也。

于是賦傳黄案，恨不同時；詩入丹宸，驚爲才子。下弓旌于高密，給筆札于尚書。遊島上之三神，壓人間之千佛。露門造膝，非仁義不陳帝前；廣厦説經，有語言必妙天下。編華林之《七録》，近領鄒枚；擅史局之三長，遠同遷固。龍鱗不世，則魚鮪皆驚；虬幹有年，則蚍蜉難撼。聞枕中之秘，借讀盈門；索亭上之玄，求觀如堵。洪瀾巨派，盡號文雄；大手名人，交推獨步。

夫摛文以傳世，道在則尊；養氣以立言，德成者上。方朔三千之牘，徒騁才情；康成百萬之言，有功經傳。夫子胸吞雲夢，心湛秋陽。感物造端，括囊乎道藝；模山範水，涵泳乎性靈。詩本風騷，文兼崔蔡。可以呵磨皸瘃，可以澡雪精神。玄酒太羹，藴古今之至味；黄鐘大吕，寓天地之元音。豈猶岳淺機蕪，元輕白俗，所能望其萬一也哉。

某簾下傳衣，座中授簡。雖當前數仞，從入無門；而疇昔瓣香，依歸有日。詎意斯文寂寂，吾道茫茫。思北面其何年，入南柯兮無路。所幸杜陵詩在，喜家法之有傳；顧悌情深，輯遺經而復覯。嗚呼！重遊海上，鍾期授寫怨之琴；藏在山中，李漢製編年之序。天無意于後死，人有感于前型。敬附詹言，淚零末簡。

管黃門若梁詩集序

河來天上，揚波詎比于支流；雷出地中，聒蟄寧同于鼛鼓。簫韶洗耳，自厭淫哇；雲夢羅胸，奚容滓窳？立言立德，琳瑯雅頌之音；昌志昌詩，磅礴江山之氣。故有真儒之風矩，騰譽青箱；必追大雅之聲塵，希光紫磨。膠東紙貴，秦肆金輕。

新興管若梁先生，黃散班資，朱虛門望。弆白心于篋衍，家集猶存；留皂帽于巾箱，清芬未遠。編還《七録》，僻書不在南床；鍊就《兩京》，才地誰如西鄂？于是把金錐而鑿混沌，登玉籍而上蓬萊。排門則二等金釭，直院則三更鈴索。賦詩拾翠，骨有仙風；落筆中書，文如秋水。方雲移乎雉尾，即天笑于螭頭。前席談深，覺賈生之過朕；虛宮對後，喜司馬之同時。晉秩夕郎，升華左掖。唐侍中衣薰寶麝，漢惠文珥插金貂。噉蒜風流，古井無波之水；彈蕉峻整，淇園貞幹之臣。玉冷蘭香，猜防不顧；黃縑赤管，從事獨賢。

更有二端，足覘萬善。憶昔當癸未之春，竊曾襄甲乙之柄。看朱成碧，疑心秤之未平；登明選公，懼口碑之不許。唯聖俞爲五星之佐，使王曾占千佛之魁。天語特褒，輿情胥洽。似茲虎榜，公真不負其初心；搜得驪珠，我更難忘其慧眼。既工選士，復擅釐奸。向因盜鑄之犯科，爰飭輸錢以充賦。昭然令甲，徧滋蠹吏薰心；赫爾新規，難免貪胥恣壑。時余謬司泉府，慙杜弊源。先生以徽省檢校大農，吕誨以栢臺整察民部。同度尚之發摘，令出惟行；藉王儉之精能，姦何由作？

其風節也如此，其文學也如彼。海域挹其軒冕，公卿服其軌儀。以之丹青政府，富貴雖若緒餘；梁棟朝家，功名必留久遠。顧以松班之偶誤，遂其菊徑之閒情。長樂鐘殘，往夢已如蕉鹿；夕陽亭暮，秋風正值蓴鱸。橫野水之孤舟，浩然去國；讀故山之遺集，聊爾歸田。乃者班馬將行，把袂而語。恨古人之不見，定價爲誰；恐來者之難誣，敷華匪易。閒多吟咏，敢冀流傳？唯恃惠施知我之深，願同敬禮定文之託。爰因諈諉，畧爲鋪棻。夫其括囊道藝之林，馳思風騷之内。光昭正始，嗣蘇李之音徽；沈浸黄初，耀曹劉之骨彩。三年楮葉，幾費工夫；一片藕綃，都成紋縷。非烟過眼，清風入懷。聽曲郢中，誰赴陽春之節；刺船海上，難撫山水之音。未望墻籓，聊颺糠粃云爾。

路學博題意便覽序

儒者讀聖賢書，將以體諸身，用諸世也。沾沾焉句詮而字釋之，抑末矣，况徒爲時藝作指南乎？覽雖便，君子奚取焉。雖然，書不盡言，言不盡意。既已屈首受書，窮年矻矻，而古聖賢言之所發，意之所存，不能深究，僅取一二逢年之技，描聲畫影，以倖博科名，此又與不讀書何異？有識者更病之。

余幼承庭訓，年十六即補博士弟子。逮歲踰强仕，始徹通籍。三十餘年間，南北東西，總以舌耕爲業。偕門下士日講四子書一章，取《大全》《蒙引》《存疑》《翼註》《説統》等書，綜其緒論，定厥指歸，迺復合先朝《定》《待》《存》《閑》《同文録》所選諸大家及啟禎名文，含英咀華，組織成一家言，積十五年始竣。嘗出其書與同學吕子晚村、仇子滄柱風雨明晦，賞奇晰疑，而二子亦嘗採其説附諸時藝之末，以質海内，雖可否未知，然于此中之甘苦，亦約畧備嘗矣。

頃膺督河之命，駐節平舒。學博鹿默菴數稱其同里路孝廉砥行力學，司鐸益津，日與弟子員手四子書一卷，闡微言，究精意，其或以門外事瀆者，面發赤，有古君子風。余心竊識之。未幾，來謁，道貌古音，令人肅然生敬。徐呈其所著《便覽》，丐一言爲序。余讀之，原原本本，挈領振綱，而所衷仇、吕之説，則又如逢素心，不啻數晨夕而訪異同，快何如也。

嗚呼！今之爲學博者，倖掇一衿，援明經例，儼然人師者吾無論。即或登賢書，薦歲進士，一旦膺此席，不過邀升斗，與門弟子較束修薄厚而已。否則賦詩飲酒，廣樹交游，以坐作聲價，其于古聖賢精意微言，茫乎未之聞也。今路子以名孝廉坐寒氊十餘載，户外事不一問，所相與發明者，惟古聖賢垂示之旨，則思不出位，亦即體諸身而用諸世也。使由是而大行焉，其成就又烏可量？豈猶夫倖科名，邀升斗，坐作聲價者可同年語哉？

馮黄門懿生詩序

雁門馮懿生先生，學廣聞多，芒寒色正。令稱大小，緋笏横床；屋列東西，青箱盈案。語通明之家世，韋杜唐年；論清劭之門風，袁楊漢代。言成準的，大雅扶輪；行守宫庭，諸生祭酒。丹霄榦聳，呈其搆厦之材；滄海風高，展厥垂雲之翼。瀛洲學士，搜天府之圖書；方丈仙人，謝世間之風日。八九席廻翔講幄，數十年領袖金華。拜命丹墀，持衡白下。栽江南之桃李，不種薔薇；收冀北之驊騮，唯遺駑駘。螭頭退食，吟紅藥于西清；蟬髩升華，彈甘蕉于左達。嗚朝陽之鸑鷟，將令百舌收聲；放霄漢之鷹鸇，欲使羣飛斂翼。人之不幸，今也則亡。安民濟世之才，黄門已矣；酌雅稾經之句，緗簡依然。

某向遊敏果之門，遂識曲陽之面。挹清波于劉井，沾丐良多；攀貞幹于柯亭，風流可即。當年梓澤，一堂容谷之駒；何處芙城，千古華亭之鶴。遺編在手，髣髴琴壺召我之時；昔夢登心，依稀風雨懷人之日。嗚呼！劉真長之悲麈尾，心許斯人；向子期之賦笛聲，情鍾我輩。爰因敬禮定文之託，聊作蘭成思舊之銘。煤尾墨濡，簡端淚漬。

學博吕雍時遺集序

原夫曆元兆數，隨月令以分宗，樂府和聲，配律音而定族。故受斯姓氏，造化每屬鈞衡；出彼門牆，春秋亦增紀覽。

硯友雍時呂長兄，絲綸世系，鐘鼎家聲。生稟奇徵，墮地而驚胞紫；夙根慧業，見書而訝晴青。花吐毫端，直欲迎風笑舞；蛟生字裏，早思破壁騰飛。當黄郎對月之年，已魁博士；暨楊子譃禽之日，便饒膠宫。固已名高宿學，儲軼類之名駒；譽滿通都，矯空羣之神駿。

爾乃論交最篤，筮麗澤以泳游；集益方酣，訪他山而攻錯。記臨雲之雅集，在丁酉之芳春。斯時也，筆陣摩天，文瀾捲地。趨敦槃而恐後，奚止兩到雙丁；拔旆幟而争先，大都三明八俊。壯心浩遠，君既鼓吹其間；豪氣激昂，僕亦折旋于後。自盟金石，加締絲蘿。脱帽呼觴，漫道爲姻爲婭；踞床鬬茗，焉知誰主誰賓？似此忘形，相於快意。詎料星霜易換，不少升沈；膠漆縱敦，偏多聚散。偶前驅而倖獲，仕路茫茫；奈並駕而棲遲，名場蹇蹇。風飄鱗羽，三千里外空傳；雪染鬢眉，十八年來希覯。迨息機而返轍，悵往事之皆非；因懷舊以作銘，問故人其安在？幸哉此老，大有貽芳；妙矣諸郎，正多濟美。奉遺編而屬序，若定文有託于前；披剩簡而興嗟，乃知我實函于素。是用循環紬繹，説經饒嶽嶽之風；錯落縱横，譚史發觥觥之象。褒貞表孝，無非革薄而崇忠；希聖尊賢，都是廉頑而立懦。宏篇幾什，具見生平；尺牘數行，亦窺旨趣。

顧乃縹緗插架，終淹伏勝之一經；苜蓿堆盤，卻負鄭虔之三絶。官居其冷，在展氏未必爲卑；號取夫愚，恐柳州或非無憾。然而文章原有定價，寧藉熱官；著作既足垂型，自逢知己。又況初扳台嶽，起萬丈之文峰；再涉清溪，挹千尋之墨海。龍門望峻，振鐸奚窮；鴻筆輝騰，棲氈亦樂。則今日笑談雖杳，寤寐猶通。欵桑户而徘徊，豈容題鳳？度板橋而躑躅，仍許聽鸝。忍斷耶西州末路，堪贈者北郭先生。

同年蔡方麓紀恩詩序

清溪蔡學士目窮萬象，胸著千秋。閉户譚經，涵泳先王之澤；下帷嗜古，周旋大雅之儒。夾漈五十八籤，率皆默識；陳留四千餘卷，靡不覃思。焕乎文章，聚張融之玉海；繡其鞶帨，照郭況之瓊厨。高價風馳，驚才電逐。過江名士，争爲扶輪；入洛時賢，交相承蓋。雲霄榦聳，呈其搆厦之材；閶闔風高，展厥翀天之翼。遂以一夔之儁，出當千佛之魁。杏苑題名，菜苗協夢。平生勵志，王曾本海内無雙；當宁傳臚，孫弘真天下第一。佩荷筒而儤直，掞藻天庭；賜蓮燭以歸來，分光香案。凌雲賦上，喜司馬之同時；前席談餘，嘆賈生之過朕。金輝羽殿，洵翰墨之大勳；玉立麟軒，實蓬瀛之異彩。而巖廊寵渥，屺岵思深。入陳烏鳥之情，出捧鳳凰之詔。十年及第，久邀羣玉之榮；五鼎承歡，更甚泥金之喜。問起居而上壽，賜錦如雲；迎笑語而稱觥，宫花似綺。蘭泉杉月，頻導潘輿；雲衮霞纓，都成萊綵。感恩北闕，縱眷戀于九重；養志南陔，甘棲遲于百歲。詎意匪莪銜恤，欒棘茹悲。雖檀火葭灰，流光屢改；而兒啼孺慕，祥琴不調。

時則鳳帽春巡，虹旓南下。念鄒枚之學術，嘉乃勤勞；鑒曾閔之孝思，增其錫賚。拜賜金于少府，開連繖之佳城。桃柳依依，儼庭闈之手澤；松楸歷歷，總霄漢之恩波。子平之卜兆已申，安石之出山乃決。露門載筆，日三接于西清；廣厦説經，歲九遷于東閣。上池金鯽，頒及松門；宫硯玉蜍，擎從茅殿。擢爲詹事，賜第接于宸扉；呼以狀元，殊恩出于天語。

昔敬輿言聽，謂内相而不名；李泌功高，稱先生而加禮。以今相較，與古並榮。而且扈蹕省方，每叨清問；過家上冢，洊被輝光。是則張茂先之公才，廟堂倚注；薛贛君之經術，物望歸投。密贊絲綸，羣瞻黼黻。正如羣山之仰嵩岱，萬壑之赴江河。固宜感物造端，媲雅儷頌者矣。

夫三德以正直爲先，四教以文行居首。抒寫性情之什，乃號風騷；發揮天地之經，無慚述作。學士包涵天粹，擩嚌道真。會三光五岳之全，究四始六義之旨。新詩麗則，大都忠孝之音；雅咏温恭，悉紀君親之德。撞黄鐘而鳴大吕，鄭衛銷聲；嘗元酒而挹太羹，牲牢無味。可以滌濯滓窳，可以支立欹斜。誠世教之津梁，亦國風之宰匠。周京紙貴，秦肆金輕。豈比夫潘淺陸蕪，元輕白俗而已哉！

弟某看花並轡，視草齊年。罕繼聲塵，神索大巫之側；幸同臭味，氣蘇君子之前。明月入懷，玉卮在手。較量六代，不如季札之聰；誦《美三都》，未及士安之識。敢因諈諉，畧附鋪論。

顓齹院三友居序

何水部流連公廨，祇托興于清芬；袁丹陽造訪人家，且走觀夫瀟碧。若乃亭亭獨立，翠色非筠；鬱鬱後凋，蒼皮似鐵。杜拾遺移來堂下，略比人長；王給事種得庭前，希逢鱗老。是知芳叢可借，衆美難偕；雅契云遥，一奇孤賞。不有襟期絶曠，將往蹟其焉尋；縱關臭味最真，或名言之鮮聚。

如我使君顓公之蒞浙也，乘公餘而眺署後，緣故地而搆新居。植松、竹、梅若干，顔曰三友。噫，異矣！

間嘗遐考芸編，旁參卉譜。見夫尊之爲叟，曾拜大夫；愛則稱君，并呼慈母。至於月明林下，美人之相贈胥宜；雪滿山中，高士之交推不爽。如斯比類，亦復多端。要未有略形骸，敦性命，而直呼以爲友者。

詎期烏幕朝暉，森其才而羅列；栢臺夜雨，須我友而樂羣。創者何人，定非俗子；葺之此日，殊勝當年。抑思薄海熬波，赤地乏半枝之蔭；單車榷鹽，黑天惟冗竈之遮。填委簿書，那容抛擲；安排商儈，難免綢繆。又況冰節乍移，奈星軺之速去；瓜期易及，等傳舍而難留。槩窘倥傯，漫誇瀟洒。公乃寄情甚遠，結契彌高。掃苔徑以相延，庀荒齋而共寫。未嘗折簡，自許招攜；試一披襟，真堪晤對。向伊不厭，忘佳客之忽逋；舍是奚憑，願惠賓其勿到。鏘鏘環珮，豈信人間；渺渺竽笙，直疑天上。猗歟舊緒，展也芳規。

因是竊有感者，以彼樵歌漁唱，徼風月之遞乘；花笑鶯啼，閲亭臺之幾换。仙翁已杳，嶺抹萬株；刺史奚從，閣沉千个。蝶雖撲粉，誰爲蘇女之樓；鶴縱歸雲，蔑認林君之户。凡湖山之荏苒，皆俛仰以躊躇。公獨關心，尋幽自喜；人咸合志，懷古滋殷。吟嘯連篇，憲府便似神仙之窟；獻酬累牘，鹺衙竟成騷雅之區。而且加意采風，刻期彙錦。歌斯友者，莫非鮑逸而庾清；頌厥居焉，都是班香而宋艷。投珠實燦，倚玉增輝。雖白傅之三朋，但傳北牖；即米顛之獨拜，罕和南宫。

僕既息機，驚窺繡句，集偏屬序，勉綴蕪詞。支頤抱膝之餘，頗饒想像；蘸墨濡毫之後，還欠形容。惟是扳來桂樹，羡淮彦之皆仙；玩去桃花，卜劉郎之再駕。庶其券若，聊以弁諸。

花園里朱氏宗譜序

吾邑多著姓，顧漢唐以降，號閥閲者，槩陵夷矣。惟元明迄今，勳名爛然，後先相輝映不下數十家。而自宋以來，四五百年間，出處彬彬，敦倫勵節，崇經術以昭理學之傳，則朱氏爲最。考其譜牒，上泝顓頊，歷三代，暨秦漢六朝，代多偉人，彪炳史册。逮唐季，制置茶院公始著新安，八傳至吏部公韋齋，官政和，遂家于建，誕考亭夫子，爲孔孟後一人。于是朱之在閩，在歙，在金陵、吴郡、永城者，無遠近，皆宗之。而吾邑花園里朱氏，獨以考亭世系，雖班班足據，恐世遠涉疑，寧闕如，斷以宋皇慶間千二朝奉公栝爲始祖，蓋居浮橋而葬花園，肇跡確然，從信不從疑也。夫以考亭之賢，俎豆千秋，縱不朱氏，亦可遠宗而祖述，況世系昭然者乎！而慎重乃爾，較世之妄宗華胄，影續名賢，謂他人父而祖若宗反湮没不之問，其志趣相懸爲何如哉？且閲朱氏統紀，茶院公之後有宦武原者，居尚胥里，世號東朱。而考亭哲孫轉運兩浙，遂卜居杭郡，主文公祀，其一子復徙鹽官小桃源，稱西朱。是杭與東西二朱，皆與千二公系相屬，居相近，昭穆相次，不稍紊。詩書繩武，冠蓋比肩，主宗盟者似可比而同之，以鳴厥盛。而諸公復以族紛人衆，訂核維艱，板雖三四鋟，仍以系出本里者爲三大支，條分縷析，源委秩然，非特誌科名，詳爵秩也。凡力田而敦行，下帷而稽古，孝友睦婣，貞烈可垂者，雖貧賤，罔或遺焉。噫！近時家乘，所紀不過揚扢巍科，鋪張宦績。否則，文采風流，蔓援枝引，而終窶朴拙，棄遺不一録者，何可勝道？睹斯編，其亦知恧然愧，憬然悟否也。

余生也晚，花園里典型在望，不獲盡親炙。然即如近修先生窮經讀史，以名孝廉爲人倫冰鑑，而長歌短嘯，姑自號欠菴，以鳴其俯仰負疚之意，亦可慨矣。康流先生掛冠遯跡，胸羅百家言，吶吶如不出口，而窮年著述，實足闡微言而垂百禩，不欲效義熙遺老托詩酒以怡情。吾邑著姓中，求如兩先生有幾人哉？而前與後之彰彰耳目者，又未易更僕數矣。憶少時，一謁欠菴，聆其緒論。康流公則數經提命者，嘗偕其猶子與三乾若岩生諸君同事藝壇。而哲嗣子懷砥行嗜古，與余交倍篤，譜成問序，姑爲之述其概。若夫圖系之詳，採訂之確，紀述之明，備一覽而勃然興仁孝者，諸先達詳哉稱之，不復贅。

顔伯寧傳序

顔君伯寧，曲阜根條，平原派衍。廟藏鵲印，表襃鄂之勳庸；庭列蟬簪，配朱張之族望。

文通武達，世禄綿延；地義天經，門風清劭。故其學由師授，仁自性生。魏郎弄戟之年，即知救父；黄童對日之歲，不惜捐軀。蹈白刃其如歸，擊黄巾而益奮。遂使鴉兒稱孝，遽還鮑出之親；蛾賊聞風，勿犯華秋之里。

既而讀書厲行，挾藝射科。將經營于四方，竟棲遲于三徑。宗族稟訓，鄉黨歸仁。聞徐孝肅之誘人，望廬引咎；懼王彦方之知我，被戮甘心。排難解紛，頻脱鉗奴之阨；嚮風慕義，争求蘄椽之書。而湻白難緇，撝謙不伐。褒蹏報德，畏暮夜之難欺；蠐首酬恩，恐屋漏之多愧。而且憐婦翁之無後，納姬侍于别廬。門户不孤，箕裘有紹。孔仲山固阿里之善士，魯仲連誠戰國之高賢。卦揲中孚，福操左券。固宜九百餘策，錫之自天；七十一人，嬉恒繞膝。

洎乎歲當辰巳，運厄龍蛇。一隻黄麟，方征寥廓；十九白鶴，頻集軒墀。月羽襹褷，類陶家之弔客；霜毛秀整，疑張相之前身。似兹下瑞生祥，定屬人倫之異事；益信澡身浴德，當爲國史之名流。敬序傳端，用彰風軌云爾。

常先生鄉賢事實序

近世士大夫頌揚先烈，輒舉科名、爵位侈耀當時，否則著述有所表見，亦或追叙之不忘。間有述及行誼者，類必瑰琦卓犖驚人耳目之舉，而日用倫常，置焉勿道，以爲是庸行無足多也。豈知官非可恃，文不足矜，新奇可喜之事，庸俗驚焉，君子不録。而惟兹日用倫常，飭躬砥俗，以善厥身，以垂厥後，科第、文章亦往往于是基焉。蓋報施若斯之神也。

常給諫縉公，與余同榜成進士，釋褐時，善氣迎人，已覘世德。然余官翰苑，縉公出宰山左，踪跡闊疎，淵源不獲深悉。甲申，余奉命督河，駐節平舒，去歸義止三百里，邑紳士洎父老嘖嘖頌縉公官聲，皆由□□先生積德累仁貽謀所致。余心竊志之，及奏績還朝，縉公亦膺鋒車之選，共事容臺幾一載，乃備知先生生平積累善蓋方州，而縉紳士庶，羣彙其素履呈諸當事，俎豆宫墻，給諫遂付剞劂，以公海内，囑余一言爲序。

余不文，然誼不敢辭，因即其所頌述，略爲表章，而敦倫砥俗，科第文章之盛，淵源固已遠矣。較彼高談世閥，遠追文望，與夫矜奇而弔異者，旦夕間非不赫然，未幾而湮没竟不復振，孰得孰失，相去爲何如哉？

嵇叔子先生三集序

酉戌之交，淮陰嵇先生以當代峻望來守吾杭，龔黄異績，更僕未易數。閱壬子歲，届賓興，先生檄九邑弟子員，自春王至秋七月，月各命題一試，試凡有七。某不敏，俱叨冠一軍，九邑嘖嘖傳爲盛事。先生以緇衣之好，囑邑令召某一見。某性迂從，未懷一刺投謁當事，竟不赴。乙卯，忝賢書，公車過淮，始造訪先生。先生喜甚，曰：『吾向爲若郡守，召不一來。今已老牖下，惠然肯臨，何古道之敦也！』酌酒而别。己未春，先生膺鴻博之徵，某亦以計偕抵都，走西郊握手。先生遂以病南還，不復起。迨某官翰林，令嗣南軒適與同署，相得益彰。辛未，督學江左，南軒乞假，過澄江晤別。別後雲山曠隔，杳音問者二十年。

辛卯春，先生賢孫麟洲，即南軒之子也，忽辱顧。寒暄外，問何所事，曰：『先君子存日，旦夕間獨佩先生。今去世，不肖承先志，不遠二千里無他幹，念先大父立德、立功，彪炳寰宇。其立言也，著述等身，真可信今而傳後。所刻初集不戒于火，存者僅二集，都人士羣奉爲指南。不肖輩搜檢笥篋，復得遺稿共若干，續爲三集，將剞劂以行久遠。當今宗工惟先生，而先生又獨敦古道，敢丐一言叙之，用藉不朽。』

某驚謝不敏，繼又念知己之感，雖老彌篤。而麟洲跋涉數千里，表彰先烈，尤末俗所僅見。誼曷敢辭？遂展遺稿，盥讀循環，不能贊一詞，略叙其淵源之概。若夫文之卓犖，彷彿韓歐，詩之沉鬱，詞之雋永，窈然以深，峭然以古，直與唐宋諸名家互争雄長，讀者自知之，非末學敢阿所好也。

蔣約齋玉笥堂詩集序

憶乙丑，蔣子鶴汀挾其時藝一册虚懷請訂。余讀之，原原本本，絶遠時蹊，早悉其家學之特異矣。數奇不偶，出宰醴陵，凡所施設，一本世德爲愛養。不數年，仁聲翔洽，邑士民戴之，若真父母。是鶴汀之文章及其政事，何一非庭訓之所貽耶？壬午，膺鋒車之召，臺省虚左，忽以内艱歸，都人士惜之。庚寅補西曹，晨夕晤對，温文爾雅，不啻明時白雲司王、李諸公風流復見，益心儀不置。辛卯春，因予將南旋，乃出其先人約齋先生所咏五七言近體三十六首，丐余一言。雖未覩全豹，而春容渾顥，駸駸乎已入三唐之室，其傳世又何疑焉？

余因之竊有感矣。先大夫負奇磊落，滄桑後棄舉子業，寓意詩古文，高吟密咏，晦明不少輟十餘年。詩可約萬首，蒼鬱沉雄，直與牧齋、梅村兩先生互争雄長。然秘之枕中，不肯一示人。丁酉秋，病劇，命一童檢篋笥所存，悉付祝融氏，并呼余兄弟曰：『陶靖節丁典午之末，寄情詩酒，沖融夷澹，圭角渾然。而吾則撫時感事，慷慨悲歌，不無忤俗之句，故火之。古人所爲，身將隱，焉用文也？』余兄弟哀號環懇録百十首，終不可得。今讀玉筍堂遺稿，鶴汀能于散軼之餘，搜録成帙，朝夕相攜，如親嚴訓，以垂不朽。其至性之過人，抑何遠哉？余披誦之餘，撫膺惶仄，不自禁痛悼之何從也？

浙閩總督王公制義序

韓退之有言：『自古文章之作，恒發于羈旅草野。至若王公貴人，非性能而好之，則不暇以爲。』而獨于僕射裴公著作，則稱其鏗鏘發金石，幽眇感鬼神，謂之材全而能鉅。余讀王先生之文，而益信斯言也。

先生學本六經，貫串諸子百家之説，自十七史以至馬、鄭之箋疏，朱、陸之異同，靡不探其精微，搴其稂莠，而一一發見于文章。弱冠取進士第，歷官方面，爲一路福星。轉躋卿曹，遂開府建牙，統制浙閩，擢賢能，黜貪穢，吏治民風，翕然丕變，至今兩浙士民尸祝不衰。始余典試西蜀，先生觀察北道，聞風投契，即以古人道義相期許。自後歸京邸，數從晨夕，言方行矩，卓然海内人師。時而興會勃發，詩古文詞，伸紙直書，摇筆千言立就，渾灝流轉，中有淵然之光、蒼然之色。蓋余之心折于先生非一日矣。余房師幼木陳先生作宰惠安，治行爲天下第一，以不善事上官，不得報最。偶向先生言及，輒扼腕不置。及涖任八閩，即首列薦剡。余益服先生之知人善任爲不可及也。嗟乎！先生功在社稷，澤被生民，固不但以著作名世。先生之著作，又不但制舉業可以傳世行遠。然竊謂佳文之在天地，如珠玉錦繡，其精光寶氣，蓋有必不可没者。

今年夏，先生令子□轉托張公鳳崖，持先生制舉業若干示余問序，將開雕行世。余讀之，見其取材于博，取精于約，左宜右有，運奇制勝。時而長江大河，頃刻千里；時而鍊金成液，寸鐵殺人。其所化裁于先民者，上自歸熙甫、唐應德，下及金子駿、陳方城，有明三百年以制義名世者，皆以資其鎔鑄，而一歸于醇正。噫，觀止矣！

始公與武定相國李公友善，各以名世自負，其功名、遭際亦畧相等，而其文又各自成一家之言。昔韓魏公不言政事，歐陽文忠不言文學，蓋不欲以其所長誇耀當世。然是二者兼之爲難，如先生與李公兼而有之，信所謂材全而能鉅也。余歸田以來，杜門卻軌，久不事筆墨，辱張君之請，追維曩昔數十年間舊雨零落，憮然太息，獨先生之文信其可以傳世行遠，因併識其大概于端。

顔氏家乘序

睢陽忠義公世籍鹽官，少時讀書故廟、祠、墓俱存，歷代遺官奉祀。子姓聚族居許村數十世，譜牒昭然，邑同姓皆宗之。獨先大夫訂家乘以時代既遠，恐間有疑誤，特遥奉焉，斷自許村初遷洛塘公爲始祖。辛卯秋，予告歸里，同學朱子懷家譜成，問序于余，併述其尊先生康流之言，曰：『東南朱氏，槩宗考亭。吾獨以世遠闕疑，第奉始卜厥里者，詳其世系不少紊。』余聆其言，與先大夫意脗合，欣然贅數語以慰其請。

甲午冬，族兄水心過硤川，緘一編囑曰：『此復聖公家牒，七十八代孫甦叟翁所手訂。翁係老友，願丐一言，幸勿辭。』余唯唯。繼思唐宋迄今，閲時不甚遠，康流先生與先大夫猶厪闕如。復聖公遥居東魯，歷今二千餘年，南渡以來，地遷世異，考核惟艱。徘徊者久之，姑置篋中不敢贊一辭。閲數月，乃恍然曰：『咄哉，何余識之拘也。』《禮》：『祖有功而宗有德。』子思贊仲尼曰：『祖述堯舜。』豈堯舜果貽謀，而仲尼迺繩武哉！朱子曰：『祖述者，遠宗其道。』道之所傳，功德存焉。祖而宗之，即水之源也，木之本也。復聖公當中天之季，早年聞道，與大成至聖並垂萬禩。後之好學者，苟有志聖賢，縱非顔姓，亦可遠宗而祖述。況甦叟翁讀書砥行，出處卓然，久尊爲武原文獻。水源木本之思，祖諭其孫，父勗其子，由武原而訪桐溪，由桐溪而考石門，由石門而溯曲阜，遠稽近核，垂數十年，折衷乃定。源源本本，必有確乎其足信者。紹先型而垂後裔，功孰偉焉？

余顧以遥遥華胄之閔氏同類而疑之，毋乃好議論，不樂成仁人孝子之美乎哉？且余更有説，顔夫子年僅三十有二，早冠聖門，向使天假之年，窮神達化，又何可量？今甦叟年且八十七矣，食貧樂道，耄期不倦，其於簞瓢陋巷之所得，或更有賢于人者。水心兄試以余言問之，甦叟翁然乎否？

洛塘宗譜序

乾吾父而坤吾母，人之所自生，皆天地也。九州八荒，具形色而戴高履厚者，孰非吾同胞乎哉！沾沾焉惟宗系之是問，隘矣！然而源雖一本，流則萬殊，古聖王於人生得姓之始，别其親疏，叙其遠近，由同懷而推異服，由異派而溯同源，祖功宗德，昭然若睹，人之所由，無忝於所生也。向使負形成質，列衣冠而讀詩書，詢其所自來，數代而遥茫焉莫曉，則與夫翼而翔，脛而走，飲啄奔趨以畢乃生，而鞠我育我，反眼若不相識，又何以異焉！若是乎，敦本睦族，生人大事，而宗系之不可不辨也。顧宗宜辨矣，而三代以後，動誇門第，以爲我舊家、我大族非單寒崛起者可望。亦思開闢以來，迄有今日，均是人也，孰非盤古氏所詒，何舊何新？何大何小？

況既已得姓數千百年之久，有貴即有賤，有賢即有不肖，帝王之胄，神聖之裔，亦不能免。而今之訂宗系者，不問真僞，不究信疑，妄援顯秩，竊附名賢，自謂遥遥華胄光垂簡册，而不知謂他人父，我祖我宗反棄焉而若遺，較之翼而翔、脛而走者，罪更浮十百矣，尚可靦顔於天地間哉！

予生也晚，不獲博稽文獻，但就歷史所傳，郡邑所志，家乘所載，知許之厥初，肇于炎帝，至伯夷佐堯有功，爲太岳而食采許昌，則自周初文叔始。歷秦漢、六朝以迄唐代六十餘傳，至忠義公世籍鹽官，出守睢陽。殉節後，歸葬本里讀書林側，建廟雙忠，賜祭田二十五畝餘，歷代春秋奉祀。子玫，婺州司馬現，金吾大將軍，共居邑西鄉號許村。二十一世及五提舉公，出處名位，譜牒昭然。而先大夫獨具卓識，謂唐以前，無論即睢陽公忠貫天日，義炳山河，縱非許姓，亦可遠宗而祖述，俎豆不祧，況世系彰彰，何敢自外？第千有餘年，滄桑叠變，倘間有疑誤，此衷何以自安？斷自五提舉次子誠齋公，從許村初遷洛塘，耕讀開基，爲前步橋始祖。昭穆遞承，鑿鑿不爽，子若孫其謹誌勿忘。

予不敏，仰承先志，從前譜牒，不敢遽泯，而誠齋公以下，迄今十有四世，爲之表其字諱，考其生卒，詳其妻妾子女親疎遠近，一覽而興敦睦之思，庶幾誠齋公世澤藉以不朽，即質諸睢陽公以上得姓所由，縱有闕如，淵源自可默契，何必援顯秩而附名賢，爲有識者所深鄙耶？至于同宗數泒，遠不具論。而同籍鹽官者，如許村、許巷、長安、邑城、靈泉里、白洋池、沈蕩、岩福以及武原數大支，統譜猶存，可分可合，姑以俟後之修明者。

宫詹李吉津先生東村集序

壬戌之春，予雋南宫，其同榜進士首除縣令者是爲霑化李君西音。之任之日，同人祖送國門，皆曰：『君此行非久，即當膺鋒車，爲臺省官。』李君奮然作色曰：『士君子出膺民社，當期不媿古良吏，寧徒阿婞取容上官，苟以報最而已耶？』及之官，涖事精强，無所撓避，竟以不合上官意，投劾而去。杜門教子弟，無幾微不平之色。于是慨然心折西音之能踐其言，而恨未竟其用也。

及癸未會試天下士，予倖厠總裁，得一卷，古質蒼然，含章藴采，歎爲老成績學之士。撤闈詢之，則李君同懷弟孚若也。比來謁，魚魚雅雅，退然如不勝衣，藹蔚然有古君子風。暨謁選爲江南石埭令，二年後以試事罣誤吏議，當落職，而此邦士民攀轅號呼哀籲請保留者日以千百數。大冢宰富公適讞此案，細訪李君善政得民之深，遂招以上聞。天子知其賢，嘉冢宰能知人，復原職，補任浙江德清令。甫下車，黠吏豪宗憚君威名，屏息觀望，君則愷以强教之，悌以悦安之，不剛不柔，敷政優優，治行爲浙屬第一。中丞深嘉之，俾攝篆石門，復翕然化效。石門士民惟恐君之不久于斯邑也；其德清父老則又日夕祝告，惟恐君之一日而離吾邑也。予因是竊歎李君兄弟先後舉進士，文學、吏治俱卓卓可紀述如是，果何以致此哉？

今年秋八月，孚若惠顧余舍，持吉津先生《東村集》拜手進言曰：『此先子遺書，將開雕行世，乞夫子一言以垂不朽。』予盥手捧讀，廻環數四，憮然太息。知先生之忠孝文章佑啟後昆，而西音、孚若兩君之出處事業，故能光大其前人也。語曰『芝草無根，醴泉無源』，其然，豈其然乎？先生少年掇巍科，三十典京闈，未及四十晉位宮詹，正議直指，位非言官，而以人所不敢言者去位，謫戍陪京，聞命即慨然登車，偕雪海、天中諸先生疇倡七年，忠君愛國之思，發乎性情，見于愾歎，無時無地而不存焉。卒之，先帝念其孤直，命返鄉土，作詩自述云：『只有故園三畝地，疏泉好灌紫梢藤。』其天襟洒落，意致蕭疎，又何其言短而味長也。先生與宛平尚書王公、真定相國梁公同年，同館中更升沉，不以盛衰得失易其交情。今觀其集中詩文往復，古道照人。今爲廣陵散矣。

嗚呼！先生名高千古，遊轍遍天下。文章垂世，讀之無問知與不知，莫不感發興起，有動於中。況予與長公爲同年至交，次公又忝有文字之知，此尤爲之俯仰徘徊掩卷欷歔而不能自已者也。今先生往矣，而後嗣代興，濟美前賢。先生其可以含笑于九京而無憾矣夫！

史記十則序

讀史者，貴得其大意之所存，以綜其源流之終始，而辨其質文煩簡之宜。如杜武庫之於《左氏》，范豫章之於《穀梁》，不彬彬乎稱雅搆哉！若夫分曹析類，掎摭補苴，驅古人之精靈以就我範圍，則昔之君子罕從事焉，雖劉向《七略》、鄭默《四部》、《通典》、《通志》暨近代左右編諸集，要皆總羣書而爲之，非於一書有所變置也，亦可知提要鈎元之非易易矣。

江都蔣君淹貫六籍，著書等身，而龍門一編尤爲抉藩籬而窺堂奧。由是分別義類，釐爲十則，兼綜條貫，不蔓不枝，蓋髣髴于紀事本末之義，而自成一家言。其用心亦良善矣。説者謂馬遷之史瑕瑜互見，如所謂其文直，其事核，以及先黄老而後六經，退處士而進奸雄者，昔人言之詳矣。今第綜其始終，酌其文質，使二千餘年間是非成敗，瞭如指掌，亦足以識大意而覩得失之林，固不必凌裂位置以掩古人之真，如劉季緒之見誚于東阿也。然余惟史學之荒落久矣，世之學者拘文牽習，掇採陳言，童而誦之，老而無獲，尚安望其沈酣勃窣，驅駕從心，於墨守、膏肓之外匠心獨運如蔣君者乎？況夫引繩雖異，曲度維均，不屑屑于作者之跡，而仍無失乎作者之意，則真善讀史者，而未可與季緒同年語也。

東安令周子草窗嘉禾集序

皇上垂衣四十有九年，緝熙至道，保合太和。齊七政於璇衡，調四時於玉燭。漏泉滴露，竹葦均沾；蓂莢賓連，宫庭迭見。則有黄雲覆野，村村華黍之祥；朱稼摇風，歲歲歸禾之盛。露白光天之下，吐秀銜葩；霜青薄海之濱，充箱罩隴。況東安而近華蓋，得氣尤多；爲北闕而作鈎陳，占春最早。一莖六穗，大有宛平之苗；異穎同株，絶勝瑯琊之稻。扶輿淑氣，固聖治之馨香；宣布中和，亦官曹之材傑。

縣令周子草窗，汲古得綆，學道愛人。展驥足于九霄，試牛刀于三輔。四知自凛，百廢具興。頖宫則碧瓦參差，都無蔓草；城堞則丹樓縹緲，宛若晴霞。絃歌聲裏，夜闌無吠巷之尨；秔稻香時，秋盡乏打門之吏。藉兹民樂，用召天和。雖粒粒紅瓊，盡屬田家辛苦；而垂垂白粲，半由邑宰陽春。昔張堪之典漁陽，謝承之遷吴郡。兩岐數穗，異代同符。得結數公，出爲霖雨；如侁百輩，往作福星。倉無碩鼠之偷，野有維魚之夢。豈非迂叟所深賀，杜陵所亟稱者哉？於是人懷綵筆，家寫紫芒。篇篇得秋水之清，字字奪春雲之麗。日月之貴名方起，君畏人知；乾坤之新渥必蕃，吾爲爾宰。

大城王文若詩藁序

詩言志，非以釣聲譽也。三百篇，清廟、明堂而外，窮巷幽棲，勞人思婦，苟有得于心，即可矢於口，登諸編簡，被諸管絃，太史陳之，王侯採之，吾夫子亦未嘗删之。若是者何哉？其志篤，故其言傳，不必皆高位而望重也。自風雅既降，源委漸岐，談詩者或溯魏晉，或倣齊梁，或尊三唐而宗兩宋。元明以來，條泒尤别。要其所崇奉者，類皆名公鉅卿之句，否則亦必經其賞識而後一唱衆和，羣且奉爲指南。他如鄉陬績學，皓首咏歌而敲金戛玉，埋没于流俗人之耳目者，可勝道哉！

歲丙戌，余駐平舒，河濱岑寂，孑焉寡儔。忽一日，樓堤王生手其先明經文若所著詩若干問序于余。余閲之，春容爾雅，渢渢可誦，三復之餘，詎敢謂追踪陶謝，比跡王岑，駕蘇黄而軼何李？要其性情之所得，温厚和平，蓋實有足多者。近世士大夫幼從章句，倖一第，始狥時而嫻吟咏，根柢原未茂也。閲數時，稍有所得，侈然自豪，漸且剞梨棗，樹壇坫，雄長一時。而聞風與望影者，又或羡其爵位，炫其聲名，争相推許爲當代宗工，其于志之貞邪，言之純雜，果有合于古作者之詩否，究未之計也。視文若之所著，優劣果何如耶？余故樂序之，以媿世之耳食而釣聲譽者。

同門吴司成花底和鳴集序

鳥鳴於春，蟲鳴於秋，鳴則同，而聲變已。唯風亦然。當其初春，扇物温温徐來，草木遇之而鳴，人亦愛其鳴也。及其觱發栗烈，叫嗷怒號，若有所激於時而鳴焉者。人之以文辭鳴也，亦若是焉耳矣。

同門吴鱗潭與余同官，承明十年，逢天子特達之知，常侍上左右，出入講幄。又上好文學，時令進其所著詩古文辭，親爲甲乙。以故，鱗潭得以其嶔崎歷落之概鳴於朝。應制之暇，退朝花底，則聚其氣類之相應者，爲詩酒文讌而善鳴之，其聲愔愔云。是以讀鱗潭之詩，敦厚而真摯，藹然爲盛世名臣之言。其感人也，如春風之被物，如琴瑟之專壹，昌黎所謂『和其聲而使鳴國家之盛』者，其殆此耶？《伐木》之詩曰：『嚶其鳴矣，求其友聲。』又曰：『神之聽之，終和且平。』蓋處成周極盛之世，得遂其釃酒之樂，而無愆於乾餱，故其鳴嚶嚶如也。鱗潭之以『花底和鳴』名其集也，其有《伐木》之遺哉！

余交鱗潭爲莫逆，知其人坦率而剛直，嚴氣正性，待子弟不少假借，視朋友如性命，偶有不合意，即拂然以起，面發赤，髮上衝冠。其人心銜之，久而思其言之切於病也，輒近前謝過。鱗潭即欣然交好如初。蓋余儕之益友也。其鳴也進於道矣。其亡時，余哭之失聲。今其子瞻泰、瞻淇先裒其詩集若干卷壽之梓，而問序於予。予熟視之，甚有所傷感於其中，而亦不自知其情之何以鳴也，爲畧書其概。

查夏重敬業堂詩集序

夏重之重于人，與人之重夏重者，豈獨以詩哉！其在家庭也，愉婉承歡，善繼其尊人逸遠先生之志，與其弟一堂師友，砥行立名。至于義方，垂訓慈而彌嚴，長若幼皆能自樹立。倡隨之誼，食貧相莊，悼亡一賦，終其身不再娶。其飭躬于内也如此。其立朝也，著作承明，出入禁闥者十年。天子嘉其勤慎，卿尹服其恬雅。年甫六十四，遽移疾還家，其於進退之際又如此，則夏重之足重于人，與人之重夏重者，固自有在，不獨以詩也明矣。

即論其詩，亦恢之以學問，深之以涵養，且歷覽宇内之名山巨川，以達其氣，裕其神，而擴其耳目之聞見，即物寫懷，皆其忠孝友愛至性至情之所藴蓄而流露，初非規規焉争能于聲律字句間也。平生所作不下萬首，今手自删定，起己未，迄戊戌，凡四十八卷。取隨駕山莊時御書賜額，名曰《敬業堂集》，乞余一言弁首，藏諸家。

余與夏重生同里，重以昏姻，晚又出余門下，自其少時伏處海濱，迄三十歲以後游學京師，歷仕歸田，數十年如一日，世之知夏重者，孰余若？遂不辭而爲之序。佟陶菴先生，夏重舉京兆時同年友也。既而同直内廷，晨夕數年，塤箎唱和，儕輩皆一時之選，而其服膺者，惟夏重一人。丙申冬，出撫東粤。夏重走訪之，臨别捐俸，囑刻其詩以問世。是夏重之見重于陶菴，與陶菴之重夏重者跡。雖重其詩，實不獨以詩重也。世之讀夏重詩者，以衰朽或不足信，請試質之陶菴先生。

余浣公先生大觀堂集序

余幼習舉子業，即知暨陽有余浣公先生，讀其文，思其人，而未得見也。未幾，先生出宰封丘，治行爲天下最。章皇帝擢置南臺，正色立朝，嘉猷讜論，傳誦中外。余益想望丰采而思一見吾先生。乙卯秋，幸與令嗣靖瀾同舉于鄉，時總裁爲徐、王兩夫子，而《易經》兩房，出西山許先生門者陳介眉等九人，出陳幼木先生門者方若韓等八人，而余以謭陋，倖荷先驅，兩門得士極一時之盛。先生喜甚，招飲寓舍，分韻狂吟，武林傳爲盛事。既而同榜吴匪菴謁先生，一見恨晚，語靖瀾曰：『是科人文俱堪領袖，而究其成就，則吴與仇，庶足與許子並輝廊廟，爲當代典型。汝敬事之毋忽。』謬荷推獎如此。乃再上公車，至壬戌同成進士，因上幸陪京，九月回鑾，殿試屆期，靖瀾忽辭歸省覲，强留之不得。至家，而先生果病，聞旗鼓迎門，喜出意外，不數日霍然。從此承歡膝下，旦夕不忍離左右。至戊辰，先生促之廷對。對畢，倉猝復回，而先生竟于己巳冬告逝。養生送死，終其身無稍遺憾。噫！仁孝之所感異矣！

讀禮既竣，經營窀穸。辛未春，余視學兩江，持札招之，介然不來。余心折不置。越乙亥，靖瀾以就選抵都，余大喜，下一榻，風雨明晦，同臥起者幾一年。除掣龍陽尹，遣人至鄉攜家屬抵任，清操偉績，誓不名一錢。期年，再得一子，曰：『我願畢矣。』即欲辭印綬。督撫交章薦剡，不得已，復强從事，卓、魯之績，聲傾朝野。余與匪菴聞之喜欲狂，謂旦夕此君來，吾道不孤矣。乃鋒車已召，忽以病告，叩其故，曰：『吾從事臺省，朝夕營營，先君子生平文集，誰與爲哀輯者？』遂飄然賦歸。同弟瀟友蒐輯授梓。辛卯秋，余歸田，靖瀾以先生集惠示，余考其政績，閱其奏疏，雖龔黄、韓范無以過，即其他所著，議論如賈董，叙事如班范，詩歌出入唐宋大家，元明以來，如先生有幾人哉？考亭曰：『人之傑也，鍾靈于地。』己亥春，余與靖瀾同登八衮，因渡江一祝，獲拜先生墓，謁先生祠，登先生堂，瞻其車服禮器，恍然如覿宗黨。萬餘人巷滿烏衣，而親若曾元甫四代已一百五十有四，猗歟盛矣！

靖瀾懸車，任菴移守惠郡，餘皆宦成歸里，孫曾輩英英玉立，賦《鹿鳴》，入鄉序而貢太學，不啻七八十，讀書談道，皆藏器待時。餘雖幼，嶄然已見頭角。越州爲江左名區，王謝以來千餘年，地之靈不鍾于先生也耶？更足異者，余過楓橋，與靖瀾一數晨夕，即抵高湖宿繼明五年兄齋，不先不後，榻以外忽産靈芝三莖，遠近驚視者日無算。隨搆一軒，顔之曰『芝瑞』。奇禎異彩，流傳奕葉，孰非先生至德格天，俾八旬兩老人附垂於不朽也。因濡毫而記之，願世之覩是集者，頌其詩，讀其書，論其世，以想見其人。大哉觀乎，勿徒作文字觀，則觀止矣。

序　二

江寧府歲試卷序

聖天子誕敷文德，聲教達於無垠，而廣勵學宫，作人雅化，於江左尤加意焉。霖以疎陋，承乏斯席，惴惴懼弗勝任，念學臣之職，以明道成德、維風易俗爲先，而士子之學，以居敬窮理、躬行心得爲要。衡文校藝，特其一節耳。然言爲心聲，仁義之言藹如，古者必以是爲觀人之藉也。今大江南北人才蒸蔚，所恃循聲覈實以相爲劘切者，僅憑一日之文，而可以易心處之，以躁心嘗之乎？

夏六月，首按金陵，溽暑揮汗，閲次其高下，有慎無易，寧紆無躁。既竣，録文如干首，授之梓，大抵取其理不詭于聖賢，意各抒其懷抱，而聲調、字句之工抑末矣。諸生尚泝流以窮源，益致力於根柢之學，毋狃于淺嘗，無安于小成，則余實有厚望。而凡摩厲以須者，咸務元本經籍，屏棄陳因，殫自具之心思，以發明乎聖賢之旨趣，將見風氣日上，且以是編爲乘韋之先焉。

夫君子之于文，不惟其辭之好，好其道焉爾。果其德日益修，行日益勉，而猶有文不日益工者哉！本之不圖，而徒思掇述，則浮華易萎。譬陳宿饌以饗賓，其吐之矣，能無惡乎？爰弁數言，布告多士。

太平府歲試卷序

姑孰山瀆環秀，有天門、靈墟、青山、白紵、慈姥、浮丘之勝。大江湧流，烟波上下，歷采石之險，則詩人錦袍放歌處也。然犀之浦，靈怪鍾焉，意高深所毓，當必有雄偉奇傑之氣發爲文章。又民風素泊，不尚雕飾，意必有淳古渾樸者振響於其間，爲拭目俟之矣。

閏七月按試，時殘暑未收，初涼乍起，披閱之下，不厭再三，亦不敢執向所期者以相繩，惟是理必取其真，意必求其達，氣馴而自充，詞質而近雅，庶稱彬彬矣。且夫試牘之文，固因乎其地，而亦將以云救也。竹箭丹青，橘柚楩梓，物之美者，亦綜其大致以爲言耳，固不能强其所未有。而惟即其所有者，而别其良，以是爲因之矣。至若溯秋水於駟鐵之鄉，考鐘鼓於蟋蟀之俗，風人所録，凡以云救也。制義一道，積故啟新，積新成故，枝葉有遷變，而本原之學爲必不可易。祛陳腐者，先以蕩滌；返空虚者，歸于根柢。救之猶將有所進焉。夫濬源以及流，自邇而陟遐，昔人取義於學山學海者，豈一得輒以爲至哉？則所爲雄傑之章，淳古之音，予終拭目俟之矣。

蘇州府歲試卷序

自有制義三百年，守溪開其盛，震川集其成，皆吴産也。迄今弁冕羣彦，鼓吹藝林，類多發蹟兹土焉。豈惟山川清淑之氣鍾靈毓粹，要亦鄉先達風流弘遠弗替引之也。秋八月，按試玉峰，一時才人、學人標穎擢秀，雖風簷走筆，亦樂觀其盛矣。夫鴻文黼黻，業已成大名，顯當世。諸高才生，率皆翱翔京國，讀書上舍。而其留于庠序者，不乏大雅之士。而負奇挺異于童子科者，又往往而有。吾於是歎天地之生才爲無盡也。

雖然，竊有慮焉。吴俗向號浮靡，闤闠之間，技巧薈萃。丹青金碧之集，絲縞錦繡之陳，得無有出見紛華而悦者乎？尚標榜，馳結納，廣攜梨棗，羣飾羔雁，則名盛而實衰者有之。吾既以前之所幸者爲諸生勉，而復以後之所慮者相戒于或然也。足乎内者輕乎外，掇其實者謝其華，則德奚患不日修，學奚患不日進？區區制義詎獨讓守溪、震川專美于前哉？既嘗以斯言告諸生，而於試牘之刻，仍識諸簡端。

松江府歲試卷序

文猶水也，其來有本，其行以漸，其積之也深以静，大力能負，中涵淵光。其文之體乎？

乘時而盛，百川輸灌，迨夫潦盡潭清，水落石出。其文之候乎？或平流如掌，千里一碧，而或洪濤奔駛，汩没魚龍，雜揉沙礫，則文之不一其境乎？若夫風水相遭於大澤之陂，舒蹙疾徐，揖讓旋辟。至乎滄海之濱，洶湧怒號，横流逆折，宛轉縈回。此所謂風行水上，爲天下之至文，以其出于自然也。松江接溪澤之流，蓄以泖浦，注于大海。風土所鍾，發而爲文，宜其有似乎此也。

夫制義，特文之一端耳。有體有候，不一其境，即今論韻格者稱元宰，論才調者推大樽。兩先生固各有所似耶？同源異派而容臺幾于自然矣。今閱雲間歲試牘，亦既各徵其體，各覘其候，各呈其境，則歎爲洋洋浩浩，不同澮盈，不與波靡，沿而進之，將有漸近自然耶？雖然，行者，文之本也。祭川者先河而後海，或原也，或委也。苟濬其原，而竟乎其委，其又烏可量也夫？

揚州府歲試卷序

北走燕，南走越，舟車之所衝，貨利之所集，商賈之所聚，揚州爲最。其間偉人傑士，後先繼起，則又風雅之所鍾也。予校士兹土，因憶鮑明遠之賦蕪城，李伯紀之賦迷樓，其故址既已草蔓煙荒，徒供感慨，爲後人炯戒。若董相之祠，俎豆如故，平山堂檻，焕乎復新，未嘗不歎理學文章之澤，歷千百年而未艾，而不與繁華聲利同歸歇滅也。

夫積之也厚，則其發之也醇，而其傳之也彌永。董子正誼明道之言，發於六經灰燼之餘，至宋儒而大顯其指。歐陽公振興一代文運，其言循循，一軌於正。視當時權術功利之説迥不相侔，固宜其流澤之遠矣。夫文章不足與理學相表裏者，與無文同。學者可不審厥源流，厚自蘊積哉！既閲試卷，見夫名章傑構，雅足資賞，乃往往有不自振拔者，何歟？誠明乎義利之辨，以厲其志，相與涵濡乎理學，發揮乎文章，而不徒標選樓東閣之韻爲風雅也。嗚呼！斯真風雅也已。

常州府歲試卷序

苟有所自得於心，而發之爲文，其於理也必貫，其於氣也曲而愈昌，其辭必潔，不拘拘焉受縛於法，而動與法俱，則可以爲文矣。苟無所自得於心，而以一知半解之理，假外强中乾之氣，飾塵羹土飯之辭，囚鎖決裂而無法焉，尚可以爲文乎？若夫所得有深淺，則文亦因之爲厚薄，非可假飾於外，而强之使相同。當其至焉，則同歸於是而已。即有至有不至，不妨各抒其所得，而正樂觀乎其異也。

余於常郡之文遇之，蓋自端文、忠憲重興正學，爲一時節義文章所自出。寒溪落日，不斷流風；書草荒亭，猶沾餘澤。生兹土者，能無興起？余以暢月試澄江，時積雪盈階，短檠長漏，飛霰從隙中落紙上，颯颯有聲。每得佳義，覺四顧皎然。閲童子卷，往往從淡墨滲紙模糊凍合間緡繹而出，即短章片句，亦不忍没也。

夫文之佳者，既以知其中之所得，而深淺厚薄，次第互收，誠不欲以一律相繩，而樂觀乎其異矣。雖然，吾以俟其同。諸生其益務深造，涉前賢之津筏，溯厥淵源，可以知文之所自來，其不與榮飄音過，同歸昜泯者，蓋不徒有得於文已也。

鎮江府歲試卷序

余常登金山，西望長江，灝淼萬里，渺無涯際。其東則大海，接之洶湧澎湃，詭譎萬狀，而鐵甕城實横亘其間。士生于中者，既得夫江山清淑之氣，而又日以驚濤怒流、沐日浴月之觀，開滌其心胸，豈終鬱鬱不吐其奇哉？余採風至此，意必有非常之士，磊落雄特之才，光燏震耀，足以洞心駭目者，蓋未始不一二遇焉，惜乎求之而不多見也。蓋士學之弊，亦日以甚矣。

文不歷變則不工。而安常習故者，每苦於不能變其好。言變者則又争趨於姿態之妍，句調之美，而文遂日隳於空薄。夫江流之吐吞，海水之鼓盪，煙雲風雨，頃刻百變，而浩浩湯湯終古不息者，其渟蓄深而匯歸遠也。若涔蹄之積，盈尺之波，亦何變之有？夫物極必變，變而必本於古，以極天下之大觀，則余實有厚望焉，又何敢謂求之不多見也？

徽寧池三府歲試卷序

宣、歙、池陽之間，層崖激澗，叠巘争流，而黄山、白嶽、九華諸峰鼎峙爲雄，雲海變幻，芙蓉森列，奇秀甲江左，陰陽之所蓄洩，鬱爲邃奥，舒爲清曠，將必有魁岸秀傑之氣萃於人文，可易量哉？ 春月歷試三郡，賞奇拔尤，往往遇之，而又不多覯。何也？ 豈山川清淑之氣，得之者固間出之數耶？ 抑拘於其習，抱殘守故，而不自振興者衆也。

夫物惟靈故異。山容朝夕萬態，水源雲竇，咫尺移人，四時之景不同，觀者各領其致，莫窮其狀，非以其變而日新乎？ 新安固朱子之遺澤存焉，敬亭、秋浦，昔人之所流連歌咏也。士生其間，鍾山谿之奇秀，砥行蓄德，蔚爲文詞，風氣日上，使神罾仙的之區，藉以增重，豈不存乎其人哉！

安廬鳳三府歲試卷序

皖城、濡須、東關之間，吴、魏要衝也；鍾離、壽春、合肥，南北朝重鎮係焉；清流，又周唐時戰争所也。每當天下有事，兵燹必及，故其地易盛亦易衰。我國家車書一統，生養教訓數十年於兹，塢花壘草，皆爲禾黍之場。沐浴久而咏歌作矣，迺校試所及，逴逴一郡之地而俚雅不同音，利鈍不同器，謂風土相限歟，抑人事之沿習使然也？

夫阪田沮曲，旱潦不齊者，地爲之也；魯皋衛數，聲態互殊者，習爲之也。然而先生溝洫之制興，使青黎赤墳之區皆爲沃壤，固以驅其不齊者而齊之。至聲教所同，豳之葦，岐之陶，皆蔚爲風雅藪，而況均處一方，豈終此焉豐而彼焉菑乎？學猶殖也，不殖將落。勤敷菑，修疆畝，力農之本也。陳禮以耕，講學以耨，以筆硯爲良耜，以理義爲豐年，闢舊徑之茅葦，接先民之阡陌，學文之準也。不然，擁敝帚而眄千金，是猶輟耒而徒仰望于天行也，豈不惑哉！時數郡皆苦旱，予即以農事之説，爲諸生勉。《書》有之『若農服田力穡，乃亦有秋』，將拭目以觀其盛焉。

淮安府歲科試卷序

淮水發源胎簪、桐栢，逶迤灝演，至清口與河會，而瀕河州郡，淮與徐皆居要地。洪流巨浸，鬱蒸磅礴，地靈所鍾，宜無此疆爾界也。顧人文之盛，諸州邑向遜山、鹽，其故何歟？説者謂，大河實逼處此，負土束薪，靡有寧宇，匪學之疎，繄力之絀，蓋所由來舊矣。

今仲秋歲校，念道里之遼闊，跋涉維艱，連舉科試，極目騁觀，山鹽固彬彬，諸州邑要不乏才。噫，何幸也！至彭城所屬，古稱多慷慨跅跎之士，風氣或稍殊焉。乃挾策而至者，新鉶勃發，時露一班。以余所覩，合余所聞，駸駸乎日上矣。由是而進之，烏可量哉！夫學問何窮之有？人各有所已至，亦各有所未至爾。多士不見夫河與淮乎？源遠流長，而皆朝宗於海，斯足以被潤澤而大利濟。學猶是也。孟夫子曰：『觀水有術。』信夫。

揚州府科試卷序

繁華聲利之境，恒易摇學者之指趨，而士之有志者不難自立也。維揚自昔稱佳麗，舟車之所絡繹，百物之所萃集，其爲炫熿者何限？而一二縫掖之子，抱遺經，守殘編，孜孜矻矻，伏處於寬閒寂寞之濱，其中誠有所味，故不以彼易此。曩者歲校，越冬至，始去海陵。今兹亦遇至日竣事，聲希味淡，天心來復焉。而所録之文視前較進，好學深思，所在都有，軟熟庸陋，漸歸淘汰。余甚喜諸士之有志自立，而其進將無已也。夫爲學何殊貧富，身都膏粱而心棲澹泊，安在不可以聞道？如必饑寒始奮，仍是繁華聲利，按捺不下耳。且夫恥惡衣惡食者，固未足與議。試問足與議者所議云何？向上一層，大有事在。願諸士之時復繹思也。今諸士中之好學深思者業，已不屑爲軟熟庸陋之文矣。即此不屑之心充之，不可勝用，則有志自立，始爲不虚行。且真儒輩出，易俗移風，於是乎在，奚翅工於文而已哉！

蘇松常鎮四府科試卷序

余寡陋，學殖荒落，於制舉一道，未能追附作者。顧惟少時攻苦，歷今數十年。竊見文章風氣開自三吴，其間代不一人，人不一格，各極其變，以自爲一家。而要其原原本本，則百變而實有不變者存，故並傳於今不朽。王、唐四大家尚已，震川以一人集其成。嗣後，婁江、金沙分標樹幟，天下雲集響應，而陶菴、大樽、彝仲、維斗諸先生卒能以讀書大節炳耀霄壤，爲有明結一代文章之局。雖丰格各自不同，要之，經經緯史，窮極理奥，則皆有不可變者根柢乎其中，千百年莫之易也。近世操觚家亦知文之不可不變矣。至其所爲不變者，茫然未之有得，不過厭常喜新，與俗推移。而其甚者，猥以空薄佻纖之習，高自位置。一時儉腹者流樂其説之便而易文其陋也，尤而效之，蕩軼轟軌，謗詆前賢，不惟文章敗壞，而人心風俗亦漸有江河日下之憂。誰之責哉？

余不揣寡陋，亟挽而正之。歲校時，既取其文之有原本者，以示所趨向。距今科試不越一年間，風氣駸駸乎上矣。濃淡奇正，不拘一轍，總欲以窮經讀史之學，發揮義藴，斐然各造乎其勝而不相襲，所謂得其不變者，自極乎變化之所至也。豈徒爭字句，較聲調，與時俗推移云爾乎？獨是文章至今日，號極盛矣。江左尤風會所宗，而吴門四郡又人文藪也，磊落英多，卓軼海内。而余以頽唐𡢃鄙之識，于旬日間集數萬藝。寒風凍雪，篝燈而甲乙之，豈敢謂百無一失？姑謬竭所見，與三吴稽古之士深求原本，扶進大雅以不獲戾乎諸前輩，則苦心或共睹焉。爰梓其文若干，俟有識者之進而教也。

上江科試卷序

自金陵泝流而上，至於皖城，浙嶺障其南，淮流限其北，而長江天塹貫乎其中，采石、梁山、蟂磯、燕子争雄扼險，以爲廻波洑湍之奇，此亦天下之偉觀也。至若九華之鉅麗，巢湖之汪洋，龍眠、金庭、黄峰、白岳、敬亭諸山參差環帶，而淝水、濠梁、滁河、貴池諸溪爲之争流奔會於其際。生其地者，類多瑰瑋絶特之士，勳猷、道德、文章、節義，輝映史册。作於前者，爛如日星，而踵於今者，亦麟麟而炳炳矣。顧論者於兩江之文每左右袒，夫豈平流沃野，如京口以南，瓜步以北，始得發爲詞華？而雄奇邃奥之區反不足與於斯歟？抑亦導之者未盡其術，議之者未得其當歟？

金陵，下江屬也。向之分隸於司衡者，偏屬上江。余甫下車，首按是郡，蓋欲以作兩江之人文，而於扶進上江也尤亟。曾幾何時，歲甫週而科已竣，風果駸駸乎上矣。因益歎山川之瑞，鍾靈實多，而余之食荼茹檗以劘切多士者，亦可藉手以告持論之平焉。遂合上江各州郡諸牘而梓之，仍冠以金陵，亦不忘初試意也。

江南試牘合删序

古人稱三不朽，立言其末也；立言而至制舉業，抑又末已。學使者，奉天子命，董率一邦，期與都人士陶鎔淬濯，爲古大儒明體達用之學。沾沾焉唯制舉是講，縱毫髮無憾，不過藝林事耳，於移風易俗，廣勵學宫之義何與焉？雖然，勿謂此可忽視也。制科之藝盛於前代，成弘嘉隆諸大家，高文典册，炳炳麟麟。即至末流，風會稍替矣，而讀書稽古，卓然成一家言者，類能以光偉磊落之氣，維植綱常，彪映青史，孰謂制義一道非即立言，而盛德豐功亦藉以抒其所自樹立乎？實行不敦，古學衰息，庸靡膚廓既不足以服人心，一二有志趣者，又不能固厥根柢，扶輪大雅，蹈虚空，鬬纖巧，舉一廢百。好事無識者流樂其多刺譏而且以便枵腹也，一唱衆和，矩矱蕩然，文章佻薄，莫此爲甚。而欲求其心術之粹，品行之醇，學問、經濟之卓犖，斷乎其無是也。

余學殖荒落，於古人書不能窺見本原，捉筆爲舉子業，瞬息朽腐，槧悳方深。忽焉擁臯比，持衡才藪，心怦怦滋愧。兼之舟車跋履，涉暑經寒，文字浩如煙埃，甲乙定于旬日，手披目覽，食寢未遑。學識大過人，冬烘不免，況固陋如余，而謂百無一失，則亦妄人也已矣。唯是此中甘苦，略嘗一二，不揣弇鄙，思與兩江多士窮經讀史，力挽頹趨，庶幾于古人立言之萬一，從此砥德樹功，亦或有厚望焉。用彙各州郡之所梓而重訂之，以樂正於當世之操文章柄者。

江南武試牘序

士方握管爲舉子業，詡詡焉高自位置，一語及武，則夷然不屑，曰：『生乃與若輩爲伍？』

嗚呼！何其軒輊失倫而輕量天下士耶？三代之時，文與武未嘗分也。秦漢以降，其途始二，而披荆斬棘削平禍亂者，大概師武臣力居多。雲臺煙閣，後先彪炳，可不謂盛焉。逮乎衰世，呫嗶小儒倖一第，翺翔當途，而元戎名帥建牙專閫者，雖功蓋天下，一書生輒掣其肘，俾不得展，甚且斧鑕隨之。所謂刀筆之士弄其文墨，英雄豪傑爲之仰天椎心而慨焉長吁者也。覆轍相尋審矣，曷足怪？且夫武亦何嘗無文哉？當其操弓挾矢，範我馳驅，射御中節，禮樂寓焉。而又試之以七書，叩之以古今成敗得失之數，洋洋灑灑，肆其欲言，此豈長鎗大戟不學無術者所能乎？況學士家所爲文者，庸腔陋習，萬喙同音，間有振拔之士，朝榮夕秀，不數年亦復覆瓿。而論策一科，自漢賈、董以來，唐宋諸大家代作，歷千百年不朽。由斯以論，其爲之難易，傳之遠近，相去何如？而軒輊失倫，不亦謬哉！

聖天子文德誕敷，武功赫濯，隆恩異數，優禮戎行，而設科以招天下士也。兩途並重，猗歟休哉！誠千載一時矣。余不敏，謬司文柄，顧于干城之選，鼇剔頗嚴，其前拔者皆已賦鷹揚，穎脱而去，即蠖伏諸生，亦能善讀書，斐然成一家言。試竣後彙而梓之，俾益知所劘切爲他日勒旂常、銘鐘鼎之券。彼詡詡焉高自位置、軒輊失倫者讀此，當亦嗒然自失也夫。

九華山志序

禹服之所歷，職方之所載，嶽鎮諸名山著矣。若夫匡廬、九疑、武夷、天台、峨眉、巫峽、金華、羅浮，標奇獻秀，臚舉莫罄，類皆藉名人藝士咏歌紀誌以傳。獨怪池陽之九華奇秀甲江南，而其名最後出，何歟？漢以前無論已，六朝都秣陵，去此山不遠，往往多名流好事，豈不能探幽闢奥，發此山之勝？乃自顧野王品目幘峰，此外寂寥，至李太白更定今名，劉夢得、杜牧之、張承吉輩相繼詫賞唫題，山因以著。豈前此無過其地者耶？將雲封霧結，過之而未望見耶？抑可望而不可登，遂等閒置之耶？隱著係乎其人，而顯晦各有其時，豈獨兹山也哉！

吾因之有感矣。夫山川遊歷，有其志矣，力未逮；力逮矣，未值其時，不可必也。昔余偕上長安，經泰岱，秦碑漢碣，攀躋一觀。嗣奉天子命，典試兩川，取道終南、太華，盤旋馬首，入劍閣，遥望峨眉天半。事竣，沿江而下，巫峰十二高下拱揖，過西江，距廬山咫尺，俱未獲一登，作此鹿鹿，無乃山靈笑人。今者校士南國，從歙歷池，風雨時來，黄山白嶽，雲海變幻，杳不可覿。過青陽，忽覩芙蓉秀出，環峙邑南，欣然神往。一宿郵亭，輒馳去，勾人夢遊，豈山之可望不可即哉？時有所未遑也。

抵郡，太守李君以所輯《九華山志》索余一言以序。披圖按籍，凡峰壑之幽崒，堂舍之邃敞，昔人之所留連抒寫，而恍若身歷其中，左挹右攬，應接不暇，一一從眼目飛動。王文成謂李白詩于此山亦潦草。今得是編，可謂詳且盡矣。夫深山大澤，蘊蓄韜藏。吾意靈奇所鍾，將必有偉人傑士振拔其間，爲兹山生色者。此邦之人士其勉乎哉！若其控扼江流，屹然爲東南巨鎮，凡蒞兹土，思所爲保障溉潤，鎮一方而雨天下，足與此山相映發者，太守其優爲之矣，而豈徒以紀志爲山增重也。

癸未會試録序

皇上御大歷服四十有二年，久道化成，鴻庥於爍，武功文德，渥澤深仁，冠古今而浹宇宙。億兆之衆，含生之屬，靡一不得其所顧。猶廑念河上，親示善後之策。警蹕所臨，湛恩汪濊，瞻雲日而沐雨膏者，舞躍歡騰，謳歌萬壽，猗歟盛哉！士之際此期也，不誠千載一時哉！春二月，適届禮闈，臣部列考官名上請。上特命臣賜履、臣廷敬董厥事，而以臣涵及臣汝霖爲之副。伏念臣海壖鄙儒，學殖荒落，叠蒙聖恩拔厠侍從之班，累忝衡文之任，值講東宫，洊歷卿貳，高厚鴻慈，涓埃莫報。兹復膺掄才重寄，拜命之頃，倍切悚惶。謹從諸臣後，焚香炳燭，偶有一字未安，不揣狂瞽，商榷再三，求無纖毫之憾而後已。榜既放，録文以獻，臣例得颺言簡末。顧自維固陋，不敢遠徵博引，侈陳麗藻，而但矢樸直之詞，與諸生共勉。

凡有司之取士也惟其公，而士之應有司之求也惟其正。夫所謂公非特屏請託，絶瞻狥已也。鑑空衡平，異同悉化，精其識，虚其衷，和其氣，從容詳慎，協恭以求至當。而士之獻策於南宫也，亦豈徒不事奔競，暗中投合，侈然謂大居正哉？凡平日馳騖之習，冀倖之想，逢世儇巧之行，以至臨文之或爲弔詭軋茁以争高，或爲庸爛纖靡以希合。充其類，皆與于不正之甚者。是役也，摎羅剔抉，不敢謂一無遺珠，而諸臣殫精竭慮，衾影靡慙，蓋庶乎其免於不公矣。

其獲雋者，皆平昔攻苦，耳目彰彰。遇合之藝類能湛深經術，醇雅昌明，空滑佻纖之風湔滌殆盡。《易》曰『觀乎人文，以化成天下』，又曰『進以正，可以正邦也』，多士其無愧此乎？雖然，此特拜獻之先資耳。坐而言，必思起而行。今日者策名伊始，拔茅而彙征矣，行將黼黻巖廊，經綸民社，則一矢念、一舉動必期何以盟幽獨，何以酬君父，何以告天下萬世？文章事業彪炳寰區，俾他日之論科名者曰：某闈得士，庶幾至公。故人材蔚興，一軌于正，則臣等既得藉手以報聖主之簡畀，而多士將來建豎非常，垂光史乘，皆于是編基之矣。可不勉哉！可不勉哉！

丁卯四川鄉試録序

皇帝御極二十有六年，羣生休和，大化翔洽。植豐碑於孔庭，垂天章於書院。海宇之士益喁喁嚮風，力崇正學，思出而黼黻太平之治。其年秋，當舉鄉試。先期，進諸臣于廷，誕命臣汝霖偕户部員外郎臣麟焻往典四川試事。伏念臣以章句末儒獲官翰苑，給筆札，與編纂，一旦膺重寄，掄材梁、益之境，恒懼弗勝，星言戒塗，有懷靡及。既至，則巡撫臣締虞監臨試事，明慎清嚴，整綱肅紀；提調則布政使臣輝祖、建昌道副使臣熙衡智淵心密，區畫周詳；監試則按察使臣業興、松茂道僉事臣承祥才贍識優，巨細咸舉。乃肅同考試官知縣臣玉輅、臣時成、臣良球、臣廷聘、臣粵固、臣鑣、臣縱、臣瑄、臣諮、臣元實等十人進提學副使臣周燦所録士一千五百有奇，而三試之，誓於明神，探策發題，聚一堂較閲，拔其醇者四十二人，副於榜者八人。謹循舊典，録文二十篇以獻。臣謹拜手颺言簡端。

臣惟古者，司徒以鄉三物教萬民而賓興之，先之以六德六行，而六藝其後焉者也。漢晉而下，薦辟之法不盡出於公，乃設科目以收天下士。又慮有司之不公也，糊名易書以授校士者而審擇焉。夫以德進，以事舉，一時之論，猶不能定其生平。觀其文，果足信其人乎？雖然，是有道焉，觀乎人文者，亦觀其經術何如耳。聖賢之道在六經，造之不深，則言皆枝葉。惟深於《易》者，潔净精微而不賊；深於《書》者，疏通知遠而不誣；深於《詩》者，温柔敦厚而不愚；深於《春秋》《禮》者，屬辭比事而不亂，恭儉莊敬而不煩。故夫深於經者，文未有不醇者也。

蜀自漢唐以來，詩文詞賦代有專家，而修明經義者，史册所載，更不乏人。文翁以七經授張寬，還教鄉里。其後，《易》有趙賓、嚴遵、馮灝、任安、譙定、李舜臣，《書》有張楷、陳壽、常勗、何隨、馮繼先、李燾，《詩》有景鸞、任末、楊仁、杜瓊、杜撫、孫逢吉，《春秋》有楊終、張裔、蹇遵品、黎錞、任伯雨、趙鵬飛，《禮》有董鈞、文立、仲子陵、李心，兼之者張霸、尹珍、譙周、李譔、任玠、王長文、鄧至、黄澤之徒，以及三蘇氏、二常氏。其書或傳，或不傳。而蜀士之於經，猶農之於菑畬，而工之于陶冶也，淵源所自久矣。邇者，逆亂削平，瘡痍方起。皇上睠焉西顧，渥澤殷流，又復慎簡廉吏以宣播德意，撫綏教養，漸奏雍熙。多士幸逢厥會，沐浴咏歌，守前儒之緒論而發揮之，經術湛然，其抱負亦約略可覩矣。由是而升之南宫，策之丹陛，授之爵禄，施之政事，因文章以覘經濟，因經濟以觀理學，彼張綱、范鎮、虞允文之徒，風流未遠，而張栻、魏了翁、李道傳、度正，其典型不在望邪？高山仰止，景行行止，庶可副聖天子側席之求矣，多士勉乎哉！

維時有事斯土者，總督四川陝西等處地方軍務兼理糧餉兵部右侍郎兼都察院右副都御史加一級食俸臣圖納，提督四川等處地方軍務總兵官左都督世襲阿達哈哈番帶軍功五等加三級臣吴英。分汛則鎮守四川松潘等處地方總兵官署都督同知臣高鼎，鎮守四川重慶等處地方總兵官左都督臣鄭僑柱，鎮守四川川北等處地方總兵官臣馬子雲，鎮守四川建昌等處地方署副將管總兵官事臣王進才，分猷則分巡永寧道按察司僉事臣李烺，分巡川東道按察司僉事臣郝惟謂；兼轄則巡撫甘肅寧夏平慶臨鞏等處地方贊理軍務兼理茶馬都察院右僉都御史加三級臣葉穆濟，巡撫貴州兼理湖北川東等處地方提督軍務兵部右侍郎兼都察院右副都御史臣馬世濟，例得並書。

校勘記

〔一〕按清康熙刻本《德星堂文集》，此篇有目無文。

〔二〕按清康熙刻本《德星堂文集》，其下缺文。

德星堂文集卷二

海寧許汝霖時菴著

序　三

陳廣陵行稿序

世俗子值榜放，每遇單寒，則色喜，見一貴胄，輒羣焉忌之，從而議其後。則寵門右姓，雖有軼材，終不免負俗之累乎？陳子廣陵，天下才也。少有英稱，力承家學。尊公容菴先生，席閥閱，讀書談道，奏對大廷，不得志。中年復遭轗軻，遂閉門劖迹，樹德務滋，督令嗣輩益嚴。庚戌春，延余百尺樓。時難弟謝矦辰山執經問業，廣陵方弱冠，亦折節同事研墨，風雨晦明，篝燈講誦，無倦色。每匝月，課文會者九。容菴先生鬮題督閱，日三藝，不脱稿，雖溽暑蚊攖，嚴霜雞喔，漏沈沈，不進晚餐。以故，廣陵諸兄弟鋭志攻苦，窮六經，探子史，下及百家言，搜奇披奥，而制舉業亦敻然各登其巔。

壬子秋，健菴徐先生典京闈，中副車，一見盱衡擊節，喜歎不置，每以悮刖爲憾。乙卯，又爲有司誤，作壁上觀，輦下薦紳先生皆以廣陵負奇才，數奇落落，競爲扼腕。而廣陵獨恬然安之，決計南還，同余棲跡靈鷲，雄談醉讀，百折不回，業益精進。容菴先生時私語曰：『能如是，雖不遇何傷？』未幾，報鹿鳴矣。

猶憶丙辰春，余被放南旋，大司寇宋先生臨岐祖道慰勞，如平生歡，屬余曰：『陳甥儁才，勿以得失介意，願君相與劘切。』時徐先生亦慇勤寄勉。咄咄，廣陵不藉是慰知己哉！

今夫單寒不乏令器，或食貧，少鮮家學，又無良師友規其不逮，淪落魏棄者亡算，而紈袴子蒙遺業，淺中薄植，車裘肉食，癡肥自了。其次餙冠蓋，聲勢赫奕，徒熏轑其鄉里。最上則廣交游，從容詩酒，結一二名流，坐作聲價，闈事迫勉，襲舉子業數百言。一不第，蹶張無狀。倖而弋獲，侈然謂名已成，文章之甘苦，吾不得而知也。廣陵以貴介意致遠到，卓然自立不朽。貧賤中無其倫，烏衣巷子弟又豈易比數耶？榜一發，道路間無論知與不知，聞廣陵名，莫不舉手加額，謂容菴先生厚德之報，而天所以報之者，正未有艾也。今日者，書播國門，衣被海内，特緒餘耳。他日奏筆黄樞，出其學，黼黻太平，與諸兄弟後先頡頏，争輝前烈，以上慰容菴先生之志度，指顧間事耳，企予望之。

容軒偶存序

向余與張子戩篌繩其讀書城東隅，時昆詒纔五六齡耳。輒侃然論古今人物得失，文章高下，雖宿儒無以過。余心竊奇之。越十年，余講業咏年堂，昆詒折節同事，雄談今昔，賞奇析疑，如是者六年。六年中，余以浮聲馳逐，或門下士著述，暨四方投贈，輒藉昆詒點定，丹黄甲乙，余實遜不逮。年來因慨然於時習庸劣，勢如江河日下，不有以大創之不止，遂從事於《存雅》一書，甫布國門，而海内操觚家羣奉若指南，蓋昆詒之功在斯文非一日矣。且昆詒亦何獨以時藝重也？性孝友，恂恂温雅，謙退如不勝。及臨大事，剛斷果鋭，即古豪傑不能幾。又肆志於六經子史諸大家，窮源極委，以其暇發爲詩歌，則自闢堂奥，不屑一語寄人籬下。東海爲人文淵藪，掄其最，必推張氏，昆詒其又張氏之白眉乎？今兹以時藝歌《鹿鳴》，亦特緒餘耳。他日出其學，得展胸中之藴，我又安能量我昆詒哉！

張昆詒選存雅序

余非能文者也。不能文，何敢論文？雖然，甘苦亦略嘗之矣。國初鼎新，文章草昧，句荆字棘，一望靡蕪。時余方束髮受章句，家伯仲力挽時趨，動以先正大家懃懃規勉，私爲門庭授受。而一時望風氣者，亦復廓然大變。黜浮芟縟，扶進雅馴，於是《大全》《蒙存》《同文》《定待》諸書稍稍懸布國門。然而古學不講，浸淫時習，空疎無識之士遺神卻理，掇調沿腔。不數年，遂成一平庸軟媚之錮疾，牢不可攻。而其最下者，又復零星割裂，破碎支離，自謂力矯卑靡，不知彌增陋劣。二者交馳，風氣蓋蕩焉不可復問矣。海内諸宗工惄焉憂之，於千百儕伍輩拔一二通經學古之儒，振興提唱，經以經，緯以史，組織於古文先輩諸大家，俾宇内之士翕然争趨。向之平庸陋劣爭衡數十年者，一旦知其説之無所容，而靦焉三舍避也。嗚呼，可不謂盛焉！

顧今之學者，不思其讀書窮理，登堂入奥，斐然成一家言，乃更啜其糟粕，家襲户沿，流而甚焉。以粗疎汗漫爲力大，以晦僻爲思深，以枯淡不着意爲神遠，以險仄爲致新，以割經竄史、剥蝕諸子大家爲才贍而學博。題本秩然有節次也，以統攝爲高渾；義本實也，以空翻爲超脱；字貴典，意貴醇也，以痛哭、不祥、背叛、無所根據之談，爲透闢，爲新奇。種種諸弊難更僕數。夫當文章極盛、風氣旋新之日，流弊且有不可詰者。尤而效之，長此安窮，非有心斯道者所更惄焉憂乎！

張子昆詒，有心人也。雞鳴風雨，與余同甘苦者十年。慨然恐江河之日下，預砥狂瀾，於是有《存雅》之役，丹黄甲乙，瑕瑜不掩。艾、錢諸公以來，未敢多讓。獨恨余以謭劣之材，奔走藝林二十餘年矣，隨俗浮沈，漫無實得。去秋，坊刻數藝，祇緣潦倒熱中，勉爲騎牆之見。妄希媚世，私心愧恧，真有不堪告知己者。秋來鍵迹百尺樓，讀書數行，稍有進隙，方將命祝融一燎夙案，好友如張子，不能爲我取薪，顧反揚其波乎？萬一諸名家顧而輾然曰：『咄嗟許子，乃與爲伍！』則余實痛恨我昆詒也。

朱雪巢文稿序

學士家偶博一第，羣焉出其所揣摩，肆厥丹黄，布國門以鳴得意，而其究也，適足以供覆瓿者亡算。間有浪弋大名，一時紙貴，叩其所蓄積，無有也。其斐然成一家言，不過集千狐之腋，而四方之操月旦者莫辨真贋，竭力表章，名倖成，侈然謂天下之文章莫余若也。嗚呼！羊質虎皮，今古同慨，可勝道哉！

朱子雪巢，余素心友也。食貧樂道，博綜經史百家言，出其餘爲制舉業，一時公卿、郡縣大夫咸折節以國士遇。每一藁脱，同舍生抄誦之，多所成就。而數科來丐其吉光以弋高第者，又未易更僕數。以故，榜一發，浙人士羣舉手加額，欣雪巢之遇，而嘆主司之知人能得士也。文章有定價若是哉！海内耳其名，亟想其素所著述爲指南。坊客固以請雪巢就正於周子兼三，而必欲丐余一言爲定。

嗚呼！輕躁獵獲之子，幸一得志，趾高氣揚，本來臭味，幾不自知。雪巢以天下才，名滿宇宙，出其業，豈難下剸犀鵠，上決浮雲？顧欿然不自是，抑抑焉向素心而疑與析也，以視夫肆厥丹黄鳴得意者不逕庭哉！而余且重有感矣。十年前，余以文字之役，會東南諸同好於復堂，篝燈角藝，意氣甚豪。不數年，諸同好俱後先捷去。今雪巢與顧子在衡又飛聲南北矣。同學少年，幸多不賤，而鄧子廷玠、顧子九恒則二十年北面友也。窮愁著書，淪落不偶，抑獨何歟！

周采上啟蒙十藝序

憶庚申歲，予下榻于敏果魏大司寇之邸，鍵户謝客，適有友人持時藝一卷示予，心賞不置，詢其人，曰雲間周子采上所搆也。予讀其文，即想見其人。已而晤屺瞻董孝廉，備述其淵源孝友，爲鄉黨所推重，予益企之。越數月來謁，恂恂儒雅，果不負人言。嗣執一經，輒以舉子業見示。予亦不避狂率，直抒所見，爲他山之助。未幾，聲鵲起，司成諸先生争目以國士。甲子京闈，爲曹舍人實菴所推薦，以句字誤被刖，扼腕者久之。甲戌春，予督學江左，事將竣，采上來見，出其癸酉試卷，復爲有司亟賞而佹得重失，何數之奇至此？然采上胸懷洒落，並不以是介介。予愈嘉其業之精，識之高，而器量之弘以遠也。所成就又何可量哉？近者以《啟蒙十藝》走三千里相質。予細閲之，一題也，而層思疊搆，直如萬斛源泉隨地湧出。小題之能事，約略盡矣。其友人付之剞劂，丐余一言，余樂得而序其概云。

王晉侯制藝序

癸未春，倖預南宫之役，獲一卷，稟經酌雅，粹然正始元音，羣嘆賞不置。及拆卷得王子名，時慎菴王先生知貢舉，作而言曰：『王子字晉侯，篤行君子也。與余同里閈，讀書談道，動以古人自期，得人若此，真足爲科名光。』既出闈，兒輩閱榜録，指王子，驚相告曰：『是三楚第一流，子聲周業師所朝夕亟稱許者也。』蓋周師爲隨菴王先生令會稽所得士，故熟悉王氏羣從，觸目琳琅，而晉侯尤爲千里駒，今果雋耶？余聞之，彌自喜。越數日來見，恂恂醇雅，文如其人，及微叩所藴，則岳峙淵渟，不能測其涯涘。乃益信王氏家學果有淵源，而愼菴、子聲兩先生所嘉奬爲不虛也。

廷試後，欲賦歸，愼菴先生忽疾作。晉侯以維桑之戚問視周旋，情踰骨肉，甚至綜理家政，經營後事，仁至義盡，雖古人不是過。嗚呼！晉侯非真篤行君子歟？入秋，將扶其櫬南旋，迺出生平制舉業百篇，問序於余。余謂文者，行之緒也。先儒謂根柢深厚，斯發越光昌。晉侯行如此，則其文可知；文如此，則他日膺民社而佐巖廊，其治行亦可知。又豈徒區區制藝與操觚家争短長乎哉？且余又重有慰也。隨菴先生有令嗣曰聲聞，與晉侯伯仲。辛未冬，録其所著述，囑子聲先生問業於澄江之署。余讀之，弸中彪外，氣奪千軍，早決其爲遠到，遲之十年，蠖伏如故，每一念及，爲扼腕者久之。得晉侯之捷，足覘文章原有定價，而遇合之遲速，不必計也。聲聞其亦堅自信乎？余故樂序晉侯之文，而藉以勉焉。

孝友堂墨義序

癸未南宫，余隨諸先生後，獲一卷，俊偉光昌，羣相賀，曰『是殆學有淵源者』。及拆卷，知爲文安高子。越數日，來謁，淵渟嶽峙，丰采翛然，心益竊異之。然與諸進士旅進而退，未暇詳考其所自也。甲申春，余奉命督理畿東河道，移駐平舒，去文安四十里許。高子時時過從，相得甚懽。徐出其《孝友堂墨義》問序于余。

余讀之，不啻如遷之《史》、固之《書》、大小蘇之文章，原原本本，後先輝映，向之所決爲學有淵源而翛然自異者，不益信歟！余因之重有感矣，三代而後，封建既廢，魏晉之代，概崇地望，其子弟不務讀書砥行，徒事清談，坐作聲價，柄用未幾，先烈頓隳。隋唐以聲韻取士，益滋奔競。迨經義興而敦崇實學，暗中摸索，得人始稱極盛。然或貽謀無術，樹德不滋，始未嘗不赫奕，而後乃凌夷式微者何可勝數？余聞建平先生兩令江北，治行俱推第一；大參先生以木天偉望，歷試外藩，清風渥澤，迄今聲稱不朽。則孝友堂之所以裕後昆者，豈徒以區區舉子業矜淵源之有自哉？勳垂民社，績炳巖廊，於以紹先型而繩祖武，余蓋於高子有厚期焉。

邵□□制藝序

古稱三不朽，一曰立言。夫言而謂之立，其必有以自樹，而不屑屑于時俗之好尚，可知矣。時藝雖小道，然既命爲文，則亦立言之類也。乃今之爲文者，吾惑焉，棄本而務末，喪實而增華，不爲經之羽、傳之翼，而泛泛焉枵腹以游也；不爲遷之潔、固之嚴，愈之醇而肆，而裊裊乎如掌上之舞也。又其甚者，穿插纖褷，首足易位，而譁然者以爲慶曆之遺；複句叠文，味同嚼蠟，而囂囂者以爲湯、董之裔。嗟乎！文不正其本，不厚其實，而竊古人之形似以欺人，譬諸俳優而衣冠，非不便辟有象也，然止于眩伎而已，曾敢比于有道仁人之跣而立焉者乎？

余嘗欲與世之知文者廓然一大變之會，荷兩江之命，衝寒敵暑，手披口吟，兢兢奉此意以周旋，雖與俗好或乖，而庶幾無罪先民。比來株守邸舍，四方君子猶有不棄譾陋而過問者，因得讀吾鄉邵子之文而嘆興焉。邵子之文，本則寧正而勿詭，實則寧厚而勿薄。夫時俗之不樂于正與厚，有不獨制義爲然者，而邵子之不惑于人言如此，吾固知邵子之必能以文章名世也。

丙子秋，邵子果于北闈魁其經，未幾，以改籍爲吏議所斥。余初爲邵子惜之，已而且爲慶也。君子疾没世而名不稱，疾必于没世者，名固無取乎蚤成耳。世之枵腹而戰，臯臯乎爲掌上之舞者，皆志在速成，而不知其朝華而夕萎也。若邵子之能自樹立而益加植焉，培其本，堅其實，以進于古立言之不朽者，則今之抑邵子，正欲邵子以名世而兼傳世者也。邵子其茹吾言乎？茹吾言，則無問時俗之吐吾言否也。

吴蒿伊歷試草序

歷三年一大比，士應試者多至萬數千人，少亦不下七八千、四五千不等。鎖闈三試，約其文十萬有奇，校閲之期，計止十餘日。以一人之目，閲文十數萬于十餘日之間，走馬看花，勢已難矣。況兩闈題，類皆平日所揣摩，暗中摸索，真贋豈能細剖？以故，冬烘之誚，所在不免。

獨學使者于歲科兩試每庠不過數百人，分期考核，寬然有餘，而所命題又不由人意擬，風簷真本，甲乙一一不當則士論譁然。學使者縱極不才，其幕下亦必延致數名士，從容論定以厭人望。故棘闈有倖獲，而小試之品題大概不爽，豈詳于小而略于大哉？無他，勢使然也。

余向者持衡江左，深知毘陵爲人才藪。而吴子萬伊負奇磊落，試輒高等，余尤以國士目之。乃遲之十年，蠖伏如故，爲扼腕不置。壬午冬，令嗣太學生簡成叩余門，手一編，迺萬伊所著《歷試草》也。且述其言以請曰：『吾潦倒舉子場三十餘年，今老矣。自惟科歲試，嘗見賞于當代大君子，竊欲授諸梓，以誌不忘。顧里閈中稔知余攻苦者，惟蓉湖周先生；一生私淑，願學不能至者，爲金閶慕廬韓先生；人倫月旦，超軼前後，而感恩稱知己者，則海寧少宗伯許先生。願得三先生一言以弁吾文，吾無遺憾矣。敢以丐諸先生。』余聆其言，憮然竊有感也。學士家含英咀華，窮年矻矻，冀一得當主司意。而膺是役者，或少年科第，甘苦未深，否亦簿書鞅掌，於此道幾復茫然，一旦瞇目任意，謬種流傳，遂使懷才績學之士困頓無聊。不得已，迺出其區區小草，悲歌慷慨，以鳴不平，如吴子豈少哉？噫！真可憫矣。願司文柄者之一識余言也。

張韋存續刻時藝序

昔子夏謂仕優則學，學優則仕，士大夫遂疑仕與學爲兩途，而不知學古入官，仕以行所學，

許汝霖集

未有不學而侈然仕者也。古君子讀書談道，窮年矻矻，綜經史百家之言，鈎深抉奥，一一實體諸身心，而後以修于家者獻于廷，調燮陰陽，經綸民物，歷中外而綏遐邇，無非取諸生平所講習，以見諸施行。故處爲名儒者，出即爲名臣。秦漢以降，學術澌漓，策名而仕者，或簿書，或門望，或詩詞帖括，學既非古，仕亦日衰。然而呷唔呫嗶，晨夕間猶知有鉛槧也。自纔識之無者，乘例急公，博青紫如拾芥，授以民社，不過覓一二青油，塗飾文移。而早夜所籌畫者，非朘削之陰謀，即逢迎之秘策，結黨援而市丰采，物色者以謂是才且能也，推轂恐後。彼心勞撫字，悃愊無華者，罔一過而問焉。仕至此，不重負我聖天子求賢之至意哉！

韋存張先生以名進士含香畫省，出守吾杭十餘年，飲冰茹蘗，誓不名一錢。而弊剔利興，巖巖正氣，百姓戴之若慈父母，一二大吏先後薦剡。而余于庭推時，亦特舉陳君滄洲及先生爲龔、黄再見。一時公卿輩争相嘆服，謂當今仕籍中實罕其儔。豈知醴源芝本，先生之得力于家學，固有自耶？

我朝定鼎方新，京江公選先生應昌期之運，領袖江左，于是十五國人文翕然一變。文貞公承過庭之訓，論道經邦，文章事業，卓冠當代。禮存、惕存兩先生一堂唱和，樹幟千秋。而先生復以英特之姿，遲之又久，金聲玉振，卓然集其大成，紹箕裘而叶塤箎，淵源固已遠矣。當年闈墨及房行所録久奉楷模，而揣摩之秘藏諸名山者，猶不輕以示人。徐子子文，今之月旦也。索其全集公諸海内，馳數行屬序于余。余自讀書中秘，執經於文貞公，三十年來，略嘗甘苦。竊謂制舉業雖不足盡聖賢之學，而文以載道，先資係焉。媍鄙小儒，妄肆丹黄，竟致空疎汗漫，江河日下。先生斟今酌古，殫力起衰，向非窮經讀史，網羅百家，實體諸身心者，必不能道隻字。則讀先生之文，即可覘先生之學矣。學而后仕，出生平所講習以見諸施行，鴻猷卓犖，不誠與鄴侯、香山、文忠諸名臣後先輝映，峙吴山而永聖水，豈徒區區制舉業哉？余故樂序之，爲天下學者勸，亦爲仕者規焉。

越守俞恕菴菉竹堂制義序

經術，所以濟世務也。古大儒身居蓬蓽，而天地事物之變，古今理亂之幾，無不研窮條貫于誦讀之年，不出户庭而國是民生皆若燭照而數計，一旦任民社，處盤錯，隨所施設，無往而不當。子夏曰：『學優則仕，仕優則學。』耑相勗，實兩相濟也。後世呫嗶家握管咿唔，鄙棄當世之務，而沾沾于簿書期會者，又以儒術爲迂疎，于是文苑與循良，史家亦分列爲二，求其明體達用，本醇儒，爲良吏，三代下有幾人哉！

滇南俞郡侯以名孝廉尹交城，惠愛清勤，爲循卓最。陞刺同州，政聲彌著，都人士咸嘖嘖稱羡，想望其丰采。未幾，擢輔京兆。余始得睹其行事，聆其言論，恨相見之晚。已而分猷晝省，殫精釐剔，誓不名一錢。公卿輩皆交口薦頌，爲六曹中屈第一指。余適抱微痾，予告歸里，不獲與素心人再數晨夕爲耿。閲一年，侯啣命出守會稽，會稽與余郡一江隔耳。湛恩汪濊，仁風翔洽，塗祝波謳，耳無虛晷，如率勤崇儉，獎廉揭貪，濟困儲荒，養老造士，尊聖學，闢儒墓，殛巨憝，裁冗役，汰浮費，禁滯刑，築石塘以捍患，毀水閣以移風，不五載，而十邑中吏肅民恬，利興弊絶，善政纍纍，未易更僕數。時余雖杜門，辱當事惠問，必舉浙東西賢二千石，俞侯爲龔、黄再覯，各當事咸深以爲然。然硜硜自愛，不敢修片羽阿所好也。丁酉秋，越州耆宿周子奕思翩然顧寒廬，持侯所歇歷及浙東風謡歌于野、颺頌于廟堂者，與余聞靡不脗合，大快厥心。稍頃，復出余同年仇少宰一札，備述侯卓績之餘，併訂《菉竹堂制義》一册，同余門下黄子際飛評隲已竣。兩公月旦，海内復何間然？顧不以余不文，囑泐數語，彰同聲之應。余喜甚，即于臥病中窺其大概，緯史經經，光焰萬丈，無一字寄人籬下，蓋以賈、董之識，韓、歐之才，闡濂、洛、關、閩之奥，固非世俗吏所能望見。即今樹幟藝壇者，恐亦不能幾十一，原原本本，此建暨所由裕，而仕與學兩相濟也。從兹登薦牘，膺鋒車，旬宣方岳，黼黻岩廊，爲聖朝揚千秋之盛烈，垂簡册而勒旂常，余雖老，猶得拭目以覘厥盛云。

王里高歷試草序

棹歸東海，廬結峽山。羡踔躍之羣英，懷才欲奮；咲頹唐之一老，結習難忘。間與都人士披卷短檠，揮毫長槧。汎南湖而尋北墅，花管分題；登西嶺以陟東山，錦箋競劈。則有王子里高，性稟書淫，情躭史癖。而於制度一途，尤爲儒林獨步。重規叠矩，含英咀華。由督學以暨採風，百千儔搴旗首拔；自入黌以幾貢璧，兩三紀奪幟先登。于焉懸絳幄以談經，坐緇帷而課藝。造河汾之室，卓爾醇儒；登安定之門，蔚然國器。亡何，鹽車久困，爨木長焦。萬丈光芒，未見名題雁塔；千秋陶冶，不聞姓兆虎洲。抱膝行吟，撫膺太息。然而沖霄劍氣，豈肯終埋；炳日珠光，自應共矚。適先生懸弧週甲，迺弟子扶杖稱觴。丐厥瓊璣，登諸梨棗。雖窮年製錦，尚待耀于雲衢；而歷試登壇，先呈輝于藝圃。君抒片羽，僕覩一斑。識愧平輿，敢曰品題月旦；才高元達。僉云雋望風流。企其人歟，讀其文也。紹矩矱于先型，夐焉莫逮；垂津梁于後學，邈矣誰儔？

序　四

祝大城鹿訓導壽序

歲丙戌春王正月朔有一日，邑紳士環署而請曰：『平舒蕞爾邑，夙號文獻。比年來，浸稍衰微。默菴鹿先生振鐸吾土，歷七年所，文教復翕然。人之被其德而沐浴其教澤者，户頌家謳，莫知所報。兹十有八日，爲先生攬揆辰，吾儕謀所以祝之，愧不能文也。閣下崇獎人倫，凡學博之横經于鄉國者，咸隸容臺，屬門下士。鹿先生晨夕侍左右，重荷品題，願丐一言，以獲附不朽。』

余固陋，不習祝嘏詞，堅辭之，而重違其意也。竊謂古今來移風易俗之機，大概崇學校。而學校之興，端賴師儒，秩雖不甚尊，然造就人材，以助宣化，理責至重也。司訓一官薰陶誘掖，較大司成與教諭多士者倍親且切。後世不權輕重，猥以弟子員食餼于庠年最久者，歲各貢一人于庭，以儲其選，又需次或十年，或二十年，然後得授一地，衰老蹣跚，旦暮不自保，遑問訓人？而非然者，膏粱子自分不能通顯，假他途，厠鄉進士，躐等先庸，儼然坐皋比而號人師，叩其中，懵如也。經明行修之謂何？濫竽至此，亟孰甚焉！

我皇上崇儒重道，廣厲學宫，親策侍從諸臣，第其高下，爲十五國學使者，而師儒一秩，甫策名，命撫臣嚴課之，稍不稱，則被黜亡算。其獲留于是席者，學使者復歲課其殿最不少假。以故，人無倖位，文教益敷，而畿輔首善之地，風厲尤神，默菴非卓犖較著者乎？默菴爲邢州世閥，其高、曾皆以名進士歇歷中外，尊公願良暨其兄調仲又以名孝廉領袖成均，稱鄉祭酒。蓋家學之淵源，所由來遠矣。默菴幼稟庭訓，年弱冠，即以高才生中京兆副車，英姿偉抱，取青紫不啻如拾芥。顧氣識深沈，不甘欲速自隘，樂就寒氊以儲大用。推其意，實欲讀書砥行，充其學，老其才，爲一代儒宗。因偕都人士敦修不倦，相期于大有成也，固非垂暮蹣跚，苟邀升斗，亦豈鴻都年少，侈然坐皋比者所能希百一哉？初筮元城，聲稱藉藉。及涖平舒，日與博士弟子賞奇析疑，經義治事，兼爲體用之學。他日者黼黻巖廊，經營民社，積數年講求舉而措之，成就又何可量？《棫樸》之詩曰『壽考作人』，默菴雖儒生，其作人也，成人有德，而『小子有造』，黑頭公亦不媿夫壽考已。都人士之被德而沐浴其教澤者，僉欲丐一言以祝先生，豈若當途赫奕權勢能驅策人，故稱觥躋堂，藉以媚悦云爾耶？

余兄簡可與默菴尊先生甲午同舉賢書，有上、誠齋兩侍御係默菴昆仲，又同余壬戌捷南宮，每向余稱默菴不置。今親接其丰采，聆其言論，相見恨晚，而又嘉平舒之紳若士尊師樂善，能不忘所自，以綿謳頌于勿衰也，爰狥其請，言之不文，不暇計矣。

壽邑侯耿公文

世之祝嵩齡者，動以南山、北海，而頌禱之詞，情非不篤，然以壽其身可矣。而余謂有位者之壽，當更有進，則以壽諸身，不若壽諸民者之大且久也。壽身者何？以康以寧，錫爾多福，籌添碧海，丹還元谷，耄耋期頤，天環地續，此身壽也；壽民者何？肅紀整綱，旌良剔垢，棫樸成業，桑麻滋茂，摩義漸仁，俾昌厥後，此民壽也。壽身者，獨善者也，閱百年而已竟。壽民者，兼善者也，垂千百世而靡窮。有位者兼善天下，自當籌其大且久者，寧獨爲此身計百年已哉！

歲甲午，序屬九秋，秋成也，在四德曰義，在五行爲金。邑父母耿公於月之十有九日適嶽降焉。《書》曰『天壽平格』，《詩》曰『壽考作人』，壽身乎？壽民乎？請舉觴而陳之。寧邑濱海，夙號瘠壤。聖天子休養數十年，賢有司蒞兹土者，噢咻鞠育，悉稱慈父母。而積習相循，未遑復古。公下車，飲冰茹蘗，政教翕然，沐浴謳歌，遽難罄述。而大端有可約略指者。寧之民素刁悍，獄訟繁興。公則懲指唆，嚴誣告，聽斷如神，而無情者不敢飾辭以相逞，此壽民者一，宜觴。寧之地斥鹵，數年來旱澇頻仍，輸將不給。公則減耗羨，省差役，不急急于催科，而懲勸有方，民自樂輸而恐後。此壽民者二，宜觴。寧之俗競尚淫靡，終窶且貧，而侈奢踰分，類有半菽不能飽者。公則供億不煩，而廉以持己，儉以率屬，德意所孚，民將返樸而還淳。此壽民者三，宜觴。寧之士大夫頗知自愛，而一二簠簋不飭者習逢迎，工干謁，妄希請托，以肥厥身家。公則恬静而高明，藹和而嚴肅，是非可否，惟理是憑，彼覬覦者何所容焉？此壽民者四，宜觴。至若吏胥之骫法，豪棍之逞强，擾閭閈，而啗懦弱，比比然矣。公則勸以禮義，繩以法令，遐邇間莫不感公之教，畏公之威，心悦誠服而凜然相戒以勿犯。此壽民者五，宜觴。

屈指下車以來僅數月耳，而公之壽我寧民者已歷歷可指若是，則自兹以往，公與民日相習，民與公日相親，弘猷渥澤，知必有更僕難數者，是使吾寧三百里濱海窮簷，長登仁壽之域也。而由是褒以璽書，召以鋒車，爲省郎，爲牧伯，秉節鉞，爲制撫，調鼎鼐，爲公卿。四海蒼生沐其澤者，淪肌浹髓，共化成于在宥，而壽及千百世也，大且久者爲何如？而豈獨寧民三百里家謳户禱，爲我公祝壽考也耶？

且夫《詩》之歌『樂只』也，既美之曰『民之父母』，即頌之曰『遐不眉壽』。古之能壽乎民者，未有不壽乎身者也。觀公之克壽其民，而知公之獲壽于身者，正未有艾矣。是以其壽身者推而及之民，即以其壽民者合而集諸身，真所爲兼善天下而公與民並壽于無疆也。觴不能盡舉，姑以是爲公祝。

邵子萬暨喆配李孺人雙壽序

門人趙子奏功每向余稱其里人子萬邵君不置口，余心異之，因述其行事甚詳。尊人爲郡城長者，生三子，子萬其長也。少孤，母氏以苦節撫之，家食貧，日夕事機杼餬口，令三子先後出就外傅。子萬稍長，見母氏茹荼飲蘗，廢書歎曰：『有子不能自立，而令劬勞者作苦若此，亦安事章句，以博不可知之科第爲！』即泣拜辭母，襆被遊京師，習會計業若干年，囊資少裕，旋歸覲母，母始聘名家女李氏，令其成婚。結褵未一載，李懷娠三月，子萬復毅然入都。後舉一子，今將十年矣，而子萬未及見其岐嶷也。經營勞勩，家業漸饒。顧纖毫不欲自私，舉橐中所有，悉與兩弟共，而仲若季亦能一乃心力以贊翼其兄。一室之中雍雍肅肅，孝友敦睦之風，雖古人不是過。而其喆配李孺人奉姑惟謹，勷家政，勤以儉，絡緯蕭蕭，依然作貧家婦風。子年九齡，亦峥嶸見頭角。由是以往，其食報又何可量哉？

歲庚寅正月，李孺人三十初度，而四月某日，爲邵君四十揆覽之辰。其同里諸君子因趙子奏功，請余一言介觴。余竊慨當世士大夫承祖父遺業，封殖自私，視弟兄如秦、越人，彼此絶不相顧。而妻若子曳羅綺，厭膏粱，侈然自得，其同氣寥落，不獲自存者何可勝數？子萬孝于母，友于諸弟，刑于妻子，敦本砥行，力挽頹風，以視世之席豐履盛，各私其所有者，賢不肖相去爲何如耶？且聞其爲人，慕禮義，重然諾，濟人利物之事，生平難更僕數。今聖天子方重實行，搜隱逸，如子萬者，詎不足當是選乎？未可以闤闠輕也。余忝居同里，稔悉其槩，故樂爲序之。

東林僧廓然七十壽序

友峰葛君，名家子也。偕余共硯席者二十載，胸羅百家，目空千古，同學數十子，皆後先獲雋，顯名當代，君獨數奇落落，終不得志于有司。發憤棄舉子業，遯跡薇山，卿大夫欲一望見，掉頭不屑。余兒模，屬君門下壻，去元亭咫尺，終年不數顧，他可知已。已乃卸儒衣，黄冠道服，覓方外高人爲忘形友，而與山僧號廓然者交尤莫逆，每寄札致余，稱道不置口。

卯春，余歸里，君一見，寒暄數語，問無恙外，即曰：『公既高臥東山，亦知山之西有高僧，爲余向所稱道者，一訪與談否？』余曰唯唯。閱數月，詢之兩山賢士，僉曰：『西山之高僧有三，俱以「然」相字，曰澹然，曰循然，曰廓然。富而好禮，士大夫樂與遊者也。澹然早解脱。循然踞山之巔，高賢葛先生時托跡焉，近亦謝世。而先生相與數晨夕者，唯廓然一高人。』余以彼既云出世，不能空所有，猥以富名，毋亦與世沈浮者耶，烏乎高？未幾，葛君窺余意，復曰：『公以僧枉被富名，不樂與遊，獨不憶惠遠公買盡廬山，悟空一切，公家元度亦嘗與闡微言，究奥旨乎？何嫌焉？』余頷之，徐訪其廬，則焞孫年十三時，慕厥高風，手勒『古東林』三字以顔之者也。稍頃，廓然出一見，貌朴而虔，神癯而古，興豪邁而意蕭閒。及細與語，則哀如，充耳若不聞一字者然。然善解人意，隨問輒答，如響之應聲。聾也，噫，何聰也！既而察其行事，考其所交游，自公卿以及賈豎，交口頌其賢，而高下平等，善氣迎人，絶無有纖毫塵俗介其胸臆者，其風規固已高矣。去山三里許，卜數椽，桑禾肆蔽，水碧山青，而以時趺坐其間，暮鼓晨鐘，倏然物外。余由是益高之，樂與往還。或啜茗，或烹醪，或手談口謔，微咲狂吟，究不知廓然師年月爲幾何也。

八月既望，山間衆耆宿欣相告曰：『兩山一卷石，葛仙翁高踪遠蒞，道範巖巖。公以山斗爲儒者宗，年皆踰七袠，踵武耆英。廓然師，一破衲耳，兩達尊左提而右挈之，儼然爲三教之長。九月朔有四日，七袠之誕辰也，敢介仙翁丐大儒一言，爲釋衲壽。』余咲曰：『佛本無生，僧不記臘。坡公云：「天地不能以一瞬。」區區七十，何壽之有？』衆進曰：『公以坡老言，謂七十不足壽，然其詩不有曰「若活七十年，便是百四十」乎？若從百四十而再活焉，由千而萬、而億，而漸至于無可量，雖長生，究無生，記臘猶不記臘也。區區七十何必壽，亦何必不壽？』衆既退，静言思之，恍與友峰氏所云，買盡廬山，圓通無礙，有味乎其言也。遂不復辭，聊述我三老結契之由，戲占一律，以博衆菩提泠然一咲云。

壽杜總兵序

蓋聞三垣呈象，光輝仰河鼓於中天；五行用兵，參麗表雲圖于八陣。鞏金湯而調玉燭，爰資碩輔枚寧；建牙纛而撫珣戈，聿著膚功安攘。威行朔漠，猗歟衛、霍勳高；名震西陲，偉矣范、韓績茂。膺冕旒之眷注，氣色一新；酬帶礪之恩榮，旂常滿載。勳高柱石，慶祝臺萊。

維我杜公，名叶瑶樞，光分絳斗。杜陵族貴，韜鈐工太乙之書；武庫經傳，人物稟長庚之氣。遡延年之績，定策功高；緬鵬舉之祥，鎮碑兆應。弓圓似月，必逢貫蝨以稱奇；劍燦如花，每爲剸犀而耀彩。隨龍旂之十乘，早歲從戎；開虎帳之千屯，壯年克敵。伽佑鴟張于滇國，蠢動遐荒；段蒙豕突于蠻天，釁連邛僰。桓桓策府，率虎旅以嬰城；仡仡元臣，奉蠟丸而建節。時公則身臨境上，令肅行間。慷慨鼓儳，山川不離夫指顧；崎嶇陷陣，草木亦畏其威名。烹宋萬于軍中，縛陳豨于帳後。遂使彩雲見處，依然翡翠之斑；玉帳開時，不改檳榔之紫。蓋剪兹封豕，天家之籌畫居多；而障此狂瀾，閫外之勤勞最著。策勳天府，喬木遷鶯；作屏鄉邦，維桑衣錦。雨抛金鎖，閒憑虎豹之關；風閃朱旗，坐息鯨鯢之浪。賀蘭山畔，不聞青犢之鳴；黑水河邊，永絶蒼鵝之異。栢臺薦牘，寄游徼于旌旄；楓陛傳綸，侍班聯于輦轂。雲開正殿，常隨鵷鷺以朝參；月饒周廬，每率佽飛而番直。粤以勳猷之茂，洊膺簡畀之崇。嚴鎖鑰于雄關，建旌旗于中土。陣雲乍起，威震幽燕；劍氣遥騰，光連畿輔。雖風霆不顯流形之迹，而雨露每多優渥之時。帝眷益隆，臣心匪懈。惟茲津門要地，實拱衛夫神京；念此鈐閣重權，更有資于良弼。特蒙簡命，遂隸雄藩。東海流波，萬國效梯航而至；黄河縈帶，千邦輸秸粟而來。節制之中，具有嚴明令甲；指麾之下，莫非保障弘猷。家家被解愠之休風，自同偃草；處處沐維馨之厚德，奚啻投醪。近悦遠來，萬户既依仁而仰戴；騰聲馳譽，三軍亦挾纊而謳歌。統百屬而示南車，共願就裁于陶鑄；率羣僚以拱北闕，皆思奮迹於風雲。綸巾羽扇之揮，戎稱克詰；緩帶輕裘之度，人識無欺。挹萬頃之汪洋，衹覺滄溟尚淺；荷一天之覆被，比諸泰岱尤高。凡以才可兼人，吉甫之文武爲憲；亦且政成多暇，郤縠之詩禮克敦。蓋公之歇歷頻經，堪書竹帛；勳堦屢擢，可勒鼎鐘。貯胸中百萬兵，雖羽檄交馳之地而不畏；畫朔方十三策，即俎豆雍容之時而可爲。叠承三命之褒揚，數被九重之賚賞。趨蹌豹尾，特賜鶡冠。珥以豐貂，旌其偉伐；光之金蟪，獎此殊猷。翠華巡狩之時，仙仗趨承之下。天章載錫，瑶光入細柳之營；上駟頒來，金埒試長楸之下。允矣宸衷特注，洵哉際遇非常。正欽出總師干，已茂麟圖之烈；行覩入參樞府，宏開鵠印之徵。卜景福之未央，知大年之克卲。

乃者節逢天貺，慶益海籌。元鶴南飛，曲度彩雲之影；青鸞西至，書銜丹篆之文。當國家卜世無疆，宜藩翰如川方至。簪裾鞠𦢊，用晉霞觴；櫜鞬拳韝，效夫華祝。某向聞偉略，喜聖主之得賢臣；旋奏殊勳，見中樞之署上考。因趨螭陛，得識荆州；每入鵷班，交稱元凱。爰從嵩嶽降神之日，少效武岡祝嘏之詞。藉侑清罇，式昭長慶。

祝王年伯母任太夫人八袠壽序

蓋聞膠西雄麗，最居海岱之尊；齊右高華，誰及瑯琊之盛？況乃居隣三柱，巍峰久矣不騫；嶂列九仙，福履于焉並集。爰鍾人瑞，徵結蘊于山川；用迓天庥，叶禎符于雲物。奉蓋公而敷治，處處仁民；溯太任以承歡，年年壽母。何必酈泉采菊，方□□□□□；□□□□尋砂，纔足長添夫遐算。維太夫人，樂安舊系，清濟名門。《大雅》揚扢，《思齊》周京紀美；成風崇修，祀典魯國貽徽。以故，幼即敦詩，長而習禮。幽蘭紉佩，早已奉爲女宗；香茗吟題，總不煩夫姆教。克敦大體，甚薄時榮。隨以叶鳳之和鳴，歸我吹笙之妙裔。儀同鍾郝，抱雅韻於珩璜；德比孟桓，扇芳規於筐筥。是時，贈公□□先生□歲鋤經，苦心種學。畋漁文囿，大都七篋胥通；揮洒詞華，奚止百函俱湧。然而馳驅季子，能無憔悴之容；偃蹇仲卿，大有激昂之勸。是以寒機軋軋，槩爲佐需；夜火熒熒，豈惟獨照？入室則柝鈴周匝，一如奉彼嚴君；居家而臧獲整齊，自是關乎内主。

若乃纏綿至性，屋集慈烏；篤摯人倫，園生孝笋。而且善人在難，竟將緩急自居；窮子知歸，不以有無爲解。雖屬外庭之慷慨，殫力解推；要皆中饋之屏當，同心黽勉。向彼齊眉廡下，止曉傭舂；對坐燈前，徒工握算。雖復才優封殖，僅爭野婦之桑；術擅權衡，但問西家之棗。即云小補，難許上流。而維母也，器局恢弘，機神練達。論古至亨屯之會，知廢知興；處今在損益之宜，不奢不儉。以至舊交嵇阮，尚邀可否於山妻；因而後輩范荀，且服重輕於劉母。鬻釵購籍；并公他姓之兒；丸膽課書，更督克家之子。然則料其才識，縱鬚眉當遜不如；觀此猷爲，尤巾幗所傳希有者也。緣兹厚澤，緑蛇徵蟠笥之祥；兆厥高閎，彩燕驗投懷之慶。宜三珠之並耀，羡一鳳之先鳴。

我帶河中丞，舉似鸞翔，停如鵠立。神姿軒朗，趙杲之在人中；風度雍容，裴休之來座上。遂爾青箱世禪，名策巍科；彩筆飈飛，聲騰上苑。展三春而臚句；虚左瓊林；向六詔而腰章；極南花縣。辭親初筮，徒切望雲；稟訓迢征，那堪愛日。旋見甄夫循卓，便特任以清剛。凜凜霜稜，寒生白簡；煌煌豸繡，熱吐丹忱。矢直道以不回，期慈恩之無負。既而桓驄共避，郇雨分霑。邳子國中，於菟代乳；襄陽池畔，蹀躞皆醒。習勤則建甓堪師，乘暇亦投壺自豫。於是丹綸遥錫，秩晉厥躬；紫誥重頒，褒優自出。雖華簪之追賁，邈矣椿庭；而珈笄之及膺，忻哉萱幄。迨夫治平既奏，簡擢特殷。洊歷崇堦，晉襄獨坐。斯時也，氣象增凝，丰裁愈峻。修篁原挺，肯遽罷此彈焦；侍闈可排，亦何妨乎傾藿？在家問則云，無虞母老；而臺綱則曰，但效臣忠。真聲咳徹乎九重，而顧盼周斯八表矣。卿月方登，使星忽遣。甫貳度支之署，即賦皇華；已離巡守之邦，再臨蠻土。持衡兩造，案定而文武稱平；秉鉞朞年，政成而勳猷報最。由是聲馳萱背，謂都亭可奉板輿；豈期績奏楓宸，念吴會還需保障。遂移三湘之旌節，聿委兩浙之封疆。甫下車草木畏威，不匝歲禽魚食德。明非舉燭，詎得藏奸；怒不聞雷，疇能犯軌？

蓋冰心不假鐵面，而秋肅總屬春温。凡變化而不居，和平是福；皆劬勞之所授，中正惟天。兹于仲冬穀旦，爲我太夫人八袠設帨之辰。律轉初陽，節踰亞歲。華鍾具奏，羣稱介壽之榮；綵線徐添，並效履長之慶。早探春花于北闕，尚譽次公；潛養霧豹于南山，還誇叔子。孫曾齊侍，恰符元凱之生；長幼争趨，大過荀陳之會。而乃文通武達，盡屬公門；吏悦民懷，胥遊仁宇。快浙東西之歡呼罔極，較湖南北之歌祝倍慇。誠哉天上昌期，允也人間盛事。某也幸叨蘭譜，久跂徽音。誼托通門，敢謝羣公之授簡；情深猶子，應領庶姓以稱觥。頌滿吴山，慶盈東海。行見手調巨鼎，脯漿多貢夫仙班；座列上台，柱石尚憑夫天姥。不慙蕪筆，聊侑瑶觴。

壽陳母查夫人序

式觀彤管，人誦女宗；載繹緗編，羣推婦道。遡高門之鼎盛，定著賢媛；瞻順德于坤儀，自膺多福。眉齊堂上，益遐壽于椿齡；膝繞庭前，競敷榮于桂子。恩綸稠叠，下五色之鸞封；彩服繽紛，祝千秋之燕喜。頓傳閫内，享禄位名壽之全；爲語閨中，本言德容工之備。固宜賓筵日永，務去陳言；仙樂風微，特揚清曲者矣。

維我陳母查太夫人，乙未孟冬，七旬初度。門邊珠履，稱説芳型；座側銀屏，鋪張淑範。西河女子，丹房居十二之間；南嶽夫人，紫館出三千之界。曾傳觴于閬苑，滿飲碧霞；試乘輦于嵰山，飽餐甜雪。人名益壽，子號延年。性且若夫龍龜，丹復餘于雞犬。此介眉之恒語，雖縷指以難勝。若其韋設絳紗，虞膺紫綬。從夫有爵，細縈瑶草之絲；教子成名，争捧金花之誥。積床中之笏，冠帔流輝；盈架上之衣，山河焕彩。雖其實録，猶屬常談。即夫生自華宗，世仰龍圖之望；早窺碩德，家承凫舄之賢。習筐筥之芳徽，柔嘉擅譽；播衿纓之雅度，淑慎流傳。柳絮工吟，居然謝女；椒花製頌，不數劉妻。執有懿筐，則行遵曲陌；結惟巾帶，則坐織迴盤。周卹賓朋，好有知來之贈；仁慈臧獲，恕無怨往之逢。符内則以無慙，對女箴而不愧。伊夫人之懿美，傳述已多；而鄙僕之文章，敷陳未暇。惟是辭家以出，桃咏于歸；授室而來，蘭徵受賜。自有特豚之饋，婉順攸聞；曾無叱狗之嫌，温恭益著。問寒問燠，克全子婦之文；鼓瑟鼓琴，永合夫君之好。禮稱齊體，和識同心。合龍劍于斗邊，雌雄諧偶；叶鳳鏘于嬀後，律吕和鳴。坐對篝燈，每相莊于鴻案；行看囊穎，寧待泣于牛衣？

大宗伯先生，挺生命世之賢，光輔參天之業。股肱斯寄數千里，職在旬宣；喉舌專司四十年，榮遷仕宦。身惟許國，心已忘家。而夫人象服有煇，彌甘操作；魚軒罔御，獨任支持。遂成羊祜之廉，不之官舍；益勵徐弘之守，恒在機床。儉以律身，何事鉛華之飾；勤能率下，奚辭紡績之勞。樛木歌仁，緜瓜誌盛。人盡謝庭之玉，家踰王氏之珠。先後聯翩，悉鵬摶而鯤化；弟昆接武，列鷺序而鵷行。佩玉垂紳，總遡源于珠閣；筆精墨妙，咸推本于璇闈。叩諸子之才華，識夫人之教誨。風雲月露，疇誇碧海淵源；治亂安危，熟悉紫陽《綱目》。包羅全史，事辨古今；融會微文，理通家國。爰以治平之效，措諸閫閾之中。無過無愆，有條有理。斯誠鬚眉之所少，不徒巾幗之希聞者矣。

兹者，錦初賜翠，恰當設帨之辰；橘始垂黄，正值加籩之候。瓊筵乍啟，客喜登龍；綵袖紛投，人誇吐鳳。或獻瑶池之菓，或呈瓊島之珍。次第稱觴，謂玉妃之同老；更番獻壽，云金姥以齊年。道有固然，詞無復贅。某昔年同學，曾聞嵇阮之評；近日通門，更仰郝鍾之法。得大端于一二，自足傾心；略小節之尋常，奚煩置喙？竊附葭莩之後，用占松栢之承。適當三爵而還，敬進一言以祝。

祝郝年伯母蔣太夫人序

蓋聞紫蘭宫畔，飛鳴多九色之禽；白玉堂前，縹緲奏八琅之樂。輭鴐漿而侑王母，定屬芝田；擘麟脯而奉麻姑，如遊蓬島。况乃花明金谷，水暖銀塘。新鶯爲自在之啼，小草占忘憂之號。烟籠芝甲，喜時物之恒春；句瑑齏辛，奉觴壺而介壽。豈非鄉邦所争羨，宗黨所盛傳者乎？

郝年伯母蔣太夫人者，督亢高門，鍾山巨姓。牙旂羽葆，南朝開府之家；銅沓金鋪，東漢通侯之第。詩書世守，既武達而文通；清白相傳，亦醴源而芝本。故其言容婉娩，圖象温恭。秋菊春椒，彌耽藻采；冬裘夏葛，更喜紉針。環珮雍容，擅大家之模楷；油檀屏當，薄時世之粧梳。讓棗推梨，倍憐同氣；絶甘分少，每戒異心。方逢介弟之牽絲，未有良田而種玉。鏡臺奩具，手自分將；竹笥踈裳，身寧儉約。十年乃字，五日爲期。臨貴壻之門楣，歸繡衣之第宅。流黄獨織，艷大婦之當軒；金絡生光，擁中郎而入室。瑣窗朱户，門羅翡翠三千；桂棟蘭寮，池列鴛鴦十二。而德稱無遂，義美克勤。鶴警露而宵興，雞鳴寒而夜起。驚聞嬾婦，響秋月之刀砧；教覓封侯，慎春風之行李。

時則年伯雪海先生，拜恩殿陛，持斧江淮。唯王事之賢勞，牢盆往典；更何心于家室，翟茀偕行。迨報政于三年，遂申班于獨坐。玉篸羅帶，江山分一半之天；金甲油幢，庭户行千里之外。太夫人以巖疆始靖，未隨琴鶴之行；時序頻遷，不免草蟲之感。而飄飄金節，化鶴方歸；渺渺鐵冠，騎箕不返。遂使箏啼寡鵠，瑟怨單鳧。和者誰與，悲可知也。然而栢舟矢志，共知貞婦之操；蘭砌承顔，常勵藎臣之節。必使莊孫之後，饒有父風；欲令畢萬之家，均爲國寶。雖賢如閔損，無間人言；而德及王祥，原同己出。于是瑶臺綵樹，多開四照之花；琪圃仙葩，蚤擅一枝之秀。或躋班于左掖，梁棟朝家；或司鐸于泮宫，藻芹士類。或爲諸生祭酒，雅雅聲名；或爲太學典型，堂堂領袖。兒能將母，子又生孫。莫不鴻漸天衢，鵬騫雲路。至若親懿筐之績，貴不忘勞；服染練之繒，膏尤知潔。學蜀山之姑婦，對奕爲歡；笑曾氏之母妻，蒸梨交惡。臧獲莫窺其喜愠，家兒亦化于閨訢。而且香燈翻鹿女之經，乳麋拜鴿王之座。遂使夫有安世之貴，稠叠鸞章；子如文伯之尊，襧褫鳳誥。斯固延鄉之錫，儷此非榮；石窌之封，方斯不媿者矣。兹届季春之月，適當初度之辰。樺燭薰天，鐘聲殷地。彩鳳共斑麟並集，雲龍與日鶴俱來。某自交陶侃，曾分剉薦之餐；繼覯宣文，亦與披紗之講。蓋霓裳曾咏于同日，則高風更知其上流。雖桃李不言，豈望抽毫而頌德？唯芝蘭夙好，方將拜母而稱觥。用介里辭，式昭家慶。謹序。

祝錢母陳太君七袠序

余嘗過錢塘謁表忠觀，穆然想見武肅王功德赫赫，若前日事。其苗裔之散留我吴越者數百年間，英賢接踵，而近代名流，余亦得交一二。歲甲申，奉命督理畿東河道，移駐平舒，臨大河，險倍他郡，需河佐甚迫。

越六月，錢二尹來，詢其籍系，知爲前相國文貞公從孫，而武肅王十□世裔也。余既幸得人，且喜獲見先賢後。徐攷其績，操謹而才贍，恪勤乃職，私自意曰：『是殆得之家教者優乎？既又聞，少而孤，轉異其何所承訓，而能自豎立乃爾？』未幾，侍御杏山寓書於余曰：『江東小阮隸宇下，荷獎勵甚厚。先生亦知其豎立所由來乎？皆余嫂陳太君閫教力也。太君爲鑑湖右族，幼而淑慎。余家叔慕其賢，聘之爲余兄君球配。君球少失恃，主閫政者無人。于歸後，大小事悉以委之。太君曲承舅志，事先孝，相夫勤。處姻黨，御臧獲，罔不惠而有禮。由是，宗族戚里咸嘖嘖稱道不置。無何，余兄不禄，家中落，遺藐孤五，孱焉幾不自振。太君茹荼飲蘖，恢張其門户，訓諸孤不假姑息，以慈母兼嚴君，隨其材質課督之，俾各自拔于流俗。以故，諸子承懿訓，争相劘切，綽然皆有所成就。幼雖丞也，志趣尤未可量，則太君之訓子，雖古賢母丸熊畫荻，何以加焉？今孟秋吉，爲太君七袠設帨之辰。先生位宗伯，崇奬人倫，用匄一言，揚休彤管，爲余宗光寵，其可乎？』

余聞其言，益竊喜向所異其豎立必有由者，果不誣。而平舒文武吏與紳士父老又合詞以請曰：『二尹秩雖卑，顧涖吾土也再歷年所，凛官箴，恤民瘼，胼手胝足，以拯兹饑溺，聞其所貽謀，皆出自太夫人。今七袠矣，非大人表章之，不足重，敢以爲籲。』

余因感中世士大夫席豐履盛，勉圖温飽，一旦顛躓，頹然輒放廢者亡算。其訓子孫也，苟合取容，博青紫足矣，德業之成否，總非所問。而太君以一婦人，平居稱賢内助，不幸隕所天，經營擘畫，垂裕後昆，俾長若幼砥行立名，爲宗黨所交稱，而被其澤者，更謳吟之不能忘。太君雖巾幗，不賢于偉丈夫遠哉？余既佩太君之賢，重違侍御之請，而更羨平舒之吏民能不忘所自，以誌愛戴于無窮也。即以羣所頌太君者，述其概爲侑一觴，兼以勉二尹之昆仲，曲推懿訓，重自砥策，以擴乃家聲，不愧爲武肅賢裔云。

宓儒人壽序

嘗觀世係之所以不墜于後者，其先世必有賢人君子，積累深厚，傳諸奕禩，或纘承之，光大之，恪守前人之緒，以克肖乎其家，而學士大夫遂從而樂道焉。此非獨男子然也，巾幗中閨風閫範亦有淵源，故能揚庥彤管，著其姓氏，以昌後嗣而彰前徽，惜乎末俗之不多覯也。

余向者視學江左，衡文而外，間採風謡，凡閭閻中女宗婦順有關風化者，不憚委曲，諮諏以俟表彰。而都人士遂嘖嘖以石城薄君之配宓孺人，謂先賢宓子賤嫡裔所出，賢而能足備輶軒之採。余心誌之。顧以其系遠，未之信也。壬午冬，余所拔士徐孝廉羽儀再上公車，謁而言曰：『生與同里薄生世爲婚姻，其母宓孺人確係先賢之後，懿行縷縷，大江以南所僅見。明年春，屆七衮，里之戚友欲稱觴焉，冀得夫子一言以爲重，敢請。』

余曰：發潛表幽，余志也。余素諳孺人之賢，表彰未果。徐孝廉，篤行君子也。其所稱述必不虚。《傳》曰『德之凝者，福斯集焉』，孺人以儒家女，克相夫子，擴其家聲，而又訓子若孫以讀書砥行，享期頤于未艾也。以德若彼，以福若此，孰非先世之遺澤積累深厚？故巾幗中亦能遠紹前庥，幼爲賢哉女，長爲賢哉婦，老爲賢哉母，俾士大夫樂道不置哉。余故藉孝廉之壽孺人而述其槩，爲末俗勸。若乃秉質之淑慎，宜家之慈□，戚若友咸能頌之，無俟余言也。

記

文昌會碑記

士大夫讀聖賢書，往往習焉不察，間與語鬼神福善禍淫事，則瞿然警，故古聖王每假神道以設教，而文昌六星，見于司馬遷《天官》之書，切近紫微帝座，司命司禄，昭昭在上，非荒窈不經者比。且京師首善地也，十五國人文係焉，奎璧之光，高爲象緯，降爲神祇，尤呼吸通乎紫極者，其祀事不綦重哉？

崇文門迤西薛家灣有廟翼然，蓋關壯穆祠也。兩不戒于火，善士郝公睿捐資而鼎新之，乃并以文昌附焉。家士弘姪慕其事，偕公睿之子之英，聚輦下博士弟子十有八人，歲醵資約五十金，每于文昌誕降之日，餙供帳上，冠帶設醮，張樂以鳴右文之報，洋洋肹蠁，猗歟盛已。都人士恐日遠漸弛，不肅于事，謀勒石，屬余爲記。余惟首善之地，事關文教，非徼福于荒窈不經者，故誌其槩，俾後之踵事而增美云。

俞節婦碑記

古今來人道之所以不息者，惟此忠孝節義常存于天壤之間，而節義之在閨閣，較丈夫之忠孝爲倍難。顧或世胄名閨，孤幃自矢，不得已爲門第所閑。否則，貧家作苦，藜藿自充。即不然，終寠凍餒而禍患不侵，猶得勉自樹立，守貞白首，史乘中往往稱之。若乃以饑寒無告之孤嫠，喪侮頻仍而之死靡他，卒能妥先靈以綿後嗣，耳目中不多聞見，而吾邑俞節婦爲僅覯云。

節婦，貧户施鈞美女也。母沈氏憐愛之，然嚴于教，動止有則，不妄咲言。稍長，日事織紝不少懈，遂許字于邑庠俞茂良之孫君亮。年十六，父病且亡，哀毁莫措，有弟隆壽，未離襁褓，遂以一弱息，殯嚴父，養老母，而撫幼弟，其至性已過人矣。三年服闋，曰嬪于俞，而翁天如，家徒壁立，磨腐爲生，姑□氏年衰善病。節婦操井臼，承顔順志，深得堂上兩白首歡。自春徂秋，結褵甫九月，夫輙痿痺，婉轉床笫間。翁與姑又同時染疫，隻身奉侍，號泣禱天。翁終殞命，視含甫畢，姑又踵亡。家無長物，止遺臥榻及布衣數種，鬻之以經紀殮費。旬日兩喪，痛也何如？明年夏，幸生一子，曰聖洪。夫病轉劇，節婦面相慰譬，退即含悽，晝則且哺且織，淚漬機絲，宵則籲蒼祈代。如是者五年，而君亮竟長逝矣。時年甫二十三，屢欲引決，繼念遺孤在，俞氏似續所關，未敢殉夫泉下，忍死以待。隨攜母若弟同居，以撫四歲孤。亡何母亦去世，哀慟喪殮，無異曩時之於父也。

越二年，族之人有以年少孤苦婉頻諷之者，節婦涕泗交頤，危言叱拒。厥後不令聞知，忽焉鼓樂肩輿迫之行。節婦怒號，散髮觸柱，倒地幾絶。黨鄰驚聞急救，踰時始甦，於是羣懾服，無復敢以非禮挑者。斯時也，母氏無可歸之路，夫家無可倚之人，頭無一椽，盎無半菽。晨昏操作以供薪米賃屋之資。噫，苦已！且復時時訓誨其子，稍成立，即爲聘婦。閲數載，有孫，始一色喜。既又念夫與翁姑尚浮淺土，未亡人脱不諱，何以見地下？百計經營，卜一坵，身履冰霜，捧土封窆，視彼富貴家身居堂厦，而祖若父暴霜露，不一謀窀穸者，仁孝爲何如耶？年六十，族黨稱觴，節婦扶杖抱孫含淚而謝。蓋隱痛夫壻早世，不獲見孫於今日也。嗟乎！霜霰交侵，貞心如故，金石融泐，勁節不移，而又能孝父母，字弱弟，事舅姑，代所天以育子孫，生養死葬，裕後承前，此巾幗中之德完行美者也。雖閥閲猶或難之，乃得之闤闠之家，斯已奇矣。而又出于顛連困侮之餘，雖古之磨笄截髮，何以踰此？

歲□□，邑人士聞之，交相嘉嘆。學使者顔其廬，請旌建坊，以風海内。此固聖化涵育，然非氏貞操格天，烏能使閨閣之節義倍難于忠孝者，屹然獨峙于海濱，聲稱藉藉不朽哉！坊既竣，邑人欲泐之石，介王孝廉丐余爲記。余向厠史館，倖歷容臺，闡幽表貞，素志也。況同里所稔悉，何敢以不文辭？爰誌其略，庶後之聞風者，勃然知所興感也夫。

葆真閣記

余觀海昌邑乘，澤江塘之南，有酆墅祠，祠西南有葆真閣。當宋寧宗嘉定間，海潮沸溢，陷地四十餘里，閣亦淪没。時住持羽士羅以謙奔避酆墅祠，見祠前地甚平曠，高丘起伏有五，羅立如指，因加修葺建閣焉，仍名葆真，不忘所自也。

余爲經生時嘗過之。其後宦遊三十餘載，致政里居，復過其地，見其傑閣巍焕，僉曰周鍊師之所重修也；神像莊嚴，僉曰周鍊師之所重裝也。余因攝衣而上，遥眺青岑，下臨緑野，左眄右睞，遠景畢聚，洵勝觀也。俯仰之餘，不禁有感曰：廢興成毁，相循無窮，若有數焉。然苟得其人以維持之，亦可以歷久而勿替。不然，如唐之玉貞觀、宋之洞霄宫，非不金碧輝煌，照耀耳目，不數十百年即化爲灰燼，廢爲榛莽，鵂鶹之所巢，獾狐之所窟。騷人賦客徒悵悼於荒烟冷霧，欲訪其遺踪幾不可得矣。若兹閣者，羅師創之於前，周師葺之於後，鼎已四遷，新如一日，非以維持之有人歟？周師名□，字□□，以清浄爲宗，類有道者，托張子瑞公丐文於余，余因爲記之，使後之人能承其志，庶可以興而不廢，成而無毁也夫。

樂蘇橋老墳記

擠地從金銀店橋坤申發脈，逶迤至潘家匯大港西數里，有鄒家橋，港東半里有冷家港，皆由南而北，共抵洛塘。從西過東，四圍皆水，中存實地一區，約數十里。潘家匯港北去岸數十步，有樂蘇橋浜，自西南而東，匯爲小漾，迺北至抵樂蘇橋。洛塘迤西半里許，亦有短浜，由南而北有横浜，由西而東，中有獨木橋，即潘貞烈渡河處。今稍改闊，東會於樂蘇橋浜，始趨北。前後又有二短浜，自西過東。後浜之北爲德星堂宅基，基後有一漊，漊北又有一浜，皆從東入西，由西上南，合西南兩水溝，皆出東北，繞過宅基，與墳地相應。浜北有半里實地，至洛塘爲後拓。西南又有長浜、唐家浜、道人浜，皆出洛塘，與潘家匯港西鄒家港、港東冷家港，壤地相接。左右前後，重重環繞，真歷久發祥之地。墳後屋三間已毁，尚存一碑，謂洪武初彦貞君始卜此地，蓋誠齋公初遷居洛塘，而珍二公即彦貞之號卜此地以葬之也。今墳有六穴，無墓碑可考。自誠齋、珍二、太常、景清、克宏、文遠諸公，六代適相符。而西南數武又有數穴，係河口船上始祖之墓，蓋同一地而彼係坤申入離，此獨入首轉丁，大不相侔矣。向無祭田，印峰、心泉兩公始置十二畝，爲後人所賣，乃糾分以祭，赴者寥寥。康熙年間，心泉公支下共買田十畝，祭亦不敷。二十一年崑生公支下每年發米漸增至十石，以供兩祭。又恐日久難支，康熙五十六年，公捐四十畝，連前十畝，共五十畝，歲收米五十石，完糧役外，每祭付值祀者五石，歲共十石。歉歲或不足，糾分助之，豐必有餘，儲爲修築再買祭田之用。但祭雖公鬮，而此田必擇置田支下公舉輪管，或五年，或十年，每歲登記，公同閲算，稍私者罰無宥。倘有不肖輩擅賣分毫，即以逆論，合族鳴官以究。嗣後，子孫或受爵升官，中式入泮，以及老年得子，壽祝七旬、八旬者，隨力捐助，多寡不相强。若有老而無子擇繼時，公酌十分中捐一二以承祀，從此擴充，積貯漸盈。公用之外，或每祭再增若干，以爲飲福漸繁之計。至于孤孩寡婦艱苦堪憐者，亦酌賙以廣先惠，公誌勿忘。

□□□墓後數十步，太學楚生公同施、陸兩孺人墓，酉山卯向，即在西北。并記。

戴陽橋新墳記

地從三水橋辰巽發脈有大梅橋浜，再西有白獰浜，俱自南而北，直抵洛塘之西，有□港，中爲戴陽橋。南里許，合西來諸水，南北分流，南至五湖涇，北至洛塘，而洛塘東西之中有蔓藤浜，浜中間向有一垻，水因南流，過西有小漾，折西上南。東南又有小浜，里許從巽口過西會西浜，同向西南，出戴陽橋，故墳爲亥、卯、未三合震局。墳前浜南又有小浜，中東一垻，東流巽口，西入港南。又有曲浜，繞地如紗帽狀。稍南又有二浜，東西圍繞如方印，正對墳前。而蔓藤。垻之西自東磚橋，北至戴陽橋南，田地數百畝，迴環逆抱，氣力更雄，與墳南兩印相對，真天造也。此係鄰人袁氏屋基。屋誤造，不得地氣，家遂敗。袁子托人求賣于心泉公，公預得夢兆，持厚禮走謁袁母，問果否，母慨然。公乃爲子別搆一宅，器用具備，復送良田、白鏹若干，較常價不啻十倍。袁母子狂喜，訂期遷屋。忽一棍誘以屋有數柩，盍火之，埋甕于土，彼必不敢動。袁聽其言。公初不知，及啟土，奔告袁曰：『屋雖移，頃見數甕骨壘壘。棄人之祖父以葬吾親，不忍，願奉璧。』袁佯不許，公曰：『果爾，我當緩我事，先爲君卜一佳城，何如？』袁曰：『諾！』遂復延地師，擇一坵，穿營築槨，封植森然。袁母泣拜曰：『公真仁人也，感勒曷忘？』地遂定，棍無如何。繼知地之東向買朱卿畝許，復誘其仗宦來贖，鳴諸官，重懲之，乃不敢肆。隨擇日時，癸山丁向，葬洛泉公于穴。閱數載，公殁，亦同山向，附葬于東。長子匡宇公、四子二西公乾山巽向，皆于明季相繼葬西右。次子太原公歿於本朝丁酉冬，同祖父向，葬于東七。太華公又遲數年，亦效之，遞葬于東左，共六穴焉。向無祭田，糾分以祀，貧者俱不赴。

康熙二十一年，崑生公支下每歲捐米漸增至九石，以供兩祭。但墳後向有屋，毀後無看墳者，墳樹屢被竊。康熙五十三年，買浜西地半畝，豎牌樓以表墓道。又以墳後買祖遺分地二畝七分，搆屋三大間，擇人居住，并畀以地，不完糧，不起租，留爲工食，使加謹看守。復于墳前漊之南，買分地二畝，豎名器中，鋪石路，達于南浜，俾祭者走謁墓前。墳之西舊有一木橋，行人來往不絕，今去之，移置東北，不礙行者往來。而墳北東西，又植槿結籬，以環墓後，葱葱鬱鬱，庶少有踐履者，兆斯靜矣。第捐米值祭，日久難支。康熙五十六年，公置祭田四十畝，歲收米四十石，完糧役外，春秋發米十石，分畀值祀者。歉歲糾助，豐或有餘，貯爲修築及擴充祭田之用。至于擇人輪管，量力捐助，廣先惠以禁擅賣，悉照老墳之例，公誌不忘。但此墳所係，專在蔓藤一垻，明季爲盐梟所掘，龍氣逆而凶煞侵，許氏之不絕如線，國初重築，幸獲安宇。順治末年，奸宄者復開禍且益烈，乃鳴于縣，詳于院，給示重修，載入通誌，曰：蔓藤垻加築，已二三丈矣。嗣後，本支每歲于夏淺冬涸之期，貧者效力，富者輸錢。增高加廣，延闊百十丈，或爲義塚，或爲神祠，永垂不朽，則墳之龍脈益真，拓砂彌厚，福澤寧有涯哉！

紫雲村墳記

地在紫雲山北，四圍俱水，四面皆山，惟西北山少，乃于□港南特發天子母墩，龍從此起。西有隨龍一浜，自北趨南，直至顧家門前西來大港。港以南，雲山葱鬱，古人所謂紫雲山，脈落平田，鳥跡蛛絲，體自然龍氣，渡港而聚北，未必可信。港則由西而東，南承十餘里，山水別無他往，總匯於港東爲巽口。迤北有短浜數十武，西流過東，會諸水，環繞堂前，逶迤趨北。又有一浜，較前浜稍長，從西北東流，與衆水相合，作一小漾，紆徐落北。復有横浜數條，長短闊狹，似稍不齊，皆從西北過東，爲重重後拓，直過港北，抵金粟，統西來諸山，爲衆水砥柱，盤旋曲折，總趨東北。此水勢也。龍氣則西北自天子母墩，高卑起伏，踴躍趨南。忽有二漊，中間高地數丈，過峽而東，蓋脉從辛亥而庚酉，入首以右旋，爲左旋己酉丑五合之局。堪輿俞公邁深嘉此地，適親家徐歲升以此地欲葬先人，今已別厝，求售於衆弟兄，乃合買之。復延鍾子期覆閲，亦以爲可，遂定于康熙庚戌十月朔卜葬。先一日，往拜墳隣。夜則扶兩大人及郃即兄元配顧氏三柩，方上岸，忽村棍數十人揭竿争拒，送葬者亟欲鳴官，衆弟兄曰：『無庸，不妨爲先人屈，置盃酒以金帛紿之。』數十人跪柩前叩頭悔罪。于是兩地師定穴，俞欲取中，鍾恐以乾戌礙，堅欲偏北，非雲兄調停其間，遂定于東北，面對三台山，中正不偏。辰初，棺甫進槨，而村落中突有六人騎馬而過，識者以爲禄馬到堂之兆。築三和土，四日始竣，衆親族胥賀。而郃即兄以地非上選，虞一兄以墓稍遠，不能時拜謁。衆弟兄亦以先君盛德，不欲與互鄉伍，決計欲遷。越乙卯秋，予倖薦于鄉，遷意尤決，復買郎家磚橋親家錢紫益地八畝。好友繩其、仲張兩張公久以地理擅名，共加嘆賞，定期築槨。一衿棍葛姓以葬鄰彼地，夜呼數十人移一棺置槨側。凌晨，郃即兄亟鳴諸縣，令許西山以予已允赴司寇館，因命郃即。彼反求情假捏，謂舊槨六七棺盡被拋佔。誣訐于臬司、王日藻。鹺院。孫振。不得已，迺復控院、李本晟。發府，鄭。委三府親勘。勘定，審詳本府、臬司及撫院、鹺院，乃褫革之，以重誣擬絞，減等改流。臨遣，挾村媪，誑爲母老，乞留養。衆弟兄憐而聽之，遂不敢復肆然訐訟，已三年矣。

壬戌，予捷南宮，旋徼館選。凡地師來閱者，嘖嘖稱羨，遂不復議遷，擴墳地三畝，餘植蔭樹，更買浜北地，搆祠堂，中奉兩大人神主，前爲看墳者住，每歲犒米三石，祭則六房遞輪，取墓外田十□畝租，爲春秋兩祀。五十年，竪牌樓于西南。五十四年，買浜東地，竪名器，正對墓前。五十七年，輪祭畢，公置田七十畝，合墓外十□畝，共□十□畝，取租爲春秋祭。每先兩日，祭本邑兩墳。第三日主祭者持餚饌先赴，餘皆鼓棹自膳，午刻齊到墓，歡聚半日，晚各餐就寢祠中。明日，天未明，煮祭餚，衆各盥洗，至墓，先以三牲祀后土後，以茶酒、湯飯、春盤、茶盒、五牲、五菓及五大簋二桌設墓前，長者薦獻畢，率衆四拜。稍停，再獻，又四拜，稍停，三獻，復四拜。拜訖，起相揖，候片時乃焚楮錠，收酒餚，別墓，就祠堂列數桌，各五品。飲畢乃飯，別祠堂，仍趨墓叩謁，付隨祀者人各五十文，爲往還費，各登舟賦歸。又于冬、夏兩至之次日祭祠堂，兼課子姪文藝，祭亦五簋，共八席。課文者早粥午飯，晚即甲乙其文，夜則以祭餘招長幼共飲，明晨歸。歲共四祭，約費二十餘金。完糧役，看墳者米三石，餘皆貯爲修築、再買祭田之費。然祭雖共輪，田必擇人管理，或五年，或十年，每歲登記，公同閱算，稍私者倍罰，另擇人相代。嗣後，子若孫或受爵升官，中式入泮，老年得子，壽祝七旬、八旬者，量力捐助，多寡不相强。擴充至二百畝外，視貧窶者，或孤寡，或老病，或不能婚嫁，或好學能文而窘不應試，公同酌助，以垂可久。至于惰業而饑寒，妄行而患難，總不之恤。倘有不孝輩借端違命，私賣一二畝，即以逆論，衆共鳴官究追。戒之哉，永矢勿諼。

誠齋公初遷洛塘，至珍二、太常皆單傳。太常公生三子，長宗昌，次景輝，季景清，爲三大支。景清公生一子克宏，克宏公生文遠，甫一週而孤，賴潘貞烈教育，克昌厥後。文遠公生子五，長良秩，號樂泉，二良弼，三良宰，四良諭，五良直，復爲五支，居處不同，墳墓亦異。而遠近彰彰，惟三墓爲最著，故先記之。支下各有佳城，祈續梓以共垂不朽。

書

寄同年張景峰司寇

承手教垂注懃拳，即應裁復。因久蓄歸田之志，今已遂願，局定奉答，幸不以遲遲爲罪。

憶壬戌冬，三十五人共步瀛洲，依依如昨日事。曾幾何時，而存亡顯晦，恍似浮雲。彼少而不禄，老而成化，壯而高臥自甘者不具論，即如吴子楞香、周子嶰岩、彭子文洽以及余子子鴻、劉子禹美，皆以命世之器，轉瞬雲霄，而中道云殂，殊深於邑。至于蔡子方麓忽臥東山，吴子匪菴、孫子雲韶、王子薛澱、榘齋黼黻岩廊，旦晚以公輔相期，而朝露溘然，未竟厥志。每一念及，輒爲流涕。惟僕與景峰公年齒雖懸，而寓相近，境相似，名位亦相亞，雄談善謔，情性亦復相倫。同時曳履，並坐彈冠，侃侃陳謨，實爲一時盛事。乃半載以來，景峰忽先我賦歸，舉朝痛惜，而僕又景逼桑榆，蹣跚殊劇，不得已，具疏引退，幸奉俞旨。回想三十五人在朝者，惟于岳、眉長、修予、胄司四子而已。撫今追昔，恍同一夢，豈不大可傷哉！然景峰以盛德挂冠駕行後，白雲司覆雨翻雲，都人士愈追思愛慕，爲景星慶雲，賜環之兆，早晚可卜。僕則衰朽南還，長共農夫以没世矣。倘邀天之幸，或不即就木，則癸巳暮春當踐舊約，尚可北來一晤，把盞挑燈，重叙三十年樂事，不知能如吾願否？

令弟、令郎聚首一堂，天倫之樂，人世無兩，幸各致意。

致晚研他山兩館丈倡舉三老會

近體稍痊，索居殊苦。因想唐宋諸名賢優游林下，必有同志數輩聲應氣求，作佳會以數晨夕，如九老，如耆英，如真率，一時盛事，千載嘖嘖爲美談。元初家魯齋與姚、竇二公蘇門講論，不過一二會，三四百年來猶艷稱之。近世士大夫鞠躬王事，家居絶少，乃忽于東南濱海赭、尖、龍、鳳、長墻、秦駐之間，特鍾吾晚研先生及查他山館丈，胸羅百家，目空一切，僕不材，亦得厠葭莩之末，執鐙隨後。居既同方，年復相亞，共叨一第，唱和蓬瀛，志趣一揆，不肯苟諧流俗。子若孫亦皆能讀書，以承歡暮景。三年之内，先後歸田，而所處數十里，三方互峙，各有名山大澤供厥登臨，此真天作之合，鍾靈于我三老也。可不仰步前英，創兹良會，爲千秋佳話哉？

竊不自揣，顔其會曰『三老』，每一年祁寒酷暑之外，約于九月三月一會，會必三日，一日登眺，一日清談，一日游藝。先期半月單刺走訂，三日前再一邀，臨期不更速。隔夕登舟，黎明赴會，晨用粥，午飯三豆一湯，申刻四點，晚則五簋九碟，酒無限，約二鼓就寢，僮僕俱自膳。三日滿，賦别。倘有他幹歸自寓，主人不復留。如此計之，一年不過三會，一會不過三日，一人一年所費不過三金，而收四時之嘉景，作九日之快談，嘯傲酣歌，真足千古。況從此一年，或數年，或數十年，傳之子孫，垂之志乘，區區三老，何必不與唐宋諸名賢争雄天壤，而姚、竇、許三君子不又再見也耶？

來春三月，僕即首事，先以鄙指告之先生，再致查他山，想亦不我外也。草泐，伏候回音不盡。

寄楊晚研

逕啟：十五日徐觀老伻以一札致他山，一札委僕，謂臥病旬餘，致稽曩訂。今梅蘂雖殘，而梨葩正艷，欲僕轉懇先生暨梅谿道長，即同鼓棹。僕以他山于二月初早往西江，大約夏杪方還，則梨園似少點板，況梅殘梨媚，舍彼就此，是棄貞娘而趨嬌女。僕老矣，非我思存，不如省卻月會，總俟八九月間，各帶杖頭，徑往具區，或訪桂，或尋菊，橙黃橘緑，作半月之婆娑，似與天時、地境、物態、人情事事脗合。因即草數行覆之，不知台旨以爲然否？擅意之罪，幸祈原諒。

又

數日前接手教，謂三月杪枉顧敝廬，喜且欲狂。繼復代爲籌算，既訂三月，何不以十三四先過硤山，十五日同往寧邑叩萬壽，以見臣等雖在外，不敢忘君長。公郎萬里初回，松喬重聚，率弟若孫，晨夕承歡，父子之至性也。如夫人暌隔者垂十年，一旦夫婦重圓，此中妙趣，豈他人可能描畫？盛族諸兄弟趨候頻頻，往而不來非禮也。翻然惠顧，友愛斯敦，邑中友朋數十輩，喁喁然望顔色者久矣。忽焉親芝宇而飫麈談，愉快又何如耶？屈指盤桓不過五日，而天倫之樂已足千古，況從此或再遲遲，婆娑故里，樂更何涯？否則拜祝一竣，攜手同歸，翱翔東西兩山，信信宿宿，然後言旋，往返半月，歲以爲常，所得不多乎哉？拙宜公静言思之，當必怡然以鄙言爲萬當也。

寄同門余靖蘭

人無賢否，皆有朋友，而意氣不篤，把握交懽，别即秦越人，不相顧矣。惟僕與靖蘭，生既同庚，薦于鄉則同門，捷于南宫又同譜，固天作之合，鍾其誼于我兩人也。而意氣交孚，不啻同懷兄弟，茫茫宇宙，交游輩誰復有如我兩人者？乃綰符一别，遂隔雲山，然鴻鯉往還，音問如織。即子解組後，猶得偕令子姪輩詢悉道履，恍覿芝顔。逮僕乞歸田，方謂一江似潤，洄溯可通，從此與素心人不時聯袂雄談，醉讀快叙。數十年濶踪天倫之樂，名教之榮，真爲古今勝事。

不意子既養高，杜門卻軌，而僕又衰軀習懶，不能一出門户，吴地越山，竟成蜀道。廻憶卯秋旋里，迄今五六年，晨夕間無一刻不三四馳依也。不知靖蘭曾一念及否？因思鹿鳴握手，曾幾何時，轉瞬俱耄耋矣。古人千里相思，尚期命駕，況一衣帶水乎？桑榆景逼，更待何年？願于三秋之候，靖蘭暫扶笻着屐，一訪西子湖頭，先期確示，僕即鼓棹武林雙峰、三竺，作十日快談。若天假餘年，或每歲，或兩歲、三歲，再循往轍，傳爲千秋佳話，庶不負天之鍾意氣于吾兩人也。靖蘭聞此，豈以僕言爲河漢耶？

與巡撫徐蝶園

切膚之患，重荷大中丞憂勞，而漠然不顧，天壤豈有是人，但負痾沉重，實難舉步，此耳目可親驗者。況此案估費若干，用夫多寡，在諸當事確籌定議，大中丞審擇行之。芻蕘之獻，前札已備悉矣。至加賦一事，諸公事權在握，勸懲惟命。顧欲以歸休就木之人，出而倡議，無論衆怨沸騰，腐心切齒，而此時扶病登舟，呻吟竭蹷，亦將有不能終日之慮。捐軀趨召，諒亦不忍聞也。仍煩敝友代草，并遣孫焞負荆，方命之愆，萬祈垂宥。

與藩司段百維

孫焞歸，備述隆情慇惓垂注，兒子一疏，重蒙嘉賞，感難言罄。但謂一勞永逸，勢必不能，只須隨坍隨築，姑保目前無恙，某竊以爲過矣。夫元明以前，海塘坍陷數十年，淪没生靈以數十萬計，即今康熙三年興築以來，亦屢經坍修矣。而此番危險，較從前不啻十倍，必須十數萬金修整堅固，庶可數年無恙。若止捐輸數萬，苟且目前，方築復坍，誰任其咎？況兒子所奏監例，雖云一邑，而將來鄰近州縣皆可附納冒籍不禁，十四五萬金，期年綽然。但患錢糧既裕，而司厥事者援天命之説以怠人事耳。誠能慎簡下僚，申明賞罰，微員無染指之私，紳衿無中飽之患，採買大石，修造木櫃，所用之夫，每名日給數十錢，使寅而作，酉而息，吏胥保正不得乘勢欺壓，索錢私放。如此而塘工不成者，某未之信也。

至于寧邑所具之呈有『陸續報完，功將垂竣』等語，不知兩年修後，風潮不測，現在重坍數十里數千餘丈，綢繆無策，故在今日，必將此危險情形大聲入告，庶幾可動聖聽。若云業已垂竣，何事開捐？而敝邑陳令又欲推廣數郡，再開他例，則無論冒濫多門，有傷國體，萬一聖明動疑，不維不允，别遣部司到邑勘估，官民受累，更何以堪？此萬萬不可者。

某臥病雖深，籌算已熟，懇推愚父子苦衷，俯採鄙言，勿爲謗議所惑，使海塘得以告成，生民不罹水患，則永戴生成，豈筆墨所能盡耶？運使謂捐收宜在司庫，言亦有理，惟台裁是荷。

與太守張鳳崖

趨叩劇擾，返棹匆匆，不獲細聆大誨，歉仄無似。某賦性硜拙，從不與聞户外，而事關民隱，偶爲代陳，如寧邑門攤一案，全書所載共一百零。某居硤石，向止二十二兩七錢者，今且征至九十二兩。門攤之外，另有税課、局課、關鈔以及酒、醋、油、染。埠頭漁户，各行自辦，向止數兩、數十兩者，今且各征至數百餘兩。浮派多多，哀號載道，此某所親見者。一鎮如此，各鎮可知。但各鎮畏懼胥役，明知控亦無濟，含忍不言，獨有長安之民以各憲公明，大非昔比，故以全書所載，趙碑所立，確據上呈，初非與康熙四年間謂一鎮獨多欲派，各鎮如弋公所刊木榜之比。前月上省，偶過長安，數百人哀哀公訴，某目擊心傷，故爾陳于臺下。及自省歸縣，承陳令以詳稿見示，某面同該役，將全書、趙碑細細詢駁，陳令茫然。該役亦俯首無辭，但求不再致上臺，庶免罪累。某曰：『父母初臨，並未染指，故欲作勝事以造福于無窮。既已詳覆，自然悉聽耳。』今接手教，知秉公確訊，悉如縣詳，芻蕘之獻，不蒙採納。某從此不復置喙矣。但祈嚴示繳縣，門攤稅課、局課等項，悉照定額若干，設櫃徵收，自投發票，不許胥役奸牙妄行包佔私派，徒督保長賠累，以致賣男鬻女，上干天和，則民之帶高厚者，寧有盡哉？

恃愛直言，極知取厭。然李密有言『知善不薦，聞惡無言，隱情惜己，自同寒蟬，是罪人也』。茲之所陳，亦欲使明府令問休揚，有裨萬分之一耳。伏祈垂宥是荷。

與巡撫李厚菴書

小力歸，備述大諭，并拜台翰，慰誨懃拳，雖父兄之于子弟，不過如是。某獨何人，叨斯至愛，感勒五中，永矢勿諼矣。目疾甚劇，聞新城郝典史頗能針灸，延治數日，略奏小效，因封篆暫回。歲終仍復到寓，正、二月間彼謂可以漸愈。伏祈婉諭道府，一應公幹，煩其遺調，感何如之？

更有瀆者，本年報修之册，七月間承執事諄諄面囑，故敢相商，今上閱堤工稱善。聖德高明，無微不矚。而某猶有所慮者，茲歲修築之苦，萬一未經深悉，則似因襲前人，絕無所費以效力者。他日三年期滿，亦安能放歸鄉土乎？是造册報修，實一大關鍵也。夫臣子之事君也，廉不言貧，勤不言苦，忠不言己效，公不言己能，鞠躬盡瘁，死而後已，豈敢存息肩之思？但某衰軀多病，筋力盡於經營，家財竭于修築，倘力不能繼，有誤欽工，此則身命事小，國家事重。每一念及，未嘗不惕然憂懼也。倘肯俯鑒苦衷，或具摺，或面陳，相機一奏，俾年來輕家圖報之舉，聖意略知，則執事回天之力，銘佩豈筆墨所能盡哉！

與巡撫李厚菴

近接大檄，封函竟用移咨之體，殊切悚惶。在執事沖懷若谷，尊而彌光，某則何以當也？幸循前例，以肅觀瞻。

又

飫聆大誨，銘感何既？廿三日登舟，親見保屬洪濤，與前兩日大異。及抵子牙，雖踰漕數尺，尚似平坦。不意月杪以迄今茲，日夕暗長，漸驚淜湃。堤高者離頂一二尺，卑者不及尺許。問之土人，皆云去歲相因，且有云更甚于去歲者。蓋去歲之水，夏初便發積而不退，今則初時不覺，歷秋暴漲，其危險似較甚矣。幸兩岸新修，堅實可恃，而夏間令俞同知詳濬新河，重荷飭行，洶湧之勢，分流稍減，種種綢繆，何一非執事所賜？但刻下長而未消，尚難預定。嚴督各執事晝夜保護，寓中親知僮僕分遣巡防，刻無寧晷，務求萬無一失，以慰殷懷。大約中秋後方可安枕，始笑數日前登龍奉謁，自詡安瀾，真燕雀處堂，未經閱歷者也。至保屬高陽、雄、蠡漫溢情形，先後遞告，日切悚惶。各令頗有循良，而胥廳又正將服滿，不知可無礙否？單刺草奏，前已面陳，統惟垂宥。

又

初五日拜讀台教，慰誨懃拳，感豈言罄？啟者，水勢洶湧，前已申悉。至初四後，日夕漸盈，離堤頂者不過數寸。兼之風高浪湧，駭目驚心，蓋亦危矣。幸西堤數十里俱屬新修，而東堤自子牙鎮以南一帶，亦係某所自築，可恃無恐。惟門、留二莊地最窪下，自保陽奉台諭東歸，又發工價親督，楊主簿再爲培厚，更覺萬全。總之，今秋之水，自新河以南，較去年似甚，新河以北，較去年稍減，統而計之，實無大異。向非新河挑濬，而子牙東西不經手築，其不似去年之漫決數處者幾希矣。今仗執事之宏庇，綢繆孔固，而時已白露，勢漸消退，大約再過數日，便可高枕而臥。特此附報，以慰台懷。至保河所屬，漫溢疊告，現在嚴檄堵修，限期報竣，此中情事實可憫惻，想執事定能垂諒也。

又

逕啟，初八日接據俞河廳一詳，承批由各處申報，以憑奏明。具感執事之委曲提攜，誼同高厚。今遵命以節署一紙咨呈于臺下，伏祈裁鑒不盡。

又

亟欲趨叩崇堦，面謝種種，并商歲終報修之册。緣生目疾甚熾，跬步難行，不得已暫爾中止。俟月杪、月初或得稍痊，即走謁也。啟者，工部所咨奏明修築一事，兩承台諭指示，分晰造册，此誼所當然，豈敢推諉自便？奈前任分司不解何故，竟將緊要各卷悉歸烏有。至于此案之奏銷，自執事行知一帋而外，詳册底稿，總無隻字留署，憑何繕造？因又以實情移守道轉復矣，敢拜懇執事垂。〔一〕

又

逕啟，挑河一道，前已面陳。叩謁後乘歸舟之便，親勘四五日，乃知緊要宜濬尚有數處。某既任其一，而文、大兩縣向有公務之項，俱已悅服。今遵台諭具呈，敢懇于執事，預飭河廳，一俟凍解，親督各印佐，刻期分濬。否則以嚴詞警之，庶幾功可速竣，感沐非淺鮮矣。特此再瀆，曷勝虔禱。

又

前在上谷承賜顧後，適晤河間白守，道及吴橋縣被控一案，在部堂不得不准，以警官邪。但以一吏員竟捏合縣公事，挾仇顛誣，必得嚴究，庶幾刁風可戢。某謂此等事從不關説，且秦鏡高懸，自有公斷。白守云原係閒論，非求鼎致者。今歸後徐思，杜令去年署篆，實感其有功堤岸，而歷訪輿論，亦與白守相符，故敢密陳，以備一參。又及。

又

逕啟，河員報滿，今歲自戴同知、高縣丞而外更無人矣。不意日内又有劉主簿者，向在任丘，今補獻縣，俱係清河專設，前後接俸，共滿三年有餘，詳廳轉報。某以事雖近理，然清河設官以來未有此例，且所争不過一年，乃從前數月不早爲計，何得于榮行之頃，忽行瑣瀆？因嚴詞覆之，奈彼謂兩任題拔，原荷閣部特恩，始終成就，正在此時，哀懇再三，嘵嘵不已。某思旗員不甚曉事，若堅持不報，必疑某爲阻，抑無可如何，勉爾轉呈。可行與否，統惟裁奪，但勿以冒昧見督，幸甚！

後。歲前拜讀回諭，銘勒無似。初擬封篆，時大駕即已遄發。近晤李河廳，始知尚在開印之

春新動履萬福，未遑趨賀。榮行竟不及走送，種種疎越，想執事自能見原于格外也。

又

泰運日新，鴻禧彌茂，不及趨叩崇堦，歉仄奚似？啟者，堤工椿木例須就近購買，乃河廳

俞品去冬面稟，河、獻兩邑來春共購椿木二千根方足濟用，伏乞發價代買。某即如數交委，已經

咨呈在案，不意領價之後，屢以州縣詳免，藐不肯辦。將來各屬效尤，堤工勢必貽悮，輾轉思

惟，不得不以一呈懇于執事，恩賜主持，嚴飭該廳用力。倘以此呈太露，且止不用，或就去冬某

所咨再購椿木事，執事諭以時届春融，務須速購，毋得推諉，則彼庶稍知所儆。病中憂心如焚，

尚有未盡之語，特遣小力面稟，伏祈垂憫鑒察。

賤目尚未愈，郝典史已令回署矣。

又

前承手諭，知報銷一案已蒙啟奏，感極，感極！二十五日復接大檄，嚴飭各屬防修，捧讀

之餘，倍深銘勒。蓋今歲堤工，某雖貧病，然已多方竭蹷，或自築，或委修，悉照去年經費，不敢稍惜絲毫，致滋意外。故子牙六十里西堤及東堤閆、留等處現在親修，更加堅固。其餘酌給所屬，未免因循，然仰仗德威，尚可鞭策。獨霸、文兩處堤多殘缺，某既不能周濟，而鄒令丁艱，楊牧又漫不經心，是則稍可慮者。至于保屬河廳，杳未抵任，署篆者復不能驅策各屬，不識執事可諭郡守一爲督率否？草謝并瀆，伏惟鑒宥。

又

逕啟，奏明修築等事，去秋重蒙執事賜稿，咨覆甚明。乃頃准守道移文，知户部復欲造報。切思所存舊案，前司俱行帶去，並無片楮遺留，早經奉告。今又准部駁，敢仍懇執事賜咨詳復，以了葛藤。如必欲細造，仍煩貴吏揀核舊册，定稿轉發，以便遵奉。若懸空摸索，萬萬有不能者。不揣屢瀆，情非得已，伏祈鑒宥，臨穎曷勝悚惶？

子牙東堤現委吴廷奕修築，敏練勤勞，要地實可倚任，願望留神，并禱。

（上缺）[二]近情形畧陳一二。大城西堤雖委本邑印佐分頭董役，而經營種種，某實親爲從事，想可無虞。東堤閆、留二庄等處，上所注念，又重荷執事諄諄切囑，特委吴某盡力興修，較前堅固不啻數倍，此皆某委官所目睹者。廣福樓一帶，某雖發價青令，而彼仍用民力，然觀其修築，視去年似覺較勝，秋間可無慮也。河、獻二處，因分發椿葦，故不能復同往年侵蝕殆盡，亦似可喜。靜海署令頗能任事，但皇差之後，繼以捕蝗，心力竭矣，所應修者不無草草。今雖報竣，復飭加倍，當俟其後效耳。保屬各堤，數少力省，大概可保，唯文署、霸牧奉差，僅責兩河員拮据了局，現在遣役往勘，當再報也。大城趙令今歲勤敏，殊屬可嘉。即如台翰謂前過文安，其堤岸稍加椿葦，頗有可觀。此是大城協修霸、保之善來營、武哥庄也，即此已見一班矣。日後晉謁，敢祈執事道及某意，併懇褒獎，以鼓舞之。至於保屬就近台轅，情形洞照，不煩贅悉。但完工日期已具呈申報，未知曾到否？總之，某本迂踈，而年衰力憊，百姓之懷德者似多，屬吏之畏威者絶少。幸恃執事能推心置腹，百計匡扶，故得倖免隕越。此種高誼，日勤心版，非子墨客卿能盡也。

又

本擬月杪趨謁，叩謝隆情，并請大教。奈目疾愈甚，竟不能行，不得已，特着小力面稟。倘有要言，不妨明諭之也。臨穎曷勝依馳之至。

又

白露踰旬，秋濤漸落，安瀾之頌可預爲獻矣。平舒數萬户，旱澇頻仍。今且雨暘時若，重登大有，此莫非執事己饑己溺之懇懷所感召也。恐至尊遣問，肅此預報。俟秋深，賤目稍痊，趨轅面頌。臨穎曷勝欣忭之至。

與同年王公垂

公垂長役初間止聞大概，但不知實費幾何？刻下交過若干，嗣後陸續。何時可以竣事？懸念日切，幸祈示慰。僕半年來，每接好友惠札，無不謂公垂日夕憂焦，形容憔悴，景況大非昔比。

僕雖同病，聞之頗以爲過矣。一得之獻，不敢以遠喻，請即同館以爲喻。同館三十五人，自戊冬迄今不過二十一年，撫今追昔，恍似南柯。竊見魯子敬侯、王子醇叔、尤子慧珠，高躅清標，翛然物色之外，實非僕輩可及。其餘同在風塵者，路子廷彥、吴子漢章、姚子映垣、魯子韜人，英年偉負，羣以黑頭公相期，而才與命違，早歌《薤露》。家山濤兄，人文領袖，與潘子一韓、周子安侯、黄子紫臨、武子允安耆年碩德，師表人羣，而後先賫志，不得稍展尺寸。更如吴子楞香嚴氣正性，望隆中外，周子廣菴文章淹雅，彭子文洽氣識深沉，余子一弘、劉子禹美，敷陳敭歷，相得益彰。之數子者，瞬息問參衡鈞軸，秉鉞巖疆，而中道云殂，朝野爲之嘆息。統而憶之，廿一載之風流，十四人之芳軌，顯晦殊途，沈埋一轍，豈不真可哀哉？至于碩果長存，巋然如魯靈光者，金子會公羽儀當代，不啻景星慶雲，而名山著述竟與吴子西李、袁子紫臣數奇不偶，置散投閑。他如沈子虞似少壯負奇，朱子玉樹老成持重，以及李子則叶、張子伯續懷抱不同，同歸淪棄。雖丈夫自命，不以勢位爲榮，而成敗論人，未免三致慨焉。乃若得時行道，勳名未可量者，吴子容大、王子薛澱、孫子雲韶、蔡子方麓、張子景峰、王子眉長、阮子于岳激揚臺閣，啟沃宫庭，而史子胄司、胡子脩予賡颺黼黻，彪炳方新。是八九子亦未嘗一開畫錦之堂，賦遂初而終老也。

僕與公垂位幾三事，年過六旬，後人亦知讀書稍能自立，天之待吾輩固厚，而吾輩之叨沐天恩亦踰分矣。今日者贊勷公務，傾盡家資，亦皆國恩所賜，非盡生來自有，以公辦公分所宜然。況身外之物，何關輕重？縱使錙銖既竭，升斗無儲，尚可四方餬口，以樂殘年，較同館三十餘人，視十數子或不足，視二十餘子，不恢恢乎尚有餘耶？俯仰快然，夫復奚憾？且吾輩景逼桑榆，旦暮不能長保，自反生平，幸無愧怍，正當趂此餘生，曠觀物外，晤大造之盈虚，憑化機之消息，悠游歲月，庶冀首丘。倘坎坷方歷，日夕憂惶，將此塊然六尺空悲腐草，恐還以未了之局留補後人，不幾上負君父，下累子孫，重爲觀聽者痛惜乎哉！

諺云『愁人莫向愁人説』，僕本愁人，近以病餘悔悟，頗似無愁，故敢以親歷之語遥相勸勉，願公垂翻然思，憬然悟，大放愁眉，亟舒愁狀，快滌愁腸，逍遥自適，從此改唤『莫愁』可也。

雜　著

家訂六則并序

竊聞學貴治生，誼先敦本，維風厲行，寧儉毋奢。方今物力惟艱，人情不古。競紛華於日用，動輙踰閑；勉追報於所生，事多違體。習而不返，長此安窮？不揣迂疎，謬抒臆見。黜浮崇雅，敢云率俗于淳龐；愼始慮終，聊欲飭躬於軌物。爰陳數則，用質同心。

一宴會

酒以合歡，豈容亂德；燕以恰禮，寧事浮文？乃風俗日漓，而奢侈倍甚。簋則大缶舊瓷，務矜富麗；菜則山珍海錯，更極新奇。一席之設，産費中人；竟日之需，瓶罄半載。不惟暴殄，兼至傷殘。嘗與諸同事公訂：如宴當事，賀新婚，偶然之舉，品仍十二。除此以外，俱遵五簋，繼以八碟。魚肉雞鴨，隨地而産者，方列于筵，燕窩魚翅之類，概從禁絶；桃李菱藕，隨時而具者，方陳于席，閩廣川黔之味，悉在屏除。如此省約，何等便安！若客欲留寓，盤桓數日，午則二簋一湯，夜則三菜斤酒。跟隨服役者，酒飯之外，勿煩再犒。

一衣服

衣服之章，等威有別；寒暄之節，南北攸殊。然而流風易溺，積習難回。居官者，章身不惜夫重價；服賈者，耀富亦羨乎輕裘。朱邸高朋，冠裳濟濟；青油幕客，裘馬翩翩。習以相沿，歸而不改。每見貴豪遊子返温和之地，雖暖如寒；致令富厚少年靚燦麗之陳，趨新忘故。金貂玉鼠，南服偏多；白狸青豬，炎鄉不少。偶焉寓目，輒爲驚心。亦思僕隸細人，衣踰紳士；優伶賤役，服擬公侯。適滋醜耳，又何慕焉？吾輩既已讀書，自當毅然變俗。舊衣楚楚，素履可欽；襆被蕭蕭，高風足式。傳前人之清白，不墜家聲；貽後嗣以廉隅，永遵世德。撫躬自較，所得孰多？

一嫁娶

倫莫重于婚姻，禮尤嚴于嫁娶。古人擇配，惟卜家聲；今則不問門楣，耑求貴顯。因之真假難究，亦且晤對不倫。婦或反唇，壻且抗色。嫌滋妯娌，釁啟弟昆。種種不祥，莫可殫述。若既門户相當，原欲情文式愜。而女家未嫁之先，徒争賄幣；男家既娶之後，又責粧奩。彼此相尤，真可浩歎。亦思古垂六禮，文公《家訓》合而爲三。可知事貴適宜，何煩縟節？但求允問名，原無浮費；而請期納聘，每有繁文。因與一二同志再三酌定，如職居四民，產僅百畝，聘金不過十二，紬緞亦止數端。上之六十、八十，量增亦可；下則十金、八金，遞減無妨。度力隨分，彼此俱安。而親迎之頃，舟車鼓樂，儀從執事，一切從簡，總勿狗時。乃近來婦家或于扶輪奠雁之外，縱僕攔門，拉壻拜轎。此破落户之陋規，亦鄉小人之鄙習。可駭可嗤，亟宜痛戒。若夫女家嫁贈，貧富雖殊，而荆布可風，總宜儉約。縱有厚資，不妨助以田産，資以生息，使爲久遠之謀。切勿多隨臧獲，厚飾金珠，徒炫耀於目前，致蕭條于日後。至于宗親世胄，豐儉自有尊裁，贈遺豈敢定限？但求有典有則，可法可傳，則所裨于風俗固厚，所貽于兒女亦多矣。不揣葑菲，敢獻芻蕘。

一凶喪

人生大事，惟有送死。終天之痛在頃刻，罔極之恨在千秋。纖悉不周，貽悔何及？故凡父母年踰五十，察其精力稍不同前，則壽器當密爲儲備。脱或不諱，哀慟固不待言，而附于棺、附于身者，尤當凡事撿點。衣衾之屬，務求完整；金珠之類，勿帶纖毫。周詳無憾，然後蓋棺。灰布宜密，油漆須真，經久之計，莫切于此。棺既蓋矣，循例成服，男女有别，親疎有序，哀痛哭泣，寧戚無文。成服之後，始議開喪，或三日，或五日，報知親友，訪確周詳，但須素有往來，不可妄邀豪貴。喪期既定，亦勿多請陪客，徒滋浮費，止酌親族數人，輪流分派，孰主送迎，孰司饋饌？弔唁者祭無牲牢，幛無綾緞；欵待者饗無腥酒，送無犒程。志在從先，何妨違俗。至于寢苫枕塊，禫祥之後，似可從寬。歠粥除葷，精力或衰，亦宜稍酌。表彰功德，則述行狀以垂誌銘；緬想音容，或侍几筵而廬墳墓。總須核實，勿在狥文。若世俗于殯殮之場，誦經禮懺，哀號之側，鼓樂張筵，不惟悖禮，實爲逆親。凡有人心，所宜痛禁，而或者借讀禮之時，縱翺翔于山水；假謝孝之跡，輒干瀆于交遊。有靦面目，可不戒哉！

一安葬

古者士庶之家，踰月而葬；後世王公以下，皆至三月，期何寬也。而惑于術家者，妄求富貴，借前人已朽之骨殖，圖後人未卜之顯榮，愚已甚矣。又或造年月之利害，判房分之吉凶，長幼猜嫌，牢不可解，代復一代，年又一年，甚有越數世而不獲淺土者，生者大厦高堂，死者頹垣敗壁，撫衷自問，忍乎不忍？若謂風水可憑，寧遲無害，何以堪輿諸公高談鑿鑿，而詢厥身家，概多寒陋，且有跋涉一生，餓殍于道路者。豈謀人工而謀己拙耶？噫，亦可悟已！僕少時亦嘗取地理諸書考究多年，若必如所云，龍穴砂水，左右印托，十全無碍，方成吉壤，則數千百年以來，選擇殆盡，豈復有留遺隙地以貽後人者乎？嘗觀大江以北，古塋纍纍，附葬者多或百計，少亦數十，問其子孫，雖有貧寒，豈無富貴？原非一墳一塚，始稱有吉而無凶也。故爲子者，當知暴棺非孝，入土爲安，不必遠求，但宜預訪。或隣近山川猶有遺穴，或祖宗墳墓尚可附棺，隨分量力，擇而取之，審其消納，定其向背，磚宜堅而灰土宜厚，築宜固而封樹宜周，勒碑附壙，題主歸祠。宅兆既安，慶莫大焉。若欲遍覓佳城，廣求大地，則秦漢遺寢，草蔓煙荒，唐宋諸陵，狐蹲兔伏。六朝之故塚安存？五季之新阡何在？豈帝王之卜擇反遜能于士庶哉？至于朱母分遷于兩地，孔父合葬于一防，取而較之，孰得孰失，雖先儒亦有不必從者矣。

一 祭祀

古人祭先，士以三鼎，大夫五鼎，等威有辨，非可僭也。但牲牢物産，南北異宜，酌而用之。祭菜則羊豕雞魚之屬，五品爲常；菓物則棗栗桃圓之類，八色爲準。隨地隨時，盡人可辦。第所商者，古不祭墓，而近世春秋兩祭，概在先塋。從之則失禮，違之則不情。斟酌其間，或于春秋祭墓，冬夏祭祠。祭墓則遵時俗之通例，尊卑遠近，合九族以共將；祭祠則倣考亭之成規，高曾祖親，分四代而同享。于理于情，庶兩無礙。獨是墳多族衆，值祭維艱。輪流則貧者難支，糾分則吝者多卻。經久之法，莫如祭田。但始焉難以創行，久之易以滋弊。今欲創行，務須尊顯之人率先倡置，餘如入學而登科甲者因名位以酌捐，務農而業工商者隨貲産以量助，或數十畝，或數畝，縱不拘例，務盡厥心。至于五十舉子、七旬祝壽，多寡均輸，惟力是視。積而充焉，便可以奉祀之所餘，濟孤寡而助婚喪，擴宗祠而立家塾，不亦善乎？至欲革弊，則管理之人必須公舉富而有守、素行不欺者，責令主之。經理三年，聚衆一算，如果無私，不煩更换；或有可疑，再行公保。遵而守之，雖百世可無弊矣。若夫誕辰忌日，罔極情深；喜事良辰，追先念切。祀我祖考，誰曰不宜？而邪説誣民者，造爲七月望日地獄放歸，掃室宇以送迎，附盂蘭而超度。誣其祖父，惑厥愚氓，司風化者，禁之可不嚴哉？

以上六則係辛卯歸途所訂。年來里居，準此行事。初焉，豪家世族莫不非笑，久而安之，近且多率從者。異日家遵户守，變澆俗爲淳龐，是所望于當代諸君子。

鹽官宗譜存疑考

按《統譜》，許自神農，歷隋唐，數千年曠邈不具論。至睢陽公遠，《唐書》《圖經》及《備考》《省志》等書皆謂世籍鹽官。少時讀書泗水亭，即故廟也，手植銀杏一樹，至今猶存。殉節後，長子玫招魂歸故土，合葬柳氏靈德慈義郡君於讀書林側。散騎常侍柳渾撰碑，禮部尚書杜確作志。代宗時，勅建雙廟，初在睢陽。宋大觀二年，詔遷于公之本里。長子玫，婺州司馬。次子現，金吾大將軍。墓俱在紫微山南天竺庄。子若孫居邑西鄉，號許村。凡許氏忠臣墳墓及祠基二十五畝一分八釐，永不徵科。歷代遣官春秋奉祀勿絶，此彰彰無可疑者。但公爲右相敬宗之孫，《唐書》敬宗本傳謂：『敬宗有孫曰彦伯，昂子也。敬宗晚年不下筆，凡大典册，皆彦伯爲之。嘗戲謂昂曰：「吾兒不及若兒。」昂曰：「渠父不如予父。」』迄今傳爲佳話。而《統譜》並無諱昂者，且以彦伯爲敬祖之子，而敬宗之子則曰令伯、令先，以及睢陽公，是併無彦伯，而反以彦伯爲敬祖子矣，錯誤殊甚。予從祖枚菴公詳訂家乘，載敬宗五子曰昂、曰昱、曰昇、曰杲、曰景。昂爲虔化令，生太子舍人彦伯，而彦伯生子曰望，字欽園，右羽林將軍，始生睢陽公遠。所紀與唐史合，而且與歐陽文忠公《宰相世系》同，真實録也。元尚書貢師泰遯跡海昌，確考許譜，曰許本高陽，六朝時有許皈者避亂攜家來鹽官，傳十世，至善心，初仕于陳。隋文帝滅陳，曰：『我平陳國，惟獲善心一人。』遂仕隋，爲禮部侍郎。復祖族，歸高陽，其子則敬宗也。俱爲北新城人，同葬易水。敬宗子有名遹者，又歸隱鹽官東審山，故其子彦伯、其孫睢陽公皆爲鹽官人。今《統譜》既無遹名，而枚菴家乘亦未之及，此其可疑皆在公之前者。至于《統譜》睢陽公有三子，曰玫，曰現，曰瑰，玫與瑰各有世裔，而現之子彦强，生德卿，名述，字公繼，乃生天祥，以遞及提舉。枚菴家乘又以現子彦博，生晉卿，後竟無傳。惟玫字邦珍，封婺州司馬，葬天竺庄，有三子，曰彦强、彦原、彦龍，强與龍自有泒，而彦原之子曰德卿，更名公繼。睢陽公三代孫爲濟寧教授，遷睢陽令，過偃師，謁祖墓而大慟，乃棄職歸隱于湖之陽，著書設教，歸依甚衆，屹然成一村，世稱曰許村。似公繼爲玫後，非現後矣。或曰現至晉卿而絶，繼德卿爲後，故更名公繼，然亦無攷。公繼六傳而迄節之，《統譜》系夢龍、應康之後。枚菴家乘謂岩生夢奎，奎生應徵，徵生節之，且《統譜》節之有四子，曰延齡、遐齡、鶴齡、玄齡。鶴齡長子鼎生莘夫，莘生章甫。枚菴家乘以鶴齡爲謙之之子，節之四子則曰延齡、龜齡、遐齡、修齡。延齡生鼎，鼎生莘夫，莘生章甫。又，《統譜》以萬一生斗祥，而枚菴家乘謂斗祥即千三，中宋淳祐甲辰科劉夢炎榜，授亞中大夫，係景旻四代孫晞吕第三子，出繼萬一後，與三十三世圖系相符，似屬明確。

至統譜百三提領之下，又有統增生德銘、五提舉二公。枚菴家乘以百三提領與統增皆斗祥公所生，原係兄弟，統增生德銘，而百三提領自生五提舉。此數端在睢陽公後，皆可疑者。先大夫謂，睢陽公忠義，縱非許姓，亦可祖述，況譜牒昭然，何敢自外？但千有餘年，滄桑遞變，恐間有疑誤，寧闕如，斷自五提舉公次子誠齋公初遷洛塘，耕讀開基，爲前步橋始祖，誠千古卓識也。予仰承先志，誠齋公歷今十有四世，源合流分，詳訂既竣，若從前統譜雖有疑誤，刊行既久，不敢遽泯。枚菴公以名孝廉博聞多識考訂，必非臆撰，故自隋禮部侍郎善心公，至睢陽公，下迄五提舉，刻此數十傳，存以誌疑，益見先大夫卓識，而後之孝子慈孫重訂宗系者，不可不詳且慎也。

聖門弟子從祀記略 年老善忘，因録諸賢姓氏以便記憶，非有所考正也。

按弟子名數，《史記》載孔子之言，曰：『受業身通者七十有七人。』皆異能之士也。唐司馬貞《索隱》曰：『《孔子家語》亦有七十七人。』宋馬端臨曰：『孔子弟子，《史記》《家語》所載皆七十七人。』魏王肅本自顏回至顏祖，止列弟子七十六人，缺一人，不合前數。及觀《史記·弟子傳》，有顏何，字冉，《索隱》證之，曰：《家語》字稱，則知顏何已載于《家語》，而肅本缺之耳。又，北齊顏之推稱仲尼門徒升堂者七十有二，顏氏居八。唐顏真卿自叙家譜，稱孔門達者七十二人，顏氏有八，八人之中，顏何與焉。《索隱》去古未遠，之推、真卿俱顏氏裔孫，必各有據。今當以顏何足七十七人之數云。

顏回　閔損　冉耕　冉雍　冉求　仲由　宰予　端木賜　言偃　卜商　顓孫師　曾參

澹臺滅明　宓不齊　原憲　公冶長　南宫括　公皙哀　曾蒧　顔無繇　商瞿　高柴　漆雕開　公伯寮　司馬耕　樊須　有若　公西赤　巫馬施　梁鱣　顔幸　冉孺　曹卹　伯虔　公孫龍

以上三十五人頗有年名及受業聞見於書傳，其四十有二人不見書傳者，紀于左。

冉季　公祖句兹　秦祖　漆雕哆　顔高　漆雕徒父　壤駟赤　商澤　石作蜀　任不齊　公良孺　后處　秦冉　公夏首　奚容蒧　公堅定　顔祖　鄡單　句井疆　罕父黑　秦商　申棖　顔之僕　榮旂　縣成　左人郢　燕伋　鄭國　秦非　施之常　顔噲　步叔乘　原亢籍　樂欬　廉潔　叔仲會　顔何　狄黑　邽巽　孔忠　公西輿如　公西蒧

太史公曰：『學者多稱七十子之徒，譽者或過其實，毁者或損其真，均之未覩厥容貌，則《論語》弟子籍出孔氏古文近是。余以弟子名姓文字，悉取《論語》弟子問答，次爲編，疑者闕焉。』一按《史記》所載數同《家語》，内無琴牢、陳亢、懸亶三人，而别有公伯寮、秦冉、鄡單三人當其數。文翁《石室圖》七十二人，比《家語》少公西輿、懸亶、原桃、公肩、公夏守、句井疆、邽巽、顔何八人，而别有蘧瑗、秦冉、林放三人。子由《古史》又録七十九人，蘇子曰：『孔子弟子高弟七十七人。』余以《太史公書》及《孔子家語》考之，皆同。秦冉、顔何不載於《家語》，而琴牢、陳亢不録於《史記》。二書既不可偏廢，而琴牢、陳亢又見於《論語》，故并録之，凡七十九人。又曰《索隱》云，文翁《圖》有蘧伯玉、林放、申棖、申堂，今《石室圖》七十二人，亦無所謂棖與堂也。

以上所紀或名同而數異，或數同而名異，此殆後人以意增損，或傳寫之誤，殆不可考。余惟遵制，以嘉靖九年所定名數及續入從祀者列之，紀其實也。

四配

復聖顏子。魯人，名回，字子淵，郳國之後。宗聖曾子。名參，字子輿，魯南武城人，鄫國之後。述聖子思子，詳具世紀。亞聖孟子。名軻，字子輿，一字子車，魯公族孟孫之後。

十哲

閔損，字子騫。魯人。冉耕，字伯牛。魯人。冉雍，字仲弓。伯牛之宗族。宰予，字子我。魯人。端木賜，字子貢。衛人。冉求，字子有。仲弓之族。仲由，字子路。魯之卞人。言偃，字子游。吳人。卜商，字子夏。衛人。顓孫師，字子張。陳人。

先賢

澹臺滅明，字子羽。武城人。宓不齊，字子賤。魯人。原憲，字子思。宋人。鄭玄曰魯人。公冶長，字子長。齊人，《家語》曰魯人。南宮适，字子容。一作括，一作韜，一作縚，魯孟僖子之子。高柴，字子羔。齊人，敬仲高傒十代孫。漆雕開，字子若。一作憑，字子開，蔡人，鄭玄曰魯人。樊須，字子遲。魯人，樊皮之後，鄭玄曰齊人。司馬耕，字子牛。宋人，司馬向魋之弟。公西赤，字子華。魯人。有若，字子有。魯人。琴張，字子開。衛人，一字子張，與子桑户、孟之反二人爲友。申棖，字子周。魯人，邢㒷《論語註疏》曰申棖，孔子弟子，《家語》作申續，《史記》作申黨，其實一也。夫子曰：『吾未見剛者。』或對曰：『申棖。』子曰：『棖也慾，焉得剛？』唐封魯伯，宋封文登侯。陳亢，字子亢。陳人，一字子禽。巫馬施，字子期。陳人。梁鱣，字子魚。齊人，年三十未有子，欲出其妻，商瞿謂曰：『未也，昔吾年三十八無子。夫子曰：「無憂也。瞿過四十，當有五丈夫子。」今果然。吾恐子亦晚生耳，未必妻之過也。』從之，二年而有子。公皙哀，字季沉。齊人。商瞿，字子木。魯人。冉孺，字子魯。魯人。顏辛，字子柳。魯人。伯虔，字子析。魯人。曹卹，字子循。蔡人。冉季，字子產。魯人。公孫龍，字子石。衛人，鄭玄曰楚人。漆雕哆，字子斂。一作侈，魯人。秦商，字子丕。魯人，鄭玄曰楚人。漆雕徒父，字子有。一作從，字子文，魯人。顏高，字子驕。一名刻，魯人。商澤，字子秀。一作子季，魯人。壤駟赤，字子徒。《家語》作穰，徒作從，秦人。任不齊，字子選。楚人。石作蜀，字子明。秦之成紀人。公良孺，字子正。《家語》作儒，陳人。公夏首，字乘。《家語》作守，字乘，魯人。公肩定，字子中。《家語》作堅，字子仲，魯人。后處，字子里。《家語》作石處，字堅之，齊人。鄡單，字子家。一云鄔單，《家語》縣亶，魯人，字子象。《餘冬序録》曰縣豐，今《家語》作懸亶。奚容蒧，字子晳。一作奚蒧，字子偕，魯人。罕父黑，字子索。魯人。顏祖，字子襄。一作柤，魯人。榮旂，字子祺。一作祈，魯人。秦祖，字子南。秦人。左人郢，字行。《家語》作左郢，字子行，魯人。句井疆，字子疆。《家語》句作勾，衛人。鄭國，字子徒。一作薛邦，魯人。公祖句茲，字子之。《家語》無句字，魯人。原亢，字籍。一作原桃，字子籍，《史記》作原亢，字籍，魯人。縣成，字子橫。魯人。廉潔，字子曹。一作子庸，衛人，《古史》作齊人。燕伋，字思。《家語》作級，字子思，秦人。叔仲噲，字子期。《家語》作會，魯人。顔之僕，字子叔。魯人。邽巽，字子斂。魯人。樂欬，字子聲。《家語》欬作欣，《正義》曰魯人。公西輿如，字子上。《古史》作公西輿，魯人。狄黑，字晳之。衛人。孔忠，字子蔑。《家語》作弗，孔子兄孟皮之子。公西蒧，字子尚。步叔乘，字子車。齊人。施之常，字子常。魯人。秦非，字子之。魯人。顔噲，字子聲。魯人。

先儒

左丘明。中都人，《授經圖》曰魯人，楚左史倚相之後。公羊高。周末齊人，受《春秋》于卜子夏。穀梁赤。周末魯人。伏生，名勝。濟南人。高堂生。漢魯人。孔安國，字子國。夫子十一世孫。毛萇。趙人。董仲舒。廣川人，治《春秋》，孝景時爲博士，下帷講誦，弟子傳以九次相授業，或莫見其面，蓋三年不窺園，其精如此。進退容止，非禮不行，學士皆師尊之。武帝即位，舉賢良文學之士，前後百數，而仲舒以賢良對策爲江都王相，復相膠西，兩相驕王，皆以禮匡正。凡所著述，皆推明孔氏，抑黜百家，立學校之官，州郡舉茂材、孝廉，皆自仲舒發之。年老以壽終于家，家徙茂陵，子及孫皆以學顯。元文宗至順元年從祀。明洪武二十九年追封江都伯，成化三年改封廣川伯。后蒼。東海郯人。明嘉靖九年考求古禮，以蒼爲禮之宗，詔令從祀。杜子春。河南緱氏人。王通。字仲淹，龍門人。韓愈。字退之，南陽人。胡瑗。字翼之，海陵人，門人稱爲安定先生，明嘉靖九年從祀。周敦頤。字茂叔，世居道州營道縣濂溪之上。程顥。字伯淳，河南人，太中大夫珦之子。歐陽修。字永叔，廬陵人。邵雍。字堯夫，河南人。張載，字子厚。世居大梁。司馬光。字君實，夏縣涑水鄉人。程頤。字正叔，明道先生之弟。楊時。字中立，將樂人，明弘治九年追封將樂伯，從祀。胡安國。字康侯，崇安人。朱熹。字元晦，宋司勳吏部郎松之子。張栻。字敬夫，綿竹人，魏國忠獻公浚子也。陸九淵，字子静。金谿人。吕祖謙，字伯恭。宋人，其先萊人。蔡沉。字仲默，建陽人，西山元定之子，明正統元年從祀，初謚文正，成化三年追封崇安伯。真德秀。字景元，浦城人，明正統元年從祀。羅從彦。字仲素，劍浦人。李侗，字愿中，劍浦人。

元　儒

許衡。字仲平，河内人。

明　儒

薛瑄。字德温，河津人。王守仁。字伯安，餘姚人。陳獻章。字公甫，新會縣人。胡居仁。字叔心，餘干縣人，萬曆十二年從祀。

啟聖祠

明弘治元年，吏部尚書王恕請立廟祀啟聖公，以杞國公無繇、萊蕪侯點、泗水侯鯉、邾國公孟孫氏配享，永年伯程珦、獻靖公朱松從祀，禮官議不合，遂已。十四年，侍郎魯鐸復請如前，亦不合，已。嘉靖九年，從輔臣張璁議，詔兩京國子監并天下學校各建啟聖公祠，祀叔梁紇，題稱『啟聖公孔氏之位』，而以顔無繇、曾點、孔鯉、孟孫氏配，程珦、朱松、蔡元定從祀。萬曆二十年□又添入周輔成從祀。

先賢顏氏。諱無繇，字路，《家語》作顏繇，字季路。顏子回之父也。唐玄宗開元二十七年封杞伯，從祀。宋真宗祥符二年加封曲阜侯。元順帝元統三年加封杞國公，謚文裕。先賢曾氏。諱點，字子晳。《史記》點作蒧，子晳作晢，曾子參之父也。唐玄宗開元二十七年追封宿伯，從祀。宋真宗祥符二年加封萊蕪侯。先賢孔氏。諱鯉，字伯魚。子思、子伋之父也。宋徽宗崇寧元年追封泗水侯。度宗咸淳三年從祀。以上三賢，明嘉靖九年遷配啟聖祠，俱改稱先賢某氏。先賢孟孫氏。激公宜，魯公族孟孫之後，孟子軻之父也。元仁宗延祐三年追封邾國公。程氏珦。字伯温，二程子顥頤之父也。宋仁宗録舊臣後，授官知龔州，累轉大中大夫，封永年伯。朱氏松。字喬年，朱子熹之父。蔡氏元定。字季通，蔡氏沉之父。周氏輔成。周子敦頤之父。

改祀于鄉者七人。俱嘉靖九年改，詳具永嘉疏中。

林放。字子丘，魯人，以《家語》《史記》俱不載弟子列，改。蘧瑗。字伯玉，衛人。鄭玄。字康成，東漢北海高密人。鄭衆。字仲師，東漢開封人。盧植。字子幹，東漢涿郡人。服虔。字子慎，東漢河南滎陽人。范甯。字武子，晉鄢陵人。

罷祀者十五人。内揚雄，洪武二十九年罷。餘俱嘉靖九年罷，詳具永嘉疏中。

公伯寮。申黨。秦冉。顏何。荀況。字卿，周末趙人，以言性惡罷。戴聖。字次君，漢梁人，以贓吏罷。劉向。字子政，漢宗室，以誦神仙方術罷。賈逵。字景伯，東漢扶風平陵人，以附會圖讖罷。馬融。字季長，東漢扶風茂陵人，以黨附勢家罷。何休。字邵公，東漢任城樊人，以註風角等書罷。王肅。字子雍，魏東海郯人，以爲司馬師畫策篡魏罷。王弼。字輔嗣，魏山陽人，以宗旨老莊罷。杜預。字元凱，晉京兆杜陵人，以建短喪罷。吴澄。字幼清，宋撫州崇仁人，以仕元罷。揚雄。字子雲，蜀郡成都人，以仕莽罷。

校勘記

〔一〕按清康熙刻本《德星堂文集》，其下缺文。

〔二〕按清康熙刻本《德星堂文集》，其上缺文。

德星堂文集卷三

海寧許汝霖時菴著

傳

周孝廉傳

周宗彝，字五重，别號青蘿，海寧硤川里人也。本漢絳侯之後，迄宋南渡，有司農寺丞名浚之者自汝南扈蹕，遂家臨安。其七世孫宣爲職方郎，值少帝北狩，宋亡，宣死之。長子肇祉官無錫，謂其兩弟添二、添三曰：『父死，吾義不苟活，第忠臣不可無後。行矣，弟輩勉之。』添二遂隱居寧之洛塘里。其派入硤川者，添二五世孫硤樵，即宗彝之大父也。宗彝生而岐嶷，志不屑一切。父郎以貲雄于鄉，晚年舉二子。宗彝既卓犖，負奇槩；弟啟琦，字瑋光亦沈勇絶人。自束髮受書，每讀家乘，至職方父子死節事，兩人輒激昂慷慨，更相流涕曰：『大丈夫不當如是耶？』由是爲諸生，益以氣節相矜。

里中有大豪以苞苴竄仕籍，結奧援。梃擊之案，廷論譁然。豪依禁掖行賕，据黨户魁，人益側目。居鄉，睚眦殺人，莫敢誰何。宗彝獨曰：『横至此，可坐視乎？吾行剪之矣。』遂不惜殊死，力列豪罪狀，致之獄，父子卒抵于法。當是時，朝野莫不稱快。東林諸先哲尤嘖嘖嗟異曰：『誰謂一白面，能剪此巨憝！』以是争樂與之交。

崇禎己卯，舉北闈，從倪文正公元璐遊，甚器重之，曰：『雄毅果斷，士罕其匹，他日名教干城，爲吾黨生色者必子也。』

甲申三月，闖賊犯闕，帝后殉社稷。宗彝聞變，絶粒數日矣，夫人卜氏强勸之食，曰：『君亡國破，死固其宜，然竊聞江左尚有推戴，事未可知也，盍俟之？』宗彝復蹶然起，盡傾其家貲，募勇敢，練鄉兵，水陸設重關複栅，以捍衛井里。未幾，南都不守，大兵且下浙。宗彝謂弟啟琦曰：『極知天命有歸，螳臂不可以當車，顧我職方遺烈之謂何？今日其偷生也？』乃奮不顧身，乙酉八月十五日兄弟同蹈兵而死。于是夫人卜氏號而召妾張氏、王氏曰：『吾固知有今日，但張也生男，尚在孩抱，孰能爲周孝廉作程嬰乎？』二妾相顧曰：『死易，立孤難也。』夫人遂束其子明球于懷，躍池水中，二妾從焉。乳母輩赴死者十餘人。越數日，從姪明彶具棺殮夫人及二妾，猶屹立不仆，顔皆如生。里人因名其池爲『節義青蘿池』云。

同學朱人遠傳

日觀山人，余畏友也。長余生八歲。丁酉同課藝於臨雲閣，訂交伊始。庚子春，鼓篋北山。丙午夏，談經靈鷲。晨鐘暮鼓，日夕與俱，而平昔之把酒雄談，歌呼於道游堂、咏年堂及德星堂，二十年如一日也。庚申，余舌耕京邸，君集諸同人酌卮判袂，山川雖隔，鴻鯉時通。戊辰余試蜀過里，懽晤三四日。己巳，君率長郎赴京，拈題把盞，暢握年餘。辛未春歸，別維揚。癸酉，忽聞訃，設位奠訖。甲戌，過西村，憑棺一慟。迄十餘年，夢寐中若與君相往還者無虚月。辛卯，予告言旋，長郎捧行狀，丐余一傳。余曰：『此余志也，何敢以不文辭？』

君姓朱，諱爾邁，字人遠，日觀山人其别號也。系出徽國文公後，公第三子建安侯在生子鉉，仕兩浙運判，卜居杭城，鉉子滈復遷海寧，爲始祖。出處遞承，代多偉望。十六傳至岷左先生，諱嘉徵，以名孝廉操海内文柄。年三十一，艱于嗣，夢神授記，特誕君一人，前壬申六月二十七日。夙稟異質，酷嗜讀書，而忠孝根于至性。年十三，聞煤山之變，尊先生着芒鞋，提孤劍，欲棄家渡江，君慨然願隨行。母吴夫人固止之，乃止。其矢志固已異矣。繼隨母氏避跡小桃源，攻制義，尤喜學爲詩。亂甫定，返城西草廬。尊先生于郊外築數椽，曰『止溪』，有終焉之志。

亡何，避公車，署會稽學博，君偕往。督學者奇其才，首補弟子員。數年歸里邑，名家適有臨雲之集。君登壇，豎旗鼓，指揮浙西諸名宿，聲震一時。由是學使者暨各當事採風，無不以國士目之。雖秋闈屢躓，怡然不以介懷也。未幾，尊先生爲新例所迫，特授敘州司李。蜀道天高，嶔嶇萬里。君含淚隨征，至廣陵驛，聞母氏病，亟返。東瞻西望，雙淚分流，真有不堪回首者。歸侍北堂，鍵跡攻苦，十三經子史暨唐宋諸大家無不探微抉奥，以發爲文章，而俳儷之筆，含英咀華，組織六朝，蓋不獨以詩名雄海内已。顧著述益工，彌懷陟岵，不得已單騎北上訪尊先生。遷轉之期，途遇盜，幾罹不測，告以誠，半分其資斧，揖謝而免。造京師，知遷期尚遠，亟謀省覲。南還，别母氏啟行，雲山萬叠，望道争趨，初不覺巴程之嶮巇且遠也。及抵叙晉謁，父子相見，忽驚且疑，轉喜復悲，咲言嗚咽，宛然如在夢中。

閲數日，歸計已定，乃上成都。各當事久耳君名，一晉接，風流吐納，相見恨晚，俱欣然爲尊公遂引年之請。返署促裝，不百日旋里。兩尊人年俱七十有七，朱顔鶴髮，舉案齊眉，子姓輩跪拜稱觴，戚族覩者僉舉手加額，謂非君至孝所格不致此。哲配葛，以名家女夙嫺風雅。子三：長灝，次淳，次治，皆能讀父書，擅詩名。一女芬，亦善咏，花晨月夕，率婦若子，焚香潑墨，向兩尊人承歡歌咏，久之成一家言，迄今猶傳頌云。

壬子春，尊先生命赴北闈，公卿輩聞君至，倒屣争迎，握手恐後。而合肥李先生方爲少司成，拔冠三雍，留下榻，相得歡甚。逮入闈，典試事者以避嫌見刖，浩然賦歸。李先生固留不得，約明年赴召。癸丑秋，甫入國門，而風鶴之警，中外洶洶。雪深冰冱，奔赴家山，從此不復志四方游矣。時尊先生文集甫竣，又有《漢魏樂府詩集廣序》鐫刻行世，已復選兩漢六朝迄元明二十二代詔令奏議，彙爲一集曰《經世書》，君句參字覈，以佐所不逮；暇則裒輯數十年所製詩古文名《日觀集》計二十卷。父子一堂，作述千古，天倫之樂，名教之榮，誰復有踰此哉！

天不憖遺，尊先生忽抱病不起。呼天搶地，痛不欲生，因母在，不敢過毁，吞聲飲淚。乃閲一年，而母夫人又辭世也。裂肝毁腸，死而復甦者三四。以戚友勸，姑節哀，竭蹷喪祭，經營窀穸。服闋，慨然曰：『吾事畢矣，今而後，茹蕨採薇，從吾所適，何碌碌城市爲？』遂隱龍山，訪西村，構一草堂，蒔花種竹，釀酒婆娑，間與耆舊六七人登臨嘯傲，野服蹁躚，道旁觀者不識爲何代人氏，鹿門、栗里，不重見于今耶？合肥李先生聞之，篤舊好，貽札敦請，陳澤州、王阮亭兩先生亦先後遣人至。君徘徊不欲赴，諸先生往復再三，不獲已，偕長郎同行，館合肥第，陳、王兩先生日一往還，而館閣諸公以詩文質者，户外屨常滿。旗亭古墅，高會狂吟，余亦藉素心，稍慰晨夕。庚午冬，忽負疴，諸先生不敢堅留。春正月，余適督學江左，同舟南下，過邗溝，唏嘘分手。不謂越年餘，癸酉五月八日，年止六十二，竟溘然逝也。嗚呼痛哉！

君性恬澹，不事家人産。豪于詩酒，敦睦好施，戚黨中賴舉火、婚且殯者歲亡算。尤喜交游，自卿相至山人騷客，一見輒傾倒，客常滿座。于書無不讀，著作等身，而數奇落落，不獲一展厥抱，人無不爲君惜。雖然，窮達，命也。人自貴不朽耳。君以一書生，交傾宇内，名擅藝壇，而至性所篤，奉八九衰齊壽之椿萱，一家唱和，怡志承顔，爲千秋佳話。孝哉，足不朽矣！顧中所耿耿極不忘者，自十三齡矢志結願，終身雖浮沉隨俗，而風雨雞鳴，獨與同邑張待軒、姚江黄梨洲、三楚黄九烟諸遺老窮經砥節，聲垂天壤，以續止溪先生未遂之隱，詩文科第，烏足爲君輕重也！君真余畏友也夫！

李大尹傳

丁卯歲，予典試西川，所雋士得李生鍾璧，甚器之。越十年，以其先人行狀丐言於予。予以通家之誼，不得以不文辭，爲之傳曰：

公諱蕃，字錫徵，蜀通江人也。始祖繼賢公，唐僖宗時爲洋州刺史，封開國侯，食邑于此，遂世籍焉。宋末，祖禄榮公爲將軍，拒元兵，戰殁，土人祠之。終有明，代有聞者。遞傳至公父能白公，爲茂才有聲，選明經，因子秩贈文林郎。公自幼失恃，祖母馮是依口授公《學》《庸》，成童後，隨能白公舘于外。初搦管爲文，即洋灑異羣兒。弱冠，補邑弟子員。衡文者誠曰：『觀子文奇肆，貌甚古，但恐他日傲兀不容于時。』後小試，輒冠一邑。迨辛卯鄉試，御史預詢學使者：『今秋解頭，誰可乎？』學使者以公對。甫入闈，滇警卒至，亟歸侍能白公，不終場事，而七藝則已薦第一。

洎丁酉，舉于鄉，尋知登州黄縣事。初下車，里社循舊例，厚醵金以獻，公嚴斥之，其例遂剗。黄連歲苦旱，公爲民請蠲賦，計所費過所蠲。後二歲告歉，不敢上聞，慨然代輸如數。然慮難爲繼，設諸儲備，歲全活亡算，去之日，猶積麥數百斛，粟數百鍾。登屬邑有八黄及福山，産大木，採取爲民累，而轉運又與他邑均，公力請産木之地得免轉運。黄之案牘甚夥，公決斷如流，嘗判五十餘事而朝食訟庭，翕然稱神明。負罪者琅璫在禁，公一夜必數起，密察圜扉，雖暑寒不稍息。獄吏威戢，不敢犯毫髮。會籌餉頗急，所在司牧多援墾荒例晉秩，實加派窮民，藉徑通顯。或以勸公，公喟然曰：『巧宦者爲之，吾不忍累吾民。』令黄凡九載，循聲卓績不勝書，臺使獎其治爲山左最。行有期矣，民有夫婦死非命者，公廉得其實，上獄辭必置之法，忤上官意，竟以失入論罷，且就逮下宛平獄。黄民千百人争赴京師，日號籲載道，願納橐饘，京師人見者無不泣下。已論戍榆關，遇赦放歸，家真四壁立矣。嗚呼！世之所號才能、工進取者，不過委蛇迎合，躊躇得失，以取容于時耳，豈復有敝屣一官，甘爲民受冤抵死不悔者哉？然當日號泣而爲之哀鳴者不啻一口，經歲久而謳吟追悼數十年又如一日，其爲孰得孰失，當必有辨之者矣。

公爲人樂施與，重然諾。親黨有仕者虧庫額七千餘金，幾蹈不測，公傾橐中裝救之，某得無恙且晉堦。及公嬰禍，無一緘相慰卹，公絶不置于懷。其樹德能忘多此類。公嘗誡諸子曰：『吾爲令，無取於民，惟區區羨餘未卻，每以爲愧。汝曹若當此，宜力除之。』歿之日，治命莊莊，急索筆訓數十言而逝。卒年七十有三。平居惟嗜讀書，經史外、陰陽卜筮，無勿深考。晚喜吟咏，但自寫性情。書法大類獻之。當其令黄也，簿書之暇，即課諸子文藝，更禮接諸公，討論問學。姜其䀁，予同年友也，以貧廢業，應里役。一日至堂下，公異之，給以膏火，復命之學，遂魁壬戌榜。以予所知若此，公之造士云多矣。公有丈夫子三，長鍾璧，次鍾峨，先後舉孝廉，進取未艾。幼子某亦能文，並世其家學。所著有《紅玉》諸集，藏于家。

陳惕非傳

凰崗陳先生名錫世，生于萬曆□午八月十有八日，因字潮生，聞道後改名易，自號惕非。其先本臨安高氏，贅于寧，世蒙陳姓，故又稱高陳氏云。先生父爲我旋公，績學有聲，齎志早世。季父乾初公，傳道于蕺山劉子，續證□社于浙西，一門羣從，事季父如嚴師。先生尤肫懇好修，以篤行著。奉寡母沈太君至孝，具述苦節，成《茹荼録》，可補漢《列女傳》。自其爲諸生，淡泊性成，遭時多故，即厭棄浮名，一意從季父教，講日用踐履之學。當是時，楊園張考夫，邵灣錢商隱，澉湖吴仲牧、哀仲，語水吕晚村，洛溪陸冰修，以及龍山查逸遠、石丈，吾宗大幸、欲爾諸君子，勃窣理窟，相與吟風弄月，彬彬然見大儒氣象。數十年來，老成凋謝，風流殆盡，惟先生幅巾笻杖，與家孟、欲爾晚娱酬酢，稱碩果焉。

先生貌癯骨立，如高雲孤鶴，瘦石貞松，儉德持躬，一布袍十年不改，户外事不聞一切，然于大小宗祠墓祭、時祭諸禮，區處規畫，必求盡善。若遠邇親知子弟，敦倫孝友，輒爲色喜，娓娓稱道；遇敗類者，咨嗟嘆息，至泣下不願一見其人。老友錢商隱無後，其亡也，繼嗣乖張。先生年八十，發憤爲死友申討。當事者見先生皓首扶杖，肅然爲離席改容。其勇于義類如此。子爲攻苦力學，文譽藉甚，甫拾芹，溘焉夭折。舉一孫，又不育。天之報先生，得無薄乎？雖然，運際滄桑，舉俗波靡，先生以一韋布偕諸君子讀書談道，砥節岸然，視富貴如浮雲，維綱常于海曲，雖終老不伸其志，而乾坤正氣，所以不朽者自在。後嗣之興替，固非所計也。況嗣孫某頗見頭角，猶子輩肩項雅馴，而查太史聲山執壻禮甚篤，不啻袁隗之事南郡。兩外孫非惟頷類，風韻都似，天之報施先生，又何嘗不厚乎哉？

余與先生居最近，私淑有年，顧不獲數數見。家伯勤從學先生，丁丑來京邸，述其師行誼，繪《松菊圖》，爲乞八袠壽言，予賦古詩一章以誌景仰，孰謂甫改歲而伊人不可復見乎？查太史聞先生訃，爲位而哭，介伯勤屬予爲傳。予不文，聊摭梗槩，以俟當世之君子論列焉。

寧國令李繡章崇祀名宦傳

我國家創業陪京，從龍附鳳之英，遠踰豐沛，勒旂常、銘鍾鼎者，難更僕數。而李氏尤以忠孝著，自千户英以江右徙鐵嶺，代多碩望，六傳至太原郡司馬如梴，夫婦殉難，生子五，皆以忠名，立意已較然矣。其諱思忠者，鼎革初，以布衣徵，提督陝西，兼轄四旗漢軍兵馬，誥授光禄大夫，前數世贈如其官。子耀祖禮部郎，以疾致仕。生子三：長錫，司臬黔中；次欽，桂東令，三即名宦，諱錦，字繡章，心菴其號也。

生而奇偉，家老早識其非凡器。尤秉至性，孝父母，友于兄妹，類非近世所及。及通籍，初筮浮山令，不數月，百廢具舉，而雪沈冤，鋤元惡，境内尤頌之如神。時仲兄宰清源，浮與清皆晉巖邑也。政聲並赫然，不啻大小馮君之目。忽丁外艱，浮民狂走而呼曰：『矦之情難奪，吾儕之慈父母，其可奪乎？』相率走京師，籲在任終制。格于例，不允。其治浮甫一載，得民如此。服闋，補巴令。蜀道險巇，不忍離母氏，奉板輿之任。土曠人稀，瘡痍未復，治較難于浮。君則招流亡，闢荒瘠，清丈册，酌稅科，以養以教，善政纍纍。臺使者檄州縣，皆以巴爲法，而察冤誣之盜，力翻成案。水西難民百餘口，陷于悍弁，斷之悉還籍，尤人爲咋舌焉。無何，以從叔爲蜀藩，引例迴避，巴之民衆而號訴于當事，懇留任。中丞時爲題請銓部，亦以例不符，俾回補。其治巴約三稔，得民如此。既而補寧國，寧雖僻處山陬，然母氏春秋高，得依南服，心彌安，績亦倍著。甫下車，悉剗陋習，誓不名一錢。既乃平催科，省詞訟，創立書院，月集諸生儒，講肄其間。復建義學，置義塚，禁鬻妻溺女之風，釐漕運匠班之役，弊剔利興，不可殫述。至于摘姦發伏，明決尤神，辨鴆毒于壺觴之誤攜，察養子于終宵之異哭。雖鏡懸燭照，何以過之？涖寧凡五載，寧士民方幸事君久，不似巴、浮兩邑之民，不幸而遄失其天也。奈之何北堂病逝，君哀痛不欲生。寧父老罷市慰留，又熟知前兩任攀轅不獲允，聚哭而送之境外，爲建祠勒石，以誌不忘，迄今十年餘，猶公籲當事，祠名宧，俎豆千秋。其三仕令尹，所在得民類如此。

君方歸，總制兩江范公猶薦君治行第一，應上諭，陛見以郡司馬用。向使天假之年，得展其偉抱，夫誰曰『父爲九州伯，子爲五湖長』已乎？乃以哀毀之餘喪葬盡瘁，年止四十有三，溘焉朝露。噫，痛何如已！

夫勳閥之裔，大都戀裘馬，持粱嚙肥，不復知籌國計、恤民瘼爲何事。縱或志徼名譽，旦夕間發憤思樹立，不轉瞬故態復萌，紘已改而轍亦易矣。有初鮮終，槩難負荷，如君之忠于國、孝于親，恩澤孚于百姓，聲籍籍歷久彌彰，豈非人傑也哉！舉丈夫子四：尚德、明德、聚德皆諸生，長峻德候選。邑有司以君祀名宦，不遠三千里，丐余爲傳。余不文，顧與君家開府諸公交莫逆，而典試川西，督學江左，皆與君共事，相得甚歡，熟悉其治行良不虛，爰述其槩，俟太史氏採列循吏，以垂不朽云。

同年明府張公傳

公諱一恒，字北岳，號蓬水，登之蓬萊人也，係出河南新息。先世祖袁投筆從軍，以功擢衛千户，世襲，著籍蓬萊。蓬萊張氏自袁始。數傳生銘，銘生可望，可望生子五，最幼諱伯龍，公王父也。有子三，次瑶，明天啟進士，開封推官，遷御史，殉難，贈光禄寺少卿，貤封伯龍如其官。三璪，廩生。長諱珍，字明席，别號踈菴，以明經宰滿城，歷官户部主政。生三子，伯、仲俱諸生，錢宜人出；繼娶侍御浦公諱之浩孫女，乃生公。公幼失怙，浦太君以慈母兼嚴師，視前子一體，恩勤教督，故諸子皆得成立。而公年少，尤卓然能自樹。已而太君逝，哀毁骨立。既終喪，益刻厲奮發，率子姪攻苦無倦。受知學使者施愚山先生，以式靡起衰厚相期望，歲科試，俱冠一軍。

歲壬子，公長君爲政年十九登賢書，公喜且咲曰：『子先我售乎？然此道終當讓老成也。』自兹益肆力古文辭。辛酉以《羲經》魁山左。壬戌捷南宫，諸總裁競推許爲秦漢名文，聲譽噪京師。庚午謁選，授沭陽令。沭陽，淮罷邑也。公下車即輕徭緩征，罷諸不急事，與民休息，日夕審利弊，爬搜剔抉，罔有缺遺。時大旱，飛蝗蔽野，田禾輒稿盡。公爲民哀籲上官，得奏聞，恩免是年田租之半。復捐俸爲義民倡，賑卹之，全活亡算。邑有屯粮之累，運費殊苛，貽民害者數十年。公百計區畫，改則裁汰。沭民出湯火而登袵席，公之賜也。邑頹敝，士風不振，公建義塾，葺泮宫，進諸生，激厲課勸，拔其尤者，與講大義，敦古處。以故士多自愛，無敢惰窳躍冶爲非者。民有兄死而以其産付若弟，俾育厥孤，亡何，弟負托攘貲，逐其嫂若姪。公廉得其情，垂涕諭之，弟悔悟，叩頭請改，友愛復如初，較蘇瓊之化河南普明兄弟，何以異哉？至若以撫字爲催科，以教訓爲鞠獄，發奸摘伏，舞文者無所售其欺，紳士請謁槩不行，豪猾輩屏迹自匿，甫期月而沭陽大治。自郡守、監司及中丞咸委重焉，將以治行第一薦，而公積勞成疾，猶力起視事。病漸劇，邑士民奔走請禱，願以身代者數千百人，而疾竟不起，時康熙三十年辛未九月二十一日也，壽五十六。闔邑若喪考妣，巷哭失聲，曰：『天何奪我賢父母耶？』不得已，請立祠鐫石，以誌不忘。公長君力辭勿獲，于此可驗人心直道，不惟桐鄉朱邑、方城王渙獨擅名千古也已。

先是，公王父贈光禄公，隆慶時南游渡淮，道過沭陽，夢一人創刃流血，號呼請救。明日，果見道傍伐一巨橡樹，赤液流溢。有感于夢，輸十金以予匠，使舍之，人因號爲山東樹。二百餘年矣，無敢或剪伐者。後忽有一醫，取其朽質製爲丸，試療疾立愈。傾動遠近，争取伐無虚日，樹亦尋枯。蓋贈光禄以愛人利物爲心，捐金活樹，而樹亦能效靈以活人，非橡之能自靈也，由在天之靈實式憑之。公長君侍公署，徘徊故蹟，述祖德，作文以紀其事。沭人思賢令尹之功德，而又感其先人之大有造于沭也，即以長君文重勒碑于故樹之所，使公之世澤流播無窮，沭陽之橡，其猶南國之棠歟！

公德配王孺人，嫻閫範，贊襄内治，克嗣浦太君徽音，是以公得專意讀書，砥節礪行，爲名臣。舉丈夫子三：長即爲政，魁壬子榜，由邑令陞州牧，入輔京兆，陟户、刑兩部郎，九卿推轂，特擢武林郡守，治行卓卓，敭歷正未艾。次爲邦，次爲藩，皆名諸生，稱難兄弟。孫十二人：家孫倬，拔貢生。次任，歲貢生，樂陵縣教諭。又次孫信，癸巳科舉人，爲政出。儁、侗，俱庠生，爲邦出。健，歲貢生，爲藩出。餘皆業儒。孫女十一人，曾孫女四人。振振繩繩，無異漢張安世門閥焉，益嘆公之孝友，積德累仁，宜天之介爾景福也。余與公同捷南宫，督學江左適共事，知公治甚悉。公長君與余子協恭農部交莫逆，家咸輩復偕公孫同年舉孝廉。數世通門，又隸公長君治下，食德方殷，辱委命，曷敢以不文辭？謹泐數語，以藉附不朽云。贊曰：

公挺東海，萬夫之特。龍文獨扛，鴻科聯弋。綬綰沭陽，靖共厥職。前二百年，巨橡祖植。後先累仁，遇災心惻。蠲賑亟行，利興弊革。績兆期年，恩施千億。蹇蹇匪躬，盡瘁報國。遺愛在人，哀思匍匐。抆淚摛詞，貞珉誌德。樹憶棠陰，雙碑並勒。子姓繩繩，雲衢洊陟。酬德報勳，曷其有極。

汪茂才予幹傳

汪茂才楨，字予幹。天挺奎英，地鍾嶽秀。重規疊矩，廣川儒者之家；含英咀華，扶陽經術之第。自其弄戟之歲，夙悟驚人；對日之年，逸才蓋世。道探壺奧，闡鄒魯之微言；行守宫庭，續程朱之正學。筆能扛鼎，思並湧泉。行文則風雨争飛，錯采則魚龍百變。爰以江東獨步，出爲祭酒諸生。盛孝章負九牧之名，管公明擅一黌之儁。而鹽車久困，振鬣無期；爨下半焦，知音者鮮。遂乃沈光水北，埋照墻東。披絳帳而授生徒，坐緇帷而談經義。入河汾之室，卓爾大儒；登安定之門，焕然國器。至若戹陋養志，梧棬思親，門人爲之廢詩，鄉人爲之罷社。友于根乎性，具爾頌其仁。慧曉門前，垂楊匝岸；羅含齋内，芳菊盈堦。况乃澄波百頃，直幹千尋。比魯國之奇男，同西州之豪傑。鄉隣被過，恐遺王烈之知；寇盜聞風，勿犯華秋之里。似此秉操軌俗，飭行格天，固宜經術鯉傳，科名鵲起。方袍玉杖，恒爲里巷之型；台背秀眉，永錫期頤之壽。雋巢户外，鵬上承塵。雖與善無徵，而餘徽未抹。臨文不愧，四方信有道之碑；至德可師，千載讀襄陽之傳。

貞女吴郭氏傳

貞女吴郭氏，海寧孝廉斗山之女，而錢塘吴生諱唐字奎文之所聘也。幼秉至性，長喜讀書，明大義。歲乙酉，許字于唐，唐爲文學至乙公次子。公同懷弟景真早亡無子，以子丙相爲弟後。繼母姚即志乘所載姚孺人，以貞孝旌其墓者。母亡而丙相又殤，乃以唐嗣焉。唐篤行嗜古，丙戌，甫弱冠，學使者彭奇其才，拔冠弟子員。都人士籍籍以公輔相期。而食貧攻苦，力疾悲吟，竟于戊子閏三月某日病逝。氏聞訃，隱痛哀傷，欲自盡者數四。父母覺而驚救之。氏曰：『父母既以兒字吴郎，兒即爲吴郎婦，欲兒不死，必令兒一哭吴郎棺，否即歸地下耳。』父母百計勸阻，不得已，攜往武林，踵吴氏門，拜本生尊嫜，憑吴郎棺，慟哭失聲，死而復甦者再。本生與所生交相慰譬，乃服縗麻，守繐帳，慘澹經營，百日内厝吴郎棺于繼父母墓傍，歸侍喪幄，代奉高堂。不意翁與姑又相繼去世，孑焉晨夕，煢煢靡依。父憫之，仍挈歸寧，坐斗室，衣縞食淡，孤燈絡緯，不聞一笑語聲。

壬辰秋，父計偕入都，母杭氏忽病篤，籲于天，願以身代。不解帶奉湯藥者累月，母旋愈，父亦言歸。越甲午，寒食，泫然請曰：『兒自奔喪，迄今不登吴氏之壠久矣，願一往奠。』父憐其意，頷之，偕與之杭。吴氏門無一人，乃詣繼姑姚孺人弟晳際，率奠翁姑與吴郎墓前，伏地嗚咽，悲號不能起。扶掖之，復欲以身殉。父與姚亦痛哭，强令復歸。自此傷神銷骨，待盡奄奄。

踰年，病垂死，一旦起，盥沐肅衣裳，向父母訣曰：『兒命不辰，早欲死，而隱忍不即死者，以兩大人年高，弟尚幼，不能侍晨昏。今弟幸成立，兒既字吴郎，生雖異室，死當同穴，乞致姚舅公，畀兒棺與吴郎共窀穸，死復何憾？兒不孝，兩大人節哀，勿以爲念。』言畢，一咲而逝，舉室聞異香，時乙未九月十二日也，距生丁卯七月十九日，與吴生同庚，後七年而卒，計二十九歲。是年十月二十三日，畀氏棺祔葬吴生，同侍翁與姑貞孝姚孺人之側，道傍觀者嘖嘖嘆羨，泣數行下，曰：『異哉郭貞女！』

而余獨爲貞女傳冠以吴，曰『貞女吴郭氏』，成其志也。因竊有感矣。古人謂人生天壤，惟忠孝與節義，而節義之在婦人較丈夫忠孝爲倍難。彼人盡夫也無論已，閥閲之孀爲門第所囿，不獲已，從一而終，否則蓬户蕭然，而高堂在上，子女盈前，之死靡他，亦或不乏。不然結褵數載，慷慨殉身。更不然，扶輪謁廟，一二日同牢，而孑影守貞，猶爲巾幗中所僅見。氏則待字數年，未謀半面，空閨寂寂，堂上何依？乃毅然茹荼飲蘖，甘爲未亡人哭其棺，安其墓，復同其穴，俾湖之東山吴氏一姓，貞女郭繼貞孝姚孺人，争徽前後，幾將與岳墳。于墓交炳湖山，忠孝節義並垂不朽。彼鬚眉丈夫朝秦廷，暮楚闉，而笑駡由人者，亦何顔歌哭于雙峰三竺間哉！

張崑來先生暨淑配李孺人傳

公名沛，字雨若，號崑來，文學宜之公之長子也。爲横浦先生後裔，世居□□，至均輔公始遷於武原之横山，爲著姓，而宜之公愛硤川山水，遂家焉。

公性孝友，爲人方簡，而以謙和接物，急人之難，遇事輒剛果不撓。甫八歲，伯君素公卒，無子，公爲之後。事母沈孺人，能曲承其意，朝夕必親視膳，孺人小有疾，即寢食皆廢，必復初始安，四十五年不稍怠，與事本生父母無二也。年十五，補博士弟子員。學使者試輒高等，屢入棘闈不得志，遂謝去舉子業，猶日手一編，至老勿釋。嘗訓其子曰：『不讀書即無以爲人，汝曹其勉之。』歲壬寅，宜之公卒，公擗踊盡禮，心喪三年，追慕不已，枕席間長有淚痕也。仲弟問夫蚤世無子，季弟雲倬亦艱于嗣，公爲訪娶側室，生子桐。歲未週，雲倬又即世。孺人徐氏欲繼公之子，公曰：『弟幸有子，當成長，何繼爲？』因撫其遺孤，庀其家政，讀書婚娶，經理曲至如己子。及本生父母之終也，喪葬之事，公悉獨任之，曰：『罔極之德，恨不能報尺寸，尚忍與孤姪計錙銖費乎？』教子姪甚嚴，必擇能文而優於行者爲之師，且時時親自課督，故皆有聞於時。至于親黨交游，遭横逆事，必力爲排解，被德者或負之，亦不之校。於是，邑令聞其賢，延爲鄉飲賓。公嘗舟行，見一弋者溺水，公急呼舟子拯之，謂曰：『治生亦多術矣。爾乃利物之死，以謀己之生，非仁者事。今天其以小懲乎？』因反覆勸諭，令其改業。是人感悟自悔，終其身不復弋獵。公之勸人爲善，類此者多不具載。己未，母沈孺人卒。庚申春，本生母黄孺人又卒。連遭大故，痛不欲生，日夕卧床褥。積半載，至冬而溘然長逝。慈孝之至性如公，有幾人哉？

公娶李孺人，温恭貞静，不苟咲言。色養兩姑，皆得其歡心，撫字孤姪，至於成立，孺人之力爲多焉。公既卒，延師課子若孫，戚族往來欵接皆以禮，一如公在之時。有丈夫子五人，孫□人。每賦采芹必蕞之，曰：『汝方髫齔，幸得一衿，當益務所學，以承前人緒，慎毋自荒也。』孀居三十六年，舉喪葬，築宫室，撫孤幼，營婚嫁，一一擘畫措處，無不中度。聞之者僉曰：『崑來公賢莫之逮，皆夫人有以成之也。』卒以康熙乙未之春某月某日，與崑來公合葬於飲馬山之麓。余少時讀書横山，即知公生平，後與余叠聯葭莩，知之益悉，蓋敦孝弟、崇廉讓，殆古所云純篤君子，殁而可祭於社者歟。若李孺人承先裕後，訓子理家，以一未亡人而持門户數十年，尤巾幗中不多覯也。余故不以不文辭，而樂爲之論次云。

家太學印峰公傳

公諱爾任，字朝箴，號印峰。唐睢陽公後裔，洛塘諱檣良直公長子也。直同懷兄榜，號一峰。少年遊京師，贅居魯氏，善會計，家漸豐，老而無子，歸故鄉擇繼，聚少年子姪，諭之曰：『能受我老拳三下無慼容，即攜之去。』衆聞言驚遁。公甫八齡，獨不去，笑領三拳，怡然自得。一峰曰：『是真我子也。』挾以抵京，母亦見愛踰己出，延師課讀。稍長，入太學，兼事治生，娶沈氏，佐以勤儉，家資不啻十萬。

父母相繼逝，喪祭盡禮，譽滿都城。母有一族子某，幼爲宦寺，事皇太子。萬曆暮年，鄭貴妃專寵，謀立其子，百計譖太子，窮蹶困頓，衣食幾不給。魯監愬于公，公毅然輸金帛，膳其朝夕，無少缺者。數年，魯復爲妃所忌，繫東廠，危在旦晚。公罄所貯，賂左右，乘間得白，而皇太子亦正位東宮。公狂喜，謂沈孺人曰：『我家傾，我願畢矣。若踞此以希寵榮，是商鞅之因景監也，謂名義何？』旦夕整行李，扶父母兩棺飄然南返。皇太子遣追之，不一顧。太子曰：『異哉奇男子！留爲他日用未晚。獨聞其貧甚，饔飧恐不繼，奈何？』屬大司農以魯監薦督兩淮鹽課周其急。魯之任，亟奉令敦請，公不得已，走維揚一晤。詰旦，即辭別，力挽之不能，贈以金不受。魯迺覆東宮，手書勑數行，動羨餘若干，送之家。公稔知勑爲東宮手書，不敢違，叩首以登，約百萬，富遂甲武林。由是，制田里，廣市廛，命紀綱，于各州郡貿遷有無，歲計所入十餘萬。即以之賙姻戚，惠黨里，矜孤恤寡，友朋或緩急，無不應，負之者亦未嘗一問，宗族無遠近，至省會，即寢食於其家，延名師訓族子弟，臧獲百餘口，姬妾輩衣豐食腆，盤飧狼藉，鄰窮户藉所餘以餬厥口者，日數十家。聲稱藉藉，遐邇翕然。皇太子嗣大統，亟欲召用，會不豫，命閣臣草詔，未就而崩，事遂寢。公聞之，號慟累月，托跡湖山，不欲一入城市。適嫁一長女，粧奩殊腆，途遇直指使者，停輿閲半日，目艷心薰，亟訪之，乃許百萬也。

光廟既崩，魯監亦逝，知其無所恃，遣有司羈之縲絏中，恫疑虛嚇。公自反不愧屋漏，浩然不爲理，而親若友恐罹不測，許厚貲以求當事及諸縉紳，各爲排解，皆不聽。暮夜，賂以五萬金，釋然歸，而各當事與縉紳向關白者，遂冒爲己功，争索謝，親友笑拒之。公曰：『吾意原不求人。君等爲我謀，厚許之，幸脱，然而不一償，不知者不以彼爲冒功，而反以我爲負恩，我不忍負此名也。』數月間，拮据以踐其諾，家遂傾，遺廣厦百餘間，計不能存，亦售之。及移居，衆謂居所貯器用甚夥，將何以運？公笑曰：『我擁貲百萬，一朝立盡，而顧以些子爲戀戀，齷齪不足數？』悉付諸居停，鼓扁舟挈家抵洛塘，隨行者臧獲百餘口，悉焚其身券，遣之歸。搆數椽，偕妻妾子女朝耕夕織，歌嘯自如，長爲農夫以没世。天啟丁卯三月初二日無病而終，壽六十二。妻沈氏，妾馮氏、王氏、焦氏。子二，必遲、必篴，皆儒士。女四，適吴，適徐，兩適周，壻皆名諸生。□年□月葬天竺乳竇峰，都人士過其墓者，迄今猶感泣不忘云。

嗚呼！以公之才與其量，睥睨古今，何難躋雲霄，大展厥抱？乃富而貧，貧而富，富而益貧，躬不綰半綬，子若孫終窶以老，天之報施善人何如也？雖然，窮達命也，富與貴浮雲耳。公以一穉子笑受三老拳，走京師，立至素封，一旦罄所有，拯人之厄，竟以一布衣匡復元良，噫，異已！迨志已遂，寵榮在望，而飄然遠引，雖儲君命，不一顧，可不謂奇焉！卒之膺殊錫，富甲東南，聲施傾朝野，猝攖意外，捐百萬金錢餌鬼蜮，漠焉不介意，嘯傲田間，儵然物表，重一介而藐萬鍾，不卓卓烈丈夫哉！彼俯仰狥人，希升斗，較錙銖，蠅營狗苟，侈然自號爲縉紳先生者，聞公所行事，亦恧然自疚乎否？

從祖奉直大夫枚菴公傳

奉直大夫枚菴公諱遴，字聿求，曾王父贈光禄第八子也。英年負異才，俛視一切，贈光禄知非凡師可範。嫡孫季闇人文卓犖，遂以愛子執經而受業于孫焉。禮倍隆，情倍篤，季闇公承祖意，教亦倍嚴，公循循率訓惟謹。閲數年，于古今文各詣其極，視季闇公，如二阮幾不相下。未幾，學使者録科，不及赴府，省中李叟有一子亦名遴，府録而忽病。叟遇公，奇其貌，俾試之，特冠郡庠。贈光禄適病劇，聞公捷且歸，呼子若孫聚幃前，而諭之曰：『吾雖老，啟詩書以擴門户，體吾志者，必是子也。勉旃。』語畢，溘然長逝。公奉生母凌宜人，率胞弟達，同居而爨三年，艱苦殊常。公奮志益勇，集十三經、二十一史洎諸子百家無不手録，而於先正時藝亦纂輯罔遺。服闋，科歲試，俱冠一軍，妻若子藜藿不充，勿顧也。戊子，賓興，闈中墨尚沿舊習，公獨創語新奇，無一字寄人籬下。主司讀之狂駭，恐礙時目，録雖後而獎賞獨冠百餘人。報至，釜已懸數日，時去明季未遠。親族鄰黨牽羊酒而供珍饌者，頃刻盈庭，公車之費，亦不緩急，而充然隨抵山左。旅夢一神曰：『君雖雋，惜無禄，明晚當有奇禍。能茹素三年，庶幸免，壽可五旬。』明日，果遇數盜，刼其資而身脱，公即絶葷酒。三赴南宫，連不得志，遂以孝廉應揀選。搆時藝，日未傍午，立就數千言，光焰萬丈，閲之者羣驚嘆，拔第一人，爲州牧冠，異數也。

閲兩載，筮楚南均州，挈家而往。甫下車，訪官民積弊，以五六事陳督撫，極蒙嘉獎。緣生平被一羽士欺，而武當山爲羽士藪，公不免遷怒彼，乃于監司督税者百計讚愬，遂被糾。適奉恩誥，授奉直大夫，妻陳氏宜人父母如其官，棄職未領而歸。抵家，饔飧不給，仍嗜讀書，雞鳴即握管，著述等身。午餘取向所録經史百家洎方言稗語，以及墨牘房行，復加纂補，幾充棟。至于家乘一册，原原委委，既詳且核，大正統譜之誤，功更不朽。年四十九，招親黨預祝五旬，曰：『我來春必謝世，敢預爲别。』衆駭然。丙午秋，年五十一，果病逝。子五人，長夭，仲自恭，才過優，病卒，無嗣。四亦早夭。妾黄氏生幼子惠公，娶賀氏，得一子，不育，而惠公亦卒。姑同媳苦節艱貞，聲傾里黨。三子昂，篤行長者，誕七子，以三子繼兄弟，或治生，或遊庠，各自能豎立。

公一生食貧，晚年家計稍裕，而見小欲速，壽不永，功不建，後之人無不相痛惜然。鹽官許氏以忠義之裔，閥閱繩繩，及遷洛塘七八傳，衣冠踵武而甲第寂然。公于興朝定鼎，首薦賢書，俾洛塘一泒科名奕葉，與靈泉數大支媲美海東，則公之發軔，詎可忘乎哉？

從叔文學季闇公傳 嫡叔文學金章公

季闇公，諱銘鼎，伯祖匡宇公第四子也。同從昆排列，故行七，與先王父第四子嫡叔諱金章行八同年生。俱負異質，甫就外傅，經史百家言窮原究委，而初試時藝，造極登峰，千人不敢迫視。學使者與郡邑侯目爲國士，先後冠一軍，浙東西謂平輿二龍復見于東海云。

嫡叔稟弱，甫遊庠，諸大家以名媛求字，皆未許。暴病不支，稟兩大人『切勿續後，以重不孝罪』，語畢遂逝。都人士如望大星忽隕，無不驚惜。季闇公若失左右手。雖與同懷山甫諸兄角藝争雄，而公獨望隆品潔。科歲試輒領袖羣英，尤善誘後進。曾祖以幼子枚菴公傲氣凌人，非庸師能督，用捐叔姪之分，受業于公，啟迪倍嚴。先大夫亦以伯、仲、叔三兄先後追隨學業，俱大就。亡何，歲壬午，疫疾盛行，公竟賫志而殁。舉兩子，幼慧而夭，長雲垂，志愨敦睦，顧不善治生，學未成而家漸耗，子孫亦中落，然尚讀書，未可量。蓋洛溪詩書之澤，承祖父以迪後昆，實公創之，不敢忘所自也。

大兄文學待贈文林郎非雲公同配張孺人傳

先大夫績學負重望，鬱鬱不得志，詩禮之傳，冀後人更切。前天啟癸亥六月二十五日，伯兄生，從叔季闇公一見曰：『我家千里駒也。』六齡命名汝明，字非雲。出就外塾，三四載握管能文，即受業于季闇公。詣日益進，年十六補郡庠生，聲鵲起。申酉鼎革，先大夫不復事進取，伯兄以冢嗣責望尤嚴，采芹後勉事舌耕，一時好學者争以入門下爲幸，而數奇落落，久困棘闈。丙申夏，太夫人見背，先大夫召諸子，而命長兄曰：『母既亡，我老矣，息我肩者，舍汝家督而誰？』兄跪而請曰：『惟大人命。』遂謝館，專秉家政，手執一卷，不問寒暑，雞喔喔輒披衣起，呼耕者鋤、織者杼、學者盥漱，大聲若雷，旦旦如是。夜則秉燭鞬門户，闔内外，夙興夜寐，罔敢或懈。先大夫靦然謂庶不辱命。

年餘，先大夫又逝。喪甫畢，兄于苫塊中呼籲諸弟曰：『有子六人，不能博尺寸以慰所生，罪其曷極？若不再努力，何以對泉下？』諸兄弟痛哭失聲，遂赴館爭自濯磨，余仍隨二三兄下闈攻苦。年長，亦授徒。每歲時聚首，各出所課藝相質證，夜或挑燈把盞，論古今事當否。兄一語不洽，鬚髯戟張，叱咤不少假。弟輩懼然，兄亦轉盼，怡怡式好，無或尤也。同爨數十年，兄既子視諸弟，拮据殊艱。諸弟輩仰食無他費，錙銖所積，歲月漸豐。讀書雖無大效，然二兄薦于鄉，倦得復失，三兄貢成均，四、六兩兄先後遊庠，而余亦倖博一第，向非兄友愛所曲成，曷致此？

顧兄友愛之性，實根至孝，而養生送死，尤亟於卜葬。當嚴慈之初背也，長幼哀哀，室如懸罄，兄獨竭蹶不遑，葬王父母于高曾之墓，封樹鬱然，繼即延堪輿，東西訪閱，歲無虚日。庚戌冬，始卜一壤于武原紫雲村北。柩甫抵穴，村棍百十人揭竿爭拒，道傍觀者俱髮指，亟勸鳴官，兄曰：『無庸，我爲先人屈置盃酒。』以金帛給之，百十人跪穴前叩頭悔罪，嘖嘖頌仁孝不衰。由是，葬從祖，葬從叔，葬族之兄若弟，妥母氏三代之靈，封外家兩世之穴，孝思不匱，恩推三黨。彼縉紳家閥閱巍然，而先人遺櫬頹垣風雨，數十年不一問，族與親更無論矣，聞兄所措置，亦恧然一愧否？他如惠鄉黨，賙戚友，于一本中，矜孤恤寡，老或迎養，幼或撫育，壯則代婚嫁，善蹟纍纍，要皆孝友之所推，難更僕數矣。

余自髫齔，沐諸兄教，兩大人辭世，手足惓惓，未嘗一歲離左右。庚申春，赴司寇魏公之召。壬戌捷南宮，厠名東觀，數年曠隔，兄每馳尺一，諄諄訓誡，不啻面規。戊辰三月，試蜀言旋，兄鬚眉白盡，精神抖擻，喜如初。辛未，督學三吴，諸兄俱來署，兄于三年中惠然兩顧，快談三四日即歸，歸即以慎終如始，毋隕越是勗。

甲戌夏，回聚匝月，淚别登舟，謂握手正自有期，不意歲庚辰，壽方七十有八，正月十八日正衣冠，呼兩子曰：『讀書治生，給祭田三十畝，以廣先祀。』語甫畢，而溘然逝也。余聞訃悼痛欲絶。諸公卿稔悉兄素行，争先唁弔，嘆頌不置口。而蔚州魏司寇爲當代山斗，于兄六十初度賦詩郵贈，曰：『孝友江南第一家。』嗚呼！此真實録也，兄不朽已。嫂張氏，象元公女，十九于歸，孝翁姑，友妯娌，曲體兄意，及佐兄家督，喪葬盡禮，撫卑幼，推甘就苦，舉室奉之如慈母，淑德懿型，非一言罄也。顧善病，勞勩一生，二女甫結褵，不數年俱殞；丈夫子兩人，婚輒斷絃，先後復續者凡七姓，喪舊娶新，經營盡瘁。説者謂天之報施于嫂乎？或厘然而齊眉偕老，助振家聲。子惟楨舉賢書，惟棣雖副車，貢大廷已二十年。孫五六人，或拾芹，或讀書，或幼見頭角，振振繩繩，正未有艾。然則先大夫與太夫人世澤，非伯兄與嫂，其孰鍾乎？

二兄文學待贈文林郎舜使公傳

先大父太原公生先大夫三人，季父甫採芹，未婚而殁。伯父楚生公入太學，仗策翺翔，聲傾海內，公卿輩皆折節願交，生子女六七，殤不一存，卒乏嗣。先大夫以仲子生兄弟六，幸俱成立，例應以長兄嗣大宗，而伯父秉剛腸，稜稜自異，不樂與中庸伍。二兄諱汝益，字舜使，天啟丙寅六月初二日生，幼秉剛方，齠齔時遇羣兒戲，輒戟手怒詈，刺刺不休，童子輩聞其聲卻走，不敢犯。長讀書，嚴氣正性，不苟狥流俗。伯父曰：『是子何酷似我也。』遂命先大夫告家廟，繼兄爲後，承顔怡志，不啻所生。

戊子，年二十三，從祖聿求公舉于鄉，兄隨補博士弟子，曰：『是亦聽《鹿鳴》耶？無畏，可越而代也。』辛卯賓興，卷爲烏程令劉公所亟賞，以名魁薦，卒見刖。馳尺一來，召相見，唏嘘曰：『遲速命也，詣若此，何患不售？』厚慰贈而歸。下幃益發憤，窮經史百家爲制舉業，光焰萬丈，浙東西先達望風懷想，争具書幣，敦請爲子弟師。不能分身，初下榻于楊園族叔，既而館寧邑，赴横山授徒，鴛湖設絳，于武林數大家談經嶽嶽，論史觥觥，佩其訓者，掇元魁，位列公卿，爲藝壇領袖者，指不勝屈。而余亦從遊六七年，倖叨一第，皆兄所指授也。課讀之暇，好直言，扶正氣。里閈有不平，宗黨有不法，戚友間有不公不直，不問縉紳士庶，不憚張膽論是非可否，不聽則瞋目叱咤，再不聽則裂眦磨牙，極口痛詈，使人汗愧無地。人亦大都折倒，感其誠，服其義，退而相誡『刑戮是甘，毋污許先生齒，爲終身幸』。

憶安陽先生之令我邑也，崇道賓賢，四方學者輻相凑。值朔旦讀法，曰：『是真宰耶？盍往觀之。』公事畢，忽離席，昌言某利未興，某害未剔，某某不當列衣冠，某某何得位逢掖上，侃侃數十言。邑侯聳聽，亟下堦，肅容相揖。已拂衣去，卒不得一見。學使者試輒高等，屢以優行獎，不受。守若令慕其風，造廬而物色者，輒婉辭，非矯情其高潔，固性然也。然性雖嚴，又極仁慈，孝親敬長，而外養寡孀，撫孤妹，婚貧兒，贖遠姪，代從兄官逋，繕族叔頹宇，惠徧同宗，漸推三黨。本生外王父徐後裔零落，岳父母周無子，皆代爲窀穸，賙恤其後人，而鄉里中沐恩施，殫力排解，以默受其庇者，尤未易悉數。近世士大夫有幾人哉？

顧兄勇于爲善，不樂人稱道，而惓惓欲令天下人共知者，惟崇正闢邪，痛戒浮圖是亟。康熙癸亥七月初九日，臨終，呼諸子讀書，恪遵聖道，若一狥佛事，即以不孝論。羣從迄今謹凜不敢違，推而行之，功真不在昌黎下矣。歿之時，余病卧京邸，忽聞訃，驚悼幾不起。同朝諸先生弔唁者，多方慰解始稍蘇。未幾，伯勤姪來京，向余言疾亟，謁榻前，執手而泣曰：『余十試棘闈，得而復失者再，兄及弟皆未博一命。今幼弟步玉堂，庶慰先志，余亦藉瞑目矣。惜不獲一訣爲恨。』余聞之，不自覺涕泗横流而殘軀之頹然欲仆也。迄今三十年，每憶斯語，不猶令腸寸斷哉？

嗚呼！余兄弟壽俱七十，餘惟六兄望六，而兄止五十有八獨先逝。嫂周氏，繼章氏，懿德相承，年俱不永。子四人，長惟檼，貢于廷；次惟楓，廩于庠；最幼惟檽，負異質，甫博一衿，不幸皆賫志歿。蒼蒼者天，幾不可問。然猶足慰者，子惟楷丙戌成進士，不樂仕進，毅然以兄弟所遺孤，或遊庠，或入監，或幼讀書，或身歿而子又煢煢，必欲身肩督率，翼其稍有成就，以承先人緒。余狂喜，深嘉厥志，而竊幸吾兄之遺直，繩其武者未可量也。姪孫輩勉旃，其無負乃訓。

三兄歲進士待贈文林郎部即公傳

余兄弟六人，三年遞長，四、六兩兄暨余最幼，皆奉教于伯、仲、叔。伯以冢嗣督率最先，仲雖繼伯父，友愛倍篤，而惓惓訓育，以佐伯、仲所不逮，惟三兄是賴。兄諱汝稷，字部即，孝友性成，喜讀書不倦。年十六，補弟子員。時鼎革，先大夫棄舉業，耑責後人。兄偕伯、仲發憤攻苦，自六經子史暨唐宋大家，胸羅成誦，而于四子書，舉《蒙》《存》《大全》，明代諸先正，罔不窮探厥奥，故發爲文章，原原本本，時俗輩不能幾萬一。

既而伯、仲皆舌耕，兄亦率六兄與余督課于家，試筆作時藝。嗣爲横山張公所請，余隨二兄試本郡，不售。學使者臨禾，兄復來召，拮据覓府名，兩試俱刖。繼録科，又以五藝分籍，應奇童業，荷獎賞，卒見黜。余痛哭不自禁，兄勸慰，隨從兄讀書張園。秦大中丞觀風，録奇童八人，拔余冠兩浙。明年，遂掄芹，兩大人喜甚，指兄曰：『藉爾教此子，始發軔矣。』越一年，兩大人相繼見背，哀毁煢煢，喪殮諸大事，伯兄總厥綱，而罄館穀、竭蹷以勷贊者，兄之力居多。先大夫遺命長兄析産，總炊田僅六十四畝，伯仲叔𡊮相讓，四兄十畝，余與六兄各二十七畝，歲輸米皆七石，四兄十石。食指繁不給，三兄獨輸三十石以仰助長兄，同爨共汲，規誨懃懃，務期各有成立，不負先人命。

嗣是，兄試輒冠軍，浙西諸大家争相延禮。而余亦授徒，不獲晨夕聚首。歲時歸家，出課藝就正，諸兄甲乙不少借，别則痛相策勵，毋隳乃志。以故，數年間，四、六兩兄先後遊庠，余亦附賢書，捷南宫，策名藜閣，固諸兄教，而兄之惓惓誨育以成就余者，尤不敢旦夕忘也。顧兄所成就，豈惟一弟？凡屬門墻，掇科名，博青紫者難更僕數。遂寧張中丞撫吾浙，慕兄名，延督其子。稍暇，輒以時事相商榷，偶有獻替，立見施行，曰：『當今文行兼優，不愧爲人師者，惟先生一人。』辛未春，余督學江左，致札邀兄，中丞公祖孫父子敬愛不忍捨，委曲再三，乃得行。甫抵署，提綱挈領，規畫秩然。及出巡，嚴飭内外，剔釐井井，丹黄甲乙之餘，發一案，必易衣冠潛行遠近，博訪輿論，無不鼓掌稱得士，乃快然。如是者三年，試方竣，六兄以得子來告，快談信宿，兄與偕歸。甫踰月，而六兄竟以訃聞，余慟絶，謂是呱呱者將安所依？兄在家，早毅然以撫孤爲任，事無巨細，悉歸綜畫，延師擇配，家亦小康。今惟相姪既抱子，且入泮矣。微兄仔肩，能幾此否？

至于樂善好施，賙恤戚友，人或以不平告，多方勸釋，而排難解紛，默受其餘蔭者，罄筆難盡，陳仲弓、王彦方諸公何多讓焉！獨可異者，兄自幼採芹，食餼更久，貢于廷試入鄉闈二十餘科，卒不售。己丑春，吾鄉計偕者謂昨秋，三先生率子若孫三世入闈，應點時，千萬人中，見有鬚眉皓白，首戴一氊笠，閱數十年蟲蛀毿毿者，僉曰：『此當今梁灝。』及榜發，得而復失，争扼腕不置。未幾，文傳于京，余讀之，驚喜精神滿紙，期頤可預卜，不意是年十一月十八日以次子殞，遂含痛而長逝也。年八十一，不獲稍展厥志，徒以明經老。嗚呼，報施其可憑哉！嫂顧氏勤儉宜家，生子惟植，十試棘闈，七薦未售，甲午始舉于鄉。鬱鬱善病，有子七人，長與次食餼膠庠，幼皆能讀書。繼董氏，以世閥亦甘茹苦，生子惟機，貢成均，筮麗水學博，未抵任而卒。遺孤文熾，年雖幼，眉宇昂然，諸姪輩咸稱爲千里駒。三兄聞之，當亦囅然喜，不以余言爲溢詞也。

四兄文學次寅公傳

洛塘始祖誠齋公爲五提舉仲子，提舉公承睢陽世澤，生五子，長守許村，餘皆徙遠近，簪纓奕奕，而誠齋公亦遂以耕讀開基前步橋，衣冠世守，然皆一二子。四傳至克宏公，娶潘氏，生子甫一週而公卒，潘奇貞異烈，載志乘不朽。子文遠公遂生五子，亦分徙。長洛泉公守故址，規模漸闢，迄贈光禄大夫、禮部尚書。心泉公生子六，太原公生子三，而先大夫生余兄弟亦有六，洛塘之世裔浸浸盛矣。顧伯兄、三兄所生僅二子，六兄與余皆一子，二兄有子四，半俱不壽。獨四兄丈夫子五人：長惟權，副車，貢大廷；次惟桓，太學生；惟枚，庠生；惟松、惟本，皆監生。讀書治生，克自樹立。孫七八，繩繩未艾。是雖不及曾王父、先大夫有子六人，而玉樹五枝，直與提舉公、文遠公後先輝映，猗歟，何其盛也！然可異者，余兄弟採芹，惟六兄稍遲，二兄二十三歲，大、三兄及余皆十六齡。而四兄雄于文，歷試浙西三郡，艱苦備嘗，甚且挾策持弓，不惜與糾糾伍，卒不售，年三十四五，始博一衿。噫，苦已！不寧惟是，弟兄得子，六兄獨在暮年，諸兄及余俱少壯時元配所産。兄嫂陳氏孝友勤儉，爲娣姒推服，生子女十餘，皆不育，止一女，將笄未結褵又逝。時兄年五十餘矣，不得已勉卜側室周氏、黄氏，年五十有五始得一子，先後相繼。向使五十五歲以前忽遭霜露，其不爲若敖氏幾希矣，不大可畏哉！以盛若彼，以遲暮若此，一身而幸不幸相懸若是者，何也？蓋諸兄及余秉性雖硜，而情多姑息，輒好施不倦。兄獨杜門卻掃，不預户外一事，耿耿然道義恪遵，一介不取，亦一介不與，未嘗煦煦焉抛升斗，捨纖毫，沽流俗虚譽，故感頌者絶少。然見有豪强逞智挾術以欺凌愚弱，則張拳碓足，必欲竭綿力，鋤厥匪類，以安我鄉閭。即骨肉間偶一事不慊，不憚大聲疾呼，晨夕諄諄毋隕越家聲，爲長幼勖。以故，豪紳衿蠹及一二村棍輒相戒勿犯，而子若姪亦恂然循謹，不敢蹈一非義，稍違先人訓，微兄督責，不致此。

憶兄之勷余督學也，論文之暇，案牘紛如，督撫之所咨，監司、守令之所詳，或以衿欺民，或以棍凌士，或文武員挾私互訐，當事羅織而負寃可疑者，兄不憚辛勤，潛行密訪，得其真相，告與面質適符，迺重翻其讞，以正厥典，每郡必數案。迄今上下兩江，畏威懷德，啣戴猶不忘，則兄之生平，雖不一市恩，而被其教，陰沐其澤者，真無涯涘，較彼解衣推食，矜詡自高，相懸亦豈啻十百倍哉！遲暮其身，而厚其子若孫，天之報我兄先後誠不爽也。

兄諱汝垂，字次寅，前崇禎壬申三月十五日生，卒于康熙乙酉九月初二日，享年七十四。

六兄文學虞一公傳

兄諱汝夔，字虞一，本行五，前有一姊，雖殤而不忍没，故行六。長余三歲，性至孝，襁褓中即曲體父母意，備極承歡。事諸兄肅如也，憐余幼，愛護倍慇。顧善病，乙酉冬，始同余從長兄讀《孝經》。丙戌，長兄館王宅，先大夫食貧，不能延師，適同里錢叟一號敬吾、一號岐崗延會稽金先生教其孫若子，同學十七八人，皆農家裔，傲氣凌人。余兄弟附其家，恂恂謙退，讀書則發憤爲雄，自四子書及五經，句參字酌，三年詣覺稍進。戊子冬，金師告先大夫曰：『公郎皆大器，余不能勝任，宜擇賢師。』己丑春，同隨三兄讀書家斗室。明年，遷于浜之北，茅屋三椽，左右皆住臧獲，中一間三兄率八房兩叔講讀于前，後半所僅堪容足，余兩人共坐一几，晨入暮歸，争相奮勵，自《史》《漢》洎諸子大家，含英咀華，共探厥奥。而時藝一途，三兄以余質稍慧，開筆先試，見者輒嘆羨。兄喜甚，不以弟勝己爲稍嫌也。時洊饑，糠粃不饜，夜宿兩大人榻傍，暑無帳，空一橱，以尺布蔽其口。冬少褥，米棧中柴厚而暖，兩人寢處其間，歡欣自得。晨則雞喔喔攜手赴館，忍饑劘切以仰副父兄訓，如是者又三年。壬辰，三兄爲介甫張公所請，兄隨大兄讀書周宅。余與四兄隨二兄館于族叔仲楚家。甲午，介甫張公托三兄帶予讀書自菴。乙未，遷理寰先生宅，而兄隨大兄亦館于横山之顧，相去里許，笑語時親。歲節一歸家，暑橱而冬棧，骨肉依依，猶然童子時也。

丙申，道持張先生聘二兄課其子，邀余同坐，與兄迹稍疎。夏六月，太夫人忽病，諸兄弟歸侍湯藥，殫心竭力，兄更寢食俱廢，艱苦備嘗，籲天願以身代，卒不效，呼天搶地，幾不欲生。先大夫曲爲勸慰，晝夜哀號，聞者無不淚下。八月，聞淑女之選，兩外家遣冰人議婚，兄大怒叱之。先大夫曰：『事有經權，奈何執硜硜之見，致滋後悔，況我在，豈得違命？』不獲已，于兩日内先後結褵，禮畢即傍太夫人柩，寢苫枕塊，晨夕悲鳴，足不一入閫内。既而先大夫以年高，命長兄秉家政，俾諸弟專意課讀。余乃仍從二兄，而兄從三兄于叔章張公之宅，歸即傍柩號慟，晨昏不徹，間或强一咲語，博先大夫歡。而丁酉九月，先大夫又疾作，醫藥無一效，兄弟六人肝腸俱裂，兄則奉侍之勤，禱祈之苦，悽怛慘愴，較喪母更切。諸兄猶稍遜，余無論已。戌、亥兩年，兄仍隨三兄，余又隨二兄于禹侃張公齋，東西接武，不啻團欒。歸家，宿兩大人柩側，篝燈悽惻，涕泗交頤。前後計四年，孤苦相依，真有楮墨所不堪述者。服闋，兄入庠，不復從游，讀書之暇，兼佐長兄經營家計。余與二、三、四兄設絳授徒，歸則聚首一堂，高談醉讀，爲天倫樂事。獨長兄性嚴，一語偶不洽，怒形難犯，兄或含淚，或微咲，多方排慰。稍頃，輒怡怡如故。乙卯，余舉于鄉，兄狂喜，復嗚咽，以兩大人不及一見爲痛。嗣後，公車往還，徘徊常聚。庚申，余赴司寇魏公之召。壬戌，倖捷南宮，讀書中秘，三千里外，鴻鯉遥傳，馳依時切。丁卯，典試川西。戊辰三月朔，歸里門時，惟二兄先逝，奠哭悽愴，諸兄俱拭淚相慰。十年曠隔，重聚崇朝，實人間未有之快，而兄則外若歡愉，中常慨怛，以握手無幾，臨岐將在即也。六月朔，淚別登舟，兄更回旋數四，酷暑中陰雲慘慼，道傍觀者俱嘆息，泣數行下，謂吾兄友愛真近世所未有云。

抵都後，暌違兩載，夢想彌慇。辛未春，督學江左，兄同諸兄子姪抵維揚，入江陰署，盤桓一月，生平愉快，從無踰此。忽一夕，兄獨黯然，細叩之，曰：『我無他憾，惟生子不育，何以嗣宗祧？』余勸其再聘，兄唯唯。明年，乃于吴門復卜一側室，年餘，得一子，兄亟鼓棹來余署，曰：『我願畢矣！數年前獲一兆，此子必承我後。但年老，恐不得觀其成，奈何？』語畢，淚泫然。余曲解之。詎料歸家子方彌月，宗黨稱觴甫十日，而兄竟逝也。果兆之不爽耶？天耶，人耶？其可信，其不可信耶？時康熙癸酉十二月二十六日，距生前崇禎丁丑閏四月二十六日，享年五十七。正月朔，予聞訃，痛傷欲絶，設位君山寺，受弔唁三日。四月歸家，悼泣靈前不能起。大、三、四兄强扶之，稍甦，回憶戊辰春拜哭二兄時，肝腸更寸裂矣。簡命在躬，不敢久聚，六月望，哭别諸兄，既復命，亟欲請假南還，與白髮諸昆婆娑垂暮，而天不我祐，大兄于庚辰逝，四兄于乙酉終，三兄距余歸止年餘，先于己丑冬辭世。棣萼荆枝，凋殘倏盡。辛卯夏，予告言旋，子姪輩拜舞遥迎，歡盈道路，而廻念諸兄，竟無一尚存者，煢煢衰鬢，影孑形單，余獨何心，能不悲哉？含哀數載，集諸兄行事，不敢溢一詞，姑傳其槩，垂示後人，而于六兄尤惓惓不忍罄者。

先大夫樹德日滋，諸長兄承庭訓，各成一家，而剛柔異稟，不能無稍過。六兄仁心爲質，恩溢鄉閭，人或以非禮犯者，唾面自乾，未嘗一較，而情深罔極，孺慕終身，古史册所稱純孝恐不是過。至于手足間藹和周浹，委曲匡維，遇險患輒以身當，偶見一微疴，終夕徬徨，廢寢餐者累月。余最幼，自攜抱，幾成立，推甘就苦，憐恤懃懃，即至從遊遠近，曠隔山川，而夢寐馳思。余或一念偶忘兄，兄無一刻不憶余也。嗚呼！筆至此，而淚霪霪不自禁也，痛哉！所幸者，嫂金氏懿德垂型，妾宋氏、陳氏淑慎宜家。女六人，俱獲配君子。子惟相，已采芹，砥行讀書，未可量。孫菼年雖幼，瞻視非常，屹然見頭角。余嘗語子姪曰：『余兄弟雖無大建豎，顧皆忝衣冠，肯堂構，享年壽而長子孫，六兄于數者，目前似稍歉，將來先大夫之澤必鍾于兹。余老矣，惜不及待，姪其率乃子勉乎哉！』

先室陸夫人傳

夫人陸氏爲同里望族，外舅間于公以名諸生爭雄藝苑，家亦號素封。夫人係第二女，生五齡，母吴孺人見背，外舅痛愛之，嘗集里中子弟課詩文，陰以擇配。余年十三，外舅特加器重，托媒氏道意。時先大夫滄桑後，屏棄人事，不應試，不治生産。先太夫人爲余兄弟讀書婚配，生計漸不給，向媒氏辭以非耦。外舅志益堅，遂委禽焉。亡何，外舅家亦中落，繼母前後異視，茹荼嚙蘗，幼已備嘗。丙申夏，先太夫人忽病逝，秋八月，驚傳淑女之選。余與六兄皆未娶，兩外家遣冰人議婚，嚴斥之。先大夫謂事有經權，奈何執硜硜之見，或滋意外。不得已，草草于兩日間，先後結褵。禮畢，即傍太夫人柩側，枕塊寢苫，足不一入閫内。而夫人年方十四，倉猝于歸。炎無帳，覓朽布數尺半圍牀面以避蚊。寒不能置鑪，握升粟市瓦瓿貯火，鶉衣藿食，獨坐凄其。余不遑一顧，先大夫憐而怙之。丁酉秋，先大夫復謝世，鮮民罔極，痛不欲生。喪竣，始一歸寧。甫三日，而外舅又病劇逝矣，煢煢孤苦，其尚能堪此哉！幸長兄嫂承先大夫命，讓産同爨，藉以餬口，而形影相弔，百慘倍常，三四年情事，真有不忍述者。

服闋，余始敦家室，旋即從游，或舌耕。夫人向不事女紅，至此遂習機杼，親刀尺，身無完縷，敝枲垢裳。飯則瓶菜數節，伺余館回，迺市菽乳椀餘，以當珍錯。歲或歉，日食一二糜而已。逮育男女，躬自乳哺。家止九歲一婢，又多疾不能驅策，懷抱之餘，或汲或爨，或澣滌補紉，手足況瘁，誰復有代其勞者？甚或公家饔飧，偶當兒女啼號，不暇分掇，則忍飢終日，又往往然也。甲辰夏，模兒生，生即善病，瘡癤盈頭，晨夕間撫摩疴癢，無寧晷者五年。嗣後率生女，或育或不育，劬勞之後，間以悲哀，精力蓋已耗矣。余又以浮名爲累，詩坫文壇，賓朋絡繹，瓶無宿舂，夫人百計典質以供讌會。至于春蠶秋績，夜織朝紡，歲必以所贏餘者置産數畝以爲常，而余總不之知也。乙卯秋，余歌《鹿鳴》，夫人方一舒顔。公車將戒，膏秣維艱，夫人鬻簪珥，質田畝，經理井井，絶不以煩余懷。迨兩試南宫，連不得志，長兄嫂筋力稍衰，爰命析箸，迺以一婢贅一僕，用督耕桑，余仍授徒，而夫人拮据卒瘏，較曩時更劇。

庚申，蔚州魏大司寇爲子若壻訂余肄業，余遲迴未決，夫人曰：『聞魏公當代大賢，君苟思自樹立，將負笈從之，況下交乎？』余聞言欣然就道。夫人獨持家政，夙興夜寐，不欲以一事貽余内顧憂。所愛一長女聰慧柔嘉，病久，夭于壬戌元旦，悲慟幾絶。二月間，余捷禮闈，座主朱大司空邀課子姪。冬杪倖館選，不復内顧。夫人爲余搘門户，闢田舍，課模兒誦讀，賦采芹，復迎新婦，何有何無，皆十指中所擘畫也。迄丁卯，典試西川。戊辰春，便道歸里，見夫人形神黯結，大異曩初，始悔南北各天，十年契闊，夫人之憔悴實由余致之，傷如何已！王程敦迫，匝月啟行，己巳春，命模兒侍夫人，率媳與孫附糧艘北上，炎熇蒸鬱，半載始抵國門。余適觸暑病臥，而夫人至，尤困頓，對榻呻吟，不能移跬步。忽兩掌院薦侍皇太子講幄，親來促引，見病不能赴，求辭。夫人勸勿辭，亦不赴第，實以病註，特膺褒擢。庚午夏，量移宫贊，十二月即奉督學江左之命。余以資俸最末，蒙恩特簡，呼模兒同矢天日，夫人曰：『居官清白，初願皆然，第恐轉念或遷。則信誓旦旦，欺人乎？欺天耳！君毋欺焉。』余心識不忘。

辛未夏，抵署，秋將按部，夫人信余之不一私也，又曰：『文衡者，貴衡其文之高下，銖錙不爽，故人知感奮。若徒市清名而黑白混淆，俾名器可倖，不思攻苦，則不明之罪更浮于不公。』余是其言。三年中焚膏繼晷，甲乙親裁，不敢使一卷稍留微憾，正爲是也。甲戌，差竣。夫人先歸里門，爲次女營嫁，裙布釵荆，手自整理。又新卜一椽，頹敗幾盡，夫人廢寢餐，刻期營葺，以待余歸。歸數日，焚黄掃墓，親串又往來如織。夫人躬庀豆觴，量加贈問，人人務得其懽，而神思則彌憊矣。余亟行復命。丙子春，夫人乃率字吴幼女及字查姪女來京遣嫁，兩月間尺布寸縷，盡費心裁，余特享其成焉。方謂從此可稍暇逸，而旅中珠桂視昔倍艱，夫人左支右絀，日坐愁城中。余復喜交游，四方枉問者，夫人必飭盤飧，俾余歡洽，而一絲一粟，一菜一薪，一鹽豉醯醬，錙銖瑣屑，凡可諉諸臧獲者，心營手畫，無不身肩厥勞。噫，苦已！奈歸查姪女慘歿滋哀，而所撫四女字顧者又于故鄉率晷完姻，更深馳懨，夫人之於邑，何時已也？幸已卯秋模兒舉于鄉，計偕北來，乍見歡甚。時夫人同懷姊一子亦同寓，一堂慰藉。自冬至春，爲數年間團圞快境。未幾，兒下第，不忍南還，依依子舍者數月，余亦不聽其去。夫人念諸孫在南，誰爲督課，轉瞬三年，便可快晤，何庸效兒女子態爲？因趣之行，又恐傷余懷，含淚而別。嗚呼！孰謂夫人竟以是別與兒永訣耶？

辛巳春，余復蒙破格簡右司空，夫人始而喜，繼乃愀然，曰：『受恩愈重，稱職愈難，抽身益復不易，恐自兹遽難言去，奈何？』閱月餘，見余于冬官陋例剗滌殆盡，誓不名一錢，而事劇費煩，日不暇給。則又强自慰解，竭蹶撑持，甚至擁衾聽漏，握髪迎門，詢余饑飽，察余寒暖，伺余喜怒，窺余勞倦，苟可裨益余者，不憚盡瘁以助余不逮，而夫人則食減少眠，勩憊不可支，反不自覺也。越壬午，三月六日上御經筵，夫人慮晨或啟事，促余趨朝入署辦事，事畢，詣萬壽道場送駕回，夫人迎問余飢否。方具饌，適有薦一善易課者，余出見。夫人素不踰閾外，聞其術甚驗，特隨余出院立屏後，將聽其評斷，身忽仆地，婢輩亟扶之，湯藥不能咽，攜抱至牀，而異香滿室，端坐已溘然矣。夢耶？真天之報施，其可信耶？

夫人性凝重，無遽色疾言，孝友天稟，痛余先考妣不逮奉養，秋霜春露，及生忌祀辰，虔潔竭誠，數十年如一日。事余長兄嫂，不啻翁姑。處衆妯娌，謙和而謹。子女雖鍾愛，訓課殊嚴。恩恤僮婢，不一加呵斥。身喜淡泊，絶肥甘，併不茹葷酒。四十歲以前衣裳皆布，入都後，製綺帛數襲，日藏笥中，平居垢服，百結不棄。舉動必遵禮法，名園尼梵，姻戚相邀，輒婉辭不一赴。心又好施予，每勸余賙恤。然囊無私蓄，同懷一弟姪南北追隨，余分俸外，不更贈以纖毫，所愛女亦然，曰：『吾不以私累公也。』尤嗜讀書，通達古今，嘗因余硜執，百凡寬譬，且曰：『士大夫正色立朝，分固宜爾。但自恃無私，悻悻然動與時忤，古來取禍亦不少，盍鑒諸？』余瞿然警，其匡救多類此。方期偕老，膺後福，而賦命不辰。幼喪母，繼喪父，嫁又喪舅姑，育子女八九，存者三人，臨殁亦不獲一送歸。余四十五年旅館宦遊，孤燈兩地，計聚首不過十年餘。名雖命婦，而衣敝食麄，窮年操作，乃至力竭神枯，頃刻間死而後已。嗚呼痛哉！時惟適吴幼女獨歸視殮訃，模兒四月杪始至。余又擢少宗伯，匆遽開弔，日夕悲號，伴柩年餘。癸未秋，遣模兒扶柩南歸，停洛溪祠堂，而余即有河工之役，瑣尾流離，則向之雲衢坦坦，皆夫人懿德所默祐也。余忍忘乎哉？

夫人生于明崇禎壬午年十二月二十七日亥時，卒于皇清康熙壬午年三月初六日申時，享年六十有一，初封孺人，晉封安人、宜人，今封夫人。子一，幼名凝，入學名惟模，己卯舉人，娶葛氏，頗賢孝。女三：一名順，許字庚辰進士楊守知，未嫁，卒。一名艮，適庠生顧芝。一名全，適監生吴用楫。恩撫嫡姪女適庠生顧五達。孫三：一煐，一燾，一焞，俱幼。孫女一，未字。迄今十餘年，兩女兩孫相繼云徂，壻則並掇巍科，偕模兒勷猷部院，孫焞已薦孝廉，諸外孫稟庭訓，亦能自成立。而余以譾劣秩晉大宗伯，予告還鄉。恩榮六代，夫人惜未及見。今余老，恐歲久或忘，亟取當年行狀，扶病而稍節之，文雖冗，無一字虚餙，謹附兄嫂之後，不忍負糟糠也。

德星堂文集卷四

海寧許汝霖時菴著

誌銘

禮部尚書介山公墓表

嘗觀國家重熙累洽，上有文武聖明之君，下必有公忠敏練之臣，爲之左右贊襄，允釐庶務。而其人又往往出于世胄，早自樹立，踔厲風發以著聞當時，出典庭方，入參朝政，其誠慤足以結主知，其勳名足以垂奕禩，用能任侔將相，以功名終。歷稽史策，或不概見，本朝吏部尚書介公其一人也。

公姓淑舒覺羅氏，諱介山，世爲長白山納音江人。父贈太宰公際遇太祖龍興，以武功顯。至公而門望益大，年十七，扈從世祖皇帝入關定鼎。初辦事户部，以才授四品主事。未幾，轉員外郎。己丑春，渾源州寇亂，公以驍騎參領隨睿親王出征。渾源既平，叛帥張詵尚據大同，復隨英親王往討，後先餽運，千里相繼，及凱旋，公之功居多。辛卯歲兩遇覃恩，初授拖沙喇哈番，再加拜他喇布勒哈番。明年，陞户部三品郎中。世祖章皇帝傳諭鄭親王曰：『朕觀介山在部理事，啟奏明晰，才品兼長，此係王旗下人員，可以恩待之。』王卹命賚予亡算。明年，授兵部啟心郎。丙申考滿，晉堦二品，授工部侍郎，廕一子。又以公熟曉機務，調兵部侍郎。時亡命海陬者，猶僞稱名號，煽惑嶺徼。輔政大廷建議于沿海郡縣立木爲界，禁奸民之私通者。公奉使粤東，事竣還朝，與輔政者意不合，遂被吏議鐫秩。公時年甫三十六，優游閒放，無幾微不平之色。

家居七年，今天子親政，有言從前處分太過者，勅部再議，照原品降一級復用，需次者又五年。癸丑夏，補太僕卿，轉大理卿，尋陞户部侍郎加一級，遇覃恩復加一級，不逾年而擢左都御史。蓋上已稔悉公才，先帝知之而未究其用，簡任之衷於是乎屬矣。當是時，閩氛未靖，康親王奉命督禁旅出討，公爲參贊大臣。陛辭之日，上御乾清宫召公入，屏左右，密諭曰：『今福建漸次平定，而海逆猖狂，陷害州郡，將軍大臣一時未即尅復。卿兩世舊臣，練達兵事，素有膽力，此行調度官軍，撲滅賊寇，惟爾是賴。事有機宜，不必關白主兵者，汝可先行後奏，毋爲掣肘也。耿精忠勢屈而降，其心叵測，尤以嚴防爲要。』又諭曰：『閩海濕熱，卿須加意保養，早奏膚功，以副朕委任之意。』特賜御用銀鼠袍以寵其行。公感激恩遇，倍道入關，籌餉足兵，相機戰守，剪除頑梗，綏輯善良，興化、漳、泉諸郡縣及金門、厦門等處以次恢復，誅殺海賊何纘資等，又設計招降吴逆僞將軍韓大任等，率從福建一路押送京師，每一捷聞，輒優詔褒奬。繼以漳州地勢濱海，復留公鎮撫，勞來安集，威惠並施，海寇聞而慴伏，久之疆隅底定。上嘉公勞績，就軍中陞刑部尚書，賜紫貂裘，賜朝服，賜中秘書，絡繹不絕，再轉吏部尚書。適奉詔班師，中途聞命，到京謝恩，後隨請謁陵，及回部視事，年已五十有四矣。其秋，上幸瀛臺，宴九卿諸大臣，賜内紵六表裏及蓮花、菱、藕等物。二十二年正月，賜宴于乾清宫，上手持金杯賜酒畢，諭曰：『自古君臣之分雖嚴，而上下之情貴達。唐宋盛時往往如此，故稱和洽之治。卿等出入勤勞，殊愜朕心，今選内厩好馬便于乘騎者，並内庫綢緞分賜卿等，以示朕眷愛之意。』時公負重望，恩數有加焉。尋以世值昇平，制作綦重，調補禮部尚書。扈從南巡，至濟南趵突泉，上以公不習漢文，御書『溯洄』二字而署公名勒于泉上，尤異數也。及返蹕，公遂引年乞罷，慰留再三，公免冠固辭，情詞懇摯，始允所請，而公長子朱馬泰已蒙優擢詹事矣。公伏闕叩謝，賜茶、賜杖，給扶還家。從此，從容頤養又十二年，乃考終于邸第。上聞訃，軫䘏予祭葬如例。

公自弱冠策名，以及致仕，身爲寮宷之長，而小心翼翼，因事盡忠，雖起家勳舊，不以富貴驕人，接佐屬賓客必以禮。歷事兩朝，坎止流行，合乎君子進退之道。迨老而予告，時蒙存問。既歿而贈䘏有加，廕子及孫，始終眷顧，未有若公之隆者也。覩乎古純臣，若漢蕭何、鄧禹、馮異輩，庶幾近之矣。公生于□年□月□日，卒于□年□月□日，享年若干。元配傅察氏，繼室瓜爾嘉氏，俱封一品夫人。子幾人，官某。孫幾人，官某。例得備書于石。余後進，仰公數十年，公之子員外郎登德同余官户部，持公狀乞序其事，不敢以不文辭，爲述其概。

兩江總督邵公神道碑

蓋聞維嶽降神，皇天所以濟世；太上立德，大人所以事君。故開國承家，感夢訪星辰之佐；重熙累盛，聞鐘思社稷之臣。臧孫歿而穆叔稱，隨武亡而趙文歎。鄭悲子産，衛悼柳莊。代有人焉，斯爲盛矣。

公系奇渥温氏，諱邵穆布，字遠公，葉爾拜察人也。父諱圖拔烏，事太宗皇帝，歷一等護衛、護軍參領，世祖章皇帝廓清海宇，以功晉資政大夫。勳昭日月，氣薄風雲。寶玉琱弓，視邠岐之勳舊；蟬簪鶡印，同豐沛之故人。豈若漢家四姓之侯，周室千夫之長？既爾沙塵騷動，長轂龔行。竇車騎之北征，五原拜爵；霍嫖姚之西擊，萬户增封。遂叙功由，拜他喇布勒哈番。加世襲拖沙喇哈番。爰承世德，特鍾我公，氣稟金精，神同璣鏡。將相之器，墮地可知；文武之才，自天而授。學優則仕，不因閥閱之崇；父任爲郎，早見公侯之復。由郎署，遷翰林。未幾，授陝西茶馬御史。茶如粟粒，不以投懷；馬似羊羣，未嘗入厩。商車有算，猶言吴隱之清；馬客何知，亦愛孟嘗之潔。擢翰林院侍讀。承恩宣室，造膝沉沉；勸講露門，沃心綣綣。鈎深學海，珥彤成遷固之書；囊括詞林，紀事得春秋之筆。卻門前之千斛，佳傳無私；擅史館之三長，名山不朽。除國子監祭酒。大昕鳴鼓，集博帶于橋門；函丈横經，招諸生于館下。琢磨六學，德成而教尊；模楷四門，言揚而事舉。楊龜山之行誼，璧水帖然；吕正獻之老成，高山仰止。特除内閣學士兼禮部侍郎，尋歷禮部左右侍郎。參聞政道，東觀拜學士之真；粉澤典章，南省作尚書之貳。春官六十，昭舊職于寅清；曲禮三千，還斯民于子諒。公才如此，天子器之。

丙戌冬，詔以公總督江南、江西兵部左侍郎兼都察院右副都御史。氣嘘淮海，征南鎮北之名；手握風雷，開府儀同之號。襜帷初駐，草木畏其威名；尉候無虞，鷹鸇革其兇性。而至仁不殺，大德曰生。酌貪泉而官不傷廉，對弱水而民不敢玩。宋人獻玉，盡委道旁；故吏遺金，誰欺暮夜？其或山川滃滃，徒費牲牷；原隰茫茫，大無禾麥。明燭照流亡之屋，封章求曠蕩之恩。直以禹稷之心，往行周孔之道。又若三載考績，六計尚廉。翦當道之狼，不恤一家之哭；薦摩空之鶚，寧嫌五服之親？豈唯飼雀埋蛇，放鳩縱鴿，孑孑以爲義，煦煦以爲仁而已哉。《淇澳》三章，争言德盛；鱒魴九罭，唯恐公歸。人願丹青，天無皂白。羊太傅之碑石，遺愛鏘洋；孟嘗君之池臺，樵童下上。罷肆哭欒公之社，逝水不回；傾壥奠石相之祠，高天難問。

康熙四十八年七月初六日，遘疾卒于江南之官舍，享年六十。嗚呼哀哉！公忠孝因心，正直率性。卮匜在手，不改兒啼；風雨陟岡，每懷予季。雖復麾幢八座，羽儀十連，位望崇矣，天眷厚矣。猶且好賢式干木之閭，下士執侯嬴之轡。霍將軍之上殿，尺寸不移；何潁考之燕居，衣冠如故。讀書則十行俱下，遺子則千樹無資。茅屋松床，唯知崇儉；桑杯布被，非以釣名。信乎學者泰山，國之喬木矣。雖涼陰埋照，從此千年；而箕尾騰光，猶然萬丈。

夫人，鄭親王之郡主也。西池王母，來自泉源；南極夫人，生由瓊圃。脂田粉碓，夙奉教于公宫；蕙幄松門，早棲神于大野。將啟滕公之室，遂陪季子之堦。以康熙□年□月□日終于某所，越□年□月□日祔于某原。子五人，曰恩代，曰邵蘭，俱早世；曰德誠，曰納爾泰，曰德孚。孫二人，曰邵瞻，曰邵義。天經地義，尊萬石之家規；春誦夏絃，守光禄之庭誥。泣時攀栢，鳥助悲鳴；冢上養松，鹿知潛避。以某久共容臺，夙探閫域；見託銘石，用識泉扃。爲有道而題碑，敢無實録；過江都而下馬，應感斯文。銘曰：

飛龍在天，丹鳳鳴岐。西平積慶，東里逢時。黑衣方補，總馬旋騎。左史右史，經師人師。將星淮畔，卿月江湄。清風入頌，菉竹聞詩。玉棺俄下，天柱其欹。京兆遠矣，雷陽漣洏。淒淒丹旐，颯颯靈旗。悲摧欒棘，慟甚風枝。壙開連繖，跡載穹碑。繩繩孫子，勿替引之。

座主果亭徐公墓誌銘

觀夫神生崧嶽，地氣之所鬱盤；宿直斗箕，星精于焉翕聚。文在奎婁之府，江本名婁；質同金玉之相，峰原號玉。南州物望，親炙者百世之師；東國人倫，私淑者四方之則。蓋難進而易退，寵辱不驚；故生榮而死哀，身名俱泰。我座主徐公諱秉義，字彦和，號果亭，江南崑山縣人也。

始駒王而開國，繼麟子以傳家。代挺偉人，世多碩德。或予杖而遺謫，直著九重；或代疏而請蠲，恩流億姓。曾祖應聘，前癸未進士，選翰林，官至太僕寺少卿，閬苑開基，京卿肇跡。祖諱永美，前乙卯副榜，呦鳴秋宴，艷吐春華。父諱開法，以名諸生貢入太學，黌宫奪席，國學觀碑。承先則敦詩説禮，昌後則積德累仁。公迺生而克岐，弱不好弄。聚和鳴之三鳳，載好其音；合頭尾爲一龍，次居其腹。六年就學，讀書則目有專睛；十歲屬文，落筆而手無停腕。河曲令馬公具冰衡之鑒，懸月旦之評。埒擇床東，毋勞射雀；容窺城北，便許委禽。時甫勝衣，年方舞勺。而繙閲三史，搜羅百家。斟酌齊梁唐宋之體裁，研窮濂洛關閩之理學。中宵風雨，床無上下之分；盡日塤篪，居不東西之隔。年十五，補博士弟子員。郡中文學，管輅無雙；洛下秀才，蔡洪第一。於時輻輳冠裳之會，紛綸壇坫之交。人競識荆，士争御李。霞軒星聚，九州于以雲從；敦玉槃珠，一室居然鼎立。

甲辰，丁父艱，讀《蓼莪》而輒廢，攀栢樹而幾枯。三年服闋，例入成均。辟雍之聲價倍增，祭酒（下缺）[一]具在。夜合得田荆之茂，春生多謝草之聯。擕藍尾之一尊，醉眠共被；聚白頭之三老，愛敬同胞。迨乎玉樹長埋，金鋩遽掩。始子猷之哭弟，人琴俱亡；既張融之悼兄，風流頓盡。嗟乎已矣，從此終焉。

乃上以公績學望崇，徵書特召。甲戌冬赴京，即充《一統志》總裁。擢授左春坊左中允。周制千八百國，《虞書》一十二州，借翰苑之頭銜，諳職方之掌故。龍宫衛翼，增秩儲坊；鼇禁論思，仍名經幄。乙亥，陞翰林院侍講。秋，陞右春坊右庶子，掌坊事。金華侍直，瑶函依日月之光；玉署掄材，彩筆煥風雲之色。飛聲人望，爰晉麟臺；登譽儒宗，特崇鶴禁。丁丑，陞詹事府少詹事，兼充日講官起居注。信劉向之忠誠，選王恭之學識。可傳可法，舉則必書；記動記言，職斯克任。己卯，陞詹事府詹事。鴻嘉屬少傅之官，龍朔改端尹之位。若韋賢之篤學，若孔霸之授經。公實當之，庶幾無忝。庚辰，命克總裁《明史》。百七十年之興革，一十有六王之盛衰，是非則朗若列眉，得失則瞭如指掌。七月，特授額外禮部侍郎，仍管詹事府事。韋貫之實兼二事，不須懸缺以求；賀知章榮命兩加，仍令攝官而理。九月，命武會試總裁。人材矯矯，取士於大勇何疑；天語煌煌，嘉公之老成可信。旋陞吏部右侍郎，兼管詹事府如故。上同太宰持衡而秉鑑，濟濟者待拔於泰茅；下與諸曹裁競而抑浮，詵詵者潛消於夬莧。辛巳，充律例館總裁。之綱之紀，惟允惟明。復充經筵講官。啟沃獨慇，勗勷彌篤。定讞而閲河工，獨徵曠典；御綸而審鹽政，微誤爰書。詰責同僚，似可因人以諉過；堅承共事，豈甘爲己以辭愆？古道羣欽，聖明倍鑒。銓銜暫解，宮尹仍留。

壬午，特點順天鄉試正主考。澄波撒網，收海底之珊瑚；熾冶鎔金，汰礦中之砂礫。從來冀北放榜喧囂，獨此司南撤闈帖服。癸未春，祭告少昊陵、堯陵、孔林，將事告虔，成禮即返。嗣又護送山東饑民回籍。集哀鴻於安宅，還碩鼠於樂郊。旋陞内閣學士兼禮部侍郎。黄扉捧日，絳殿書雲。參密勿以心勞，益滋兢惕；佐明諧而身瘁，用乞歸休。幾馬幾車，歡送國門之外；一丘一壑，笑迎場圃之間。藥爐共茶竈俱清，竹徑與松窗自適。

乙酉，皇上南巡。齊牽錦纜，臨幸山園；命載藍輿，光榮几杖。丁亥，復迎聖駕。君恩高厚，方慰問之有加；臣力衰頹，欲報稱而罔極。計從筮仕，叠荷隆施。尚方衣饌，中秘圖書。璇榜榮褒，勝盧矢彤弓之錫；奎章寵賚，踰聯珠拱璧之珍。以至鳳輦承恩，龍樓拜德。自古明良遭際，得未曾逢；於今鄉里榮觀，驚爲罕有。

公所著有《培林堂文集》《代言集》《詩集》《經進集》《别集》《經學志餘集》《殉難録集》。準經酌雅，絶去風雲月露之詞；累牘連篇，都歸忠孝貞廉之旨。更加賦颺壽母，詩紀榮恩。或珥筆於彤墀，或揮毫於温室，莫不堂皇典則，黼黻文章。既擲地以金聲，亦隨風而玉唾。洵足扶衰八代，紀盛一時者矣。至於誼篤倫常，情深推解，憫孀妹而撫藐孤，體嚴親而訓幼弟。交友則生賙死殯，脱驂效宣聖之仁；恤孤則贖罪捐金，擔飯笑王哀之陋。阡名廣孝，澤並高深；堂號育嬰，恩踰顧復。清丈量之册，豪右不侵；立世德之倉，豐凶攸賴。惠週姻黨，真握管而難窮；善蓋鄉閭，亦樹碑而莫罄。若夫稟性謙和，居心廉静。仕止久速，各適其時；消息盈虚，自安其運。不營營於禄位，不亟亟於功名。初緣養志而還，屢因引疾而退。或謂夔龍作相，雲漢爲昭，公云魚鳥親人，烟霞自痼。以故行藏名得，疑謗不攖。由其守約守貞，致有福謙之道；知止知足，得無招損之虞也。

嗚呼哀哉！兩楹木壞，忽驚尼聖之歌；千丈松崩，應共長興之歎。以康熙五十年正月十九日，終於故里，春秋七十有九，即以本年十二月二十二日合葬於馬夫人之墓，吴縣蓋字圩新阡。子樹閎，歲貢生，候補行人司司副。孫德慎，尚幼。閎以霖誼屬淵源，委撰銘誌。嗚呼！向列馬帷，久依鱣席。端木備三千之數，築室爲誰；坡公過六一之墟，流泉有自。親聆謦欬，倍感激于餐花；緬想音容，託殷勤而負樹。銘曰：

婁江潺湲，玉峰崒嵂。山川毓靈，賢哲間出。世濟其美，載卜其吉。祥鍾一室，帝羨三難。蓬池日直，蓮燭星攢。一時異數，千古榮觀。曳履肩隨，出綸口代。黄閣晨趨，青宫夕對。知進知退，不辱不殆。尋予初服，返我故廬。水流勿競，雲出自如。半園桂竹，一榻琴書。梁木忽摧，歲星乍隕。素旐横翻，丹旒遠引。北面親承，中心曷忍？龍歸雲暗，鶴去月明。千年華表，十里松聲。蓋高蓋厚，以寧以清。

處士許芝岩墓誌銘

三代而下，自王公至卿大夫身都通顯，其歿也，不惜卑辭厚幣，丐當代名公鋪張碑誌以餙其生平。而苟非富若貴者，欲傳于後，則必爲新奇可喜之行，驚人耳目，好事家亦或有述焉。若布衣韋帶之士，敦本崇實，力挽頹風，闇然以古人自命，往往湮没而勿傳，深可慨也。吾宗處士芝岩公有足多者。公諱昆盛，字玉芳，芝岩其别號也。系本睢陽，世居新安里。其先伯昇公嘗爲汀州守，有名于宋。歷十餘傳至公父逢徵，代有隱德。公生而英異，少習舉子業，博通羣籍，卓然推鄉祭酒。父病，割股以進，及卒，弟尚幼，乃棄所業，游江淮，拮据治生，以養其母。母享年八十七，色養備摯，孺慕慇慇，雖老萊子不能過焉。性好施予，族黨有貧乏不能喪娶者，賙恤之亡算。遇事尤敢言，排難解紛，片語立決，人以比之陳太丘、王彦方云。新安之俗家惑堪輿，父母殁，或數十年淺土不殯。公竭蹶一生，自父母、祖父母及曾王父母累代遺棺蔚然封殖，子孫數十人咸獲其蔭，風俗遂爲之一變。

歲壬申，余歲校新安，事竣，過許村，伯叔兄弟集馬首，進而言曰：『我新安子姓近數萬，支分派析，家各有祠，而大宗俱本于忠義公。今欲合遠近，建大宗一祠，以敦親睦，願先生倡之。』余唯唯，顧難任厥事者。衆咸推公，公毅然力任。募金卜地，鳩工庀材，寒暑不少輟。歷八年，工乃成，而公亦積勞成疾。嗚呼！學士家高談孝弟，一登仕籍，朝夕皇皇，輒不暇將父母祖宗丘壟，甚有終其身不及覩者，又安問千百年之上，追淵源而蒸嘗之乎？公以一布衣，根柢孝友，竭力殫心，上溯厥初，下聯宗黨，本支百世，俾皆藹然知有尊祖敬宗之誼，敦本崇實，以維風教，厥功不誠偉哉？較彼身都通顯，無善足録，與好事家侈爲新奇可喜者，相去又何啻什伯也？公生卒年月及子孫姻黨俱載行狀中。今於某年某月將葬於某所，余特按其狀而爲之銘，銘曰：

人非金石，孰能不朽？矯時衒俗，詎云可久？卓哉處士，明敏篤誠。本其素學，見諸躬行。其行維何，孝弟忠信。大節所存，心殫力盡。世風日下，有僞無真。爰銘斯墓，用告後人。

華亭尚廣文崇祀名宦碑銘

庚寅秋九月，雲間周庶常寒谿服闋還朝，以同里多士之請，爲故華亭廣文尚君崇祀名宦，乞碑于予，曰：『維尚廣文懷貞履潔，不畏强禦，以死守官。其死也，先生實首褒揚。今其入祠也，先生寧可無文以紀之？』予應之曰：『唯唯，不敢辭。』憶予曩歲視學江南，孜孜汲汲以礪廉隅，維風化爲先務，甫下車玉峰，而松郡人士紛然以尚君守正死官，宜配食宫墻爲請。予服尚君之義，感諸生之誠，檄有司詳考尚君素行，并核死事顛末。不謂俗吏拘牽忌諱，置若罔聞，暨予離江南，濡遲未果，迄今垂二十年，始獲舉行，蓋論定之難如此。

君諱元調，字燮臣，淮安府山陽縣人。康熙壬子科，舉於鄉，屢上南宫不售，以戊辰歲除授華亭縣學教諭。君學問醇正，性剛直，無所撓屈，蒞任之後，殫心厥職。時學校射圃久爲軍伍侵佔，君創議恢復，權貴人斤斤持不可，軍伍仗權貴人之庇也，勢張甚，且加辱焉。君以爲非死不可以争，又不可以徒死，遂手書一紙納諸懷中，自縊于學宫官舍。此己巳年閏三月十一日事也。嘗稽諸祀典：『以死勤事則祀之，以勞定國則祀之。』尚君，孱然一書生耳。非有封疆之守，戎馬之寄，金革之危，而克復黌序，慷慨畢命。設以尚君膺天下之大任，處危疑反側間，其所豎立必有大過人者。義憤所激，視死如歸，視世之靦顔囁嚅，求生以害仁者，賢不肖何如耶？雖與前代仗節死難之臣俎豆一堂焉可也。因書其事以復周庶常，以塞郡多士之請，并爲之銘曰：

尚君之官，文學是司。尚君之死，風教是維。詰死之由，中外殫疑。矯矯阮公，抗疏丹墀。譁呶悍卒，不逋其誅。射圃既復，魂兮來歸。謂予不信，視此豐碑。

吉水李宗伯墓誌銘

公諱振裕，字維饒，號醒齋，唐西平忠武王晟之後。王之第七子憲觀察豫章，憲子游復守宜春郡，子孫因家焉。其始遷吉陽之谷村者，公世祖子堯也。高祖楷，登故明賢書，爲昌邑宰，歸與念菴羅公倡道里門，世稱株山先生。曾祖時學，官四川都司都事。祖尚德，官保定檢校。考元鼎，前壬戌進士，累官兵部左侍郎，官績炳然，予告後僑寓寶應，偕元配朱太夫人以著述自娱。自考而上，曾祖、祖皆加贈如公官。公生而穎異，八歲見兩尊人吟咏，即能屬和。年十二步楊文貞公韻，作《雪霽》詩，見者識爲大器。順治庚子，年十九，舉于鄉。康熙庚戌，捷南宫，選内弘文院庶吉士。隨陳情力請歸養，出都甫二日，聞父訃，大慟墮馬，絶而甦者再。抵子舍，哀毁骨立。壬子，復丁内艱，痛不欲生，一如失怙時。丙辰，服闋補官，分修《皇輿表》《鑑古輯覽》。戊午，授翰林院檢討。己未，充纂修《明史》，分校禮闈，得人最盛。癸亥，陞右春坊右中允兼翰林院編修，纂修《三朝聖訓》。甲子，陞翰林院侍講。是秋典試秦中。故事，充會試同考者，不得再典鄉試。公邀特簡爲正考官，矢慎矢公，秦風於焉一變。復命以原銜充日講官起居注，會各省學使者報滿，上念江浙人才蔚起，命改學院，以重其任，慎選在廷諸臣而畀公江南。下車後亟繕疏，請釐正學宫兩廡從祀先賢位次，裁汰濫冒祠生，令國學生之赴省試者與諸生一體録科以別真才，皆報可。江左人文素甲天下，于時尚積習相仍，競爲浮游軟媚之文弋取科名，其不肯狗俗，卓然欲成一家言者，類呼號委頓于窮巷之間，終其身汨没不自振。公痛之，毅然與之更始，未按臨，月即有試，拔其尤爲先聲。試既竣，又進通經淹雅者試以詩賦、古文詞，俾知崇實學。而歲科兩役搜爬剔抉，力去陳言，原原本本，不使一字無根柢，窮年積學之士網羅殆盡。時朝命郡邑選高才生一人貢入成均，加意搜拔，所雋皆當時名彦。不數年，先後掇巍科，争自樹立，有聲于時，而文章翕然，緯史經經，無復向時之陋，迄今二十餘年。讀《彙征録》《羣雅集》諸牘，咸嘖嘖思公。而余之踵公武者，猶得奉成式爲幸也。丁卯，試未滿，超擢内閣學士兼禮部侍郎。越明年，戊辰還朝，奉命祭告泰山。是歲山左苦旱魃，公將事未幾，甘雨滂沱，東人士咸頌爲誠敬所感。

己巳，充經筵講官、國史副總裁，陞吏部右侍郎，廉明釐剔，銓政肅清。庚午，察賑畿輔，災荒所經歷，嚴飭吏役，勿令中飽，八郡十九州饑氓賴全活者亡算。嘗賦詩十章，惓惓有元結、杜甫遺意，誦之者多不禁嘆息泣下云。事竣，轉本部左侍郎。辛未，晉工部尚書。乙亥，督建太和殿。丁丑，告成，優旨褒嘉，力辭恩賚，誥授光禄大夫、經筵講官、工部尚書加四級。先是，以軍興，吏道稍襍，公建議凡非正途者，宜加考試。江西漕兑久苦脚耗，督撫屢疏請豁，部議格不行，公一言，奉特旨蠲免。八年中規畫類是者，不可勝數。

戊寅，轉刑部尚書，值秋審，仰體上諭，凡久禁緩決諸囚悉從寬典減釋之，復疏言祥刑之要，慎簡司員，故用法獨稱平恕。是歲，轉户部尚書，有豪强欲網直隸、山、陝諸道鐵利，又長蘆奸商叩告鹽引不敷，願增引數以辦課。事下部議，挾津要以囑者日再至，同官皆惶惑，而公不爲動，事卒寢。其持正不撓，恤民瘼而維國計大率如此。

甲申，上以昇平日久，制作宜崇，特改禮部尚書，入直南書房纂修《佩文韻府》，考訂《唐類函》等書。公以案牘少減，得親書史，深自喜幸，然立朝四十年，洊歷五部，褒寵優渥，賜賚便蕃，恩遇之隆，廷臣實罕其比。故每事殫精竭慮，力圖報稱，晨夕況瘁，不敢稍自暇逸。久矣，其積勞成疾矣。己丑春，奏事畢，上鑒公恪勤神憊而力衰，不可煩以職，俾以原官致仕。功成身退，恩逮始終，古大臣出處如公有幾人哉？

公容貌端凝，踐履篤實，生平無他嗜，獨肆力于經史百氏之書，故發爲文章，皆卓犖可傳，行世者有《白石山房集》，家藏餘稿續刻。書法高秀，顧恒自矜惜。嘗與大學士京江張公同侍，上命作字，公臨《天馬賦》及《赭白馬賦》以進，上特稱其工。豪于吟咏，得自家學，尊人梅公先生所著《石園集》海内共珍。妣朱太夫人亦著有《隨草集》。公長户部時，進呈御鑒，上賛爲當今第一流，皇太子亦稱慕不置。公之詩學其淵源厚矣。讀書談道尤重敦倫。兄維介無子，卜愛子嗣之，式好無間言。女弟諸甥教育倍篤，使各有成就。太夫人亡後，敬恤舅氏，不以存歿間。三黨姻親以緩急告者，莫不各給其求，故人子有片長，必廣爲獎飾，玉之於成。教後嗣不徒博科名，弄翰墨，務以砥礪名節爲先。李氏固世德，而公復慎守其家法，宜其食報遠也。

辭闕後，啣恩就道，歸寶應先寓，俟暑退即還故鄉，不意旅寓數旬，遘疾不復起，本月七月十七日卒，享年六十有八。元配陳氏誥贈一品夫人，繼劉氏誥封一品夫人，側室姜氏、程氏均有壼範。子男七人：景邁，國學生，先卒；景蘧，國學生；景遂，己卯科舉人，候補内閣中書；景迪，癸未科進士，户部貴州司郎中，出嗣伯維介後；景逌，副榜貢生；景廻，戊子科舉人；景暹，幼。女二：長適原任行人司司正熊大彬，次幼。孫男七人：暄，壬午科舉人，候補内閣中書；曰璣，庠生；曰玘，副榜貢生；曰璧、曰玥、曰琮、曰琠，俱幼。孫女五，曾孫女一，其姻戚具載行狀。冬十月，扶柩歸吉水。越明年，庚寅□月□日卜葬於□□之陽，禮也。景蘧等先期走一介乞銘于余。余與公爲晚進，然同朝幾三十年，先後督學江左，旋侍虞部及少司農。今復相繼備員秩宗，典型在望，事事式繩，而公之子若孫又間屬通家，情好倍篤，不敢以不文辭，敬詮次其概，而爲之銘，銘曰：

崆峒之山，文江之水。山高水清，篤生君子。仙李蟠根，簪纓勿絶。父既掞天，母亦咏雪。自公幼時，克嶷克岐。未經舞勺，濡毫賦詩。自入木天，日事丹鉛。青藜火徹，蜀襭袍鮮。冰鑑屢膺，最稱得士。劍識虹霓，馬空騄耳。洊歷五部，名冠六卿。皋夔稷契，萃于一生。下澤斯民，上忠我后。疊錫恩榮，顯揚父母。既友且恭，親舊樂從。潤彼涸鮒，晏嬰是宗。神祚明德，子孫蟄蟄。如桐之枝，如椒之實。哲人云萎，身騎箕尾。地卜牛眠，人憑鶴指。不騫者山，不竭者川。於斯藏之，孔固萬年。

李大宗伯墓銘

竊聞朝崇濟美，家慶象賢。詩書之裕後澤長，忠孝之承先風烈。生擔顯爵，經猷依日月争光；殁享鴻名，世德勒鐘彝不朽。蓋因有是父以傳是子，故爾勖乃國以承乃家。近代以來，惟公不媿。

公姓李氏，諱振裕，江西吉水縣人。其先唐忠武王晟第七子憲，爲江西觀察使，遂家焉。伯陽入關，始得其姓；西平有子，乃定厥居。自葉流根，世號鳴珂之里；由源溯委，代稱通德之鄉。自高祖楷以孝廉官昌邑令，父元鼎以前壬戌進士累官兵部左侍郎。家有遺經，廟藏赤舄。公以中和之粹質，乘清白之餘芬。傳家法，知皇王致理之由；讀父書，窮天人相與之際。越在齠齔，卓乎楝梁。彼夫認羊祜之金環，徒云早慧；聆杜陵之玉案，不過能詩。以此絜彼，曾何足云？

順治十七年，舉于鄉。康熙九年，成進士，授庶吉士。陸平原作賦之歲，已步蟾宫；崔季珪就學之年，即登鳳沼。翱翔禁地，方瞻東觀風流；緬想高堂，忽恐西山日薄。鱸魚可鱠，遂欲承歡；烏鳥陳情，偪然在疚。出都甫二日，即聞父訃。十一年，復丁内艱。王安豐之骨立，朝士咸憂；吴道助之悲來，隣人亦泣。祥琴五日，彈不成聲；舊穀三年，哀尤顧禮。自非道探閫奥，行守宫庭，安能毁不滅性，孝則因心，有如此哉？

十五年，服闋，補前官。十七年，授翰林院檢討。明年，充會試同考官，又充明史纂修官。五星明處，憶辛苦于當年；千斛歸時，懼鬼神于暗室。公正遂流于士論，是非不謬于聖人。問陸贄之門生，居然龍虎；窺董狐之史筆，自挾風霜。二十二年，除右春坊右中允。未幾，除翰林院侍講，簡陝西正主考。成例，分校會闈者，不得復典鄉試。惟公春華秋實，翊贊銅龍；裁露縫雲，廻翔金馬。是以楓宸眷注，俾歐陽重轄兩闈；品物權衡，似薛宣常兼數器。仍用南宫之藻鑑，盡搜全陝之遺珠。復命充日講官起居注，尋以江浙人才日盛，亦照直隸改設學院，特命公督學江南。配皇都而分吴越，一時獨坐惟三；以詞臣而領節旄，近世兼官無兩。六朝金粉，遞出雕華；八代文章，都由司命。音開羣雅，家家握其靈虵；體别彙征，處處宗其繡虎。拔大江之名士，楩柟與杞梓俱收；貢天府之珍材，荆棘與薔薇不種。劉陶之登太學，髦彦希風；庾信之入關中，名卿翹首。凡公門之桃李，皆帝室之羽儀。不待報政三年，遂已空羣一顧。帝嘉心秤，命改頭銜。二十六年，奉使未滿，超擢内閣學士兼禮部侍郎，尤異數也。二十七年，入朝。參聞政道南衙，見學士之真；陪貳台司東閣，贊中書之密。二十八年，除吏部左右侍郎。三銓九品，秩其幽明；一燕六鴻，權其輕重。風流則柯亭劉井，簡要則汚水丘山。二十九年，晉工部尚書。三十四年，督建太和殿。三十六年，告成，覃恩誥授光禄大夫經筵講官。

五曜明于斗北，常伯納言；六星麗于危東，司空亮采。飭材庀匠，對太紫而建皇居；法亢象氏，環鈎陳而開大寢。疇庸有典，謙挹不居；錫慶自天，貤封已遠。三十七年，轉刑部尚書。虞以皋陶作士，民罔不仁；晉舉隨會爲卿，野無羣盜。不數月，轉户部尚書。杜元凱之掌邦賦，運籌歸食貨之書；張壯武之在度支，獻納負台衡之望。金推闍夜，鄙哉故吏之言；珠委大廷，清乎尚書之節。繼以昇平日久，制作宜崇。四十三年，改補禮部尚書，命入南書房纂修《佩文韻府》，兼訂《淵鑒類函》。典曲禮之三千，晨趨書省；統春官之六十，夕出容臺。乃復招嚴樂而宰淵雲，探奇金匱；遡莊騷而追姚姒，搜秘玉山。編《七録》于華林，攬一條之風景。進攜龍角，帝座凝嚴；起望麟軒，天顔咫尺。雖過眼五千卷，孔戣耳目未衰；而鞠躬四十年，疏廣春秋已老。

竊念橘中之樂，頻憐菊徑之荒。嘉惠老臣，賜歸故里。安車駟馬，遂大雅之保身；緑野平泉，喜耆英之聚首。白少傅來遊洛水，未返下邽；蘇文忠偶憩常州，寧忘西蜀？天胡不弔，人忽云亡。四十八年七月十七日，遘疾卒于寶應之僑寓，享年六十有八。嗚呼哀哉！公金相其德，玉立其身。言有物而行有恒，神無方而用無體。同氣擬姜肱之睦，疎宗傳氾毓之仁。玉樹盈庭，每加恩于宅相；萱花謝室，還報德于渭陽。恤衣葛之諸孤，憫翳桑之餓客。汲長孺之振廩，窮鳥更生；聶夷中之作詩，哀鴻欲泣。而傷神遺稿，刻意揚名。叩金爵之君門，上石園之家集。王子淵掞天藻彩，誦徧青宫；曹大家垂範文辭，流傳紫禁。邀綵綸之數語，賁泉壤之二人。炳若景星，昭兹文苑。至若御書名畫，賚予便蕃；紫鹿黄羊，寵頒稠叠。隆貴比韋平之父子，忠愛類顧陸之門庭。真所謂生榮死哀，傾壚罷肆者矣。

□年□月□日葬于□□之□□，禮也。有子七人：曰景邁，太學生，早卒；曰景蘧，太學生；曰景遂，舉人；曰景迪，癸未進士，户部郎中，繼兄某後；曰景逌，貢生；曰景廻，舉人；曰景暹。孫七人：曰瑄，舉人；曰璣，曰玘，曰璧，曰玥，曰琮，曰璵，才皆經緯，器盡琳琅。慟甚風枝，克紹臧孫之後；悲摧欒棘，不同李嶠之兒。以某久附後塵，夙叨摯誼，見托銘石，用識泉扃。爲有道而題碑，敢無實録；過江都而下馬，竊愧斯文。銘曰：

江流浩浩，匡阜峨峨。山川秀異，人物英多。猶龍慶遠，鳴鶴聲和。策名飛步，弱冠登科。晏粲皇衢，文思天子。提厥王道，付之綱紀。五蹈卿班，三升俊士。臣哉隣哉，召公是似。在三盡瘁，見一名堂。飛夢帝所，歸全水鄉。披帷宛在，典刑已亡。巷悲子産，朝惜柳莊。皎皎隙駒，交交棘鳥。古木非春，陰堂不曉。百身莫贖，篆石已表。地久天長，德音世紹。

張少司寇勄齋墓誌銘

嗚呼！余與公交契幾三十年。公之幼子又及余門，與余子同學。兩世敦好，情逾骨肉。客秋都門，諸先生倣潞公耆英之會，集九列年登七十者五六人稱觴城南墅，公卿畢集，爲一時盛事。余適病不赴，竊豔羡不置。曾不一年，五六公者或歸，或病，或殁，先後相繼去，而公亦竟舍我逝耶，嗚呼痛已！今年六月，公之子扶櫬南歸，將以某月某日從葬于淮安城東三里塘祖父之舊兆，纍然喪服來，以掩幽之辭爲請。余辭不獲，則案狀而序之曰：

公諱睿，字涵白，號觔齋。世居淮安山陽。祖諱某，父諱某，皆贈左副都御史。公幼而就學，爲諸生時，嘗讀書東村。村濱海，居人以漁爲業，每月夜潮欲上時，邀公挾册坐漁舟中，擊櫂歌咏，與潮聲相和。公文日進，而漁者亦獲利三倍，識者早卜公非常器矣。

康熙十一年壬子，舉于鄉。十八年己未，成進士。筮仕司經局正字。嘗進書瀛臺，值大雨，衣盡濕，兩足浸水中不爲動。禮部尚書湯公潛菴謂其力可任重，資與道近，遂訂交焉。陞禮部主事，監督通州倉。倉有積蠹，數人穴地道通廒中，每夜負米潛出。米日以減耗，而人莫之知。公廉得其人，悉置諸法不貸，遂著能聲。以薦授工科給事中，轉户科，條陳河工，疏兩上，其一謂運河宜挑濬，射陽湖宜疏通；其一請分黄導淮，于仲莊閘以下，不移運道之中，河自清河縣起，至山陽縣之草灣附近，地方約長七八千丈，挑寬十餘丈，以足二十丈之闊，上口將縷堤開通，使黄水由此洩，下口亦然，仍歸大河，會流入海，則中河之水可由此去，黄河之水可由此分。運河之議，雖格不行，談治河者皆韙之。開仲莊閘河則皇上屏排羣議，獨斷行之。蓋公生平好讀書，談經濟，自以淮人在淮言淮，故河工利病講求尤熟，幸在言路，則剴切陳之。方工部議覆之日，公適侍殿墀，上命公至座前者三，公復理疏中語，詳悉敷繹，至移日晷不退。聖心嘉悦。後上南巡至仲莊閘，猶指示河臣曰：『此張睿在垣時條奏所開也。』蓋自是遂注意任用公矣。

明年，内陞通政司使右參議，不三四年而遷至左副都御史，典試陝西。公先是分校鄉會試，皆號得人，至是益矢精白，勤校閲，秦人翕然稱公明，寒士有徒步送至二百里外者。蓋本朝之用大臣典鄉試自公始，而公之所以荅主知，振拔寒畯者，要亦從前所希見也。又三年，陞刑部右侍郎，凡遇命案，再三詳讞，未嘗枉一人。部中大案拖累率常數十百人，公素稔其苦，擇其無辜者悉釋去之，都人呼爲『張佛』云。四十七年，年滿七十，爲文以自壽，告諸子孫曰：『余以孤生，無才地，掇科第，官至三品大臣，榮及祖考。再奉使，三扈警蹕，受賜御書、書籍、衣服、飲食等物，便蕃過分，乞骸骨歸，殆其時矣。』作詩曰：『閒來手草歸田疏，細數君恩過分多。』顧以主眷稠重，依戀逡巡，不即得上。未幾而病痰暈，於四十八年十二月二十日卒。上軫念老臣，賜祭葬。存殁恩榮，嗚呼，公亦可以無憾矣。

公性孝友，居父母喪，哀瘠盡禮，過時而悲。與人交，不設城府，相好始終不渝。待門生屬吏一以和，前後所薦達至督撫大吏者數人，一出至公，終不敢市德。居家儉素，不事侈靡，喜爲詩，有集若干卷。作畫有元人筆意，士大夫家屏障得之，以爲榮焉。夫人林氏，某縣人某之孫，某之女，柔正淑明，佐公孝養，教子女動如禮法。二十四年十二月二十八日先公卒。子男三人：長錦，候選州同知，居公喪以毁卒，遠近哀之，翕然稱孝子；次鍾，貴州貴筑縣知縣，能其官；次鉞，乙酉科舉人，候補内閣中書，能輯父事，謹謹無失。女一人。孫男五人：秦、□、永、源、溥。女六人。夫人舊厝黄土橋，今乃遷祔公墓。銘曰：

繄公之年，登于七十。老壽考終，福祥既集。繄公之官，陟于貳卿。從容廷陛，赤芾葱珩。公之章疏，載在國史。賈讓歐陽，名言齊旨。公之利濟，普在蒼生。千里安瀾，績用大成。有行有學，有文有藝。有子有孫，以克繼世。撮公生平，列公幽宫。更千萬年，永祀我公。

陳黄門陟齋墓誌銘

陳爲吾邑著姓，自前代及本朝，敭歷中外，世多名臣。而以純孝摯性爲名諫議，則陟齋公爲最。公諱黄永，字叔嗣，號曰陟齋。先世本臨安高氏，明嘉靖間東園公贅於寧邑陳，遂蒙陳姓。累世種德，至高祖諱中漸，善蓋鄉國。曾祖諱與郊，前太常寺卿。祖諱瓛，贈刑部郎。父諱之伸，前湖廣參政，祀名宦鄉賢，多善政，公其第三子也。

幼稟至性，事父母先意承志，長則竭誠致敬，委曲以博親歡，遠近翕然稱純孝，事載家乘。讀書目數行下，網羅百家。爲舉子業，不屬草，每一稿脱，同學者率奉若楷模。又慷慨好施予，結納賢豪，海内士大夫耳公名，願得一識公爲幸。乙卯，登賢書，三上公車，屢得復失，遂扼腕就選，得楚之安仁。便道歸里，未抵家，即謁參政公墓。墓在邑之東，有岡曰『鳳凰』，術者言地未盡善，公慼然亟謀改卜，期迫不獲待，痛哭經旬，含哀之任。安仁僻處荆南萬山中，向罹兵燹，瘡痍未復。公下車，闢荒土，省雜徭，課農桑，廣積貯，崇學校，以養以教，弊剔利興，八年，邑大治。丙子，天子詔直省大吏舉廉幹慈惠之員，荆南中丞撿校六十三州縣，特以公治行第一上聞。召對，上大喜，會有兵事于西，令返任。丁丑，内擢，邑士民攀轅臥轍，哀號百十里不得行，婉紿之乃去。甫數月，有軍譁于衡，遍掠旁邑，過公所治境，相顧曰：『甘棠猶在，寧忍以一矢相加？』吁！公德被安仁，淪肌浹髓，乃猶覆帡于去後，而且化及不逞之徒也，可異已！抵京，授刑垣兼察户工錢局。公少時，常隨參政公舟車南北，熟悉其人民、風土、户口、阸塞，爲諸生，即以天下爲任，日夕間講求古今得失、朝野利弊，而别白于胸中。及受是職，益感激知遇，抗疏指陳，所條奏難更僕數，如請廣額、肅官方、正朝儀、糾銓政、責成保舉、革除粮規諸大疏，彰彰耳目者，或格于部議，輙蒙俞旨如所奏行，一時臺省諸公赧焉愧不及也。庚辰，掌印工垣，日同公卿集議，兼别人才賢否，獨薦素所知外吏五六人，後先擢藩臬，秉鉞建牙，與向任安仁分校所拔十五人皆以功名顯，都人士羣頌爲冰鑑云。有權要某者官某省，恣意朘削，廉得其實劾之，聞者慮禍且不測，公泰然謂：『吾特除民害以報國，何懼焉？』每入直，襄鉅典，或賜書、賜詩、賜鏹、賜宴，賜賚便蕃，褒崇優渥，如是者六年。上方欲柄用公，而公怦怦念先人墓未卜改，亟以遷葬請，情摯語迫。上憫其誠，許之。公卿輩多公之孝，而轉惄然，謂掖垣中自此無真諫官矣。歸之日，甲申五月也。

先是，在諫垣，值覃恩，誥贈參政公及丁太恭人。於是詣鳳凰岡，捧綸綍焚告先靈，道傍觀者爭欣羡，而公獨潸焉雪涕滋忉怛也。不得已，廬墓四閱月，相度權宜，躬披草土眠食，溽暑風露中，不知居處之失節也。宦穸甫竣而疾作矣，卒于九月九日，年六十九。於戲！以公之德與其才，宜居鼎鼐，作霖雨，俾四海蒼生食公之福如安仁，而乃以孝思盡瘁，不大展所用，能不以惜公者爲天下惜哉！雖然，孝以承家，忠以報國，公設施雖未竟，而行冠鄉閭，恩流民社，抗疏以澤被天下者，又何涯涘，固不在區區目前也。

喆配錢氏贈宜人，前進士句容令諱朝彦女，惠淑性成，年十七歸公。初，公遵父命，主伯兄祀，宜人亦奉孀居吴孺人以姑禮。時丁恭人在堂，兩世稱姑。宜人相夫子，晨昏承事，曲盡孝養。公兄弟析居，將割伯氏已分之宅，宜人引推宅故事解吴孺人意，使同氣無嫌，尤賢婦人所難而親黨共羨美者。他若訓子女，御臧獲，蘋蘩雜佩，啧有賢聲。年四十九，先公卒。男六：長築世，殤；次堯世，國學生，候選州同知，爲公伯兄後；次世基，貢生，候選儒學訓導。宜人出。次世廣，國學生；世大，國學生；世弼，幼。側室張氏出。孫男五：光祖，太學生，祖武，太學生，世基出；亢宗，堯世出；□□，世大出。俱幼。女七。孫女□。姻戚姓氏具載行狀。今於康熙五十二年癸未十二月□日卜葬公于紫薇山南麻金港之原，而以宜人祔。世基等知公與余少同硯席，同舉于鄉，同仕于朝，交慇誼篤，稔悉生平，爰稽顙丐余數言誌公墓。予不文，顧不敢辭，謹詮次其槩，而銘諸石，銘曰：

鹽官襟海兮赭尖蔽，潮汐澎湃兮指天際。靈鍾哲人兮陳公，公之大節兮曰孝與忠。試撫字于衡陽兮熙然，螭頭簪筆兮力回天。天不憖遺兮大猷不卒，地卜幽宫兮安且吉。風揚波兮沙渚，烟籠樹兮村墅。兆顧薇山兮東瞻龍鳳與齊飛，神式憑兮朝出游而暮歸。泐懿蹟兮墓門，引之勿替兮子子孫孫。

誥贈資政大夫兵部左侍郎嶽齋李公墓誌銘

夫天心福善，明哲之後必發祥；神道好謙，積累之家有餘慶。故九代清德，邈矣高蹤；七葉素儒，藹然休問。叔子因而載誕，稚春于以挺生。大振前光，若操左券。

公姓李氏，諱允登，四川南部人也。里稱通德，家有遺經。散璞發輝，則瑶琨代襲；收名定價，則圭臬世推。莫不掉鞅士林，拔幟鄉塾。公絪緼降秀，光嶽稟靈，清明在躬，文章華國。加以少傳祖硯，時習父書。遂以獨步之才，出作一釁之雋。辨窮稷下，學畝淹中。何戢效其容儀，郭泰稱其器局。楊穿三葉，桂折一枝。爰因異夢之徵，還掇亥年之第。

順治丁酉，舉于鄉。己亥，成進士。丁未，知廣平曲周縣。誠明宰物，布三惠于封隅；正直當官，凜四知于暮夜。金雖如粟，不入清白之懷；鷹亦爲鳩，總藉陽春之脚。或斬蛟而改行，與彼歸投；或市虎而成疑，矜其謡詠。朝朝明燭，祇照流亡；歲歲移文，唯求曠蕩。忽焉罣網，遂爾投簪。黄犢胡床，仍還官舍；桑杯布被，獨上扁舟。鼓紞如而難留，棠蔽芾而勿剪。歲時垂涕，丹青石相之祠；父老懷恩，俎豆欒公之社。

己酉，罷職，歸里門。收跡江湖，沈光衡舘。偕九老而酬唱，召二仲而往來。雲衮霞纓，嘯傲蓬瀛之外；蘭泉杉月，相羊濠濮之間。逢田父而話桑麻，世塵不到；息交游而謝旌蓋，終歲誰來？吾何求哉，樂可知矣。若其道德爲樞，宫庭是域。窮而喪父，傷鼎釜之未陳；老更思親，泣几筵之儼在。祥琴五日，彈不成聲；廬墓三年，出則銜恤。至若黑山薦食，青犢沸騰。矢石通中，路交横于貙虎；川原流血，人盡變于蟲沙。軍仰桑榆，野無瓜麥。莫不草萊求食，墻壁埋魂。公奉母而出煙塵，避亂而棲山谷。戹匜致潔，塵不墮于食中；滫瀡奉甘，飯未焦于鐺底。洎乎霜露侵染，難求三世之醫；風燭須臾，莫續百年之命。王安豐之泣血，慟甚忘生；吴道助之呼天，偏然在疚。于是執葛紼，引桐棺。孝子不惜乎赬肩，行人亦爲之借力。反真吉地，還骨環江。墓上種松，何曾鹿觸；家人物土，舊是牛眠。豈非德感神明，孝通冥漠？莫之致而至，莫之爲而成者乎？曾、閔在前，荀、何在後。以公相較，吾何間然？況乎玉立其身，金輝其德。以婚以嫁，同姓頌其仁；何有何無，凡民被其施。偶分光于鄰女，勿責報于王孫。幽獨不欺，鄉邦盡達。恐彦方之知我，閉户滌瑕；聞孝肅之誘人，望廬引咎。蒙鉛華于絳帳，位業斯尊；承教義于緇帷，才名必大。則信乎人倫木鐸，學者泰山矣。

天不憖遺，人將安放？康熙癸亥年三月二十日卒，享年七十有一。嗚呼哀哉！有子二人，長曰先復。曳履星辰，貳六卿于畫省；分光日月，掌九伐于夏官。實興魏萬之家，克紹臧孫之業。次曰先益。涵今茹古，已著成均；學道愛人，必爲良吏。公以子貴，覃恩誥贈中憲大夫，奉天府府丞，再贈資政大夫、兵部左侍郎加三級。朝章追遠，天隆錫類之徵；家廟增榮，人慶貽謀之善。蘇瓌有子，公業不亡。以某年某月某日葬于某地之舊塋，禮也。某與大令而同官，知士衡之先德。見託銘石，用識泉扃。爲有道而題碑，敢無實録；過江都而下馬，應感斯文。銘曰：

岷山奕奕，井絡煌煌。分華孕秀，積慶流長。因心孝友，率性貞方。魚跳凍浦，烏馴壽堂。迺奉時賓，來覲國光。鳴琴花滿，解組菊荒。樂天知命，道顯身藏。二難篤生，五世其昌。家之芝蘭，帝之棟梁。貤封載錫，遺懿永揚。露晞蒿里，風颯楸行。纂石以表，德音不忘。

待贈文林郎牛太初墓誌銘

歲辛酉，坐勗勤齋，見四方士大夫以文字干魏公者，概謝不敏。一日，市王通家子進士牛兆捷瀝血書尊人狀，乞銘詞，憫而惻，不獲已，遂命予以一言代誌其墓。余不敢辭。

按狀，翁諱位坤，字調均，别號太初，世居澤州高平邑。先世多隱德弗仕。父某，倜儻磊落，好賑施，一方推爲長者。舉丈夫子三，翁其冢也。翁生而英穎，喜讀經史百家言，爲舉子業，渾涵渟蓄。故明崇禎己巳，補博士弟子，歷試高等，與同里畢擷雲先生爲石交，赫然稱鄉祭酒。癸酉，挾策試太原。會流寇起，張甚，剽鄉井，行過市王。翁聞，中道亟還，翼其父避南山之南，猝遇賊，奔趨躡逼。翁度不獲免，號天而慟，策其父疾驅，身故遲遲不能步，委以餌盜。父得脱，遂執翁。刃及頸者四，斷未及喉，强以肘衛項，血淋漓，佯僵而臥，免。嗚呼！中世子弟趨富貴若騖，聞科舉，蹈禍害不避，皇顧其家。既引還，不幸父若子同罹厄矣。愛其父，或恤其軀，即義不恤，倉迫間慮不能脱父，父脱亦萬無自全。翁獨從容委身釋父難，躬瀕死者數，復甦，卒無恙。翁之孝殆格天哉！

寇稍戢，益發憤卒業，肆力古今文，冀一第爲父歡。數奇，連不得志于有司。父尋卒，哀毀骨立，喪暨葬盡禮，事繼母以孝聞。未幾，皇清定鼎，翁遂混迹博徒、酒人、里俠，以興自豪，絶不復言科舉事。生平慕宋陳同甫爲人，晚復愛孫太初，因爲號，葺一亭，顔曰『六宜』，偃臥其中，且讀且耕且賈，以糊其口。季弟少放逸，家漸蹶，分財振起。宗黨苦徭役，毅然身任不以累。恤人患難，破産立與，無幾微德色。與賢豪大人長者語道理，衡古今事當否，人物高下，則雄談横辯，慷慨激直，不一字少借。以故，鄉先生臧否，得翁一言爲輕重。里井中行不義者，不畏有司畏翁，知翁真不愧太丘云。

子兆捷，負奇質，翁嚴督以學，令執經畢攝雲先生，稱高弟。乙卯，舉于鄉。己未，成進士。念翁老，未廷對，趨省翁。翁曰：『兒來，兒無自盈哉！士束髮讀書，志期遠到。小得何足榮？幸今未釋褐，當博師當世大賢豪，擴其識，勿以我耄，患貧不學，躁進失遠志。』夫浮薄子幸一第，侈然志得，父若祖率爲榮。翁世乏簪纓，身蹶場屋者數十年，乍覩子成名，折屐而喜，亦人情。翁顧不爲意，勗以遠大，翁蓋加於人一等矣。

是年夏，翁七袠，子姓謀舉觴。會歲祲，翁惻然止之曰：『人糠粃不饜，而我張飲耶？憶我父值洊饑，賑活數十百人。今雖貧，大可大施，小可小予。』立捐所有惠黨族，鄉之人賴舉火者亡算。庚申冬，司寇召其子進士設絳蔚蘿，進士有難色。翁曰：『魏先生非予向所謂當世宜師者耶？幸召兒，而兒故違之何？』促之來，甫踰月，進士心怦怦動，若有所撼。春正，倍道還覲翁。十餘日，而翁竟以疾卒，時康熙二十年辛酉二月朔也，翁年七十五。

妻馮氏，聘而夭，繼田氏、武氏，相繼卒。魏氏生子三：長即進士兆捷，仲兆甲、季兆鼎皆鄉學生。孫二。姻戚詳狀中。太史公謂：『學者多言無鬼神，然言有物。』方翁之脫父患于南山也，父潛匿古廟，假寐，夢神人賜青獅二，忽一人蒙髮濺血持而去，覺見翁來，被賊刃創甚如夢狀。因鑿石獅二，期翁顯，翁不顯而顯其子，人嘖嘖以爲祥。余姑不論，跡翁生平，讀書明大義，孝于親，友于兄弟，繩子以義訓，激昂慷直，樂善不倦，天之報施翁，其有艾哉！某年某月某日卜葬于某之陽，因爲銘：

行潛斯篤，德積乃昌。翁砥於身，修於家，而善溢於鄉。爰歸爰藏，爰發其祥。

總憲王薛澱墓誌銘

長淮源遠，聿垂笓水之徵；華國風清，遂膺佩刀之兆。襲青箱之炳煥，青史名高；躋烏府之巍峨，烏衣世美。蓋自六朝而後，代有聞人；可知五世以還，家承舊德。

公諱九齡，字子武，號薛澱，江南華亭縣人也。星分斗宿，地接婁江。五茸之葱秀攸歸，三泖之祥光是翕。自汾亭公埋金志潔，拒女操堅。義既砥於絶倫，傳自推夫獨行。高霞公則研經味道，教授更盛河汾；斌籀公則訓俗賓鄉，宫牆特崇俎豆。遂乃孫仍子貴，臣洊君恩。列祖貤贈三公，累葉追榮八座。至侍御農山公，順治戊子舉人，己丑進士，起家大行，歷官巡視京通二倉、監察御史。司庾平其出入，無煩運挽於關中；執簡肅此糾彈，共凜威稜於柱下。既奸蠹而弊剔，亦綱舉以目張。丕著官箴，誕綿家慶。

公稟沖霄之氣，膺降嶽之靈。篤實本於性成，虔恭原於天授。兄先弟後，龍腹厠頭尾之間；箎和塤吹，麟定居趾角之列。十五補博士弟子員，二十食餼於庠。管輅擅無雙之譽，蔡洪馳第一之名。右史左圖，披吟跌宕；冬釭夏簟，鉛槧沈酣。浸淫在年經月緯之中，服習得養志承歡之意。惟知此樂，豈復言疲？然而蠖屈何常，鵬飛可決。用覲碑於太學，旋收駿於金臺。丁巳，舉京兆，爲《葩經》冠。壬戌成進士，試第二甲第二人，授翰院庶吉士。維時公之伯氏既早捷南宫，而叔氏又先登上第。金蓮隊裏，並照金昆；玉筍班中，共推玉友。較燕山之五竇，此獲其三；笑鄴下之雙丁，彼輸其一。乙丑散館，授職編修，以公雅號能文，夙懷乘直。入棘闈而分校，成例勿拘；集華萼於一堂，典司攸屬。以故二難星聚，共摸索於暗中；因之多士雲蒸，彙英雄於彀内。得人冣盛，上賞旋膺。遂乃卿月流輝，雨露自九天而降；帝心妙簡，股肱宣三事之勞。起草則屬文豪，寅恭是協；摛華而臚德意，著作攸傳。加以爲民祈福，代帝明禋。殷憂水旱之灾，致祭園陵之禱。自非誠能動物，德可回天。豈易潔此苾芬，昭兹享祀。

丁丑十月，簡副武會試總裁。儲以干城，嫺兹筆陣。持衡甫竣，簡在彌慇。隨晉詹事府少詹，職擬尚書，選惟端尹。珪璋特達，常垂日月之光；廊廟趨蹌，間扈風雲之蹕。龍舟飛渡，躡景誰攀；鷺序追隨，趨風肯後？臣私可念，休沐沛以綸音；帝賚有加，恩榮錫之墨翰。過始寧之舊墅，靈運興願言之嗟；侍京口以陪游，延年發空食之歎。勤勞王事，六載垂紳；展拜親塋，一朝歸錦。縱竭無涯之報稱，難酬不次之遷除。

己卯九月，進秩左僉都御史。絳騶啟路，禮並尊崇；赤棒椎車，威同搏擊。爰值庚辰之歲，適逢論造之期。天子以公才德，俾得副此總裁。聞寵若驚，感知欲泣，肝元似雪，心更如冰。識牝牡於驪黄，辨淄澠與白黑。維時考績，僉謂知人。復於是年秋七月擢内閣學士兼禮部侍郎，甲申正月擢禮部右侍郎兼翰林院學士。署入容臺，典參司禮。珮曳花磚之影，朝必先趨；班隨雁塞之羣，署將同陟。床無分於上下，屋待列於東西。引義陳辭，原情調補，以公爲兵部侍郎。遂乃樞省風行，司戎電厲。武夫披其心腹，祈父礪以爪牙。未數月改吏部右侍郎，隨轉左侍郎。首六卿而爲貳，統百職以受成。王戎以簡要居官，裴楷用清通莅職。以彼方此，兼而有之。豈徒毛玠用心，頓教俗易；山濤啟事，藉甚時稱而已哉！

丁亥十二月，特擢都察院左都御史。秩峻三司，班崇九列。坐推獨席，聲望則踞以南床；名並三臺，勳堦則隆於東漢。伏蒲而抒讜論，豸可觸邪；上殿而獻嘉謨，鳳真鳴瑞。方資補衮，用作阿衡。行開閤以招賢，佇秉鈞而賚弼。詎謂金甌待卜，玉樹旋埋。摧柱石於巖廊，殄綱維於邦國。勩勞成疾，奄忽就終。以康熙四十八年十二月二十六日卒於官邸，春秋六十有七。池平薛縣，□□□州。臨朝致輟講之哀，在野無相春之樂。嗚呼哀哉！

公風規亮直，器宇端凝。浴德澡身，動循矩矱；依仁游藝，時懋修能。秉照臨璣鏡之心，兼容納山河之量。財利不形於口，臧否不設於心。顧厨俊及，靡不奉爲楷模；濂洛關閩，總以成其問學。爲子則名高五郡，爲臣則光照四鄰。恂恂執玉之儀，抑抑循牆之戒。斑斕作戲，視入無形；簪組承恩，言能有紀。前後丁内外之艱，始終盡喪葬之禮。誼篤君親，無非忠愛；心存民物，要是纏綿。雖處勳名之盛，貴以彌謙；即逢踈逖之儔，親而樂比。宜其傾心朝野，爲物望所依歸；拜手闕廷，荷皇恩之稠疊者也。詎意視天若夢，與善無徵。未届椿齡，遽歸松寢。以某年某月某日葬于某原。少宗伯望雁序而嘆卭塵，大司農痛鴒原而臨窆石。命婦李氏，淚竹欲枯；孝子圖熹，哀莪罔極。勷祀則四淑女，承祧則兩幼孫。眷渥九重，特表賢臣之墓；情深百爾，交稱君子之陵。況屬金蘭，兼乎肝膈。敢抒蕪語，用勒貞珉。銘曰：

三泖含珠，九峰孕玉。族望攸占，靈鍾是屬。祚衍綿長，氣凝清淑。無昧本源，有秩昭穆。惟祖惟考，世載忠貞。伏鸞耀彩，威鳳和鳴。人殊顯晦，德合休明。歸然令範，炳矣榮名。公之挺生，曰惟天假。華蓋峰飛，文昌星下。辨志離經，歌風輯雅。舟楫巨川，棟梁廣厦。碑探峋嶁，稻辨瑯琊。質含秋實，文艷春葩。鴻逵可漸，鵬路行賒。譚霏玉屑，步躡金華。亦既髟纓，旋看給札。側席方求，斯文丕作。兄弟同時，品題棫樸。髦士蒸蒸，陳言戛戛。班資顯貴，遂陟卿堦。納言有允，論奕無猜。青宫月耀，白簡霜皚。途中馬避，道上輪埋。周道惟視，高山惟仰。杞梓紛綸，甄陶和獎。籲俊簡心，掄材握掌。爰用起衰，聿酬注想。遞參三事，洊副六卿。寅清典禮，命詰戎兵。董兹評察，肅爾澄清。談惟風月，鑒若冰衡。乃貳天官，爲國之輔。秩晉憲臺，爲天之柱。鳳翽梧崗，烏棲栢署。方倚三台，遽嬰二豎。溟波正運，弱木將危。峰傾中岳，地坼南維。芒寒珠斗，星落尾箕。鶴歸華表，龍亡黑陂。北郭長悲，東都永别。地迥山高，天低雲密。殞矣叢蘭，傷哉欒棘。玉貌俄藏，金碑載勒。

侍御趙圜菴同配蘇孺人墓誌

吾浙趙氏概由宋室南渡分居吴越，代多名臣，而以忠孝之傳，歇歷中外，爲真御史則羣推圜菴君。

君諱蒼璧，字晉襄，圜菴其别號也。先世隨高宗南遷，分支居於越。自見菴公徙錢唐，五傳至曾祖文峰，授京衛經歷，祖瞻峰，知聞喜縣事，俱有名績。父諱景和，前丁卯舉人，知廣德州。甫三月，王師南下，奸臣馬士英潛竄，挾其母，矯稱太后，過廣德。公憤其奸，拒勿納。士英縱所部攻圍，公死之，事載《明史》。時君方九齡，亂兵摧撞，得僕錢義負匿，厪而免。依寡母勞太君，扶櫬歸里。攻苦讀書，弱齡首補博士弟子，後凡八遇學使者及各當事，試輒冠一軍，諸先達争推服，設絳湖濱，遐邇師事之，號曰聖水先生。戊午，登賢書。壬戌，成進士。及選庶常，掌院陳公以君未獲與，復薦名士四人，雖數盈不盡用，而君之才名，宸衷已默識矣。輦下諸公卿羣相汲引，遂舘京師。丁卯，謁選，得楚之麻城，單車赴任，誓不名一錢。首罷圖差、保歇諸病民事。俗喜訟，嚴禁訟師，一字涉虛者刑無赦。民懭悍輕生，廟祀雉經、投河二像，争效死以株累者亡算。君立毁之，多方曉譬，民由是知自愛。乃復嚴保甲，課農桑，崇修文廟，廣建義塾，每月朔躬課生童，甲乙之。期年，邑大治。

戊辰夏，武昌裁兵倡亂，全楚震動。君所治當荆豫門户，申守議二十五條，修城堡，製炮石，儲米穀，團練義勇，民皆自奮。亡何，漢陽、黄州一時被襲，僞總兵某犯淋山河，僞都督某直趨岐亭，勢張甚，官若民無不争逃避。君歸，與家人訣曰：『勢危矣，正臣子效命之秋也。吾父死封疆，而我顧偷生以隳家聲，可乎？』出集文武吏，激以志義，誓死守，晝夜環堞巡。自夏徂秋，兩足潰瘍無所恤，而忠憤彌勵，賊惕息不敢犯，卒就戮。事平，楚中諸大吏奇其績，先後奏聞。適臺班員缺，上命公卿破例保舉，崑山徐相國特以君薦。刻期抵都，偕彭君無山、陸君稼書、邵君子崑同引見，皆以御史用，一時頌得人。君試山西道，政刑大故，洞悉條達，號敢言，熱審減等，奏請展限，每歲得廣邀生全，著爲例。巡視南城，一意息寧，而民率畏服。試滿，實授協理陝西、山西、河南道事，兩掌山西道兼察吏、兵、刑、工各部。及掌登聞鼓，院省冤滯，詰暴鋤奸，善政累累。而會讞集議，輒戴星往，謇謇諤諤，不敢一事瞻狥。退食讀書，悠然儒素。滿侍御某某偶過訪，徑入臥榻，見其四壁蕭條，破被脱粟，有貧士所不能堪者，撫案呼曰：『君真清吏！』而君則寧淡自如初，不市矯潔以沽譽也。辛未、甲戌兩監文武會試，釐剔雖嚴，造育不少。視西城，考内府，教習所拔皆名俊。稍暇，與四方士衡文講藝，沐其教，顯名當代者難更僕數。總憲諸先生屢經薦剡，當宁亦稔悉，方欲柄用，而竟以積勞成疾，卒于康熙三十三年十月初九日，距生前崇禎丁丑閏四月朔，享年五十有九。嗚呼！以君之才與其德，方將登大耋，霖雨蒼生，而壽未週甲，位不酬學，人無不以惜君者爲天下惜。然君以藐孤發憤樹立，文章被海内，所著《性理解》等集皆足垂後。行誼則孝于親，友于兄弟，恩推姻黨，善蓋鄉間。甫膺民社，平巨寇，奏奇功，乘驄四載，利興弊剔，抗直回天，俾天下嘖嘖稱真御史，視彼處無令望，出鮮嘉謨，高官厚禄，享耄期而湮没無足紀者，賢不肖何如哉？

元配蘇氏，封孺人，文學又韓公女。公以廣德公變，謂忠義之後必大，且目侍御曰『人中鸞鷟』也，以孺人字焉。年十七，勞太君病篤，倉卒于歸，侍疾送終，竭誠盡孝。嗣後，秉家政，食貧茹苦，俾侍御得耑意成名。當隨任木陵，逆焰方熾，有謂孺人宜權避者，孺人叱之曰：『是先去以爲民望也。』率官衙婦女，婉諭而嚴束之，卒勷城守，功可不謂偉焉。他如事父母，友愛娣姒，惠姻戚而訓子孫，詳家乘，不具述。康熙丁亥十二月二十四日卒，享年七十。子三：長荃，歲貢生，候選知縣，先卒；次蘇，附貢生，候選訓導；次芝，監生。女五。孫男三：長念祖，先卒；次振祖、繩祖，俱幼。孫女五。姻戚姓氏具載《行狀》。今于某年某月某日，合葬君與孺人于青芝塢之陽，其孤蘇等以墓前片石丏余誌數語。余與君少皆寒畯，受知各當事，同年進士，先後官京師，分浹逾兄弟，熟悉生平，何敢以不文辭？謹詮次其槩，而銘諸石。銘曰：

世胄挺英，才雄德劭。華國文章，傳家忠孝。綰符木陵，逆焰原燎。誓死孤城，守堅扼要。聿奏奇勳，酬庸廊廟。烏垣栢臺，冰壺玉照。忽焉騎箕，胡天不弔？靈鍾河濱，神依山嶠。奕葉垂榮，貞珉永燿。

魏宫諭生母劉宜人墓誌銘

宜人劉氏，順天府大興縣人。父諱光斗。修門寄跡，一床隱士之書；都市埋名，三徑高人之菊。羣推令德，特産賢媛。宜人淑順性生，徽華内蘊。列傳似聞于劉向，遠佩家箴；師氏恍稟于班昭，默諳女誡。油檀不御，薄花艷于春風；絡緯頻煩，響砧聲于秋月。魏太夫人慕德情慇，弄孫念切。稔知夫人李，久寂寂于鳳雛；因卜宜人劉，兆詵詵于螽羽。年十八，于歸敏果公。三星增耀，四行備醇。入張子孝之門，儼如賓友；對馮君卿之面，肅若堂廉。奉慈幃則篤孝，勸中饋則撝謙。潔錡釜于廟中，誠而能敬；獻茝蘭于堂上，恪而彌和。洗手作羹，九十之儀罔愆；怡聲奉盥，三千之禮無違。

時敏果公班躋左掖，直震中朝。汲長孺之鯁言，聞者側目；任彦升之封事，忌者含沙。雖射隼張弧，共服丹忱倍勵；而垂魚擁笏，還虞白髮滋憂。宜人曲慰親心，勉供婦職。邀恩楓陛，叩齋報子夜之烏；終養蔚蘿，汲水躍窮冬之鯉。洎經大故，備竭哀忱。及敏果公栢臺簡召，棘序班崇。擁獨坐而踞南床，百寮震慴；晉尚書而踐北斗，庶獄平反。勁栢凌霄，邁勳名于韓范；寒松歸里，尋樂事于孔顔。殁爲完人，貧踰窶士。宜人晨昏浣濯，朝暮齏鹽。輔趙抃之清風，甘少君之苦節。爰鍾三子，共羡丹雛。學讓名列成均，承祧于宗室；學謙聲馳黌序，修文于夜臺。長子學誠，壬戌進士。珥筆黄扉，揮毫玉署。備東朝之啟沃，鶴禁名高；衡南國之人文，龍門望峻。奉板輿于絳幄，賜瓊榜于丹霄。麟定振振，祥輝婺宿；蘭蓀茁茁，慶洽坤幃。女一，適中書舍人李恒烑，允符玉潤，足配珠融。而且推樛木之含弘，體鳲鳩之均一。庶子學謐，早掇孝廉；幼子學□，亦優文行。兒無常母，熙熙氾毓之庭；家有奇楨，啄啄董生之室。非夫人倫七德，風化二南，曷能婦道若此之純，母儀若此之備哉！方謂德與福齊，壽偕名永。豈期兩江之冰鑑，三載方盈；八袠之靈萱，一朝頓萎。康熙四十八年三月十九日，卒于澄江學使之官舍。嗚呼哀哉！

宜人孝慈秉性，勤儉持躬。履貴而宗戚稱謙，食貧而黨隣感惠。涓畤垂白，不忘内主之仁；堂户永清，未見家兒之慍。擴單傳于六世，砌繞芝蘭；勵介節于一門，厨貽冰蘖。其淑質爲尹姞所共欽，其芳規亦郝鍾所未逮。庥傳彤管，瑞叶佳城。仰承同穴之懷，式遵歸祔之典。某年某月某日，合葬于□□之舊塋，情也，□禮也。某昔游門舘，嘗嘉醞于緑池；兼附淵源，稔徽音于絳帳。范逵爲士行執友，熟悉湛賢；居易與微之同年，不辭鄭誌。敢銘貞石，用賁幽泉。銘曰：

陶封姓兆，燕域基昌。篤生淑女，嬪魏發祥。承姑秉禮，輔閫含章。嶽嶽君子，爲國棟梁。燕私法服，閨閣巖廊。酒漿敬戒，環珮齋莊。勤昭清節，訓佐義方。琳瑯競耀，蘭蕙争芳。篋儲鸞誥，榜錫奎章。五福具備，百齡在望。世爲關水，人若朝霜。寒泉結思，春暉鮮光。白楊颯颯，黄壤荒荒。勒兹懿德，節隴天長。

徐師母馬太夫人墓誌銘

聞之地道無成，易重含章之德；公宫有教，禮詳修慎之條。宜爾室家，則閨闈之位正；式諸邦國，則孝敬之化行。以此清芬，光我彤管。固宜鍾郝師其禮法，尹姞讓其門風者矣。

維我師母徐太夫人者，姓馬氏，崑山人。笙歌絳帳，代聞詩禮之傳；羽翼丹霄，世任股肱之寄。凌烟之名籍甚，自葉流根；伏波之訓依然，垂芳積厚。曾祖諱玉麟，明進士，官雲南布政司參政。祖諱天騋，以茂才贈知縣。父諱雲，舉順治己丑進士，知河曲縣事。太夫人藴粹醴源，孕和芝本。年方洗齒，誦惠子之五車；身甫勝衣，寫華林之《七録》。春山點黛，不爲時世之粧；秋月流黄，獨喜天孫之織。三千其禮，小大由之；九十其儀，造次以是。遂使清機朗識，動合名儒；且令伯姊諸姑，目爲女士。

年十八，歸我座主閣學徐公。三間瓦屋，正機雲種學之年；萬軸牙籤，方軾、轍鋤經之日。持竿流麥，忍憎高鳳之貧；提甕挽車，獨守鮑宣之誡。同盤會食，門内邕邕；洗手作羹，堂中肅肅。奉姑嫜則比諸顧復，接姊姒則睦若友昆。未幾，大馮小馮後先奮跡，南阮北阮豐約殊形。而刺得繡文，爲辦酏門之税；粥來釵朵，頻營好時之田。必令寒士之卮匜，不異貴人之鐘鼎。非夫人倫七德，風化二南，則曷能使曾參成養志之名，季路鮮傷貧之嘆乎？

方我座主之遊學長安也，析彼珠鈿，供其資斧。遂使太學交推仇覽，諸生盡畏何蕃。虎氣方騰，龍鱗轉化。我座主于康熙十二年成進士，探花及第。三株玉樹，參差海上之山；二等金釭，照耀人間之世。而太夫人處膏彌潔，居尊益謙。繼比舍之佳兒，爲求新婦；撫小姑之弱息，必嫁官人。邑中五服之家，恒邀任恤；門下三千之客，咸頌温良。牢落泥中，憐鄭公之婢獲；喧呶冢上，恕王子之僮奴。及我座主舒嘯東皋，息交南垞。深山樂志，克佐老萊；列國希風，不朽乃命。門下士某，敬爲譔述。伏念某百拙有餘，一辭莫贊。當年立雪，既聞道于程門；繼此趨庭，更受經于韋母。自頂至踵，歸化地之生成；日往月來，感舊恩之廣大。敢因嚴命，泣狀徽音。雖至敬無文，而篆石近古。乃作銘曰：

父傳清白，母出文康。挺生淑喆，動協珩璜。迺由馬服，來嫁駒王。衿鞶敬戒，和鳴鏘鏘。承顔舅姑，問衣寒燠。秋社獻功，青燈佐讀。式是六姻，睦兹九族。克相君子，宜其命服。尼丘禱祀，樛木宣慈。蘭徵芽茁，恩斯勤斯。功在宗祠，慶流本支。匪惟婦道，并擅母師。風躅宛然，山川迢忽。遲遲柳車，陰陰松月。歸全于丘，篆銘于碣。百代繩繩，奇祥長發。

李孺人墓誌銘

李孺人姓楊氏，爲通江關溪舊族。先世明輔公，當明正德中，嘗率鄉勇殉鄢、藍之難，事聞，授指揮，坊表忠烈。遞傳至父金鰲公，以行義重于鄉。母馬氏，早世。孺人生甫九齡，哀毁如成人。當是時，闖氛横甚，又歲饑，人相食，而金鰲公族子家僮及鄰里仰食者無慮五六十人。孺人孱焉一女子，主饋分餉，均且有節。關溪嘖嘖稱楊氏女才德俱贍云。及笄，于歸李，事大尹錫徵公，相敬如賓，奉舅能白公至孝。值寇亂後，故居破壞，乃徙芝坪之右，藍縷芟舍以創其業，剪榛莽，構室廬，不廢錫徵公青氊書史，實惟孺人之力。

丁酉，錫徵公舉孝廉，尋知山左黄邑事，孺人則善諫曰：『求志達道，固知君必無負。第君素性嚴急，願恕以濟之，慎以審之也。』錫徵公手額稱善，居官數載，廉節美政，具見大尹傳中。孺人襄贊居多，因内顧門庭及先人丘隴，孺人先返故里，而錫徵公卒忤上官，以論罪失入竟被逮。孺人聞之，曰：『君有惠政于黄，黄之民戴之，黄之天豈不之鑒乎？』怡然井臼，日事操作，勤課諸子讀書，以待錫徵公之自白。未幾，果遇赦放歸，芝坪里人益服孺人之識量爲不可及矣。錫徵公既歸田，日與故人野老琴尊酬酢，孺人中厨供億，有無黽勉，絶不使錫徵公知有罷官意象也。迨伯子、仲子先後登賢書，孺人稍爲色喜，益以名節刻勵，續前人未竟之施爲重。歲甲戌，錫徵公以天年終，孺人痛不欲生，諸子長跪哀請，復勉理慈闈，遺命諸子祔葬錫徵公于祖墓。閲四年，戊寅冬十月，孺人卒，享年□十□歲。子三人：鍾璧，丁卯舉人；鍾峩，癸酉舉人；鍾□。孫六人。將以某月某日合葬孺人于公墓。鍾璧奉狀乞予爲誌其銘。曰：

孝而淑，慈而恂，芝坪之阡李孺人。

校勘記

〔一〕按浙江圖書館藏清康熙刻本《德星堂文集》卷四脱第八頁。

德星堂文集卷五

海寧許汝霖時菴著

祭文上

祭張文貞相國

嗚呼！吾師之誕降也，鍾川嶽之靈。騎箕尾而升也，爲天上之日星。秉均二十年，憂勞民社，綢繆國計，弘猷亮節，誠無愧於聖朝。所不輕易之名，而特易其名曰『文貞』。方吾師之逝也，天子親爲之驚悼，諸王公卿而下，皆爲之拜哭。門生故吏之受其澤者，皆爲之悲慟。遐邇之仰高山而行景行者，疇不爲之肝裂而心驚，而奚獨某之銜痛於平生？蓋某之服教也久，感恩也切，而哀慕也真。

竊窺吾師奇穎天挺，敦敏性成，研討絶學，窮究經綸，羅千秋之典故，綜一代之章程，原原本本，無一不稟訓於過庭。以故文章冠冕，事業嶙峋，峥嶸韶齔，領袖蓬瀛。纂述則典墳可紀，奏對則謨訓是陳，補衮則勔勸無跡，造士則吐握惟誠。明刑欽恤，典禮寅清。從撻伐文武爲憲，閱疏濬水土就平。啟心沃心，既調鼎而和鼐，亦旋乾而轉坤。至於聲色之屏，思慮之澄。

不苟嚬笑，不私愛憎。儉以養廉，謙以持盈。和而不同，矜而不争。夙興夜寐，慎而彌勤。即之而光風霽月，仰之而嶽峙淵渟。皆朝紳之所景式，門才之所欽承。所以在家則肯構肯堂，毓芝蘭而輝棣萼；在國則爲欂爲棟，沛霖雨而應風雲。一堂紹德，奕祀垂勳。皆實以忠貞孝友，世濟其美，而豈徒以巍科膴仕，爲庸庸耳目之所矜？

若某之極不忘於吾師者，感恩知己，曾有幾人？自鄉薦以觀光，早蒙國士之評。及忝庶常，奉教函丈，凡讀書以樂道，暨報國以安民，耳提面命，日夕諄諄。迄今三十年，幸奉職於中外者，何一非當年之所訓迪相勉以祗遵？即至請告而奉辭也，離筵叠叠，把袂慇慇，既含悲於寢室，復掩淚於國門。懇懇懃懃，别不勝情。穆如清風之贈言，盥誦之而平昔之感油然以興。曾日月之幾何，緬懷德音，忽來凶問，能不嗟大川之澤涸，泰岱之峰傾？

嗚呼！以吾師爲一人之倚，萬方之庇，百爾有位之儀型，而天偏靳以耄耋之齡。某所以公爲天下痛也。而私爲一己痛者，則道義情愫，古今人所不易得，而能禁涕泗之交横？酸風颼過，悲露倏零。茫茫泉壤，渺渺旆旌。泣陳絮酒，凄感曷勝！

祭桐城張相國

嗚呼！天生神聖，統馭萬方。必資碩輔，翊贊垂裳。表率百職，霖雨八荒。始終一節，臣極以彰。於惟夫子，秀毓樅陽。鳴珂列戟，世澤深長。文鶩兆瑞，玉燕呈祥。珠庭日角，表異超常。九丘八索，一目十行。鎔經鑄史，發爲文章。别開户牖，獨耀鋒芒。掞天才贍，夾日雲翔。扶摇九萬，委蛇玉堂。儤直紫籞，賜第紅墻。陪遊馺娑，侍宴披香。承恩最渥，屬草偏忙。金鈴振響，蓮燭移光。萬錢中選，三篋寧亡。清華歷踐，動罔不臧。進司啟沃，退擁縹緗。雙懸組綬，並綰銀黄。誠孚黼座，道翊儲皇。晉堦宗伯，肅紀整綱。人倫儁顧，月旦班揚。荆山璞剖，玉筍春芳。馬空冀野，鳳翽高岡。帝命宅揆，世慶明良。如益在夏，如説在商。一德交泰，九譯梯航。勳勞謀議，彪炳煒煌。堦環玉樹，砌繞琳琅。遷談繼武，軾轍争强。中秘之書，視若家藏。鸞坡之上，列爲雁行。珠簾隔坐，彩袖飄颺。恩榮罕儷，知止不忘。迅流勇退，力辭帝閶。温綸特沛，賜帑辦裝。千官祖餞，萬衆傍徨。尋仙辟穀，晝錦旋鄉。芷蘭可佩，芝术爲糧。青山緑水，杖履徜徉。齒尊德劭，既壽而康。顧問存省，勤懇周詳。奎文法物，錫賚無疆。方期眉壽，如佺如彭。羨門赤松，攜手相將。上慰宸旒，下慰黔蒼。昊天不憖，實沈爲殃。棊岌大厦，摧其棟梁。九重震悼，典禮光昌。錫碑賜謚，祭葬相望。生榮死哀，孰與頡頏？某夙承提命，久沐汪洋。山頽木壞，莫禁淋浪。瓣香束楮，蕙肴桂漿。靈爽如在，鑒此盡傷。

祭潘稼堂夫子

嗚呼！昊天不弔，哲人云亡。朝野震悼，聞見悽愴。感恩知己，况屬門墻。山頽木壞，能不神傷。於惟夫子，望著河陽。山川之秀，楨榦之良。詩書是澤，仁義是坊。孝性天植，問視靡遑。因心友愛，軼田與姜。既承色養，又切顯揚。坎壈數奇，奔走四方。其遇益困，其行愈芳。其遊倍壯，其文彌光。爰自鴻詞，特達非常。人文炳蔚，天路翱翔。螭坳啟沃，鳳榻賡揚。摛忱經術，報國文章。典司館局，著作琅琅。大手燕許，麗筆班楊。才兼萬有，譽擅三長。凡百論譔，非公莫當。眷逾倫等，倚重勗勷。禮闈分校，凜矢冰霜。明以濟公，得士無雙。自慙下走，亦獲騰驤。依依絳帳，示以周行。方期大用，坐論巖廊。蓴羹鱸鱠，一旦褰裳。名山大業，高蹈允臧。百家探究，五嶽徜徉。詩囊賦笈，史篋經箱。等身著述，萬丈光芒。千秋黼黻，一代津梁。六龍巡幸，眷念不忘。耆儒舊德，顧問敦祥。寵賚彌篤，福履且康。塞鴻江鯉，好音時將。今秋忽訃，師母之喪。維二三子，實切徬徨。弔唁孔亟，用慰彭殤。如何夫子，亦悼彼蒼。遺書把讀，痛徹肝腸。臨風洒涕，遥奠酒漿。徒以職守，不克登堂。聊攄哀慕，式告泉壤。猶可慰者，雖歿彌彰。笥盈冰雪，堦繞琳瑯。猗三珠樹，望重珪璋。暫棲苫塊，佇翽高岡。家聲永劭，世德寖昌。榮問不朽，奕葉焜煌。是所冀焉，陳詞激昂。嗚呼哀哉！

典型既謝，杖履曷望？雲車風馬，在上在旁。涕泗交頤，回首茫茫。願言顧之，進此一觴。尚饗！

祭崑山徐座師

嗚呼！吾師詣貫天人，望崇今昔，三代以來名公卿所不多覯，而棟折山頽，風流閴寂，此正斯文絶續，吾道盛衰所係。而士大夫之弔唁者往往以昆仲大魁侈其門第，巍科顯秩艷其名位，恩褒榮錫羨其寵眷。玉樹晚榮，年希耄耋，欽其福壽。而稍越流俗者又以網羅載籍、著述等身鋪張其文學，勳高啟沃、黜陟賢奸敷陳其功烈，玉潔冰清、風光月霽，舉世咸沐薰陶而不能一窺涯涘，則又羣推其德量。之數者非不足以頌吾師，而某之欽崇佩服哀慕不能已者，又不止是。竊觀古名臣之樹立也，類皆根源孝弟，審慎行茂，難進易退，不亟亟於富貴功名之介，乃可以希賢聖而輔治平，古大臣所爲澹泊寧靜，明志以致遠也。

方吾師之未遇也，讀書砥行，名高山斗，出其學，何難博青紫如拾芥？而兄弟登朝，獨甘遲暮，椿暉萱綵，色養承懽，此其志趣卓犖超然於世境遠矣。既而觀國光，掇上第，盈廷仰之，不啻景星慶雲。而典試還朝，倍慇孺慕，依依慈闈之側，終養數年，其高躅爲何如也？孝思既畢，重入春明，時立齋、健菴兩公寵冠楓宸，紀綱朝局，一時望東海門墻者儼若登龍。而吾師識炳幾先，持盈懼滿，宮允一轉，決計歸田，徜徉山水之鄉，嘯傲琴樽之側，鎔經鑄史，囊括千秋，若不知朝端内有同懷領袖也者。

無何，風波忽作，脱然事外，立齋、健菴兩公先後繼逝，而吾師以一身襄其喪葬，猶之嚴慈當日養送獨全，天之特成吾師之孝弟也，抑何厚哉！從此杜門鍵跡，若將終身，不意高臥東山，蒲輪特召，于焉簡侍經筵，總裁志局，陟宮端而擢銓部，輶軒屢遣，大愜輿情。即至鋤奸偶抑，而海内文武人才重蒙培育，翼贊青宮，參知黄閣，論道經邦，不過指顧間事，乃歲逼懸車，飄然遠引。聖天子慰留，賢公卿敦勸，都人士攀轅而臥轍，確乎其不可拔也。難進易退，于古聖賢之行藏又何間焉？

逮至翠華南幸，睠念慇惓，禮遇之優，賜賚之渥，皆廷臣所不敢望。而吾師啣感之餘，仍不改其蕭踈自得之趣，優游數載，浩然乘箕，不特浮雲富貴、敝屣功名，即生死之際，依然尼山之扶杖而逍遥也。吾師乎！吾師乎！古今來完人如吾師有幾人乎？

某也久侍宫墻，略窺顛末，大約吾師一生質醇養粹，學問深沉，故能入孝出弟，舍藏用行，澹泊寧静，不逐時趨，而程、朱之理學，韓、范之勳猷，班、馬、賈、董、歐、蘇之文章，無不集其成而化其迹，真三代以來所不多覯者。今日儀型雖謝，而斯文未墜，大道猶存，九重之軫悼彌慇，四海之哀思倍篤，則吾師之所以垂天壤而千百載不朽者，原自有在，特未易一二爲流俗人道也。肝腸幾裂，拭淚濡毫，吾師有靈，當不以某言爲阿好。

祭大城趙尹

河陽花謝，延水龍飛。雙鳧已杳，五柳何依？陰雲遍野，零露沾衣。電光不永，駒隙生悲。惟君毓秀平山，鍾靈汾水。代著簪纓，家傳孝弟。少而岐嶷，長則穎異。效力黄扉，分書青史。爰叨異數，佐理名州。興利剔弊，後樂先憂。千渠疏濬，三輔歌謳。中丞入告，黼座稱優。俾尹平舒，胼胝奏績。吏盡畏威，民咸戴德。雞犬閑閑，桑麻鬱鬱。飲羊無人，鳴琴在室。

櫜旝簡命，督理河堤。民棲荇藻，釜産蛙蚔。滔滔澤國，浩浩水涯。賴君諳練，佐我敷施。孰下孰高，疇順疇逆？或築或疏，爲排爲決。畚鍤靡寧，辛勤不輟。聿觀厥成，君與有力。共事三年，量移民部。送我河干，慇懃致語。雖隔雲山，時申尺素。晨夕縈懷，寤寐馳溯。謂君年富，膂力方剛。治行報最，指日騰驤。胡爲一旦，二豎忽殃。刀圭無效，聞訃心傷。君有令嗣，峥嶸頭角。箕裘克承，光昌可卜。絮酒一巵，生芻一束。遥奠繐幃，神其來格。

祭李大宗伯維饒前輩

喬嶽新摧，長淮遽涸。龍躍劍飛，麟亡星落。人間留浴日之功，天上赴騎箕之約。百身莫贖，忍聽山丘華屋之詞；四野罷春，空餘濟世安人之略。望弔鶴而悲纏，撫巢烏而歎作。

於惟先生，道標琬琰，名應球璜。柱下根盤，配元都于北極；關中枝遠，占仙籍于西江。累朝齊蘇杜之名，家風彌劭；居室傍歐曾之里，絶學方昌。况乃箕裘八座，鐘鼎一堂。世衍貂冠之緒，家綿鵲印之祥。業紹徐摛，筆以珊瑚作架；法傳逸少，書應玳瑁爲裝。五典琴箏，如入金絲複壁；百家肴核，争窺白石山房。於是木雞賦就，奮翼洪都；芸館香薰，蜚聲虎觀。曉趨温室，奪重席以談經；暮出浴堂，送御燈而歸院。乃廻首於白雲，遂陳情於黄案。

曾參齧痛，風木悲酸；和嶠毁傷，蓼莪點竄。孝行既人言無間，公望亦至德中乎。萬事服胡公之明識，九重嘉田叔之訏謨。三司文柄，一片冰壺。較士南宫，已盡荆山之璞；持衡西陝，不遺滄海之珠。化雨江南，樹公門之桃李；空羣冀北，絶私室之苞苴。方持衡于絳幄，俄特擢于黄樞。銓管人材，一燕六鴻之必辨；平均衡石，丘山沔水之何殊？于是作喉舌而比星辰，效股肱而同宰輔。長孫平稱職于司空，柳公綽恤刑于比部。爲度支而清約，共服隱之；掌邦教而多才，咸推壯武。入建禮之仙門，坐明光之堂廡。典紬金匱，搜羅秘奥之書；奏對彤庭，啟沃松雲之宇。文章全盛，見班馬于春卿；冠劍有容，擬夔龍于往古。若其經術相傳，早得克家之子；公侯必復，因高定國之閭。或折秋風之桂，或攜畫省之爐。韓氏則才皆經緯，王家則器盡璠璵。

顧乃感韋杜之遭逢，恒虞持滿；羨朱陳之詩句，躭賦遂初。緑野帶黄扉之春色，平泉分太液之波餘。蓋集木臨淵，大節惟知忠孝；而禮園義府，平生多本詩書。固宜蒼生共祝謝安，出扶梁桂；兒童亦知，司馬入拜衮襦。詎意共禱岡陵，乍辭箕潁。聽珠履其無聲，眄高車而絶影。梓澤之賓未散，遺草悲涼；芙城之主已遥，歌鐘寂静。

某身陪鷺序，心折龍門。以昌黎起八代之衰，豈獨當時領袖；況宣子尤六卿之望，敢窺前輩墻藩？自送歸裝之後，頻思獨樂之園。

嗚呼！惜典型之不見，冀神理之尚存。遥憑澗藻溪蘩，來陳繐帳；不獲素車白馬，親奠芳樽。徒情深于一慟，空目斷乎九原。近淚無乾，懸知太尉荒墳之土；遺光猶顯，竊慙中郎碑版之言。

祭學士翁公

高山峩峩，流水湯湯。昊天不慭，哲人云亡。風悲則星寒箕尾，雲慘則斗隕珠芒。忽太山之失仰兮，撫梁木而徒傷。追儀型之渺渺兮，信神理之茫茫。嗚呼哀哉！

惟我公之挺生兮，實曠代而鍾祥。亶英姿之彪炳兮，爲重器之琮璜。克孝友于厥家兮，亦言規而行方。沖懷兮光風霽月，粹質兮玉琢金相。白鶴兮半天矯矯，澄波兮千頃汪汪。紛內美之既含兮，更博綜乎縹緗。文既綜于兩漢兮，詩尤擅于三唐。爾迺雲衢奮迅，皇路翱翔。佐蘭臺之秋肅兮，顧烏府而氣昂。乘花驄于天街兮，佩青玉于水蒼。峭筆端之風起兮，凜簡上之凝霜。于是職司起部，名著曹郎。裴季彥之獨步兮，第五倫之無雙。鄙漢廷之大匠兮，笑宋室之末行。木師既卒業于宮室兮，水衡亦保守于河梁。爰丹綍之叠膺兮，旋承旨于內廊。入中台之東閣兮，首石渠之講堂。命便宜于章奏兮，實樞機之共商。開令狐之金鏡兮，操北海之銀章。仰公孫之恭儉兮，具王嘉之直剛。允忠抒而誠佈兮，遂集荷衣而搴蕙裳。結輞川之水室兮，數杜曲之花房。辨絲竹之清圓兮，拂驪駒而騰驤。信于門之必大兮，知厥後之克昌。蔚鳳岡之雛起兮，又鯤徙于溟滄。攀三花于上苑兮，修五禮于明光。啟後圃之滋蘭兮，繼昔日之含香。伯也允南金之價重兮，仲也復荆玉之名彰。燦燦兮庭樹，林林兮笏牀。蠟屐兮容與，舁輿兮徜徉。曳太丘之瓊杖兮，醉耆英之霞觴。是宜同壽考于彭籛兮，何妖夢之倏殃？彼百年之俱泯兮，已德立于無疆。雖生存之一致兮，覩素幃而孰不悲愴？

某等或共斷金而結契兮，念蘭譜之芬芳。或同哲嗣之青袍兮，懷前規而未忘。驚心兮野燐之碧，慘目兮邙土之黄。春寂寂兮永閉，雲黯黯兮不揚。蘭膏兮芝髓，桂酒兮椒漿。靈之駕兮惟蒼虬，靈之降兮自大荒。

祭同年匪菴吴總憲

某自六月朔染病，迄今將三月。支離牀褥，不能移跬步。三日前，忽聞公凶問，痛哭幾不能生。稍甦，爲公酌遺疏，經紀後事。事既竣，即欲覓一友草數言寄奠，既念某與公名雖友朋，情同骨肉，若假他人手，不過譽品望，誇顯榮，與肺腑總不相涉，因力疾直書，不復以不文愧。嗚呼！以公才名卓犖，眷遇優隆，文與行赫赫垂不朽，兩令嗣復象賢，諸孫嶄然見頭角，弟若姪科名鵲起，壽考令終，人生至此亦何憾？某獨傷悼不能已者，三十五年老友，道同遇同，甘與苦罔不同。而多年契闊，生死各天，涕霪霪不自禁也。

憶乙卯同賦鹿鳴，居同鄉，家同窶，形迹同磊落不徇俗，同以文章自命一時，以故，較諸同譜誼尤篤。及同赴公車，同不得志於有司。而蕭寺香清，蓬門醪濁，狂呼密咏，意氣彌豪，如是者七年。暨壬戌同醉瓊林，公臚傳第二，某亦館選冰銜同署，重以婚姻，雖寓各東西，而此適彼來，無一日不同聚，聚即醉讀雄談，輒竟日始別，明晨復同聚如故。如是者五年。越丁卯，某典試川西。辛未，督學江左。聚散三四年，跡似不同，而鴻鯉往還，風雨酬倡，方寸中不啻同晨夕也。甲戌，復命公以京卿特達，某仍一條冰，顯晦各殊，情好倍摯，婚嫁則略儀文，緩急則忘爾我，雖任劇事繁，而品茶鬭酒，鬮韻敲枰，篝燈促膝，與曩初仍同一轍。如是者又七年。辛巳，某幸同卿貳，事無大小，動必相諮，問者或與公同訂稿，同集議，同衡文，嶽嶽懷方，肝膽相映。舉朝士大夫無不目余兩人爲真同年、真同志，非近今所覯。如是者三年。方謂從此追隨，自無離合，詎料癸未冬某奉命督河，倉卒間不知所措，公涕泣贈送，夙夜綢繆，兩載中音問無旬日或隔。地雖異，情實同也。丙戌春，書來，謂冬間奏績，便復同朝，不意春杪長郎接武，公竟以病假。秋間，舟過青郊，與平舒密邇，循河趨送，甫登舟，見某鬚盡白，眼復病，不似當年。某又見公容消減，欲發一言，格格不能吐，遂抱首哭，哭同失聲，臧獲輩亦同爲之淒絕。是晚宿尊舫，對子若孫，竟夕不成寐。詰朝，賦詩泣別，道路傷心，此衷悽惻，數月間更無有不同者。丁亥春，某倖入都，公家居，善病如舊，兩閱暑寒，音書如織，三千里外恍同言笑。戊子秋，次郎登賢書，來邸，備悉近狀。今春，某歲偪懸車，早擬乞休，即可抵里門，與公同泉石，同盃酒，彷彿耆英，一慰未冬迄今六年之闊。二月杪，忽荷量移，二三好友來相敦勸，謂此時萬難遽假，不得已，勉留年許，再俟良緣。乃入夏抱疴，奄奄一息，倏傳來訃，喪我三十五年道同、遇同、甘苦同心之老友，枯淚頓乾，病腸幾裂。公雖瞑目，當亦曾念數十年同聚、同散、同樂、同憂，九原下亦同某一號慟否？

祭涵齋汪少司農

梁陰載缺，嵩構中傾。園荒梓澤，臺入芙城。賓從蕭條，北海之風流閴若；士林顚頩，西州之涕淚縱横。望繐帷而侘傺，顧華屋而怔營。

惟公天上麒麟，人間鸑鷟。出敷華而緯國，世賴名臣；入涵古而茹金，羣推尊宿。翳鳳皇與芝草，儷此文明；彼翡翠與蘭苕，讓其芳郁。蜚聲虎觀，奮翼鴻都。焰焰宵飛，光浮日下；熊熊旦上，彩徹雲衢。拜方丈清華之職，讀蓬山中秘之書。刺天而飛，脱穎而出。進直黄門，入簪白筆。人如任昉，彈文多報國之忠；學似宣公，封事得致君之術。司楚國之權衡，儲藥籠之參术。未出棘闈，先除卿秩。科條咸理，見馮翊之清風；夙夜維寅，守太常之齋日。張公之爲廷尉，惟允惟明；李浩之佐理官，讀書讀律。司光職蠧，無慙楊子之箴銘；京兆令行，較若鄭侯之畫一。洊登烏府，獨掌皂囊。藜藿風靡，殿驚有虎；梧桐日藹，岡聽鳴凰。遂昇華于民部，佐計相于巖廊。曳履星辰之側，乘船日月之旁。方期躋登鼎鼐，調燮陰陽。配勳名于夔契，輔元化于虞唐。

況乃彪外翢中，禮園義府。學者斗山，儒宗干櫓。堦前則蘭蕙齊芬，殿上則箕裘接武。橐筆明光，含香比部。固宜優游不死之庭，霑灑救時之雨。詎知運際泣麟，時丁賦鵩。珠斗晨寒，玉棺夜趣。舊琴雖在，悼音韻之銷沉；遺草常存，賸椒蘭之芳馥。天胡不弔，韋布壚傾；

人之云亡，衣冠巷哭。

某追步西清，希風已久；同官畫省，投分何深？情淡彌真，劉公幹之逸氣；形疎益密，周茂叔之沖襟。更因玉樹，都得金針。或溯淵源，認兩重之傳鉢；或緣摸索，感一日之知音。尤愛白眉，文如錦繡；每逢黄絹，珍若璆琳。何圖憶南皮之遊，已成昔夢；對西山之爽，不見同心。徒聞向笛，何處嵇琴；陟厥堂階，奠兹爵斝。今日生芻可束，敢辭徐孺之炙雞；他日宿草無忘，猶爲董公而下馬。

公祭涵齋汪少司農

嗚呼！二氣之秀，五行之靈。下爲河嶽，上則日星。其鍾于人，命世之英。魁偉鴻碩，應運而生。

於惟我公，世稱華族。唐宋元明，代多芳躅。雙溪里巷，人傑比屋。令德相承，聲光炳郁。迨我贈公，閥閲彌崇。八閩執法，功勒彝鐘。駟馬篤慶，丕振儒風。燕子貽孫，遺澤無窮。洎公之生，尤稱卓犖。髫齡矢志，聖賢是學。精言解頤，高談折角。楮蔚紅霞，毫飛繡萼。千言倚馬，萬卷蟠胸。搴香桂殿，奮翼南宮。廻翔金馬，益用磨礱。孜孜罔間，盛暑嚴寒。既擅三長，仍兼五絕。特簡梧垣，茂著風節。澄清吏治，表章前哲。訏謨讜論，鴻裁碩畫。播爲德音，垂諸史册。武闈分校，三楚掄才。冰壺朗映，雪鑑頻開。干城偉器，杞梓良材。得人之盛，譽滿金臺。帝眷日隆，官堦屢陟。歘歷卿寺，務殫厥職。其佐京兆，學政允飭。其典太常，祀事靡失。其在廷尉，明允篤誠。寧違衆議，法必持平。其領大官，矢志潔清。革除積習，纖塵勿攖。爰自京尹，晉秩烏府。厲角峩峩，輝映朝宁。簡任地官，平均國賦。宿弊盡蠲，私門永杜。溯九重倚畀，恩眷無涯。魚來文沼，硯錫松花。龍章累幅，靈藥三椏。珍爲世寶，爛若雲霞。蓋其公懿德，殆難枚舉。社稷是憑，天子所予。言物行恒，周規折矩。孝友婣睦，動罔或忤。至于里素學，一本周程。居敬窮理，實踐躬行。紫陽正脈，賴以昌明。望尊山斗，人仰裁成。瑶林繞砌，黨，尤篤恩義。既慮其害，兼謀厥利。倡僉醵資，剏垂成例。三十年來，鮮有遺議。玉樹盈階。含香視草，濟濟蘭陔。藜燈宵映，雁翼雲排。荀龍薛鳳，未足與儕。盛德日躋，純嘏彌偉。秉均宅揆，方期大任。云胡一病，遽乘箕尾。山頽木壞，哲人其萎。楓宸軫悼，相杵停春。典型凋謝，朝野洶洶。

某等夙披霽月，共沐光風。同朝繾綣，多所折衷。哀訃驟聞，五中如結。緬想生平，涕何可雪？有酒盈樽，有肴在列。式降几筵，歆此芳潔。

祭重慶鄭總鎮諱喬柱

大星朝隕，空餘梓澤之賓；高嶽夕傾，何處芙城之主？廻生乏祖洲之草，識報巢雟；續斷無弱水之膠，悲纏弔鶴。得不懷德音而惆悵，奠行潦而欷歔？

於惟先生，谷口家風，甘州族望。一門完節，焚良玉于岡頭；三世芳蹤，留劫灰于池底。貞魂有後，猛氣無前。骨肉則燕頷虎頭，三河年少；弓矢則吟猿落雁，六郡良家。棄繻出函谷之關，墨磨楯鼻；荷戟督臨洮之戰，米淅矛頭。將似孫吴，讓其後殿；勳如衛霍，推以前茅。未幾，上馮社稷之靈，下藉熊羆之用。驅麗譙之鸛，蛾賊成擒；布常山之蛇，鴉兒悉殄。樂名破陣，邑號受降。叙彼横行，不啻摧枯而拉朽；詔除游擊，固應擔爵以賞功。

乃復師出川中，鼓行雲棧。莫不同斯破竹，如彼建瓴。于是統甲士之三千，入參帷幄；副元戎之十乘，出寄腹心。嘉頗牧于同時，九重倚注；繼范韓而建節，萬姓歸投。召見行臺，試養由之百發；詳咨兵法，誦尚父之《六韜》。喜動天顔，身邀帝眷。玉符金券，開巨鎮于東川；犀甲熊旂，築將臺于西蜀。天分半壁，人倚長城。乃以久歷行間，遠違故里。頻上二宜之疏，將營獨樂之園。徵以安車，嘆伏波之未老；賜之名馬，表定遠之殊勳。然而乞身益堅，陳詞倍切。蒲輪歸去，橘顆蕭閒。戀江南之烟花，因而僑寓；聽竹西之歌吹，時復移情。

況乃回首芝蘭，有元方季方之長幼；繫心弓冶，傳學詩學禮之門風。或待詔于公車，重規疊矩；或揚名于太學，茹古涵今。固宜藥餌長生，逢碧雞之主簿；杯鐫延壽，遇白鹿之真人。方日恒而月升，豈鐘鳴而漏盡？何圖風驚夜燭，露盡朝陽。斯誠罷肆傾壚，野悲巷哭者矣。

某也慕累世之貞松，徽揚彤管；景將軍之大樹，神往青油。猶憶奉使成都，依帋蜀道。琴壺欵洽，瞻丹木于千尋；晨夕流連，挹清波于萬頃。洎乎觚稜再召，劍佩重來。坐對醇醪，喜音塵之如昨；迭爲賓主，歎金玉之彌純。豈知物换星移，遂使山頹棟折。因同蘭友，寄奠雲帷。溯疇昔之論交，冀幽明之來格。藺相如之壯氣，歷千載而應存；隨武子之餘風，歸九原而可作。

祭江補齋副憲

嗚呼！千尋壁壞，百尺樓傾。山空桂樹，臺入芙城。北海之風流闃若，西州之涕淚縱横。望繐帷而侘傺，奠絮酒而怔營。

惟靈胸着千年，名高九牧。代傳緋笏，知漢上之高門；世衍青箱，是醴陵之右族。論博贍豈惟五十八籤，推文章何翅三千餘牘？蜚聲鄉校，奮翼鴻都。製錦中州，文學兼乎政事；牽絲劇縣，循吏本乎真儒。頭銜類夫孔奮，腰笏比之易于。棠陰百里，薤水一盂。遂乃最報彤廷，名除黄紙。擢鳧舄之仙人，來驄馬之御史。虎視鷹揚，鸞停鵠峙。排雲披腹，帝嘉納牖之訏謨；向日傾心，人畏伏蒲之直指。資階崇積，寵畀重申。持斧則風清畿甸，熬波而澤被海濱。夙夜納言，方遷匭使；詩歌典學，旋格天神。既而晉秩宗卿，司天潢之譜牒；躋班獨坐，領憲府之簪紳。顯顯烏臺，有語言而必妙；森森白簡，非仁義斯勿陳。顧乃對張翰之秋風，每懷緑野；憶陶潛之時菊，遂去紫宸。息交遊而長往，唯水石之相親。至其彪外綳中，禮園義府。兄荀弟陸，推棃棗而無私；金友玉昆，吹壎箎而快聚。聯四海之敦槃，奉一堂之縞紵。爲能急難，鞭多窮訪之投；自分久要，劍憶故人之語。詎意一朝，竟成千古。

某等向共班聯，咸推冠冕。鵷行久聚，作同列之楷模；箕尾忽乘，阻曩時之談讌。人之云亡，天不與善。今日生芻寄奠，固應誄德而悲來；他時宿草驚心，將復過墳而涕潸。

祭謝浮陳少司寇

嗚呼！鳳凰占吉，嬀汭流長。聚星奕奕，箴仕鏘鏘。三台八座，阿大中郎。上卿亞相，元方季方。金芝匝砌，寶樹輝堂。或來橐筆，或入含香。望均顧陸，族盛袁楊。公生其間，顒顒卬卬。行守宫庭，言爲法式。古井無波，朱絲自直。裕兹瑚璉，光我邦國。行己潤身，孰如公德？

生而敏慧，早著聲聞。遺經循誦，種學殷勤。千詩百賦，秋月春雲。敷華緯國，孰如公文？一官翰林，再除贊善。勸講金華，光輔銅輦。荆棘跻升，星辰轉踐。出入凝嚴，孰如公顯？禮闈校士，洛下持衡。野苹召鹿，宫樹遷鶯。音問正始，朝得賢英。舉幽拔滯，孰如公明？赫赫中丞，門無干請。憲憲司寇，俗無豪横。執法法行，詰奸奸屏。陳力就列，孰如公正？平生忠信，晚節波濤。浩然去國，角巾方袍。秋山萬菊，廣水一舠。悠哉游哉，孰如公高？身隱林園，帝思耆舊。方春始和，值南巡狩。頒以寶書，輝其巖岫。天眷若斯，人宜眉壽。況在臧孫，傳經有後。五桂羅生，一則早秀。花縣鳧飛，麥畦雉雊。顧而樂之，松栢方茂。

玉棺遽下，丹竈未成。高臺斯壞，曲池坐平。月明華屋，雨濕銘旌。傾壚赴弔，罷肆哀鳴。

某等向飲醇醪，羣推冠冕。望比金鐘，道欽玉鉉。物换星移，風流雲散。誄德哀纏，臨文涕泫。嗚呼！昔爲同列，今隔九原。聲塵已寂，道義誰論？遥瞻門館，寄奠蘋蘩。神其來格，一鑒斯言。

祭檢討劉方齋

嗚呼！風驚夜燭，露盡朝陽。金刀掩鈍，玉樹凋霜。空餘北海之尊，賓朋零落；重過東山之墅，絲竹銷亡。望繐帷而侘傺，撫華屋而悽愴。維君質挺高嵩，才空京洛。凌雲映雪，管生江令之花；截玉雕瓊，賦對終軍之木。惟愁紙盡，擅韓潮蘇海之奇；寧患才多，負武庫書倉之目。瓊林奮翼，蓬島飛聲。廻翔中禁，出入承明。海上三神，渺然雲霧；人中一佛，籍甚簪纓。沈香授簡，拾翠聯吟。入深宫而賜宴，奪重席而談經。把金錐而鑿混沌，持玉尺以量才英。搜滄海之名珠，皆歸羅網；收金山之片玉，齊赴權衡。眷注殷勤，寵頒稠叠。蓬池魚鱠，擎自天厨；宫硯蟾蜍，賫從黄閣。不求公相之三槐，惟夢家山之雙莢。漳濱屬疾，遽棹歸舟；輞口賦詩，都藏行笈。若其履蹈禮園，趨蹌義府。承歡養志，念生我之劬勞；割宅分田，樂對床之風雨。許袁灌以弟昆，指原嘗而爾汝。哀矜鰥寡，在一死而一生；汲引單寒，每三握而三吐。于是經術相傳，早得克家之子；公侯必復，終高定國之閭。韓氏則材皆經緯，王家則器盡璠璵。荆枝榮茂，桂樹扶疎。固應優游歲月，嘯傲琴書。何假年之不遂，而與善之終虚。

某向交公幹，雅慕真長。自入方蓬，已與人以模楷；深慙糠粃，獨勞君以簸揚。嗚謙終吉，德音不忘。况乃鳳毛令子，犀角諸郎。溯淵源之傳缽，認通世而登堂。憶昔夢兮宛在，求典型其已亡。嗚呼！百身莫贖，古鮮其人；一慟不禁，後無繼者。是用頌厥平生，奠兹爵斝。今日生芻可束，徒懷孺子之炙雞；他時宿草無忘，猶爲廣川而下馬。

祭浙撫王中丞

嗚呼！大星忽隕，逝水不回。丹丘何處，綠野虚開。負延陵之古劍，傾稷下之高臺。人過殘碑，爲羊公而泣下；民依舊樹，思召伯而悲來。草野頌其遺愛，簪紳惜其公才。得不共陳詞于館舍，冀降饗于罇罍。

惟公星象儲精，山川受氣。樓臺鼎鼐，南牙地位夙高；金鐘大鏞，西第人門絶貴。塤篪八座，身依日月之光；堂構三臺，手擅鹽梅之味。家傳雀印，器盡璠璵；巷號烏衣，材皆經緯。故其敦詩説禮之名，傳諸虎觀；濟世安人之略，顯自鴻都。製錦名邦，政事兼乎文學；牽絲劇縣，循吏本乎真儒。矯矯清風，庭惟一鶴；英英仙吏，舄自雙鳧。不卑小官，三仕而爲邑宰；將降大任，一飛而上天衢。難弟聯翩于郎署，伯兄爕理于中樞。題柱擅田郎之物望，對床得韋氏之歡娱。五馬之官，雙旌出守。光朝燭野，方有詔以徵黄；截鐙留鞭，欲排雲而借寇。往司傳命，置郵誦其仁；兼典敖波，商賈安其富。

乃二月之暄妍，當六飛之巡狩。迎鳳艒而宣勞，望翠華而奔走。慈愛之譽，旋達宸聰；豈弟之聲，默邀神祐。平日羔羊之節，清畏人知；此時鸞鳳之書，恩由帝授。遂執法而明刑，且峨豸而衣繡。憲司平允，三齊逢見晛之時；方伯巡行，百粤改文身之舊。于是國人曰賢，望之如歲；天子有詔，望以濟川。開府斗牛，手握風雷之令；建牙吴越，身兼將相之權。宣布六條，霜稜遠憺；準繩百吏，水鏡高懸。綵棒嚴明，數千里不驚枹鼓；萑蒲寧帖，十一郡各就里田。酸心瘥札之民頻加撫字，蒿目流亡之屋數請賑蠲。天皆補幹，物盡陶甄。乃繫情于蝦菜，願投老于林泉。昔分南顧之憂，鞠躬盡瘁；今遂北歸之請，有命自天。

若其春秋霜露，猶是兒啼；箕冶弓裘，無慙世德。雍雍沼雁，姜家大被之歡；濟濟原鴒，楊氏同盤之食。仁如伯道，撫亡弟之遺孤；心鄙陸生，分羣兒以美宅。遵清簡寬簡之御書，守文貞文靖之遺則。何圖麟鳳之衰，遽值龍蛇之厄。

某等附通門于孔李，藉餘蔭于趙張。風月江山，主領向歸喬木；田疇子弟，帡幪盡恃甘棠。鶴去無歸，念五紽之軌範；鴻飛不復，增九罭之悽涼。是用共陳薄奠，肅拜儀床。惜典型之安在，計直道之未亡。遥知一罷村舂，齊哭文翁之廟；更恐重聞隣笛，忍輕董相之莊。

祭道園戴宫允

嗚呼！日斜庚子，歲在龍蛇；源枯淮泗，嶽圮嵩華。問梓澤兮宛在，望芙城其已遐。麈尾何歸，劉尹于焉太息；虎賁空對，孔公是以咨嗟。得不撫琴亡而隕涕，值腹痛而廻車。

維君世受青箱，家傳絳幄。搖毫弄戟之歲，識貫天人；摛文對日之年，語驚尊宿。豈還獨步江東，實足空羣冀北。于焉鴻都奮翼，虎觀飛聲。廻翔中禁，出入承明。海上三神，占清高于地位；人中一佛，標風雅于簪纓。沉香投簡，拾翠聯吟。入深宫而侍宴，奪重席而談經。玉硯流香，頒從鸞掖；珠毫洒翰，捧出鳳城。

遂乃上黄扉而奉丹詔，載六纛而建雙旌。採泮水之芹藻，秉幾輔之權衡。得士三千，滄海釋遺珠之恨；去天尺五，荆山抱鑒玉之情。道比關西，槐市望雲霓之集；羣空冀北，戟門喜桃李之成。

至若戹阸養志，杯棬思親。新穀既升，哀纏行路；《蓼莪》廢讀，酸感門人。同氣有姜肱之樂，疏宗傳汜毓之仁。枝無窮鳥，轍鮮枯鱗。德由日積，福自天申。員半千子弟能賢，皃將飛于赤縣；何第五詩書克繼，鴻已漸于成均。固宜入郡觀風，長作膠庠之化雨；三年報最，永爲聖主之賢臣。何乃王事賢勞，旋摧風燭；遂使士林憔悴，共惜霜椿。

某生同鄉國，道叶金蘭。嘗從文酒之場，醇醪有味；每共冠裳之會，古井無瀾。物换星移，季重之舊遊零落；風流雲散，子山之壯志凋殘。嗚呼！百身莫贖，古鮮其人；一慟不禁，後無繼者。是用溯厥平生，奠兹爵斝。今日生芻可束，敢辭孺子之炙雞；他時宿草無忘，應爲江都而下馬。

祭趙贈君

嗚呼！儀型不作，空思有道而咨嗟；耆德云亡，每念哲人而歎息。東皇何在，迢迢路遠青城；南極徒懸，渺渺雲歸碧落。豈獨緬懷燕翼，悲填孝子之胸；抑且追慕鴻猷，淚灑知交之目。

於惟贈君，支分京兆，譜出營平。早負俊才，世頌顧厨之號；幼多至性，人傳曾閔之風。淡漠名場，傅介子棄觚而自奮；遨遊列國，端木氏結駟以遄行。陶地四通，獨善朱公之策；楚人一諾，長輕季布之金。聚百口而同烟，合三宗以待爨。時逢認馬，不妨徒步歸來；即遇盜菘，翻欲奉身避去。是以渴求識面，不特李邕；而願卜爲鄰，匪惟王翰。金昆玉友，方鵲起於一堂；驥子熊兒，將燕詒於百世。信仁人之有後，知盛德之克昌。長君奏功，少嗜縹緗，雄辨早驚前輩；長工鉛槧，高名遠邁時賢。衣染緑楊，譏排紅杏。初含香于畫省，共服寅清；繼襄管于容臺，羣瞻黼黻。而翁則推恩愈篤，樹德彌深。攜厨帳以勸婚，贈麥舟以助葬。頻年焚券，春滿窮簷；到處解衣，暖生寒谷。西京耆碩，多推仲舉爲端人；東洛名賢，咸服彥方爲長者。德誠厚矣，名豈誣哉！方期臺垣遷秩，奉鸞誥以承歡；仲季聯鑣，迓龍章而戲綵。奈何星寒箕尾，忽驚泰岱之頹；斗隕珠芒，羣訝喬松之仆。六橋花柳，樹樹秋聲；三竺峰巒，層層暮色。看荀龍之淒楚，未免傷心；覩謝鳳之摧哀，能無隕涕？

某興思懿躅，景仰芳規。誼屬通家，愧製展禽之謚；居還同郡，願題郭泰之碑。竊欣玉樹盈堦，可卜熾昌於五世；所幸芝蘭繞室，應將含笑於九原。漫賦八哀，望雲裝之暫賁；謹陳一束，期仙趾之遥臨。

祭同學侍御張昆詒

嗚呼！望重蘭臺，封事方騰於金馬；歌傳蒿里，靈符遽下夫玉魚。憶歲月之幾何，痛幽明之倏隔。朝傾柱石，爲巖廊重惜之人；野想斗山，尤吾黨難忘之友。所以都亭執紼，淚一灑而幾傾；故里憑棺，腸九廻而更裂。嗟乎已矣，奈之何哉！

惟我昆詒張君，清河華胄，東海奇英。仁孝本於性成，友恭由於天授。方終軍之弱冠，蚤工奇木白麟；當宗慤之妙齡，即志乘風破浪。猶憶虞卿座上，追思張緒當年。共羡洗馬之神清，快識士龍之才俊。乍看摇筆，驟駭湧泉；旋覩傾箱，還驚霏雪。而況薛氏盡人是鳳，荀家何一非龍？凡君伯仲之同堂者十人，與余弟昆之共硯者九輩。君真畏友，原殊高弟之班；予豈人師，謬忝先生之號。奇文共賞，抒懷於晨風夜月之間；微義相參，結契於流水高山之外。

兩心相印，甘苦攸同；十載云遥，寒暄倍篤。逮題名於蕋榜，棣萼聯輝；尋馳譽於杏林，椿萱並慶。初來製錦兖東，德化無雙；再試鳴琴冀北，治平第一。雖龐士元之展驥，非徒百里之才；而宓子賤之烹鮮，已奏十年之績。歷司校士，咸慶得人。春華與秋實兼收，才空齊右；東箭與南金並美，頌滿燕臺。爰上最計之章，用下璽書以召。非兹廉吏，莫任銓曹。劉毅風稜，分晰百僚清濁；蘇公冰鑑，權衡一代妍媸。允推啟事之金繩，楓宸色動；特染題屏之御墨，栢府聲高。補闕綸扉，仲山甫遺徽未遠；拾遺禁闥，汲長孺直節重聞。總馬行行，豪强因而斂手；埋輪獄獄，貴戚爲之濳踪。方謂虎豹在山，獨立螭頭而簪筆；豈期龍蛇交厄，竟騎箕尾以乘雲。别君歸里而重行，將慰兩年契闊；冀我抵都而先逝，忽爭六日差池。慟想音容，已同隔世；悲思笑語，竟在何鄉？況乎赤棒空懸，不見皂囊之佩；烏臺闃寂，無聞白簡之彈。誠爲當代傷神，寧止私交隕涕。所幸赤水龍駒，意氣獨高湖海；丹山雛鳳，文章自足風雲。玉映珠輝，蘭馨芝茂。誠有後矣，亦何憾焉？

獨念某潦倒陳人，徘徊舊侶。依依如昨日，彈指五十餘年；落落若晨星，傷心二三知己。當時共學，無非道義漸摩；晚歲同朝，更以忠貞砥礪。典型忽謝，景仰奚從？用痛惜乎人琴，空興懷于杖履。誰其似者，望虎賁而不來；我所思兮，效驢鳴而自去。情深一奠，慟極千秋。

祭同年督學蔣凝齋

嗚呼！泰岱峰頹，孰㕓高山之景仰；長淮澤涸，疇知學海之淵源？慨文教兮淪胥，百身莫贖；嗟典型兮凋謝，多士奚從？况元伯云亡，誰爲知己；而鍾期已逝，無復賞音。能不憶杖履而神傷，撫人琴而淚滴也哉！

於惟凝齋蔣公，九侯垂系，五葉傳經。孝友格天，不羨竇家玉樹；典墳儲腹，奚誇馬氏白眉。驥種羣推，龍門共企。庭既盈乎縞紵，僕亦附于金蘭。聽雨情深，每聯床而醉讀；凌雲氣壯，輒奮袂以雄談。迨夫宴賦鹿鳴，君果着鞭先赴；幸而名題雁塔，我亦踵武同登。自愧摛毫於東觀，旋欣給札于西清。簉羽槐廳，彩宣鳳藻；燃藜芸閣，輝映龍綈。顔之推博極羣書，名標丹陛；岑之敬雅工詞筆，望重黄扉。分校京闈，徧掇琳瑯之器；持衡粤嶂，廣栽桃李之姿。由是譽滿楓宸，題芳名于畫省；忽焉訃傳萱幄，竭哀悃于慈幃。既而補秩冬官，功高奠乂；陞階秋署，德重平反。爰錫命于九霄，俾衡文于三楚。奈捧檄者寵誥方膺，而望雲者哀音倏至。撫庭椿而嗚咽，慟感棲烏；攀墓栢以悽愴，悲驚伏兔。于是亭生孝笋，黨隣共服其孝思；繼且宅湧忠泉，朝宁咸推其忠藎。再司文柄，重任荆鄉。拔江漢之英材，總屬楩楠杞梓；羅郥襄之奇駿，無非騏驥驊騮。八郡方完，湖北偏知人之譽；三年未半，湘南望宗哲之臨。翹首台旌，傾心絳幄。夫何丹鉛猶在，方評甲乙之編；碧落永歸，竟厄巳辰之紀。悵真儒之不作，悼大雅之將亡。夔子城邊巴東西，啼歸戚戚；羊公碑下湖南北，淚墮依依。豈徒痛切《蓼莪》，長抱九原之恨；憂深《棠棣》，轉淒八月之涼已耶？

某金石交慇，葭莩誼篤。都亭握手，甘苦如同一家；旅館談心，寒暄不隔三日。乃雞鳴禁陌，二十年共看晨星；而雁斷衡陽，三千里驚傳朝露。奉文仲事君之教，但有淒傷；憶張堪知我之言，能無愴感？所幸晚年式穀，砌繞芝蘭；同室孔懷，樓攀花蕚。閫内擅和丸之訓，彤管流徽；庭前都珥筆之英，青箱濟美。斯文未墜，口碑之衡鑑獨公；盛德必昌，手澤之詩書永紹。敢陳情于三爵，庶含笑于九原。

祭宋冢宰漫堂

星暗三台，嘆賢臣之忽逝；山摇五嶽，痛碩輔之云亡。九重聆訃而咨嗟，臨朝輟講；四海聞哀而震悼，哭巷停春。神理茫然，從此百身莫贖；勳猷宛在，空教萬禩難追。

原夫宅土開商，賓王祀宋。歷周秦而曁漢晉，棨戟盈門；閱唐宋而迄元明，簪纓世第。逮興朝之定鼎，爰佐命以調元。績著旂常，恩垂閥閱。公則鍾崧高之秀，名世重生；挺洛下之英，元勳復繼。伊陟爲阿衡之子，世篤忠貞；丁公乃吕望之兒，仍留宿衛。初因任子，入作從官；繼易文階，出爲通府。便篮望郎之署，聲溢含香；旋膺觀察之符，化行露冕。陟臬司于山左，欣看草茂圜空；晉方伯于江南，快覩禾盈室阜。特申簡命，作鎮雄藩。當其秉鉞洪都，江以西戴二天春色；既而建牙吴郡，淮之南布一路福星。郇伯重來，雨潤當年芃黍；召公復茇，雲蒸昔日甘棠。利既咸修，半壁仰同慈父；弊無不剔，兩江奉若神君。樹屏翰者十年，荷生成如一日。加以才資英特，經術閎深。朱齡石百札俱飛，無憂旁午；劉穆之五官並用，莫溷刀丁。酷嗜圖書，裁珊瑚而作架；雅躭墳籍，製玳瑁以爲簪。縑帙連雲，名踰七畧；牙籤耀日，富軼五車。是以紙貴詞壇，幟標藝苑。滄浪亭畔，揮毫收月露之奇；笠澤湖頭，把盞狎禽魚之趣。提衡經簏，體超兩漢以前；領袖騷篇，格在六朝之上。乃至掘門寒畯，皆將寵以聲華；雖在委巷窮儒，不惜丐之談論。蓋綜其政事，卓然韓范齊驅；而覽厥文章，偉矣歐蘇再覯。昔者六飛臨幸，萬國歡呼。一而再，再而三，楚尾吴頭，競識聖顔有喜；庶者富，富者教，黄髫白叟，争逢天笑爲新。隨沐恩榮，酬汝藩宣之績；數承顧問，眷兹保障之勞。顧以恬退爲心，滿盈是戒。臣云耄矣，筋力奚堪；帝曰欽哉，股肱斯託。洊陟九卿之長，用伸六計之條。甄别賢豪，不數當塗毛玠；澄清流品，遠踰典午山濤。此真壽國元公，康民耆輔。備《既醉》之福五，達天下之尊三者也。

既乃抗疏求退，屢牘引年。歸榮晝錦之堂，旋結耆英之社。留連丘壑，髣髴平泉；瞻眺亭臺，參差緑野。林下之高風轉勝，家居之樂事偏多。頃以節屆成天，慶逢週甲。偕五更而獻華祝，率三老以效嵩呼。寵眷特隆，當宁親加爵醑；褒崇獨至，少師禮絶臣僚。服官政六十餘年，恩流陬澨；赴中書二十四考，名勒鼎鐘。方謂尚父之佐三朝，人欽耆舊；畢公之相四世，天錫壽祺。乃訣授庚申，忽駕軒車以謝世；而數窮辰巳，竟騎箕尾以歸天。朱邑祠前，空有招魂之客；羊公碑下，還聞墮淚之人。所幸芝茂蘭馨，珠輝玉映。伯也兩浙衡文，海内奉大蘇之學；季兮三都作賦，宫中知小宋之名。叔子作翰西川，治績行追張趙；諸孫策名上苑，文聲籍甚鄒枚。奕葉争榮，九原殊慰。

侍某情深世講，誼篤通門。宦遊輒復同方，行止恒如一轍。謬膺督學，時聚首于靈岩震澤之間；承乏司農，更同心于鷺序鵷班之内。佩服事君之教，感懷知我之言。公既請假于前，予亦乞休于後。方違兩載，共想三秋。幸踏千山，同呼萬壽。重開罇以話舊，嘯咏晨昏；暨判袂于臨岐，徘徊信宿。豈意硤川乍返，驚聞嵩嶽長頽。雪縞梁園，攀旌無自；風淒睢水，執紼奚從？謹陳蒿里之詞，敢望雲裝暫賁；聊作溪毛之薦，庶祈仙步遥臨。

祭勞副憲書升

嗚呼！久而始定，直聲偕日月以争光；後必可傳，正氣挾風霜而俱厲。蓋經天爲星辰，行地爲河嶽，生固可與相參；而立身有功德，報國有文章，殁更並垂不朽。

於惟先生，系本勞山，祥開語水。世衍貂冠之緒，家綿鵲印之禎。早歲傳經，羣稱琬琰；髫齡握管，户誦珠璣。奮跡龍門，偉矣名高五絶；蜚聲虎觀，卓哉史擅三長。勝踞瀛洲，輝增藜閣。既而持籌民部，佐禮容臺。懸冰鑑于南江，楚尾吴頭，收盡楩楠半壁；持玉衡于東國，齊疆魯界，網窮騏驥千羣。由是當代大賢，薦推第一；斯文鉅匠，頌滿無雙。乃宗工報最之辰，適邊徼需才之會。桂林象郡，逆黨鴟張；越雋牂牁，妖徒豨突。幕下屯戊己之尉，時警烽烟；軍中聞庚癸之呼，人憂饑饉。當此扶危濟險，正恃長才；不遇錯節盤根，曷彰利器？先生轉漕千里，折衝歸掌握之中；飛輓三軍，奏凱在指揮之頃。馬騰士飽，氣壯珠厓；兵悦民安，勳恢銅柱。

于焉沐温綸于吏議，旌節纔移；荷特簡于宸衷，鋒車獨召。陟司喉舌，旋督逋逃。石慶服太僕之官，天閑孔阜；叔孫凜奉常之職，典禮攸崇。佐廷平而定國門高，參京兆而王尊澤遠。兩監棘院，庇廣厦者萬千；七度銀臺，沐鴻施者八九。晉僉烏府，頻挾皂囊。乞民命于行宫，圜無滯獄；酌軍需於積貯，户有餘糧。爰擢副乎臺綱，俾勗持夫憲紀。剛風益勁，亟欲旋乾而轉坤；烈膽彌張，不惜攖雷而掣電。讜謨雖激，忠悃已伸。遂乃息影岩阿，殫心著述；潛踪丘壑，絶意勳名。幸逢聖壽無疆，共覲天顔有喜。玉堦傳賜環之命，慶溢彈冠；金枝崇執爵之儀，榮踰納履。懷羹食德，方期調味于鹽梅；捧硯啣恩，尚欲書功于鐘鼎。

天胡不弔，人忽云亡。約指生平，總潔身以奉國；緬懷梗概，皆移孝以作忠。怡志椿萱，推恩桑梓。其造士也，選舉盡屬卿材；其陳謨也，激揚皆關國計。其奉職以勗勸也，遇事奏誠民之績；其歸田而紀述也，隨時抒戀闕之忱。古鮮其儔，今誰與匹？山頹星隕，固四海所同驚；鳳杳麟亡，實千秋所共慨。

侍某倖邀前躅，獲踵後塵。當年握手巖廊，欣承謦咳；此日乞身泉石，悵隔音容。幸也蘭桂盈堦，羨青箱之克紹；兼之縹緗滿架，快黄絹之猶新。杖履如存，儀型宛覿。敢效溪毛之薦，仙蹕祈臨；併陳蒿里之詞，靈斿望賁。

祭禮部侍郎徐蕢村

山川氣象，自開宇宙以來；文字光華，原軼星雲而上。巍巍天目，盤礴鍾靈；鬱鬱仙潭，清漣毓秀。以故太和長保，容碩德之樂天；大雅獨扶，任耆英之匡世。既稱人瑞，實秉國楨。乃韋氏少翁，方遵時以調鼎；而蘇公鉅手，竟乘化以騎箕。天不憖遺，吾將安倣？

如公生爲麟種，系本騶王。見天而晴駭其青，墮地而胞驚其紫。聽騷便熟，早煎屈宋之香；食古甚酣，偏嗜歐蘇之味。行衷于倪劉，前輩督學者目以大儒；文賞于龔徐，鉅公採風者傳爲絶調。

迨夫聯登蓬島，已臻知命之年；遥望萱幃，還戀承歡之日。南陔築舍，煦煦一亭；北牖舞班，依依十載。既而勉遵慈命，晉陟成均。雲擁橋門，乍見鱣啣堂下；風清碧沼，仍思鯉躍江頭。亟欲陳情，忽驚哀訃。斯時也，白髮間關，不顧途艱冰雪；墨縗卜兆，奚嫌俗忌干支？長傍松楸，實忘圭組。然而江南老名士，荷特褒而傳詩禮者，既接蓬瀛；閣内大文章，承師錫而勷典謨者，還推山斗。爰擢司成之舊席，旋膺侍讀之温綸。講幄重咨，京闈特簡。前兹分校，二十八士無非繡虎雕龍；今日主司，一百餘人概似隋珠趙璧。羣空冀野，頌滿燕臺。雖招異己之疑，愈篤承天之寵。

顧乃補陔纉綣，懷白燕于新阡；卻軌逍遥，契青松于舊圃。遂爾筆床茶竈，陸天隨散跡林塘；書卷畫箋，米元章汎舟烟雨。追味烏巾之釀，若下同醺；肆聆霅耳之聲，前溪罷曲。此間足樂，所在實多。然公伏處名山，仍籌國計；流連勝地，彌篤天倫。策水利以安瀾，賑民饑而鼓腹。圖傳二老，惠徧六親。序年譜而痛先型，贈麥舟以濟寒士。心滋戚矣，誼何隆焉！而且惜陰則似陶侃，稽古更倍桓榮。解經饒娓娓之言，談史抗觥觥之象。文體自周秦而下，百家之籍胥編；詩篇則漢晉以來，三唐之音備録。興居隨寫，常憶白蘋紅蓼之間；聞見悉抄，竟忘黄髮蒼顔之際。含咀盈腹，何殊墨海弘濤；著述等身，不啻詞峰宗岱。所以屢邀宸眷，凡三錫于巡遊；特貳秩宗，致九遷于覲謁。伏勝在草廬授簡，彼或似之；鄭崇拜白衣尚書，斯較踰矣。

又況老去彌康，寵來滋渥。司空奉表，方抒終養之情；御翰叠頒，復錫壽祺之榜。從此一堂歡讌，共五福于洪疇；奕葉榮光，永三多于華祝。晦盈蘭蕙，花咲長春；堦繞琳瑯，樹輝喬嶽。修琴叟接踵而前，采藥翁比肩而進。人倫最樂，名教真榮。何圖玄亭之草跡未乾，緑野之哦音頓杳。修文天上，還想杖藜；問字人間，奚緣載酒？既一值龍蛇之厄，康成之書帶皆枯；倘再逢羔雁之施，和靖之吟香誰繼？要之公於五袠前也，推騷壇之宿將，標駿望於寰區；其在六旬後也，媲洛社之名臣，豎鴻儀于天壤。考祥已備，貽澤何窮？侍某倖步後塵，久欽前躅。曾於去冬之暮，特訪畫溪，獲親謦咳。冀德輝之時覿，忽凶問之驚傳。怛矣摧肝，潸焉雪涕。雖庭崇玉樹，頌繡衮者，行藉藉以增榮；而笥積瑶編，讀《蓼莪》者，將哀哀其欲廢。則九齡錫兆，更安從城北之公；半月名泉，恐長斷州西之路。

祭胡大司寇南苕前輩

文章彪炳，非無本而宣華；名節嵬峩，豈狥聲而鮮實？惟漱泉於祖硯，硯海泉飛；更映雪以父書，書田雪積。故能席一家之組繡，貫串百家；抱蓋世之經綸，輝煌累世。於惟先生，姿稟清妍，襟期磊落。蘊花潭與蓼渚，秀甲人間；憑烟浦與畫溪，囂屏度外。早工綺密，反慮才多；妙製英奇，只愁紙盡。矧比家聲於河北，奚啻崔盧；若徵才子於江東，直追王謝。故爾射策殿廷之上，弁冕爭誇；校書館閣之中，縹緗最次。曾掄材於鳳闕，鑒徹冰壺；遂珥筆於螭坳，光摇玉陛。金匱石渠之奥，無檢不修；琰碑帛祝之隆，何儀不贍？凡膺鉅典，稔知在上云何；縱屬微言，似捨斯人不可。然而官無定例，借講讀以暫歷京堂；事樂逢源，閲寺司而復還秘閣。其間一驅紫塞，三扈滄江。規畫行間，内顧問身依日月；劻勷道左，行秘書手摘星辰。旋從禁闥，特亞夏卿；創設巨圖，雄陪大閲。杜武庫胸羅甲仗，多是詩書；馬伏波指畫山川，無非衽席。

而且春監鎖院，秋總翹闈。因貳禮而釋副兵，實文通而收武達。推諸祭川禱嶽，遥繕龍章；旌孝褒忠，肅頒鳳誥。陸敬輿絲綸獨握，何多讓焉；張燕公喉舌常司，無難幾耳。嗣此銓衡佐理、方師善啟山公；未幾欽恤專揆、直拜嘉謨皋士。明非舉燭體祥，刑而矜屬三千；惠乃樹雞趑肆，宥而活人五百。爰謀窀穸，拜表拳拳；敢憚馳驅，還朝汲汲。詎料白雲未補，遄赴白雲之鄉；丹筆尚懸，忽傳丹筆之訃。大廷輟講，曠野無謠。慨斯酒幔茶檣，氣皆蕭瑟；憐彼舞衫歌扇，情亦淒涼。洵大雅其頹，而素秋是凜已。向使乞假不堅，卜阡稍緩。《蓼莪》徒廢，千百歲亦何安；《葛藟》足悲，十七棺其焉托？今乃義不遺親，愛惟同敬。迓黄腸之歸櫬，共哀負土仁人；望丹旐之殊銜，交頌銘鐘大老。又況藍田種玉，何必多英；驪穴探珠，祇須一顆。冢君公輔之器，詎待虔刀；賢嗣弓冶之傳，夙誇起鳳。清芬氣象，宸眷猶殷；安定規模，宗風自振。

所恨某與先生，蓬山接武，藜閣聯輝。在同館則附後塵，坐一堂復資前席。南宫契合，還思西省之清；玉署銜兼，等笑冰廳之冷。既而乞骸先出，離緒云多。幸萬壽之趨朝也，御柳開衙，鵷行復集；宫花連幄，鱗次重瞻。瀛壺之讌皆仙，羲昊之天不老。酒痕並染，豈惟粘學士之袍；果核紛攜，大抵滿醉翁之袖。某仍謝去，公亦假旋。松城之薤露預歌，雲路之驪駒又唱。奈何哉！登龍轉眄，廻鶴驚傳。前溪之曲既終，餘霅之聲不改。試問烏巾山下，灌美釀而奚從？但尋明月硤邊，溯遥情其如素。

祭閣學顧秋崖

嗚呼！魁芒晝隕，色黯丹扉；珠斗宵埋，光沉黄閣。廷咨啟沃，羣興鼎覆之哀；野失儀型，共切山頽之痛。況乎喬同梓喪，蓬島茫茫；鳳共凰殂，鸞宫寂寂。撫肝欲裂，揮淚奚傾？於惟先生，金粟高風，華陽雅望。識兼三史，推公輔之弘才；學貫九經，負巖廊之夙譽。珠樹交輝於玉陛，手探宫花；珊鞭並聘於鴻衢，名居鼎足。讀書中秘，搜《三倉》《七略》之茂；視草清班，備秋實春華之妙。爰入黄扉之引薦，遂趨紫禁以揮毫。收星河之彩於雲間，霞凝張草；寫雲漢之章於楮上，墨擁江花。深沐主知，屢霑天眷。山左爲人才之藪，帝曰誰堪；學使乃制藝之衡，僉云君可。冰壺朗映，開岱宗冰鏡之輝；玉尺高懸，焕闕里玉麟之色。值桃花之初放，正鸞路之南巡。采輿誦于泮林，風清棫樸；拜宸章於冰署，日麗椿萱。臣位靖共，君恩稠叠。命自天而三錫，人與地其雙清。擷子史之精華，吮毫欲腐；耐寒暄之蒐討，奉職惟勤。聯晉宫僚，特膺簡在。御試賦材于上苑，君司文柄于西秦。思酬聖主之言，寸丹自矢；懼辱衰親之念，尺地難安。懸明月之一鈎，嘘清風于半榻。盡收名士，咸云坐有歐陽；敬讀賢書，羣服人皆司馬。駿聲洊重，寵命頻來。曳履鸞臺，佇看經綸偉畧；彈冠鳳閣，行登台輔崇階。爲吉士之羽儀，作羣仙之領袖。時勤講習，俱成東觀之英；人樂甄陶，盡入北門之選。固中朝之所屬望，而海内之所具瞻也。是則顯榮名于人爵，巽命重申；快樂事於天倫，高堂具慶。鳳池接翼，棣蕚聯芳。科甲分鑣，咸籍同登于珠榜；絲綸世掌，談遷共直于玉堂。且也，恩蔭寵頒，銀臺需次。英姿卓犖，將誇季子龍驤；秀質高奇，佇見文孫虎炳。方謂堂前舞綵，奉表陳養志之情；膝下含飴，上壽唱將雛之曲。誠一門慶集，萬口歡騰者矣。

而乃隙駟不留，靈椿頓謝。甫報三年之愛，正值萬壽之歡。因赴闕而祝九如，復逾年而侍三殿。爰念賢能之著，遂有疏濬之咨。相土渠邊，勞同鄭國；負薪河畔，忠比王尊。其利溥哉，允藉隄防之績；臣力竭矣，用酬高厚之恩。何意序屬暮春，忽抱西河之痛；時更初夏，更興東海之悲。遲日上花磚，將論思之誰屬；薰風摇蓮燭，更輔弼之奚需？況其駕鶴而遊，方失箕躍；何遽乘鸞而逝，復墜婺星。歐陶之懿矩頓亡，鍾郝之徽音不再。天心不惠，人痛何窮？嗚呼！龍鍾衰白，思愛子其不歸；躃踊諸孤，慕嚴君而莫睹。以至分甘懷内，已少一人；啼血幃中，空增萬感。此朝野所以失望，遠邇爲之生哀者也。

某姻比朱陳，交同張范。向也太翁名德，曾齊北郭之盟；今而仲子清標，更重東床之雋。而乃哀音叠至，凶問頻聞。正悼騎箕，即悲入月。仰彦先之詞藻，悵也何如；想元歎之風猷，邈焉其杳。捐賓官舍，既撫含視斂之無從；歸櫬故鄉，惟束帛生芻之將意。神其來格，鑒此悃忱。

祭楊藩臺

薇堂月冷，空思屏翰之勳；棠芰風淒，誰嗣保釐□□。撫殘碑而淚下，人憶羊公；對舊樹而悲來，爭思召□。□□同悼，朝野銜哀。

於惟我公，雀館開祥，鱣堂集慶。□□□國，誇學士之名門；清白傳家，推關西之望族。萃□□□累葉，銀青金紫之華；垂勳伐于興朝，附翼攀鱗□□。□公，瑞鍾麟趾，美繼鳳毛。堂構光聯，纘前修而振武；冠裳輝接，紹世德以流芳。鳧舄初飛，牛刀劃奏。篆兼劇邑，理絲無慮紛糾；地值衝衢，利器正宜盤錯。爰捧河上之檄，遂親捍築之勤。載月戴星，履隄防于波畔；梳風沐雨，督畚挶于水濱。廻一帶之狂瀾，河渠寧晏；蒙九重之清問，奏對詳明。數語褒嘉，快聽德音叠下；五言宣賜，爭驚宸翰飛來。允矣偉才，膺兹殊寵。繼書柱題輿之美，逾賜金增秩之榮。

嗣即公薦交章，帝心特簡。陰膏沛股肱之郡，日暖淮陽；清霜飛參井之墟，風行山右。爰報績于廊廟，遂秉憲于洪都。總轡遄臨，九江肅澄清之氣；豸衣蒞止，百城瞻風紀之尊。乃以激濁揚清之望，晉操軍儲國計之權。江右冰壺，移來江左；持平玉尺，特寄持籌。周知補瘡剜肉之情，悉除剥髓椎肌之慘。德共靈巖並峙，澤隨江水同流。乃劉尚書出納精明，能使鴈鴻無擾；而蕭相國轉輸勞瘁，致令星祟來侵。岧嶤峰頹，空有招魂之客；長淮川涸，惟留遺愛之碑。朝失名臣，民離慈母。嗚呼痛已！

某也，居蚡檝蔭，情切莩親。廣福河堤，共酌綢繆之策；翠華閱視，蒙採引薦之辭。遡數載之辛勤，坐懷明月；悵多年之契闊，寤想清風。既而節駐三吴，手平九賦。方謂地連帶水，可握晤于虎丘；何意人去瀛洲，終分攜于鶴馭。盤桓胥嶺，徒託空談；躑躅河濱，頓成昔夢。心之悲矣，傷如之何？虔陳菲奠，庶冀神歆。并展蕪詞，聊申哀悃。

祭龔侍御

嗚呼！蘭臺一去，大雅云亡。蕭條緒柳，悽惻琴牀。黄公罏畔，謝墅山房。詩情未了，酒債疇償？風蒲黯淡，梅雨淒涼。惟公弱冠，才比鸞凰。風流王謝，門第金張。太常勳業，積厚流光。毓靈鍾秀，芷郁蘭芳。如圭如璧，金玉其相。以南以雅，追琢其章。學窮五庫，書富三倉。在昔方伯，式涖南邦。招集英俊，跌蕩文場。玉玲瓏閣，紅菡萏莊。題襟投紵，冠蓋相望。迨公之才藻，四座激昂。高飈壯采，踔厲冠裳。揮豪削素，嚼徵含商。清詞麗句，遂遍四方。公筮仕，才力精强。神鋒是斂，道術是將。初官駕部，政聲煌煌。榷關南海，使職克襄。望隆遐邇，名動廟廊。遂遷御史，蹇諤朝陽。獻可替否，無怠無荒。官守言責，猷業彰彰。功名得失，亦又何常？我所重者，公之器量。方公貴寵，不卑不亢。洎乎閒散，而吉而康。閒閒十畝，地近郊塘。榜曰田居，雅志所尚。農師老圃，晨夕相羊。或從舊雨，酒陣文觴。興酣摇筆，聲韻鏗鏘。性勤著録，六籍丹黄。經經緯史，靡不參詳。遇事敢言，明決不爽。羣疑衆難，獨挈其綱。掀髯抵掌，淋漓慨慷。雖招嫉忌，夫復何傷？初終一致，出處偕臧。夫何遘疾，遽罹災祥。東山不起，逝水茫茫。爰悲朝露，爰惜秋霜。

某交同孔李，誼切貢王。緬懷言笑，勿諼勿忘。忽聞溘逝，薤歌斷腸。幸公有子，玉立琳琅。紹聞衣德，永世克昌。生芻一束，誄板十行。願駕仙車，願泛慈航。來格來享，如在洋洋。

祭朱堯年文學

嗚呼！風高有道，人欽通德之門；星隱少微，客散名賢之里。此酒罏邈隔，向秀聞笛以增悲；棋墅長遥，羊曇過門而隕涕也。

於惟朱君，雲蒸華胄，霞蔚儒宗。溯姓氏于東吴，門才介張顧陸之右；考淵源于南宋，理學集濂洛關之成。作者代興，名儒輩出。公則當年弱冠，即傳芍藥之篇；時甫勝衣，早擅芙蓉之譽。出寒冰于巨壑，心絶塵埃；和白屑于金莖，氣融沆瀣。楊子雲慙其筆札，郭林宗遜其品題。雅量則千頃波澄，風標乃萬仞壁立。文壇樹幟，振鳳羽于羣中；學海迴瀾，探驪珠于頷下。錢稱萬選，固當奮跡風雲；紙貴《三都》，行見策名日月。

而乃秦書累上，知己疇逢；楚玉未沽，含章自惜。悲劉蕡之下第，歎李廣之難封。君則不戚戚于功名，不營營于得失。與人無忤，不夷不惠而自如；謂我何求，老圃老農而亦得。滋芳蘭于九畹，植雲母之千竿。友于則媲美薛苞，媚睦則比謙殷慶。聞詩聞禮，趨而過庭；難弟難兄，從以式穀。盈眸少子，都爲渥水神駒；遶膝諸孫，盡是藍田美玉。筆精墨妙，悉推本于義方；璧合珠聯，總溯源于家學。極人間之至樂，真地上之行仙。何圖噩夢遽徵，神芝不驗。年方臻乎杖國，身忽返乎帝鄉。大雅云亡，塵衮衮乎講席；耆英永謝，風慘慘兮靈帷。嗚呼哀哉！

某通家孔李，密戚潘楊。昔與哲昆，共主文章聲氣；近欣猶子，更叨閥閲門楣。聞訃心驚，悼典型之已遠；登筵神感，儼懿範之猶存。聊攄臆以陳辭，冀靈爽之來格。

祭李登范太學

嗚呼！耆英永謝，風慘靈帷；大雅云亡，塵封講席。過青蓮之竹徑，無復行人；仰元禮之龍門，尚思品目。几筵在御，悲感交馳。

維君命世鴻才，名家駿彦。閥閲則彯纓戛轂，清門望重夫衣冠；人文則削素含毫，才子名標于翰墨。紛綸經史，頻看綵鳳神飛；囊括古今，不待黄衣夜夢。一賦子衿子佩，再遊上國上庠。譽重南金，價侔東箭。若使鳴珂宣室，對颺豈遜長沙；執戟金門，忠愛知同曼倩。

而乃青門托跡，寄興烟霞；白社遨遊，怡情丘壑。尚平之志甫畢，謝安之望愈殷。於是溥仁惠于宗公，敦慈祥于里閈。鶉衣百結，恒憐范叔之寒；塵甑徒懸，每餉王孫之飯。是以邦君請業，過則式閭；學者欽風，樂于問字。備此軼羣懿行，允稱有道仁人。加以玉燕頻投，石麟疊降。既塤篪之競爽，亦華蕚之相輝。或看苜蓿之盤，承歡潔白；或宿芙蓉之幕，將父賢勞。舊德祗事詩書，清規不譚權要。于公子弟，衆盡識其高門；石慶家風，無不稱爲長者。子姓珠聯而璧合，孫枝蕙馥而蘭芳。公則視聽未衰，神明日朗。臨風卻杖，猶聞矍鑠晴原；負旭鈔書，尚自摩挲斗室。佇俟期頤之壽，欣看爵命之榮。豈意月犯少微，俄摧高士；祲占太史，竟隕文星。嗚呼傷哉！

某生同梓里，心切景行。帶水非遥，擬結香山之社；寢門在望，忽聽薤露之歌。文生于情，不能自已；言不盡意，式鑒在兹。

祭濟東道宋澄溪

林鍾叶律，鶉火初昏。暑雨灑簾，北海尊罍俄散；秋蟲吟壁，西園詩賦無聞。明哲云亡，德音長往。泊金陵而飲恨，悲填孝子之膺；瞻虎阜以含悽，望斷故交之目。哀隨日永，淚向風傾。嗚呼！棘寺名門，蘭臺華胄。延清妙譽，世稱絶藝成三；太素多才，朝重高文第一。鳳閣展經綸之略，賦有梅花；雞窗擅玄理之宗，吟成白雪。

於惟公身佩君親之義，家傳忠孝之經。綺歲工詩，不減賦燈之慧；文壇結客，早飛奪錦之華。而乃明月之珠，輒遭按劍；干霄之木，屢遇運斤。然氣足乘風，何妨投筆；而才堪製錦，正可栽花。先分房子之符，後綰商南之綬。鎮之廉静，撫以惠和。鼓篇千村，户享緇衣之樂；絃歌兩邑，堂高緑綺之聲。攝篆留遺愛之碑，澤深漳滏；遇災代久逋之賦，潤比陰膏。掘地得磚，築城而民無謗讟；作文驅虎，除暴而神亦感孚。自宜巷衢尸祝于在官，而功德建祠于去任也。

至若開江以通餽餉，捧檄赴公；收粟而賑饑荒，應徵恤患。具見敷施之妙，共推經緯之長。因之屢列薦章，遂以特膺簡命。監司外府，觀察濟東。綜筦鑰于軍民，福星滿路；兼提衡夫水陸，法曜凌空。馬政肅清，輶車不擾；河堤修築，漕艘無虞。蒞職五年，興除咸當；綰符三道，利弊洞然。況乎鄉闈之稽簡惟明，計典之甄裁克允。是誠視國事有如家事，體君心以盡己心者矣。

若夫慈帷值上壽之辰，喜生愛日；迎養遂承歡之志，瑞湧清泉。始則御輅南巡，繼而廻鑾東指。嘉良臣之勞勩，思慈母之義方。珍膳是頒，金箑拜奎文之賜；天顏有喜，萱庭膺映綵之輝。萬口誇曰特恩，千載傳爲異數。乃心殷報主，或有可待之年；而念切事親，難必逮存之日。即陳情於督撫，乞終養夫桑榆。雖清濟棠陰，羣攀蔽芾；而北堂萱色，自樂瞻依。扶杖南陔，四世徵一門之慶；稱觴元旦，私庭勝官署之歡。試遡山塘介壽，韻追修禊之遺，以曁堊室啣哀，淚洒思親之句。縱欣戚不齊，而慕懷則一。故榮哀成録，留美後昆；惇行有編，見褒前輩也。方請遊情菊圃，看獨鶚之摩霄；怡性硯池，玩五芝之繞砌。端溪歸櫂，揮毫收月露之奇；東墅扶輿，把盞狎禽魚之趣。行同五柳，年比大椿。何意犀麈頓埋，金鈼乍掩。上思當宁賜問之旨，已云不幸；下念在途聞訃之心，能無餘憾？

某居聯桑梓，誼切金蘭。承下問之虛懷，殊堪愧我；挹居官之偉績，真足超羣。幸有同心，共優游于岩壑；方期握手，得吟嘯于烟霞。何以鶴市來遊，遽有床琴之痛；中秋過訪，倏聞隣笛之悽。悲自中來，涕何能禁？虔陳薄奠，聊展哀忱。

祭鄭司翁中丞

謝傅云亡，西川路泣；召公已逝，南國悲思。雖雨露猶存，名長留於天地；而典型斯遠，志彌切于謳歌。往日衣冠，惟深夢寐；當年色笑，徒起酸辛。原夫棗邑華閏，鄭鄉名胄。賦鹿鳴於弱齒，題雁塔於當年。乍入瀛州，蛾眉班列；旋歸星署，雞舌香含。持使節以遄征貴竹，菁莪偏植；賦皇華而言邁泮泂，禮樂旋興。攬轡浙東，春暉一路；褰帷陝右，德雨千家。法曜高懸，掌楚南之廉察；福星遠照，作江左之屏藩。爰駕八騶，特膺副相。惠露霑星沙重地，仁風扇熊繹初封。維帝念鎖鑰于三吴，詔公移旌旗于七澤。領東方牧伯，草木知名；鎮南紀封圻，兒童戴德。望齊北斗，潔比西江。服官而凜四知，莅事則操五術。吏行水上蠶鄉，漁户騰歡；人在鏡中冰市，山村載色。本實心而行實政，惟律己斯能律人。不剛不柔，民懷清静；胥匡胥正，士樂絃歌。書勳管秃三千，共喜吴人得歲；領節門排十六，羣言澤國皆春。

豈期賜罷梟羹，遽爾身歸箕尾。黃童白叟，處處悲號；田婦村夫，人人涕泣。峴山車過，淚痕濕羊祜之碑；訟舍風飄，德澤留甘棠之樹。用從輿論，載入名祠。歲奉蒸嘗，享一方之俎豆；禮客瞻拜，昭百世之明禋。馬清恪紹美于前，湯司空垂仁于後。言追懿躅，莫踰我公。何殊周召交承，宛似范韓遞出。一堂論志，綽有同心；千載歌功，洵推合德。

某昔承麈誨，幸接犀儀。聽仁者之言，紛披蘭蕙；覩吉人之度，倍覺温恭。聯事欣依，同岑幸托。不謂盍簪之日，言笑宛存；永成判袂之期，音容難象。甫臨六皖，江路既遥；痛絶中丞，訃音獨後。隨致南州一束，特遣紅鱗；兼陳杜老八哀，用裁赫蹏。無如靈輀已駕，丹旐難追。水驛問途，已耑人而遠唁；祠門拜奠，復酌酒而遥陳。支硎山前，謹將棗栗；吴趨里外，敢設牲牢。雖于豆于登，愧未親乎香几；而來享來格，藉代祝乎哀詞。

祭陸吴洲先生

河汾雨暗，門少傳經；伊洛風淒，堦無立雪。遂使機雲妙筆，頓絶人間；還教衛樂清言，終歸天上。尊開北海，思賓客于曩年；路泣西州，嗟淒涼于兹日。

原夫吴陵華族，甫里清才。硯啟琉璃，吐珠璣于象勺；筆摇鸚鵡，馳聲譽於膠庠。絶似秦遊，揮毫對客；豈同無己，覓句閉門。因之淮左名邦，海陽勝地。千里錦帆雲集，非爲看花；一時吟屐香飛，多來問字。巾裁折角，暫去江南；杖挈紅藤，遠遊日下。卑傳鶚薦，隨唱鹿鳴。

看紅葉之翻堦，對紫薇而起草。雖青衫已脱，一官猶歎窮覊；逮淡墨隨題，三賦還聞紙貴。高文杜牧，及第已傳；望重徐堅，中書仍入。香含雞舌，簪筆而召仙郎；詔出螭頭，登車而迎使曜。雉工展采，秩峻冬官；龍節分榮，惠深東魯。收駿骨於黄金臺畔，冀北羣空；折桂林于白竹湖邊，粤西花滿。乃簡陸朱清望，用衡吴越鴻文。冰鑑照人，玉壺鑑物。參苓朵朵，不來紈絝之家；凰鳳聲聲，盡出單寒之族。而且扶風經幄，不事威嚴；元禮龍門，惟存忠恕。偕諸生而鬬墨，同多士以濡毫。呵涷傳書，吏嗟脱腕；銜炎覓句，文喜鏤心。得隻字于雞林，珠來合浦；傳片詞于藝圃，蘭刈秋堦。

既而解組歸田，閒居作賦。山亭水榭，烟繞茶鐺；左史右圖，書翻薜屋。梅邊朱老，同看月以聯吟；松下阮生，每迎風而鬬酒。名山富有，集載丙丁；南極高懸，年逾甲子。白香山之赴社，影醉婆娑；陶靖節之編籬，花馨爛熳。蘇瓌有子，文妙傳家；靈運多孫，才堪繼武。

某昔居膠序，幸托遭逢。澄鑒清秋，竊喜荆州之識；駑駘下質，曾邀伯樂之知。十載銅街，悵違南北；三冬珂里，慰接笑言。漆點蘇髯，色映桃花之面；經藏邊腹，話傳蘭室之香。移孔席于畫船，醉陳筵于雪岍。方謂承顔有日，坐拂春風；豈期不死無方，淒聞秋雨。望鄭鄉而涕泣，過闕里而傷悲。縱獻香醪，未識仙魂何在；謾書哀誄，徒知舊德難忘。

祭何給事

黎花署冷，聲咽棲烏；梧葉垣空，影悲鳴鳳。入子皮之室，笑貌無存；登張劭之門，琴書安在？酸風苦雨，頓教有夢徒牽；密霧重雲，謾使馳情無已。原夫家隣京口，里號栢臺。丁卯橋邊，門開閥閱；芙蓉樓外，族起簪纓。過餘慶之坊，並聯婚媾；入鳴珂之里，半屬姻親。至若五桂清才，既擅名于曩日；三何令望，復結譽於今兹。競説頭龍，吟場第一；豈知季虎，藝苑無雙。綵筆縱横，識麒麟於天上；綺思敏絶，聯鸚鵡于句中。非惟擅五字之工，抑且兼雙鈎之妙。永嘉訟舍，曾侍潘輿；懷縣官齋，頻穿萊服。佐晝簾之案牘，惠露遥霑；奏偃室之絃歌，仁風遠播。因之受知張鎰，縞紵言歡；見重孔融，漆膠誼好。

既而淵明解印，對五柳以高吟；子溥歸農，植七松而肥遯。惟時都諫，青燈誦讀，問字車盈；黄卷勤勞，談經席滿。乍受烏公之聘，薇省論文；隨歌鹿野之章，賢書赴薦。讌看紅杏，省筆名題；衣剪緑雲，玉堦臚唱。鳧飛葉縣，驅轂而宰一同；鸞下香泉，綰青絲而拖七尺。人耕緑野，勸課桑麻；犬臥花村，静消蜂蠆。桐溪治蹟，南董樂只歌傳；香令才名，異政仁聞集載。甫加章服，遽召鋒車。八舍升班，仙葉崇蘭朵朵；五雲司課，鷺坡勁草枝枝。疏伯雨之讜章，青蒲長伏；刊稚圭之諫藁，赤管頻抽。校士浙中，花盡參苓色艷；問才山右，聲多凰鳳鳴高。鳥集升平，長途方騁；雲歸碧落，大限俄窮。未編甲子之歌，忽值巳辰之厄。雖五常才妙，喜有傳人；而四諫影單，悲無合志。

某雷陳誼切，僑札情深。旅館蕭條，挑燈話舊；花磚出入，並騎論心。不謂夢兆玉樓，難挽哲人之袖；歌聞杜曲，徒深耆舊之悲。慙一束于南州，遜《七哀》于子建。重泉路隔，望仙府之遥遥；長夜愁增，思德音之邈邈。

公祭張公選先生

岷山導江，赴海百折。金焦瀠洄，兩柱中屹。匯爲名區，誕鍾賢傑。英雄不作，文采間出。峨峨龍門，望高千尺。厥生匪偶，其死不没。惟公文章，波瀾壯闊。百子其章，六經其質。小儒句讀，餖飣餘習。譬彼雺霧，迷漫四塞。雷厲飈馳，長空一碧。惟公科第，煌煌開國。王師南下，干戈載戢。決科取士，萃五拔十。應運斯興，名垂第一。惟公宦蹟，冰壺朗徹。用典銓衡，吏咸稱職。衡文于豫，囊錐穎脱。馬騰於驤，鳳翩其翼。三年報最，飲水不熱。急流之退，人服勇決。外貌沖夸，中情恬適。公之閒居，風同萬石。里門先下，庭草不闢。洛濱束書，東山攜屐。几杖隨遊，親朋斯集。眷列東西，巷分南北。含飴弄孫，文度在膝。蒲輪再下，終焉引疾。公之家聲，後先踵接。羣鳳齊鳴，一龍矯絶。時維仲公，克光前烈。出掌綸綍，入參密勿。人之所推，皤皤黄髮。依然恭謹，不踰檢飭。公望端兒，中外嘖嘖。帝簡儒臣，命貳宗伯。本公夙教，廓公遺業。如花承柎，如木拔末。向侍講筵，某忝同列。玉珮聯晨，金蓮共夕。竊聞餘論，不殊親炙。叩公學問。淵源莫測。問公起居，飲食必悉。大賢當世，碩果不食。臥鎮有餘，君子之澤。天胡不憖，長松忽踣。風靡波委，孰挽其極？小子後生，孰示之則？有顛孰扶，有罅孰窒？其偏其詖，孰繩孰墨？吾道汚隆，係公存歿。一觴遥奠，千古於邑。

祭同年仇滄柱少宰

台星掩耀，難留崧嶽之申；卿月藏輝，俄奪東山之謝。悵老成之零落，朝野同悲；聞碩輔之云亡，士民失望。況遡神交于疇昔，復誰共對梅花；而念寧協于良朋，祇自空歌薤露。悼心曷已，雪涕難收。

於惟先生，系自考城，望崇棠邑。河汾是紹，家傳詩禮之宗；伯仲相師，世羨機雲之俊。浩浩波瀾萬頃，詞類江河；岩岩崒嵂千尋，品齊山嶽。桓榮稽古，早蘊明堂清廟之華；施子明經，遠蜚石室金匱之譽。析理則折衷濂洛，論事而頡頏韓蘇。選樓之玉律高提，藝圃之金針暗渡。爲斯文之山斗，洵後學之津梁。故春風噓桃李之英，龍門望峻；時雨潤菁莪之色，馬帳勳高。

迨夫秋空鶚薦，名列前茅；春浪鯤飛，人甘後乘。萬言草就，争重劉蕡；三策傳來，人驚董相。乃太臚首唱，竟非忠孝之子韶；而天禄先登，交讓老成之中壘。藜徹西清之旦，披古簡以旁搜；鶯啼上苑之春，入禮闈而分校。一簾明月，朗徹玉壺；半榻清風，浄披冰鏡。金箭盡東南之美，璆琳羅山海之珍。人慶同文，朝稱得士。猶復研心四庫，彈指十年。方乞假歸鄉，虔卜先人之兆；適時巡幸浙，恭呈杜集之箋。蒙藹摯之温綸，沐殷勤于御榻。寸心猶赤，思酬國士之知；兩髩雖蒼，願竭老臣之力。既而震宫講道，時陳翼善之箴；便殿説書，屢進格心之論。侍經筵而疊膺皇眷，陟鳳閣而哥貳天官。争商困，奏民艱，不數山公啟事；懲貪令，保廉守，非徒裴楷知人。從此名重黄扉，竚慰蒼生之望；不謂身依紫禁，倏懷緑野之情。契見幾于六二爻中，符知足乎五千言内。花開三徑，泉遶雙扉。興來聯席上之吟，客到唤牆頭之酒。指顧天衢，看二龍之並駕；仰瞻雲路，待小阮之齊驅。雖蔗境彌甘，而菊情愈淡。枕中鴻寶，受丹訣於八公；天上星精，賜靈圖於五老。笑談御座，眷戀雖殷；呼吸宸居，瞻依亦篤。而妙解長生之訣，偏懷不老之鄉。遂以子牙應聘之年，即爲長吉修文之日。自此盈廷集議，誰見揚清激濁之風；侍幄陳謨，孰聞陳善閉邪之論？此九重所爲震悼，而四海所爲驚愴者也。

某譜切金蘭，交同硯楮。寒燈風雨，商古籍之異同；禪室晨昏，訂奇文之甲乙。猶憶壬子除夕，餞歲雲居；即於辛丑元辰，迎年蘭若。忽來季札，同醉屠蘇。抵掌于梅雪香中，不計星回天畔；掀髯於荔椒圃裏，併忘春到柳稍。羣云有此三人，自應傳乎百世。不意當年僧舍，果兆異日玉堂。誠百口之美談，亦一時之盛事。嗣後或追隨鳳沼，或慷慨巖廊。迹偶稍疎，而情真愈密。顧因年致政，余既尋泉石之盟；而屢疏乞身，君亦動煙霞之興。則懸車而後，似可贈答乎青山；解組以還，庶共往來于白社。乃欲趨隨乎杖履，偏限錢江；今且追想夫咲言，忽歸蓬島。嗟我已矣，傷如之何？臥病長年，不獲登堂以展悃；含悽終日，姑先灑淚以陳詞。

德星堂文集卷六

海寧許汝霖時菴著

祭文中

祭同學葛友峰

嗚呼！生，寄也；死，歸也。人之聚者偶，而散者常也。茫茫宇宙，何戀何悲？而余于君獨有不能恝然者。

憶六十年前，時當申酉，邑同人樹幟臨雲閣，争雄競長，先後三十餘人。君少余一歲，年最幼，坐最末，而意氣激昂，咲談磅礴，直可凌轢萬夫。每一會，輒心折不置。閲癸卯，君邀余過咏年堂，課弟及外孫，君亦同硯，日夕間窮經讀史，闡諸子百家及宋儒閩洛之奥，虚懷詢質，退然若不自勝。及握管操觚，則光芒萬丈，氣吞霄漢，不肯一字讓余頭地，心竊怪之。君曰：『毋怪，向未深識公，竊謂當今人傑，恐無有兩。今而知既生僕，復生公，天之鍾我兩人，非偶然也。』遂以金蘭之契，重訂葭莩。于焉擔簦靈鷲，鼓篋北山，雄談醉讀，睥睨古今，若天壤間不可一日少我兩人者然。

庚戌春，予應始升陳先生之請，亦遂延君，雞鳴風雨，仍坐一堂。數奇落落，雖不得志於有司，而文章氣節，自足千秋。同學輩親炙者，迄今猶羨頌不衰。亡何，余倖邀一第，京邸棲遲，雲山曠隔，形迹隨疎。而君即枉賁寒廬，課余子併訓余孫，鴻鯉往還三十年，晨夕如數，不特川西返棹，江左迴旋，數月快談，依依若昨日也。既而聞君善病，兼懷幼嗣，黄冠野服，仿仙翁遺蹟，高臥薇山。予適引年歸硤，霜髯雪鬢，互映雙峰。或花晨，或月夕，君過草亭，而余亦攜筇著屐，嘯傲于快哉樓下，唱和六年，更作千古天壤間，若真一日不可少吾兩人者。而孰意秋風谷水，握别言旋，扶杖逍遥，吟詩永訣，君竟棄余而逝耶。

嗚呼！以君天挺之才，懋承家學，俾得稍展尺寸，非特塵世公卿執鞭恐後，即其等身著述，何難驅班逐馬，駕役韓歐，而人間富若貴與身後名，總視浮雲，于吾何與？浩然太虚之中，自還故我，此豈生死存亡足介其胸臆者？澹焉無戀，抑又何悲？獨是余也，桑榆景逼，影孑形單，廻思六十年前咏年堂數子早作古人，而臨雲閣三十餘賢巋然猶存，惟君與予，而今已矣。煢煢衰魄，把臂何人？君雖棄予，予獨何心能忘君乎哉？猶可慰者，茫茫宇宙，轉眼浮沉，天地不能以一瞬，何況區區？予雖暫寄，亦即同歸。向之偶焉聚者，今且嘗焉散也。然而盈虚消息，往復無窮，則今之散者，又安知不重聚鴻濛，翺翔天壤，億萬年終不一日少我兩人也乎，君以爲然否？

祭侍御李嶧山

竊見學士家甫握管爲舉子業，一不第，不曰主司不公，則曰命也，非戰之罪。倖而奏賢書，捷南宫矣，不獲與蓬瀛之選，需次銓曹，又曰豪商黠吏未嘗盡識之無，一旦急公，不數月，紆青拖紫而名登甲乙者。或十年，或數十年，皓首龐眉，始得綰尺綬。即或年少登科，早膺一命，彼贊岩廊，建牙而秉鉞者，未必皆清絶一塵者也。善逢迎，市聲譽，薦揚恐後，否則棄焉如遺耳。幾見有讀書種子不名一錢，而得崛起在高位，聲施卓卓者乎？余聞若輩言，痛詆之，謂聖明在上，激濁揚清，果能重自振策，特達之知，若操券然，何爲出是言暴棄乃爾？羣嗤然曰：『噫！是紿我也。公試于中外仕籍如公所云者，能舉一二人，爲吾儕證否？』予曰：『遠不具論，獨不見維揚視鹺侍御李使君乎？』

君以寒畯，負殊質，下帷攻苦，試童子輒冠一軍。未幾，歌鹿鳴，名題雁塔，都人士讀其墨，嘖嘖稱羨，以爲文章實有定價。向不遇而曰不公，非戰之罪，真妄語矣。閲數載，勷猷比部，弊剔奸蠹，分校儀闈，衡平鑒澈，而借帑一案，擇人飛噬，累窮簷者數十年。君獨拋此七尺，攙積牘入楊左濺血之場，斥權貴，懲奸宄，不兩年脱貧黎于湯火者數萬人，勒石焚香，頌盈畿輔。逮秋曹秩滿，以二千石出國門，黄童白叟歌呼而頂禮者駢肩塞道，百里内行旅爲之裹足，盛事藉藉，近今所未有也。予目覩其勝，每向諸公卿謂黄堂中有是人，若遇薦剡，舍此更無他屬。及抵臨濠，甫五月，百廢具舉。適有鹺司之缺，時予雖請假，尚留京邸，滿漢諸先生憶余言，交口推轂，而當宁亦稔悉有素，遂膺殊擢。初下車，訪從前虧額三百餘萬之由，積弊種種，剗滌殆盡。敝衣藿食，風厲侈鄉，不重敲朴，而正課與帶征，争先輸納，商悦民懷，謳歌載道。由是賑饑氓，給寒士，蠲土税，裁冗員，濬河築堰，育嬰療病，攝藩篆而弊絶，監棘闈而風清，善蹟纍纍，未易更僕數。三四年間，恩周半壁，名徹九霄。聖天子褒綸叠賁，寵及弟昆，甚且與張、趙諸公同年並語，可不謂榮焉？余自辛卯引年，癸巳叩祝，三千里往還，總不一會當事。而君獨聞聲遠迓，一掃拜饋之習，鼓扁舟，煮五篕，殷殷焉虚懷請益。予曰：『無他語，惟慎終如始。隨所至，爲清流第一，則叨光曷既？』未一歲，果膺豸繡，督視江淮。期年，奏最，重徼再任。天之報廉吏厚矣。向使再假時月，任謝脂膏，清心寡慾，養此精明强固之身，以仰酬特鑒，則黼黻廟堂，旬宣方岳，不過指顧間事。而孰意匪躬蹇蹇，中道云殂，不能展此未竟之緒，不深可痛惜乎哉！

雖然，君以一書生，服官未十載，歘歷中外，叠荷殊榮，績炳恩垂，聲傾朝野，大丈夫得志于時，亦云偉矣。況乎棣蕚聯輝，芝芳踵馥，承遺緒而光大之，繩繩未艾，人謂讀書種子不名一錢，未見有崛起而聲施卓卓者，聞君名，不亦恧然愧，勃然奮乎否？余忝一日之長，不敢溢美，姑以傷悼之衷，聊抒蕪誄，爲知己慰，併爲士大夫勸云。靈其有知，幸祈來饗！

祭儀郎陳巨高

古人謂天壤間在三之義，曰君，曰親，曰師。師者，道誼相孚，所以飭言行，砥德業，處爲醇儒，出爲名臣，聲垂不朽，故其恩與君親等。而今之所爲師者，吾惑焉。士方五六齡，未識之無，延先生訓以字，課以句。稍長，解以文義。及握管，試舉子業，則又具書幣，聘里中耆宿窮經闡史，督時藝而筆削之，儼然皋比號人師，而言行之醇疵，德業之成敗，出處之賢不肖，不一問也。故執經者雖曰先生，貌相敬文焉已耳。至於赴棘闈，試蘭省，舉子輩鏤心嘔血，聽得失于有司，而典厥事者衡平鑑澈，殫二三十日之心目，以第其高下，一入彀則策名殿陛，紆青而拖紫，榮孰甚焉，然而祇尋章摘句，憑文字爲去取，在座主不過樹桃李，而門下士之感恩者，權高望重，趨承恐後，否則過焉輒忘矣。豈人情不古若哉？蓋其所爲師者，原非有道誼之孚，言坊行表，成就其德業，俾出處垂不朽也。

余與足下獨異是。憶五十年前，膺尊公之請，督課諸昆，時足下甫讀經，已乃操觚坐絳幄者，别有名師，而余于偶焉署督，見家庭骨肉之間，臧獲輩不無同異視，余不避嫌怨，曲爲調劑。足下言動偶不慎，則痛相規誨，勉以孝弟，併立身經世之道。足下頗心折。既而别數年，聞庭闈間恩勤友愛大異曩初，而足下孝于親，友于兄弟，推恩于姻族黨閭，頌聲四起，輒謝曰：『微許先生教，不及此。』是余與足下原非訓詁家拈字句而筆削者可同日語已。

逮足下奏賢書，重赴南宮，余倖爲總裁副。是科黜陟惟孝感公一人是問，余不揣，獨肆爭衡，謬爲同事所許，孝感亦虛懷。及榜發，南宮八名，寧邑居五，而弁冕于諸卷者非他人，足下也。同鄉共學人固不疑，而余亦絶無嫌，欣然以知己獲雋，爲國家得人慶。閱數日，足下已詣其槩，潔忱拜謁，余迺北面正襟而諭之曰：『余兩人，非座主門生比，向時芸窗規勗，君已服膺，然祇勉爲孝子、爲悌弟、爲鄉黨善士耳。今已名題雁塔，國計民生，皆分内事，願重自振策，奉醇儒之學，筮爲名臣，斯無負生平所望。』對曰：『唯唯！惟師言是凜。』廷試後，即歸省覲，孝友睦婣，聲稱彌茂，更取古名臣勳績，朝稽夕考，毅然自任，以期不負予言。

未幾，余奉命督河。足下含香春署，黼黻宣猷，釐奸剔弊，誓不名一錢，顧爲門第所抑，不獲登侍從，一抒讜畫。告養言旋，未一載，終天抱恨，枕塊寢苫，呼號窀穸，里中翕然稱純孝。服既闋，余底績還朝，足下亦來京，晨夕追隨，懃懃懇懇，未嘗一日離左右。辛卯，蒙恩予告，戒行李，選輿從，三千里跋涉，皆足下預爲經理。出國門，追宿岐亭，雞喔喔，淚盈不輟。同逆旅者皆歎息，泣數行下。余曰：『大丈夫聚散有時，但須初終一節，聲傾朝野，以慰知己，何庸爲兒女子態？』詰朝掩袂而別。

余歸里，足下重補春官，廉潔忠勤，慎終如始。明年，分校禮闈，拒私囑，嫉虛聲，冰鑑高懸，都人士嘖嘖頌公明第一，而根盤節錯，人所畏難不敢任者慨然力赴。以故，盈廷推轂，保障郊圻。余適謁萬壽抵都，握手道故，數月間依依不忍捨。

方謂期年奏績，便可旬宣方岳，勖贊岩廊，大慰生平所望。孰意握别三期，鯉鴻如織，而非躬蹇蹇，中道云殂，不獲大展未竟之緒。天耶？人耶？其可信，不可信耶？雖然，足下以命世才，不矜閥閲，砥節勵行，望炳鄉邦，勳勷廊廟，玉樹森森，踵遺緒而光大之，所以垂不朽者，正未有艾。獨恨余桑榆景逼，志切傳人，雖侍函丈者十五國，不乏英豪，然求如道誼之孚，言規行矩，德進業修，幾幾焉衷醇儒之學，踵武名臣若足下實不多覯。廻想芸窗規勗，京邸追隨，余不敢自附在三之義，妄悲喪予，而茫茫墜緒，遠紹無人，瞻言知己，淚霪霪實有不能自禁者，非徒以情敦金石，誼篤葭莩，效流俗人望几筵而陳俎豆，餙一二蕪詞，以表厥悃也。

祭吴孟舉

語水波寒，方訝風光易别；皂林月白，忽驚霜氣横侵。痛黄鶴其何歸，悵白雲之乍杳。登床而琴音頓絶，過宅而笛响堪哀。今昔異時，因雪涕于西州之路；存亡殊跡，爰愴心于北郭之壚。

維公系出延陵，望高渤海。媲江東之顧陸，禮樂傳芳；駕河北之温邢，詩書繼美。龍光豹蔚，文章興西漢之風；蕙秀蘭清，節概振南陽之舊。雅好金蘭之契，遠來縞紵之交。客滿座中，争説今時文舉；車填户外，羣云昔日鄭莊。詩搴玉壘之旌，獨當一面；書擁石蒼之軸，何假百城？别墅唱酬，富嘉謨同其雄拔；選樓甲乙，蕭昭明遜此精詳。家絃黄葉之編，户誦宋抄之集。出桓君山之秘，經鉛槧而世睹寶珠；發李鄴侯之藏，付棗梨而羣分拱璧。至于經明高等，推博學于漢廷；詔擢中書，膺華銓于晉代。方謂鳳池鵲觀，將陳十難之詞；抑亦絳闕黄扉，佇賴三長之筆。況值翠華之幸浙，曾拜蒼玉而陳言。司馬封禪有書，高文堪佩；崔駰肆巡能頌，典美稱工。別殿揮毫，天子賞淩雲逸氣；行宫授簡，諸臣驚繡虎清才。寵膺宸藻之輝，光焕天章之彩。九重飛下，迴鸞鳳于行間；雙手擎來，走蛟龍于楮上。鐫之金石，共寶奇珍；曠厥古今，争誇異數。而乃菊情殊淡，梅韻獨清。花墅酒杯，忘主賓于爾我；春風池館，同雲水之去來。扶短策而臨流，聞咏清新之句；捲疎簾而聽雨，時招野逸之賓。卓哉川嶽之靈，允矣松筠之傑。既克昌夫名德，且垂裕于後昆。長公墨綬分符，黄堂佐理。早應佩刀之兆，行看攬轡之榮。更羨諸君，皆爲偉器。焕文峰而散綺，翻學海以騰波。將接翅于青雲，高翔鵬路；且聯鑣于黄閣，遠陟龍津。以至文孫，尤多雋品。不數燕山之竇，幾同高里之荀。是則舞綵椿庭，舉頭日永；扶笻蘭戺，繞膝香浮。大典重夫引年，人欽國老；榮褒追其舊德，朝採鄉評。何以歲未庚申，占遂乘于箕尾；豈其年方辰巳，夢遽厄夫龍蛇。人之云亡，悲烏能已？

某也地接枌榆，心欽山斗。昔年造膝，欣瞻翰墨之輝；今日登堂，徒抱人琴之痛。望音容而莫即，火冷金缸；聆嘔吐而末由，風悽玉案。聿陳薄薦，未罄悲悰。

祭陳處士

嗚呼！太丘已逝，難尋長者儀型；仲舉云亡，莫覯老成矩矱。身騎鯨而去，里中鮮相杵之聲；客化鶴而來，海内多束芻之奠。況生鄰枌社，藴結何言；而雅慕松喬，悲傷曷已？

於惟陳君，姓開虞裔，星聚德門。誕敬仲之後賢，代占昌熾；守元方之家法，世慶撫綏。億中多謀，端木氏何妨殖貨；四通得地，陶朱公不廢持籌。讀計然之書，非圖擁利；善海山之筴，豈謂居奇？指百口以名橋，合三宗而舉爨。焚券非關於市義，造車恒望以借人。得季布之一言，黄金非重；服仁軌之全行，白璧無疵。鄉黨化其清修，途多守劍；郡邑尊其碩德，巷有式廬。擁篲而拜伏生，此其時矣；渡江而謁卓茂，非斯人乎？而且室有同心，閨稱偕隱。睹雙眉之齊慶，洵五福之兼隆。堦滿金芝，庭榮珠樹。人多似馬，總是白眉；子盡如龍，咸同紫色。不待他年之繩武，遠勝于前；即看此日之詒謀，必昌其後。謂宜制崇更老，永懷綺夏之高風；禮重耆頤，長躋籛彭之上齒。玉鳩持杖，時隨商叟以作歌；銀鹿將車，還向申公而問道。豈意玉棺墜地，不留高士於人間；絳節披霞，忽召隱君于天上。方龍章其待賁，遽鶴駕以相迎。增八月之淒其，山山寒色；悵九原之聞若，樹樹秋聲。

某也桑梓情慇，葭莩誼篤。前逢八袠，曾躬祝夫岡陵；未及三年，倏嚬哀夫山嶽。挂徐君之劍，不勝愴神；題有道之碑，能無隕涕？悲深薤露，敬奠椒漿。

祭盧司業素公

霜染林丹，宿霧暗南箕之曜；雪飛蘆白，文星沈環璧之淵。悼過隙于秘書，金刀乍掩；遡往情于長史，犀柄終埋。梓里於以停春，楓宸爲之輟講。況乎戚友，能不悲懷？

維盧君行軼四夔，才高八采。紹孝廉之遺緒，羣仰宗風；傳詩禮于明經，人尊家學。蜚英黌序，早騰鶴坫之聲；染翰詞場，頓長雞林之價。署非世出，韻自天成。玉質金章，前輩重瑚璉之器；鴻文駿譽，名卿締縞紵之歡。猶憶余因校士之閒，偶臨虎阜；君以論文之暇，來自玉峰。挹就正之虛懷，欽好修之雅志。蓋于冬杪，惠顧官齋；遂以夏交，同遊帝里。對花問月，率多賡和之篇；立雪坐風，更切綢繆之好。情逾骨肉，正可輸心；久閱歲時，殊堪屈指。至于燕臺賦就，歌鹿鳴于涼風叢桂之間；冀域名揚，奪錦標于銅馬金波之下。喜可知也，快何如之？而乃猶是夜光，越他鄉而按劍；同爲照乘，因異地以投淵。刖足堪悲，還全吾璞；失弓何恨，且返故園。幸而翠輦南巡，君亦扁舟北向。迎蒼龍以獻賦，喜動天顏；登綵鷁而命題，文衡星彩。後車命載，依然鄉薦之賓；講幄仰承，榮矣親藩之傳。名流虎觀，榮等螭坳。蹌濟集賢，毫舞葩而吐艷；祗承崇政，詞麗藻以摛華。眷注殊深，寵光何渥。

迨夫青春波暖，紅杏香妍。浪湧三門，泛仙槎于蓬島；山開二酉，繙秘册于瀛洲。仍侍藩邸以説書，兼立鑾坡而草詔。且命南宫造士，相與北面執經。峰秀學山，集傅天之飛鳳；波澄筆海，鼓出水之騰蛟。俄而職典成均，風高司業。程材意切，坐空萬馬之羣；鑄士念殷，行兆三鱣之瑞。乃忠勤是矢，寸心思酬宣室之知；而謇瘁不辭，二豎遽入寢門之夢。江雲渭樹，路隔幾千；黍谷香山，魂依尺五。玉案塵封于几上，血染廻文；瑶琴聲斷于床頭，花凋連理。風流頓絶，零落堪傷。猶幸房齡剔目之妻，式隆壼範；鮑宣挽車之婦，克茂懿型。常棣舒華，業弘先緒；芝蘭啟秀，名列賢書。緣舊德之流光，卜門闌之餘慶。自克丕昌前武，庶可含笑夜臺。獨某以廿年之金石，兼兩世之葭莩。三載相暌，空悵燕雲而結想；一朝永訣，未臨冉牖以遺言。忽興喪予之嗟，輒灑傷君之涕。痛何能已，情亦奚堪？惟望千里銘旌，眼枯宿草；聊奠一杯醴酒，腸斷生芻。神也有靈，尚其來饗。

祭陳履之孝廉

嗚呼！隕玉潁川，聽啼鵑之欲絶；泣珠東海，望歸鶴其何年？溯情好于生前，廑淒哀于没後。淚烏能已，涕豈無從？

於惟陳君，鷟座名高，臥樓氣逸。三君陰德，人欽星聚之輝；五世祥占，羣頌鳳飛之吉。族望媲江東王謝，榮聲駕河北崔盧。胸挾慧璣，章錯七襄之藻；手裁文錦，光摇五色之霞。振鳳彩于藝林，探驪光于墨海。孔懷連理，既冠荆枝；重念劬勞，獨依萱幄。乃以探研之餘暇，試綜練之長才。王處仲晦德難窺，斯無愧矣；陶士行精心會核，殆其庶乎。顧學殖之豹藏，漸文壇之鶴起。先列副車之薦，繼登蕊榜之華。溟徙三千，忽躍鯤鱗于碧渚；風摶九萬，爰騰羊角于清秋。方謂桂子香飄，已擷廣寒之馥；自應桃花浪暖，旋看上苑之芳。庶幾詩禮常親，望松喬而並倚；塤篪競奏，瞻蓬島以齊登。而乃劍出匣以仍韜，璞因珍而滋忌。丹忱再獻，誰識劉蕡；紫禁重游，孰爲永叔？且握瑜以待價，自藏器兮逢年。何意生慈之痛未忘，舉案之離復感。蓼風初厲，荳雨方零。朱實未凋，芳華頓歇。訝金釭其乍掩，驚犀麈之長埋。蘭榭雲摧，難免西河之淚；池塘夢斷，羣含北郭之悽。蕙帳空懸，松窗長寂。吁哉已矣，傷如之何？

某也誼切通門，情關世好。卯秋蟾耀，兒忝前驅；辛歲鹿鳴，孫叨後列。兼之蕚棲羣從，盡屬金蘭；桂苑一枝，更同冰玉。乃床頭琴畔，悼子敬之云亡；而柳下罏邊，痛嵇生之永隔。目斷飛霞于香徑，心傷浮碧于靈岩。無如臥病家園，不獲酹一觴之敬；特遣陳詞神几，庶稍伸五内之悲。

祭楊孝廉二師

風泉哽咽，傷玉樹之長埋；霜壑蕭森，悼金釭之不耀。斯文誰屬，大雅云亡。聞笛生哀，撫琴增慨。

於惟楊君，經傳司馬，學紹關西。雀館開祥，千里有能文之目；鱣堂集慶，累世高犀賦之才。具冰鏡之清標，稟玉山之秀質。少夢青鏤之賚，綵筆生花；長工黃絹之辭，琅函吐藻。選樓甲乙，渡後學之金針；藝苑丹黃，定文家之玉尺。是以曲江占鳳，争看西閣之英；京口乘龍，羣羨東床之選。雖密州之遇子立，又何加焉；即延賞之得韋皋，不是過矣。爰起鴻名于黌序，遂騰駿譽于辟雍。雖和璞隋珠，屢暗投而遭按劍；而高山流水，終默契而遇賞音。方入月窟以摶風，即對天官而待詔。丹墀主政，共傒才子分司；蘭署生香，行看仙郎入直。而乃一簾暑雨，頓生黍谷之寒；半樹蟬聲，輙斷玉泉之響。燕臺月冷，神欲何歸；易水波乾，信且終杳。嗚呼！金萱未老，玉蕋先凋。天各一方，山重萬叠。憂心如擣，夜驚入夢之魂；望眼欲眯，日洒倚門之淚。縱含飴于北牖，自有文孫；而養志于南陔，豈無哲嗣？然花晨月夕，舞萊袖者已少一人；則紫陌青畦，御潘輿而自增百感。至于令嗣尚在弱齡，勉陟岵以扶旌，埋憂無地；或望雲以待幄，抱恨終天。況血染廻文，黄鵠之歌欲絶。而枝枯連理，棣華之痛彌深。某戚比朱、陳，交同張、范。松枝遠蔭，竊幸施蘿；桂子飄香，復叨附驥。方謂青雲直上，與有榮光；何意黄耳傳來，忽聞哀訊。遥瞻帝闕，未申視斂之儀；病卧家園，聊展陳芻之敬。因靈輀之歸里，搴丹旐以抒忱。薄奠是將，悲懷何已。

祭趙崧原

嗚呼！楓落霜洲，倏斷賓鴻之陣；竹寒月館，難追戲馬之遊。睹鍛迹之空存，過鑪邊而邈若。潛焉出涕，悲自填膺。

於惟先生，白水名高，黃山望遠。天潢餘蔭，家垂玉案金枝；聖澤流芳，代著花磚藜閣。遊宦攜鶴琴之伴，依然御史清操；翰墨傳松雪之香，如見王孫雅致。欽高標之濯玉，想秀韻之餐霞。學富縹緗，吮芳腴于四庫；詞揮珠璧，敷繪藻于三都。是以博物聲弘，驚傳柱下，明經望重，直達楓宸。因待詔于銓司，遂策名于水部。才雄八面，自遊刃而無前；能壓千人，正處囊而立見。口含雞舌，行分畫省之香；班列鴛行，佇荷星郎之寵。將旬宣于方岳，且黼黻乎巖廊。顧乃譽炳寰中，忽焉情依林下。望鷲飛以登三竺，尋鶴放以訪六橋。羡季札之交遊，劍留南北；喜鄭莊之好客，驛置東西。義聲廣被，公卿締縞紵之歡；友誼羣宗，名俊結金蘭之契。通都委巷，共跂高風；嶽院梵宫，俱沾渥澤。固宜八千歲爲春秋，何意七十年如旦暮。蕭辰月冷，輒聞白鴈聲哀；涼夜烟沉，頓惜黃花影瘦。此聖湖亭畔，草木爲之悼哀；而鎮海樓頭，風雲因以黯淡者也。然幸世德之克昌，獨慶家聲之彌茂。玉樹方華，不異河東之薛；蘭枝競秀，將過高里之荀。共入藝苑而分鑣，遞登詞壇而立幟。藻思倚馬，神超袁子之才；湘管生花，秀踐江郎之夢。家綿餘慶，代號多材。貽厥孫謀，鳳羽藴九苞之彩；繩其祖武，龍章燦五色之輝。凡此承庥于百順之餘，即可含笑于重泉之下者矣。

某也居聯梓蔭，交想蘭芬。崇讓是鄰，慕金城之遺跡；集賢在望，快玉尺之照人。向因叔子惠來，心殷御李；何意仙翁遽逝，情慘悲嵇。而抱疾家園，關心藥石。素車白馬，未獲輕百里而瞻帷；束帛生芻，聊率泐一辭以抒悃。

祭安溪李相公

嗚呼！魚火燭宵，騎箕長往；雀風扇暑，仰斗無從。函谷雲横，望斷關前之氣；長庚霧暗，精銷月畔之輝。元老云亡，道幾墜地；哲人其萎，勳孰擎天？悲動九重，哀生四野。

于惟先生，登龍地峻，倚馬才高。理綜程朱，砥吾道千秋之柱；格追漢魏，起斯文八代之衰。秋旻摶風，蚤探蟾窟；上林看杏，平步瀛洲。雖魚水方歡，正繫懷于北闕；而雞豚逮養，更懸念於南陔。遂解朝纓，歸娱萊綵。夫何蛙跳閩水，鹿挺古田。洞口榴花，霾截樵翁之路；江滑螺斗，烟迷素女之魂。先生特倡老謀，獨籌勝算。馳蠟丸以扼險，越間道而出奇。集中澤之鴻飛，息海嶠之蜃氣。斯誠金馬而靖金戈之燄，玉堂而工玉帳之猷者矣。

於是帝賞元功，秩超禁地。佐調鼎鼐，參掌絲綸。乃情深反哺之烏，慈親景晚；而時念雝鳴之鳳，聖主眷殷。召歸鰲禁以揮毫，異彩鬭金蓮之艷；重立鳳池而課士，雄文領玉筍之班。雖直比朱絲，或致嫌于曲木；而貞如白璧，自見賞于良工。特擢銀臺，司天喉舌；更參兵政，預國樞機。遂以武庫之材，出秉文衡之柄。一簾明月，皎映冰壺；半榻清飈，浄懸玉尺。俄而靈萱乍隕，幾斷愁腸；無如温綍慰留，空枯血淚。爰移士林清鑑，以肅畿甸威稜。輪不須埋，寒破狼狐之胆；斧殊可繡，雄飛燕冀之名。既鎮三輔以澄清，遂長六卿而表率。藻人倫則劉毅風裁，課吏治亦蘇頲冰鏡。是以臣心無貳，皇眷彌隆；鼎鉉身登，斗杓手握。聖謨宣朗，藉力三台；天道高明，分功八柱。故兩山旗鼓，即堪載酒以嬉；而九鼎鹽梅，仍待和羹之妙。傳來鶴詔，帝思舊學之甘盤；再御蒲輪，民仰前猷于闢尹。行將四海康而户歌壽考，三辰燮而人樂舒長。且也，令子方養翮於秋風，文孫將探花于春苑。長君工賦，雖赴玉樓；小阮能文，分鑣瀛島。是爲家慶，亦曰國楨。何以宿失蕭何，星沉傅説？山頭笙鶴，公竟從仙子以遊；宇内經綸，誰復爲蒼生而起？此廷悲碩輔，因以罷朝；而野悼名賢，爲之停市也。

某夙欽先達，幸附後塵。如學山而仰岱宗，似觀水而逢渤澥。棹船選勝，早承廉訪於邗江；秉燭談心，更接周醇於燕邸。榻前視草，曾藉嘘枯；河畔負薪，還憐伏櫪。實銘恩于師德，未報效夫隋侯。既而衰值引年，病惟卧里。鶩歸疏傅，挹鳳綵於武林；喜召温公，送鴻儀於秀水。謂槐堦永鎮，同尚父之翼三朝；且梅鼎長和，若畢公之弼四世。何五百年名世，遽赴幽泉；而八千歲春秋，徒成虚語。則緬謨猷于疇昔，公業爛焉；而遡欵曲于今兹，余懷戚矣。敬攜桂醑，用展葵忱。

祭蕭山趙令

嗚呼！琴堂寂寞，無慈父以誰依；花縣淒凉，望神君兮不再。四境聞喪而震悼，設奠盈衢；兆民見逝而蒼皇，攀號溢路。遂使羊公碑下，徒聞墮淚之人；還教朱邑祠前，空有招魂之客。

于惟趙君，系分京兆，譜出營平。閣畫麒麟，著勳名于塞上；身隨琴鶴，表清節于蜀中。酌雅稟經，羨郊卿之瞻博；筆精墨妙，緬孟頫之風流。爾乃岐嶷性成，權奇天授。聽騷便熟，早煎班馬之香；食古甚酣，偏嗜蘇韓之味。蜚聲鄉校，奮翼鴻都。張司空領袖西京，先搴帷而迎陸子；陳太傅楷模東國，獨下榻以待徐生。公卿咸欲締交，賢俊争求識面。乃介延陵祭酒，得瞻天水先生。揺筆則思若湧泉，傾箱而辭同霏雪。掀髯講道，謬許爲一字之師；把臂論文，雅訂此千秋之契。迨夫鹿鳴宴賦，推冠冕于秦關；鴈塔名題，播文章于冀闕。牽絲入仕，遂得蕭山；製錦當官，爰來越水。單車叱馭，治裝何必攜妻；三鼓清閒，退食還能課子。頭銜類夫孔奮，長絶苞苴；腰笏比之易于，不傷盤錯。公來何暮，邑傳五袴之謡；民命其蘇，野有兩岐之頌。紛迎竹馬，鄰封争慈惠之師；遍起管絃，督撫賞循良之吏。劉穆之五官並用，字莫溷于刁丁；朱齡石百札俱飛，案無憂乎旁午。豪强斂手，每見事而風稜；胥吏寒心，多聞聲而冰惕。文闈分校，春華與秋實齊收；武榜程才，東箭與南金兼採。雖龐士元之展驥，非徒百里之材猷；而宓子賤之亨鮮，已奏七年之政績。方謂置身鵷鷺，盡展經綸；豈期運厄龍蛇，未申抱負。河陽雪冷，摧殘滿縣芳菲；葉縣風微，隕落雙飛鳧舄。召棠勿翦，童叟過之而愴懷；萊竹空生，士女睹之而飲泣。

某向親道貌，近挹德輝。子弟田疇，半載幸同借寇；清風明月，一錢未遂送劉。而乃鶴去無歸，誰沐新恩于召杜；鴻飛不復，難尋往蹟于趙張。遥知一罷村春，齊哭文翁之廟；更恐重聞鄰笛，轉傷向秀之心。聊薦溪毛，敢望雲裝暫賁；謹歌蒿里，庶祈仙步遥臨。

祭平陽守祝任菴

嗚呼！風淒晉水，燕寢香銷；月冷平山，晝輪彩暗。茅簷寒徹，空傳五袴之謠；麥隴春深，無復兩岐之瑞。凡思賢牧，莫不涕零；況喪良朋，能無神悴。

惟祝君簪裾華閥，文獻名家。系本有熊，氏以周官之舊；支蕃南鄭，族因黄帝之封。研三傳於《麟經》，深明大義；擷一枝於蟾窟，羣拜下風。奈何金躍冶以見疑，璞出荆而遭刖。公車五駕，終擯劉生；照乘屢投，誰爲永叔？於是事親惟孝，南陔思承晨夕之懽；而教子以忠，高堂勉竭股肱之力。因展小試之端于百里，還屈大賢之任于一方。三宰花封，或數月，或四年，均被鳴琴之化；一署蒲篆，無分民，有分土，争看製錦之才。疏濬支河，雞澤無狂瀾之倒；堤坊順水，鄆城獲安堵之休。棄女再蘇，恩同賈父；丁溝流澤，渠號祝公。且也，棘院冰清，鵬奮垂天之翼；蘆塘日暖，鴻稀繞澤之音。猗歟敷政如流，詎異魯恭馴雉；允矣秉心似水，無殊顧凱垂簾。治行獨隆，薦剡交上。丹墀趨覲，蒙帝語之褒嘉；紫禁頒來，驚天衣之安吉。遂膺簡擢，爰刺虞鄉。策善鹽池，商快飛霜於關洛；令行蒲澤，氓安化日於解梁。民譽無雙，正應進爵；政聲第一，早自題輿。僉云刺史懷楨幹材，坐理由己；帝謂河東實股肱郡，臥治惟卿。遊刃有餘，利益彰於盤錯；理絲有緒，治寧棘于糾紛。瑣尾多辛，樂土來流離之子；羽書旁午，軍需辦指顧之間。行見野增渤海之牛，名題廷柱；郊集潁川之鳳，秩拜公侯。而乃二豎見侵，兩星爲祟。一簾春雨，誰吟畫戟之詩；兩袖清風，剩颺丹旌之字。覩桑麻於潙汭，空想九真；聽絃誦于禮城，徒留五教。是雖詩書繼美，弓冶遞傳。蒼綬垂魚，寄方州之鉅任；綵毫吐鳳，騰藝苑之芳聲。音和吹壎，非無仲氏；輝聯棣蕚，自有季方。然而郡失神君，朝亡良牧。天心不惠，人痛何如？

某世同硯墨，交篤金蘭。衰病里居，時聞報最；廉能上達，日卜升華。何喜克方深，而慟淵遽至？念兹赤子，難留慈惠之師；悵矣青編，空載循良之傳。望靈輀而飲泣，奠桂醑以展忱。

祭封侍御吴君

嗚呼！花摧瓊樹，難攀碩德之芳型；水絶長淮，莫溯名賢之淑行。太丘既逝，國中鮮相杵之聲；有道云亡，海内多奠芻之拜。是以登堂號慟，心實惻於亡琴；而過墓唧哀，情尤傷于挂劍也。

惟公延陵貴胄，江左名家。少負異姿，雅擅明聰之譽；長懷至性，夙傳孝友之風。柱史揮毫，文稱三變；舍人傳樣，詞重一時。然而猿臂難逢，虎頭未遇。青衿一領，未酬萬里之雄；黄絹千箱，頻爲六月之息。遂遺情于宦達，益勵志于經猷。終子雲早歲入關，慕請纓而長往；

陳孔璋連年作客，睹草檄而爭傳。杖策金門，勝算何如鄧禹；運籌幕府，陰謀不數留侯。文武兼資，談笑而收一十九寨；仁慈爲念，從容而活百千萬人。乃功已遂而不居，輒效遊湖之范蠡；賞既行而不受，還同蹈海之魯連。忽迴閩嶠之輿，習隱廣陵之室。悠然自得，多忘蟭螟之爭；淡若無營，靜看雞蟲之競。而復性成倜儻，意在流通。讀計然之書，非圖雄利；善鴟夷之筴，豈謂居奇？薛邑多逋，恒毀馮驩之券；隣人不借，嘗焚阮裕之車。厨帳攜來，助婚處處；麥舟持去，給葬年年。指百口以名橋，合三宗而待爨。斯真攸好厥德，永錫其年者矣。固宜玉映珠輝，同依壽極；蘭馨芝秀，偕遶靈椿。令嗣侍御，望重臺端，情殷膝下。袍拖宫錦，誇萊子之舞斑；卮捧仙醪，羨申公之酌醴。而公叠膺鈿誥，屢錫鸞書。千里飛箋命誡，無非忠孝；一堂侍坐訓詞，總在清貞。履貴持謙，席豐守約。胸藏丘壑，遊山之屐時穿；志託林泉，訪戴之船頻放。鬚眉儼若，疑是神人；耳目未衰，猶成詞客。躋芝山之上齒，具栗里之高踪。東洛羣賢，推彦方爲長者；西京耆舊，奉仲舉爲端人。是宜術識長生，朱顔久駐；方傳不死，紫氣還添。豈意鸞鶴俄來，龍蛇忽悼。風淒隋苑，樹樹秋聲；雨浥邗江，層層暮色。雖衛家玉樹，大慰冰清；孫舍桂香，更欣喬木。然而歎東皇之何在，路遠青城；看南極之徒懸，雲歸碧落。縱使花開頃刻，未解愁顔；即令酒造逡巡，難消哀悃。

某馳思懿躅，景仰芳規。誼切通門，方深御李；情悲蒿里，遽阻瞻韓。痛幽壤之淪亡，含酸曷已；叩帝閽而渺邈，有涕難乾。桂醑盈樽，望蜺旌之暫駐；荔丹載俎，冀鶴駕之遥臨。

祭文下

祭陳粮道母曾太夫人

孤忠貫日，最難室内之同心；苦節回天，均屬人間之正氣。太夫人裔傳宗聖，德育名閨。稟矩早凜夫蒸梨，至孝先孚於囓指。奚煩姆教，已擅禮宗；自配國楨，便多偉烈。雖有脂田粉碓，志厲丹青；縱爲設帨施衿，操堅金石。其始從忠毅公于仕路也，效王尊之叱馭，即思破鏡于灩堆；聽夔府之啼猿，且欲斷腸于硤口。至觀察東甌之日，值糾紛南戒之秋。而浙右關鈐，全憑括郡；閩江烽火，直薄吹臺。公時代覲旋轅，肯望氛而卻步；服官守土，矢瀝血以投身。埋碧之場，竟在大觀亭下；歸黄之信，乍傳孤嶼山頭。斯時也，奔赴奚從，顧瞻誰倚？夫人惟呼天一慟，城非杞而全頹；踣地長號，石爲夫而立化。無如所天既隕，尚有遺孩；阿母如亡，疇扶爾祚？用是未忍捐生，大爲托命。存一綫于未亡之手，作壼内之程嬰；哺藐諸于獨活之年，爲女中之荀息。然而無諸列戍，觸眼蠻雲；歐冶荒郊，舉頭毒霧。奴如李善，差勝負襁之人；友乏王成，焉覓逃傭之路？夫人且間關百折，奮隻翼以將雛；保護萬端，趂夕陽而弔影。既脱公宫，幾同置袴；倘逢漁父，未必輸羹。瑣尾如斯，亦云酷已。又況無邊蔓草，可憐漁仲空園；一片蒼烟，難問君謨舊宅。譬諸枯鱗還壑，或不知何澤之波；去燕來巢，每誤認他家之壁。既茫茫而莫厝，復獵獵以窮搜。勒編丁伍之間，恫喝鞭箠之下。向使錯籌俄頃，不若褒融同殉灰釘；失策幾微，反愧盱眕並塗肝腦。夫人則僱充竭蹶，幸代僵桃；抵塞綢繆，終須完卵。可謂履常盡三從之正，應變極六出之奇。其尤可異者，王大令之根葉渡，幾蹈夫瀕危；白太傅之樊蠻議，不需乎反顧。微君之故，中露胡爲；有母是儀，猶來無死。豈非闔門慷慨，歸趙增完璧之光；落日淒迷，反魯倍荷戈之象。真彤管所希聞，而朱絃之絶響者矣。既而蜃市潛消，鷽帆頓掃。梅花漈畔，依然荔子之紅；仙鯉洲邊，不改檳榔之緑。夫人于是屏當餘燼，黽勉殘編。令桓山之四鳥，比翮凌霄；俾田氏之駢荆，争榮照座。而伯也，起家花縣，躋秩黄堂。板輿久安苕上，已去復來；封鮭再致甬東，匪甘伊苦。及擢粮儲于吾杭也，澄湖畫舫，方承壽母之歡；高嶺楓林，不少表忠之建。而乃丁寧慈訓，要無忘爾父之幽貞；次第官箴，庶可報大廷之寵卹。鍾斯厚懿，宜享期頤；播厥芳徽，應尊璜瑀。奈何銀鬣遽掩，金棗長含。玉女罷投壺之粲，帝娥抱鼓瑟之悲。

僕夙景坤儀，未遑登拜。惟是數十年菤葹之悴，屢拔猶生；幾千載松栢之蒼，後凋實勁。將見福唐歸旐，樹知仰而若披；華蓋留祠，禽聞悲而不去。

祭陳太親母潘太夫人

嗚呼！竹殞湘江，蓮凋華井。風號絶壑，頓傾天姆之峰；月蔽愁雲，旋碎媧皇之石。鵲巢配德，悼壼範以難追；象服宜躬，惜徽音而不再。惟太夫人，系從花縣，門盛蘭錡。晨風吟柳絮之庭，夜雨直條桑之館。年方逮笄，歸我太翁。家世則熠煜簪纓，江左羣推謝傅；門風則精嚴禮法，河東獨擅柳玭。太夫人乍咏齊牢，甫諧鳴鳳。潔蘋蘩以虔禋祀，佩櫛縰以奉晨昏。無何，運值維新，家方多難。忽棘矜之肆暴，火逼姜廬；任玉石之俱焚，像留丁母。流離漸定，近桑梓以卜居；版築徐完，奉姑嫜而致養。遂乃蘭芽競茁，玉樹先華。昆嗣騰奕奕之聲，門第起隆隆之勢。君恩方渥，沾雨露于重霄；世路孔艱，捲風濤于平地。太翁則倉猝遠行，奉高堂而就道；夫人則竛竮獨處，率諸子以持門。此雖賢甚少君，識高德耀。門庭燕喜，或優淑慎之儀；家室漂搖，誰展劻勷之畧？而乃臨危鎮定，遇變安貞。折罷珠鈿，經百餘口之饘粥；賣來寶鏡，續五千里之衣裝。丸胆通宵，以慈母而兼嚴父；茹荼兩載，信健婦可勝丈夫。奠宗祏于方欹，女中季友；全室家于再造，閫内汾陽。愚叟移山，太行爲之夜徙；魯陽揮日，曦曜遂爾宵昇。迎夫子于他鄉，返壽姑于堂上。轉悲懷而爲懽樂，因和氣而召嘉祥。尚書台斗之尊，起居八座；鄉賦孝廉之選，南北雙飛。稠疊龍章，耀褕翟于閭里；騰驤驥種，揚文彩于藝林。繼乃抱痛離鸞，銜悲寡鵠。終身縞素，長齋舍利之前；殫力支吾，不墜太丘之教。以故子孫鵲起，先後鴒行。或問夜梧垣，望九霄而陳封事；或策名玉署，發四庫而宣秘書。或職佐陳蕃，掌進大官之饌；或官同常袞，雅工制誥之詞。至于羯末封胡，珪璋咸達；他若金張尹姞，婚媾争榮。崔家象笏充床，古堪爲匹；郭氏貂蟬盈室，今少其倫。凡兹奕世之顯庸，總係太君之福德。板輿分馭，方期八千歲爲春秋；壽舉擬陳，詎意七十年如旦暮？返魂無藥，内外罔不失聲；赴哭傾城，鄰里俱爲撤相。嗚呼痛哉！

某與高閎，世通蘭譜；今偕令子，同步鑾坡。幸以僑肹之歡，獲訂朱陳之好。仰承璇閣，俛配寒門。欽鍾母之芳型，且慶絲蘿于喬木；昇麻姑之仙蹟，虚留衣帨于空幃。他時稚子登龍，音容徒想；爾日鄙人執爵，摧痛何勝？敬芼香蒸，用陳哀誄。旃檀初炷，願暫駐夫雲旂；醽醁徐傾，祈降歆夫鶴駕。

祭魏一齋生母劉太夫人

嗚呼！惟懿質之鍾靈兮，誕琬琰于幽燕。溯芳馨于漢代兮，種懺德于藍田。茁淑姿于九畹兮，性温順而貞堅。秉慧心以念典兮，攻内則而克嫻。鸞宜偕夫威鳳兮，儷曠代之名賢。奉姑嫜以孝養兮，佐主饋以撝謙。相夫子以公忠兮，獨謇諤以回天。晉烏府以糾繩兮，蒞白雲而矜全。羡勁栢之凌霄兮，撫寒松而言旋。全臣道之終始兮，實内助之勗乎幾先。毓三珠以競秀兮，課庶喆以争妍。遊杏林以攀桂苑兮，睹先後之着鞭。擴忠貞之世德兮，綿清白之家傳。憶夙昔之淵源兮，召最勤以丹鉛。哲嗣之珪璋追琢兮，東床亦玉潤而珠圓。喜芸窗之硯滌兮，幸上苑之鑣聯。瞻黄扉以出納兮，代紫綍以傳宣。念烏烏以陳情兮，終子舍而恬焉。忽鑾輅之西巡兮，追舊德而懃拳。徙鳳池以特達兮，轉鶴禁以屢遷。東朝之講幄甫陳兮，南國之冰鑑高懸。擁絳帳以登壇兮，奉板輿以玳筵。欣子姓之振振兮，復曾玄之綿綿。誠德福之咸齊兮，宜期頤以永延。胡昊天之不弔兮，遽鶴馭乎雲軿。痛蔚蘿之淒絶兮，憶鍾郝而潸然。閫儀既垂乎奕禩兮，恩綸佇逮夫重泉。洵坤範之永貞兮，雖八旬何殊乎憶年？

亂曰：隕寶婺兮光沉，萎萱草兮摧心。盼鸞鑣兮紫閣，聆玉珮兮青冥。風淒淒兮月晦，雲黯黯兮露零。望繐幃兮如在，效執紼兮無能。謹臨風兮拜奠，冀慈爽兮來歆。

祭高中丞母趙太夫人

嗚呼！天姥峰傾，媧皇石碎。夜落丹丘之李，秋凋翠水之桃。庾嶺梅開，千山盡縞；金臺露冷，萬象同秋。悼壼範以難追，溯徽音而何在？

嗚呼夫人，系從天水，代著門楣。溯廣漢之循聲，世傳纓紱；茂邠卿之經術，人擅詩書。夫人幼即端莊，生而淑眘。德容婉嫕，獨擅女宗；性稟温恭，奚煩母誡？既歸夫子，即號宜家。太翁則戮力封疆，熊羆奮武；夫人則慎儀閫閾，環珮鳴和。爲戰士而補紉，不數陸姑勤力；助嚴城之征繕，聿追朱母英風。芳聲遠達于六宫，懿範備周乎四德。相夫既貴，人傳贈佩之賢；鞠子逾殷，家服丸熊之訓。扶珪綴組，拖紫紆朱。或膺百里衮封，民呼父母；或受干城重寄，才裕公侯。

若我中丞，尤推大孝。由朱輪而紫馬，奏績多方；爰六纛而雙旌，開藩重地。魚軒翟茀，往來吴粤之間；紫綬金章，焜燿庭闈之内。代姜詩之鯉鱠，鱖美長江；比陸績之橘筐，荔鮮華苑。魯僖有壽母黄髪，致頌于詩人；公武奉慈親文駟，興謡于學士。以致榮連桂樹，芳茁桐孫。觀丹穴之雛，悉皆鸞鳳；數紫胞之種，並屬麒麟。奮迹瀛洲，丰采照玉堂之署；蜚英藝苑，文章佇金榜之華。凡兹奕葉光榮，總係太君福德。方謂年齊松栢，永慶高堂；豈期幻等風霜，遽辭塵世。厭冠苞履，洒血淚以争號；白馬素車，決黄河而助慟。嗚乎哀哉！

某與令嗣，同宦江鄉。並轡聯鑣，穆崔投分；贈縞獻紵，僑肸傾心。羨文伯之服官，敬姜倍凜；樂士行之娱客，陶母欽承。洎旋馬首于修門，又接龍孫于鵷侣。登堂之拜，曠隔三秋；馳訃之來，忽驚一旦。望丹旐兮飄渺，曷禁摧傷；窺素帳兮深沉，誰將哀悼？旃檀爇鼎，幽香遠透于重霄；蘋藻盈筐，薄味聊搴于碧澗。誦祝册而攀靈駕，奏神絃以駐雲旂。

祭同門吴伯母

嗚呼！廖家井涸，難尋雲母之砂；酈縣泉飛，空采玉英之菊。斜傾天姥，不集霄鸞；冷寂璇宫，虚披寶籙。淒其少女風前，碧落蕭蕭；愁絶夫人城上，丹樓邈邈。握管茹悲，陳詞含蹙。

惟老伯母黄山毓秀，晉國濬源。座滿貂蟬，學士樞臺之第；庭施棨戟，文通武達之門。族擅邢譚，皇皇褕翟；人推鍾郝，翼翼軨軒。爾乃幼習筥筐，長親刀尺。晨風紫菊，抹烟絮柳之庭；夜雨紅蘭，綺石條桑之室。爰以林下芳型，爲我延陵嘉耦。擕來衿帨，虔事寡姑；製得釵鐺，敬遺太母。萱蒴枲麻之不廢，操作必躬；卮匜鱐鰈之是陳，屏當自手。緬惟降胙而鹿車對挽，洎乎同牢而鴻案齊眉。軋軋寒機，洛誦聲清宵靜；垂垂短布，青袍色映袿飛。庶幾佐讀供餐，用成名于夫子；編籬抱甕，克紹緒于前徽。豈意金刀早折，瓊樹倏摧。漢洞萋迷，啜矣啼鵑夜泣；松峰聳矗，倏然化鶴飛歸。愴何如乎，恫可知也。老伯母則抱恨靡笄，銜悲截髢。髽以持家，孱焉辦稅。孤獨之窮周恤，匍匐寧辭；金張之黨往來，請謁不替。杜泰姬下帷燃照，宣文君設帳談經。薦剉中閨，願息名賢之駕；和熊午夜，勤求國器之成。母以兼師，時聞懿訓；怙而加恃，無隕家聲。珠樹三柯，譽駢枝于佳弟；上林獨秀，欣早發于難兄。

惟我楞香門長，文囿宗工，儒臣冕弁。蛟生字裏，燃藜在白玉之堂；鳳吐篇中，珥筆直黄金之殿。環橋門而肅穆，德孝之教必先；擷芹藻其繽紛，小大之從且徧。竚看槐位上升，共慶金章早綰。而乃晝錦娛親，館柘風和藹藹；斑衣奉母，庭萱日麗依依。銀笋引年，叔季承顔而奉；板輿行樂，曾元遶膝以嬉。滿砌芝蘭，盡是班香宋艷；盈堦珠玉，無非謝鳳徐麒。是則青鸞遜瑞，赤雁非祥。既福齊乎純嘏，將壽進乎無疆。方謂日在禺中，來瑶池而晏息；何期陽生嶰谷，望元圃而彷徉。覩薛鳳之摧傷，社停管賽；感荀龍之摽擗，里鮮舂相。

某心仰閫儀，情殷譜誼。聯鑣北闕，同出陸公之門；持節南邦，飫聞陶母之義。涖新安而選儁，亟欲登堂；企緒德而思深，未遑捧觶。念每切于居平，心不忘乎積愫。擬投簪而再過都，期執爵以申素志。忽焉聞訃，能不傷懷？樹薆西靡，悵金甌之永錮；月沉北陸，悼銀雁之常埋。杳杳雲軿，乘廻風而縹緲；淒淒丹旐，咽悲露以披離。遺陳椒醑，縷述誄辭，南望哽塞，痛心漣而。

祭宋母葉老夫人

嗚呼！媧皇石隕，闔極誰依；天姥峰傾，閨宗孰仰？悼徽音于吴會，江東杵影俱空；傷懿範于嵩山，洛下砧聲頓寂。蓋本齊家以勸治國，古罕其儔；立婦極而樹母儀，今誰與匹？彤管永垂，緗編難嗣。

惟我夫人，門同尹姞，系自諸梁。吟柳絮以晨風，咏條桑于夜雨。年方踰紀，歸我中丞。家世即望重調元，門風則教嚴習禮。夫人乍咏齊牢，甫諧鳴鳳。林下雖標風致，寧辭瑣屑于醪鹽；閨中不避辛勤，每試聰明于組紃。秉一心而輔襄君子，揭四德而儀式高閎。既而庭茁蘭芽，掌擎珠顆。手煩畫荻，恒佐訓于義方；種擅騰雲，漸蜚英于朝右。爲父爲母，既曲盡夫孝慈；宜室宜家，誰克方其令淑？若乃境同啖蔗，年比栽松。中丞既歇歷卅年，由鷃冠而開烏府；夫人亦封章三錫，輝翟茀而耀魚軒。而乃貴而能貧，儉而有則。廉哉朱寵，本無慕于賜粱；清甚李衡，肯贊謀于種橘。身罕歷乎官舍，坐成叔寶之賢；利不問夫田園，畏觸公儀之怒。洵屬賢媛高致，佇登命婦頭行。而乃舉案一秋，鼓盆一夕。屣人間之富貴，魂逐星娥；即天上之廣寒，名分月姊。彤管永垂于史乘，素車争集于旌轅。嗚乎哀哉！某淵源有托，曾登元禮之高門；贈答長殷，備稔山濤之賢助。雖福兼祝華，逝者故應含咲于九泉；而誼屬通家，聞者其得忘悲于一慟。所嗟匏繫，未盡芻誠。煩工祝以喇詞，一二言表章莫罄；覬靈帷而致奠，三千里悵望何長？

祭趙母王太君

嗚呼！鷲山之靈，聖湖之濱。婺宿誕降，蕙質蘭心。毓烏衣之閥閲，鍾鸞穴之精英。授内則夫師氏，秉懿訓乎慈親。諧鳳凰于天水，調琴瑟而和鳴。洽閨門以静好，潔荇菜于蘩蘋。奉高堂以瀡瀡，肅視聽于形聲。躬習勞而紡績，友君子其如賓。賴勖勸以成室，雍雍稱宜弟而宜兄。恰皤皤之黄耇，享耄耋之遐齡。夜篝燈而課讀，鎔三子以及諸孫。刷羽毛而豐滿，扶摇奮九萬之鵬程。長公乍聽鹿鳴之咏，旋題雁塔之名。

余忝掄才于杏苑，慶聖代之得人。今復分曹于南省，時攜手而披襟。問寒暄于宵旦，藹然如骨肉之深情。竚臺垣之晉秩，望叔季以登瀛。仲君方馳名于膠序，季公亦策名于彤庭。兼之蘭蓀茁茁，重以麟定振振。雖藉貽謀于世德，何莫非垂廕于徽音？余既屬通門而同里，因稔知壼範與芳型。婦儀堪輝夫彤管，母德足格乎蒼冥。既叠膺乎綸誥，曷不享期頤之上壽，以歷觀乎奕奕之簪纓？詎昊天之不弔，忽焉駕鸞馭而御雲軿。痛衰翁之淚咽，哀耄父之涕零。夫子悼亡帷于晦魄，令嗣悲罔極于慈雲。金風洒于蕭瑟，玉露降而淒清。路遥遥以千里，願執紼以無能。聊臨風而致奠，庶靈爽之來歆。

祭董年伯母

嗚呼！日闇萱庭，風淒柘館。寶婺星沉，飈輪雲散。音閬絳紗，徽揚彤管。福備榮哀，奠陳圭瓚。

維靈太丘望族，仲舉高門。謝傅名父，阿大諸昆。冰清玉潤，芝本醴源。應圖令淑，言動恭温。嬪于江都，兆成鳳卜。紈扇乘鸞，柴車挽鹿。頌獻春椒，銘傳秋菊。環珮雍容，蘋蘩齋宿。操持門户，辛勤旨畜。昧旦雞鳴，挑燈佐讀。青箱克紹，彩筆交推。崑山片玉，桂苑一枝。和鴻都釋褐，虎觀題碑。出而從政，轉見騎箕。嫠人恤緯，寡女悲絲。蔭分慈竹，心比卷篪。和膽爲丸，畫荻作楮。驥子旋騰，鳳雛又翥。賦獻大人，頌陳聖主。花縣春行，琴堂晝鼓。藻鏡爰襄，銓衡式序。持節江鄉，衡文舊楚。金箭盡收，杞梓咸聚。凡此賢聲，都由慈矩。延鄉再予，石窌重聞。桐孫方茂，玉樹齊芬。鈿車耀日，珠樹干雲。板輿升降，萊綵殷勤。景薄虞淵，年逾大耋。芝斷三山，蒲稀九節。閭里罷舂，廬前攀栢。貴子啣悲，去官投檄。文讓欲枯，蓼莪長缺。

某獲交陶侃，早識元方。曾投雲錦，共咏霓裳。與子同澤，拜母升堂。忽辭輜輛，不覩珩璜。禮宗歇絶，坤範永彰。瑟瑟繐帷，飄飄葛紼。石馬長埋，玉魚永隔。寄奠哀纏，陳詞淒惻。神之聽之，來歆來格。

祭封母李孺人

嗚呼！丹鳳凌霄，青鸞絶影。琪樹宫寒，曇花苑冷。晨霜凜冽，夜雪繽紛。黄姑東没，天姥西傾。哀哉！

維母世衍簪纓，名高閥閲。姆訓素嫻，内儀不忒。櫛沐晨雞，組紝夜月。堂上歡愉，里閭欽式。于歸夫子，允協宜家。高擎鴻案，親挽鹿車。篋無珠珥，奩有荆釵。勿事紈縠，卻御鉛華。姑性端嚴，恪遵禮教。視聽形聲，周旋色笑。風木興悲，春秋致孝。豐爾豆籩，潔兹蘋藻。拮芳規善世，和氣盈庭。情聯姑姒，閨閤田荆。禮隆耆舊，絡繹盤飧。鄰黨分惠，臧獲啣恩。拮据相夫，辛勤課子。哲嗣蛟騰，賢孫鳳起。奪幟詞壇，争標文壘。披拂五雲，摶扶萬里。方期厚福，應享遐齡。看花子舍，拄杖彤庭。龍章焕彩，蓮幕生春。史榮人瑞，世誦女箴。胡棄凡塵，倏登仙界。紫府傳書，瑶池促駕。雁侶悲秋，鶴雛泣夜。玉鏡空懸，金徽長謝。嗚呼繐幃，寂寞淒涼。音容何在，賢淑流芳。生芻遠寄，薤露遥傷。靈其有知，介兹一觴。

祭何令太母李孺人

嗚呼！風淒柘館，飄殘長樂之花；雪壓萲庭，零落恒春之樹。悼母儀之不再，處處停歌；慨坤範之云亡，家家罷杵。豈獨納交范子者，感懿蹟於慈幃；佩德陶公者，痛遺徽於彤管也哉！

於惟太母，三韓右族，四姓名家。弱歲吟椒，初無煩乎姆教；髫齡咏絮，羣已奉爲女師。既情肅而性温，名齊鍾郝；亦明詩而習禮，譽並譚邢。及歸我太翁何老先生，共挽鹿車，桓少君徽音如在；相莊鴻案，孟德耀淑行猶存。處己惟勤，五夜寒機軋軋；持家以儉，一身輕布垂垂。禮儀致美於無愆，言笑咸欽其不苟。劉更生之傳列女，古有其風；范尉宗之載貞姬，今誰與匹？至於逸勞有訓，文伯乃以克昌；誥誡多方，士行於焉獨顯。是以何父臺彈琴雅化，共稱慈惠之師；製錦雄才，首入循良之傳。太夫人勉其仁恕，勗以廉平。對泣爰書，惟欲下全民命；不燃官燭，但思上報天恩。人言君惠如膏，總屬丸熊之所教；我謂公清如水，皆因封鮓之所成。爾乃鳳詔頻頒，榮深雨露；龍章屢錫，寵極山河。太夫人貴且益謙，老而彌篤。御明璫而奚媿，猶訪蒿簪；衣翟茀而匪誇，長求弋綈。青鴦繡佛，心皈秖樹之林；白雀齋僧，口給翳桑之飯。賢哉是母，允爲巾幗所難；貽厥後昆，寧止閨闈之範。宜乎羣賢鵲起，列俊鴻騫。子姓矯若龍駒，喜覩芝蘭蕙翠；孫曾騰如麟鳳，欣看頭角峥嶸。而太夫人視聽不衰，神明益茂。

曹大家之淑德，曾享高年；宣文君之令儀，用登上壽。方謂東華增算，孝子實切於祈天；詎知南嶽歸靈，仙娥遽迎而返月。四民揮涕，仰壺則以無從；萬姓奔號，溯芳型而莫遘。

某也幸交令嗣，獨荷懃惓，併及寒門，俱蒙栽植。既感帡幪之澤，彌懷拊育之源。推林氏爲母型，得綈薛家羣從；頌桓鳌之慈範，竊隨沛國諸生。影溯祥鸞，光窺寶婺。千秋彤史，異時揚松栢之徽；一束生芻，此日望環珮之賁。

祭張郡守范夫人

嗚呼！竹殞湘江，蓮凋華井。風淒絶壑，頓傾天姥之峰；月黯重霄，旋碎媧皇之石。企徽音而不再，處處停砧；悼壺範以難追，家家罷杵。

於惟夫人，高平世閥，廉讓門楣。弱歲吟椒，初無煩乎姆教；髫齡咏絮，早已奉爲女師。既情肅而性温，質齊尹姞；亦詩嫻而禮習，譽並郝鍾。及歸我鳳翁公祖也，音調琴瑟，氣協鸞鳳。凜色笑于高堂，歡承養志；篤雍和于同氣，慶洽宜家。惠逮宗親，黨隣頌德；情周卑幼，臧獲啣恩。勞勩持躬，五夜雞聲軋軋；辛勤佐讀，三更篝影熒熒。憶先世鵬運春溟，槐廳早陟；喜今兹鹿鳴秋月，桂苑高攀。迨至出宰琴堂，屢冠循良之選；入襄畫省，特膺卓犖之推。雖曰公實爲之，何非内所助也。由是褰帷外郡，追異績于龔黄；攬轡武林，踵高風于蘇白。夫人規以鳌剔，輔厥廉能。化奏期年，恩翔九邑。東西三浙咸沾，渥澤長流；南北雙峰並戴慈雲高覆。而且經傳萱幄，訓佐椿庭。早步蟾宫，羨一龍之先躍；争輝芸閣，貯羣鳳之齊鳴。夫人教育彌殷，卹勳不倦。桓少君之淑德，定享高年；曹大家之芳規，自登上壽。豈意棄人間之簪紱，魂逐姮娥；曳天上之瓊瑶，神依王母。彤管永垂于青簡，素車争挽夫丹旐。三竺烏啼，望吴山而增慨；六橋花寂，瞻聖水以滋哀。

某也幸托通門，兼叨姘宇。深沐黄堂解推之誼，稔知翠幄翊贊之型。影遡祥雲，痛扳帷于無自；光窺寶婺，悲執紼以何從？敬束生芻，用抒哀誄。椒漿薄奠，祈暫駐夫鸞軿；薤露興歌，望遥臨乎鶴駕。

祭陳侍講生母黄宜人

嗚呼！連貝星沉，扶輪月寂。竹殞湘江，菊殘酈邑。黄絹哀凄，絳紗音闃。孝水長流，淚河永瀝。

於惟贈母，陸終喆系，洛下賢閨。柔姿淑慎，懿稟恭温。女箴默識，内則性敦。勤施櫛沐，儉飭盤飧。歸侍容臺，宜室宜家。襄擎鴻案，助挽鹿車。勿事紈縠，卻御鉛華。釜無重味，笄鮮六珈。代奉高堂，恪遵禮教。視聽隱微，周旋色笑。風木興悲，春秋佐孝。豐爾豆籩，潔爾蘋藻。撝謙輔閫，卑牧承坤。卹勳左右，翼贊晨昏。德周宗族，惠逮里村。葭莩頌義，臧獲啣恩。紡績篝燈，辛勤課子。仲也蛟騰，季兮鳳起。黼黻五雲，摶扶萬里。堦滿蘭芝，蹊盈桃李。

方期厚福，聿享遐齡。看花閬苑，扶杖萱庭。鸞章煥彩，蕙蘂增馨。壽輝彤管，德炳瑶屏。胡棄塵羈，倏懷仙化。玉殿高吟，瑶池遠迓。參昴永微，葛藟長謝。琴瑟悲鈿，芬芳泣榭。

某也向隨鳳侶，幸附鴳行。香聞桂杏，光羨琳瑯。緣知惠淑，實式家邦。懿型雖逝，慈範難忘。瑟瑟繐帷，飄飄哀纏。翕羽風淒，鳳毛雲慼。執紼未遑，聞徽如覿。芻帛用陳，椒漿聊滴。

祭陳母嚴太夫人

嗚呼！寒飈宵寂，北堂悲白鶴之踪；涼露晨垂，南姥促蒼麟之駕。痛井桑之踐夢，寶婺光埋；傷甑蘂之應占，金娥望斷。悼心無已，愴志難伸。

於惟夫人，天水貴宗，華陰雅望。名先臚唱，梁園作賦之家；榮占龍頭，富渚占星之裔。幼即性同蕙質，長而操厲冰心。魚際教成，早修婦順；鳳飛叶吉，曰嬪名門。採厥蘋蘩，歌有齋于牖下；友其琴瑟，頌静好于房中。不須環珮以鳴和，正容中度；豈事綺紈之争艷，含體有章。逮事君嫜，固勤修夫櫛縰；調和姒娣，更茂植其荆華。方念丙夜讀書，勗君子趨庭繩武；詎意丁年捐館，痛所天赴地修文。遂含蘗而持家，亦茹荼而保赤。琅玕百尺，澄玉壺一片之冰；松栢千秋，映銀海萬尋之月。于以盡母之教，至能成子之名。畫荻三冬，雪艷毫端之彩；熊丸五夜，燈分帷底之光。因知令嗣德繼三君，才齊七子。文壇樹幟，争思懸榻高風；藝苑分鑣，誰似卧樓豪氣？方承歡于北牖，選貳室者遠卜東床；抑養志于南陔，入三雍而先占西壁。

德星堂文集卷六

以故秋芳高擷，早步蟾宮；顧乃春杏遥瞻，暫離雁塔。先尚瑯琊之甥館，舉案相莊；繼登虞水之部堂，分曹共事。口含雞舌，蘭生晝省之馨；身列鵷班，爐繞仙郎之瑞。既而京闈選士，冀野掄材。駿到燕臺，蠱慶孫陽之顧；珍羅荆璞，誰悲卞氏之遺？鵬海增輝，龍門生色。是皆母儀之盡善，故能子道之克光。將謂鳩杖婆娑，日暖恒春之樹；庶令萊衣舞蹈，風和長樂之花。兕觥時祝于錦堂，鸞誥聯褒于翠幄。無如弄孫雖慰，思子彌慇。因陟屺以陳情，隨率家以怡志。團圞一室，欣承三千里慈懷；慶洽多年，庶慰四十秋勁節。疾云起已，壽其昌乎？孰意百齡方半，六甲將週。紫菊霜零，青鸞影絶；白華月冷，彤管輝沉。緬鍾郝之貽型，忽焉邈矣；溯陶歐之芳矩，尚可覯哉？此真天喪慈徽，三秋爲之砧寂；人亡懿範，千里爲之春停者也。

某也誼屬葭莩，交同金石。附尊公之驥者，蓬島三年；登太翁之龍者，芸窗七載。憶亥歲玉樓之召，身忝授經；喜卯秋桂苑之攀，兒叨同譜。機聲軋軋，久欽勸學之規；篝影熒熒，更仰傳經之績。奈何哉！金風蓮謝，徒病想於丹旌；玉露萱摧，空夢瞻乎繐旐。淚零絮酒，曷罄哀忱；涕洒生芻，聊抒悲誄。嗚呼哀哉！

祭沈母曹太夫人

嗚呼！鶉火初纏，忽黯靈萱之綵；雀風交扇，頓沈寶婺之輝。撫没後之几筵，追生前之淑慎。芳型伊遠，壼範空傳。嗟夫林下之風，雖多足紀；閨中之秀，豈乏堪稱？然椒頌賦菊之才，惟工藻艶；而潘剪薛針之巧，何係芳規？

惟太夫人新野華宗，平陽貴閥。居名芝里，久傳忠孝之家；室號書倉，争羨文章之胄。聞望則風高鐵硯，顯奕而世守金符。幼即幽閒，自擅少君之德；長而婉娩，更習大家之箴。親求桑刈葛之工，止知勤勱；鄙卻月歸雲之飾，不事紛華。遂以繡虎之後昆，聿配織簾之賢裔。挑燈佐讀，懸釜勤勤。將魚菽于宗祊，克亞夫人之祼；採蘋蘩于牖下，爰尸季女之齋。逮事君嫜，益隆孝養；暨隨姊姒，彌凜謙和。而且惠以待人，族黨交稱賢淑；恩能逮下，臧獲争頌慈温。是非偏擅一長，固云兼全衆德矣。亡何，鹿車喪侶，鴻案離莊。劍履徒存，伴鵑啼之欲絶；縹緗雖具，供蠹嚙之終殘。而太夫人體遺澤于先人，廑傳經于後嗣。荻堪作字，彩溢毫端；熊可爲丸，光生筆底。長君識貫三辰，胸藏二酉。桂香蚤擷，旋探上苑之春；桃浪初翻，正近長安之日。次公空羣駿品，上舍人豪。方鵲噪于泮林，行鵬飛于雲路。至若蘭芽繞砌，玉蕋盈堦。鑄釗鏦鎔，殊勝汾陽之鏤錯；琪珪玘瑾，誰誇王氏之璠璵？方謂賢子聯芳，相輝棣韡；文孫並秀，遞奏塤篪。聽雙鳳之翱翔，齊鳴帝閣；看羣龍之夭矯，共躍天衢。世號禮宗，鳩杖出椒宫之賜；代稱人瑞，鸞章來楓殿之頒。斯昭内則之休徵，允著坤儀之積慶。而乃甫登上壽，遽賦仙遊。愛日掩光，悲雲肆起。蒼麟促駕，莫廻萱背之魂；青鳥傳書，長漬萊衣之血。此真風生蒿里，巾幗春停；而月冷凫燈，閨幨砧寂者也。

某也誼關世好，情屬懿親。思他時弱息于歸，恭聆德誨；詎今日太君云逝，痛想徽音。淚零絮酒，冀懿幄之遥醺；涕洒生芻，望慈幃之式鑒。

祭錢母陳太安人

時維秋仲，律中函鐘。訝南極之無光，悲雲肆起；驚婺星之乍隕，孝水欲枯。陶歐之芳規寂然，鍾郝之徽音杳矣。含哀曷已，悼心無窮。

太安人望重太丘，系由潁水。三君名德，人欽星聚之輝；五世榮占，羣頌鳳飛之吉。琬琰爲質，蘭蕙成心。幼即幽閒，長而婉娩。爰適表忠之裔，吴越名家；曰嬪太傅之孫，賢良舊閥。才高十子，詩同沈宋之工；社結三吴，交有徐劉之契。安人虔修櫛縰，親治旨甘。承兩世之歡顔，竭一心而孝養。以至勸學而襄夫子，課讀以裕後昆。書受赤麟，詞含白鳳。焕文峰而散綺，騰譽士林；翻學海以湧波，蜚聲藝苑。於是或業高上舍，或品重辟雍。或百里棲鸞，榮宰栽花之邑；或雙輪夾鹿，寵分剖竹之符。洒甘雨于廣寧，雉隨鳧集；攜清風于獨秀，鶴與琴來。錦縣雲深，長娱慈幃之志；黄堂日永，遥輝綵袖之華。行將寵命頻頒，龍章焕乎道左；恩榮叠至，鳩杖賜自宫中。世號禮宗，里稱人瑞。且也孫枝競秀，兔毫生五色之花；曾胤呈祥，丹穴耀九苞之羽。是誠家多積慶，代有流光矣。何意人願常乖，天心不惠。蓼風初厲，奚傳青鳥之書；荳雨乍零，俄促蒼麟之駕。思愛子其方遠，魂倚里而空悲；念慈母之已仙，目望雲而欲斷也哉！

某與令嗣胼胝三載，咨儆一堂。聞少君之才名，夙欽淑德；諗大家之禮法，益仰徽音。而乃蓮謝金風，空想芳規于瑤島；柳疎玉露，徒懷壼則于瑤臺。爰叙哀悰，恭陳薄奠。

祭李宜人陳太君

金娥去月，悵鶴駕于西瀛；寶婺辭星，洒蛟珠于北樹。沼邊躍鯉，攜向誰人；林上翔烏，號歸何所？怪來鶯哢，皆成原氏之歌；愁絶鵑啼，盡和皋魚之泣。含悲無已，茹痛奚窮？

惟太宜人，系自名宗，歸于望族。星輝潁水，争誇占鳳之後昆；氣紫函關，曰嬪登龍之賢裔。北堂春曉，進棗栗於堦前；南澗風清，歌蘋蘩于牖下。對熒熒之燈火，胥晷時親；聽札札之機絲，書聲相間。既偕君子而霧隱，復啟後人以雲驤。於是健羽秋横，聯折廣寒之桂；濃香春染，羣擷泮水之芹。晝錦生輝，萊衣增色。乃志存將母，惟懷孺慕之悰；而孝以事君，時切慈親之訓。爰赴銓曹，先膺中翰；繼遷虞部，復陟秋官。多所平反，豈似不疑之太峻；惟在公恕，相期定國之無冤。羣稱衆喙，一鸞望高比部；先羨雙旌，五馬權刺渝州。人云蜀道之難，當爲孝子；母以王尊之義，勉作忠臣。遞膺建節之榮，入拜司鹺之命。既周諄於後報，更致鑒乎前車。裘自何來，奚羨卻縑之節；笥以絶後，不殊封鮭之操。故能治績彌隆，清名日起。遂以理漕半壁，典憲三江。絲粟不私，斯可慰夫垂暮；桁楊須慎，豈忍喜於得情？允矣被仁言之藹如，千村甘澍；美哉奉母訓而勿墜，一路春風。是以仁人必壽，陰德克昌。舞綵堂前，瓜瓞綿多男之瑞；含飴膝下，雲礽集五代之祥。光飛長樂之花，龍章日麗；色耀恒春之樹，鳳誥風馳。固昭天爵之獨尊，亦極人榮之至貴矣。何意夢來二豎，祟起兩星？萱幃空懸，徒抱梧棬之慕；翟衣虛襲，長深圖像之悲也哉！

某地接棠陰，誼同蘭臭。動容中禮，早聞孟母芳型；出言有章，夙仰曹家懿矩。而乃林風頓絶，閨秀杳如。回首當年，接沖襟於仲子；啣悲今日，溯遺範於宜人。用展哀忱，遥將薄奠。

祭查夫人

嗚呼！玉女峰傾，悲雨聲之淒楚；夫人城圮，悵風葉之蕭條。樹謝恒春，惟餘畫閣；花凋長樂，祇剩香奩。荀奉倩之傷神，良有以也；潘安仁之流涕，豈徒然哉！

於惟恭人，系自陶封，望崇苕水。庭施棨戟，文通武達之門；座滿貂蟬，鼎食鐘鳴之第。煌煌褕翟，閥盛邢譚；翼翼軨軒，人推鍾郝。

爾乃姿同芳蕙，質擬貞松。婉娩出自性生，無煩姆教；明慧由于天授，不藉女師。吟柳絮于庭前，自是閨中之秀；咏條桑于月下，居然林下之風。既而案舉齊牢，聲諧鳴鳳。不作金堂之婦，甘事梁鴻；願爲玉潤之妻，言歸衛玠。北堂春曉，進棗栗而維虔；南澗風和，歌蘋蘩而益肅。對熒熒之燈火，膏晷時親；聽軋軋之機絲，書聲相間。醪鹽零雜，不避辛勤；井臼提擕，寧辭勞勩？況乎棄繻不顧，終子雲早歲入關；投筆有懷，班定遠連年出塞。室家修飭，絶勝丈夫；門户支撑，足稱健婦。

逮我侍講公鹿鳴乍賦，雁塔旋題。燃藜白玉之堂，珥筆黄金之殿。衡平鑑澈，廣羅竹箭于粤東；玉潔冰清，徧識驪黄于冀北。此皆公之功也，抑亦内有助焉。于是副笄輝煌，鸞書屢錫；山河焜燿，魚服時披。若使顧婦潘姨，寶髻新妝豈少；即令齊姜宋子，珠衣巧様何難？而乃體文仲之公忠，效晏嬰之節儉。卻明璫而不御，猶訪蒿簪；進錦綺而勿歡，長求弋綈。廉哉朱寵，本無慕于賜梁；清甚李衡，肯贊謀于種橘。而且仁垂樛木，恩逮小星。矯若龍駒，喜覩芝蘭葱翠；騰如麟鳳，欣看頭角峥嶸。教厲丸熊，幾忘公權之非己出；情深畫荻，雅愛光進之若親生。方期日在禺中，來瑶池而宴息；何意秋生昧谷，望桂窟而徜徉。寶婺辭星，洒蛟珠于北樹；金娥去月，返鶴駕于西瀛。固宜地老天荒，心致愴于遺挂；而夏日冬夜，悲實切于鼓盆者也。

某情篤朱陳，誼通孔李。諗大家之禮法，早仰徽音；聞少君之才名，夙欽懿範。奈何柳疎珠露，徒懷壺則于瑶臺；蓮冷金風，空想芳規于瓊島。用抒悲誄，敬奠生芻。

祭吴母汪太夫人

嗚呼！寶婺星沉，璇宫月黑。黄絹悲哀，絳紗音閴。孝水長流，淚河成洫。楹奠揚徽，書彤誄德。

於維太夫人，雙旌望族，萬石高門。中郎名父，阿大諸昆。冰清玉潤，芝本醴清。應圖令淑，言動恭温。嬪于州來，兆成鳳卜。頌獻春椒，銘傳秋菊。榛栗承顔，篝燈佐讀。晒麥防漂，蒸梨必熟。娣姒雍容，郝鍾郁穆。不訴殺牛，唯甘挽鹿。鄰窮撲棗，客餓翳桑。自聞急難，每樂傾筐。麥舟施惠，黍谷回陽。積功累行，日引月長。畢萬必大，有嬀其昌。堦生蘭玉，價重琳瑯。和膽爲丸，畫荻作楮。璧貴傾秦，珩奇動楚。奮翼鴻都，含香鷺序。文柄權衡，士林棟宇。法冠是戴，栢臺爰處。石窌褒封，延鄉錫予。日薄虞淵，年臻大耋。芝斷三山，蒲稀九節。南陔蘭芬，北堂萲折。鄉邑罷春，廬前攀栢。

某向從南省，深識大吴。班躋烏府，望稱鳳雛。因知家法，足式州閭。禮宗一逝，坤範誰扶？瑟瑟繐帷，飄飄葛紼。歷燼哀纏，窮塵悽惻。酹此椒漿，奠斯芻帛。神之聽之，來歆來格。

祭查母朱孺人

嗚呼！家節洽宜，無隕不穫。壼範聿端，處樂如約。生也書鞶，含章孔莫。殁則鑱珉，貽徽彌灼。

緊維夫人，系本紫陽。幼稱窈窕，禮尚端莊。毁齒失恃，孝見扶床。勝衣課讀，勤始懿筐。

蘭儀天誕，蕙問載揚。既賦于歸，德容濟濟。鴻案如賓，雞窗旦啟。箴管長縫，縹緗方砥。但勉令修，務敦大體。夫子攻苦，提甕莫辭。夫子嬰難，持門勿疑。作糜待釋，脱珥相裨。阽危旋妥，遘閔不靡。深戒懷安，勸君礲斵。更慮寡聞，勸君游學。累絲必成，澤羽須沃。陶答樂羊，從諫斯卓。行不炊扊，去不期環。賢媛在室，才子入關。契闊魚雁，迢遞河山。激昂未返，奮迅方還。顧念慈顔，已臻皜首。曰旨曰甘，何無何有？籠水乍生，江鱗自剖。式慰倚閭，實資操臼。矧諸令子，幼抱孩提。翼茲鳳翽，豢乃龍驪。養胥式穀，教代折笄。芬芳芝秀，熠爍玉齊。俛仰仔肩，無關夫壻。春月照櫟，秋風鳴砌。家杼頻空，客裘幾敝。會合何期，詎庸早計。得弛内顧，征邁氣雄。錐摩益猛，枕秘滋充。秦川縑寄，趾效玲瓏。富公書擲，恐溷心胸。策射大廷，賦登上苑。臚句巍峩，藜輝凝遠。厲志竟成，凌雲非晚。喜報泥金，高堂加飯。十年瞻屺，此日扳萱。森森象服，翼翼魚軒。奉迓京邸，並入仙源。興懷離合，細話寒喧。嘖嘖天街，盛傳家慶。夫謝妻芳，子歌母聖。禄本太君，位端主孟。特被褒封，佇仍寵命。母心雖悦，鄉思實孜。言辭北闕，遄向南枝。夫人力贊，左右扶持。里稱燕喜，家祝期頤。方謂閒禧，從茲永順。母命服官，風木轉瞬。獨繕喪儀，星馳哀訊。馬鬣佐封，雲軿徐軔。桑乾再渡，荏苒三秋。素躭淡泊，愈厭紛綢。屏間側聽，帳後坐籌。寂焉屏慮，闇若寡謀。谷養太和，象宜難老。忽御金飈，遽含銀棗。相罷隣春，砧停秋擣。別鶴絃驚，孤鸞鏡惱。濡毫累紙，聲淚皆真。悼亡潘岳，罕此傷神。情生孫楚，庶見敦倫。千言紀行，讀者含辛。以是女宗，匹乎人傑。

直可忍寒，底須夢熱。綠竹溪灣，白楊丘垤。彷彿歸來，鑿哀泉咽。若予私痛，益復無涯。兄遺弱女，荼苦童牙。行年及笄，荆布裙釵。才雖孱拙，性亦柔嘉。字爾賢郎，其行則季。諸姒在南，獨修女贄。善教初來，曲矜後至。無母何依，恩章是庇。奈何同病，一呻一呵。姑猶眷媳，媳願代婆。難勝鬘經，伏枕泗沱。我儀母澤，心碎絲蘿。惟是德門，光遠有耀。夫貴雲霄，子才廊廟。追贈斯崇，嗣徽彌劭。奕葉其昌，九原含笑。

祭通江李母

嗚呼！無非無儀，履常處順。惟敬惟貞，持危弭釁。鬚眉所難，巾幗尤僅。淑範雖亡，徽音自震。

緊維孺人，生秉端莊。世承清德，門樹忠坊。幼而失恃，甫脱扶床。哀哀孝女，嘖嘖關鄉。稍長性聰，代綜家政。時遘寇氛，又遭歲饉。主饋實繁，分饘自定。厄免鄰媛，恩均賤媵。苟女方孩，治軍卻敵。李娥未笄，作食供客。比母童年，俱堪咋舌。婉娩于歸，宜家無射。既賓大尹，昧旦雞鳴。提甕親汲，舉案相欽。故居傾圮，爰徙芝坪。裹餱胥宇，中露披荆。曾不逾年，遂能安堵。雞犬中厨，桑麻外圃。未雨綢繆，端資内輔。無煩夫子，專事詩書。篤興廉孝，光啟門閭。邑乃馴雉，軒則迎魚。惠政佐舉，恥曳華裾。從邁于官，每爲婉諫。賦性太嚴，恐遺後患。好直伯宗，妻多明見。任戆王章，室能早勸。讒成貝錦，藉被刊剜。幾遺北戍，久縶南冠。母曰無慮，君子行端。雖羅虎阱，必遇雞竿。課子治家，趾顛出否。果放歸田，不形驚喜。阮氏作糜，許允得理。其識卓然，足空彤史。大尹既白，日事琴尊。鹿車載挽，仍樂衡門。雛成三鳳，翽羽連翩。庭闈安吉，正茂椿萱。天不憖遺，大尹遄逝。無幾星霜，母復厭世。閬苑繼登，玉樓踵至。懿媺追書，不勝鞶帨。

予聞母卒，更有深悲。伯子及門，志行不欺。計偕未售，旅館京畿。倚閭在念，晝夜思歸。予謂顯親，斯爲大孝。況遇廣羅，聖朝明詔。萬里雲遥，何堪敝道。詎料留行，竟啣永悼。誰職其咎，詒厥終天。母德孔厚，食報九泉。一卮遥酹，率爾同年。星歸寶婺，輝映西川。

祭□太君

嗚呼！青鳥凌霄，玉闕待鸞軒之翠；蒼麟促駕，瓊樓迎鳳幕之香。悲增天上仙娥，痛失人間賢母。傷哉！

惟太君窈窕嗣徽，肅雝並軌。來嬪孺子，媲美孟光。黄卷青箱，寒暑一氊佐讀；警雞挽鹿，劬勤三載名成。井臼親操，卻紛華而不御；蘋蘩是職，雖塵甑以無辭。舅姑在堂，調甘旨而燕喜；賓朋滿座，截雲髮以交歡。孝德篤於性情，賢聲播諸遐邇。慨自姬琴爲友，正諧荇菜之風；虞瑟空張，施作湘靈之奏。仔肩先德，撫育諸孤。寒燈素壁，心摧飛雁以俱哀；午夜清霜，月伴啼鵑而盡碧。飲冰茹蘗，誓栢矢松。勸勉分陰，勤勞寸晷。于是擁被畫三冬之荻，歐陽文采可觀；分丸嘗永漏之熊，柳氏家聲繼起。長公蜚英庠序，佇看奮翮于雲霄；仲子薦領鄉書，早鐸司文於樸棫。隣闈應聘，訓切寒窗；入棘遴才，名傳玉筍。是以成均特簡，宫墻盡瑣闥之英；天府羣推，化育多端揆之器。凡後嗣之克振，皆母教之由成。況夫繞膝芝蘭，盈堦玉樹。受兹介福，方欣鳳詔之褒崇；享爾大年，正喜鸞書之寵錫。夫何魚輪倏逝，蓮馭云遐。昊天何心，慈徽孰繼？魄冷曇花之圃，知歸鶴于何年；神棲琪樹之宫，聽哀猿而維絶。

某等聞訃心驚，悼徽音之不返；登筵神戚，見遺範之如存。謹抒蒿里之思，聊代生芻之䆉。傍徨拜泣，惝怳來臨。

浙江文叢

許汝霖集

〔下册〕

〔清〕許汝霖 著
劉 瑜 朱昌元 點校

浙江古籍出版社

德星堂文集卷七

海寧許汝霖時菴著

疏

請御製聖訓頒發學宫以勵士習疏

竊惟典莫隆於學校，治莫先於教化。唐虞三代，自古皆然。我皇上聖德神謨，超越千古。臣於按試各郡發落諸生之日，頌揚聖學，宣述皇恩。大江南北數十萬文武生童歡呼踴躍，咸謂感生堯舜之世，親覩勳華。竊欲得聖天子寶訓數條，頒佈學宫，勒石垂遠，以爲士子法。臣伏思皇上睿藻天章，輝煌百代，凡古聖賢祠廟，俱賜碑額，凡屬臣民法守均頒誥誡。至學宫之起化，多士之式型，禱望既慇，觀瞻尤切。伏祈皇上於萬幾之暇，俯慰輿情，親製寶訓，命士子如何砥行，如何讀書，如何爲他日服官，頒之各學，勒之貞珉，弁之《學政全書》。使每月朔望日，府、州、縣有司既以皇上十六論與小民講解，而府、州、縣教官亦於朔望日以聖訓數條與多士宣揚，不徒擴其見聞，并以惕其心志，在一時爲德教，垂萬世爲典謨，其裨文治非淺鮮矣。

請禁教官捐納以重師儒疏

竊思捐納一途，皇上不得已而偶一行之，從此筮仕，豈必盡無人才，而獨於教職一項，似宜稍爲變通者。蓋教職雖微，而訓迪士子，其責實重。三代間師、黨正之屬，每慎其選。而宋明以來，名臣大儒亦往往出於其中。我朝定制，惟進士、舉人以及歲貢得充其任，後因事例一開，凡屬生員皆可援歲貢以授教職，而其途始雜。然猶曰生員也，近乃以俊秀而亦得爲之，舉人、貢生考是職者守候數十年未獲盡授。而市井之子，年甫成童，胸無點墨，未嘗一識宮牆之徑，忽焉南面，以臨其上。彼謂冷曹閒署，既無刑名錢穀之責，累其考成，優游十載，便可陞遷，而不知膏粱年少，坐擁皋比，欲使宮牆之内，或三四十歲、五六十歲淹博宿儒，執經而修弟子之禮，心既有所不服，教又安所得施？臣愚以爲，俊秀納教，不過數百金，每省亦不及數十人，於國用實無大裨。俊秀援教，似宜永停。其既已報納者，或量改佐貳，否則或倣古限年之例，年幾四十，鄉試四五次後，地方確核報部，方行掣選，則遲其歲月，擴其學問，庶幾身先免於佻達，而後可以率諸生，胸稍窺乎文藝，而後可以課多士。重師儒而隆學校，未必無小補也。

請禁生員爲禮生以敦士習疏

竊惟生員所禁，不許出入衙門，結納官府，法至嚴也。康熙二十五年，學臣以禮生冒濫衣頂，禮部覆照國子監例，選擇在學生員文行兼優者充補，大學六名，小學四名，五年更易，歲科提等，所以重典禮，杜倖冒也。法本盡善，而歷久弊生。凡地方大小各官到任、落學、祭壇、講約，以至朔望行香，皆以生員爲鳴贊，情面既熟，奔競遂滋，或私相夤緣，或公行請託，借結交於官長，因恐嚇乎鄉愚。一二不肖倡之，而效尤者踵相接矣。臣受事三年，嚴行選擇，嚴行懲誡，而藉口趨蹌，實難悉禁。因思國學之中，祭酒、司業專司文藝，故朔望行禮，與諸生往還，原無他慮。至於外省各官，皆關民事，偶與生員交際，便涉嫌疑。況五年之久，每月朔望之頻奔走追隨，而能保其一無關説，臣未信也。敢請勅部定議，裁額限期。惟萬壽令節，元旦、冬至以及春秋二丁，仍擇生員贊襄大典，其餘地方各官，自有陰陽生，自有禮房執事，不必衣頂，皆可鳴贊，一概不用生員。則賢者閉户潛修，既得專心於誦讀，而不肖者公庭罕至，亦不得役志於逢迎，非徒砥士行，抑且勵官方也。

請禁私選假刻以端文教疏

竊惟文章一道，關乎士運。必使風氣操於上，而後可化成乎天下。臣考明代制科之初，專刻程墨，並無坊選。故士得專其心志，窮經讀史，共敦實學，而應制於場屋者，道一風齊，絶無岐尚。沿至明季，遂有房行。始於會試同考，盛於一二名家，要未有盡人操選，通篇俱僞者。自末學小生，羣尚私刻，元魁之墨，主考之評，竄改假捏，盡易本來。甚至有一榜數十人，一稿數十藝，總非本人所自爲者。耳目溷淆，好惡錯雜，流弊遂以日滋。伏查私刻選文，現奉明禁。臣亦仰遵勅書，嚴懲痛誡，而積習既久，復恐或萌。近奉旨，各省鄉墨，禮部悉照原本刊刻頒行，海内想望，不啻饑渴。臣愚謂，會試額少，文字不多，亦應將四書經藝照本悉刊，房書則仍倣康熙九年部頒之例，新進士各謄窗稿呈之，房考定之，總裁彙之，禮部選訂發刻。其有專稿佳文房書不能盡載者，亦令諸臣鑒定自梓。此外，惟各省試牘學臣頒刻，其餘房行諸選概行禁止，違者本生黜革，坊賈治罪。地方官失察，亦定處分。如此，則主持在上，風氣自齊。士之攻舉業者，既不以真贋之雜亂其心思，兼可以專精之餘，窮乎經史，有真學問而後有真文章，有真文章而後有真經濟，似亦訓育人材，維持風教之大端也。

請旌表貞節以昭風化事

竊惟敦倫莫如節孝，勸善務在旌揚。我皇上道德齊禮，超越百代，訓諭内外臣工，興行教化，每於題請節孝之案，准其旌表，直省地方，聞風向義，烝烝已久。臣自奉命督學江南，校士之外，細加採訪，查順天事例，凡有孝子節婦，學臣差滿開列，具題請行旌表。今臣事竣，業已報滿，惟俟新差學臣到任，交代所屬。上下兩江，除江蘇等府照例仍聽江蘇撫臣查明於旌表事案内具題外，其安徽等府先據原任安徽布政使司布政使加一級佟國佐陸續具詳節婦各案，三年之内安徽撫臣未經具題。臣循往例嚴加覆核，至事實未確，年例久逾者，俱經駁查，寧嚴毋濫。

茲復據署安徽布政司事江安督糧道參政加二級鮑復昌回詳前來合之。臣於從前按試所至親行採訪無異者，得節婦六人，謹逐一臚列，爲我皇上陳之。

徐氏，鳳陽府潁上縣學生員劉士昌之妻。氏年二十歲，夫亡，堅志守孀，殯葬舅姑，撫孤成立，布衣淡食，有如一日。康熙二十九年詳報時，氏年六十六歲。今已七十歲。查其何以逾例多年始行舉報，據該府呈稱，潁上小邑，諸生未諳五十舉節之例，是以俟其垂老，方敢陳請。該臣看得徐氏甘貧守節，盡瘁全貞，茹荼蓼而葬親，完丈夫未完之事，畫荻灰而教子，盡女子難盡之心，永矢弗諼，請旌無忝。

趙氏，鳳陽府宿州民人王潢之妻。氏年一十七歲，夫亡，子方一週。氏矢節撫孤，孝事翁姑，養生送死。康熙二十九年詳報時，氏年六十三歲。今已六十七歲。查其何以不蚤報，據該府呈稱，氏當康熙二十三年以前，舅王獻尚存，氏念婦道未終，未敢蒙獎。嗣值年荒，隨子避荒豫省。爲是遲報。該臣看得趙氏孀居方一十七歲，勵節垂五十餘年，孝養服勞，存亡無間，流離困苦，終始不渝，洵足彤管傳芳，亟請華綸下逮。

程氏，池州府貴池縣民人吴大賓之妻。氏年一十八歲，夫亡，翁姑皆六旬，翁之父年踰八旬，遺孩數月。氏忍死撫孤，繼遇荒旱，兩代連喪，有叔未婚，有姑未嫁。氏一應勉力措辦，因哀泣辛苦，兩目失明。屢辭旌獎，至康熙三十年始行詳報時，氏年六十歲。今已六十三歲。該臣看得程氏青年矢節，皓首全貞，哀死事生，艱難備至，承前啟後，志操彌堅，輿論久孚，旌揚宜錫。

陳氏，太平府當塗縣學生員彭應帶之妻。氏年二十三歲，夫亡。未期，子復殀。氏孝事孀姑，苦守幾三十年，待夫弟生次子，繼立爲嗣，拮据紡績，營謀娶媳。康熙三十年詳報時，氏年六十八歲。今已七十一歲。查其何以逾例遲報，據該府呈稱，緣請籲無人，待繼子成立，以至遲延。該臣看得陳氏身居蓬蓽，志媲松筠，代子職以事姑，貧而能養，立繼嗣以延後，老而愈堅，久歷艱貞，宜膺旌表。

姚氏，安慶府桐城縣學生員馬方思之妻。氏年二十六歲，夫亡。痛哭誓死，以舅老子幼，乃忍死守節。其事舅也，生則致敬，没則致哀，一準於禮。其訓子也，夫故之日，長子五歲，次子二歲，氏撫育訓誨，以迄成立。康熙三十一年詳報時，氏年五十一歲。今已五十三歲。該臣看得姚氏嫠居未及三旬，完貞已逾五十，婦道兼乎子職，母教等於師嚴，例既合符，事堪矜式，應加旌表，以示激揚。

江氏，安慶府桐城縣民人姚文㚟之妻。氏年二十三歲，夫亡，水漿不入口者五六日，姑郭氏諭以孫甫四齡，氏始勉從撫孤。後姑患痿痺，氏移榻姑側，扶持浣濯，十二年無間寒暑。教子成立。康熙三十一年詳報時，氏年五十一歲。今已五十三歲。該臣看得江氏于歸未久，矢死靡他，孝事病姑，寒暄無間，撫育穉子，教誨有成。允協輿情，克符旌典。

以上節婦徐氏、趙氏、程氏、陳氏、姚氏、江氏共六口，皆自少年守節，至老不渝，與例相符，所當亟請旌表，以昭聖朝風化者也。除事實册結送部查核外，臣謹遵例具題。伏乞睿鑒，勅部議覆施行。

報明科歲試竣剔除十弊疏

竊臣一介庸愚，仰荷皇上選厠清班，洊陞坊職，拔充皇太子講官，高厚恩深，捐糜莫報。嗣於康熙二十九年十二月内吏部題請學差，因臣資俸未深，列名最末，復蒙皇上破格擢用，督學江南。荷聖明特簡之榮，兼念孤寒身歷之苦，焚香告天，誓不一念苟且，致負生成。惟是才疎任重，受事以來，時懼隕越。今歲科兩試，巡歷已週，臣之盡職與否，知皇上蚤已洞鑒，何敢瀆陳？但伏查康熙十八年吏部題覆憲臣魏象樞條陳學道一官等事疏稱，順天學院任滿，亦將剔除十弊之處，開明具題。臣遵照順天事例，合行題報，查原疏開列十弊：一曰童生未經府考徑取入學。臣按，考郡縣惟據提調呈送府取童生案册收考，一應大收結帶，概不准收，并無府册無名徑取入學之弊。二曰考試童生額外溢取撥發别學。臣考試文武童生，悉照大小學定額虚公校拔，至於頂冒一項，嚴查痛禁，並無溢取撥發之弊。三曰彌封坐號紅簿不發府州縣收貯。臣每當考試點名甫畢，即將彌封坐號各簿，親付提調官收貯，閲卷已定，發令拆號，查填姓名，並無收貯不發之弊。四曰不將紅案速行發學。臣考定生童卷，發提調官，對簿填案，懸示之後，隨即據册印發紅案，並無遲延更改之弊。五曰令書承快手先開六等草單嚇詐。臣恪遵功令，跟役無幾，復加關防嚴密，考定優劣悉係臨時手定，并無豫漏消息之弊。六曰將文充武，入學之後，僉緣改文。臣文武童生照額考取，隨即造册分報禮、兵二部，並無以武作文之弊。七曰憚於親臨，遠調考試。臣凜遵條例，不避寒暑，親歷各屬，並無憚勞遠調之弊。八曰縱容教官私通線索。臣冰蘗自矢，於各屬教官，除送考值場公事相見外，概不私見，並無縱容作興之弊。九曰曲狥情面私書及親朋討情。臣誓拔單寒，不避嫌怨，按臨所至，嚴禁私書，查拏流棍，矢公矢慎，終始如一，並無狥情行私之弊。十曰將額外溢取童生不入新案，造入事故項下朦報禮部。臣考取悉遵定例，報册欵項，徹底澄清，部册見可，查核並無溢取朦報之弊。此原題十弊，臣逐一剔除，三載奉行，不敢少懈者也。至於禁沠供應，勸興義學，痛懲奔競，嚴戢奢靡，又於每郡發落生童之日，頌揚聖學，宣播皇恩，諄諄告誡，務使人敦孝弟，家勵廉耻，砥行潛修，不負皇上作人至意。但臣受恩深重，賦質迂疏，雖持衾影之忱，莫遂涓埃之報。今當差期已竣，謹遵例開明具題，字多溢額，併祈睿鑒，勑部議覆施行。

請賜歸田里以安愚悃疏

竊臣一介庸愚，蒙皇上拔置詞林，充侍皇太子講幄，督學典試，洊歷講讀學士，超陞工部侍郎，繼轉禮部侍郎，督理子牙河道。賴聖駕兩次巡幸，指示周詳，因得倖免隕越。復叨異數，轉補户部侍郎，又陞禮部尚書，叠沐殊榮，涓埃莫報。竊思堯舜之聖，亘古難逢。臣既逢其盛世，千載一時，故服官二十九年，從不敢請假一日。而硜硜愚拙，蒙鑒獨深，受恩更渥，正宜勉竭駑駘，稍酬高厚於萬一，豈敢託詞引退，妄冀便安。但臣今七十一歲，目疾昏花，步履遲滯，心神恍忽，記憶輒忘。若再因循戀位，必怠弛曠職，負罪益深。叩乞皇上，憫臣衰憊，念臣謭劣，恩賜放歸，矜全始終。倘不即填溝壑，猶得與農夫野老歌吟昇平，日祝萬壽於無疆，併將訓課子孫，隨分報效，生生世世，啣結弘慈無盡矣。

表

恭進大易講義表

伏以帝德窮經，神啟圖書之秘；聖心稽古，道開河洛之先。蓋學炳三辰，不外六經以治世；書陳二酉，要本一畫以開天。惟神而明者，能極深而研幾；斯窮則變者，能通志以成務。臣等誠惶誠恐，稽首頓首上言。

竊惟十三經爲文字之祖，而奇偶實闡其全；廿一史詳理亂之幾，而生成已握其要。故包羲悟參兩之原以畫卦，而文王繫彖，周公繫爻，孔子繫象，理數天人，四聖人若同堂以告語；陳摶得九六之象以傳經，而蔡子著《啟蒙》，程子著《易傳》，朱子著《本義》，辭占象變，四大儒若異迹以傳心。然非達化窮神，安能知來藏往？故宋開帖括，而影響支離，終成舉業之弊；明易文章，而章句訓詁，徒貽學究之譏。道不虚行，事如有待。兹蓋伏遇皇帝陛下，盡性至命，精義入神。首出咸寧，法天不息；厚德載物，應地無疆。固已俯察仰觀，類情而通德；乃猶居安樂玩，衍數以陳疇。日御講筵，時披圖象。由太極以溯無極，審進退消長之宜；因後天以悟先天，徹終始屈伸之理。崇效天而卑法地，成性存存；乾易知而坤簡能，悦心亹亹。展牙籤而如遊河洛，翻緗帙而儼見羹牆。風雨雷霆，鼓潤往來於紙上；日月水火，光華爛熳於毫端。治百官，察萬民，陋延英之疎略；行鬼神，成變化，鄙宣室之矯誣。斯皆皇心之廣羅萬象，夫豈臣工之能贊一詞？顧精益求精，知新由於温故；聖不自聖，日就繼以月將。特焕綸音，集成講義。黜浮崇正，猶是扶抑之機；審異致同，依然類辨之旨。蓋周程張朱之傳述，歷久彌彰；而羲文周孔之本來，由兹可見。務匯千流以溯源委，毋沾一路以障光明。藏密洗心，自可得其理而不假其物；前民利用，尤必尚其辭而復玩其占。合殿香飄，曾被玉音清問；花磚日暖，重分班管餘輝。擬之披沙以撿金，庶幾由博而返約。

臣等通經有志，寡過未能。昔年伏處田間，恒切觀光之念；今日遭逢殿陛，常懷負乘之羞。修辭立誠，中心之疑未免；前言往行，多識之學尚疎。輟虎皮之座，既愧横渠；講龍飛之爻，復慙昭素。舊聞掇拾，何增山嶽之高；汗簡編摩，無當涓埃之報。伏願盛德富有，大業日新。陰陽柔剛，相得而有合；窮變通久，神化以宜民。試觀大小往來，即爲泰否之倚伏；苟非上下變易，曷分損益之盈虚？天地之德惟生，好生已《盡易》書之理；天下之動惟一，貞一足該萬物之全。藏用顯仁，範圍而不過；斷疑通志，曲成而不遺。則鼓之舞之，事業暨乎千八百國；廣矣大矣，推行及乎億萬斯年。

恭進詩經日講解義及春秋禮記表

臣等叨侍講筵，欣窺聖學。伏覩皇上德懋緝熙，心嚴宥密。夙興夜寐，較宵旰而彌勤；日就月將，歷寒暑而弗輟。探微言於四子，囊括百家；窮大義於六經，網羅諸史。固已胸涵今古，道貫天人。乃猶念陶情淑性之資，端由風雅；頌德颺功之典，尤藉咏歌。特命研稽，隨時講繹。溯《關雎》《葛覃》《卷耳》，悟王化之有源；首《鹿鳴》《天保》《采薇》，徵治功之大定。念爾祖則雅始《文王》，對在天則頌原《清廟》。雖風謡不遺列國，而貞淫互異，故化基周召者，治訖於《豳風》；即南雅原屬我周，而功德攸同，故頌次魯商者，篇終於《殷武》。勸懲備列，咸資羣怨與興觀；正變交詳，具見温柔而敦厚。十五國已該夫六義，三百篇可蔽於一言。然太史所陳，雅頌雖維乎王迹；而《黍離》以降，春秋實繼乎周詩。綜二百四十二年之事，吾魯而外，類及桓文，大統以天王爲斷；合九百四十八篇之説，丘明而下，莫如公穀，義例以安國爲宗。是在晰其微詞，因以窮其奥旨。顧字嚴褒貶，公好惡者固本於詩；而意在惇庸，正典常者更原乎禮。爰因麟史，遂暨曲臺。彼《周禮》《儀禮》之傳，淵源或異；即大戴、小戴之記，繁簡亦殊。然大要四十九篇之備詳，正可息數百餘家之聚訟。所當考其同異，循次以敷陳；自宜溯厥源流，因時而獻納。

臣等學慙稽古，識愧窮經。曾窺先聖之書，家傳《詩》《禮》；素切尊王之義，志在《春秋》。幸厠西清而給筆札，兼侍東觀而佩絲綸。掇拾遺言，知無關於啟沃；推詳微藴，冀稍裨乎高深。伏願旦明愈惕，追琢惟勤。化洽雎麟，風教追二南之上；治隆保定，絃歌逾三頌之聲。奉天心以大居正，黜幽陟明，不徒假褒譏於魯史；崇經術以致太平，班朝莅政，直可超制作於《周官》。則因其委即究其源，三經足統百王之要；而慎其終不殊其始，一歲已端萬世之基矣。

賦

上幸闕里觀檜賦

伏惟皇輿上列，北開燕薊之鄉；法駕遥巡，東指泰岱之域。憑天地之險，然後四海爲家；致山川之祠，然後羣神受職。聖人則千年一生，無分今古；封禪者七十二代，見諸銘勒。於時丹楓落葉，天開金埒之場；青女飛霜，地擁玉階之邑。飛鳶載酒，行漏抱刻。尼岫凝鑾，如過襄城之野；泗濱休駕，似覩汾陽之極。翱翔於闕里之堂，徘徊於杏壇之側。始知泗上之冢，獨有叢蓍；昌平之墓，不生荆棘。考之《皇覽》有云，昔者孔子弟子皆各生於異國，人持其方樹種之。於是乎柞、枌、雒離、女貞、五味、毚檀之屬，種種而殖。見異樹之叢生，獨兹檜之可式。觀傳記於昔時，謂文宣之手植。天子於是乎紛披玉管，親臨翰墨。揮寶思於無涯，運神機於不測。既婆娑者久之，思所以追踪於至德。且夫伐湘山之樹者，無得而稱；開枌榆之社者，僅成往事。未若窮聖樹之根苗，問尼山之桑梓。原原本本，樹猶如此。焕乎其有文章，唐虞之際，斯爲盛矣。

爾其層城之宮，上苑之中。奇花萬品，異木千叢。芳踰麝氣，色茂蓮紅。低枝相授，高幹遥通。或烽火之照夜，或玉樹之青葱。既榮落之遞改，必春秋之代終。於是乎覩此樹之挺秀，覩皇言之所云。既亭亭而直竪，乃矯矯而出羣。詢迷穀之堪佩，豈枯槐之自焚？並日月之照曜，共天地爲氤氲。

若夫白鹿貞松，青牛文梓。燕昭之栢，化青衣而不歸；會稽之桑，呼元緒而即死。存之則千有餘年，伐之則一旦而已。

爾其皇根之苗，帝枝之被。湘竹悲於婦人，指佞驚於臣子。大禹之寢，駕梅梁而生葉；商王之德，疾桑穀而自靡。既將榮而復落，復以泰而成否。猶不能及此樹之爲美也。

昔之三千枝葉，七十條枚。千駟之馬，棗花無取於齊景；一簞之食，好李亦學於顔回。將習禮於斯下，又築壇於兹隈。非桓魋之可拔，豈秦政之能灰？且夫梁木雖云已壞，檜樹直到于今。横之若奠楹之木，豎立則負杖猶吟。至如昆明燒劫，金鏡淪沉。毁室者膏流而斷節，焚書則火入於空心。亦猶靈鳥之暝於若木，與顧兔之生於桂林。豈萬古爲長夜，終自植于千尋。

則此樹之斧斤戕伐，烈火見尋也。

若夫高槐成市，香栢爲梁。既開石渠，重理珠囊。開花于魯恭之殿，萌芽於河間之王。大易九師，既有同于杞梓；春秋五傳，亦無慙于豫章。西都東京，枝枝絲竹；六經諸史，葉葉笙簧。亦猶扶桑照于巨海，木帝動於勾芒。則此樹之絶而復續，燬而彌芳也。

復有紫氣浮關，常星夜落。賴鄉之縣，指李樹而忽生身毒之邦，望婆羅而成壑。或云此本根始于魯莊之七年，或云此老榦乃爲周朝之博學。亦復山崖表裏，根柢盤魄。彼兩樹之扶疎，對兹根而自卻。若其詩歌季氏之庭，劍挂徐君之墓。秦則大夫受封，漢則將軍曾住。夸父力盡於兹，鉏麑觸而不顧。巢父之所隱居，召伯存其思慕。思其人，不忘其樹。在於斯下者，蓋以百數。夫綈綉不衣，故得終其天年；花萼非蒔，終無慙於寂寞。豈莊生不材之間，非宰予腐朽之質。故能發今上之奇觀，表前聖之手澤。子嘗云松栢之後凋，此更後凋於松栢。比龍門之桐，既半生而半死；狀交讓之木，亦非枯而非榮。奔電碣突而彌固，嚴風撼頓而不驚。豈直柞樹五株，只備宴遊之地；長楊數畝，僅開行幸之旌。至如雕陵之鵲，欲棲樹而將飛；御寇之風，若驚飈而忽震。堅白問其異同，縱横倖于戰陳。諸不在杏壇之列古檜之類者，皆絶其根，勿使並進。

況復風雲既感，雨露全饒。彼儒林之列傳，只聊寄於鷦鷯。用孝弟爲根本，樂仁義爲逍遥。在其下者，復無草之不植；離其本者，豈部婁之能高？惟金柯與玉葉，獨惜枝而愛條。

望寧臺與曲阜，乃並峙於雲霄。大樹爲楝梁之木，小材及棨棁之苗。幸君師之重蔭，得自植於今朝。

葵賦

伊薰風之扇節兮，涉南園以延睞。覽碧草之如茵兮，綠陰濃而成蓋。既荼蘼之謝秀兮，緬繁英之難再。忽精曜之特燭兮，紛吐奇於庭會。乃循除而攬輝兮，坐中堂以求概。實斯華其英妙兮，匪衆葩之可配。

惟茲麗草，來自邛岷。取精昴井，毓秀坤珍。移芳根於銅爵，揚妙采於玉津。初含苞而瓜拆，既挺質而麻伸。莖疎兮秩秩，葉密兮蓁蓁。萼疊翠兮承跗，華熛焫兮流英。

爾其大者，赤卮金觥。修翹別色，異藻敷榮。或占魏紫，或奪朱櫻。或誇姿於露井，或鬬麗于華林。清風發其渥彩，露滴珠而晶熒。流火樹於夜月，錯繡柱於中庭。金閨啟而增赫，玉堦映而微頳。

爾其小者，別名爲錦。布若列錢，墄若紫椹。纖枝攢麗，密藻眩瞫。纍纍乎綴火齊以上下，團團乎裁冰蠶而周審。爛兮浣花之披濯，燦兮江管之鏤銀。凡茲二者，殊根同品。其近視也，若摛錦與布繡；遠而望之，則雲蔚而霞蒸。攬晨暉而浥夜露，儼抗立之金莖。先秋期而匼匝，惟所照而皆傾。朝華未謝，夕秀復呈。黼黻炎帝，吐翕離精。綿歷逾紀，既享且貞。彼芙蓉將由之而奪艷，芍藥亦因以含憎。若同時之木槿，又何足與乎斯稱？

擬應制春流賦 有序

蓋聞川原有本，悟大化之無窮；沂水何心，見隨時之自得。矧兹青陽布令，緑水生香。既泮涣乎皇心，復洋溢乎帝德。詞傾三峽，學彙百川。媿古聖濬哲之神，邁盛王淵默之化。仰窺雲漢，不啻望洋；近厠瀛洲，有同觀海。臣心如水，願自附于清流；聖量同春，敢頌言夫膏澤。謹拜手稽首而獻賦曰：

緊太極之始判，維二氣之立名。既變合以蕃化，乃肇分夫五行。水獨居乎天一，與地六而先成。隨初陽以方動，鼓春氣之盈盈。爾乃芳泉既發，靈雨時傾。極淼渺于津頭，瞻滄茫乎水濱。野鳧飛兮煙雲闊，輕舠泛兮艸堂平。燕尾剪而緑縐，魚口唼而痕輕。溶溶艷艷，杳杳冥冥。喜垂柳與垂楊，更宜陰而宜晴。能資生乎物類，特俯慰乎輿情。一犂好雨兮秧初種，十千維耦兮服爾耕。縱秋波之能媚，亦何濟乎民生？若夫幽谿邃壑，長林絶巘。千重紫翠，一泓深淺。芳草萋萋，融光苒苒。對斯流也，則有如香雨沾花。以下失稿。

經史賦

乙丑年正月二十五日，上召翰詹大小官一百四十餘人親試于大殿。大學士及掌院初取徐潮第一。上將所取前列十五名再行覆試，大不稱意，特將各卷親閲，另拔徐乾學、韓菼、孫岳頒、彭孫遹、喬萊、歸允肅、翁叔元、王九齡、周金然及余共十人。二月初六日，將十卷頒示公卿，無不驚服。閲完，仍收卷藏刻，真千古殊恩異數也。

皇太后萬壽無疆賦

庚辰六月十五日，上召翰詹大小一百數十餘人至暢春苑，十七日面試内庭。時余病眼，作字甚艱。初取崑山徐座主第一，繼得余卷。上曰：『字雖甚拙，賦實可嘉，留作副卷藏刻。』

以上二賦，原稿散失，備存序文，俟尋覓補刻。

德星堂文集卷八

海寧許汝霖時菴著

續集

啟

與總督傅

伏以秉鉞提封，寵渥兩江風月；分麾出鎮，榮開八座牙幢。節制則逾陝左陝右之封疆，勳名則兼一范一韓之韜畧。恭惟老先生台臺，承天八柱，映日三台。調禹鼎而補舜裳，功歸副相；播郇膏而霑召雨，地照吉星。豫章之木千尋，遠比豐功峻烈；建業之水百出，真同亮節清操。戟門排劍佩之官，幕府立詩書之帥。播仁風于萬里，喜鎖鑰久在南邦；奏底績于九重，看絲綸早來北闕。

弟昨獲都亭接教，今將賓閣承顏。省駢語而去縟儀，親聞諄誨；布塵悰而申蓬幅，敢達荒函？何期遥札莊嚴，欣望雲而得路；倍覺蕪詞唐突，欲謝過而無門。敬藉鴻鱗，肅陳顛末。伏願汪涵曲賜，阮眄頻加。規矱當前，示我以周行之路；津梁在望，開人以利涉之方。

臨啟翹企。

回總督傅

伏以勳隆鼎鼐，富韓名著九重；德懋經綸，周召聲傳八宇。大司馬之掌邦政，副丞相之握帥權。遠近胥瞻，士民咸戴。恭惟老先生台臺，申生自嶽，傅賚從天。司六職而振紀綱，内榮獨坐；乘八騶而宣教化，外總百僚。冰鑒照人，清比西江之水；薰風播物，春開南國之花。楚樹吳雲，人歸節制；郇膏趙日，地徧咏歌。

弟顒企犀儀，幸聞麈誨。一方聯事，依德宇而庇春暉；百里馳思，望賓筵而邀隣照。憶昨都亭接教，共期駢語之悉黐；惟兹申浦裁箋，不敢縟文以致瀆。忽荷五雲遠賁，愧悚彌增；謾將十幅上陳，仰瞻倍切。伏願公才公望，允武允文。賜帶礪之河山，萬邦爲憲；錫公侯之圭璧，八柱承天。臨啟曷任瞻依虔注之至。

候安撫江

伏以寶鉞巡疆，三錫重外臺之寄；金魚建府，千秋崇列岳之班。耀麾騎於潛峰，樹棘門于皖口。羣僚令肅，萬姓恩濡。恭惟老先生台臺，望重南山，寵隆北極。筆花五色，綜副相之經綸；劍佩三台，秉澄江之鎖鑰。西清學士，名重花磚；南國人倫，節高栢府。允文允武，鎮半壁江山；之紀之綱，峻中丞節鉞。七郡咸歌惠露，百城悉被仁風。内《天保》而外《采薇》，入周公而出方叔。

弟材慙樗櫟，職忝蓬瀛。春誦夏絃，未悉丙丁之部；南金東箭，謾操甲乙之衡。曩僅挹景風於鵷鷺班中，今幸親霽月於神仙隊裏。敬憑子墨，肅達寅衷。伏願績懋鍾鏞，勳隆竹帛。和鸞燕咲蓼蕭，德慶龍光；攬轡澄清蓬蓽，文占虎變。臨啟曷任瞻依虔注之至。

又小啟

恭惟老先生台臺，鳳池振藻，麟閣書勳。翰墨聲高，掌絲綸于東學；樞衡雅重，仗鎖鑰于南邦。匹練江澄，流膏一路；尺題書奏，宣化三春。緯武實本經文，佇登槐棘；愛民定兼造士，早植菁莪。弟幸邇芳儀，願聞清誨。偕同輩而親光霽，昔年未獲輸肝；喜聯事而挹丰裁，兹日行將銘腑。用申蕪牘，載布蓬心。伏惟鑒涵，曷任榮藉！

與江蘇撫院鄭

伏以元老敉寧，勑金魚于寶帶；康侯晉錫，飛木鳳于琅函。卿雲添虎阜晴光，台宿焕楓橋春色。百僚貞度，萬姓騰歡。恭惟老公祖先生台臺，燕喜殿邦，龍光治國。門高通德，鳳池騰五色之雲；經紹康成，虎觀滴三秋之露。含香粉署，績茂虞衡；秉憲彤騶，化孚欽恤。建外臺于浙右，分重鎮于吴中。荆沅湖山，悉受中丞節制；江淮草木，咸知副相聲名。白叟黄童，載歌惠露；吴頭楚尾，遠播仁風。仲山甫補衮東方，召穆公錫卣南國。

侍夙欽台範，忝附後塵。覿德醉心，曾親孔座；望風縈思，先布吴牋。計地無百里之遥，承顔伊邇；聯事在一方之内，接教正長。伏願鼎實調梅，衮章升藻。秩兼將相，鞏萬載之金湯；名并河山，盟百年之帶礪。臨啟曷任瞻依虔企之至。

又小啟

恭惟老公祖先生台臺，勳高姬陜，望重伊衡。衣剪緑雲，早擅賦才于冀北；車連紅籥，夙聞治績于江南。鄂渚刑清，法星朗曜；皖城澤溥，愛日留暄。憶鯨波初息于沅江，仗元老永綏鴻羽；幸虎節特臨于吴郡，令小民共仰龍光。棠芾郊圻，春滿百花洲畔；梅調鼎鼐，風薰五鳳樓頭。敷功豈獨半壁東南，樹德直爲中天柱石。

侍南州後進，西浙庸才。幸托同岑，喜斗山之在望；願分隣炤，俾聾瞽之獲親。藉赫蹏以申懷，憑紅鱗而布悃。伏惟丙鑒，曷任寅瞻。

答織造曹

伏以雞舌含香，早侍明光之殿；螭頭簪筆，頻趨建禮之門。補衮勳高，繡裳望重。恭惟老親臺先生，三韓閥閱，四諫聲名。持節乘軺，啟官齋于越來溪上；赤幢朱旆，開賓閣于鄧尉山前。錦織冰蠶，絲分五兩；羅成蟬翼，工擅七襄。霧縠冰紈，山龍作會；風羅雪葛，黼黻增華。上方需用無虧，下土輸將恐後。

弟同岑幸托，大雅欣瞻。喜不隔夫寸雲，愧未申乎尺幅。過承芳訊，敬誌郇書；寵賜珍儀，藉歸趙璧。伏願崇堦屢晉，殊眷頻加。鶺繞身飛，綰朱綬而趨鈴閣；魚隨步躍，着青袍而上玉除。臨啟曷任虔注之至。

與織造曹

伏以班崇北闕，早通籍于日邊；秩峻南邦，久侍名于吴下。官齋春滿，畫閣風清。恭惟老親臺先生，子建高才，國華重望。仙郎起草，開雉尾而近龍光；使節分榮，出螭頭而莅虎阜。雕簇籠曹倉之積，錦笸載慶氏之經。縹緲峰頭，明霞錦織；澹臺湖畔，安吉衣裁。繒潔如冰，共羨吴綾之貴；紗輕如霧，不争越繭之奇。采焕堯衣，光騰禹服。

弟一方聯事，百里馳思。昨承錦繡之貽，愧乏琳琅之報。芹私用采，葵向藉申。伏願惠好有加，鑒存是望。芝顔賜覿，兼葭慰此日之思；麈誨願聞，聾瞽啟他年之蔽。臨啟曷任瞻注。

答織造曹 賀午節

恭惟老親臺先生，書號曹倉，經傳慶學。平江門對，歌揚競渡聲聲；茂苑樓臨，吹叶薰絃處處。鶴文五采，用補舜裳；鴛綺千章，爰成禹服。香羅疊雪，知題處之自天；細葛含風，喜着來之當暑。榴花似火，色映彩衫；菖葅生庭，香浮玉椀。弟吴疆初涖，楚節忽逢。解粽筵開，值良辰于五日；辟兵符掛，報故事于三唐。璧藉藺完，書隨雁去。德銘五内，神企天中。臨啟馳溯。

賀織造曹 午節

恭惟老親臺，班崇日下，秩峻吴中。櫻笋厨開，菰葉包紅蓮之米；菖蒲酒泛，榴花炤緑水之波。畫閣坐賓朋，香羅疊雪；舞筵啟瑇瑁，細葛含風。着來當暑還輕，題處自天猶濕。弟未陪孔席，早企荀香。值五月五日之令辰，蘭觴願進；修三楚三唐之故事，菖葉敢將。用布賀緘，載申候悃。伏惟箢納，曷任神馳。

賀狼山總鎮 午節

恭惟老年臺，丹葵表素，青竹書勳。金鎖甲邊，早啟辟兵之篆；緑沉鎗底，載揚競渡之旗。

菖葉生堦，香飛玉帳；榴花似火，色映金壇。浮玉椀而醉賓筵，着彩衫而登畫鷁。風清江市，慶集星門。弟令序欣逢，同舟幸托。八行魚素，莫宣道遠之思；九節菖陽，用展天中之祝。伏惟汪茹，曷任榮瞻。

回高按察司賀到任

伏以簪笏傳家，奕葉慶風雲之會；經綸翊運，中天依日月之光。仗元臣丕播堯仁，藉福曜弘開湯網。聞風既久，覿德轉殷。恭惟老年臺先生，名世夔龍，昌期麟鳳。隼飛熊伏，早開鈴閣于維揚；攬轡揚鑣，旋照法星於建業。春深棘署，天睞頻青；日煦梧亭，路衣罕赭。德望與吴山並峙，恩波隨震澤長流。化實無雙，坐應登八。

弟材慙樗櫟，職忝蓬瀛。翰墨西園，未悉丙丁之部；琳琅南國，謬操甲乙之衡。幸觀察之弼教維慇，知多士之向風有素。盍簪伊邇，接教正長。展誦芝函，瞻依倍切；藉完瑶睍，銘戢轉深。伏願允武允文，作舟作楫。入爲相，出爲帥，公槐宰樹交歌；侯執信，伯執躬，紅籀碧幢並賜。臨啟曷任馳企。

賀江蘇撫院鄭壽

恭惟老祖臺先生，傅賚從天，申生自嶽。聽尚書之履，才望彌隆；講學士之經，淵源有自。

五百年名世，聲震北門；八千歲大春，星懸南極。俾爾昌，俾爾熾，何須卻老之方；月之恒，日之升，自得長生之術。紅榴照席，洲滿百花；綠酒延年，庭來五老。佇和鹽梅之鼎，羣看黼黻之光。

侍幸際揆辰，敢忘介雅？值采蘭之節，圖啟金箱；醉解粽之筵，記傳玉笈。用將桃核，上佐鶴觴。伏惟茹存，曷任榮藉，臨啟虔祝。

答狼山總鎮劉

恭惟老親台臺，沛國名賢，澄江重鎮。金壇令肅，戟門樹二八之枝；玉帳麾分，幕府建三雙之纛。謝朓詩篇韓信鉞，允武允文；李陵章句右軍書，公才公望。綠沉鎗臥，偏開壁壘之門；金鎖甲拋，遠報平安之火。掌河魁五百，三吳草木知名；帥君子六千，半壁東南安堵。師中錫命，閫外宣威。

弟幸托同岑，欣逢令節。厨開櫻筍，莫陪解粽之筵；酒汎菖蒲，遠示浴蘭之節。返藺相如連城之璧，敬藉蘧伻；報習彥威五日之書，肅申謝悃。伏惟丙鑒，曷任寅瞻。

答江撫院鄭 送賀禮

伏以犀甲熊旃，名震江淮草木；春風夏雨，膏流吳楚山川。既秉鉞于東南，自書勳于鐘鼎。聞風馳思，覲德醉心。恭惟老祖臺先生，盛世公才，清時人瑞。題名雁塔，早通籍于金閨；簪筆鑾坡，旋侍言于朵殿。中外盤根歷試，後先華躅相望。建浙東之使節，開江左之雄藩。書帶堂前，執經問業；紫薇省裏，講學明倫。啟幕府于三湘七澤之區，人霑惠露；樹戟門于茂苑平江之地，户播仁風。洵治術之可傳，宜政經之足守。

侍幸居德宇，敢附仙舟。入鄭公之鄉，願聞麈誨；執李君之御，獲近芝顔。書賜郇雲，光生荒署；儀頒趙璧，榮戢雅懷。敢藉使以拜歸，敬燮牋而布復。伏願調鹽梅五味，德比傅侯；補衮繡千章，功同虞岳。臨啟曷任虔注之至。

小啟

恭惟老祖臺，冀北名賢，江南重鎮。瑚璉遠器，建牙于楚甸吴疆；鎖鑰雄權，樹節于水門山市。紅蓮幕啟，賓客談經；白簡霜抽，奸宄避跡。領澄江半壁，使星即是文星；駐天塹上游，法曜仍歸福曜。照人冰鑒，播物陽春。實維六幕之觀瞻，豈獨一方之倚賴？

侍同岑幸托，廣厦欣依。昨奏候言，愧柔函之乏伴；遠承惠問，荷雅貺之多珍。敢憑雙雁之來，敬返百朋之錫。用申謝悃，惟望汪涵。臨啟翹注。

候兩浙鹽院

伏以烏衣峻秩，總綱紀于一臺；蒼佩崇班，高聲名于三院。風送筆端之字，霜凝簡上之花。石室增榮，鐵冠煥采。恭惟老公祖先生，南床秉憲，西掖糾司。磚立五花，頻奏鮑宣封事；臺攜八印，屢書沈約彈文。照福曜于吴根越角之村，懸法星于鼊鄉水市之地。漸江水畔，風飄學士之鹽；煮海村邊，香踏御史之馬。擁千堆素雪，玉潔冰鮮；飛萬竈青烟，紫輪紅燄。藉調羹于禹膳，需補繡乎舜裳。

弟未接清言，夙儀大雅。幸居德宇，既托庇于春暉；喜近台光，復仰邀乎隣照。敢借江鱗河雁，用裁楚縠吴牋。伏願譽重法冠，望威憲府。仰朝陽之鳳，纛開幕閣三雙；馳禁路之騶，枝列戟門二八。臨啟曷任瞻依翹企之至。

回淮揚道劉 來賀到任

恭惟老年臺台翁，沛國名賢，建安才子。香含雞舌，簪筆而事丹墀；班列蛾眉，握蘭而趨赤館。乃出仙郎于畫省，爰建使節于淮陰。攬轡觀風，品與鉢池比峻；揚鑣巡部，操偕漣水同清。樹大旂于官齋，啟芳筵于寶閣。吟客雲隨，甿謡歌載。

弟楚州昨過，犀表幸親。荷郇字之屢頒，雲開五色；驚趙琮之再及，價重十城。藉使拜歸，辭牋布復。愧謝言之草率，銘賀語之慇懃。臨啟曷任馳溯。

回淮揚道劉 午節

恭惟老年台臺翁，太常經學，公幹詩才。使節榮分，乘軺車而施惠露；外臺峻陟，策驛騎而播仁風。九州之大惟揚，四時之盛在夏。榴花照席，人奉指揮；蘭槳迎賓，詩歌冰蘖。嘉蒲觴之初泛，祝鵷序之驟登。

弟乍別三洲，忽逢五日。海苔藤角，愧一縷之未將；江鯉春鴻，驚五雲之遽賁。返藺相如之璧，銘戢已深；報習彥威之書，馳思倍切。臨啟翹企

回江鎮道楊 賀到任

恭惟老年台臺，淵源家學，赫奕治聲。丁卯橋邊，共看福星朗照；神仙隊裏，競傳岳政弘宣。攬轡觀風，三吳澤徧；揚鑣巡部，一路歌盈。樹大旆于官齋，啟芳筵于賓閣。花前春滿，人奉指揮；簾外風清，操同冰蘖。既外臺之陟峻，自中禁之升華。

弟幸托同岑，欣分隣照。寸雲不隔，接麈教之正長；尺幅未將，荷瑤華之遽賁。趙琮藉璧，謝悃難宣。臨啟虔注。

回滸關馬 賀到任

恭惟老年臺先生，絳帳傳經，碧霄摶翮。含香雞舌，時趨建禮之門；簪筆螭頭，日奏明光之殿。藉西京之名胄，掌南國之貨權。虎阜星懸，夏官節駐。豈僅通三吴之舟楫，抑且裕九府之金錢。

弟幸托同岑，願分餘照。勞人草草，欲修候而未遑；嘉藻彬彬，辱鳴謙之遽賁。藉歸趙璧，敢布謝言。伏惟鑒函，曷任勞藉。臨穎翹注。

與滸關馬

恭惟老年臺先生，畫省仙郎，吴陵使節。三秦華閥，家聲居韋杜之間；九法雄權，治績在廟廊之上。爰啟官齋于茂苑，用掌貨柄于平江。北客南翁，舳艫相接；年支歲計，財賦孔盈。既足課之多方，亦通商之有術。欣聞報最，佇看升華。

弟昔年偕侍日邊，兹日同官吴下。每懷藩伯，既叨庇于喬雲；遠望使星，復分光於隣壁。一芹誌悃，十幅裁箋。伏惟汪涵，曷任榮藉。臨穎虔注。

候鹽院吴

恭惟老先生台臺，官榮鉄柱，秩峻繡衣。簪白筆而繩違，惟賢是屬；坐烏臺而執法，有德斯升。移柱史之一星，掌維揚之六察。千堆素雪，調鼎堯厨；萬灶青烟，通商禹甸。允足膺絲綸之寄，匪惟總榷束之權。

弟乍蒞澄江，難抛案牘。欣霜稜在望，候悃久稽；藉雲雁來賓，微芹遠采。伏惟汪茹，曷任榮瞻。臨啟虔注。

回江撫鄭 午節

恭惟老祖臺先生，天上文星，域中人瑞。中丞斧鉞，遠控半壁東南；副相經綸，誕總十連節制。榴花朵朵，紅映官齋；菖葉枝枝，緑分經閣。含風細葛，自天題處猶新；叠雪香羅，當暑着來彌稱。蒲酒醉傳經弟子，薰風吹徧地山川。

侍獲步後塵，欣逢令節。越藤楚縠，未布候緘；垂露懸針，先承惠問。省往來之貢縷，誨東謹遵；中節序而修詞，報章恐後。伏惟崇鑑，曷任榮瞻。

賀江撫鄭 午節

恭惟老祖臺先生，才空冀北，名震江南。惟揚爲財賦之區，歲星遠照；炎夏乃長養之節，景曜久瞻。官閣賓朋，薰絃解慍；畫船簫鼓，競渡揚歌。述政術而誦政經，地安瀾而民安宅。俗淳物茂，益智之粽無須；烽息燧銷，辟兵之符安用？

侍欣逢令節，願遘芳顔。堦翻向日之葵，寸雲不隔；目送繫書之雁，尺幅難宣。伏惟汪涵，曷任榮藉。

候提督金

伏以元老壯猷，燿斗邊之一宿；上公錫命，樹閫外之雙旌。君子蒙休，吉人受祉。恭惟老年臺先生，圖開八陣，書握六韜。浙水東西，早見金壇之肅；江雲南北，羣傳玉帳之猷。應遁甲於三門，風清蓮幕；學神兵於五壘，日暖春城。威名匪獨震九峰三泖之間，節制實能控楚尾吴頭之遠。雲屯魚麗，師中悉太乙之軍；尺籍虎符，麾下盡河魁之將。躬桓列爵，鐘鼎書勳。

弟幸邇芳輝，願承麈教。一絲敢獻，用申葵向之誠；十幅敬裁，聊達雲瞻之素。伏願曲加涵蓋，俛賜鑒存。齋館留賓，永結緇衣之好；樓臺近水，長敦霜栢之情。臨啟曷任虔祝。

賀鹽院吴 午節

恭惟老先生台臺，一星執法，六察揚威。持使節而莅邗江，稜稜稱指；戴惠文而抽霜簡，嶽嶽懷方。欣看驄馬之來，藉謹海王之筴。遡三楚三唐之盛事，角黍筵開；值五月五日之良辰，蒲花酒泛。香羅細葛，賜自天家；葵葉菖苗，得之仙署。弟欣逢令序，敢布頌言。遥企官齋，未克捧觴而賀；敬申蓬悃，用思修简以陳。神馳柱史清輝，聲聽薰絃雅奏。伏惟崇鑒，曷任榮瞻。臨啟虔注。

回鹽院吴 午節

望總鐵冠，威高石室。堯厨禹膳，藉調五味鹽梅；劉筆任章，用整百司綱紀。綵節駐廣陵之郡，瓊沙堆煮海之村。蒲酒香浮，采蘭節届；畫船晴泛，競渡歌揚。福禄是遒，絲綸疊賁。弟澄江初莅，令序何知？荷賜雲箋，書飛五朵；用裁蕪牘，報愧七襄。聊申謝悃於賓筵，兼布候忱於記室。伏惟丙鑒，曷任寅瞻。臨啟翹注。

回江蘇按察司高 午節

有倫有要，之紀之綱。一路揚鑣，喜法星之朗照；八條按吏，欣福曜之遠臨。桃葉渡頭，榴花照坐；新林浦外，蒲酒開筵。細葛含風，題處自天還濕；香羅叠雪，着來當暑仍輕。宜總十連，爰登八座。

弟澄江初蒞，令序幾忘。趙璧遠貽，方知五日；郇雲寵賁，如獲百朋。藉蒼羽以歸盛儀，襞紅箋而申謝悃。臨啟曷任馳企。

候松江提督金 午節

躬桓錫爵，文武經邦。幕啟三吴，競説落雕都督；壁分五壘，争看大樹將軍。鵲綰金符，旌旗日暖；鷁開畫舫，賓客雲隨。聽競渡之歌，飲泛蒲之酒。細葛含風題處濕，香羅叠雪着來輕。

弟幸托輔車，欣逢令節。四時盛德在夏，敢狃芹私；諸將節制惟公，敬申賀悃。伏惟鑒納，曷任欣瞻。

回江蘇布政李 賀到任

伏以福星遠照，江淮草木皆春；岳政重頒，吴楚山川改色。威名夙著，猷守久傳。恭惟老年臺先生，一世龍門，九霄鳳羽。掌六條以按吏，緑徧舍棠；鎮半壁而開藩，紅盈倉粟。借股肱爲屏翰，總財賦于東南。提封屬泰伯之邦，春風遐播；樂土歌召公之化，惠露遥霑。非惟司計而澤三吴，抑且持籌而修六府。

弟夙儀大雅，幸託同岑。重邀五朶之貽，如接蘭言于賓閣；愧乏七襄之報，聊申蓬悃於籤曹。伏願由四岳而升階，碧幢焕采；總十連而播化，紅籥增華。臨啟翹企。

回江蘇布政李 午節

旬宣寄重，藩翰聲高。六府孔修，底慎三江財賦；一星偏照，惠安七郡人民。幕府弘開，緑浮蒲酒；鈴齋遠啟，紅映榴花。繒結五絲，即是長生之縷；粽傳九子，勝尋益智之方。重荷注存，倍增銘戢。

弟拜登芳訊，藉璧盛儀。三楚三唐，因來箋而知故事；五月五日，憑去雁而報佳辰。伏惟台涵，可任翹企。

回提督金 午啟

戟啟星門，符分師閫。峰青泖緑，榴花色映金壇；吴下雲間，蒲葉香飄玉帳。筵開角黍，九子粽傳；衣賜香羅，五絲繒結。爲魚爲鳥，焕幕府之旌旂；如雷如霆，震畫船之簫鼓。弟欣逢令序，獲接芳言。五朶之貽，雅懷敬誌；一箋以報，謝悃難宣。雖未遂乎凫趨，用載申夫葵向。伏惟崇鑒，曷任榮瞻。

回鹽法道崔 來候

恭惟老父母年臺，崔盧世閥，沈范才名。滿縣栽花，綰青絲而宰東浙；專城剖竹，樹朱旆而典南邦。清風久達于御屏，偉抱再掌夫鹺政。青烟萬竈，飛紅燄而駕紫輪；素雪千堆，貯冰鮮而映玉潔。用調禹膳，載佐堯厨。匪惟榷束功高，行即絲綸恩賁。

弟同岑幸托，清誨欣聞。乍過邗江，喜芝顔之晉接；甫臨申浦，荷瑶札之寵頒。藉蒼羽之遄歸，褻荒函以布復。伏惟丙鑒，曷任寅瞻。

回鹽法道崔 午節

冀北名賢，江南福曜。仁風惠露，偏施煮海之村；峻節清操，久著維揚之郡。榴花照席，蒲酒盈尊。吴船楚柁齊飛，聲聞簫鼓；采椀雕盤並設，鼎入鹽梅。善政惠商，殊恩晉秩。

弟行裝乍卸，令序何知？荷五朵之貽，光騰荒署；返連城之貺，敬藉歸鴻。柔函率復，謝悃難宣。臨啟馳溯。

復江安道周 候啟

經紹濂溪，節傳星使。議看紅杏，早年雁塔題名；衣剪緑雲，今日鵷班晉秩。開雄藩於獻花巖外，司庾政於叠玉峰前。攬轡觀風，棠花徧緑；揚鑣巡部，倉粟皆紅。非惟總十郡之賦源，竚看秉中丞之帥節。

侍昔年後塵獲步，兹日大雅欣瞻。方幸誨來之正長，遽荷瑶章之忽賁。懸針垂露，五朵榮施；楚穀越藤，一箋馳謝。伏惟丙鑒，曷任寅瞻。

復糧道周　午節

益公家學，茂叔心傳。簪筆西清，句炳紅蘭舊省；持籌南國，名高列岳新猷。值賜扇之令辰，修浴蘭之盛事。榴花朵朵，紅飄櫻笋之厨；玉椀雙雙，緑泛菖蒲之酒。賜來風葛，裁看雪羅。

侍馳企常揚，欣隨元白。雖嫌昔日，未邀聯事於北扉；竊幸今兹，或託同岑于南國。五朵之貽謹誌，百朋之錫藉歸。敬布塵悰，難宣謝悃。伏惟丙鑒，曷任寅瞻。

回安撫江　候啟

伏以簪筆侍綸扉，播謨猷于西學；建牙開幕府，振綱紀于南邦。咸知副相威名，共識中丞節制。恭惟老年臺先生：三韓華閥，五院崇班。受瑞析珪，皖水照碧油之帳；銜書分閫，江城燿烏府之旌。轄半壁山川，楚市吴城悉霑惠露；總十連節制，錦州花邑並載仁風。千里舳艫，安瀾誌慶；一時鴻雁，樂土興歌。匪惟映趙日而鎮東南，佇即補舜裳而立廊廟。

弟同岑幸託，末照欣依。尺幅乍將，敢述曩時之疎節；寸云不隔，喜逢兹日之團圞。乃荷懸針垂露之頒，用戢錦匣雕盤之賜。趙琮藉璧，謝悃難宣。伏願恩厚而宴龍津，寵深而陪雉尾。三篇誨納，獨施調鼎之功；六事戒陳，早躋正台之席。臨啟可任瞻依虔注之至。

復布政佟

伏以樹雙旗於行省，山岳增輝；建大纛于官齋，旬宣奏績。方著平星之望，旋操左轄之權。恭惟老公祖年臺：品重三韓，名高八顧。之綱之紀，郇膏與召雨偕敷；維翰維屏，惠露曁仁風並播。懸浙東西之法曜，開江南北之雄藩。舊政猶傳，共看舍棠之緑；新猷復著，載歌食粟之紅。薇省旌旗，詩賡鈴閣；畫船簫鼓，酒啟賓筵。洵爲秉鉞先聲，不負析圭重寄。

弟夙瞻芳範，幸接塵譚。櫻筍厨香，孔筵曾醉；琳瑯句妙，郇字重頒。敬藏五色之雲，藉返連城之璧。伏願碧油張幕，榮升副相之堦；紅籥開藩，寵錫中丞之秩。臨啟曷任翹企之至。

復蘇松粮道 候啟

天孫織錦，太乙燃藜。烏府先生，看霜風之卷地；驄行御史，望雕鶚以凌霄。爰從肅政臺邊，作鎮平江州外。接舳艫於千里，民樂輸將；掌出納於三吴，人歌愷悌。薄桑羊之心計，倉粟彌盈；握劉晏之鞭籌，福星增曜。非惟秉江東之使節，行看來北闕之鋒車。

弟昔年獲奉芝顔，兹日幸承塵教。一葦可溯，良覿願從；十幅用裁，華箋頻布。愧乏七襄之報，敬歸連璧之投。敢藉蘧伻，遠申謝悃。伏惟垂鑒，曷任欣依。

復蘇海防李繼勳

夙聞令望，馳企至今。乍蒞澄江，博采輿論。知老年翁仁風遥播，海不揚波；荆州佐宰，相才已見一班矣。兹幸聯事一方，盍簪伊邇。轉車有託，慰藉良深。

侍遠愧家風，難言月旦。芳尺獎借，倍增慙戢。楚璧之貽，深銘雅懷。藉使歸上，惟祈鑒入。良覿有期，語不多及。不宣。

賀總漕董 中秋

伏以八座起崇堦，麗文昌於斗北；三公尊副相，建武節於江南。修六府而成《禹貢》之書，則三壤以裕太倉之粟。功歸元老，望重儒臣。恭惟老先生台臺，策對天人，勳銘鐘鼎。緑雲衣剪，早開及第之花；絳帳風飄，徧識題橋之客。握中丞之印，施惠露於兩江；掌司馬之兵，播仁風于七鎮。江淮河濟，地轄四瀆之全；冀兖荆揚，郡攝九州之半。花村烟市，徧頌郇膏；白叟黄童，競歌召雨。吴檣楚楫，歡騰轉粟之帆；柁女篙師，願鼓乘風之鷁。惟其清比西江之水，積弊咸除；故能恩垂南國之雲，弘施悉被。既殊猷之懋建，宜寵眷之特隆。晚獲步清塵，幸邀仁造。式懿規於東閣，奉以作師；瞻雅範于西曹，因之律己。昔日官齋侍對，共期相映素心；今茲奏記希疎，未敢重違芳訓。所以醉錦筵而徒戢，望賓席而長馳。雖塵洗天兵，倍深雀躍；而春還鈴閣，未布魚牋。幸值令序於九秋，敢頌遐休於百福。伏願彤弓盧矢，早錫帶礪于河山；宰樹公槐，竚奏經綸于廊廟。臨啟曷任瞻依虔注之至。

小啟

東魯大儒，南天福曜。朱絲絃正，直讜論久。聞金莖露清，高芳名遠播。納穗納銍納秸，欣倉粟之皆紅；惟明惟慎懷公，看舍棠之徧緑。萬夫輸輓，咸樂恩膏；千里舳艫，共深謳頌。戟門重啟，慰後先父母之思；幕府仍開，歡遠近雲霓之望。當吹豳佳節，值剥棗令辰。金鑑千秋，書成玉軸；仙歌五夜，客奏錦筵。瞻朗月之照冰簾，喜清風之肅繡壤。晚同岑幸託，懿範獲親。雖官守有拘，難侍幔亭之讌；而賀忱用布，敢陳月賦之詞。恐勞贈荅之煩，縟儀謹節；願塵左右之聽，蒼雁肅憑。伏惟鑒涵，曷任榮藉。臨啟馳溯。

賀總河王 中秋

伏以八座起崇堦，麗文昌於斗北；三公尊副相，建武節於江南。濟世允資舟楫之才，憲邦必兼文武之略。既隨山而著績，宜治水以錫圭。恭惟老先生祖臺，望重烏衣，勳高麟閣。西清學士，早傳名世經綸；南國福星，久播樞臺雨露。郭汾陽六秉旄節，善政彌多；裴丞相四登將壇，弘恩益徧。因之吳歌楚語，競述豐功；浙嶺閩山，都傳懋德。乃趨趙公之琴鶴，用施《禹貢》之隨刊。千里艅艎，流安竹□，九河汎濫，浪暖桃花。大書特書，誌河渠于漢史；既陂既澤，奏歌叙于虞廷。宜作鎮而總師干，自升庸而參廟算。

侍早聞諄誨，幸步清塵。茲喜聯事而藉指南，所恃雙魚以通座右。乃者莊詞未布，頌語遲修。蓋願承懿訓於官齋，何能爽約；而欲獻賀忱于鈴閣，豈竟無言。伏願德與日而俱長，帶礪河山並錫；福偕時而彌永，躬桓蒲穀早分。臨啟曷任瞻依虔注之至。

小啟

受瑞析珪，建麾作鎮。紀八年之禹績，自西北而訖東南；奏三策於漢臣，由河濟而及淮泗。九山刊旅，方歌原隰既平；百谷安瀾，會見澄清作頌。匪惟爲兩江之鎖鑰，實足當萬國之干城。茲逢剥棗良辰，幸值吹豳佳節。商飇令肅，共傳使相之名；朗月鑒清，咸頌中丞之德。千秋金鑑，玉軸裁書；五夜霓裳，錦筵奏曲。南樓雅坐，何殊昔日元規；北海清尊，不媿當年文舉。九秋既届，百福攸同。

侍月賦未工，魚書久缺。一江之隔，無緣侍讌幔亭；千里以將，幸獲希忱官閣。愧乏戔戔之肅，縟節無煩；願陳娓娓之詞，荒函敢布。伏惟垂鑒，曷任欣榮。臨啟馳溯。

賀江撫鄭 中秋

鐘鼎勳高，鹽梅望重。嘉政舊傳兩浙，秋肅春温；新猷復播三吴，風仁露惠。旌惟進善，治則寬和；節以詰奸，濟之威武。惟清惟公惟惠，兼諸賢之善而集大成；有守有猷有爲，立四國之儀而收羣頌。素商節届，壯月辰逢。擊土吹豳，歡百城之父老；斷壺剥棗，飽半壁之兒童。閶闔吹風，秋雲滿座；樓臺近水，涼月當筵。百福誕膺，九重彌眷。

侍昨承犀表，幸接麈談。聽仁者之言，南車有賴；望老人之度，北斗是瞻。相去無百里之遥，幔亭阻侍；所恃有雙魚之便，蕪牘敢陳。何須縟節，以表贈貽；徒藉賀忱，以申左右。伏惟垂鑒，曷任榮瞻。

回總漕董 中秋

伏以秉鉞建麾，文武作萬邦之憲；裕民足國，修和成九賦之書。江淮河泗間，早來作鎮；冀兗荆揚外，悉屬提封。既懋勳名，維虔頌祝。恭惟老先生台臺，爵班五瑞，嶽視三公。提大司馬之虎符，入爲師而出爲帥；坐副丞相之烏府，緯以武而經以文。嘉政頌兒童，舊播兩江左右；新猷歡父老，徧歌九土山川。韓魏公懋德豐功，出柁女篙師之口；杜元凱仁風惠露，標吴檣楚櫂之旗。叢桂花時，香開官閣；霓裳舞處，曲奏仙歌。泛北海之尊，三秋令序；對南樓之月，五福休徵。

晚身滯吴中，心馳淮上。思大賢之遠隔，難泛星槎；喜芳訊之特頒，肅藏錦字。欣承雅眷，敢後頌言。伏願鐘鼎勳庸，躋上公之品秩；河山誠誓，播元老之經綸。臨復曷任瞻依虔注之至。

小啟

恭惟老先生台臺，燕許文章，富韓勳德。居聖人之里，經術過漢賢良；操節度之權，世家如唐宰相。乃出東閣經綸之手，用掌七州財賦之區。浮江浮淮，白粲遠輸日下；于舟于陸，紅蓮悉轉雲邊。喜玉露之浥官齋，慶桂風之拂幕府。山村水市，剥棗聲聲；雁户漁鄉，吹豳處處。舳艫遠近，如來八月之槎；南北軍民，咸樂千秋之節。

晚舟車鹿鹿，跋涉勞勞。望淮月之一丸，清輝遠照；賜郇雲之五朵，華衮增榮。憑蒼雁而布吴牋，藉江鱗而申謝悃。伏惟垂鑒，曷任榮瞻。

回鹽院吴 中秋

日邊法曜，江左福星。開烏府於邗溝，花撲錦衣似繡；榷虎鹽於海國，雲隨官馬疑驄。進素雪以和羹，烟分萬灶；貢鮮冰而調鼎，玉積千堆。三五夕冰月澄輝，坐滿泛蓮之客；廿四橋金風肅令，歌聞剥棗之詞。時際三秋，休呈五福。

弟車停茜溼，思細蕪城。託雙鴻而布賀忱，芹私未𤥭；捧五雲而戢寵眷，珍貺偏邀。用滅縟儀，恐煩贈答；翻開踈節，難報懃拳。歸趙璧而藉紅鱗，鳴謝忱而奏赫蹏。伏惟垂鑒，曷任榮瞻。

賀鹽院吴 中秋

鳳城著績，麟閣書名。榮服繡衣，振紀綱而司六察；寵簪霜筆，謹管籥而鎮兩淮。調鼎鼐而實堯厨，端賴天家御史；和鹽梅而供禹膳，敬須烏府先生。乃值樓臺八月之涼，正逢鼓吹千秋之節。書成金鑑，裝玉軸以彌光；曲奏霓裳，舞錦筵而長樂。披清風之閶闔，襲遐福之休禎。

弟幸託同岑，未邀良覿。隔千里兮共明月，相映寸心；剖雙鯉而得素書，惟憑尺奏。布荒函於賓閣，連城之璧未將；侍雅會於幔亭，一水之程尚阻。伏惟垂鑒，曷任榮瞻。臨啟馳溯。

回提督金 中秋

李郭勳名，金張閥閱。翩翩飛將牙璋，金節交輝；矯矯虎臣壽甲，琱戈並耀。本詩書而作帥，大江南北，兵無庚癸之呼；矢忠孝以對君，中護謀猷，書寵甲寅之報。坐金壇而望月，聽萬里之吹豳；開玉帳以迎風，覩千村之剥棗。膺兹百福，董我三軍。

弟覿德思深，承顔願阻。幔亭侍讌，未成八月之槎；荒署增輝，乃荷兩章之錫。藉江鱗而歸趙璧，憑藤角而寫謝忱。伏惟鑒涵，曷任瞻注。

賀提督金 中秋

入領太乙，出總河魁。註杜元凱之《春秋》，兵規指掌；頌尹吉甫之文武，軍法盈懷。江雲拂畫旗，三泖夕烽遠息；野鶴迎金印，五茸晝鼓永停。宜秉鈇鉞而控江淮，用奠金湯而鎮吴楚。兹值吹豳令序，爰逢剥棗佳辰。坐庾亮之床，南樓對月；醉孔融之酒，北海開尊。披閶闔清風，膺干城重寄。

弟同岑幸託，良覿未邀。深彼美之思，蒹葭露結；獻吉人之頌，鴻雁書傳。肅采芹私，用佐幔亭之讌；敬申賀悃，敢塵記吏之聽。伏惟鑒涵，曷任慰藉。

回狼山總兵劉 中秋

威鎮三吴，德綏七萃。秉帥旄而作鎮，龍旗遠掣海雲；樹齋斧以總師，鶺印近摇江月。一代風騷將，左韜略而右詩書；百年忠義家，前李郭而後韓范。風清閶闔，北海開尊；月照團圞，南樓醉客。吹豳擊土，聲傳戊己之營；剩棗斷壺，歡溢熊羆之士。

弟思深覲德，願阻承顏。愧無八月之槎，彩屋未遑身侍；喜有兩章之賜，瑤箋早已心藏。藉蒼雁而歸趙琮，布荒詞而申謝悃。伏惟垂鑒，曷任榮瞻。

回江蘇布政李 中秋

龍門華冑，薇省名賢。來旬來宣，誕總十連之任；維屏維翰，寵加四岳之先。鎮半壁之山川，歌溢吴頭楚尾；控大江之南北，歡騰水市烟村。兹逢桂月良辰，爰值商飈佳節。風清閶闔，晝看納貢之書；月映團圞，宵晝于蕃之政。村村剥棗，賴有藩侯；户户吹豳，欣來福曜。

弟同舟幸託，雅範欣承。相去止百里之間，彩屋未遑遠侍；所恃有雙魚之便，瓊函乃荷先施。敢深什襲之藏，愧乏七襄之報。伏惟垂鑒，曷任榮瞻。

荅江蘇按察 中秋

玉節巡方，金章秉憲。懸福星於江左，久高廷尉之門；照法曜於斗南，早試蘇公之律。明五刑而用措，拜舞吴童；肅百紀以維清，謳歌江叟。赭衣遠遁，聽户户之吹豳；枹鼓稀鳴，覩村村之剥棗。對婆娑之桂，鑑著千秋；披閶闔之風，槎看八月。錫福則五，分土維三。

弟乍接芝顏，幸承塵誨。枝南風北，悵嘉會如萍踪；春去秋來，笑良辰似駒隙。遥遥江水，阻對芳筵；幅幅雲書，馳飛荒署。藉紅鱗而歸趙璧，裁赫蹏以布謝忱。伏惟鑒涵，曷任虔注。

回江蘇撫院鄭 中秋

爲憲萬邦，承天八柱。裴丞相提封江左，武緯文經；韓魏公作鎮吴中，珪分瑞析。布嚴霜令於吴頭楚尾，吏則畏，民則懷；煦冬日愛於烟市花村，衢爲歌，而巷爲舞。金鑑成而金風肅序，玉節飄而玉露霑秋。皎皎冰蟾，光映南樓之席；枝枝叢桂，香浮北海之尊。既萬物之受成，宜百禄之是總。

侍計程咫尺，荷眷慇懃。邀五朵之貽，榮逾華衮；乏七襄之報，難布鄙忱。望賓閣而馳思，對雁臣而鳴謝。臨啟虔注。

賀滸關馬 中秋

馬帳傳經，夏官敷政。入掌七兵而條八事，斗北名高；出司九賦而涖三吴，江南望重。飛艎走浪，不歌杼軸其空；大舶參雲，會見輸將恐後。惟其裕民而足國，故能恤商以阜財。兹逢剥棗佳辰，兼值吹豳令序。樓臺近水，霓作舞衣；閶闔迎風，月開仙曲。方慶團圞於賓閣，佇聆綸綍於官齋。

弟乍奉芝顔，備承麈誨。一水遠隔，侍讌未遑；雙鯉時憑，馳心有託。連城之璧何在，未采寸芹；十幅之箋用裁，敢申尺素。伏惟垂鑒，曷任榮瞻。

賀江陰總兵林 中秋

金壇令總，玉帳符分。書羅五十家，往蒞師貞之吉；門排二八載，出領中護之權。樹龍旗而掣江雲，鐵衣遠照；綰鵲印而摇海月，金柝遥傳。欣逢八月之涼，喜值千秋之節。樹韓淮陰之節鉞，閶闔吹風；賦庾開府之文章，樓臺近水。滿秋雲於鈴閣，邀朗月於錦筵。

弟鹿鹿舟車，勞勞歲月。雖違顔未久，思每切于三秋；而覿德轉殷，地尚阻夫一水。前者芳函未答，遠避嫌疑；今兹荒牘載申，用將忱悃。未工月賦，難獻頌於幔亭；敢藉雁臣，謹通名於賓席。伏惟垂鑒，曷任榮瞻。臨啟虔祝。

賀狼山總鎮劉 中秋

六韜手握，十策胸羅。樹節江城，烽静烟村水市；建麾吴地，令行月嶺霜溪。鎗急萬人呼，訓河魁之八百；身輕一鳥過，整太乙之三千。玉帳風清，喜樓臺近水；金壇月照，羡賓客盈堦。爲帥端藉詩書，酬庸誕膺茅土。

弟未工月賦，遲布魚牋。三秋結露之思，敢徹候忱于記吏；千里采芹之獻，願申賀悃於籤曹。伏惟鑒涵，曷任榮藉。

答鹽法道崔　中秋

鹽梅上佐，禮樂真儒。數名閥於西京，首崔盧而次韋杜；領雄封於南國，榷財賦而鎮淮揚。分廉察之權，觀風問俗；掌司鹺之節，煮海摘山。看朗月一丸，對平山而醉客；望青烟萬竈，坐官閣以惠商。韻響清風，仙歌處處；池浮桂影，香蕋飄飄。序值千秋，寵膺百福。弟舟車鹿鹿，跋涉勞勞。自夏徂秋，何知節序；匪朝伊夕，謾事丹黄。忽荷郇箋，藏固深於什襲；兼貽趙璧，歸還藉於雙鱗。用璧吴牋，載申謝悃。臨啟馳溯。

答淮安府　中秋

吹豳令序，冰月澄輝；叢桂花中，香風拂座。年翁嘉政益新，與時俱懋，佇卜綸音之叠賁也。瑶華遠賁，深荷注存，藉手歸璧，中心識之。本擬試畢維揚，即鼓臨淮之棹，與知已一申别緒。緣舟車鹿鹿，歲事將闌，未遑遠涉毘陵、京口。試期已擻，勢難再更。雖荷嘉招，聆揮塵之談當在春風拂柳時也。冗次率復不宣。

答揚州府施　中秋

千里維揚，福星重照，匪惟黄童白叟慰借寇之喜，屬在同岑，竊幸清風長拂，時聞嘉政於凝香之署也。荷年翁垂注，委貺雲箋，始知節序。南樓嘯月，叢桂香浮，恨未一汎星槎。瓊瑶之賜，愧何敢承？藉使拜歸，心識之矣。良覿不遠，奉教高賢，當在黄菊滿山時也。率復不宣。

答江都縣熊 中秋

前者中牟惠績，首列薦剡，謂八舍之召，旦晚間耳，聞之倍深慰藉。而當事循例苛求，暫阻雲步。雖江陽百里，保有得歲之喜，誼切金蘭，不覺悵怏於中也。荷年翁垂注，委貺瑶箋，始知節序。連城之璧，藉使歸完，銘戢匪淺。鹿鹿舟車，歲華虚度，雖高賢在望，一江遠隔，未獲時盍朋簪之樂。籬菊抽黄，擬過維揚，當圖俄頃良覿，一申别緒于知己之前耳。率復不宣。

答揚州府施 接考

遠阻一江，末由把晤。而褰帷雅化，日來邗上之歌。遥望鈴齋，心儀倍切。重荷年翁垂注，飛箋惠問，誦五雲之句，如對蘭蓀馥馥，倍覺拂人也。初擬吴中試畢，當返棹澄江，校毘陵、京口兩郡之士。渴欲一接顔範，遂掛江帆平山堂外，歐陽古柳依然，坐令清談，追維往躓，屈指良覿當在旦晚間耳。率復不宣。

賀總漕董 十一月廿五日壽

八座中台，一星南極。鳳書鸞誥，輝煌副相之庭；召雨郇膏，霑溉九州之地。五百里侯，五百里甸，人樂輸將；八千歲春，八千歲秋，家增福祉。奏尹吉甫文武爲憲之頌，功名自古無雙；倣韓魏公君臣相遇之隆，際會當今第一。熾而昌，耆而艾，籙注長生；月之恒，日之升，詩詞眉壽。

晚情依廣厦，願祝南山。晉咏三多，羨添籌於海屋；遥瞻六纛，阻介壽於官齋。玉笈金箱，出之仙室；交梨火棗，得自家山。伏惟鑒存，曷任榮藉。

回淮關 費、莫

伏以東閣詞臣，屢賜金蓮之燭；西清學士，慣分官錦之袍。參翼贊而陟清班，任才賢而崇優秩。榮增儲寀，望重端寮。恭惟云云天上文星，人間福曜。門高閥閲，共傳累世仙宗；學富淵源，咸奉專家經術。剪三花馬鬣，日直八磚；裁五色鳳書，時簪雙管。既藉經綸於日下，復司財賦於江南。胯下橋邊，争迎使節；淮陰市上，競候星軺。大舶參雲，都是越羅蜀錦；飛艎走浪，無非北棹南帆。惟能足國以裕民，自不損上而益下。

弟瀛洲濫入，芸閣幸隨。曾邀同館之歡，華顔昔侍；復作輔車之託，廣厦今依。蕪牘未將，瑤箋先賁。藏深什襲，愛看五朵郇書；歸藉雙鱗，敬返十城趙璧。容修詞以酬別諭，當專使兼布候忱。以報盛懷，並申謝悃。統希垂鑒，曷任榮瞻。謹啟。

候淮關費

伏以掌絲綸於東閣，衣惹御香；司翰墨於北廳，筆宣皇澤。居左右則爲鼎爲鼐，資贊襄則作楫作舟。恭惟云云柱石弘才，斗山重望。讀《禹貢》於蓬萊室裏，匪惟視草詞工；總會計於財賦區中，佇卜持籌績懋。陋弘羊之術，不空杼柚于東南；執劉晏之鞭，自樂輸將於淮海。通商有法，吴帆楚柁齊來；足國多方，輦賮航琛畢至。使車乍下，庶政一新。

弟較事方興，候言未趼。北門聯步，結縞紵於曩年；南紀同官，藉琢磨於兹日。采芹私而憑蒼羽，寫壓悃而擘紅箋。伏惟鑒涵，曷任榮藉。

候淮關筆帖式莫

伏以周禮治財，須藉名賢以司計；水衡制賦，端資良弼以持籌。惟能課裕外臺，始可榮分使節。恭惟云云公才公望，令譽令聞。爲疏附於虞廷，經綸本之家學；贊賦財於淮甸，出納得之心傳。花發三洲，錦纜牙檣，來舳艫於千里；權操六府，南帆北棹，裕泉貨於兩淮。

弟馳慕香名，欣瞻使曜。衡文鹿鹿，致稽尺素以展忱；覿德慇慇，采寸芹以將敬。伏惟鑒納，曷任榮瞻。

與鹽院啓　接上任

望威憲府，名重法冠。日上花磚，曾看紅藺於省裏；霜凝奏簡，尋抽勁草於臺邊。十二銅街，長驅驄馬；東南鹽筴，特簡繡衣。煮海村中，擁千堆之素雪；甘泉山外，飛萬竈之青煙。暫持節于淮揚，藉調羹於鼎鼐。

弟論交最久，覿德彌深。同館早依，預卜凌霄在邇；一方聯事，欣逢侍誨匪遥。將塵幅而馥紅箋，慰素心而憑蒼雁。伏惟鑒納，曷任榮瞻。

賀鹽院啓　到任

伏以簡上霜凝，挈青囊而增采；筆端風起，戴黑豸以揚威。既明治體而侍日邊，復握貨權而臨淮左。恭惟云云望高北斗，名震南邦。芸閣麟臺，出入絲綸之地；松廳栢府，鏗鏘鵷鷺之班。作舟楫於盛時，淮海共瞻法曜；調鹽梅于聖世，吏民咸樂使星。玉潔冰鮮，千帆遠載；紫輪紅燄，萬竈齊開。通吴楚之征商，裕賦財於内府。

弟同岑幸託，隣照欣分。禁露當年，贈縞之歡久結；瞻雲此日，盍簪之樂又逢。命犀僕而翫賀忱，采芹私而伴奏簡。伏願追踪僑札，敦舊雨而賜汪存；奮武夔龍，上青霄而占遠到。臨啟曷任瞻依虔注之至。

回鹽院喀

伏以揚清激濁，雄權居耳目之官；肅紀振綱，要秩握風霜之任。冀北遥看驄馬，淮南近接繡衣。恭唯云云執法星懸，理財策奏。坐松廳而掌六察，白簡囊抽；開烏府而鎮兩淮，紅鹽課榷。謹海王之筴，上佐堯羹；持繡斧之權，遠巡禹甸。既平貨於大江，半璧遥看萬竈烟青；復通商於三楚，諸城叠汎千帆水碧。司均輸於兹日，調鼎鼐於他年。

弟喜近隣輝，思深舊好。戔戔束帛，未邀俛納於籤曹；藹藹吉詞，重荷遠貽於冰署。藉紅鱗而完趙璧，憑蒼羽而鳴謝言。伏願嘉會盍朋簪，覿芝儀於官閣；華塗騁驥足，膺鳳誥於綸扉。臨啟曷任虔注。

賀總漕董 冬至

東閣摛文，南邦作鎮。牙檣錦纜，來萬里之謳歌；炊玉飛珠，總九州之財賦。入仙班而趨鵷鷺，舊傳元弼於日邊；領節鉞而錫躬桓，久照冬暉于江左。含梅舒柳，漁鄉徧布仁風；荔挺芸生，雁户悉沾和氣。既迎長於繡線，自增耀於衮衣。

晚遥望長淮，欣逢亞歲。卦占七日，肅玒賀語以展忱；光麗三台，愧乏縟儀以申敬。伏惟垂鑒，曷任榮瞻。

賀總河王 冬至

雲臺德望，麟閣勳名。手障百川，奠波濤於帖息；躬乘四載，起昏墊於東南。仁風舒柳以放梅，律暖龍堂鱗屋；和氣生芸而挺荔，春回雁户漁鄉。喜繡線之迎祥，德與時而俱永；覺衮衣之增耀，福偕日以彌長。

侍襪線何能，緹灰未暖。詩成小至，驚人事之相催；律問太初，喜天心之來復。當兹璧合珠連之序，可無竹苞松茂之歌。賀語未工，襞紅箋而增惕；緡儀謾去，對蒼羽而加慙。伏惟鑒原，曷任榮藉。

賀江撫鄭 冬至

視草北門，提封南紀。布陽和於半壁，漁鄉雁户春回；震剛德於三吴，水市山村氣肅。柳舒梅吐，畫戟香凝；荔挺芸生，黄鐘籥啟。吹葭六琯，百城懷挾纊之恩；刺繡五紋，千里守閉關之樂。合璧長依日月，獻履徑上星辰。

侍昔賁吴趨，叠承清誨。心馳廣厦，感同江水以俱長；德佩祥風，望接冬暉而彌切。聽桓譚之論，徒識連珠；讀曹植之文，未能貢襪。欣逢亞歲，敬寫十箋。伏惟垂鑒。

賀鹽院喀 冬至

秩峻烏衣，班崇蒼佩。紅蘭省裏，聲傳供奉香名；肅政臺邊，權握糾繩重寄。霑溉御史之雨，淮海陽回；輸將學士之鹽，天家味適。斗邊看子月，來復之爻既占；臺上候祥風，視履之祥可考。

弟論交同館，聯事一方。良會卜於三冬，嘉辰當兹亞歲。衮衣增耀，乏貢綵以輸誠；繡線迎長，敢修詞以展賀。伏惟垂鑒，曷任榮瞻。

賀提督金　狼山總鎮劉　江陰總鎮林 冬至

鐘鼎書功，旂常謀帥。銀鞍騕裹，偕彤弓盧矢以增華；畫角麒麟，得鄂國褒公而加重。千里星門晝静，士懷挾纊之恩；百城金柝宵沉，民謝閉關之樂。卦占七日，獻履迎長；儀具亞朝，書雲集慶。

弟才慙一線，庇託重緹。小至詩成，觿去無伴緘之敬；一陽節届，雁飛裁賀語之誠。雖未祗詣崇屏，倍覺馳情廣厦。伏惟垂鑒，曷任榮瞻。

答淮府 接迎考

剖竹清風，夙深馳思。頃蒞海陵，密邇治都，褰帷雅化，雖隣壤亦切謳歌，知得歲之喜，當不獨淮陰水市間也。重荷嘉招，足徵年翁雅眷，渴擬一接顔範，快話家園風景。顧歲聿云暮，計典縈懷，兼毘陵、京口之檄早已遣行，勢難再更。遠望長淮，溯洄之思倍深矣。來教另裁别幅布復，惟希鑒入不宣。

答山陽知縣 接迎考

雄封百里，撫字維艱。年翁製錦高才，戴星而治，仁風惠露已徧山橋水市間矣。良深健羡。辱教重荷注存，渴擬鼓檝長淮，一覩鳴絃雅化。緣毘陵、京口檄試已久，兼歲聿云暮，計典縈懷，剪江而南，勢不能已。嘉覿不遠，鶯花爛熳時，當與年翁快述梓鄉舊事耳。不宣。

回提督金 冬至

略擅孫吴，功崇褒鄂。琱戈壽甲，壯太乙之軍容；玉帳金壇，振河魁之武節。吹六寸四分之管，星門冬日高懸；讀五十三家之書，幕府祥雲徧集。看一陽之來復，喜百福之攸同。弟虛度年華，都忘節序。修儀亞歲，聊隨衆而奏賀辭；惠問五雲，忽乘風而荷寵賁。既邀雅眷，敢復謝言。臨啟虔注。

答鹽法道崔

説經侃侃，敷政優優。職方首數揚州，允資彈壓；連帥今推觀察，端藉旬宣。曲曲邗溝，拂清風而波溢；湯湯淮水，照涼月而浪平。胯下橋邊，婆娑桂影；竹西路上，遠近歌聲。奏仙曲于南樓，霓裳五夜；醉賓筵於北海，桂酒千尊。

弟鹿鹿舟車，勞勞晨夕。分丙丁而辨甲乙，令序幾忘；披蘭蕙而望蒹葭，芳函忽賁。璧歸完而藉蘧使，書裁報以布謝忱。臨穎馳溯。

答總漕董 賀壽

三公論道，五瑞褒功。本經術以治財，政譜悉原周禮；總師干而作鎮，香名遠播堯封。建麾則在四岳之先，試功爰及七州之廣。裕民足國，仁風固徧中邦；扇越霑吴，惠露尤深南紀。紅蓮香米，絡繹千帆；黄帽舟師，咏歌萬里。山河關職掌，帝念十連之重，端賴賢侯；忠孝是家風，僉云七政之調，當歸上相。佇卜青逵馭轉，載看丹詔榮頒。

晚片善無聞，流年斯邁。桑弧蓬矢，數馬齒以加慙；垂露懸針，捧烏絲而增寵。紅螺雙盞，藉醉春醪；青鳥千絲，拜歸賓閣。乏七襄之報，謾襞吴箋；銘五朵之貽，敬申謝幅。臨啟曷任虔溯。

答張布政 年節

伏以懋官懋賞，列爵居四岳崇班；爲翰爲屏，行省在三吴勝地。受禹書而成賦，本《周禮》以阜財。恭惟云云學富五車，貂傳七世。西清學士，早簪筆而侍花磚；烏府先生，旋乘驄而抽霜簡。敷齊魯詩書教澤，歷試盤根；播皋夔稷契經綸，徧歌化雨。山横七聚，草緑周囹；地接三江，粟紅庾府。既傳舊政，益奏新猷。兹逢五始，肇春閣外氤氲氣結；兼值三陽，啟泰樓邊旂旆香凝。

侍握別銅街，載更歲籥。夙邀領袖，仰瞻前輩風規；久沐鈞陶，幸托同岑雅誼。錦車甫莅，早期馳賀犀階；官簿有拘，未獲布忱賓閣。喜五雲之錫字，方知節啟椒花；乏十幅之報章，豈説銘傳栢葉？率裁荒簡，敬布謝私。伏願宰樹公槐，晉秩卜星沙築路；頒圭信璧，分茅當春日載陽。臨啟曷任虔注。

賀總河王 年節

九功惟叙，六府孔修。錫範錫圭，宅百揆而總四岳；導山導水，弼五服而奠八荒。競看氣轉青逵，槎泛桃花浪暖；佇卜書傳丹鳳，雲開官閣香凝。驗正月之始和，占台星之遠燿。履端有慶，何福不臻？

侍獻歲欣逢，稱觴願祝。林鵶散炬，未遂盍簪；椒蕋盈盤，敢申賀悃。瞻韶光於河上，惟望鑒存；集瑞靄於海邊，倍深馳企。臨啟曷任顒祝。

賀鹽院喀 年節

鷺車峻秩，烏府雄權。謌謌風清，早擅香名於日下；稜稜氣肅，羣看新政於江邊。五始書春，椒花獻頌；三陽肇泰，栢葉傳觴。調鼎須藉紅鹽，濟川端需巨楫。徧青烟於萬竈，錫丹詔於九重。

弟舊雨思深，邗江簪盍。郇厨席設，酒醉紅螺；杜老詩吟，時逢小歲。藉雙鯉而玨宜春之帖，佐五辛而修獻節之儀。伏望鑒存，曷任榮藉。

賀總漕董 年節

躬桓錫瑞，府事書勳。論道經邦，既作賡歌於斗北；任土作貢，復慎財賦于江南。來畫鷁之千帆，春迎柳岸；鼓蓬窗之萬艘，香汎錦波。櫪馬林鵶，筵開守歲；椒花栢葉，帖進迎年。欣當春日之載陽，佇慶紅沙之築路。

晚乍看新曆，幸接韶光。戴雙綵勝以迓祥，敢進屠蘇之酒；玨五辛盤以集祉，願歌元日之詩。牋既愧于五雲，儀亦慙乎連璧。伏惟鑒納，曷任榮瞻。

賀江撫院鄭 年節

中台吉曜，副相崇班。東閣詞臣，衣惹御爐香暖；南邦重鎮，祥開海甸春生。膏雨滋花，梅邊紅綻；惠風着柳，江上青舒。當正月之始和，羣歌新政；際初陽之乍轉，共祝休徵。遥望官齋，茂膺寵秩。

侍欣逢嘉月，載頌華年。櫪馬林鵶，守歲之筵遠隔；紅椒粉荔，宜春之帖敢陳？雖無雙綵勝以將誠，聊羾五辛盤而介福。伏惟鑒納，曷任榮瞻。

賀提督總兵年節

經文緯武，説禮敦詩。細柳營開，候騎焱騰雲合；中權令肅，靈峰虎翼箕張。山河少篳篥之聲，幕府醉屠蘇之酒。角弓彎處，春映梅花；霜劍懸時，風飄蘭蘂。驗始和於正月，占有曜於吉星。

弟鳳曆新看，斗車乍轉。吞花臥酒，欣瞻守歲之筵；握月擔風，敢羾迎年之頌。采芹私以誌賀，寫蓬悃而修辭。伏望鑒涵，曷任翹祝。

賀織造曹 年節

忠貞世篤，閥閲家承。同漢室之勳庸，金張華胄；媲虞廷之謨弼，稷契元臣。北闕遠辭，南邦榮蒞。春花映瑞錦，補五色之舜裳；暖日織新羅，玨千章之禹服。五始肇春而迓福，三陽開泰以迎祥。

弟新曆乍看，韶光遠接。進椒花之頌，雁字敢陳；捧栢葉之觴，芹私薄采。伏惟鑒納，曷任榮瞻。

回總漕董 年節

建麾秉鉞，緯武經文。位班四岳之先，功既彰乎六幕；權攝十連之重，賦特總乎七州。獻節風薰，湖棹江帆徧集；初陽律動，吴粳楚米齊供。梅綻花邊，香凝畫戟；柳舒江上，春到官齋。豈惟八座升班，佇看三台晉秩。

晚華年虛擲，春日重逢。粉荔紅椒，甫玨宜春之帖；銀鈎翠管，忽來惠問之詞。憑紫雁以寄報章，藉紅鱗而申謝幅。臨啟虔企。

答遊擊 年節

春風習習，景物暄妍。正老親翁細柳營試之期，烽静波恬，致足樂也。疊荷翰存，情誼周至。披虎文之焕彩，飲佳釀而增和。借羽報章，佩銘曷既。臨池溯切不宣。

賀總河靳 午節

德懋九官，班崇四岳。宅百揆而平水土，海晏河清；修六府而奠山川，圭分疇錫。重開鈴閣，中丞之印仍頒；再理河渠，伯禹之功復奏。兹值槐龍舞夏，席照榴花；兼看艾虎乘時，門懸朱索。辟兵符掛，五綵分絲；競渡舟横，千帆走浪。角黍之筵未侍，汎蒲之酒敢陳？

侍幸邇隣輝，欣逢楚節。春三方過，佇聞車騎臨淮；夏五重來，還藉雁箋書悃。綵絲一縷，修賀維虔；江路千重，馳思倍切。伏惟鑒納，曷任榮瞻。臨啟虔注。

回江撫 鄭壽

公槐宰樹，傅雨郇膏。泰伯舊封，領節門懸十六；中丞嘉政，書勳管秃三千。楚尾吴頭，蕙風徧布；鼉鄉漁市，春日長臨。花發來禽，五朵雲飛翻浦；辰逢初度，三山記出官齋。感懿好之維懃，喜頹齡之增寵。

侍修名未立，去日已多。冉冉歲華，宛似蕭榮艾秀；勞勞塵壒，何知蓬設弧懸？豈期握蘭修禊之辰，忽賜倒薤垂針之字。敬完尺璧，惟藉雙鱗；敢布寸心，用裁十幅。臨啟曷任馳謝。

回鹽院啓 壽

職親帷幄，勳奏鹽梅。淮有三州，咸奉烏臺綱紀；場開萬竈，悉施蒼佩仁慈。當紅酣綠戰之辰，荷垂露懸針之賜。惠而好我，捧趙璧倍戢懃拳；何以報公，佈謝言彌深惶悚。

弟勞勞塵壒，冉冉歲華。感尺波之易流，執蘭興慨；知寸陰之當惜，捧札增慙。三雅祇承，敢分仙人之室；十連敬返，還藏使者之車。裁赫蹏以陳詞，藉紅鱗而展悃。伏惟垂鑒，曷任榮瞻。

賀總漕董 午節

學傳董相，功紹傅巖。黼黻西清，制誥笙墳珠典；經綸南國，紀綱露惠風仁。競渡走千帆，三軍樂舞；薰絃叶六律，萬里歡呼。傳益智之方，盤堆香粽；懸辟兵之縷，門設靈符。艾人在户以迎祥，沙路成堤而集慶。

晚承顔已久，慕德轉愍。修楚節於百子山頭，敢狃綵絲五色；奉巴箋于千金亭外，聊憑綠水雙鱗。伏惟鑒涵，曷任榮藉。臨啟虔注。

賀鹽院 午節

和鼎和梅，作舟作楫。繡衣花點，榷鹽政于江南；驄馬雲隨，裕財源于日下。冰盤堆雪，光映榴花；官酒汎蒲，醉簪艾虎。吹薰絃六律，萬竈烟青；觀競渡千帆，一江水碧。嘉辰幸值，景福斯膺。

弟縞紵歡深，山川阻遠。珏綵絲五色，修節事于天中；裁蒲竹雙箋，布賀忱于鈴下。伏惟鑒納，曷任榮瞻。臨啟馳溯。

賀織造曹 午節

學富經綸，功侔長養。榮分犀節，自斗北而及箕南；光映使星，衫雪羅而被風葛。官齋傍水，競渡千帆；荻管吹風，薰絃三奏。菖茁葵葉，香飛角黍筵邊；艾虎槐龍，影射泛蒲酒裏。盛德在夏，茀禄自天。

弟皖水初來，江雲遠望。客歲賀歸，日下尺奏久疎；旅亭節届，天中五絲專珏。敢修賀悃，敬達荒函。伏惟鑒存，曷任榮藉。

賀提督總鎮同 午節

幕啟青油，符懸黄石。龍韜潛運，早成拔幟奇猷；烏陣弘開，獨擅囊沙妙算。將河魁五百鐃歌，聲奏薰風；帥太乙三千畫舸，波翻競渡。榴花照席，官閣延賓；螺盞泛蒲，星門迓福。弟遠違犀節，仰企金壇。采艾結蘆，藉紅鱗而將敬；襞牋裁牒，憑蒼雁以書忱。伏望鑒存，曷任榮藉。

賀鹽院喀 壽

蛾眉班列，豹尾車聯。入青瑣而挈青囊，頻奏鮑宣封事；坐烏臺而排烏戟，慣書沈約彈文。遠蒞花驄，惠露霑吴疆楚服；競看繡斧，薰風播海甸淮封。名世之生五百年，人傳列宿；大椿之算八千歲，位陟真靈。玉潔冰鮮，功調禹膳；露桃雪藕，饌出仙厨。頌進九如，祥徵五福。

弟滯羽廬江，馳心胥浦。望桑弧懸處，阻陪介壽之筵；喜玉笈開時，敢效稱觥之祝。敬裁蕪牘，肅矼芹私。伏望鑒涵，曷任榮藉。

答將軍 午節

豹變炳文，龍韜耀武。應昌期五百琱戈，壽甲震雲間；領君子六千玉帳，金壇開江左。軍威赫濯，無事辟兵之符；妙畧神奇，何須益智之粽？重邀寵眷，表良節而賜五雲；遠荷德施，應嘉辰而頒連璧。

弟池陽棹鼓，午日詩歌。接雁使于江邊，絲傳朱縷；歸楚琮于鈴下，書報吴箋。臨啟馳謝。

賀江撫鄭 壽

傅賚從天，申生自嶽。文經武緯，誕領羣牧東方；松茂竹苞，遠照一星南極。五百里侯，五百里甸，副丞相爵並躬桓；八千歲春，八千歲秋，大君子壽臻彭偓。菖苗蒲葉，酒醉霞觴；艾虎槐龍，筵開錦席。祝相公眉壽，鴿滿金籠；賜午日宫衣，香含風葛。爰進三吴之頌，載賡五福之徵。

侍介壽情慇，稱觴願切。寫函谷關中子，鬚眉宛似當年；獻蓬萊閣上仙，耆艾還同兹日。巴牋肅布，桃實敢陳。伏惟鑒涵，曷任榮藉。

賀江蘇鄭 午節

文章華國，謨典經時。東閣西清，久著才名于日下；春風夏雨，早來福曜于江南。拜雪羅香葛之恩榮，總楚樹吳雲之節制。畫船朱旆，坐看競渡千帆；雅吹清歌，行奏薰絃六律。榴花似火，偏照官袍；仙酒泛蒲，長開賓閣。既門懸乎綵索，佇路築以金沙。侍幸邇隣輝，欣邀德庇。修三楚三唐節事，莫陪角黍之筵；望一亭一駟籤程，徒切向葵之願。敬憑蒼雁，用犽朱絲。伏惟鑒存，曷任榮幸。臨啟虔注。

答鹽院 午節

書讀石渠，冠榮鐵柱。四時盛德在夏，施長養而奏治平；五行潤下作鹹，滋東南而阜財賦。弘開官閣，花飛角黍之筵；暖拂薰風，客醉汎蒲之酒。捧五雲而心戢，對雙雁而神馳。弟楚節載臨，皖城初届。辰逢五日，朗吟元禮之詩；璧返連城，愧報彥威之札。欣叨夙愛，敬布謝忱。臨啟虔注。

答淮揚道劉 午節

犀車敷惠，鈐閣垂仁。佐岳牧而奏旬宣，楚樹吳雲載色；輔范韓而作舟楫，衢歌巷舞騰歡。九曲河邊，播薰風於鱗屋；千金亭外，照朗月于葵村。開角黍之筵，贈貽遠及；惠汎蒲之酒，銘戢倍增。

弟滯跡皖江，縈懷淮市。披五雲而心識，報愧七襄；歸連璧而神馳，謝憑雙羽。臨啟翹注。

答總漕董 午節

柱石真賢，鹽梅上相。霈江南德雨，涉川因以濟川；來山左文星，治術原之經術。伊昔開兩江節鉞，地半斗牛；而今總七省賦財，川兼南朔。吴船楚舵，人樂輸將；東棹西帆，時無留滯。魏公懋德，歷中外而國倚長城；裴相鴻材，掌山河而民歌福曜。辰逢夏日，澤播薰風。賜出宫衣，雪羅香葛；醉傳仙釀，菖葉蒲苗。不圖五日之貽，出自五雲之貺。望淮亭而心戢，對皖水而神馳。

晚思切犀儀，情深麈誨。違顔一載，知鄙吝之復萌；去路千程，喜鱗鴻之遠接。眷吴酸而賜芳訊，德佩五中；修楚節而惠吉音，書藏什襲。臨啟曷任馳謝。

答狼山總鎮劉 年節

羽翼良才，股肱重輔。載旆秉鉞，既書勳伐于曩年；耀德修文，永靖干戈于中壘。金壇花發，儒服雍容；玉帳春開，雅歌清麗。酌椒花之酒，坐看祥雲；製栢葉之銘，佇膺景福。

弟芳年虛擲，春日重逢。戴雙綵勝以遥瞻，方申賀悃；對五辛盤而竊喜，忽賜華函。藏五朵而返楚珍，報七襄以裁謝悃。臨啟虔注。

答鹽道崔 賀壽

冀北名賢，江南福曜。登車攬轡，仁風播煮海村邊；巡部褰帷，惠露霑維揚州外。榷形鹽以供禹膳，鞭畫久聞；賜吉語而賚郇箋，銀鈎共寶。惠而好我，寵及小年；樂兹多儀，榮逾華衮。

弟川涂鹿鹿，歲月勞勞。年五十而無聞，徒增馬齒；桃三千而始實，忽賁仙林。蓬矢之六已光，木瓜之三未報。字憑雙鯉，璧返連城。臨啟曷任馳謝。

答江臬司高 賀壽

律謝蘇皋，恩垂雨露。棠開召舍，福星遠照江城；草護周囹，法曜久瞻澤國。東方牧伯，咸受指揮；南紀民人，羣歸煦育。揆余初度，載錫竹苞松茂之歌；樂兹多儀，忽賜垂露懸針之字。頽齡藉以增寵，嘉惠當之有慙。

弟歲華冉冉，塵壒勞勞。五十無聞，愧桑弧之早掛；萬千斯頌，感藤角之遠裁。對楚璧而返十連，申謝言而憑雙羽。臨啟馳溯。

與江撫宋 迎到任

伏以受瑞錫珪，次相名同副相；建牙樹戟，西江地接東江。既歌嘉政于吴楚之交，旋播新猷於江淮之際。旌旂載賁，父老騰歡。恭惟老年世叔台臺，義重股肱，勳高柱石。廣平相業，世家舊誌唐編；梁苑仙才，吟筆今傳宋地。共説主盟藝圃，争看起草仙郎。攬轡觀風，駕使車于通潞；褰帷問俗，開廉鎮于臨淄。隨移山左法星，用作東南福曜。屏藩乍樹，節鉞斯加。冰鑒照人，比澄清於彭蠡；春風播物，徧謳頌於洪都。保障三江，頻慇帝念；馳驅千里，用速公行。富相重來，早起吴中之慶；趙公此去，能無境上之争。思舊德而望八騶，匪獨黄童白叟；仰高山而遲十乘，久深蓬幅塵悰。

侍誼切通家，情慇舊好。溯淵源于泗水，私淑已多；企規範于龍門，眷懷倍切。幸邀聯事，敢望塵誨頻施；喜托同岑，惟藉喬雲廣庇。敬裁赫蹏，遠候碧幢。伏願盧矢彤弓，鎮東南而錫封帶礪；公槐宰樹，領鎖鑰而著績旂常。臨啟曷任瞻依虔注之至。

小啟

相門世濟，藝苑家承。任筆沈詩，好句争傳海内；郇膏傅雨，香名早著日邊。律謝蘇皋，棠清召舍；恩施雨露，春滿吴封。領節西江，羣誦中丞雅化；移旌南國，重披節度仁風。周公召公，分陝之勳各建；江左江右，輯民之德同歌。來星斗於三吳，固金湯於半壁。

侍愧同小草，幸邇春暉。遠溯師門，太夫子嘉言早述；近連德宇，副丞相廣厦堪依。雖未遂梟趨，迎犀車於道左；而久深葵嚮，寫塵悃於牋中。將誠未布芹私，誌慶先憑郵使。伏惟垂鑒，曷任榮瞻。

賀江撫宋 到任

伏以韋平華閥，傳宰相於一門；帶礪殊勳，建節麾于兩地。久已作西江鎖鑰，還來奠南國山川。懋德懋官，載歌載舞。恭惟台臺，日邊文曜，天上台星。開府聲名，早識梅花作賦；中丞節鉞，羣歌冰壑照人。溯才子于大曆之年，粉署星郎望重；來元老於中州之地，仁風惠露謠深。冀兗青揚，犀節東西徧歷；江淮河濟，畫船簫鼓頻開。臣作股肱，齊瞻山嶽；江分左右，益著澄清。豫章之木千尋，久施雨露；震澤之波萬派，重映星辰。圖籍依然，載入戟門字樣；鬚眉如昨，還看栢葉囊青。楚尾吳頭，春暉長照；黃童白叟，德雨同霑。豈惟踴躍三江，抑且歡呼半壁。

某聞風慕切，覯德思慇。喜使旆之早臨，願侍賓筵而述世講；修候函於上犴，敢同芹子而布賀忱。伏願蒲穀分封，山河錫誓。李贊皇公侯世濟，祥雲開上相之鄉；宋尚書勳德家承，瑞靄布中台之里。

小啟

八柱承天，三公論道。文章華國，班香宋艷之才；猷略匡時，召雨郇膏之政。經以文，緯以武，東湖南浦，共懷一路福星；作之舟，作之楫，水市江村，咸沐中丞惠露。嘉政猶傳吴父老，甘棠德澤猶存；新猷彌布海東南，烏府聲名益著。乍來澄景，幸照秋陽；甫接商風，還逢愛日。士女途歌而巷舞，兒童喜躍以歡呼。

某滯羽濠梁，馳心虎阜。遠迓副相，曾修箋記而命鱗鴻；虔賀元侯，薄采澗毛而陳左右。儀非連璧，字乏五雲。伏惟鑒涵，曷任榮藉。臨啟馳溯。

賀總河靳 新任

伏以析圭受瑞，齊侯總九伯以分封；刊木隨山，夏禹歷八年而奏績。念勳名於往日，特下新綸；歌府事於今兹，重來舊秩。臣民胥慶，中外騰歡。恭惟台臺，柱石承天，舟航濟世。控兩江以作鎮，皖城父老誦嘉政時頒；乘四載以濬川，河水源流羨豐功早建。奠山川而平原隰，何須問三策于前賢；連高下而築隄防，自可通九河于故道。慶新開之漕路，喜永息乎狂瀾。竹箭流安，楚杝吴檣交至；桃花浪煖，紅蓮紫米齊供。升平之第暫歸，彌慇宸眷；《禹貢》之書再奏，重賴老臣。澤國洵在江南，從此于疆于里；廷臣無出公右，宜其懋德懋官。

某願御李車，欣承阮睞。銅街載別，備聆蘭言；邗水重逢，親瞻芝宇。遡締交之自昔，縞紵歡深；喜聯事之在今，觀摩念切。肅裁荒牘，敬布鄙忱。伏願鳳誥鸞書，視三公而列爵；雲臺麟閣，鑄九鼎以銘功。

小　啟

吉甫文武，傅説鹽梅。德播九州，尤著功名于江左；波安百谷，頻邀賚予於天中。漁師鴈户胥歌，禹甸堯封咸慶。導山導水，早欣借寇於昔年；既澤既陂，復幸歸公于今日。交稱出之四嶽，功實難泯；優擢斷自一人，爵須重付。碧幢紅籥，載領節麾；大旆高牙，仍開幕府。奠波濤于帖息，循往轍而奏隨刊；起昏墊於東南，展新猷而施疏瀹。

某慙同樗木，幸附仙舟。千里論交，伊昔非由人合；一方同事，於今實假天緣。庇敢託于二天，喜自盈于五内。鳧趨未遂，蕪牘先陳。

答淮安府王 來接考

握別一載，嘉政時聞，雖千里關山，而淮亭風月長存于夢寐之中也。近承垂注，屢惠瑶箋，銘戢雅懷，真無既矣。某自春徂秋，崇山邃壑，鹿鹿奔馳。辰下雖試竣濠梁，而滁陽館舍，尚有半月覊留。知己論心，連茵接對，當在叢桂飄香之候也。率復不宣。

答山陽縣朱

射陽巖邑，藉香令以保障花封。雅化鳴絃，士民戴德。渴□往帆于淮水，相與接席論心，而跋涉江山，勞勞半載，□竣濠梁試事，不日間提轡南譙。而芳尺遠貽，備承垂□，雖籤程間阻，此心已與長淮俱阻矣。握晤有期，語不多及。

賀副總河徐

伏以虞臣肱股，司空德冠九官；《禹貢》隨刊，河伯位尊四瀆。簡才而命宏父，作鎮而莅青江。屏幛勳高，公侯望重。恭惟台臺，律躬通介，銘績旂常。天上麒麟，久作風騷宗匠；日邊柱石，咸推承弼賢臣。卧勸冬官，成勞在國；治平水土，荒度有方。本己饑己溺之心，行導水導山之略。龍堂鱗屋，胥慶安瀾；竹箭桃花，咸歸故道。雖佐中丞而施疏瀹，實相九土而播經綸。

某接教情殷，承顔道阻。同官冀北，早知起部聲名；聯事江南，幸遇景山規範。雖候忱遲布，而馳思久深。茲逢節届中秋，所恃賀憑雙羽。伏願奏九功於舜宇，冠皋夔稷契之班；分五瑞于堯階，膺蒲穀躬桓之錫。

小啟

伯益賢勞，召公勩勩。蛾眉班列，傳僕射之文章；雉尾詔頒，試司空於水土。何須八載，始奏平成；佇看九河，早歌清晏。兹值桂花香汎，北海尊開；更逢秋月光澄，南樓風滿。霓裳曲奏，鱗屋歡騰；博望棹飛，漁村頌集。咏邠風而知令旦，望綵屋而慶崇禧。

某夙企斗山，早思瞻拜。當八騶初莅，川途遥隔，尚疎候箇之修；際雙雁重來，節序方新，敢後賀函之貢。深慮縟儀循套，未布犀墀；聊憑側理書忱，惟希台鑒。

賀鹽院啓 中秋

鹽梅調鼎，舟楫濟川。駕御史花驄，榷鹽田於淮左；總揚州繡壤，司國課于江南。叢桂飄池，香射千堆素雪；兔華臨岸，光摇萬竈青煙。庾元規之風流，時登江閣；孔文舉之賓客，日醉仙醪。雅奏半出豳詩，妙管頻書金鑑。欣逢令序，虔祝崇禧。

某川陸勞勞，歲時冉冉。望團圞好月，便總良友於江邊；披閶闔清風，敢布賀忱于閣下。縟儀遲玒，荒牘先陳。

賀總河靳　中秋

調鼎鹽梅，濟川舟楫。政修六府，奏功叙于堯階；德懋九官，書平成於《禹貢》。山既旅，川既滌，四方月照團圞；海則晏，河則清，萬里風吹閶闔。門排畫戟，秋桂香飄；閣啟華筵，霓裳曲奏。望仙槎於八月，蘆花朵朵河邊；奏金鑑於千秋，寶字紛紛管底。欣逢雅節，虔祝休徵。

某遠隔犀墀，倍懷塵誨。山程鹿鹿，尺奏遲修；璧月重重，半秋幸值。縟節未敢循套，賀詞聊以書忱。

答江蘇臬司高　中秋

躬桓錫瑞，鐘鼎書勳。執法而振八條，風清召舍；明刑以弼五教，慶集于門。兹値桂影浮池，佇看香風拂座。庾樓嘯月，醉飲仙醪；孔席開尊，歌傳舞曲。時逢令序，德驗休徵。

某久别芝顔，頻懷塵誨。川涂跋涉，乏雙羽以展忱；筆墨琳琅，藉兩章而增寵。肅完趙璧，敢布謝私。

賀提督總鎮 中秋

詩書謀帥，鐘鼎銘勳。鎖鑰東南，運龍韜而開玉帳；經綸淮海，提虎旅而望金壇。宵柝無聞，風清禹甸；豳風送奏，人樂堯疆。客泛仙槎，出自青油幕裏；影摇秋月，照來黄石符邊。聽雅奏而醉香醪，際芳辰而迓景福。

某滯羽南譙，馳情中壘。澄潭月影，思侍誨而難能；叢桂香飄，敢裁箋而遠寄。愧乏芹私之貢，肅將賀悃以陳。

答江陰縣劉

澄江百里，借香令以宰花封，雅化鳴絃，古風再覯，望華轂者，匪獨山莊水市間也。重承垂注，芳尺遠貽。雖未邀良覿，幸託同城，盍簪不遠，暢月之初，當剪江而南，快覩慈君之新政爾。

答揚府施 來接科考

前者道經治郡，片晷清譚，頓慰馳思。淮陰試事，於寒風瑟瑟中晝批夕閲，方得竣局。而飛箋遠至，俯遂所期，展誦再三，倍深銘戢。鼓維揚之棹，以赴嘉招，爲日不遠。博言笑於雪飛風號之時，亦知已所樂聞耳。

答總漕董 中秋

儒術大名，樞臺重望。匪開紅篆，總七鎮而慎賦財；囊挈青儀，坐兩淮而通輸輓。吴檣楚柁，應律吹豳；北里西山，連莖獻瑞。進千秋金鑑，出入久冠諸公；乘副相鷺車，聲教徧聞萬里。桂花凝露，香染仙毫；豆雨飄風，箋傳雁字。既銘雅眷，敢後謝言？

某滯羽南譙，馳心東楚。聽秋聲而申賀，方裁十幅書忱；捧芳訊而誌詞，遠辱五雲錫寵。雙鱗報德，計程尚隔山川；九頓承顔，屈指已交旦晚。

答提督金 中秋

驚代麒麟，傳家忠孝。樹旌於越，曾掌君子六千；作鎮勾吴，復領河魁五百。覩王將軍武庫，吐納詩書；坐漢楊僕樓船，東南鎖鑰。吹豳風而聲傳箄箕，擊土鼓而曲奏霓裳。喜接芳辰，幸邀惠問。

某秋聲乍聽，月賦未工。玨十幅於賓筵，愧乏澗芼之伴；裁五雲於蓮幕，驚同荆璧之貽。藉雙羽而拜歸，隔千里而鳴謝。

答鹽運司崔

《周官》立政,《禹貢》慎財。總鹽田於煮海村邊,場開萬竈;掌國課於維揚州外,門列雙旌。調禹鼎端藉鹽梅,素雪映冰丸之潔;濟傅川還須舟楫,澄波吹金粟之香。啟北海芳尊,忽懷人于千里;坐庾公高閣,特賜札于中秋。永誌雅懷,敢裁報簡。某馳驅靡息,節序罔知。乍捧五雲,驚同月賦;尋瞻連璧,喜出荆山。藉使拜歸,劈箋鳴謝。

答揚府施 中秋

春初,雲陽城外片晷承顔,隨即倥傯握别。江山千里,雖藉紅鱗蒼羽之便,時通尺素,而東閣迢迢,蒹葭秋露,馳思彌深矣。桂月芳辰,冰蟾冷照,勞勞川陸,幾忘節序之臨。荷遠貺瑶箋,重以珍賜,對使拜璧,中心誌之。即日鼓淮陰之棹,道經治部,當圖良覿,一話廣陵勝事也。

賀織造桑 陞湖廣巡撫

伏以虞廷岳牧,班瑞首重躬桓;禹甸井疆,敷土久分荆楚。爲江湖之屏障,藉周召以經綸。遠近騰歡,士民胥慶。恭惟台臺,韋平閥閲,韓范勳名。日下宣猷,緯地經天早著;江南敷化,仁風惠露兼施。明十二章以黼黻廟堂,舜日堯雲耀采;建十六雙而輝煌棨戟,湘蘭沅芷飄香。登副相之車，春到鬻熊城外；弄中丞之印，雲開鸚鵡州邊。帆挂金陵，吳童遠送；旌揺漢水，楚客環迎。喜新政之誕敷，慶名賢之涖止。

某一方聯事，兩載同岑。既接犀儀，欣瞻北斗；復承麈誨，幸示南車。歸六纛于秋中，一箋詮别；送八騶于江上，三楚縈思。伏願麟閣書名，誓山河而盟帶礪；雲臺著績，陟宰樹而進公槐。

小　啟

三公論道，八柱承天。召雨郇膏，澤遍江南草木；傳舟趙日，恩施歷下郊圻。海岱浮雲，花迎犀節；青齊平野，香拂鷺車。樂淑禮陶，舊識上公雅化；肩摩轂擊，新看次相弘猷。魯市齊郊，庇祥雲之朵朵；東山北海，照愛日以年年。式四國而重保釐，鎮三齊而作師保。

某幸邀渥愛，喜獲嘉音。三日而拜司空，古有之矣；一旬而歷兩鎮，公則已然。賀荆楚錫圭，雖有專函，而箋未徹於掌記；慶青齊移節，願將不腆，而儀難貢于典籤。千里書忱，惟有蕪辭之一幅；半生結契，敢布蓬悃于雙麟。

答常府于

丹榴白葛，令節催新。伏想仁聲美政，坐暢熏風，福履自爾日增。華翰寵頒，又蒙腆貺，愧何敢當？謹領盛意矣。方有句容之役，正在俶裝，舟過毘陵，尚容把晤，宣陳闊緒也。

德星堂文集卷九

海寧許汝霖時菴著

續集

禁示

新頒學政

照得本院謬司文柄，幸督名區。固期冰蘖爲懷，拔盡兩江杞梓；尤念斧斤在握，琢成多士珪璋。子佩子衿，盡是廟廊之器；采芹采藻，無非禮樂之才。不謂下車以來，請褫申革，堆案文移，駭目驚心，愁懷訟牒，已概從乎寬政，姑未准行，且各予以自新，暫停批發，兼飭各府、州、縣優容禮貌，共期栽培士氣，作養人才。倘或羅織深文，苛求細過，申詳未至，刑辱先加，既敢悖乎王章，定難辭夫白簡。業已飭行，該屬取具，各遵依在案。第有司固當重念斯文，而諸生亦宜共知自好。前者本院撮取全書刊行十則，言言剴切，苦口開蒙；語語詳明，婆心愛士。果恪遵而勿失，欲取咎於何由？尤念孝弟實百行之原，不啻再三施教；廉恥爲四維之要，乃復反覆曲陳。仍恐贅語塵心，繁言聒耳，謹提大要，再列四規，既覺路之弘開，亦迷津之悉示，多士其敬聽毋忽。

一儒學所戒　勿浮僞　勿輕薄　勿怠惰　勿驕奢

一學政所戒　勿健訟　勿抗粮　勿私刻　勿結社

一考試所戒　勿規避　勿鑽營　勿冒籍　勿頂替

一文章所戒　勿庸腐　勿離奇　勿冗長　勿油滑

以上四條，事皆易知簡能，初非高遠；示則常言俗語，盡可率循。望爾文武生童，各懷愛鼎之心，奉訓詞而律己；無負崇儒之念，改故轍以繩愆。倘陽奉陰違，二三其念，愛莫能助，法豈可逃？特示。

頒行月課行蘇州府學

照得士子之振興，視乎師儒之董率。該學解到月課三卷，争奇競秀，各有所長，牖迪勤而衡鑒當，具見一班矣。本院細爲評閲，間有片詞隻句未工穩者，一一摘出，初非刻于持論，實欲益求其精。仰該學教官傳示諸生，盡芟軟熟之俗調，力追高古之遺音，共加淬厲，以候歲試。三卷仍發本生改定，另謄送院，以憑選刻。

行常州府學

照得毘陵夙號名區，人文自宜拔萃。乃該學解到月課卷，詳加披閱，非勦襲庸膚，則冗長油滑，二百五十卷中，求一正大高渾之作，總不可得。姑録二等三卷，掩瑕節取，不過彼善於此，非真所心賞也。仰該學諄諭諸生，大振頹靡，力變積習，淹貫經史，抒發性靈。學貴本原，莫拾時文之餘唾；辭尚體要，安事不根之浮談？倘歲試仍踵敝風，優等必當全缺。不憚曲示，尚冀勉旃。

禁翻刻舊稿

照得國家氣運彌隆，則文章愈盛。所貴學者推新出異，各自名家；鑄史鎔經，共傳妙筆。李杜不聞步趨沈宋，柳韓何曾揣摩王楊？至屬時文由來屢變，即使述瞿薛鴻篇于今日，録金陳傑作於異時，以此期拾甲與收科，未必如探囊而取物。況本院才慙下劣，學遜曩賢。房行兩稿，雖經問世，而下里巴吟，八音難被，土羹塵飯，五味寧調。深恐一日趨時之作，誤爲多士奉式之篇。既嚴之教條，復頒之曉諭，諄諄懇懇，至再至三。

近聞坊賈鬼蜮多端，忽假西泠彙賢齋、西爽堂舊坊名色，擅刻學院許太史己未刻稿，封面併印學院頒行圖記，營財射利，炫惑生童，深可痛恨，合行嚴禁。仰該府學教官嚴飭各坊，立將所刻稿板盡行焚燬，如敢藏匿一部，該學詳報立拿重責枷示，仍照來文事理録掛各坊門首，俾應試生童知本院文章趨向，前後異同，毋爲坊棍所迷，自阻功名之路。凛遵毋忽。

嚴禁健訟

照得横逆之加，可以理遣；求全之毁，不妨情恕。苟存退步，何等安閒；如去争心，斷無煩惱。夫訟庭爲陷穽之地，半字入官，便難拔去；吏胥懷狼虎之心，一事到手，何曾空過？奈何逞暫時小忿，頓起戈矛；憑訟師片言，遽張旗皷。匍匐公門，原被固有守候之苦，證佐亦多牽連之累，夏楚及之，身家隨破。即或僥倖得勝旋家，金錢已費，時日空抛，仇怨相尋，報施何已？秀才固有玷於聲名，百姓寧無傷于家業，凡爾士民，何不知省？

本院夙聞江左健訟成風，眸甫下車以來，呈案堆山，及因事察情，半皆誑誕，緣詞酌理，盡屬荒唐。兼有年深歲遠，翻舊案而作新；司結院批，餙虚詞以聳聽。條陳則事事違例，公舉則語語非真。刁誣若此，深可痛恨。嗣後，除倫常大變、名教不容等事，仍行准理外，至于釁由鬬毆，訟涉户婚，田土往來，丘壟瓜葛，事在有司，非關學政，何須遠涉關山，致擾衡文之冰案，詎事空勞紙筆，謾污校士之清心。爲此示仰士民人等知悉。嗣後如再混瀆，係生員，發學戒飭；係民人，發地方官杖懲不貸。

嚴飭月課

照得良玉韞山，端藉工師之追琢；嘉林擇木，定須大匠之斧斤。集高弟而傳經，槐市實作人之地；進諸生而講學，杏壇開訓士之齋。每念士子偃蹇終身，非皆由命；雲霄失路，豈盡無才？良由揣摩之未工，自甘暴棄；亦本化裁之無術，遂少琳瑯。未收桃李於黌宮，難采菁莪於泮水。其來已久，深可痛惜。本院謹頒學政於歲科之前，先行月課。蓋歲科止較一日之短長，月課則可隨時以造就。非僅急於窺豹，直欲人盡登峰。所恐多士視爲具文，教官奉爲故套。齋名治事，誰能操管而前；池號采芹，孰肯升堂而教？

本院實心造士，法在必行。下車之始，月課首嚴。所有課題，合行頒發。仰府即將密封題目轉行各屬教官，定期每月十五日於明倫堂，齊集生徒發封面試，第其甲乙，别以丹黄，按月彙解，以憑覆核。果有奇文，如多傑製。非惟按臨之日，定被優崇；抑且經世之文，當公剞劂。教官能恪遵不怠，解卷如期，計典舉行，登之薦墨。如或一學漏課至三人，一生漏課至兩次，溺職者既有玷于官方，曠業者亦有傷于士習，嚴提參處，法所難逃。其敬聽毋忽。

課江寧詩賦

照得四始篇章，詞歸諷諭；六朝駢儷，言本性情。東馬嚴徐，作賦當年第一；陰何沈范，論詩絶世無雙。豈徒小技雕蟲，工咏歌於風月；直令高文繡虎，奏金石於廟堂。因之雉尾扇開，應制競裁五字；蛾眉班列，吐詞共效《三都》。自古文人，最多傑構；從來騷客，定有奇逢。不少名流。山中宰相之稱，昔言仍在；句曲仙人之宇，佳咏猶存。本院幸莞文樞，初臨名郡。擷況稽勝地於淮南，實推建業；數英才於江左，首重秣陵。朱雀桁邊，豈無吟屐；烏衣巷裏，經研傳，思拔南金；咀秀含英，願收東箭。無論杏壇茂器，槐市兼才，固可頻試隃麋，長擕斗硯。即令殊方遊子，芳谷幽人，琢烹茶洗硯之歌，賦秋水長天之句。齊驅何病，並進偏宜。豈云庾信平生，年年蕭瑟；林逋終隱，事事沈淪。徒慕裹足高風，轉笑抽文陋習。夫項斯妙筆，樂有賞音；杜牧奇才，欣逢知己。所望粲三花之江管，襞十幅之巴牋。孟淡李寬，何妨殊調；班香宋艷，豈必同詞？或構雅製於八叉，或吐弘文於七步。既可閉門而覓句，詎難對客以揮毫？本院試完芹藻之儒，校及詞章之彦。香薰豆蔻，期登才子之篇；粉艷芙蓉，還得雅人之製。聽宫商於此日，早識香名；卜徵聘於他年，遲看鴻筆。

課蘇松詩賦

照得采琳琅於經庫，施孟兼收；摘蘭蕙於吟壇，何劉並録。藜燃太乙，校書本賴鴻儒；錦織天孫，琢句還須騷客。本院衡文建業，較士當途。漬墨磨丹，無才不問；敷華摛藻，有美必登。況夫水緑平江，里擅吴趨之勝；城高白苧，山横秦望之奇。周泰伯故封，德徽猶在；言子游舊地，文學還存。鶴市雞陂，絃歌户户；九峰三泖，誦讀村村。數才子於當年，吴下三張久著；考名流於往代，雲間二陸早稱。因之詩派流傳，人堪拔幟；賦才艷麗，詞各登峰。吐江管之花，宫商字叶；啟徐陵之匣，金石聲調。省啟紅蘭，固多學士；幕依緑水，不乏吟流。校藝而坐書堂，既喜經生林立；采榮而問岩谷，兼期韻士雲從。嚴樂筆精，歌發江南之調；淵雲墨妙，花飛紙上之春。瑞錦香裁，魚龍疊變；秋濤句湧，風雨紛飛。豈獨楓落吴江，徒傳佳構；直令玉鋪元圃，再覯高文。所望三賦先生，毫抽虎僕；五噫處士，箋劈烏絲。曉振商飈，起吟情於叢桂；夜凝秋露，發謳思于黄花。雕管齊吹，聲傳鳳穴；朱絃競奏，曲舞鸞林。雖才遜中郎，焦桐未辨；倘藝工叔夜，古調能聽。

課淮徐詩賦

照得宋玉悲秋，人傳好句；袁宏泛月，時發清歌。況兹紅葉霜飛，點綴山橋水市；蒼鴻愁喚，淒涼客館吟燈。觸景懷人，感時言志。縱無勝地，猶思筆燦江花；矧值名區，還看詞飛枚藻。惟彼星分牛斗，域界房心。阻海控山，臨淮古郡；連齊接魯，西楚故都。千金亭遺跡還存，萬會橋浮梁宛在。雍門已去，剩有荒村；公路無存，空留舊浦。士稱淮海，豈其絶跡當年；友號竹林，自可追風往日。論經設席，二戴堪宗；樹節傳芳，兩龔足述。詎使大風碑古篆，千載稱奇；未許婆羅樹高文，一時擅美。

本院研經竄史，思接鴻儒；吐雅咀風，期來騷客。紫萸綴席，寧躭戲馬之遊；黄菊浮杯，尚擬題糕之句。多士倘負長而願試，本院當擇日以虔迎。雖户雁村漁，最多愁思；而淮長河曲，足助吟毫。惟期墨袖十螺，運縫月裁雲之妙手；箋懷百幅，寫敲金戛玉之奇聲。竚望既殷，惠然是幸。

課寧國詩賦

照得丹穴雲飛，最多鳳羽；清淵水静，不少龍鱗。收美璧於邯鄲，因之華國；采明珠於合浦，取以照車。欲識奇珍，須乘勝地。

維兹宛陵古郡，南國名區。北崎湖頭，時來畫舫；敬亭山外，慣住吟筇。贈客佳篇，曾賦桃花潭水；驚人妙句，早傳謝朓詩樓。至若苦嶺鄣城，地連吴會；竹山桐水，壤接宣州。觸風月而興懷，對溪山而增慨。自多名構，豈乏吟流？匪獨吏部詩中，寄情島瘦；當亦歐陽集内，托契梅酸。本院訪士情深，搜才念切。花前展卷，既尋馬帳經生；閣外求賢，還采鄭門藝士。倘有華閨英蕋，結譽膠庠；槃澗幽人，韜輝巖穴。當兹條風乍轉，社雨初飄。搦札含毫，綺思紛飛桃李；諧聲比韻，鴻文直吐雲霞。所當亟擇芳辰，重開吟館。鷦鷯賦就，識廣武於篇中；鸚鵡歌聯，拔元之於席上。無虚所望，願慰斯心。

課鳳陽詩賦

照得九畹芳蘭，慣生楚澤；連城美璧，本出荆山。貢浮石於泗濱，曾書往事；溯觀魚於濠水，載誌名賢。斗焕文章，分野應塗山之國；天昭雲漢，授時届商節之初。鍾秀氣於芍藥陂邊，誕文星於鏌鋣山外。村名禹會，人盡冠裳；驛號王莊，家多絃誦。尋漆園之勝跡，濯潁水之清流。憑弔古今，遐搜記載。官山□海，啟敬仲遺編；繡虎雕龍，咏陳思麗句。功深稽古，向有通儒；學妙談經，還留碩彦。乘驄遠避，想勁節于當年；攬轡徐登，思清風於曩日。書挾君山之富，架滿牙籤；技操中散之工，聲調玉柱。豈獨山川峻潔，冠名勝於南淮；抑且風雅蹁躚，蔚人文于西楚。本院軺車乍策，吟館重開。閣對含桃，商聲節换；亭思清潁，西灝辰臨。暑送涼迎，喜劈箋而作賦；露滋月肅，望搦管而裁詩。倘客遇題橋，才逢倚馬。掃藝壇而獨步，偕騷客而齊驅。爰擇芳期，載迓吉士。雖非月旦，敢云盡拔賢豪；誠得鴻篇，差可一新聞見。

課滁州詩賦

照得鄭國名卿，世傳東里；尼山高弟，家住南宫。才雖間世而一生，地每因人而轉重。所以郢中雅唱，開三楚之奇文；鄴下名篇，啟六朝之麗句。豈謂一州蕞爾，難覓芝蘭；試看十室幾何，必有忠信。滁陽驛外，市館重重；亞父城邊，村花朵朵。瑯琊石印，山當吴楚之衝；西澗麻湖，地據江淮之勝。八賢去後，酒竈猶存；三隱生前，松田不改。亭開豐樂，醉翁遺跡堪詩；塢啟桃花，司業高歌足述。泉香萬斛，半到迷溝；雲白千村，偏來利浦。沈都水家藏書史，不減君山；張學士富有文章，何殊子建？誌人文于往日，覽山水于名區。願遘清才，還尋佳什。寒蟬吟罷，賦咏秋陽；南雁飛來，詩歌團扇。牛女夕之方去，端正月之重臨。雕月剪雲，俱付三花妙管；飡霞吹錦，盡裁五里香箋。吟館依然，芳辰另擇。道爲詩書重，還迎處士於山阿；名因賦頌尊，徧采嘉賓于鹿野。

課徽州詩賦

照得朱桐紫笛，叶宫羽以成聲；輕縠纖羅，燦雲霞而布色。況乎珊瑚作架，墨灑奇文；玳瑁爲簪，箋裁妙句。其爲絢爛，更倍尋常。所以藝圃掄才，遇曹劉而握手；詞壇取士，逢沈范而傾心。然而人以地靈，才難輩出。維兹歙州勝地，鄣郡名區。白嶽黄山，峰峰秀插；練溪歙浦，泒泒流清。吴口村邊，半築仙人之室；松風亭外，盡藏騷客之居。非惟雲谷老人，道傳伊洛；抑且晉陽仙尉，體擅富吴。本院講幄初開，既進經生而第甲乙；官齋隨啟，還延國士以吐琳瑯。況時值暮春，桐花乍發；兼節交初夏，梅雨旋飄。覩兹良辰，能無雅什？所望山花艷鬬，出自黌宫；雲瑟聲調，奏來巖谷。茂陵賦就，果然吟屐能邀；平子詩成，敢不佳期再擇？

課太平詩賦

照得丹陽姑孰，夙號名區；牛渚天門，舊稱勝地。然犀浦外，水曲折以長流；慈姥山邊，竹參差而直上。昭明雅藻，剩有書堂；仁祖風流，還存亭閣。庾元規出鎮之地，緬彼英風；李少温作宰之邦，思其豪氣。驚人妙句，才子偏留；乘月高吟，謫仙曾寓。集成千字，周思纂才思無雙；韻叶五言，郭功父吟情第一。古既如此，今豈未然？

本院固欲於尋章摘句之中，禮匡頤而接邊腹；尤期於握玉抱珠之内，拔陸海而羅潘江。所願掞藻英才，凌雲健筆。或名標庠序，上應文星；或跡遁丘園，共傳處士。造五鳳樓之手，豈難賦作班楊；擅千里駒之名，自爾詩工沈宋。袁宏咏史，雅尚斯徵；王粲登樓，高懷遂著。無事空摹《七發》，何須謾咏《四愁》？

本院校藝生童，既分工拙；問才巖穴，旁及風騷。多士其硯挈香姜，羣試兔□之墨；箋裁玉版，共揮虎僕之毫。蘭馨蕙馥之篇，一時播美；瑞錦秋濤之製，萬口流傳。莫説雕蟲，無關經濟；果如飲虎，自得聲名。

課池州詩賦

照得亭花榭草，影艷風前；蕙葉蘭苔，香飄月底。非不芬芳曲徑，點綴春堦。然而老栢千尋，每望深山而列挺；孤桐百尺，恒依峻壑以盤根。維兹秋浦名區，虎林佳郡。山横九子，面面蓮華；路入五谿，層層璧月。樓邊飛翠，梁太子書卷猶傳；堰上落花，葛仙翁丹爐還在。杜舍人尋春之地，杏樹蕭疎；竇子明跨鶴之池，泉聲宛轉。五更雞响，好句争傳；一鏡堤涵，舊題競識。荀鶴生非凡種，塞翁出自名流。勝地從來，高才輩出。際兹風疏麥隴，雨霽梅坡。采芹藻於泮宫，縈琳瑯於藝圃。賓筵別啟，硯設紅絲；吉日重招，管摇青鏤。所願王將軍之武庫，衛洗馬之風流。齊集吟筇，三花句燦；共來仙屐，八韻歌成。登美水之亭，清吟不減；汎梅根之浦，雅製偏留。庶不愧於前賢，竊有光於兹日。

課安慶詩賦

照得六皖分疆，星躔斗野；五舒啟國，域界揚州。控荆楚之山川，立江淮之屏障。山横百子，古木參差；地接九江，狂瀾澎湃。潛峰閣起，月明客過千帆；載酒堂開，花簇門連萬户。過麴大夫之墓，懿躅堪追；訪喬太尉之居，休風宛在。來尋異地，處處暗嵐；去覓幽棲，村村香徑。形勝非同別郡，風騷定有奇才。本院校士一年，衡文十郡。采淮南蘭蕙，已得機雲；羅江北珠璣，更須富駱。值天中佳節，求第五清名。豈云閣掃東西，始來藻士；還望山稱大小，重覩高賢。帳外迎鄒，芳期再訂；吟邊逢謝，別館重開。遇三李於龍眠，采一毛於鳳穴。黄梅雨滴，潤五色之花牋；朱索門懸，映三花之江管。天台賦就，金石聲聲；午日詩成，鏗鏘字字。

與其舟飛競渡，看江上波濤；何如筆健凌雲，識篇中雲漢。梁丘經學，麟閣垂名；司馬仙才，金門奏賦。緬懷曩事，願覯斯人。

課廬州詩賦

照得潘江陸海，字燦雲霞；任筆沈詩，箋裁錦綉。豈獨奇文壽世，美黼黻于九重；抑且太史采風，徵歌謡於四國。所以論經東閣，早揖公孫；吐艷西園，還來司馬。

本院職司校士，筦握衡文。既鼓檝於皖江，尋挂帆於淝水。維兹勝地，洵屬名區。山繞巢湖，不數浮槎積翠；浦横争笛，慣看肥浪流紅。王姥仙踪，鹿啣花碎；劉安道術，雞唱雲飛。偃月城邊，頻顧周郎之曲；回車巷裏，曾摇尼父之鞭。書讀高臺，牙籤宛在；碑藏古屋，寶篆猶存。峭壁詩刊，文學聲傳往日；黄河笑比，清貞節著當年。豈其古有名賢，音容足述；謾説今無哲士，風雅云亡。爲闢騷壇，遠求鸑鷟；并開吟館，徧集珠璣。雖草遂迎涼，媿乏沉李浮瓜之供；而棚堪避暑，還期脱巾露頂以從。擇吉延賓，分題起草。高文能吐，何妨傖父之稱；妙句可傳，詎讓吟仙之號？

課揚州詩賦

照得風雲聲出，早傳德水沉鐘；牛斗氣衝，共識豐城瘞劍。是知十城荆璞，不匿採於深山；即如九畹澧蘭，豈藏馨於幽谷？無如負才各異，所見每殊。通儒篤志功名，競工章句；學士專心帖括，慣薄風騷。豈知侃侃談經，固貴五車博學；鏗鏘琢句，尤誇四韻新聲。運用雖或殊途，才華本無二致。本院情殷校士，既收崑玉於江南；志切求賢，尋拔瓊枝於淮左。問竹西佳郡，看邗上名都。三十二種花開，園亭磊磊；二十四橋燈映，樓閣重重。謝傅無存，甘棠猶在；歐公已去，疎柳依然。訪東閣官梅，何遜風流還憶；聽揚州歌吹，杜郎俊賞堪懷。淮海集中，緑字書成嘉句；木蘭院裏，碧紗籠徧新詞。東部名賢，吐辭第一；建安才子，草檄無雙。徐鼎臣譽重南唐，孫莘老聲高北宋。叙其風景，逈軼三吴；遡彼英才，還同八族。兹當元英啟序，水正司辰。木落冰凝，感懷作賦；橙黄橘緑，觸景裁詩。倘有藝苑宏才，竹溪逸士。同終軍之弱齒，齊綺里之高年。平時管秃三千，既能散雲霞於紙上；兹日箋裁十二，何難吐珠玉於行間？擇日以迎，所望琳瑯滿坐；分題而作，更期甲乙盈編。

課常鎮詩賦

照得瓊林敷藻，吐盡仙葩；玉圃呈輝，生多怪石。光芒萬丈，吴鉤豐劍齊稱；焜燿一時，鄭璞隋珠並美。自古珍奇之集，定來山水之區。況夫地屬毘陵，鎮居京口。九龍山翠，雄帶五湖；萬歲樓横，俯臨百越。蘭陵城外，坡仙書院猶存；荆水溪邊，杜牧詩歌宛在。若夫山名招隱，玉蕋花香；郡號丹陽，澄江波蕩。訪丁卯橋之別業，懿躅堪追；尋海嶽菴之舊題，遺徽可遡。長康三絕，出自名邦；皇甫雙賢，得之勝地。數人門於澤國，才俱鳳皇；推時彥於江城，品皆杞梓。名馨蘭蕙，既振詩格於曩年；價重璠璵，定産賦才於兹日。所願雄推三虎，香擢八龍。吐妙句而叶宮商，賦新聲而繼騷雅。篇篇瑞錦，語織天孫；字字金聲，響傳雲闕。吐三花于試館，紙上春生；賦八韻於風簷，行間珠潤。柳郎博學，競起宅南；杜老清詩，早來潭北。或東山子弟，質美琳瑯；或槃澗隱淪，才高屈宋。翱翔藝圃，喜枚叟之重臨；馳騖書林，笑終童之復起。擇良辰而集郡彥，啟絳幄而迎嘉賓。細劈花箋，謾寫閒居之賦；冷攜鶩管，共裁感遇之詩。傳寫佳篇，紙墨何妨驟貴；追踪大雅，文章從此一新。倘謂世乏知音，朱絃難奏；人期得路，弱羽誰憐？愧非伯樂之庭，願識名駒千里；謬入卞和之肆，敢收美玉連城。

曉諭各州府

照得本院歷盡苦寒，倖叨一第。年今五十有二，家惟一子。薄田數傾，兄弟同爨，饘粥頗足自給。昨以列名在末，忽蒙不次之命。力小任重，報稱無自。誓欲拔盡孤寒，仰酬知遇，決不於生儒進取之途，稍爲分毫自利之計。皇天后土，實鑒此衷，不敢作一誑語以欺爾多士也。至於文章一道，甘苦備嘗，自十六齡補弟子員，便事舌耕，通籍以來，依然教學。丁卯秋試蜀，始廢硯田，而四方惠教，究無虛日。侍講青宮之暇，口不絕吟，手不停批，蓋歷有年所矣。今謬操衡鑑之權，更值人文之藪，焚膏繼晷，卷必親評，斷不輕假一人，以滋關節。倘有無藉棍徒作奸，胥役妄希撞歲，玷我生平，痛首疾心，真不待教而誅者。現今密行訪拏外示，仰地方官留心嚴緝。凡爾士民，果能舉首一人，重賞不吝。本犯杖斃，童生亦服厥辜。歇寓縱留，地隣容隱，各重究無貸。本院存心素厚，執法甚嚴，勿視爲套語，悔無及也。

正士習培士氣

照得士子名列宫牆，藝攻經史。潛心聖域，理學遠承；振步層霄，功名早建。讀書務期遠大，立志豈可卑靡？無如青衫乍着，黄卷遽抛。出入衙門，結吏胥爲密友；把持官府，仗刀筆爲長城。片語相投，稱功頌德；一言不合，訐吏告官。甚至攬錢粮而充段正，抗賦年年；陵鄉曲而作訟師，螫人處處。因之請褫詳革，絡繹文移，學霸豪衿，紛紛訟牒。受公庭之斥辱，學校蒙羞；爲鄉黨所刺譏，衣冠喪氣。種種不法，深可痛恨。獨是膠庠之内，敗檢固多；芹藻之中，姱修不乏。妍媸宜辨，何容專事誅鋤；懲勸當公，詎可徒矜擊斷？按《學政全書》内『開府、州、縣提調官，宜嚴束生徒，按季考校，除干謁瀆擾外，俱宜以禮相待，勿得横肆凌侮』等語可知，士固當以道自重，有司亦不得非禮相加。蓋禮義爲士心固有，培養爲吏治所關。夫惟崇士以禮貌，而後可勵士以廉耻，爲國家儲蓄人才，爲朝廷振興文教。凡爲賢牧，諒有同心。嗣後文武生員，或抗糧唆訟及敗倫傷化，確應究懲者，地方官備情詳報，本院按律褫擬，斷不輕縱。若未經詳批，擅自決罰，摭拾細故，羅織深文，本院欽奉勅書，惟知國法，亦不能爲無端凌虐者寬也。各宜凜遵毋忽。

崇孝弟

照得入孝出弟，訓語諄諄；事親從兄，教思亹亹。蓋人非孝友，縱筆妙生花，浮華何用？而士失倫常，即榮叨一第，根本難言。試思恩深罔極，承歡之日無多；誼切孔懷，博笑之時有幾？逮至《蓼莪》見賦，報鞠育而無從；暨乎《棠棣》興哀，望團圞而莫自。圖形刻木，究竟異路死生；與廕推田，到底感殊存歿。

本院童年采藻，永日依親，未久承歡，遽遭讀禮。望形容而不見，霜露增淒；思手澤之猶存，歲時轉感。白雲遠望，有淚徒沾；萊袖空飄，含悲靡已。至言雁序，幸有六人；得共蓬門，依然三徑。易衣而出，屈指蓋已多年；共爨而居，聚首亦非一日。自昔黄童總角，已極和樂於當時；迄今白髮點霜，彌快友恭於晚歲。聊借親嘗境遇，樂爲同志裁成。所望庠序名賢，珪璋令德。念此生所自出，思式好以無尤。歌怙恃之章，孝思頻發；咏脊令之什，友愛彌敦。將里號南陔，閭門必表；鄉名和順，姓氏重褒。倘徒事詩書，不知孝弟。潔豆籩以供客，甘毳之奉缺然；博施濟以邀名，塤篪之愛不足。大倫攸斁，庸行多虧。即擅屬韓飫柳之才，奇文定擯；縱誇東箭南金之譽，重典必加。毋忽。

勵廉恥

照得秉禮守義，爲儒門絶大綱維；鮮恥寡廉，喪學者非常品地。咬得菜根，斷一生事業方成；立得脚根，牢百代勳名始建。經天緯地，都從書卷得來；致君澤民，多本秀才做出。矢志何可不遠大，立品何可不光明？謝太傅布衣時，早有公輔之望；范蜀公舉子日，便知廊廟之才。乞火掃門，終非賢俊；求田問舍，豈是英雄？而況屏息柔聲，工逢迎而圖富貴；脅肩諂笑，忍恥辱而覓錙銖。不顧枉尋，何知直尺？志卑行濁，無論百事全非，固少羞惡之心；較利狥私，即令一念偶差，亦非聖賢之學。本院衡文志切，造士情深。不獨期多士作千古才人，兼欲望諸生立百年大節。所願立加振作，痛自濯磨。共成磊磊落落之人，勿效瑣瑣屑屑之士；共砥堂堂正正之品，勿學庸庸鹿鹿之儒。況江南歷有名賢，前規不少；夙稱才藪，懿躅最多。倘儒行從此彌敦，士風因而益茂。文學機雲叠見，節操肱勝重來。品度亦緒亦雍，功名如遂如抗。誰敢妄誇埏植，竊幸謬説裁成。聽文囿聲聲，無非麟鳳；看名花朵朵，盡是參苓。在本院固覺與有榮施，爾諸生豈曰斯之未信？勉旃毋忽。

禁止長生書院

本院畫粥寒儒，箱經儉學。恭膺特簡，衡士兩江。兹試蘇松人瑞之邦，近屬枌榆壤接之域。三更燈火，宛憶當年；五色文章，恐迷此日。荆山烟熖，期無抱璞之悲；滄海月明，豈乏沉珠之淚？雖甘居枯寂，無負初心；而拔盡孤寒，尚留虛願。所以聽輿誦之載道，彌切悚惶；觀多士之盈前，反深怏悒。今據蘇府提調詳稱，兩郡生儒將建長生，次興書院。大凡譽之所由集，即爲謗之所由歸，何如謗譽兩忘？況乎始之有可觀，不若終之有可信，務在始終無間。即甄拔亦職分所屬，豈據掩後而超前？惟舉動以禮教爲閑，自宜去浮而崇雅。各歸守樸，庶相得以益彰；勿事增華，行更前而加勵。毋若藐藐，負此惓惓。

嚴飭武衿

照得拔窮經之名彦，用作棟梁；收禦武之英才，足資將帥。蓋國家取士文武，原有兩途；使者作人膠庠，定宜一體。凡爾武生，本院曲加造就，併飭有司共事優容。豈期下車以來，紛紛控告，盧鳳爲多；累累呈詞，武庠特甚。或攬徭抗賦，或占屋攘田，或圖賴金錢，或姦拐子女。甚至捏詞唆訟，志在肥囊；抗役毆差，身甘試法。恃拳勇而威凌鄉黨，結羽翼而武斷村庄。因之人人切齒，展訟牒而寒心；事事請褫，閱詳文而棘手。本欲遽申三尺，先開悔過一門。一切詞訟，姑不深究；百凡詳報，槩未准行。爾等武生從此翻然起悔，勉力自新。刻意韜鈐，留心騎射。去赳赳之習氣，化抑抑之威儀。安見緩帶輕裘之彦，不加誦詩習禮之儒？若或怙終不悛，頑石難雕；蒙滯轉深，沉疴不療。爾既習于下流，誰挽之而上進？本院即轉慈該府照牌事理通行，各屬録挂通衢，家諭户曉，此亦本院先教後刑之意。牌到須遵。顔而爲鐵面，據冰案而事刑書，衣頂定褫，贓賊必究。一入法網，悔無及矣。除另檄示外，仍仰

申明文體

照得文章爲經國之大業，紀律猶制義之成規。前於所頒條約詳哉言之，恐習而不察，再申其旨大要。格取正大，意崇透闢，詞貴本於六經諸史，調必運於古文大家。神雋永而彌深，氣卷舒而不竭。斯爲共賞之技，不愧大雅之音。若庸腐之陳言，久嫌陋劣；至新奇之近體，尤屬支離。錯雜不倫，冗長無節。拋荒正面，虚衍盈篇；輕點全題，混發數比。務生新而不成句語，假超脱而徒飾空疎。妄競尖纖，漸滋油滑。種種陋習，痛欲掃除。至本院鄉會兩稿，氣局粗笨，字句庸熟，在當年已成數見，迄今日更所厭聞。若再襲一語，斷然不録。

嚴禁供應

照得本院筦文樞以校藝，慎儉德以束躬。鑒物志在澄清，賦性身甘淡泊。蓋雞窗寒士，固誓遴選維公；而蔀屋窮黎，豈謂艱難未悉？今當巡試昇州，按臨句曲，署中日夕需用酒、米、薪、水等項，俱係自備，仍恐各縣官吏借上官供應，任奸吏派科。豈知一腐一菜之無多，即剥民膏民脂之不少。時一念及，爲之心傷。合行嚴飭，爲此仰府官吏照票事理，通飭各屬一切供辦

概行停止，非敢市矯廉之名，竊欲效飲冰之誼。本院皎皎爲懷，硜硜確守。斷不恣一時之口腹，違半生之素志，亦不因逢迎之屬吏，玷清白之官聲。如謂虚詞套語，視若罔聞，仍違嚴禁，復蹈曩規，定行參究不貸。

嚴禁淫詞

照得欲端學術，先正人心。期真志以閑邪，務防微而杜漸。誠恐試館開時，賈商畢集。有一種無知坊棍，刊布傳奇，刻成小説，破傷風化，摇蕩人心。禁飭雖已再三，查訪不容遺漏。甚至方傳秘術，煽惑少年，室號藏春，招摇密肆，變淳風而趨淫俗，壞士習而喪儒修。其爲流毒，何可勝言？除檄行提調官嚴加查究外，合再曉諭爲此示，仰該地方城市、書坊、鋪户人等知悉。倘淫詞艷語，鐫刻依然，幻藥怪方，鋪張仍舊，一經察出，本犯立斃杖下，兩隣保約一併提究。決不姑貸，凜遵毋忽。

申禁淫詞

照得本院巡試秣陵，按臨句曲，生童既衆，商賈倍多。所有坊棍刊刻小説，乘機射利，深可痛恨。前經出示，張挂省城，仍恐此輩志切營財，身甘抗法，甚有描春意而貼市廛，託秘方而開肆舍，蕩人之心志，導俗以淫邪，合行嚴禁。爲此仰縣官吏照票事理嚴加查究，立行驅逐。倘衙役輩狥私容隱，一經察出，本犯立斃杖下，該役亦行提究。俾鳴絃之地，絶傷化之徒，良有司諒有同心也。

嚴飭奸棍

照得本院一介寒儒，兩江督學。矢心天日，勵志澄清。務期拔盡真才，豈容姑留撞棍？除密行訪緝併檄提調官嚴拿外，合行再飭爲此示，仰與考生童及居民人等知悉，各圖凜惕，勿肆鑽營。倘或酒鑪茶肆，容隱匪人；旅舍僧房，留藏奸棍。縱其誆騙，任彼招摇。本院耳目最長，一經訪聞，同拿杖斃，勿以自己身家，輕試法網。慎之毋忽。

嚴飭歲試規避

照得學校勸懲，首嚴歲試，捏詞規避，例應褫究。凡屬文武生員，自宜恪遵謹守。近訪各學子衿平時既置書卷於高閣，臨試輒捏事故以避考。本非長卿消渴，漫言臥病繩床；本非林宗遊學，謊稱遠館他鄉。百般躲避。甚有捏病捏假，前考未補，復請展限；或屬新進從未與考，巧飾虚詞，其意懼真本《蘭亭》一時難匿，希圖踰期示補，任意僱替，作弊生奸，殊干法紀。爲此，仰府州官吏照票事理，即便轉行所屬各學教官，凡有前考告過病假并新生未與歲試者，遵照往例，一概不得混詳。間有真正病假生員，查係實情，須由提調官具詳於本院，按試未下馬半月之前，申請核批，不許該學教官臨場紛紛瀆請。至若丁憂各生，務填明年月日期，庶杜不肖假捏情弊。如該學偏任，學役受賄，誑詳察出，本生提究，除名學書，責懲不貸，該教官亦難辭失察之咎。其未奉批准文武生員，仍造送與考，毋得擅自扣除。至請給衣頂生員，俱候本院按臨，面驗定奪，勿許混行。詳請票到須遵，慎毋違錯。

嚴禁刁棍

照得本院矢公矢慎，誓拔孤寒。歲試已經將竣，鐵石爲心，初終如一。辨妍媸于纖悉，別高下于毫芒。目疲神勞，晨昏無間，無非爲爾輩單寒起見。近聞惡棍刁徒，百端奸計，見本院利無可餌，心實難移，思欲通同門役，倩文傳遞。本院一片公心，豈俾魑魅蒙蔽？除諭巡風官役臨場嚴緝外，誠恐生童密結奸胥，以身試法，傳稿遞文，此本院所痛心髮指者，訪拿到案，定行一體立斃杖下。言無虛設，各宜凜遵毋忽。

嚴禁竿牘

照得科試已竣，遵例録遺，亟欲博收才俊，共慰觀光。第查已取科册，與總督部院傳題廣之數額已稍浮。今考試之日期有限，拔取之名數無多，自當力秉虛公，嚴絶情面，務獲遺珠以副賓興之選。乃不肖生徒不思摩揣，專事夤緣，或干求當事，或暗浼京函，種種奔競，深爲痛鄙。除束卷不録，密提褫究外，再行示禁爲此示，仰所屬官員知悉，各凜禁令，共諒苦衷。如有公文照例露封投進，倘或借投文遞册之名，值場進謁之便，代寄私函，夾帶薦揭，定將該員職名并原函飛章參處。毋貽後悔，慎之。

曉諭句容童生

照得句曲遠抱茅峰，夙稱仙邑；名山鍾秀，宜産異才。下車之日，力欲俞生童之請，於譽髦中恢廓前數，撥之郡庠。不謂應考無多，文亦絶少佳構，從公減額，殊負本院培植初心，合行曉示。仰句容縣各生童知悉，嗣後須益加砥勵，造就真才。科試不遠，如果有奇葩異藻，定當憑文多撥，以慰爾等之望也。勉旃毋忽。

曉諭姑孰生童

照得棍徒誆騙，禁諭再三；士子鑚營，訓詞諄切。非惟嚴峻關防，爲自己聲名之地；亦欲搜尋英哲，絶士林奔競之門。苟非大愚，定鑒斯衷。昨本院按試容城，憑文甲乙，孤寒滿目，才俊盈前。間或遺珠，拘于成額，在本院問心已無愧矣。姑孰去秣陵無二百里之遥，凡爾生童，諒已熟悉，仍恐走空。神棍恃笙簧之口舌，逞煽惑之技能，專騙書騃，希圖撞歲。本院耳目最長，訪拿最密，一經察出，固當立斃杖下。更有一種功名性急之士，知本院秉公校士，無徑可投，或恃待士稍寬之一着。遂至以桃代李，慣用鎗手而作生涯；以莠亂苗，甚至易卷以圖進取。本院寬以待高賢，不得不嚴以防不肖。如有犯者，從重究治，斷不姑貸。本院無非爲愛惜真才起見，非好爲言之聒聒也。

榜示太平府未經進取各童坐號

照得本院欽承簡命，視學江南。籲天矢志，誓必拔盡真才，俾孤寒皆得上進。兹者歲試太平，口誦手披，晝夜不輟，去留甲乙，幾費推敲。憐才苦心，神人共鑒。但作文原有一日之短長，而衡文尤在瑕瑜之不掩。片善寸長，何忍湮没？合通行曉諭，以示鼓勵。歲時易過，學問無窮。苟業益勤，而文益工，不患莫己知也。

當塗縣童

東秋八　首篇有警句而多合掌。次篇呼應過接有法，起講不佳。

西薑三　起講『堯舜文王』等句粗甚，起比『南山不騫不崩，静好飲酒偕老』等句纖甚，『静好』句尤于理有碍，然通幅亦苦意經營。

蕪湖縣童

西月三　首篇每股有意不合掌，次篇亦通。别字甚多，如『贄』訛『贄』，『萃』訛『辛』，『睠』訛『倦』，『睢』

訛『淮』，『淹』訛『湮』，『藩』訛『潘』，全未對出，難以取録。

西地五　當堂面閱，年甫垂髫，姿筆頗清，未見學力，有造之器，勉之。

繁昌縣童

東果六　筆氣甚爽。次作起講更佳，因首篇『慟顔淵』數語不倫，故置之。然實可深造。

榜示江寧府未經取進各童坐號

照得本院首試江寧，晝夜校閱，汗流浹背，無暇揮扇。一片苦心，天人共鑒。但能文之邑，佳卷實多，限于定額，雖棄猶惜。今將坐號開列註批，各童益加深造，不患莫己知也。特示。

上元縣儒童

東玉十七　首作沉鬱頓挫，幾可冠場。次作檢草稿已完，而謄真僅及其半，初不忍置，終難破格，爲之惋惜者累日。

東律五　首篇意極沉著，惜起二比勘題未確。

東天五　六篇文氣亦通，但疾行無善步，何不耑精兩藝？

西張十二　文極淋漓之致，惜首作間涉俗解。

江寧縣儒童

西收十　首作筆勢頗矯，惜次作未稱。

東崑十八　兩作俱有警句，而前幅稍弱。

東致四　首作前半篇大有機勢，但結處寬懈。

東露八　五篇，前二作俱通，第三藝粗謬，可惜。

溧陽縣儒童

東調二　兩作亦佳，尚有累句。

高淳縣儒童

西生十九　頗有才思，太覺粗豪，細心静氣，何患不工？

西昃十三　首作頗可觀，而氣未靈動。

溧水縣儒童

西收十四　兩作俱通，已經録定。查無府取，係縣册混送，於例未便，惜之。

德星堂河工集

海寧許汝霖時菴著

批　咨

戴同知　呈報事　據深澤縣詳安平私築堤岸由

據詳，棗營從無舊堰，豈得私創，貽害鄰封？至所請梨園築堤，裨益數村，誠據截上流之策。但果否有利無害，仰即檄深澤縣確議轉覆，餘俱如詳發落。繳。

俞同知　抵換堤岸等事　詳大城協修武哥庄及時修補不許推諉由

久行之例，驟難更變。去冬早諭大令，今春當照舊修築，不得借端貽誤。來詳具見同心，已即行嚴飭矣。此繳。

戴同知　籲懇轉詳等事　詳懇咨東撫飭丘縣一體修築堤岸由

據詳，思深慮遠，誠屬永久之計，仍候撫部堂批示録報。繳。

景州東光交河故城　發買樁葦事　會詳免買樁木由

據詳，非不深悉，但事係欽工，必須就近購買，方可濟用。去年發買二萬餘樁，並無一邑抗阻者。況查前司任内，各該州縣曾辦三四五千，今止一千，價值較前每根又多數分，反行詳免。倘各處效尤，勢必貽悞堤工，咎將誰屬？仰各速辦，不得再行推委。此繳。

河間縣　哀籲陳情等事　詳本部堂承舍陳思志失紬由

陳思志雖經失物，然裨隔屬捕役無票拘人，已屬不合。黄甲等炒鬧，未免親見，遽行奔控，本應提究。姑念被竊是真，高陽縣既經懲過，王化行等復請和息，如詳逐釋。繳。

蠡縣　再購樁木事　蠡縣詳免買樁木由

據詳，具見民牧苦心，但事係欽工，必須就近協購。況查前司案内，該縣辦過萬根，並未允免。今反推諉，恐各處效尤，勢必貽悞堤工，咎將誰屬？且已經咨呈撫部堂，原銀不便自收，仰速行購運，勿再遲悞。繳。

武强縣　飭知事　詳免買椿由

據詳具見良牧苦心，但事係欽工。例必就近辦購，況前司案内該縣曾辦五千，今止一千，而每根價值較前又多數分，反欲詳免。倘各屬效尤，勢必處處推諉，貽悮堤工，咎將誰屬？姑寬限十日，速行解辦，毋致遲悮。繳。

武强縣　閤詞泣訴等事　據閤縣民楊廷弼等求免買椿由

該縣接壤鄰封，前後左右俱發採買，並無一辭推阻。該縣向經購辦，離河更近，何獨反數數也？且已咨呈撫部堂，萬難改發。再寬十日，如式購買，速行運解。繳。

子牙主簿　懇恩委署等事　該員詳已陞授經歷懇乞委署由

仰候遴員委署。繳。

高陽縣　叩天憐念等事　詳小民艱食懇給罰米堤工易成由

本部堂於各屬並無記過罰米。此繳。

景州判代知州詳　緊急公務事　免解椿木由

州事既經代理，何得推諉？仰即購運。繳。

交河縣　再購椿木事　詳免解運

使止該縣一處，何難曲體？但一處詳免，則所在推諉，勢必無從購辦。仰照前批速運。繳。

俞同知　瀝陳賢員實績等事　留子牙主簿

楊主簿勤勞練達，早已咨呈留任。乃掣陞之後，該員再四哀辭，呈懇謝事。不得已，另行委署。今據士民詳請，具徵公道，且見同心。但已經部選，静候撫部堂裁酌可也。此繳。

保同知　謹陳堤工等事　撥夫必從地畝取出務遠堤根由

加高培厚尺寸，須用石礎，此奉部堂現在興修，行之已效者。該廳任事方新，便抒碩畫，切當周詳，具見實心擔荷。仰候撫部堂批示録報，速圖力行。繳。

故城縣　發買樁葦等事　詳免買樁或解一半由

該縣向經採辦，何得推諉？况咨呈撫部堂，檄委河廳，亦無自行減免之理。諸汛洊至，需用甚迫，仰速行購運，勿再遲悞。繳。

任丘主簿金諾　緊急公務事　詳各處險工實難分身懇檄免赴河間委辦皇差由

既經保河廳批免，仰速覆該署府，以便另委，毋致貽悞。繳。

牟同知　唐堤必需樁葦等事　詳唐堤逼近白洋淀請咨設法改樁工由

本部堂欽奉上諭，防守子牙，凡劉、梁兩巡道所經修者，照例竭蹷，不敢稍諉。至保河一帶，修築歲有常例。該廳任事方新，即能備閲險區，酌爲永遠之計，具見實心，更覘碩畫。但本部堂不能身先設法，據詳轉請，毋乃舍己而責人乎？于情似覺未便。此繳。

曲周　爲行知事　詳送修築過新堤總圖説炤

閲圖説，具見實心利濟，規置周詳。至欲于肥鄉賢店村，築至臨漳王俵村七十餘里大堤，爲永久計，更覘碩畫。仍候撫部堂批示録報。繳。

子牙主簿吴　詳請批示等事　詳存剩樁二百零九根其餘不堪應收應發乞批示由

此項樁木原屬不堪，但係從前官物，既經查報，着即驗數收貯，以存舊項，不許他人擅動。此繳。

文安大城縣　遵旨接築等事　會詳一不願築一願築不敢强築由

仰速畫一妥議，不得兩騎。繳。

署子牙主簿　飛催事　詳閆留庄工程另委料理或檄青縣另委料理督平縴路由

閆、留二庄，屢經聖諭加意修築。今工未及半，該員遽行詳委，殊屬不合。回鑾在即，仰速催督，毋得遲悮。繳。

任丘縣　人少堤多等事　詳唐堤歷來高民修築由

據詳，源委已經深悉。但既呈撫部堂，現批道廳議明，自有公斷。仰候批示録報。繳。

清苑縣　飭提事　管分司書辦郭通張廷樞在京貿易

郭通、張廷樞久不辦事，從寬革役。繳。應詳用驗不合。

清苑縣前事管分司書辦賀友仙曹彦源現在理事廳辦事

賀友仙、曹彦源係分司人役。本部堂並未分發，粮廳乃云印册可驗。此必造册經承作弊添改。本應提究，姑從寬另檄，行知該廳革役。繳。應詳用驗不合。

保河廳　人少堤多等事　高任彼此互推並不分修唐堤由

時届伏汛，何得任其推諉？仰嚴催修築，如再遲延，立行揭報。繳。

保河廳　科舉事　有河各官免調外簾用

秋汛堤防，職守最重。既據撫部堂源牌具詳，守道自必照例免開。倘或不然，仰即飛詳，以便咨呈撫部堂。繳。

靜海縣　伏汛已届等事　詳請發臧糶米給夫將夏季俸工還項請特咨撫部該令賢勞静民，艱苦非不知之甚悉，但本部堂職司防守，未便代請。此繳。

河河廳　前事　前由捐俸一策，允屬急公。但本部堂職司防守，不便代爲轉請。此繳。

任丘縣　欽奉憲諭事　任丘縣詳高陽唐堤一案由分修多寡，既經撫部堂面諭，則弓口丈尺，自宜恪遵，豈得偏私？仰保定河廳秉公覆丈速報。繳。

真順廳　報明事　詳三年已滿保過伏秋造具事實等册申送三年已滿，仍請保過秋汛，愈徵勤慎，仍候撫堂批示録報。繳。

牟河廳　遵奉憲諭事　詳丘遲悮推諉唐堤一案由前據任令具詳，因仰該廳覆丈。今既秉公無偏，仍候撫部堂録報。繳。

真定府　稟報事　詳冀州堤北橋村溢開老埝并月堤由

前據該廳詳報已悉，仰該府嚴飭該州速行堵築，具覆。繳。

真定府　前事　冀州沖埝已經修固訖

前據該廳詳報已悉，仰該府確查果否完固，仍取印甘各結具報。繳。

真順同知　前事　冀州沖埝由

初七日，先接該廳初四日詳稱，該州已于六月廿九日堵築修完。仰再確查果否完固，仍候撫堂批示録報。繳。

高陽縣　申報事　所漫南布里堤工已于七月廿五日堵築完固訖

雖經補築，有無傷損田禾，已飭河廳確勘矣。仰候撫部堂批示録報。繳。

俞同知　嚴飭事　保固今歲堤岸由

河流效順，該廳保固之力，實爲可嘉。仰候撫部堂録報。繳。

又　飛催事　三月一報水勢應否停止

四汛既畢，詳報自行停止。此繳。

戴同知　報明事　詳四汛安瀾堤岸堅固由

衆水安瀾，各堤堅固，具見隄防妙用。仰候撫部堂批示。繳。

又　三年期滿等事　詳三年任滿保過秋汛并送事實結册由

三年勤敏，才守俱優。仰候咨呈撫部堂題陞。繳。

李同知　報明事　詳四汛安瀾堤岸堅固由

衆水安瀾，各堤堅固，具見防護苦心。仰候撫部堂批示。繳。

牟同知　請設專管等事　詳雄縣丞高堅三年任滿由

據詳，該員三年任滿，勤敏稱職，例由該縣造具河員履歷事實清册，空白四柱，具結申送本部堂填註考語加結，咨呈撫部堂核題升轉。今該廳所詳任滿並無該縣清册，并少一結，碍難核轉。仰循舊例，速取印結各三本套，以便核咨。繳。

俞同知　請設專管等事　獻縣主簿連前俸三年期滿由

據詳，該員前後兩任，俱屬清河岀設。接俸報滿，雖未有例，似屬可行。但河員任滿，例由該縣造具履歷事實清册，空白四柱，結送該廳粘鈐，申送本部堂填注考語，咨呈撫部堂核題陞轉。今該廳所詳並無履歷事實清册，憑何核咨？仰循舊例，速取該縣册結各三本套，該廳加結粘鈐呈送，以便咨呈撫部堂核套。繳。印結并發。

真定府　前事　前由

仰該府會同順德府及真、順河廳秉公速查報。繳。

俞同知　請設岀官等事　咨送獻縣主簿三年任滿事實等册結

仰候咨呈撫閣部核奪。繳。應詳用驗，併飭。

俞同知　特請委員協理等事　詳請檄調滄州吏目張萬澤協挑文

大兩縣淤河

據詳，張吏目青年勤慎。仰該廳檄令星赴協理挑濬，仍自親率該縣印佐往來督閲，不得狗諉，併將興工日期深廣丈尺確報。繳。

大城縣　爲協修堤岸遥遠等事　請檄伯州着居民看守繕東武哥堤岸

縱牲作踐，固當嚴禁，而偷鋸樁木，更屬可惡。仰伯州印佐嚴行查究，看守永禁。繳。

俞同知　堤工亟應及時等事　請檄印官不許藉故偷安衙署内

仰該廳即行轉飭，倘仍舊因循，立提經承解究，併將印佐揭報，以憑咨參，毋得狗縱。繳。

大城　虎棍受賄等事　詳後原訴皆誣彼此互訐應開應禁憲奪

黨詐互訐，本應重究，因親勘各堤，已開一面。而王姓者，亦訪確懲革，姑如詳發落。繳。

俞同知　協修堤岸等事　大城協修伯州武哥庄等堤乞咨撫轉行伯州看守

前據該縣詳請，已批伯州嚴查永禁矣。此繳。

大城士民梁阿衡等　奸棍瞞天等事　訴劉焕等

仰大城縣一併秉公速審。繳。

又泣陳苦情等事　訴劉焕等

據稱，兩造俱願清丈均修，如詳永遵。繳。

賈村士民梁阿衡等　再陳堤工等事

前據該縣具詳，紀庄四段，賈村四段，俱照夫頭之數，清丈分修，最爲公道，已批如詳永遵矣。今爾等復行奔控，因傳該縣面詢，以五台新分之堤，賈村原有舊址在内，應照河員前斷。至于五台分築，歷年已久，自當照舊，並無改爲歸併之説。仰各遵斷速修，勿再滋訟也。特批存案。

河河廳　請設岩官等事　汪州判三年任滿送事實等册印結

汪州判實係才守兼優、勤敏稱職之員。仰候咨呈併題。繳。

安肅　叩天報明事　詳報姜女廟沖決十八丈並無淹没由

仰速行修築，刻期報完，勿得稍遲，致妨田廬。此繳。

大城縣　結狀事　據傅家庄等村民請開堤放水由

昨勘堤内雨水高於堤外尺許，田禾淹浸，不禁惻然。今據詳，有舊溝一道，士民甘結，保無違悮。仰即委員指示暫開放洩，但須預備物料，多撥人夫晝夜看守，瞬息勿離，一聞水勢稍長，立行堵塞，不得偶遲頃刻，致干大累。再俟秋汛畢，酌設涵洞一二店，相機啟閉，更爲永久利便。此繳。

廣大河廳　飛飭赴汛修防事　奉院行詳請轉飭各仰河官竭力修防由

廣平低窪之處，秋被淹没，事前何以失防，事後何以不報？遲至月餘，始見該廳轉詳，殊屬疎玩。至所請嚴飭各縣，乃即檄行。仰候撫院批示録報。詳内並無書册，即補送繳。

伯州　旗棍盗挖堤工等事　詳程文炳盗挖香營迤西堤岸由

據詳，旗棍盗堤辱官，大干法紀。仰該州嚴查申解，以憑咨呈撫都院拿審題究。此繳。

李王堂　飛飭赴汛等事　詳老漳漫溢勢將南徙乞飭各州縣修濬由

據詳，老漳河忽淤漫衝官河身，勢將南徙。堵築可嘉，但全漳之流盡歸新河，則運河或恐淤阻，關係非輕。仰該廳嚴飭成安、肥鄉、廣平、曲周、魏縣、元城、威縣等處，將已成未成堤岸，各修各築，培厚加高，遇有淤淺，即便疏通，毋得彼此觀望，致干咨參。倘有衿棍把持，抗不出夫，立同州縣揭報，以憑拿究。此繳。

青員由典史代折公務事　廣福樓淤涉現有㟁設河員可挑由

梁主簿早已檄飭矣。但撥夫事屬有司，不得推諉。此繳。

俞同知　飛飭事　單家橋挑獻縣河道告竣

單家橋一帶雖出運河，實與子牙表裏。今夏忽淤，所關甚鉅。幸撫院親勘，即委該廳相度淺深緩急，規畫詳明。今又督同該員印佐，勸賞鼓舞，星夜趲工，十餘日而挑濬深通，事速功倍，具見實心任事，勤敏堪褒。但河流通塞，瞬息靡常。仰轉檄該員，時加省閱，毋廢成勞。仍候撫都院批示録報。繳。

成安縣　申報事　詳栢寺營漫溢二口當用排椿堵塞現將完工未碍禾稼由

據詳，堵塞二口，水流支河，而霍村一帶竭力挑濬，現在仍歸正流，具見實心任事。但細閲文内『現將』二字，似屬懸擬，尚未完工。仰速行底績，毋廢成勞。仍候撫都院批示録報。繳。

李同知　飛飭赴汛修防事　吕彪村二口已于七月二十日用椿堵好二河暢流無南徙之患漳河成安是其咽喉全在疏通今所有該員挑挖深通並無淤塞印結二套申送由

將該廳成安印結一套于八月廿五日咨院訖，已經據詳咨呈撫都院，懇其免取矣。俟照會到日，另行檄知。繳。

俞同知　飛飭赴汛等事　詳保固堤岸由

四汛安瀾，具見實心任事。仍候撫院批示録報。繳。

大城哀　陳輿情等事　詳白洋等村按夫分修等由

據白洋士民鄧曰綸等原呈，内有張家口新河工册一紙，即在大册八百七十丈内，則三村分工，自應一律。乃白洋止九十工，樊庄一百廿工，而張家村獨有二百四十四工。工數多寡，何以迥不相同？意者，村地有遠近，則利害有輕重；往返有難易，故分工因有多少。張家庄新堤若此，白洋大堤便可類推。今該縣詳稱，樊庄協修白洋之堤，出夫二十五名已歷數年，又有紅册可據。夫使二十五名定于紅册，歷年已久，今日豈可紛更？但出夫始自何年，紅册所載果否確有『二十五名』字樣，抑或混説同修，各無定數。仰再確查妥議，務使兩造心服，併將紅册、新河工册送覽核奪。繳。

大城縣　哀陳輿情等事　駁詳白洋等村堤岸由并舊册舊印稿

細閲紅册及新河工稿，審斷最爲公道，着永行遵守，不得再瀆紛擾。繳。册稿并發。

俞同知　結黨聚衆等事　劉源洪控韓三等一案據生員祁天直等公息

搶銀不真，便似虚妄。但黑夜鬧入客房，理既不直，情亦可疑。因各講和，姑如詳銷案。繳。

獻縣詳　爲虎棍恃强等事　陳于陛告白養志一案

據詳，白養志不服縣斷，辱毆誑訴，本應重究。姑念契上平分一半，該縣審係兩人字跡尚屬疑似，未見確供，從寬革役，如詳發落。若再不悔過，即行嚴懲。此繳。

河白府　堤工修築等事　詳請預備物料及時修築由

據詳，修舉及時，備料宜預，具見實心。本部堂現在親勘，仰照前檄，速催各屬送册候酌奪。繳。

祁州　辦買椿木等事　詳請本月二十日限外再寬半月庶免遲悮

據詳，具見急公，更兼慎重。准寬限半月運到，幸勿再遲。繳。

静邑　飭催事　詳發買葦子即留爲本縣應用不便運送

本部堂奉命防守，一草一木並未累及民間。葦束一項，現在自行採買，深知時價，所發銀兩照時平買，該縣何所見而云懸殊耶？蔡家窪地方，本部堂已經行文自認修築，且面諭楊主簿，扣葦四千爲本處之用。今所存止六千束，現貯廣福樓邊，相去王凡不過數里，一帆飛渡，運費不知多少。限二日内運到，開明脚價若干，具文請給，必不令該縣賠墊也。此繳。

大城　恩准土培等事　詳覆周篚簋等呈

周生等呈，亦見急公。但據詳，二百三十餘丈之外，俱係椿葦堤岸，獨將此段土培斜幇，殊爲未便，自應照舊加修，不必紛更也。此繳。

大城　懇恩俯順輿情等事　老人蘇成業等呈西堤椿葦，俱係頂頭。本欲照舊修理，乃百姓呈懇，謂一經風浪，逐漸損壞，欲依河間等處，更换龍尾。今該縣亦稱龍尾椿埽，夯硪堅固，可保久長，較勝于頂頭，且洽輿情。准如詳更换。繳。

保定河廳　詳請耑員兼理河務等事　行令新任蠡縣典史料理河道堤岸由如詳，令典史料理，仍候撫部院批示行。繳。

又　叩天轉申詳請按臨親驗等事　據雄縣詳稱合縣鄉紳士民馬名官等呈稱王村口等處暫開堤岸洩水歸淀由

王村口水果係歸河入淀，無害于隣縣。該廳既經勘實，如詳暫開，水退即堵仍所，不致疎虞。印結各結，報查此詳，該廳于廿九日發行，遲至十三日始到。各遞鋪怠玩已極，仰挨查何處稽悞，究報。

交河縣　飭知事　王士美罰米已奉部堂批行改作煮賑矣既經煮粥，免提。繳。

河間府　各堤亟應歲修等事　請修河獻等八州縣堤岸由現經修理酌給，仍候撫部院批示録報。繳。

静海　通飭及時等事　詳捐輸米石免解作爲各夫修堤食用俟秋後將俸工買還

閆、留二庄月堤以及子牙廣福樓一帶，本部堂已經修竣。今所亟者，子牙迤北及新河兩岸，現在興工，理正詞順。仰候撫部堂批示録報。繳。

大城　叩天恩憐苦役等事　詳免捐役食劇縣窮役，枵腹可憐。仰候酌給，併録撫部院批示速報。繳。

廣平縣　特委事　詳請飭行成安元魏并請移咨山東巡撫轉飭丘縣一體遵行興工挑濬由

據詳，開濬支河，然後正流始有所殺。務使上流之來，引之甚暢，下流之去，洩之甚速，區畫曲盡，如詳飭行。仍候撫部堂批示録報。繳。

安州　詳請委署事　知州現在彰儀門外堤工重大詳請另委州判員缺，初係守道詳委。該州既難兼顧，仍詳守道選擇，會知本部堂可也。此繳。

俞同知　詳明職守等事　詳到任月餘未奉一檄由

催修各檄，該廳衙門自有案卷，豈尚未交代耶？　至于嗣後事宜，自當照例委藉。此繳。

青　飛催事　詳大城李家等庄三村撥夫修堤由

該縣詳稱，北自小河村，南至張弘橋，以及新河東西兩岸俱已如式修葺，何不具文申報？又不至謂水涸之後，間有破損，催夫修葺，甚屬易易，何不預爲修補？　迨至本部堂確勘嚴催，又不據實申覆，遲之又久，反行餙詞欺瀆，殊屬不解。乃河間河廳即行轉飭，并將李家庄數處堤工，會同青、大兩令親勘確查，妥議速報，以憑酌給，毋再遲悮。繳。

雄縣　飛檄嚴提事　詳壯夫仍留本縣堤工應用免調赴石工奉伯昌道行提

該縣堤工實係繁重，仰候撫部院批示録報。繳。

霸河廳　懇念民力艱難等事　詳高陽高家庄十三村地保王大成

等呈稱十三村地勢窪下欽堤難修詳請暫築小堤以省民力由

果係民便，如詳行。繳。

戴河廳　報明回縣日期事　于四月廿二日巡查河道于五月十二日回縣由

據詳已悉。繳。

又　請飭按地分堤以均勞逸等事　詳飭有堤州縣按地定堤紳民

一體分修分守等由

按地分工，此至公可久之法。若富貴者儌免，窮民何堪獨累？仰該廳即嚴飭各州縣，照地分堤，一體當差。如有狥隱抗違者，立即指名揭報，以憑咨參。仍候撫部院批示録報。繳。

又　申請分別勸懲等事　詳請急公之冀州武邑衡水獻縣請加獎勵偷安之青縣武强等請嚴申飭等由

冀、衡、武、獻四州縣才守，本部堂久已熟聞。據詳，勤慎急公，實心任事，具見褒勸無私。仰該廳行文獎勵，以備薦揚。其兩縣，當即檄飭也。仍候撫部院批示録報。繳。

成安縣　特委事　詳請飭丘縣廣平魏縣元成館陶一體興工仍請水田麥熟刈獲興工由

迅關隣縣，各訂日期，具見實心任事。當即檄出，無悮興工可也。此繳。

青縣典史　公務事　詳挑濬新河請檄大城于張家口築壩由

此案通飭三縣，隨據大城詳報，廿六日築壩，廿七日報竣，現在挑濬。豈大城餙詞，抑該員夢夢，借此推諉耶？仰即確覆。繳。

曲周　懇恩修堤等事　詳淤灘等村于四月初五日告竣

仰再催丘縣刻日興工，工完之日，如詳勒石，定界分守，不得再爲推諉。仍候撫部堂批示。繳。

俞河廳　飛催事　詳小河村至張弘橋公議大城每年出夫三百名協修如詳永遵，不得再推諉。繳。

威縣　再購椿木等事　詳免買椿木由

發價採木，以濟欽工，非本部堂私事也。況向年七分一根，尚辦五千，今止採一千，又復增價，而該縣反行推諉。倘逐處皆然，則貽悮欽工，咎將誰屬？仰即速行辦解。繳。

曲周縣　再購椿木等事　詳請免買椿木由

發價購椿，以固欽堤，原非本部堂私事。且牌内發過不再給，今春二月，非向年也。且據詳，向年曾買九千，今止一千，又復增價，該縣反行推諉。倘逐處皆然，則貽悮欽工，咎將誰任？仰即速行辦解。繳。

俞河廳　詳請挑濬等事　詳大城所屬張家口一帶每日計夫五六十名約算告竣須得二月由

現今汛水漸長，若再遲延，豈不貽悞？即當嚴飭行。繳。

河間縣　行知事　詳快手邊花等現在憲轉服役是否實情由

邊花三名，原係前任分司交盤册内人役，分班伺候。此繳。

大城縣　叩天恩憐等事　詳免捐俸工由

河濱窮役，非不深知，但事關通省，不便獨咨請免。據詳，已留意矣。此繳。

衡水　再購椿木以濟欽工等事　詳免買椿由

發價購木，以固欽堤，原非本部堂私事。況向年曾買五千，今止一千，又復增價，何得反行推諉？使止該縣一邑，亦可曲諒。然此端一開，逐處效尤，將來貽悞欽工，誰任厥咎？姑寬限半月，仰速辦解。繳。

安肅縣　報明沖開河口事　詳姜女廟沖開河口並無傷損田禾由

漕河水發，沖開三處，有無傷損田禾，仰速堵築報勘。繳。

又　嚴飭事　前由

秋汛遞届，原當未雨綢繆。據報，沖決三十丈，田禾、廬舍果否無傷？仰即星夜堵築，具文報勘。繳。

胥河廳　請設岗官等事　批據保河廳詳請保咨任滿由

該廳任踰三載，倍著勤勞。仰候咨呈撫部堂。繳。

俞河廳　嚴飭事　詳大城王鎮店貌議不肯出夫修理由

大令冒昧二三，殊屬不合。姑念此工，本部堂原批酌給，因將三百名夫價早發楊主簿，僱工修補。至所詳當年立堤原案，本部堂現在確查，已經提取静海縣舊卷在案，仰該廳即關河間府移取康熙三十四年三縣會稿，上司批詳全案送閲，以憑查奪。此繳。

大廣同知　恭報漳水安瀾等事　報漳水隨長隨消由

漳水安瀾，具見綢繆。兩邑堤仰速催興築，刻日報完，毋再遲延。繳。

雄縣　報明　本月廿三日琉璃白溝諸河水發沖塌本縣新修南橋

　現指渡濟其一切岸堤浸刷之處督同河員晝夜設法防護由

大橋沖塌，洶湧可知。仰速行防護，勿致疎虞，併確勘田禾有無淹没。仍候撫部堂批示。繳。

蠡縣　洪水漫溢等事　詳本月廿五日布里村漫溢五十六步由

前據高陽申報，已經飛飭。仰速行堵築，具文報查，勿再遲悮。繳。

又　稟報事　詳本月廿五日南陳村漫溢八十餘步

漫溢屢告，殊覺疎虞。仰速行堵築，以憑確勘，勿再遲悮，致干未便。此繳。

高陽　異常水患事　八月初五日東南兩路士民張維寧等稟稱洪水從蠡縣陳村口水漫田甫寧直注本縣連城等共四十餘村盡皆淹没由

仰速行確勘，候撫部堂批示。繳。

保定府　循例俸奉事　詳本部堂衙門役食由

河道胥役，前任與通判不分。今既各設衙門，分班伺候，願隨本部堂者，本擬自行酌給。前因該府以深澤申請，轉詳守道批准，春季工食，應聽新任河道支取，以致春間跟過各役紛紛哀籲。今復經詳問，除深澤縣現將春季解到外，其各縣各有三十餘兩，仰即催齊轉解，以憑分給。至此後應否支領，或在何處，原批呈詳守道酌奪。該府現奉署理，即煩酌定，併行録報可也。此繳。

静海縣　悖旨下掐等事　詳復王藎臣所告監生李正蒙罰葦二千束留子牙河工之用庶可戢將來之效尤也由

據供，下掐之處與埽口折陷，相去二十餘里，所控似涉假公。但列名太學，昧遠圖而漁小利，且至水發始收，未免稍阻，姑罰葦一千束，留修新河。繳。

深澤縣　呈報事　詳安平生員張泮築埝壅水由

仰保定河廳會同真順河廳公勘嚴查報。繳。

河河廳　嚴飭事奉撫院行　覆今歲各堤保固無虞由

據詳，具見勤勞。候撫部堂批示。繳。

寧晉縣　壅水病民等事　詳寧東兩邑民人互訐飭令兩典史會勘由

如詳，先令兩典史往勘，該縣即同束鹿縣虛公確查，毋各偏狥。繳。

高陽縣　特詳惡監撓工河官玩忽等事　唐堤漫溢縣丞陸疎慢監生董阻撓均行咨斥由

前據河廳揭詳，殊堪髮指。已批撫部堂批示，懇咨革矣。此繳。

大廣同知　報明漳水秋汛安瀾等事　田禾茂盛秋汛安瀾等由

據詳，漳水順流，具覘經畫，其于各屬，豐豫尤慰，饑溺懸懷。此繳。

東鹿縣　壅水病民等事　詳寧晉縣李境之一案已詳院憲

前據寧晉詳覆，批令兩典史往勘，兩縣虚公確查，毋各偏狥。今既詳撫部堂，仍候批示録報。繳。

高陽縣　哀籲陳情等事　應否關發魏羅錙赴河邑審理

陳思智雖經失物，然裨隔屬差役無票拘人，該縣之懲責允宜。魏羅錙未必真竊，但據云代往，當内查訪，自應關發，以憑所供，不許差役輩挾仇和鍛。陳進文案内無干，不發可也。高陽相去不過二百餘里，來詳于半月始到，仰查何鋪稽進，懲報示警。繳。

大城縣　嚴飭事　李家庄等村向係青縣看守由

前據青縣李家庄等處堤工詳諉大城，本部堂以河堤紛錯，直屬甚多，況承修年久，成案昭然，自無更張之理，不准批行。青令以有何成案，逞詞屢瀆，因批河廳轉飭，率同兩令勘查。繼聞他案公勘，該廳不顧原批，不問成案，大令亦未將當年立堤舊卷聲明一語，漫因衆勸，竟認辦夫三百名。該廳未加確查，據文轉覆。本部堂以既經認夫，或者原無成案，遂批如詳永遵，不得再推諉。繳。乃批詳已定，催飭興修。大令始據士民公呈，備述康熙三十四年立堤、成堤成案，復行置辯。本部堂猶恐未確，静海縣、河間府并守道處送閲全稿，三縣會議，府道核詳，撫院批准，以及青縣碣不遵依，成案鑿鑿，總于大邑無干，則大令認夫，何怪士民之不服也？無可如何，顧欲代捐夫價，以慰輿情。亦思該縣任後，此價誰捐？苟了目前，適滋他年之争竇耳。朦混二三，殊屬不合。姑念此工，本部堂已批酌給，已將三百名夫價發委崗管主簿催修，隨檄青縣防守在案，俟本部堂三年謝事，仍照三十四年成案，責令青縣修補看守，與大邑官民無涉，重行勒石，永杜紛争。至大令所捐夫價，留修學宫，以爲詳覆不慎者戒。仰該廳備録始末，嚴飭大邑自行矛盾，并嚴飭青縣恪循成案，不得執廳詳之所批，希更張以推諉也。外發印抄原稿一本，録發兩縣存案。繳。

曲肥廣三縣會詳　漳水爲害民命攸關等事　詳成安栢寺營口魏義井口檄令開通便漳水支流矣

據詳鑿鑿，仰廣、大河廳確勘嚴飭。仍候撫部堂批示録報。繳。

俞河廳　發買樁葦　據交河故城景州東光四縣並非産木之處詳請另發由

案查前任分司於康熙三十九年，檄發交河縣採買樁木三千，故城縣四千根，景州五千根，官價每根七分。今本部堂每根檄發紋銀一錢，採買不過一千，豈得推諉？即東光一縣，亦係該廳面稱可辦，何得據該州縣等欺飾會詳，瀆請邀免，殊屬不合。況已咨呈撫部堂，不便另發。事關欽工急需，毋得膜視，如再推諉，定即指名咨參。繳。

戴河廳　爲呈報事　申深澤棗營私築横堤由

據詳，棗營從無舊堰，豈得私創，貽害隣封？　至所請梨園築堤，裨益數村，誠據截上流之策。但果否有利無害，仰即檄深澤縣確議轉覆，餘俱如詳發落。繳。

清苑縣代守行　公務事

高陽縣丞缺出，詳請新城典史郝署理，院批所委之人移會。嗣後凡平常之處以長爲例，至河間、獻縣、伯、保、文、大一帶要緊工程，則須分司選擇，移會該道可也。仍將移文行知。繳。

大河廳　行知事　挑濬栢寺營由

院批如詳興工，仍將形勢畫圖註明，縣界、河道加用説帖呈閲。其成安各縣應修之工如詳遵，若有違抗具揭處，仍撥敬陳恤災案米二百石于大名縣取用。該廳等察驗窮民，酌給飯食可也。繳。

束鹿縣　壅水病民等事

寧晉縣李境之一案，既批仰管河同知古親往驗勘，嚴提李境之等，審明曲直，照舊規，應開應塞之處飭修。繳。

保河廳　河官修防不力等事　陸縣丞及董監生由院批守道

仰候咨革，河務關係重大，仍立將張弘承、董見臣嚴加看守候審。先將董見臣查何事例年月捐監，及有無考職，詳明咨部。繳。録報前批由。

奏河工情形

命差督理子牙河道，二十四日面請聖訓，極蒙獎勵。隨于二十七日啟行，二十八日先抵保定到任，拜會巡撫李光地，備問情形。即歷各州縣，徧訪河道，始知竇定離河尚遠，而大城縣切近河邊。遂借民房居住，日夕親訪，情形備悉，咨呈巡撫，調衆河員楊芳、静海主簿陳超、保定訓導林蘭、青縣巡檢吴廷爕、完縣典史徐懷治、大城典史喬之挺、候選經歷馬綸、守備郭宗唐、縣丞佟世俊、把總邢明義十人，捐俸給賞，派工修築，復遣家丁十餘人分頭幇理。而臣則每日于東西南北數十里，親勘兩次。所招夫子，每名一日給工食錢五十文，打樁運葦，十分外倍賞。

仍照舊例，持銀二百兩，分發各河廳買樁買葦。二月□日興工。至于河間各縣，路途遥遠，不能分身親督，亦照舊例，加給銀錢，俾各州縣親行代築。自起工之日，迄今結報兩次，不致稍有疎虞，偶違聖訓。爲此呈報，伏乞睿鑒施行。

示買辦

照得本部堂自幼食貧，持身儉約，日用所需，一草一木，一粟一腐，皆現發銀錢，平照市價，不敢稍減分文。倘有扣尅拖欠，着即扭稟，以憑重究。

禁諭事

照得本部堂欽沐聖恩，督修子牙河道，奉公潔己，誓不稍名一錢，各州縣向有陋規，革除殆盡。衙役家丁，給發工食，往來出入，盤費另賞自帶，不許動擾鋪户一粥一飯。而本部堂巡河轎車，亦皆自備，從不妄用一夫一馬。矢天誓日，幽明共鑒。倘有冒名違禁，着即扭稟重究，斷不輕貸。

觀風生童

照得讀書報國，惟有文章。本部堂以髫齡拔冠奇童，嗣後科歲及各當事採風，無不列名第一。設絳數十年，受業者拾青紫登巍科亡算。迨倖忝詞臣，典試督學，總裁文武，歷蒙聖主褒獎，士大夫許可。而皇畿首善，類多奇俊，奈因督理河工，不獲與爾多士徧行親考，特發大小百題，仰該州縣會同儒學當堂面試，第其高下，以憑本部堂覆閱定案，即着申送學院，憑文去，即以彰樂育人才之意，毋違。每州縣學院必進十餘名，科第甚多。

賑窮民

照得王政所重，莫先四民之無告。我朝發政施仁，十五省州縣各設養濟院，以賑煢獨。而又于歲終，特遣御史賑濟五城，實古今所未有。本部堂雖河工鞅掌，而仰體聖懷，誼難自已，每州縣捐資十兩發給有司。而有司亦于常例之外，量力輸助，以廣聖天子矜恤窮黎之至意。仰即具領報覆。繳。

賑節烈

照得古今名教，男惟忠義，女惟貞節。而貞節之苦，較忠義爲更難。本部堂下車以來，凡遇忠義之祠，每歲整修給祭，而窮簷苦節，憐念更殷。謹于河工艱窘之日，每州縣歲捐十金給發有司。爾有司亦量力輸助，俾寡婦貞女衣食稍充，以廣聖朝褒揚節烈之盛典。維名教而勵風化，功莫大焉，德莫厚焉。幸加意，毋忽。

辭送名宦

照得本部堂督理河工，三年底績，皆承聖天子指示各有司效力，本部堂安享平成，撫衷負歉。不意紳衿耆老公呈當事，致蒙咨部奏請，與前任總督于公並入名宦，東西立主，永享祠奉。切思直隸首善，數十年來大小臣工並無一列名宦，獨于督一人弘猷渥澤，軼後超前，誠屬無愧。本部堂何德何功，乃敢當此？已經咨覆撫院併各當事，求其垂諒。爾紳衿耆老，幸祈曲體愚忱，萬勿再瀆。

送太公扁

本部堂河工奏績，雖因聖主親示，河員效力，而蒞任以來，年勝一年，時和歲豐，家給人足。向之流離顛沛餓殍于道路者，今且比户豐亨，謳歌載道，實由天地之靈，鬼神之助。因念此河爲太公避亂開基，自商周迄今數千年，而猶荷神靈陰祐，故敢虔備祭禮，手書『默贊平成』一扁，仰該縣先期懸挂祠内，以待本部堂親祀也。

禁諭餞送

本部堂仰荷聖天子諄諄訓示，幸告成功。而衆河員及爾百姓竭力效勞，撫衷感佩，實不忍別。但欽奉内召，王程敦迫，若日夕餞送，擁留道左，寸步不能前進，則謁陛愆期，獲罪多矣。爾官員百姓幸祈速歸，俟本部堂服官稍暇，即當再過河干，與衆父老歡呼話舊，快飲數旬，爲畿輔勝事也。

吏員考職

咨請新幕幹役照例考職事。切思朝廷分職，有一官則有數吏。三年考滿，即以吏員試授，内而部院，外而督撫、提鎮以及司府縣無不皆然。今本部堂于涖任之初，即着各州縣選擇才守素行無過者，具結申送，以憑親考。自書辦、差役共二十人，捐俸給食，朝夕辦事，歷今十一月□日已滿三年，並無纖過。伏乞大部循例奏請，與衆吏員一體考職，則不特書役感恩，盡心幹辦，而後之司河道者亦得收臂指之效，裨益非淺鮮矣。奏請奉旨：『依議。』

助李寡婦買田

照得寡婦李氏係中丞公嫡孫生員之妻，婦父孝廉亦曾爲邑宰。夫亡子幼，貧不能自活，日行乞以餬口。本部堂目擊心傷，捐銀周濟，已經三載。今將行矣，後誰□繼？謹發銀四十兩，仰該縣買田十畝，起業收花，令其母子耕讀，以繩祖父之書香，勉旃毋忽。

失题[一]

爲堤工緊要等事。據該廳呈詳，霸州莫金里等工堤應加帮，苑來里土堤應加椿埽，龍王廟上六工堤照常修補，下六工堤亟須預備椿葦。河間縣黄家、張水境等土堤一千四百一十七丈，亟應加帮。又東西二椿，工五千七百八十八丈四尺應换椿葦。康寧屯應開月河。獻縣東西兩岸賈庄橋等土堤一千三百九十七丈五尺，亟應加帮。又兩河四岸椿工一千六百十八丈，應换椿葦。青縣廣福樓、李家庄等土堤三千一百七十丈，亟應加帮。又廣福樓河口南北馬頭椿工七十六丈，應换椿葦。静海縣朱家庄等土堤三千七百五十丈，亟應加帮。又閆、留二庄椿工六百六十丈，應换椿葦。保定縣何家道口等土堤五百七十八丈五尺，亟應加帮。又何家道等椿工七百八十九丈，應换椿葦。文安縣蘇家橋等土堤二百丈亟應加帮。又太堡庄等椿工一千七十九丈五尺五寸，應换椿葦。亟須預備，庶可無虞。緣由到部堂，據此爲照。清河堤岸原係奉旨着府、州、縣及管河各官每年保守在案。今值冬深，該廳應當乘隙，將所管堤岸親身逐一查勘。某處單薄危險，應行修補；某處椿工朽壞，應行增换。俱當預爲購備物料，俟來春解凍後乘時修補，以防桃汛。如有怠慢延諉，臨期貽悮堤工，該廳立刻揭參，無得瞻顧狥庇，致干并掛白簡。慎速飛速爲此牌，仰官吏火速遵奉毋違。須至牌者□□□□□□□□

爲再購椿木事。切子牙一帶，今歲堤工椿木閃壞又多。除河、獻兩縣已經發銀七百兩交河間河廳轉發採買外，至大城西堤，静海、青縣東堤，俱係本司自築，其葦草已發銀六百兩，交大、静兩縣採買。所需椿木，去秋預購六千根，尚不敷用，今又發紋銀六百兩，一委保河廳將三百兩轉發蠡朱、博野，各領分一百五十兩，各購木一千五百根；一委真順河廳，將銀三百兩轉發新河、武强、武邑，各領銀一百兩，各購木一千根。俱限于二月終運至子牙工所應用。理合報明，爲此咨呈部堂查照施行。

爲恩飭購木以濟堤工事。切堤工椿木必須就近採買，去年發價委河廳買椿二萬有餘，並無誘者。河間河廳俞品向稱勤敏，乃于去年十一月間面稟，河、獻兩邑來春須共購椿木四千根，方足濟用，祈即發價。以下缺

爲彙修築堤工事。切本司奉命防守子牙河堤岸，本年正月間賃住大城縣河干，日夕相度，近者購料自築，遠者發價委修。隨于二月二十二等日興工，至五月廿五等日竣。照劉德芳、梁世勳例修過大城縣堤、静海縣堤、青縣、河間、獻縣，共用椿木、葦麻、夫匠、土方、工價銀。今已保過伏秋，堤岸完固，合將本年分所修細數歲終造册報明。爲此咨呈部堂，伏祈查照施行，須至咨呈者。

校勘記

〔一〕以下四篇附刻於《河工集》卷尾，皆失題。

德星堂詩集

德星堂詩集卷一

海寧許汝霖時菴著

拜獻集

聖駕南巡恭紀 有序

皇帝御極二十有八年春，萬國咸寧，百昌率育。緬平成之奇績，載事省方；，廑補助于窮簷，重歌《時邁》。嚴輿衛，減騶徒。由畿輔而歷兖徐，溯江淮而抵吳越。湛恩汪濊，愠解虞絃，闓澤殷流，謳傳夏諺。臣未隨車于豹尾，倖珥筆于螭頭。蕩蕩難名，莫罄呼嵩之祝；，熙熙幸睹，聊抒擊壤之謡。

聖朝政理恢乾綱，巍巍上參虞與唐。禋宗輯瑞典鉅麗，五歲再舉勤省方。孟陬吉日日維子，法駕南嚮乘青陽。不聞輿徒傳警蹕，卻指馳路開康莊。清塵戒道慮滋擾，天語嚴飭先煌煌。尚方玉食行自備，所過不待儲餱粻。此來本意咨疾苦，爲民而出忍使妨。春旗飄飄指畿甸，官柳未拂麥垂黄。隔年嘉種獻雙穗，地不愛寶呈禎祥。北陸仁風被稌黍，東疇麗澤收豐穰。齊邦魯邦重望幸，有詔預免來年粮。名泉歷下七十二，併作霖雨膏遐荒。諸川脈絡歷可數，濟泗沂汶河淮江。先時黄流績未奏，異同衆議紛巖廊。盛明俯狥羣下請，親歷勿憚循隄防。告成果與神算合，上下疏濬漸周詳。懷柔胥效百神職，東注大海波不揚。爰臨碧渚移畫鷁，左右整婭羅縹緗。雲烟千頃浮震澤，山水一道趨錢塘。幾家映花起樓閣，隨處截竹調笙簧。閭閻已享太平樂，帝念軫卹猶如傷。數百萬租同日賜，積逋更貸零星償。白頭年高加粟帛，赤子罪薄弛桁楊。恩殊詎數漢文景，刑措直踰周成康。別寬小眚存政體，新播大賚旌官常。金花綬香綵縈袖，玉斝醴設瓊分漿。文臣武臣腹心視，竝侍曲讌聯班行。風霆雨露亦間作，甄別實用褒循良。吏肅又看文治廣，髦士濟列東西庠。已敷聲教洽漸被，遂溯明德追懷襄。會稽名郡留禹績，崇山古廟丘陵蒼。欲憑千載通肸蠁，親屈萬乘虔升香。成天平地灑宸翰，藻采絢爛雲爲章。斯須廻鑾復西渡，老幼扶道争趨蹌。攀留肯爲一日住，匍匐少慰羣黎望。日中交易自廛肆，陌上饁餉還耕桑。瓜蓏果蔬雜菽麥，忠愛似可微芹將。向來顆粒本率育，野味特許田間嘗。霽顔咫尺藹然接，有目盡識重瞳光。去奢崇讓凜面命，土俗立望還敦龐。金陵再傳修祀典，鐵甕大閱雄巖疆。時平形勝歸一覽，愈覺萬里江天長。黄龍導舟允由翕，虹氣直駕黿鼉梁。六飛遄返光掣電，仰視雲漢鸞鳳翔。時巡三月禮告畢，仙仗行復排天閶。具僚濟濟各獻賦，天子穆穆仍垂裳。韓詩柳雅詎勝頌，夏諺周什誰能颺。小臣未叨扈從列，珥筆紀述職所當。有生幸托覆載内，蠡管窺測誠難量。瑶階拜稽祝萬壽，惟願歲歲開明堂。

聖駕北征蕩平頌 有序

臣聞奠安萬國者，天子之宏慈；張皇六師者，聖人之神武。故春司生而秋司殺，雨露不廢雷霆；功有賞而罪有誅，禮樂亦兼征伐。然自古除兇翦叛，不過閫外登壇；鞠旅陳師，亦祇域中渙號。尚爾歌鐘永勒，篆碣長新；況乎聖績巍峩，聲靈赫濯。勤一人以休萬姓，揮戈直拂陰山；勞一日以定萬年，飲馬立枯青海。神功最速，建開闢未覩之猷；大漠永清，創今古難名之烈。用昭黼黻，曷罄賡颺。欽惟皇上，文德炳于勳華，武功高乎謨烈。大一統則九垓八極，盡隸皇圖；熙萬幾則二典三謨，難窮帝載。鑿齒雕題之屬，沐浴光天；跂行喙息之倫，嬉遊化日。巍乎蕩乎，自兩儀剖判以來，未始有也。詎厄魯特噶爾丹者，敢逃覆載，自絕綱維！井底蛙喧，幸偷生于窮山寒谷；釜中魚躍，尚梗化于極塞遐荒。在當年不殺之仁，姑開一面；乃蠢爾無知之逆，翻啟貳心。侵我藩邦，肆彼狡性。皇上神威歘發，赫怒丕張。謂九譯總在全覆之穹蒼，可使仍留猘犬；即八荒原屬一家之疆索，寧令尚縱鳴狐。爰是親統王師，指麾禁卒。如熊如羆之衆，臨以萬乘旌旗；非彪非虎之雄，攝以九霄帷幄。雷轟地軸，遠驚此日軍聲；星布天垣，羣指連營兵勢。惟蕩平之略，悉本訏謨；斯犄角之形，彌昭勝算。兵分三路，先驅早飭西陲；師出萬全，遠慮并防東道。高牙巨纛，命上將而預塞狼巢；鐵騎金戈，帥勁軍而横遮虎穴。然後躬驅入旅，直達中途。夔鼓逢逢，聲徹雲霄之表；鸞旂獵獵，色分斗宿之輝。蓋當未行出塞之先，已成一舉平番之計。於焉歷川原而度勢，恤士馬以均勞。聖慮周詳，神機符契。南垂北斗，遠振敵衝；東望西傾，直臨賊界。勢疑從於天降，謀實出於幾先。惟時小醜出不意之驚，攜孥遠遁；逆黨切俱焚之懼，棄壘狂奔。益用鼓我師徒，徧搜沙漠。好生德厚，擒馘者特開貸死之恩；燮伐威張，破膽者惟辨逃生之路。雲旆玉輅，追五日而未停；路鼓彤弓，決三驅之必捷。料渠逋寇，已入網羅；計我西師，當攖吭背。廟算方下回鑾之詔，將軍果傳滅賊之音。矛戟霜飛，煙塵火塞。風雲入陣，草木爲兵。羣醜魂亡，恨藏身之無地；巨憝魄喪，悔獲罪之自天。亂轍靡旗，追奔三十餘里；懸頭截耳，陣斬二千餘人。而且擒擊甚多，何問銅脛鐵額；驅回不少，并乃翠褓花笄。收甲仗之如山，獲牛羊於徧野。三軍踴躍，七校奮揚。雷霆擊魑魅之鄉，烟消萬里；風雨洗螻蟻之垤，蹟炳千年。大哉斯捷，固有目者咸瞻，而含生者並快矣。然而宸謀廣運，究蠡測以何窮；天祐頻徵，更嵩呼而莫罄。臣雖愚陋，敢效頌颺。當夫羣疑未定，衆志難堅。王者之師，固有征而無戰；至人之武，苟非斷以何成。皇上大展乾綱，力排衆議；默懸宸鑑，不狥僉謀。命皇太子攝理萬幾，内安區夏；選諸將軍分司六旅，外整戎行。昭告天地神祇，既明彰乎撻伐；肆祀山川壝廟，兼默祐於驅除。考昔軒轅之平四侯，尚疇咨於六相；顓頊之藉羣輔，始底罰於九黎。今之聖斷獨操，洵足超邁萬古者矣。若乃朔漠風殊，邊方塵隔。寒沙苦磧，或假一旅以當關；白草黄雲，敢望九重之税駕。而皇上躬擐甲胄，親履山河。依塞名王争迎輦轂，沿邊屬國齊奉壺漿。自賜宴於殿廷，已授步伐止齊之律；逮申約於行陣，復傳鳥蛇龍虎之圖。分帳連營，刁斗亦煩巡察；息烽舉燧，斥堠并厪叮嚀。考昔《采芑》之殄蠻荆，徒憑元老；飭車而追玁狁，僅抵太原。今之親征絶域，不尤卓越千秋者乎？且夫師興二月，方憂雨雪雰霏；兵走三方，正慮關山險隘。而乃雲横雁塞，竟勞虎步龍行；沙壅駝峰，緩度鸞輿鳳駕。與士卒同甘苦，大庖日御一餐；爲諸將廣解推，武帳時叨三錫。投醪何能比德，挾纊寧足言恩。又如凍合輪臺，難覓丰茸芳草；寒收笳吹，誰開觱沸甘泉。非人謀之允臧，奚天心之默相。乃備籌疏鑿，旋應靈源。按轡邊關，每逢異卉。唐堦蓂莢，馬跡至而繁生；漢室醴泉，鑾影臨而争湧。咲指梅之何濟，羞拜井兮非才。況夫裕餉則不累窮簷，遠輸則不憂曠漠。畫勝策則如著，照敵形則似鏡。扼險要則狐兔莫脱罝罦，檢窮原則猿狖立空窟穴。鞭馳瀚海，速踰鵬運鯤飛；箭落天山，疾勝風駈電掃。出車而春陽將暮，振旅而夏令方中。期祇八旬，嗤淮右尚煩四載；功成兩月，較鬼方奚待三年。凡此奇功，胥由睿算。洵非酌海窺天，所能述其萬一者也。從兹脱劍韜戈，放牛歸馬。旋貔貅於紫塞，盡返桑麻；蟄蟲豸於黄沙，勿驚樵牧。金堤遥築，何須疏勒駐將軍；星海長環，豈羡居延有都護。二十八宿之所不照，亦昭椎結而獻忠忱；七十二君之所未臨，均賫環裘而稱臣妾。誠無思之不服，又何遠以勿懷。臣倖叨珥筆，式睹舞干。讀露布之遥傳，歡騰鵷序；聽凱歌之旋奏，喜覲龍顔。慶洽寰區，競瞻雲而申祝；光垂簡策，敢吮墨以颺休。

謹拜手稽首而獻頌曰：

於鑠皇清，景運千億。太祖肇基，太宗建極。煌煌武功，允配文德。世祖丕承，式廓萬國。穆穆我皇，端拱垂裳。鞈韐有奭，神武孔張。逆氛既掃，海波不揚。九有賓貢，異域梯航。蠢爾遠寇，自辜亭育。負固偏隅，鴟張鼠伏。窺我邊陲，侵我藩服。上天是棄，宜膺顯戮。皇帝震怒，赫赫明明。謂天所覆，咸戴生成。忍聽狂暴，弱小時驚。急行弔伐，桓桓于征。爰告昊天，爰告祖考。岳瀆百神，明禋虔禱。我武丕揚，聿彰天討。滅此朝食，毋滋蔓草。羣臣寡識，且顧且疑。謂彼阻遠，静以待之。否或遣將，俾率熊羆。黄雲漠漠，敢勞六師。天子曰否，躬奮乃武。黄鉞白旄，率厥虓虎。翼翼師徒，淵淵金鼓。摧彼醜逆，毋憚險阻。我車既攻，我馬既同。我矛既鍛，我秣既充。有嚴有翼，我軍之容。如雷如霆，以奏膚功。大軍未行，遠猷先決。特遣偏師，防其豕突。如獵野狐，罝羅四揭。犄角勢成，九斿遄發。赤羽耀日，紅旌拂霓。甘泉湧穴，靈草盈蹊。三令五申，勿愆止齊。赫聲濯靈，氣奪鯨鯢。鯨鯢驚竄，希保首領。誰知廟廷，勝謀豫整。虎將西扼，發機驅穽。短劍揮腰，長纓繫頸。是絶是忽，獻馘獻囚。明駝寶馬，絡繹山丘。鐃歌載路，允塞皇猷。百日之勤，萬邦之休。載觀史書，亦多廟略。未聞六飛，親平朔漠。瀚海天山，爲鐔爲鍔。矗矗豐碑，預爲今作。捷音馳布，《大武》於昭。翠華廻馭，瑞靄騰霄。童叟遮道，式歌且謡。光懸日月，兵氣爲銷。兵既銷止，殊勳不朽。以歸三軍，三軍何有。以褒虎臣，虎臣稽首。唯聖獨斷，爲天子壽。天子德威，侔地同天。龍堆有月，雞塞無煙。功追丹水，績陋燕然。銘鐘勒石，於萬斯年。

聖武功成詩 有序

皇上御極以來，德威遐暢。剗三逆，郡縣臺灣，戢俄羅斯，薄海内外，罔不率俾。蠢兹噶爾丹，僻處窮荒，虐戕鄰壤，曩以喀爾喀歸順，詭辭追躡，闌入烏瀾布通。時駕未親臨，將士擊敗之，倖而竄遁，曾不悔禍，旋竄巴顔烏喇，狡焉思逞。上惻然，念邊民皆我民，其忍令蹂躪無寧宇，爰於去年排羣議，決策親征，命大將軍費揚古等分道進次。二月，躬統六軍發京師，直抵克魯倫河，賊駭逸，追至拖諾山，驚潰奔竄，遇西師截擊於昭木多，斬獲亡算。賊僅以身免，顧不即面縛。九月，駕復臨邊，濟河至鄂爾多斯，相機撲勦。賊惶怖，拜表乞降。上察其詐，飭邊帥勒兵以待。今年二月，駕出雲中，巡寧夏，駐蹕狼居胥山，指揮進止，哈密擒其子以獻，逆徒震慴，先後歸降殆盡。賊力窮勢蹙，計無復之，遂於閏三月十三日飲藥而死，餘黨悉俘，漠北平。夫噶爾丹雖小醜，陰悍狡黠，習於攻鬭，非尋常寇盜比。乃神謀決勝，卒使二十餘年陸梁之寇，匝歲間殄殲無遺類。而皇上以萬乘之尊，遠臨絶塞，至於再，至於三，衝寒冒暑，不辭勞苦饑渴，爲生民除害。巍乎蕩乎！自天地剖判以來，未有功德若斯之盛也。臣弇鄙不能揚扢，恭獻四言詩一篇，凡一百五十四韻，一千二百三十二字，酌海窺天，聊效頌颺於無極。其詩曰：

皇帝御極，臨燾萬國。闔闢張弛，蕩平正直。兆姓樂生，百司恪職。禮樂光華，聲名洋溢。既陳俎豆，亦揚干戚。逆藩翦除，海氛寧謐。鴨緑以東，燕然以北。來享來王，順帝之則。獨噶爾丹，敢行狂獝。樓蘭作兵，冒頓鳴鏑。虐我藩疆，狡焉思入。出師聲討，羣醜顛踣。以鴐未臨，姑稽搏執。憫彼昏愚，旋馳詔檄。天覆地載，罔遺蠛蠓。稽顙來庭，我不汝縶。苟抗顏行，滅汝朝食。詎料狼貙，性工反側。隳突不常，去來叵測。俶擾邊陲，爲鬼爲蜮。帝怒赫斯，謂此黠賊。根株不浄，邊烽不熄。親統六師，逋逃是殛。唯時臣工，咸懷疑惑。叩頭請留，衆口齊翕。皇帝曰吁，非朕汝拂。邊氓被荼，朕心殊惄。朕不親征，軍威不立。全局預謀，膚功可必。爰告天祖，爰禱社稷。兵分三路，先遣將帥。黄鉞白旄，乃麾禁卒。韎韐有奭，鞞琫有珌。旰食宵衣，披荆斬棘。瀚海渺瀰，天山岁崱。山海阻修，六飛歭歷。雷霆震驚，妖狐奔逸。破睿算先周，密張羅罼。遇我西師，窮追奮擊。大敗賊徒，折馘斬級。巨憝孑遺，潛踪竄匿。竹已成，獻俘在即。顧兹游魂，尚延殘息。復厪宸衷，命將授律。拊背扼吭，連營列壁。時方沍寒，朔風凜凓。重勞萬乘，遠巡沙礫。籌略兵機，申討軍實。賊勢漸窮，求食不得。拜表請降，輸情引慝。睿照如神，燭其詐飾。不解重兵，屯邊以逼。轉眼春開，風融雪汁。大駕復征，貔貅躬勒。駐蹕狼胥，祥烟上羃。甲士訓方，戎車整飭。絶塞荒徼，排郵置馹。矛戟雲屯，飛輓長給。勤勩畢知，疾苦備識。夜寐夙興，雨沐風櫛。聖人憂民，於斯爲極。虔奉進止，厥有哈密。乘機自效，擒其逆嫡。以獻行在，請膏斧鑕。檻車入都，聚觀千億。孑爾梟雛，愁顔慘慼。穿鼻縶足，乃入其笠。逆黨無多，分崩離析。不待楚歌，詎須羌笛。面縛牽羊，伍伍什什。逋寇雖狡，智窮則急。黨援既盡，骨肉奚覓。進退維谷，追悔曷及。入地無錐，逃天無翼。躑躅倉皇，中宵雨泣。酖酒裂肝，命殲頃刻。室孥爲俘，纍纍徽纆。雨洗蟻封，火空兔窟。廿載陸梁，一朝而畢。從此西北，部落百十。戍撤屯休，烟消塵滌。歸馬放牛，弛弓弢的。延及九垓，殊方異域。西賮南琛，梯航來覿。章步亥度，收之一室。龍馭迺還，歡騰京邑。長日輝輝，薰風習習。戟耀青霜，旌翻彩霓。熠熠簪纓，鮮華袴褶。白叟黄童，荷鋤帶笠。撼地嵩呼，争迎警蹕。草木山川，一時生色。伊惟往古，勳垂史笈。涿鹿阪泉，戎兵克詰。丹水除殘，青丘掃敵。駿烈攸昭，並推殊特。赫聲濯靈，未有今日。皇帝至仁，慈祥悱惻。哀此荒裔，救焚拯溺。但許乂安，何辭遐逖。功在征誅，志在安戢。貸其懸首，諭以屈膝。萬不護已，乃加兵革。逆者驅除，順者惠迪。皇帝至勇，大勳克集。獨斷而行，羣謀盡黜。不憚勤劬，惡甘暇佚。周歲之中，窮邊三出。飲食櫜鞬，寢興韉靮。叱咤風雲，砰訇霹靂。任彼跳梁，魂亡股慄。皇帝至明，神謀天隲。策秉廟堂，慮周原隰。奇正互施，步伐不忒。日照月臨，飈馳電激。燭幽洞遐，搜亡發蟄。萬里坐籌，百無一失。皇帝至誠，潛孚默率。百神效靈，三軍戮力。醴泉溢湧，芳草穎茁。有感必應，無征不克。杳渺八荒，通於呼吸。凌古鑠今，皇猷允塞。允塞皇猷，用彰黼黻。言樹穹碑，千尋崒嵂。鏤德銘功，堅完靡泐。并宣史館，謨謀備輯。昭示來兹，煇煌編帙。薄海尊親，尚未殫悉。羣臣百姓，攄忱匍匐。請膺尊號，欽崇丕績。文武聖神，廣運大德。中外揚庥，天人叶吉。緑章三進，丹衷齊瀝。皇帝曰嘻，予勿庸襲。治不惟文，惟崇厥質。安愈圖安，莫弛乾惕。風勵班聯，素絲五緎。慎别臧否，大彰黜陟。官方既靖，民艱聿恤。噢之咻之，俾農稼穡。閭井恬熙，室家生殖。綱舉目張，利興弊剔。迺議典禮，神祇咸秩。孝思永言，湛恩覃錫。榮逮羣工，膏流庶物。眚災肆赦，慶難縷述。億載萬年，枹鼓永寂。器車來呈，嘉禾滋植。海晏河澄，日華雲矞。萬壽無疆，金甌玉曆。小臣顓愚，職慚珥筆。繪畫乾坤，技窮粉墨。蕩蕩巍巍，聊名萬一。

聖駕南巡恭紀 有序

臣聞蔡津羲馭，龍馬呈祥；嬀渚軒臨，蘭芝泛采。堯咨洚洞，酬五老于河濱；舜樂平成，率三公于洛涘。夏后隨刊底績，萬國來同；周王允翕興歌，列邦時邁。蓋禮瀆因而狩嶽，省方實以觀民。有慶必行，禮隆自古；無恩不沛，典烈于今。欽惟我皇上，健協天樞，宏恢地軸。奮武則九垓赫濯，揆文則八表光華。鯨宮黿島以南，泳游舜日；瀚海天山之北，戴被堯天。遂令三辰正，四時和，六符平，九功叙。兆姓休息，函夏乂安。而且率孝自躬，推恩徧物。惠無不周之地，仁無不渥之年。固已雲行雨施，山藏海納。慶誠和于庶類，垂樂利于萬年矣。獨以淮波屢溢，致廑宸衷；河潦未寧，恒煩睿慮。向者之旰衡俾乂，幾費周咨；今茲則度地授方，必圖永逸。況東南財賦之地，何可一日而不培；若蘇杭繁縟之鄉，正須十年而加省。用是煌煌大誡，徧煦春風；穆穆來游，載舒化雨。泞澄清于指顧，普咻噢于照臨。巍乎蕩乎，美矣善矣。然而巡斯遠地，晨昏之問省恐疎；出或經時，慈壽之睠懷彌切。棠舟桂楫，可代安輿；荇渚蘋汀，足供寶幄。花迎含笑，依然長樂宫庭；鳥媚流音，正是太和宇宙。而皇上仰體慈庥，宏敷厚賚。勤民詳乎作息，愛物及彼勾萌。麥浪彌天，春漲之桃花已靜；桑陰匝地，夏波之瓜蔓奚虞？既厚恤乎農疇，復廣濡乎泮藻。膏流闤市，澤沛圜扉。處處迎鑾，巷舞與衢謡胥慶；人人留蹕，童歌偕叟頌交歡。懷柔而山川色潤，茂對而草木輝增。誠振古未有之宸遊，實當世無疆之景福。以彼淵魚聽樂，尚欲聳鱗；櫪馬聞弦，猶能振鬣。小臣愚陋，亦産江鄉；盛典喬皇，未叨扈乘。第荷恩綸之涣汗，兼承厚澤之涵濡。遥睠而送南天，心依青草；欣瞻而拱北極，目繫紅雲。敢效嵩呼，勉成百韻；聊隨華祝，謹獻千言。詩曰：

帝德天行健，皇謨泰運昌。武功彌六合，文教耀三光。孝治羣生被，仁恩歷歲將。車書昭會極，禮樂燦陳常。懷保周河嶽，時幾叶雨暘。一夫無不獲，萬物復奚傷。蕩蕩登熙皡，巍巍仰穆皇。祇因盱澤國，每用軫巖廊。俾乂咨雖亟，成功告未遑。必煩親閱歷，庶永奠懷襄。諏吉憑春史，乘和戒俶裝。蒼旗楊柳岸，畫舸荻蘆塘。虎旅金鑣肅，鵷班瓊珮鏘。温綸近甸布，大戒下陬張。供帳齎中禁，庖饔給尚方。不須馳絡繹，詎許索毫鋩。織莫停鳴杼，耕無廢插秧。販夫仍負擔，賈旅任通航。迢遞攄弘濟，綢繆慮曲防。豈徒思鄭白，端欲泝淮黃。鼓楫從津漢，揚舲越衛滄。東齊青未了，西楚鬱相望。特駐歸仁畔，深籌高堰旁。地鼇原與隰，畝覈稔兼荒。大發如墉廩，多儲近水倉。頓甦蛙黽窟，堅築菽麻場。便靜桃花漲，何虞瓜蔓泱。指揮旋底績，區畫實迴狂。荒度功纔竣，時巡典又煌。淮南争踴躍，江左兢趨蹌。爰沛邗溝澤，旋臨京口洋。孤擎峰砥柱，萬派國朝王。一覽水天接，重題鸞鳳翔。湧金卑鎮宋，浮玉陋開唐。逕度趨吴會，姑遲省建康。鶯花繁虎阜，財貨殖金閶。物力年差減，人情習未忘。因奢曾示範，返樸更胥匡。適遇成天節，羣躋介壽堂。歌登黄髮叟，字上黑髫郎。林屋還呈秘，洞庭紛獻祥。與民遊皡世，共帝樂仁鄉。盤鬱千人石，纏綿萬歲觴。來遊既悦豫，徯望又徬徨。斗野雖分牧，禾原本合穰。迎鑾呈版奏，待蹕擔壺漿。隴秀將登麥，村濃正采桑。物豐行徧恤，人聚恐多戕。儀衛裁臨浙，輿臺減涖杭。曲全至絲髮，茂育及勾芒。山以高峰翠，湖因聖水芳。静觀涵萬類，飛藻宛中央。桃艷坡仙埭，梅青處士庄。燈輝宵似月，鳥韻旦如簧。非有勾留意，難違愛戴腸。十年逢再省，今福倍曩慶。就日方攀馭，觀風又解艎。重尋茂苑樹，迴攬石頭岡。半壁依天塹，六朝儼舊疆。前陵典禮懋，新額御題莊。問俗風謡採，觀軍樓櫓颺。撤圍餘赫濯，競渡蔽滄茫。統紀巡三月，覃敷惠萬行。何郊稀賀燕，是藪盛朝凰。所過胥沾渥，無施不濊汪。右文先鼓籥，造士廣膠庠。賦緩舒耘耨，逋蠲厚蓋藏。關征輕恤旅，鹽課減甦商。網解三年雨，圜消六月霜。烝徒欣鼓腹，耆老快承筐。鼎食頒三事，笥衣錫五章。奎文光嶽瀆，寶翰焕縹緗。百職皆褒賚，羣工盡對揚。歡呼熙作息，賡拜暢明良。絃奏薰風阜，匏宣晨露瀼。翠華回漸邇，甘澤被猶滂。匝路霑餘潤，彌天煦載陽。人人安隩宅，歲歲裕倉箱。更篤天倫樂，長依慈壽傍。承歡周繡壤，綏祉襲黄裳。日暎春蠶熟，風清夏苧香。起居隨次問，貢獻每躬嘗。大孝誠難企，鴻慈豈易量。挂帆萍始甲，返櫂蜜俱房。繭獻五絲綵，葅羞九節菖。氤氲薰蕙氣，迤運泛蘭湯。圖徧傳耕織，謨咸勅紀綱。水經疏滿篋，地象括盈囊。玉葉紛披渚，金船盛吐潢。榮光延錦纜，瑞景繞牙檣。輦草行仍碧，宫雲覆倍蒼。六飛迴廣莫，七萃解騰驤。睿照原無隱，周詢自丕彰。乾坤均在宥，雲物復加詳。民俗廉情僞，官箴晰否臧。畫屏森隴畝，楓陛藹滄浪。葵向微忱切，鳧趨弱翮惶。仰瞻恩浩浩，佇聽語琅琅。瀛海綿清晏，寰區懋表坊。龍圖符聖化，鳳曆並天長。

北河聖功頌 有序

臣聞天一生水，爲五行首。凡以潤萬物而濟羣生，轉輸灌溉，利至溥也。然治或失宜，則利之不興，害即滋焉。是以聖王之世，九土所界，必有流泉。善治者各因其勢以利道之，而屬在畿甸，所關尤重。嘗攷《禹貢》，帝都近北，故神禹之治水也，首事於冀，而其名川則曰衡漳，爲甸服之經流，畎澮所距，小水所匯，凡行千六百八十里。自底績最先，爲萬姓利賴。降及後世，泉流所經，遷徙不常，修水事者往往詳於東南，而略於西北，馴至奔溢汎濫，害難勝紀。我皇上觀天察地，晰幾如神，菲食卑宫，勤民若渴。御極以來，拓從古不屬之方隅，敷無遠不屆之聲教，武功赫濯，文德裔皇。庶績咸熙，百廢具舉，而于水利尤加意焉。東南奥區，導淮障河。費以億計，規及萬世。因復軫念三輔之水關係民生，特疏永定河外支流數百以次經理，而子牙一河尤宵旰所時廑者。子牙之源來自西南，條派未易悉數。大要惟滹沱與滏爲衆流最，而遠且險者莫過漳河。臣按，清漳發源樂平之少山，濁漳發源長子之鳩山，分流至彰德之林縣而始合跡。其入直隸也，成安、曲周、肥鄉、廣平首受之，自前代以及本朝之初，南或衝衛，北奪諸河，沉灾歲告，奔猛難治。我皇上至德格天，神功奠地。比年以來，河之流畿輔也，分爲四支：一經魏縣、元城，至山東館陶歸衛入運。一經廣平，至山東丘縣又分爲二。一折而東，經威縣、南宫、棗强、武邑、故城、景州、阜城、交河，至青縣杜林村，與獻縣完固口之支流合。一折而西經廣宗、平鄉、鉅鹿以抵寧晉，與滏河會。夫滏水雖清，性湍而熱。南自磁州，經直隸之廣平郡，漸達寧晉，輔漳而流至冀州，又合滹沱。攷滹沱剽悍，亦稱渾水。西由繁峙，入直隸之平山，達于真定，奔騰湧伏，漸抵冀州，偕漳、滏諸流，共由衡水，歷武邑、武强至獻縣完固口，復爲兩支：一由西南入單家橋，合杜林村之流，至鮑家嘴歸運；一由西北入臧家橋，經河間大城爲子牙河，出王家口歸淀。統而溯之，歸運者三，歸淀者一，條分脈散，厥勢漸平。此真上帝鑒觀靈貺默佑，以待聖天子之經畫者。而議者乃欲合四支爲一，遏其入淀，悉會注漕，創鑿新道，以歸于海。皇上洞燭其弊，謂水勢合則猛，分則弱。今諸河分流，若併歸運，則漕道有妨；併歸子牙，則民田受害。於是悉屏羣議，特授方略，命大小臣遵行相度。凡三支之歸運者，先于上游除廣平諸邑之賦，乘時捍禦，隨于下流或濬或疏，順其性以達之，使不爲轉輸礙。而一支之歸淀者，臧橋以下，地狹而逼，勢直而迅，向使隄防無術，春漲秋霪，非溢則潰，沿河八州縣，其不被昏墊者幾何。爰設河員，不惜金錢數十萬，於獻縣、河間東西兩畔高築長堤，西接大城，東接青縣、静海，雙堤屹然，各二百餘里。又於東堤廣福樓開新河，以分其勢，而子牙一帶，驚濤駭浪，東行於兩堤内者，直至王家口，安流無恙，迺以三分東瀉支河，以七分西出文安境北，與順天、保定、河間三郡各堤岸所束之水蜿蜒而來，注於霸州者，亦抵文安之境，合子牙末流，同趨勝芳，越辛張，復會諸河之所瀉入三家淀，逶迤以歸海。由是而四支恬然，各由其道，南不至合衛河以妨運，北不至挾滏水、滹沱以侵田，聖慮淵深，與天心密合，誠非百執事所能窺萬一者矣。猶復翠華時勤，躬親省閲，周諮疾苦，指授機宜，飭所司歲事修防，勿隳乃績。以故七八年來，廬舍盈阡，桑麻蔽野，向所淹没者，皆涸爲膏腴，歲收視曩時轉倍。大害既去，大利聿興。億兆姓之田廬，登諸樂土；千百年之溝洫，告厥成功。猗歟休哉！自夏后氏而來，未有如我皇上情深饑溺，勳奏平成，俾西北之水利與東南並奠，而府修事和，貽萬世無疆之澤者也。臣備員卿貳，習聞盛事，兹復膺簡命，分領河堤，往來數郡圩岸之間，親瞻帝績，目矚輿情，陌舞塗謡，歌咏膏澤，輙踴躍不能自休，不敢以荒陋不文爲解，謹拜手稽首，獻頌十章，章十有二句。其詞曰：

膴膴甸服，厥川曰漳。由異而合，來遠勢長。演迤千里，灌注四疆。深通舟楫，肥育稻粱。故跡漸堙，奔流方張。曰若底績，是待聖皇。

聖皇御極，萬福攸聚。祇承照臨，式闢土宇。卑服邁文，勞心劇禹。旰食宵衣，秋助春補。以和三事，以修六府。何功不興，何德不溥。

惟是浲水，自古則難。聖智如神，百谷舉安。南有黄淮，北有桑乾。咸俾奔突，澹爲安瀾。渾渾漳河，灝灝驚湍。民生攸繫，宸算益殫。

澶漫迤靡，行郡惟五。混翕滹沱，欲吐衛滏。中併一流，尾分四縷。猛漂田廬，弱淤沙土。皇念下民，急拯疾苦。蠲其賦租，徐議堙堵。

在昔治水，利導有經。分殺其勢，厥怒乃平。或持異議，欲歸一程。皇帝曰吁，是曷可併。南則侵漕，北則害耕。順其分流，績用有成。

豈曰俾乂，實勤聖躬。驚浪激雷，子牙如虹。指授方略，堰遏奔衝。千杵齊舉，萬夫奏功。雙堤夾峙，一帶由中。上游載滌，引派别通。

凡百在事，恭承聖略。率由以行，勿惰惟恪。隄防堅完，溝洫疏瀹。三支歸運，一道淀落。舄鹵爲腴，沉淪皆涸。汎舟便利，農事興作。

始時河濱，每懼荒堙。今安厥居，原隰畇畇。滋液膏潤，畎澮龍鱗。桑麻依舊，室廬聿新。

婦子既寧，倉庾有陳。歲以屢登，惟皇之仁。始時河側，常恐墊塞。今通其漕，舳艫翼翼。淜湃勿驚，延緣順則。水禽翔嬉，葭菼一色。風帆齊張，千艘相直。載道謳歌，允惟帝力。

臣本侍從，文字是專。況睹成功，適備河員。經流底定，小水亦宣。地平天成，惟今則然。神謨洽帝，景福如川。河清海晏，於萬斯年。

迺以三分東瀉支河，以七分西出文安之土橋，一流而北至灘裏石溝，一流而西至左哥庄，與順天、保定、河間三郡所匯之水，南則有岸，北則有畔，亘高培厚以束之。蜿蜒而東注于霸州者，亦抵文安之左庄，合子牙末流同趨勝芳，仍越大城、辛張，會支河之水瀉入静海三家淀，逶迤以歸海。○序中『安流無恙』下一段，先生定稿後，又增改數語，兩存之，今附刻于此。

皇上六旬萬壽詩 有序

竊聞三統稱皇，五德號帝。迓天庥者百千歲，垂聖治者萬億年。要皆以健行不息之純衷，爲永命無疆之景福。是以宏猷光被，錫遐曆于蒼穹；久道化成，紹貞符於紫禁。禎傳史册，瑞炳丹青。然徒披往牒而興懷，孰若際昌期而拜舞。欽惟皇上，德贊生成，勳兼創守。虔將郊廟，敬誠通祀饗之先；尊養慈寧，視聽凜形聲之外。宵衣旰食，軫物力而廑民依；右史左圖，飭官方而教士習。摛文則揮毫萬象，開兩間未洩之藏；奮武則仗鉞三驅，拓亘古不臣之域。奉玉帛者不啻千八百國，垂衣裳者已歷五十二年。然猶咨儆時懃，恩勤倍篤。闢巍科以宅俊，崇正學以尊儒。蠲賦徧于九垓，祥刑周于八表。發一令，興一事，無非以恭儉爲先；命一將，擢一官，未嘗不慈廉是寄。于是勳華累洽，曆數彌貞。同日月以升恒，並乾坤而覆載。兹值三陽既泰，正逢六甲初週。靄旭曈曨，萃蓬瀛之淑氣；卿雲糺縵，籠閶闔之祥輝。風暖柳縈，露濃花妥。颺大章于鳳凰樓下，喜徹重霄；卻奇玩于韎韐隊中，懽騰絶塞。加以謙能集益，誠愈徵悠。殷宗之歷祚攸長，總期無逸；周后之錫齡甚富，要在靡遑。誕播德音，務崇實意。朝乾夕惕，何誇華祝衢歌；吏肅民安，不羨鳳儀獸舞。頌温綸之藹藹，湯盤禹鼎難幾；仰峻德之巍巍，舜日堯天永戴。臣一介蒙恩，七旬致政。感銜舊秩，雖伏櫪而嘶風；依戀榮光，每傾心而向日。幸遇天開壽域，鼎命長凝；欣瞻人樂春臺，泰階共賀。敢效躋堂之祝，聊呈擊壤之謠。韻叶百言，如同川至；句吟萬字，竊比山呼。謹拜手稽首而獻頌曰：

皇建有極錫萬方，得一以貞萬禩昌。萬年景運正當陽，春融萬象啟混汒。萬里北拱帝座旁，南極輝聯萬曜芒。萬祚化日舒以長，普天齊稱萬歲觴。觴稱萬歲歷顯藏，萬彙重舒天地房。資始萬物乾道剛，資生萬物坤道常。一人首出振萬綱，參天兩地萬化相。化成萬姓仰垂裳，遜稽萬代誰頡頏。震雷鼓萬解澤滂，巽風吹萬渙號煌。貞憲考度萬績康，漸仁摩義萬俗匡。賢良萬選士氣昂，黜陟萬當官方彰。文超萬古聖謨洋，詩含萬籟帝歌颺。插架萬籤輝縹緗，揮毫萬紙珍琮璜。萬寓同文邁虞唐，萬區振武駕禹湯。三逆肆靖讋萬荒，縱橫萬陣掃欃槍。親驅瀚海萬慮詳，萬部稽顙皆來王。從兹萬衆悉安攘，乃偃萬騎橐斧斨。東西朔南萬乘翔，共球贄幣萬國將。河清萬家息築防，海晏萬艘貢篚筐。萬里威靈風泱泱，萬頃恩波露瀼瀼。萬類咸若慶雨暘，萬寶告成屢豐穰。秔稌黍稷萬斯箱，萬億及秭溢千倉。女紅萬杼織七襄，瀕海萬灶煮瀛滄。貿遷化居賈萬檣，考工萬象貯棟梁。萬畝頻減賦與粮，逋千踰萬蠲勿償。雞竿萬赦措桁楊，恩施萬疊澤瀸汪。養老表貞旌萬鄉，崇儒重道飭萬庠。萬世師表摛天章，高揭萬仞示周行。大賢嗣續萬宫墻，大儒躋祀萬烝嘗。特闢賓興萬夫望，併拔干城萬旅揚。萬户絃歌雜耕桑，萬官黼黻贊巖廊。萬禮既洽欽顒卬，萬舞樂奏諧宫商。鳴鐘萬石擊鼓鏜，萬聲作止何鏗鏘。咸秩萬祀無不當，綏以萬福答臐膷。嵩呼萬丈徹天閶，日升月恒納萬祥。祥納萬籌閲星霜，甲週春日萬卉芳。先甲逢癸萬揆臧，將午建巳萬紀張。曆宗辰月萬人慶，律中姑洗萬花香。一週花甲萬週倡，化萬育萬萬未央。萬枝遥草賁蒼筤，萬斛丹砂映碧菖。萬絲烟柳裊康莊，萬囀宫鶯和笙簧。鳳麟萬旅效趨蹌，梯航萬譯奉珪璋。萬域羣暨天壽坊，萬呼萬祝萬難量。萬仙拜舞獻瓊漿，萬龍奮翼萬馬驤。魚藻萬咏徧清浪，栢梁萬和叢琳瑯。誥誡萬言示勿遑，實意敦行萬事强。萬幾時勅宵旰忙，仁育萬民答穹蒼。晨昏萬安慈寧傍，本支萬葉慶一堂。萬邦賡拜頌明良，萬載昇平仰榮光。萬八千歲邁九皇，壽維萬壽壽無疆。

集風雅頌百章恭祝皇上萬壽 有序

蓋聞景運方中，兩曜之光久照；太和在宇，四時之氣長春。惟德與上下同流，故壽與清寧合撰。若乃巍巍蕩蕩，德極於無能名；繹繹緜緜，壽至於不勝紀。斯則在朝在野，愛戴維深；爲雅爲風，頌颺莫罄。繫古今之大義，實臣子之至情。欽惟皇上，行健體天，無疆應地。握璿璣以齊七政，建皇極以協庶徵。精一傳心，道法貫百王之上；周詳敷化，質文酌五運之中。舉一事而本末胥融，統萬理而精粗共貫。誠民畜物，動之以至誠；夕惕朝乾，持之以永敬。裕顯仁藏用之量，大包宇宙而靡遺；極開物成務之能，細入毫芒而無間。睿算恒通乎遐邇，萃千八百國爲一家；宸衷無倦乎先勞，合五十八年如一日。溥天之下，品類咸亨；振古如兹，光華復旦。天意欲斯民之久治，而人心樂我后之長生。此豈康衢之歌、華封之祝，所能管窺蠡測，敷陳萬一者哉！臣一介庸愚，生逢聖世。四十三而通籍，七十二而歸田。癸巳三月，恭遇萬壽之期，再入國門，隨班朝賀。蒙皇上賜衣賜饌，榮與老臣；貤贈貤封，寵加先世。拜命以還，不覲天顔又六年矣。去冬臣子惟模復蒙優擢，由京畿御史授順天府丞。臣在家聞命，望闕叩頭。不覺喜而增慙，感而成泣。伏念一門父子，奕葉恩光。頂踵徒存，涓埃罔報。臣犬馬之年今已八十，雖精神漸減，步履漸艱，而閒居無事，未廢讀書，夙夜有懷，寧忘祝聖？竊觀詩書所載，人臣際時遇主，類託咏歌，對揚休命，用以紀鴻猷於髣髴，美盛德之形容，而三百五篇尤稱善頌善禱，輒不自揆，效晉臣傅咸集《毛詩》之體，資古人之成語，爲下里之謳吟，彙集百章，恭呈乙覽。譬諸綿羽鳴春，思仰酬夫人造；丹葵向日，冀俛鑒夫寸心云爾。

帝作邦作對，爲龍爲光。則篤其慶，長發其祥。

右國祚一章四句

旭日始旦，曰爲改歲。日之方中，哀時之對。

右正朔一章四句

世德作求，昭格烈祖。永言配命，自求伊祜。

右世德一章四句

克長克君，日就月將。夙夜基命宥密，學有緝熙于光明。

右聖學一章四句

斤斤其明，赫赫厥聲。允也天子，展也大成。

右聖治一章四句

聖敬日躋，倬彼雲漢。聿修厥德，誕先登于岸。

右聖德一章四句

瞻卬昊天，昊天其子之。監觀四方，四方其訓之。

右聖化一章四句

皇矣上帝，日監在玆。小心翼翼，敬之敬之。

右敬天一章四句

謂天蓋高，俾爾單厚。我將我享，在帝左右。

右郊祀一章四句

謂地蓋厚，以社以方。是饗是宜，豐年穰穰。

右祀社稷一章四句

天作高山，及河喬嶽。山川悠遠，天子是若。

右望祭山川一章四句

靡神不舉，以洽百禮。百禮既至，百神爾主矣。

右享百神一章四句

遹追來孝，克配彼天。昭哉嗣服，天子萬年。

右聖孝一章四句

於穆清廟，先祖是皇。吉蠲爲饎，禴祀烝嘗。

右享宗廟一章四句

七月食瓜，八月剥棗。獻之皇祖，假哉皇考。

右時享一章四句

萬邦作孚，受天之祜。尚有典刑，繩其祖武。

右法祖一章四句

帝省其山，陟降在原。柞棫斯拔，松栢丸丸。

右謁陵一章四句

三后在天，陟降庭止。繼序思不忘，夙夜敬止。

右三朝實録一章四句

維清緝熙，有物有則。率由舊章，正是四國。

右彙典告成一章四句

綿綿瓜瓞，椒聊之實。本支百世，時萬時億。

右聖慈一章四句

麟之趾，施于孫子，子孫繩繩。以似以續，以莫不興。

右天潢一章五句

雝雝在宫，至于兄弟。因心則友，永錫爾類。

右友愛一章四句

爲章于天，邦家之光。如金如錫，如圭如璋。

右御製一章四句

如飛如翰，式歌且舞。如日之升，照臨下土。

右宸翰一章四句

鼓鐘于宮，於樂辟雝。宜大夫庶士，莫不率從。

右幸太學一章四句

呦呦鹿鳴，我有嘉賓。令德壽豈，遐不作人。

右特科一章四句

青青子衿，思樂泮水。踧踧周道，君子所履。

右學校一章四句

示我周行，順彼長道。肆成人有德，小子有造。

右崇儒一章四句

誨爾諄諄，德音孔昭。其風肆好，曾不崇朝。

右典訓一章四句

東方明矣，東有啟明。匪東方則明，庭燎之光。

右勤政一章四句

賦政于外，价人維藩。肅肅王命，來旬來宣。

右用外大臣一章四句

出納王命，惟民之章。無小無大，無封靡于爾邦。

右飭吏一章四句

文武受命，黽勉從事。無此疆爾界，維君子使。

右文武臣工互用一章四句

或哲或謀，發言盈庭。天鑒在下，維邇言是聽。

右會議一章四句

有命自天，德音秩秩。百僚是試，好是正直。

右會推一章四句

來洛來茹，莫遠具邇。入覲于王，我心則喜。

右外官陛見一章四句

鳳凰于飛，肅雝和鳴。烝我髦士，遹觀厥成。

右擢用詞臣一章四句

恩斯勤斯，教之誨之。無恒安處，式穀以女。

右教習一章四句

敬爾在公，王釐爾成。式序在位，無忝爾所生。

右計典一章四句

便便左右，共武之服。爾公爾侯，以定王國。

右優待勳戚一章四句

召彼故老，懷之好音。式遄其歸，以慰其心。

右優禮大臣一章四句

賓之初筵，一朝饗之。既醉以酒，樂且有儀。

右賜宴一章四句

京師之野，薄言震之。如雷如霆，以作六師。

右大閱一章四句

載見辟王，載錫之光。誨爾序爵，以謹無良。

右引見一章四句

濟濟多士，集于泮林。我其收之，方廣德心。

右廣額一章四句

芃芃其麥，厭厭其苗。星言夙駕，税于農郊。

右重農一章四句

降觀于桑，其葉沃若。載筐及筥，洵訏可樂。

右勸桑一章四句

率時農夫，跂彼織女。我儀圖之，以穀我士女。

右耕織圖一章四句

今汝下民，既庶且繁。爰得我所，永矢弗諼。

右户口一章四句

就其深矣，深則厲。就其淺矣，淺則揭。原隰既平，民之攸塈。

右水利一章六句

哀此鰥寡，何以速我獄？淑問如臯陶，載生載育。

右緩刑一章四句

生民如何，日用飲食。父母孔邇，昊天罔極。

右愛民一章四句

式是南邦，用剔蠻方。苞有三蘖，則莫我敢遏。

右平定三藩一章四句

肇域彼四海，四海來格。海外有截，無思不服。

右靖海氛一章四句

其追其貊，大邦爲讎。王赫斯怒，修我戈矛。

王于出征，有虔秉鉞。奄受北國，四方以無拂。

右親征沙漠二章章四句

王旅嘽嘽，大師維垣。不震不動，四國于蕃。

右禁旅出鎮一章四句

時邁其邦，悠悠南行。婦子寧止，王心則寧。

右南巡一章四句

駕言徂東，泰山巖巖。維王其崇之，民人所瞻。

右登岱一章四句

維此聖人，明明在上。先民有作，魯道有蕩。

右幸闕里一章四句

允猶翕河，河水洋洋。維禹之績，告成于王。

右河工一章四句

駕彼四駱，周爰咨度。詢于芻蕘，求民之莫。

右問俗一章四句

黄髮台背，或授之几。躋彼公堂，媚于天子。

右養老一章四句

柔遠能邇，懷哉懷哉。如賈三倍，惠然肯來。

右峊商一章四句

迺眷西顧，八鸞瑲瑲。駐于太原，至于涇陽。西方之人兮，懷允不忘。

終南何有，如松栢之茂。君子至止，如南山之壽。

右西巡二首一章六句一章四句

於皇來牟，終善且有。奄觀銍艾，嘗其旨否。

右瑞麥一章四句

以陰以雨，浸彼稻田。誕降嘉種，實維豐年。

右嘉禾一章四句

王在靈囿，零露瀼瀼。百卉具腓，于彼朝陽。

王在靈沼，有鱣有鮪。如江如漢，朝宗于海。

右暢春園二章章四句

穆如清風，六月徂暑。君子攸寧，爰居爰處。

右行宫清暑一章四句

周原膴膴，維禹甸之。牛羊勿踐履，自公令之。

有實其積，衆維魚矣。以開百室，維其時矣。

右山莊二章章四句

白露爲霜，駕言行狩。公侯腹心，悉率左右。
瞻彼中林，獸之所從。一發五豵，獻豜于公。
敦弓既堅，舍矢如破。載纘武功，四方來賀。
其車既載，麀鹿麌麌。何錫予之，自天子所。

右講武行圍四章章四句

會同有繹，率履不越。爲王前驅，職競用力。

右蒙古效力一章四句

十千維耦，三百維羣。維羊維牛，衼衼如雲。

右考牧一章四句

有驪有黄，或寢或黄。于彼牧矣，既庶且多。

右馬政一章四句

鑿冰沖沖，隰則有泮。方涣涣兮，弋鳧與鴈。

右水圍一章四句

其崇如墉，黍稷稻粱。以峙其粻，乃求萬斯箱。

右積貯一章四句

迺宣迺畝，于疆于理。如坻如京，亦孔之厚矣。

右田賦一章四句

滌滌山川，其雨其雨。既霑既足，田畯至喜。

右祈雨一章四句

相彼雨雪，雨雪浮浮。亦又何求，貽我來牟。

右祈雪一章四句

我師我旅，徹田爲糧。或耘或耔，迺積迺倉。

右屯田一章四句

肆于時夏，孔惠孔時。百室盈止，維其有之。

右蠲賦一章四句

我取其陳，挹彼注兹。以就口食，可以樂饑。

右賑濟一章四句

去其螟螣，以御田祖。無菑無害，以介我稷黍。

右捕蝗一章四句

天之生我，我獨于罹。如可贖兮，其樂只且。

右贖罪一章四句

如彼泉流，以作爾寶。不留不處，洵美且好。

右錢法一章四句

城彼朔方，百堵皆興。庶民子來，鼛鼓勿勝。

右城工一章四句

洪水芒芒，外大國是疆。封建厥福，我受命溥將。

右封海外諸國一章四句

道之云遠，我之懷矣。而多爲恤，惟其勞矣。

右犒邊一章四句

帝命率育，錫我百朋。邦畿千里，萬民靡不承。

右大賚畿輔一章四句

王此大邦，幅員既長。萬邦之方，莫敢不來王。

右外國朝賀一章四句

我征徂西，是類是禡。克壯其猶，以對于天下。

右西征一章四句

維莫之春，春日載陽。天子萬壽，萬壽無疆。溥天之下，萬民之望。

右祝萬壽一章六句

臣拜稽首，匪今斯今。以雅以南，以矢其音。

右述集詩獻頌一章四句

應制集

首春懋勤應制十二韻

泰啟三陽候，辰開萬象先。祥暉轉舊曆，淑景兆新年。聲教風行地，光華日麗天。鳳儀瞻翽翽，龍德體乾乾。勵治敷求切，乘時茂對虔。懋修依廣厦，較藝集羣員。禁近清華接，恩輝瑞靄連。暖雲殘雪外，佳氣早梅邊。玉佩聲隨步，金爐袖拂烟。彩毫霞錦散，冰鑑日輪懸。才薄龍門后，心驚鳳榻前。遭逢慙異數，甄別聽微權。

禱雨十八韻

渥澤踰千載，仁風被八埏。殷憂偏啟聖，咨儆直回天。商紀桑林蹟，周垂雲漢篇。驕陽聞史載，恒燠覿書傳。況值勳華洽，何妨暘雨愆。宸衷彌翼翼，睿慮更乾乾。六事躬先責，三言意倍虔。下車情最切，解網詔重宣。露潤圜扉内，星移貫索邊。芃芃冀黍稷，滌滌電山川。爰集南宮侶，疇咨東觀員。風雲欣得路，霖雨愧非賢。報國臣無策，回蒼帝有權。風霆驅旱魃，雷水解屯邅。䨴霴盈原隰，滂沱渥陌阡。九重方惕若，四野已油然。再慶禾三百，還歌耦十千。甘霔欣在望，霑足又豐年。

閱　江

錦水東流一色裁，石帆西上錦帆開。波涵赤日兼天湧，檣夾黄龍動地廻。牛斗移躔通析木，鼉鼉高駕接蓬萊。衡山望祀岷山遠，惟有朝宗萬里來。

南巡恭紀二十韻

聖德光天峻，神謨極地雄。端居辰有象，恭默道何窮。已致垂裳盛，還思輯瑞隆。六龍雷奮發，萬象日昭融。翠野迎黄屋，金輿下碧空。青齊來畫裏，泰岱指雲中。漢栢珠承露，秦松鬣倚風。古碑無字紀，帝籟有聲通。頓覺乾坤大，行看帶礪崇。懷柔兼震疊，岳瀆視侯公。允翕傳周頌，平成羨禹功。東巡停輦轂，南幸駕艨艟。牛斗開天闕，鼉鼉接彩虹。輿圖均道里，王路闢鴻濛。虎阜臨芳甸，龍蟠問故宫。廻鑾周道近，秩祀孔林豐。大體惟崇道，羣情待發蒙。兩楹仍俎豆，一代表宗工。扶杖圜橋聽，摛詞付石龍。五絃歌舜化，億載戴堯躬。

賀閱黄河二十韻

禹甸承清宴，堯封廣幅員。勳高歸馬日，化洽止戈年。赫赫東巡事，巍巍萬乘遄。秩宗崇典禮，望祀徧山川。遥指扶桑日，平臨泰岱巔。百神懷恐後，四瀆祭何先。自昔論疏導，惟河屢變遷。崑崙源發遠，砥柱力方堅。開闢論功大，鴻濛信史傳。八枝湮故道，一氣走滐旋。鱗屋千層叠，龍門萬仞懸。合江聲浩蕩，朝海勢争潺。玉牘開天出，金繩授曆綿。黿鼉沉璧後，龍馬負圖前。洚洞民無警，平成帝有權。鑾輿扶日馭，鵉旆拂雲翩。河伯來清道，波臣去執鞭。盟封從指帶，轉粟即登天。紺蓋威儀壯，榮光氣象宣。詩成歌既濟，何必羨張騫。

聖駕登岱恭紀二首

喬嶽懷柔日，登封屬聖君。旌旗天外轉，笙鶴月中聞。帳殿黄爲屋，爐烟白是雲。太平功德在，勒石頌高文。

其　二

海日三更白，齊烟九點青。栢壇舒鳳翼，松蓋走龍形。城闕連畿輔，奎婁拱帝星。東巡關典禮，不爲禪亭亭。

駕幸闕里恭紀四首

冠蓋開王路，奎婁接帝星。式閭光典制，折節表儀型。一代同文會，千秋駐蹕亭。魯人誇盛事，高乘爲傳經。

其　二

聲教今尤盛，斯文俎豆存。禮優天子聖，道在布衣尊。地接淄濰脈，天開泰岱門。八方瞻景運，氣象滿乾坤。

其　三

玉薤題璇牓，風雲畫卷舒。十行嗤汉札，四字邁唐書。檜入天章記，租從手詔除。百年餘父老，扶杖望乘輿。

其　四

文鶴啣書早，蒼龍吐玉遲。後先傳絶學，缺略創前規。特舉周公祀，重臨孟子祠。橋門觀聽在，聖主即明師。

駕閱趵突泉八韻

地入瑯琊里，城臨觱沸泉。躍龍尋丈内，吐鳳淺深邊。冰鑑融初浄，銀河恍倒懸。源疑星宿近，秀擅地靈偏。顆顆珠歕澤，瑩瑩玉出淵。有雲時作雨，入壑遂成川。舟楫江湖外，恩波泛濫前。激湍宸翰洒，飛白御書妍。

駕登金山八韻

一柱中流峻，雙峰萬仞懸。龍頭飄羽蓋，鰲背躡金仙。路許虹梁近，天教鶴駕聯。海門青湧浪，江郭翠浮烟。頓覺乾坤大，從知日月圓。樓臺看鳳翥，鐘皷警魚眠。翰墨留題壯，江山賜額傳。烝徒舟楫邁，萬乘雨風旋。

駕登報恩塔八韻

玉柱擎天幹，金枝湧地蓮。江山開舊闕，日月麗中躔。宛轉通千磴，輝煌壓一川。高疑河漢近，倒指列星懸。鶴背飛長到，觚稜鎮不遷。榮光紛照燿，清影落澄鮮。勢拓陬維外，神開指顧邊。百年留殿宇，一氣掃雲烟。

禁中積雪

灑浄天街粉作沙，上林處處滿瓊花。似看有瓣梅相並，若論無瑕玉未誇。萬户樓臺光徹曉，九霄日月景重華。瑶堦向夢今親到，敢負寒窗夜映紗。

其二

彤雲霏屑滿長安，瑞叶年豐萬户歡。色映瓊樓輝五鳳，光摇玉佩肅千官。宫鴉向曙驚飛蚤，梅蕋含香欲吐難。幸傍九霄雲日近，陽和靄靄不知寒。

前題二十韻

氣肅凝寒外，同雲遠近天。八方增景象，一色現山川。霦霦周詩咏，雰霏謝賦傳。光輝開晝夜，珪璧定方圓。鳳闕參差出，龍樓上下聯。巧裝温室樹，清濯玉池蓮。皎潔梅舒蕚，低徊柳撲綿。總無花比質，長與月争妍。慶叶東封後，時當南狩旋。堯年聞鶴語，仙鼎熱龍涎。御酒廻陰律，天衣拂舞筵。九門紅映燭，萬灶翠生烟。珠笈晨猶啟，冰簾晝不褰。瑶華宸翰洒，賞玩帝城先。黄竹琳瑯曲，幽蘭琬琰編。際時知澤遠，下詔許租蠲。民俗歌襦袴，宫娥減翠鈿。兩岐占上瑞，盈尺想中田。澤到沾濡足，恩從覆載全。上林枝畔見，喜劇是豐年。

元日立春二十韻

萬國朝元會，昌期仰聖人。天心開泰運，帝力轉洪鈞。律應條風候，祥徵麗景晨。歲書重建子，斗柄又當寅。黍谷飛灰動，蓂階見葉新。餘寒分舊臘，淑景接初春。高吐龍樓日，微生鳳沼鱗。層冰纔刻玉，積雪乍消銀。鶯欲調笙柱，烟疑護麯塵。白添梅額粉，青熨柳眉顰。綵勝分行戴，桃符並户陳。百年逢令節，併日鬬芳辰。酒市家家醉，花街處處隣。向風飄錦幄，争路出朱輪。宴樂時方泰，繁華俗豈貧。暖雲低拂殿，佳樹近浮闉。橐籥乾坤啟，沾濡雨露匀。恩波先蔀屋，品藻暨詞臣。染翰依丹陛，摛毫視紫宸。自今看節序，平秩四時均。

暢春苑應制二十韻

運際勳華日，天開清晏時。齋心軒館闢，觀象舜衣垂。同樂追文囿，來歌陋漢池。西山佳氣靄，北闕瑞烟麗。暢望千村逈，春留四季宜。卑宫林蔭密，曲徑島縈奇。石吼鯨吞浪，雲翻雁下陂。露華凝杞棘，日影射罘罳。樹鬱禽潛集，荷深魚暗移。香浮連太液，操縵動南颸。宛轉紅橋外，淪漣緑水湄。靈臺仍伏鹿，玉殿向生芝。布席巖花護，臨流荇藻披。投籤書帙繞，懸鏡畫圖窺。裾襲清芬滿，磚延晝漏遲。瀛洲欣預會，閬苑荷疇咨。朽質慙樗櫟，傾陽比藿葵。摛毫依紫禁，伸紙對彤墀。學愧賢臣頌，榮叨聖主知。卷阿聊獻什，萬載慶昌期。

賦得微雲淡河漢

金風乘玉宇，珠斗燦銀河。忽被輕雲減，還垂素練多。中天涵皓月，大地映清波。淡淡微茫裏，乘槎何處過？

賦得青雲羡鳥飛

何處祥雲奏，鴒行快振衣。鳳儀輝紫闕，鷺序映黄扉。力欲搏風上，身先向日飛。乘時方奮翮，戢影獨何依。

其　二

忽睹雲深處，飛鳴破寂寥。無心還出岫，有翼自沖霄。鳳翥千尋峻，鵬搏萬里遥。遭逢欣若此，誰不羡扶摇。

賦得雲近蓬萊常五色

紛紛郁郁羡蒸霞，瑞繞楓宸色倍華。氣本從龍隨變化，形同翥鳳任回斜。參差瑶島疑鋪錦，縹緲瓊樓似雨花。簪筆自慚鏤繪手，五雲深處若爲家。

咏桂

涼風披衆卉，雲外發天香。影附冰輪皎，葩隨玉樹芳。露枝先菊蕋，霞錦軼萸囊。曾憶淮南賦，叢生敢自方。

咏菊

風披百卉共凄凄，獨占秋容燦野畦。紫蔕凌霜晚節勁，黄花凝露落英低。籬邊策杖愁無酒，嶺上拈詩幸有題。願約春蘭同獻頌，延齡私祝萬年齊。

賦得風勁角弓鳴

天高風漸急，獵獵動危旌。月挂烏號影，霜飛燕角聲。控絃千里震，激羽九霄横。坐待秋獮後，櫜弓賦太平。

咏雁

涼飈獵獵動危旌，氣肅金河朱鳥賓。翮向雲霄疑點畫，陣衝風雨任縱横。霜凝浦暗飛何處，月落汀寒叫幾聲。自愧鴐行無一得，天逵徒切向陽鳴。

中秋

氣肅秋高扃鳳城，天街倍覺月華明。風來閶闔銀河浄，露洒蟾蜍玉宇清。幾處同亭看鳳翥，何人中澤聽鴻鳴。聖朝雲物俱徵瑞，圖璧輝多慶太平。

大閱八韻

聖德三驅合，皇威四海加。金風催日馭，玉露灑雲車。萬騎開雙壁，千羣耀五花。戟排天仗整，旗颭陣陰斜。虎帳分麟趾，龍韜萃兔罝。弓彎秋塞月，劍拂暮山霞。令肅層霄上，聲馳薄海遐。山川氣倍壯，日月景重華。

御書八韻

帝德乾坤合，宸章日月齊。天文輝玉版，睿藻燦金泥。河洛心潛契，風雲腕自齎。神超八法峻，勢壓二王低。軒翥紛鸞鳳，光華動壁奎。西園珍獨秘，東觀寶分攜。瞻象慙窺管，觀瀾愧測蠡。昭回被四表，千載仰榮題。

其　二

文物光離照，賡歌慶泰交。宸章開聖域，睿藻發天苞。腕運三辰合，神超萬象包。毫峰騫翥鳳，墨海羡騰蛟。靄靄烟雲拂，霏霏金玉敲。偃波滐虎觀，垂露點螭坳。倉史慙蝌蚪，羲文擬卦爻。千秋瞻法象，萬國仰聲教。

觀穫十二韻

聖代天時叶，熙朝民事殷。艱難先稼穡，率育重耕耘。東作功纔畢，西成省又勤。龍旗飄玉露，鳳輦度秋雲。扶杖霜郊滿，援鋤繡陌紛。宸衷方綣綣，蔀屋已欣欣。五穗摇青畝，雙岐吐赤墳。禾占三百億，耦快十年羣。帝曰勞由下，農云惠自君。含餔堯壤慶，解愠舜風薰。介壽稱羔酒，明禋潔苾芬。普天真大有，萬載頌思文。

其　二

帝德周民隱，年豐綏萬邦。霜禾占廩百，露穗耀岐雙。解愠欣財阜，含哺慶俗龐。躋堂還介壽，春酒喜盈缸。

續修類函十韻

文德光離照，奎章焕泰堦。圖書呈法象，禮樂肅模楷。才集西崑彦，賢招東觀儕。螭坳牙帙散，鼇禁彩毫排。開卷千秋在，分門萬類偕。風雲翔字麗，金玉和聲諧。冰漏藜光映，花磚日影挨。韓歐真伯仲，沈宋直優俳。彪炳看虹亘，噰和聽鳳喈。編摹愧蠡酌，敢洽聖人懷。

巡邊八韻

秋老邊城肅，風高羽騎駸。鑾音移桂苑，鐃吹出楓林。露洒霓旌動，霜飛畫戟森。涼飆清蹕影，爽籟豁宸襟。烟紫彌天彩，花黄滿地金。序迎九日酒，途獻萬邦琛。氣震山川烈，恩翔膏雨深。獮苗典禮在，豈爲快登臨。

恭和御製登山

露白風高羽騎駸，花迎鐃吹度雲巖。霜飛丹樹三秋老，日吐青崖萬景函。睿藻淩烟光象緯，宸章戛玉和韶咸。名山何幸奎文賁，拜舞欣承紫鳳銜。

賦得鴻雁來賓

皇恩周百族，朱鳥應秋來。塞遠傳書捷，天高逐陣開。寒汀聲繼續，清月影徘徊。願附隨陽侶，飛鳴向帝臺。

賦得滿城風雨近重陽

秋雲淡蕩燦銀河，纔欲登高沛澤多。風轉龍墀宣令節，雨霏鳳沼散恩波。萸囊早被愁寒逼，菊蕋遲開望酒過。幸傍九霄依日月，天顔温霽慶陽和。

駕旋途逢九日

露肅天高玉宇澄，金輿廻馭六龍騰。霜飛丹樹三秋老，日吐寒崖萬象凝。菊蕋遥頒傳魏傳，壺漿遮送似王弘。高山登處奎章麗，幾效賡颺媿未能。

麥穗兩岐十韻

聖治天呈瑞，農工物兆祥。來辨先百穀，率育佇千倉。翠浪齊翻碧，青畦競吐芳。三岐輪並蔕，九穗遂連芳。奇穎雙雙秀，輕花對對香。東西鴉種熟，南北雉飛忙。蒨苑屏蝗食，登場薦嘗。普天皆晉甸，匝地似漁陽。允矣蒸民立，庥哉萬寶昌。先秋争獻異，時夏慶陳常。

皇太子手勒御書于無逸齋應教四首

帝德健于天，元良懋體乾。艱難籌治本，兢業印心傳。璇榜奎章麗，龍樓寶訓懸。皇家勤作述，堂構萬斯年。

其　二

一卷周書在，艱難廑聖衷。西山顔古訓，甲觀稟家風。舉目無他處，齋心只此中。自慙窳惰質，何術贊元功。

其　三

萬卷縹緗兩字銘，手摹寶訓肅儀型。天家作述還勤苦，偏愧寒窗懶過庭。

其　四

當頭璇榜即箴銘，治要原來在壁經。兩字心傳親手勒，不勞圖畫費丹青。

寶墨堂應教二十四韻

皇謨輝景運，帝治炳中天。文物星辰麗，光華黼黻鮮。奎章弘藻繢，宸翰拂雲烟。鳳舞神軒翥，龍蟠勢蜿蜒。六書寧有迹，一畫更無前。奄備諸家體，紛飛五色箋。爲靈光宇宙，作寶鎮山川。勝地留題徧，羣工寵錫駢。眷兹麟有趾，頻賜筆如椽。震索呈祥早，桐封受命先。凌霄開邸第，插架擁丹鉛。百軸銀鈎勁，千行玉筯圓。偃波縈水石，垂露貫璣璿。瞻仰天顔近，披尋聖訓宣。錦幀含彩艶，瓊墨帶香研。晝以卿雲護，宵同璧月懸。東平爲善樂，西楚受詩銓。帶礪垂千祀，藩屏拱萬年。豈徒昭世守，長用荷陶甄。有道規模大，無疆福澤綿。欽惟宸眷渥，伏覩孝思虔。色動縹緗帙，榮分金石鐫。颺言窮贊述，拜手頌仁賢。遠愧淮南客，清操叶管絃。

賜觀湯泉

鵷行飛從出瑶京，看取仙源舊識名。明月一痕分翠巘，靈砂千點護丹楹。醴泉原爲璇宫湧，惠澤應從太液生。更道聖躬頻浴德，湯盤曠代有同情。

其　二

鳳聲初下五雲中，許侍宸遊寓目同。暖處定因依化日，暄來初不爲薰風。香跳珠雨花浮緑，影落金錢蝶舞紅。絶塞何須愁冷節，恩深黍谷正春融。

其　三

浴日無能竊濫竽，薊門靄靄幸前驅。千官不異千巖拱，萬騎應同萬壑趨。蹴步直教霑雨露，開襟雅勝飲醍醐。共期性不因人熱，長把冰心近玉壺。

其　四

野鷗端許立晴沙，灎灎光摇五色霞。漢代影娥殊不羡，唐宮凝碧詎堪誇。太平已罷昆明戰，遠使何煩博望槎。共沐恩波猶未盡，廻看馳送幾林花。

御書忠孝守邦四大字頒賜安南國王黎惟禛恭紀

我皇威德普天敷，海晏河清同車書。神武惟揚萬國寧，絶域語言通象胥。安南荒服古交趾，建邦乃在大海隅。黎氏分茅數百祀，間以孽萌擲揄。皇哉天威遠鎮撫，兄終弟及守故墟。乃者滇池逞不道，誓死效順不敢渝。天開日朗烟霧消，匍匐請命來上都。哀榮禮數循故典，詞臣捧册賦載軀。别有奎章焕宸翰，褒忠嘉孝恩特殊。時艱彌堅翼戴節，永錫爾類矢區區。銀鈎鐵畫耀雲霄，清光對對成驪珠。百靈呵護驚代寶，行舟何畏蛟龍扶。新王聞詔行感激，稽首呼嵩迎路衢。致君事親臣夙願，矧煩帝語重吹嘘。金繩玉函供高閣，舉頭瞻天戴聖謨。海不揚波風入律，越裳白雉年年輸。

德星堂詩集卷二

海寧許汝霖時菴著

冰銜集

散館賜宴恭紀十四韻

昭代同文會，儒僚授職年。制科榮御試，升殿記臚傳。天禄慙分俸，蓬池幸備員。雞羣分鶴粒，魚目入珠淵。敢負三年學，來吟五字聯。遭逢真異數，甄別總微權。咫尺顔初霽，臣工禮倍虔。已教簪珥筆，還許侍瑶筵。未作鹽梅用，欣當鼎鼐先。苾芬傳馥郁，餘氣襲芳鮮。前席榮生座，當杯暖勝綿。撤羹難辨味，聞樂擬登仙。慶叶如川頌，情深既醉篇。文章慙報國，陶冶荷堯天。

口占

抹卻傾城國色真，塗脂漫想逐風塵。誰知仍在長門裏，悔讓昭陽第一人。

和吴匪菴病中感懷十首

落拓原猶我，升沉敢問天。興來花自笑，話去石還顛。才劣甘相讓，官貧肯受憐。金門多大隱，何必憶林泉。

其　二

也知事若此，焉用喚如何。揮麈塵緣少，掀髯詩思多。琴樽容嘯傲，歲月任蹉跎。富貴紛紛好，浮雲與逝波。

其　三

漫隨朝謁後，頗幸得閑身。鍵跡疎時輩，挑燈愛古人。風霜驚過眼，冰雪暗怡神。舉世悠悠者，惟君覺可親。

其　四

寂寞誰爲伴，幽人一往來。風清談慷慨，月冷影低徊。自有疎狂趣，何煩遲暮哀。蕭蕭窗外竹，乘雪好栽培。

其　五

閒來何復事，漫與酒徒俱。故態憑誰好，新詩强自娱。日長容病遣，歲老惜饑驅。行藏惟爾我，一任俗揶揄。

其　六

僕僕風塵裏，心期訴與誰。文章攖俗怪，肝膽問天知。鬢短驚霜早，燈殘怯漏遲。須知松栢秀，多在歲寒時。

其　七

久分河干侣，欣逢海晏秋。金泥封泰岱，翠蓋謁尼丘。愧乏相如頌，偏多平子愁。迂疎空咄咄，何以爲時謀。

其　八

静想年來事，狂夫自笑狂。耽棋披卷懶，愛雪看山忙。久客歸無夢，長貧饑漸忘。茫茫今古裏，那辨是彭殤。

其　九

榮枯原不計，大雅實關情。垂釣歸東海，徐師告歸。談詩老北平。朱座師閑居。鴻飛京口遠，張掌院丁艱。松冷蔚蘿清。魏司寇予告。莫道風流盡，前型屬後生。

其　十

近知消息理，萬事不攖心。旅夢鐘聲斷，鄉書雁影沈。貧交原自古，拙宦豈徒今。聊作閒庭嘯，敢誇梁父吟。

題金少司空湖山梅花圖

湖光淡蕩翠陰遮，忽現羅浮數點花。半壁荒亭供雨雪，一灣小艇渡烟霞。暗香寂寂寒光動，疎影蕭蕭落照斜。記得孤山曾似此，偏疑不見鶴還家。

八月朱座師以雨後秋聲演琵琶招飲

雨後秋聲咽夕陽，傷心況復對中郎。牛衣纔別思金屋，鶴鬢誰依戀玉堂。髮剪喪帷悲夜月，松披枯塚泣秋霜。當筵豈少思鄉侶，不待琵琶已斷腸。

朱座師同楊少司馬招遊摩訶菴看花病不能赴是日風雨大作因以自解次韻二首

多年夢結憶招提，況逐東風桃李蹊。無奈春來愁易病，那堪酒到醉如泥。雨餘花蘂應增艷，春老鶯聲漸相低。讀罷新詩還健羨，重遊肯許手同攜。

其　二

勝事憑君且漫提，新花零落恐盈蹊。樽開北海沙横座，屐傍東山齒印泥。鴉散晚林迷遠近，馬嘶歸路畏高低。何如穩臥幽窗好，欹枕狂吟一卷攜。

陪朱座師重遊花庄次周廣庵韻 四月

柳拂春陰一路迎，欣隨杖履步前型。亭虚午過還疑蚤，林暖風來不礙晴。座上摧花驚燕語，樽前覓句競鸝鳴。平泉且盡今朝勝，那管城頭暮角聲。

送吴侍御青壇歸里

聖朝無闕諫何人，争奈先生不厭頻。虎冠風驅纔戢影，龍威霜簡又批鱗。名成好息雲中翮，身退誰埋市上輪。留待草茅心事白，語溪莫便穩垂綸。

送楊自西少司馬終養歸里

憶昨春迎司馬旌，揚旌今又送歸程。卅年事業千秋史，兩鬢風霜萬里城。捷徑功名甘落拓，奕碁時事任縱横。勳成敢望凌烟畫，搔首聊陳將母情。

其二

銅柱銘勳恩已酬，翩然綵服放扁舟。兩朝鼎望儲黄髪，八座榮歸奉白頭。客久誰無還里夢，官高偏忘倚門憂。先生愛日情何限，肯待三公易報劉。

其三

枌榆誼舊蔦蘿新，握手京華意倍親。官略尊卑十日飲，巷聯南北一家春。鶯花策杖尋新墅，風雨挑燈話古人。忽聽陳情歸計穩，幾回健羡幾傷神。

其四

數卷輕裝指潞河，冰堅風急雪盈駝。篆封北闕鳴騶少，是日適封印。帳祖東門圖畫多。草草一樽蕭寺酒，依依三叠渭城歌。揚鞭共羡登仙去，我亦秋風到薜蘿。

送徐電發前輩歸里

高踪卓犖本南州，珥筆承明孰與儔。賦就雲霞真五色，文成衮鉞自千秋。曲高莫怪人難和，道重何妨俗易仇。從此名山多著述，獨憐朝下少枚鄒。

送張南溟少宰乞假還葬

仕路營營那日休，風流張翰邈難儔。千秋宦蹟雙蓬鬢，萬卷歸裝一葉舟。年老久忘鄉橘柚，官高誰憶舊松楸。山公哀慕情何限，轉恐蒲輪到隴頭。

送柯翰周孝廉隨令兄又鄒南還

翩翩年少憶新鉶，轉瞬公車又幾經。我已疎慵頭漸白，君今落拓眼誰青。楓凋古驛秋霜渡，雁叫清江夜雨聽。回首春風何限意，那堪蕭瑟上離亭。

其　二

當年愛客羡平津，四海招遊滿座春。忽訝寒門争結騎，可憐公子轉依人。數奇總爲才名累，骨傲聊因兄弟親。歸讀遺書還足用，黑貂莫漫敝黄塵。

送王薛澱編修省親

祖帳東門又一時，春光駘蕩赴歸期。驛亭上馬花争笑，宫袖擡風柳欲絲。初志竟蒙丹詔許，遠書先報白頭知。文章致主金昆在，可少承歡膝下兒。

其　二

四載心期約署同，每聞清譽屬安豐。無窮事業青冥上，有數交遊氣誼中。襆被讓君開首路，鬢絲留我颺春風。相逢便作還朝計，莫負花磚日影紅。

病中口占四首

輪蹄衮衮没晨昏，留得微痾静掩門。檢點詩文雖力憊，平章花月頗權尊。眼前勝負看碁局，身外榮枯對酒罇。興到偶然思覓句，衰髯零落醉頻掀。

其　二

甑滿荒塵堦滿苔，市朝況味等蒿萊。雲衢有夢憑天去，霜鬢無情背地來。鼠伺燈殘情跋巵，燕窺簾曉語低回。閒看物態真難問，且向床頭傾緑醅。

其　三

十丈紅塵逐馬牛，春風秋雨雪盈頭。逢人求好偏增妬，到處尋歡轉益愁。有限韶華隨水逝，無憑富貴等雲浮。年來幸藉文園病，欹枕酣歌萬慮休。

其　四

寂歷門庭老鬢絲，年華荏苒晝偏遲。詩成枕畔忘誰記，花發窗前落不知。才拙堅留貧鬼笑，官閒軟欵病魔支。春光過半何須問，一卷殘編酒半巵。

病　占

廿載昏昏睡不成，臉痕偏帶枕頭紋。顔衰覓醉聊同壯，學陋拈詩强自文。一霎升沈看野馬，百年悲咲聽嚶蚊。蕭齋兀坐愁無賴，抛卷狂呼把硯焚。

試蜀出都　六月初一日

青衫席帽憶何人，忽奉徵書忝使臣。八載風飄蓬梗舊，兩行霜點鬢毛新。病餘關塞驚心切，恩重君師回首頻。萬里巴程今第一，不知何日問歸津。

初二日涿州道中口占

鐵綱天開動使旌，不才偏許賦西征。巴鄉久訝陽春調，老眼空慙月旦評。京國纔辭頻入夢，家山遥望又關情。簡書敢畏蠶叢路，諭蜀其如病長卿。

祖逖故里

中流擊楫意茫然，不信書生先着鞭。江左興亡且莫問，范陽斜日一碑傳。

定州道中

新雨敷泥滑未深，垂楊兩岸蔽山陰。炎蒸萬里三巴路，暫借疎籬一濯襟。

其　二

沙途雨印馬蹄深，柳拂青雲萬嶂陰。到此不知前路險，高吟呼侣且披襟。

朝天閣登舟次林石徠韻二首

劍門高倚碧天齊，萬嶂雲連倦馬蹄。羡殺秋風帆獨早，夕陽遲我漢江西。

其　二

欲溯秋江共泛槎，一關隴蜀即天涯。思君卻遂停橈約，月白風清對酒花。

登金峰寺次韻

曲盡柳邊路，峰巔隱佛亭。崖陰萬樹碧，日薄四山青。畫壁龍蛇動，談經猿鳥聽。勞勞偶一憩，廻首隔蒼冥。

秋林驛登廣福寺仍叠前韻

路泊霜林晚，雲端見古亭。荒茆覆地白，叢嶂逼天青。經亂蟲魚蝕，樓空虎豹聽。憑高何限意，矯首羡鴻冥。

秋日試蜀還朝奠朱座師墓

杖屨如存七載望，平泉重到竟荒涼。蹊盈桃李人何處，堦滿芝蘭天各方。舊壘烏棲悲夜月，新封馬鬣咽秋霜。一罇難禁三年淚，愁別松楸百十行。

汪東川前輩同年吴容大並擢司成志喜

醇儒先後簡朝端，八舍風流頓改觀。十載同心争鍵跡，一時異數競彈冠。恩深自惹時流忌，道重何憂仕路難。從此經綸君輩事，衰翁秋去理魚竿。

喜同學魏禹平至

燕市分攜曾幾春，暑寒頓易倍情親。蔡邕嘆息原知己，張儉流離竟黨人。鷰覰畫樑巢自舊，鶯啼落葉景翻新。酒徒剩有高陽在，擊筑狂歌痛飲醇。

午日招吴容大朱玉如魏禹平小飲忽以公事赴署歸而賦此

滿眼浮雲過眼花，一官落拓絆京華。偶尋好友消佳節，忽促徵書赴午衙。開酒競呼賓奪主，銜炎匍匐國忘家。歸來洗盞乘餘興，那得長絲繫日斜。

其　二

蒲緑榴紅映碧觴，聊攜小飲慰神傷。君無琴瑟悲同調，我有糟糠滯異鄉。百藥難醫寒瘦骨，五絲豈續斷迴腸。更憐觸暑垂頭去，公等酣歌竟擅場。

題查夏重蘆塘放鴨圖

垂髫抵掌話乘桴，高致翛然寄此圖。南北東西君已遍，秋江空餓一羣鳧。

其二

露袷風巾織雨蓑，浮槎偏向玉泉過。都因放鴨思乘鳳，錯認蘆塘是御河。

吴西李招飲看菊次韻

衝寒曾踏蜀山尖，萬里歸來夢亦恬。況有奇英霜後賞，可無錦字月中拈。藏鬮罰酒嚴金谷，瞋膽移文笑海鹽。獨怪蹣跚偏緩步，偶遲良會莫相嫌。

其二

每憶家山大小尖，桃源風景自熙恬。悔教病骨歸無策，愁向衰髯斷又拈。奏伎徒誇工鼓瑟，調羹漫説作梅鹽。霜寒且共燈前醉，釀薄花殘也不嫌。

尤慧珠潘一韓招飲

圖書索寞半塵函，强欲開時倦又緘。白鬢蕭蕭悲落日，青雲衮衮羡頭銜。愁城突兀誰堪破，藝苑荒蕪何處芟。勉酌一樽花下酒，羞看赤白面如衫。

其　二

龍樓晨啟侍瑶函，歸院頻傳招飲緘。籬菊欲殘尋舊賞，瓶梅初放泞新銜。酒沾薄面迎風醉，雪點衰髯對鏡芟。忽想今宵歸待漏，誰家纖手衣朝衫。

元巳李司馬座師招飲楊園限蘭亭流觴韻

客久忘佳節，欣承命采蘭。殘紅霞十里，蒼翠樹千盤。園近華林勝，池疑曲水寬。啣盃傾笑語，絲竹續餘懽。

其　二

何必山陰上，都亭亦有亭。路依芳草碧，籬接遠峰青。舞緩隨花媚，歌清雜鳥聽。東堂饒逸興，那得此忘形。

其　三

永和千載後，誰更擅風流。俯仰悲陳迹，追隨快勝遊。就花頻徙席，豁眼一登樓。感歎思今昔，芳辰得易留。

其　四

高歌興正劇，暮角促飛觴。曲沼灣新月，踈林綴夕陽。履聲歸第緩，鞭影策詩忙。得句寧甘後，春風慕點狂。

其　五

我愛李夫子，高風軼謝安。談碁將墅賭，着屐借絲彈。郊遠塵逾浄，春寒花未殘。敢誇桃李盛，繞砌映芝蘭。

其　六

行行何所適，春色在西坰。老樹盤爲畫，斜峰映作屏。傳盃浮曲沼，繞棟遏歌伶。隨處風光好，奚勞擇勝亭。

其　七

乘醉上高樓，蒼茫一望收。蘭皋何處問，洛水亦成丘。勝地真難再，芳辰詎易酬。羣賢今一會，袞袞看波流。

其八

良會人生幾，華林日正長。流風傳魏晉，逸事羨蘇黄。邈矣衣冠偉，頽焉鬢髮蒼。陽春莫漫和，一句願三觴。

送仇滄柱編修南還

秋風蕭瑟别他鄉，把酒離亭對夕陽。世事奕碁甘落拓，天街捷徑任疎狂。十年冰署千章註，兩鬢霜絲一葉裝。轉眼浮雲看速化，名山方感主恩長。

其二

廿年風雨十年塵，執卷挑燈話倍親。白雪雙肩追事往，青雲萬態羨時新。高才只合深山老，大璞誰邀當路珍。此去輪君先一着，秋江好待共垂綸。

送徐健菴先生假旋三十二韻

熙朝推碩望，江左挺名儒。著述尊山斗，行藏奉楷模。五雲徵異瑞，三策兆訏謨。棣萼聯枝映，雲龍一德孚。植躬希孔孟，致主在唐虞。吐握慇延攬，聲華佐誕敷。持平三尺定，秉憲百僚趨。藻識懸冰鑑，澄懷瑩玉壺。撤蓮歸院晚，聽履上堦殊。暇即容休沐，朝曾許給扶。聖恩誠莫並，家慶更誰符。黄閣金昆在，青宫玉友俱。荀龍柱下繞，竇樹膝前娱。道重攖時忌，名高任俗揄。帝心彌繾綣，臣職倍勤劬。疏爲陳情切，忱因戀主紆。誌仍修樂史，論豈著潛夫。刪訂千秋炳，編摩百代驅。璇題輝鳳藻，秘帙出瓊鋪。直訝書盈路，真堪繪作圖。温公聞返洛，張翰憶歸吴。只暫離楓陛，無煩乞鑑湖。鄴籤宛似昨，陶徑未全蕪。不爲平泉勝，總緣經腹腴。文章原報國，絲竹敢怡軀。霖也宫墻士，情無伯仲區。通門猶是子，私淑不殊徒。趨步叨塵後，纂摩侍坐隅。未能隨杖履，忍聽唱驪駒。出係人心正，歸愁士氣孤。鴻旌纔詣里，蒲轂佇登途。旦晚金甌卜，蒼生望再蘇。

擢東宫講官恭紀

沉疴半載掩蓬門，推轂驚傳動至尊。周顗陳情原量力，賀循表疾轉邀恩。龍樓筆染春雲藻，鶴禁書攤秋樹根。廻憶山村敎學日，承華何幸侍晨昏。

初冬王薛澱招同館看菊分韻

索居半載謝塵氛，良會招尋賴有君。霜冷玉堂花漸老，酒開金谷韻初分。幾年聚散頭添雪，一夕歌呼氣薄雲。無奈疎慵偏善病，寒鴻獨夜悵離羣。時以病不赴。

其　二

當年促席快論文，落落晨星轉眼分。幸有鑾箋招舊雨，可無健筆鬬凌雲。醅濃漸覺霜華薄，燭爛還看花影紛。從此相期晚節好，歲寒猶得護餘芬。

使旋集

督學復命恭承褒諭　七月十七日

久别聖人前，攄忱一叩天。豈知三載拙，早荷九重憐。苦節秋霜烈，温綸藹日懸。千官齊拜頌，倍覺沐恩偏。

侍經筵

秋雲靉靉繞蓬萊，鳳殿欣傳經幄開。天縱早窮圖史秘，宸聰還集討論材。香浮玉案三辰炳，字啟瑶函二酉該。捧册自慚無寸裨，鑪烟兩袖竊攜回。

入直内庭 九月二十一日

堯堦十載步羣賢，曝直新瞻咫尺天。日映龍鱗顔倍霽，香浮鵷袖色增妍。牙籤萬軸烟雲麗，睿藻千章鸞鳳騫。廻憶寒窗夢不到，翺翔竟已似登仙。

其二

幾回沉想幾回疑，蓬蓽何緣直帝闈。天語躬承欣日藹，奎章手拂羨霞飛。大官供饌充經腹，内侍添香撲錦衣。借問鵷行三百輩，誰人翔步禁庭歸。

和史胄司韻

三年踈放羨游龍，颯沓重聽闕下鐘。敢謂冰心偏入夏，那堪冷面又經冬。幸看仕路如絃直，更沐天恩似露濃。珥筆喜隨枚馬後，新詩大雅競春容。

主敬殿會講 十月二十四日

半生邊腹笑便便，今日談經帝子前。五位臨軒降教胄，是日上不御門，專命大學士、各部院共侍會講。千官肅仗拱崇賢。道綜性學敷陳切，大宗伯講《中庸》『尊德性』一節。治本艱難啟沃先。予講《尚書・無逸》二節。少海何煩涓滴助，徒慙稽古被榮偏。

陪祀祈穀次王薛澱韻

九霄春色曉霏微，瑞兆青郊擁翠旂。魚鑰乍傳五鳳啟，鵷行争傍六龍飛。風飄玉管調仙樂，雪點瑶壇照衮衣。祝史祈年真大有，霓旌遥映綵雲歸。

贈湯宗伯潛菴先生

豫州天中央，文星木躔角。靈山拔嵩少，德水交伊洛。鬱爲人文區，名賢代有作。煌煌二程子，千載振絶學。後來漸榛蕪，斯道孰開拓。先生出曠世，餘若螢火爝。藴蓄富淵源，發揮啟橐籥。本根秋實茂，藻采春華落。報國秖辭章，中懷諒已薄。初登蕋珠榜，遂入石渠閣。朝廷愛人才，破例非一格。分藩試敭歷，江右專鎖鑰。蔚州老司寇，許予必斟酌。謂公真清廉，才品並卓犖。薦揚大臣事，彼此兩不怍。適當時右文，設科召宏博。公仍歸禁院，獻賦卑五柞。衡文來兩浙，百尺跗承蕚。假公鏘璠璵，曳履久企脚。非不重聲華，何由展偉畧。自從開幕府，留意切民瘼。吴中俗久疲，百弊伺穿鑿。大端示鎮静，積習還淳朴。新圖鄭俠繪，淫祀懷英削。即事具規模，羣情奉繩約。忽傳鵠板箋，已荷鳳尾諾。衮衣行有日，里巷慶嘻嗃。兒童歌且謡，父老驚以愕。耕樵出山野，商旅闐城郭。臥轍肩相摩，攀轅趾交錯。同時百萬衆，遮道情孔劇。公去國本端，公留一方樂。計大無曲狗，眷隆有深託。天子建文華，東宮開講幄。巖巖師傅席，所重在啟沃。必欲得醇儒，同朝孰公若。禮儀視舉止，恭謹愈盤躩。崇階領秩宗，坐論體勢各。天香縈兩袖，賓讌終三爵。晨看鶴禁花，夕聽龍樓柝。豈非稽古力，蒙此雨露渥。憶余舊識公，回首事猶昨。初從魏公坐，相見獲酬酢。公貌謙而和，公懷端且恪。始知賢達意，寧静必澹泊。儀型儼在兹，相去實寥廓。接武忝後塵，發蒙仰先覺。公今春秋高，地望尤卓卓。端揆佇黃髪，姿體儕海鶴。聊頌心所欽，詩成媿揚搉。

輓趙圜菴

束髮騷壇意氣横，蹣跚垂老共題名。我留東觀三秋雪，君往西陵萬里城。燕市乍迎總馬到，吴江偏放鷁帆行。相違相憶纔相見，痛哭蒼茫訣死生。

其　二

生死尋常不復論，只難青史姓名存。循聲萬口留三楚，封事千章重九閽。仗節忠魂垂燕翼，年伯殉節。傳經孝嗣敞龍門。達觀到此誠何恨，争奈交親淚暗吞。

答張繩其原韻四首

醉别江干日幾何，賓鴻忽寄短長歌。樽前風雨離懷切，夢裏烟霞快晤多。霜點衰髯慚寫炤，燈欺老眼畏編摹。閑看衮衮青雲客，塗抹當年愧阿婆。

其　二

癡情頑况老如何，一盞村醅一曲歌。客久漸教歸夢少，官閑偏苦和詩多。天街捷徑浮雲看，世局圍棊冷眼摩。忽聽廟堂籌北伐，請纓争欲奪蓬婆。

其　三

老友慇懃問我何，開襟放眼輙高歌。但愁破甕蠛浮淺，那惜殘編蠹蝕多。閒覓詞壇雄舌戰，冷尋酒市逐肩摩。還餘一笑君知否，曩日髯公今日婆。

其　四

何事書空唤奈何，羡君到處足謳歌。瀾廻吴楚三江闊，風偃青齊期月多。百里琴聲時唱和，一庭花萼競觀摩。還期大展東山抱，莫爲操刀心太婆。

送余靖瀾同門宰龍陽

蹉跎雙鬢已斑斑，不道饑驅又出山。半載共憐燕邸病，一官恰合楚雲閒。霜凋驛樹詩酬倡，水漲湘蘋夢往還。只恐君來我又去，可能湖柳再同攀。

送于司馬振甲重撫直隸

河嶽廻元運，雲麟炳聖朝。兩間鍾偉傑，百度肅端寮。代冀勳封盛，盂邗世紀遥。高門真厚蔭，開國實承祧。瑞溢龍興地，輝瞻鳳舉霄。年沖終若賈，策富董兼鼂。推轂由祁老，仔肩勝國僑。三刀京兆輔，五袴石城謡。最蹟逾黄霸，雄名軼杜喬。便膺都水監，分領下河標。正患桃花漲，難防瓠子漂。金隄千里漫，竹揵萬夫傜。蒿目徒瀰渺，嬰心每瑟缪。河防未專寄，方略肯虚描。旋拜中丞簡，遄登北地軺。百城承輦轂，萬井雜芻蕘。戚里豪難問，籠街牒倍嘵。望塵先掃慝，懸鑑悉屏妖。鈎距何煩設，風稜孰可摇。麟郊空走獍，烏夜静鳴鴞。宫保崇開府，臺綱總憲條。絳綃寧易犯，白簡可輕撩。當暑霜疑冷，無雷火畏焦。角收桓氏衛，歌減郭家嬌。正直呀神豸，威嚴岸皂鵰。上卿尊獨坐，禁旅統羣鏢。敦請天家賚，殷充甲士犒。伏蒲方嶽嶽，攬轡復翛翛。隄使功難竣，陽侯勢轉驕。水衡錢浪擲，少府簿空消。特假司空柄，爰乘伯禹檋。負薪焉補罅，鞭石詎成橋。窪凸周詳視，堅疏抖擻料。涉脛甘没頂，挽弩誓平潮。遮害多亭障，轉漕利楫橈。河清誠可紀，圭錫豈徒徼。胼胝勞誰埒，平成績更欲岧[一]。温綸叨異數，睊帛悼崇朝。涕淚纔卹卹，烽烟忽望歊。日中狐鼠竄，井底黽蛙跳。遂注天山箭，長驅瀚海鑣。天閑屯苜蓿，行帳蔽嶕嶢。掣電追窮魅，奔霆擊遁么。前鋒皆石虎，後扈並金貂。塞遠全資餉，師勞屢采樵。飛芻塵漠漠，挽粟路迢迢。情奪忠移孝，軍需旦并宵。墨衰催出晉，雪戟佐征遼。□□行餱督，臺臺露積饒。寸芟堪入櫪，半菽亦充鐎。期會憂時失，輸將戒敵要。豹罷歡宿飽，鵝鸛慰空哨。無畏冰刳腹，疇嗟雪沒腰。氣温人挾纊，聲震夜鳴刁。黑魯鞭真斷，巴顏草盡燒。佗臣終獻吕，羿子早俘澆。漫説量沙濟，羞談聚米囂。三巡猶卷席，疊運似承蜩。庚癸呼聲寂，欃槍氣影銷。功高充國趙，烈邁酇侯蕭。睿眷斯彌篤，衮褒自孔昭。麾旋榮晝錦，鐃奏答簫韶。密勿資前箸，恢張藉指杓。嘉謨參益稷，大議協夔繇。累鶩誰如鶚，羣駒敢附驍。辨分黑白地，戰勝絳青綃。戢武因除蔓，敦耕務溉苗。桑乾紆水脈，直沽繫農穮。故道堙難溯，渾流泛若猋。荒荒混沙礫，冗冗没萩蕭。不借廻瀾手，難施穿地銚。瓊林須鏹貝，蓬户惜脂膋。畫野勤操畚，成渠慶酌瓢。小黄能激濁，九曲等安瀠。首善需賢亟，前猷媿美寥。劍惟求故鍔，弓未許先弨。河内重來寇，荆州再命陶。杖鳩恭謁叟，騎竹喜逢髫。去日隨車臥，來時望乘翹。追談聲嘖嘖，聳聽耳聊聊。耳鳴聊聊見《楚辭》。露冕觀餘化，褰帷表下寮。芊綿新燕麥，翡翠宿蘭苕。雉乳奚驚雊，麋游且聚儦。青旂摇柳絮，紅旆度桃夭。易俗期還樸，示民貴不佻。高年勤幣問，碩德愛旌招。櫜鞬屏儀簿，鼓鐘節麗譙。休言次公老，正羨茂弘超。依舊單車按，何妨兩袖飄。計公千載事，繪滿百枝幖。砥柱原衝浪，虬柯慣吼飆。奮鱗恒屈蠖，戢翼倍翔鷂。骨鯁堅金石，根蟠老桂椒。飲冰和雪雹，佩玉冷琨瑶。黼黻卑房杜，樞衡小宋姚。穹窿看劈華，閶闔欲排嶠。復旦多歌舜，回天獨贊堯。南司訛緑縟，炎帝熾朱熛。相贈曾無縞，因題偶借蕉。泰堦方待翊，寶鼎即需調。

送于振甲司馬重督河道二首

天南天北代天工，蓋世經綸孰似公。瀚海渾河牧掌上，長淮巨濟亘胸中。席無暇煖家違顧，驂不停馳老更雄。呼吸九重原咫尺，竚看清晏慰宸衷。

其　二

河堤上下舊回翔，廿載驅馳復砥狂。加鎖軍山蘇澤國，直排靈府護天閶。威名草木重驚識，偉烈風雷倍激昂。轉盼桃花春浪靜，車書王會頌榮光。

送彭黄門古愚按察黔中

九苞呈異綵，百煉出真鋼。徹骨香偏遠，盤根器倍彰。移山愚勝巧，障水曲廻狂。若者思誰似，夐焉企獨倡。靈鍾仙掌上，瑞溢左莆陽。彭祖名賢裔，横塘通德鄉。一經崇閥閱，十葉禪忠良。公自趨庭日，早期大道匡。淵渟何澹泊，嶽立最骯髒。夏爍堅金石，冬嚴傲雪霜。破袍安紙補，冷爨快韲嘗。温飽原非志，澄清肯暫忘。洎登廉孝目，彌峻斗山望。篤行千秋植，雄文八表颺。國華儲弁冕，廟器屬圭璋。翻阻凌霄翮，幾乘蹈海航。劍潭沉鍔鋏，星角飲欃槍。猴沐偷吟嘯，蛙跳恣陸梁。頓嗟攖白刼，那許託青盲。樊鶴因仙翥，燒蘭爲國香。佯顛先拒户，幽憤幾投床。鈎爪蹲常仆，摣牙噤欲僵。三年甘啞癩，萬死任披猖。坎壈經生節，嶔崎義士坊。霆威旋埽孽，泰運復徵祥。完行人争識，更生志未償。爲開新面目，徐理舊縑緗。楫向滄江擊，鞭隨上駟驤。璞呈仍見刖，珠吐又云藏。勉作三河宰，言規百里疆。祇因承甸服，首事戢豪强。巨姓當車詰，羣妖照鏡亡。短衣躬矻矻，敧鐙策荒荒。賣劍欣牽犢，拔荆愛課桑。生徒重鼓篋，俎豆再興黌。塵積洵厨甑，壺盈洳陌漿。勤恩邁新息，介潔越姑臧。日下翔鸞異，雷封卧虎昂。宸遊過花縣，天聽到琴堂。嘉賚朱提燦，温綸青史揚。載起居注。情知此漢鯁，目覩爾民康。屢黜憐强項，頻留表石腸。遂招威鳳侶，直上翠梧崗。凡屬回天力，胥資給事章。繪圖恤鳩鵠，捧簡斥豺狼。排閶朝暉紫，叩扉夕月黄。氣虹睚半裂，鬚戟膽全張。痛切單寒地，糾鼇貢舉場。欲攀天上桂，須凜殿中薑。都肄三千士，分司十八房。丹忱披旦旦，白水誓蒼蒼。鑑澈斯文炳，衡平鉅典煌。掄材方藉手，對仗又鳴吭。好盡人滋忌，矜全帝屢傷。激揚况有素，屏障亦何妨。火爇千言草，風輕半擔裝。馳驅洪澤畔，繾綣黼扆旁。粟恥監侯貸，籌殷瓠子防。清標同砥柱，逸響答滄浪。日旰咨當宁，宵勤問未央。追思汲黯戇，還拜魏徵昌。嬴騎稽荒驛，孤帆逗野塘。帽攜黃緻匣，筆載皂餘囊。延路翹丰采，盈廷負刺芒。九重眷故態，四海竚新鋩。對鎖思沉毅，趨班貌肅莊。不鳴非故默，將發正回翔。忽被皇華使，暫辭衮職勳。黔黎叢犵狫，獠穴蔽箐篁。化雨雖需夏，蠻烟尚染牂。祥刑需軫恤，弼教藉張皇。特展雲端鶚，深滋井野稂。褰帷颷肅肅，建旐露瀼瀼。共賀龍番順，奚愁鶴馹長。石屏供翡翠，銅鼓當笙簧。洞被粗而煖，味泉潔且芳。花穠秋憲署，草茂臬圜墻。經緯殊難罄，張弛詎可量。計公卅載績，繄予寸衷詳。出入孤拳豎，安危一面當。號愚原秉直，軀懦寔操剛。矢願憑前哲，齋心借梵王。山無無不有，巖耐耐偏忙。涼踽皆奇槩，崢嶸卻大方。在朝專指軼，于野徧歌棠。猶憶同徵輩，相看頗濟蹌。連翩接鴛鷺，轉瞬感參商。謂特取諸君子。再起多零落，偕來少頡頏。謂再召諸君子。木喬支大厦，果碩貯珍筐。老氣胸橫甲，訏謨腹滿倉。克忠緣克孝，之紀復之綱。豈止科名瑞，洵餘家國慶。不才慚和汝，古道幸須卬。淮浦曾虛訪，燕臺喜並將。步趨規孔孟，賡拜贊虞唐。花徑開樽話，鑾坡攜手行。日南君自去，冀北我誰相。行矣前途壯，遐哉別緒茫。一甌聊潄沁，百韻愧鏗鏘。佇聽崇屏翰，尋瞻巘廟廊。

送王少詹薛澱扈蹕南巡

一番雨露又春陽，江草江花輦路香。妙選蓬山紛珥筆，子淵金碧最輝煌。

其　二

五雲遥望接雲間，靄靄鄉山附鳳還。漫憶秋風鱸作鱠，春鮮何似大庖頒。

其　三

十丈穹碑御墨高，蘭亭勝處正風騷。永和修禊君家事，今日宸遊算獨叨。

其　四

季宣温室伯螭坳，相送青門看柳稍。囑向松楸澆一杓，承恩應許及菁茅。

其　五

我亦江鄉羡屬車，讓君行秘獨呈書。詩筒一路應頻寄，聊慰蹣跚嘆索居。

贈于繩菴按察兩浙

三晉高門世德揚，使君歇歷姓名香。離離聾草留春色，肅肅烏臺迓曉光。舊雨尚思江左近，清風今被海東長。舉頭迢遞鄉關遠，聊劈蠻箋藉鯉將。

送劉黄門喬南觀察贛南

人中屈軼是耶非，嶽嶽丰稜震九畿。衹爲剛腸留白簡，原無闕事戀黄扉。月明左省梧陰寂，風送西江鳳翽飛。到處經綸知不負，鬱孤臺畔望依依。

懷林遂菴湖廣提督

澄江風月喜相鄰，猶憶公餘笑語親。緩帶自紆儒將度，清尊長挹殿元春。林本武狀元。節旄閫望荆門重，樓櫓軍容漢水新。此去郢中饒白雪，可能時寄日邊人。

送鄭喬柱還鎮重慶

天瑞方開五色雲，于今人瑞孰如君。帶裘原是宏儒度，壁壘森于細柳軍。宸語直令三峽震，褒恩還使九原聞。明末母姊殉節。德門世表西涼外，豈止躬高麟閣勳。

送虞臣姪任祝阿

祝阿風物茂東齊，大尹登車錦障泥。紅雨青旗迎紫燕，緑莎朱勒引黄鸝。蒲新問柘方登繭，梅熟提壺又勸犁。竚看治平徵第一，神駒千里耀雲蹄。

送柯□□任襄陽司馬

使君齊魯徧歌棠，西楚于今旆遠揚。花簇大堤明似錦，鳥啼清渚韻如簧。舉鞭不向高陽醉，摹碣還尋武庫藏。況遇次公同治郡，郡守黄世兄。褒綸媲美到樊襄。

送陳堯凱任蜀令

涪翁溪路靄陰陰，太史風流閲古今。黼黻豈誇嫻製錦，賡颺且喜暇鳴琴。霞飛棘道迎仙舄，花滿巴鄉聽漢禽。把酒臨岐還贈語，好將廟器慰家箴。

送毛銓部守廣西

孝先典選重巖廊，題柱仙郎又辦裝。一萬里開蠻篠黑，二千石耀漢銀黄。前旌早柳迎春色，後乘飛花送遠香。轉盼南荒推治行，鋒車計日聽鸞鏘。

賀陳旭老任萊府司馬

端佐由來待偉才，況當强仕謁蓬萊。題輿豈在陳蕃後，展驥還須龐統來。馴鶴預從霞外舉，清尊喜向日邊開。江州司馬猶傳頌，肯讓風流古郡臺。

題李約齋先生遺照

不玩琴書不把筆，舉頭但向白雲看。姿如仙客翹翹立，節比蒼官矯矯蟠。光霽自隨風月淡，安閒恰趂幘衫寬。哲人誰道于今遠，一覿前型一整冠。

題張慕亭少司馬小照

蒼爾官，仙爾客。芝爾函，綺爾石。婆娑何翛然，滿懷春拍拍。三江浴日紅，九峰插雲碧。指揮直欲彌穹壤，嘯傲不妨寄山澤。

送熊蔚懷司空榮旋

卅載勳名重九閽，可勝繾綣荷綸溫。東山再起功彌劭，北闕重辭道益尊。自有芝蘭香出谷，更饒桃李瑞盈門。履聲雖遠儀型在，萬頃西江沐賜存。

輓朱母李太恭人

投簪將母正依依，忽訝陶家白鶴飛。卅載冰霜心獨苦，兩朝翟茀報還微。曾貽閫範型南服，又奉慈恩式帝畿。此日瑶池遊不返，好憑金石記音徽。

題羅少宗伯御賜清慎勤額

卓哉羅公當代賢，公忠報國紹家傳。馳驅中外四十年，冰蘗何曾名一錢。惴惴小心如臨淵，夙夜在公敢息肩。清矣慎矣又勤焉，人或偏歟公獨全。六曹偏歷大都然，三載秩宗更倍前。宸衷久已注懃惓，爰焕奎章題榜璇。璇榜題來錫自天，三字直如三光懸。縱横八法蔚雲烟，旋疑鳳翥與鸞騫。又似大海廻百川，氣象輝煌盈萬千。帝心豈徒誇如椽，仰瞻實以勗官聯。勗哉官聯孰不虔，心獨服膺倍拳拳。什襲珍之不待鐫，夕惕若兮終日乾。乾乾終日佩斯言，奕葉公忠奕葉綿。

輓李門韓貞女

生前空指合歡春，連理除非一夜新。仙李根株終得托，比肩壠表比肩人。

其　二

韓閨舊節炳投臺，烈烈貞心似再來。剩有鴛鴦鳴太苦，可無烏鵲曲增哀。

袁母節孝

湘江竹淚幾千春，剩有空明月一輪。照得貞心同皓魄，當年莫問縞衣人。

其　二

裂鼻何心自療疴，哺姑飼子苦心多。慈恩自足馴虓虎，靈藥分明付素娥。

送同年周弘濟刑垣假旋

花縣移根植上林，行踪磊落聽升沉。青蒲映水傳家節，年伯諫垣有聲。白簡凌霜報國心。匡濟滿懷難罄筆，憂虞觸目勉抽簪。臨岐脈脈情何限，我亦春風到海涔。

送桐城相國予告南旋四十韻

聖代崇儒懋，元臣應運昌。三台弘燮理，一德慶明良。風度誰能似，霞標孰與頏。禎符鍾皖國，間氣毓樅陽。列戟門楣峻，鳴珂世澤長。腹松曾肇瑞，掌嶽復呈祥。早擅聖童譽，羣推大雅坊。掞天華藻贍，夾日彩雲翔。拜獻趨金闕，委蛇步玉堂。直廬依紫籞，賜第近紅墻。顧問承恩渥，陪游屬草忙。雲霞蒸寶墨，袍袖帶天香。班管珊瑚架，書籤玳瑁裝。精誠通黼座，直亮翊儲皇。啟沃千秋鑑，丹鉛四庫緗。遂懸雙彩綬，兼佩幾銀章。閬苑陶羣彥，容臺飭大綱。人倫收俊顧，月旦品班揚。卞璞荆山剖，春林玉筍昂。絲綸資補闕，霖雨沛窮荒。保泰訏謨密，旋乾化理彰。植躬惟鄒魯，致主在虞唐。楓陛春常藹，蘭階秋更芳。禁庭成世業，中秘似家藏。鳳詔開棠蕚，鸞坡綴雁行。文咸推小許，品實駕諸王。坐處屏風隔，朝回彩袖颺。恩榮人罕儷，止足意寧忘。屢疏抒臣悃，完名辭帝閶。優游韋相宅，瀟洒晉公莊。船已移書畫，途方凜雪霜。温綸留獻歲，賜帑辦行粻。鰲禁奎章錫，龍樓睿藻揚。千官榮祖道，萬卷煥歸囊。驛路梅疎白，春江柳嫩黄。烟霞近赤舄，興會寄滄浪。放鶴游蓬島，紉蘭作佩纕。恍同仙辟穀，豈但錦還鄉。自悵傳經遠，偏慇翹首望。學山欽泰岱，觀海愧汙潢。提命情何極，規模志未遑。坐風殊戀戀，立雪正茫茫。料返浮山畔，難忘黻扆旁。安車重入覲，百歲贊垂裳。

送鄭肇修前輩假旋

晚踏西清二十年，簡書並日指江天。龍門相望三秋憶，鳳闕同還兩意憐。塵染霜絲慚後步，風高雪騎羡先鞭。從今長嘯金崎畔，莫爲徵車別釣船。

祈穀齋宿翰苑次王薛澱韻

塵纓雪髩笑粗官，回到蓬瀛興轉闌。忽報春風祈穡事，聊隨舊雨揖詞壇。亭新鳳沼人偏老，衣謝貂裝夜倍寒。幸藉雲間賦句好，争看錦字羨鷟鸞。

其　二

春宵戒宿應祠官，話未三更月已闌。玉食尚煩齋紫禁，素餐敢忘事青壇。漏傳宫樹迎風咽，燈映書窗帶雪寒。回憶十年多聚散，獨君翔步駕虬鸞。

次盧素公歲暮雜感韻

寒窗忽報一箋貽，撚斷衰髯和轉遲。眼底妍媸憑俗鑑，胸中冷暖問誰知。風飄塵鬢還曩日，雪點辛盤又一時。且喜閉門無剥啄，擁爐閑誦劍南詩。

其　二

雪飛午夜聽鐘鳴，十載冰銜五易名。幾夢峽東渾似蜀，卻望江左又如并。踈狂畏識公卿面，貧病微窺僕隸情。自笑衰慵還自問，頻年出處竟何成。

其　三

漫隨傀儡日登場，送得窮時窮又將。客久漸嫌歸夢短，官閑偏苦和詩忙。身留小病何妨樂，家報粗安便是祥。轉盻五湖春色好，扁舟烟雨肯招卬。

其　四

孤懷千載孰吾師，帶索高吟憶啟期。虎觀徒慙窺蠹簡，龍樓漫詡擁皋比。青雲萬態憑時羨，白雪雙肩暗自嗤。衮衮俗塵多不問，閑尋冷句和相知。

其　五

塵染霜絲十五年，家園偷覰兩回便。風吹花萼當樓笑，酒泥樵篢對榻眠。歲月幾何成往事，烟霞猶自憶高賢。春來不用多商畧，重指江鄉一棹前。

又　叠

何處椒盤肯我貽，流光空餞意遲遲。臘殘炮竹聲争報，春動盆梅花暗知。簷雪寒侵夜柝後，家山夢斷曉鐘時。支離倦枕愁無賴，聊續新題一首詩。

其　二

雪打寒窗風急鳴，朝衫忙挂去投名。雙丸冉冉三冬逼，百歲茫茫一夕并。碁興漫消濃逸興，詩情徒苦礙閑情。挑燈且看歸來賦，幾見思歸歸不成。

其　三

百年三萬六千場，五衮空踰六衮將。有意揮鋤便似矯，無心運甓亦何忙。逢人懶説休官好，獻歲憎聽得夢祥。一卷黄庭浮一白，敢云人醉醒偏卬。

其　四

曾懸絳幄愧經師，索寞言旋又一期。每到歲除争覓句，卻逢韻險最嫌比。途窮牛馬隨人唤，迹混魚龍任俗嗤。不惠不夷誰復似，行藏自有寸心知。

其　五

霜侵旅鬢又殘年，何日投閑得自便。幾處雪堆高士卧，誰家花擁醉人眠。風流老去慙時輩，月旦傳來愧昔賢。幸藉故人新句好，羈愁聊復慰樽前。

又叠前韻併贈素公

侯門懶把姓名貽，偏戀寒齋慰暮遲。十里梓桑三世好，半窗風雨兩心知。白雲望斷山窮處，黃絹吟殘漏咽時。終歲依依話不盡，挑燈閑賦五章詩。

其　二

老驥何須伏櫪鳴，名高轉恐欲逃名。南金北箭才誰比，後駱前楊氣獨并。三載風塵同餞歲，千章冰雪自怡情。最憐老去詩腸瘦，欲和陽春愧未成。

其　三

束髮才雄詞賦場，新鉶奕奕識干將。九天下詔需才切，三館徵書將伯忙。花簇筆頭何待夢，松生腹裏早呈祥。只愁瞬息雲霄去，不肯窮窗一伴卬。

其　四

淵源家學勝名師，詩體趨庭早自期。道合千秋皆我友，神交四海總鄰比。驊騮未遇空羣顧，鴻鵠何嫌小鳥嗤。流水高山聊自賞，孤懷肯易受人知。

其　五

儒雅風流羨少年，五經貯腹早便便。興來潑墨歌還舞，客到啣盃醉欲眠。風月每談今夕好，圖書常較古人賢。翛然丰格誰相似，品第寧徒在駱前。

送張侍御歸里

孤忠原不問升沉，正氣稜稜自古今。但使黄扉傳諫草，何妨青海解朝簪。一鳴終落憑城胆，三黜難忘報國心。試看從來抗疏者，歸田還是主恩深。

踏燈詞

萬樹銀花百丈臺，輝煌東閣徹三台。餘輝肯借寒窗照，免使偷光映雪堆。

其　二

簫鼓聲聲沸九天，雕鞍玉勒擁嬋娟。六街火樹千門映，不信窮簷有斷烟。

其　三

從來燈事羡長安，況屬昇平萬户歡。莫怪貧兒不解事，笙歌叢裏叫饑寒。

其　四

百道紅光列隊過，濃粧醉舞鬧秧歌。太平真屬豐年象，誰説江南水旱多。

走馬燈

一座江山錦繡懸，脂膏費盡起烽烟。看來終少擒王日，何苦輪蹄徹夜旋。

龍　燈

赤龍十丈氣吞天，鱗爪横空匝地旋。可惜肝腸俱是火，不興雲雨只興烟。

老人燈

龐顔皓首古衣冠，揖讓逢人真一般。仔細看來假不得，鬚眉雖具少心肝。

滚　燈

滚圓隨地巧玲瓏，線索如神觸手通。一點丹忱轉眼没，滿場鬧熱究空空。

花朝集同門劉禹美潭西草堂 即以潭西爲韻

梁園落日印澄潭，攜手天涯快盍簪。人集竹林還倍七，夜圓桂魄尚遲三。一灣春水冰全結，幾樹新枝雪半含。可惜花朝花寂寂，繁花如海憶江南。

其二

門巷蕭然俯曲溪，市朝恍似野人棲。縱無花鳥乘時賞，頗有烟霞供客題。丹闕雲籠苔徑北，青山樹隱草堂西。壺觴嘯咏真無負，獨負春田雨一犁。

清明集同年孫樹峰墨雲堂用少陵二首原韻

奎光映日薄雲烟，寶墨高懸書畫船。幾度新春逢令節，恰邀舊雨話前緣。碁枰獨霸頻遭妬，酒户偏低不受憐。醉捲簷簾招燕語，戲尋盆石看花然。整筵重罄盃中釀，歸路遥飛陌上錢。忽憶故園春露冷，松楸悵望竟年年。

其二

廿載清明别海東，眼昏漸似許丞聾。幸逢好友花間滿，敢負佳辰杯底空。禁裹新烟時乍異，天涯舊侶興還同。青鞋漫踏春郊草，白髩慵瞻漢殿楓。萬事逍遥隨物外，百年牢落付壺中。人生良會真能幾，得失何勞問塞翁。

送倪灝文秀才南還

牢落儒冠二十年，才名纔向帝京傳。匆匆便挂春帆去，握手叮嚀倍黯然。

其二

篝燈夜話兩經年，一棹春風漾柳烟。轉眼三秋騫六翮，鳳城重看杏花天。

又仿堯夫二首

多病都緣倚少年，少年多病恰欣然。長留小病珍年少，便是年年無病仙。

其二

少年我亦病多年，多病餘年付汝賢。領取病中真受用，一燈不負老夫傳。

春暮小集即送同年余念劬歸養得歡字

花疎鶯老悵春闌，樽酒聊尋舊侶歡。塞雁忽來欣接翼，驪駒又唱送歸鞍。九閽戀戀辭何易，三日呱呱別更難。時念劬得子三日，不顧而行。總爲白雲迴望切，鑑湖非敢擲長安。

題曹孝廉希文歸里圖

才名熠熠滿長安，衰病時邀笑語懽。忽對離亭千萬縷，不須攀折已愁看。青郊折柳。

三條五劇萬聲歡，侵曉撩人到漏殘。倏聽枝頭微一囀，始知身已度桑乾。野店聞鶯。

夢想家園春色闌，朱櫻緑笋燦盈盤。恨君歸去先嘗好，不肯遲余共飽餐。故園櫻笋。

冬日汪東川前輩招同學顧在衡湯西崖陳廷益雅集

束髮争壇坫，風霜兩鬢餘。交情窮愈好，故態老難除。會以論詩密，儀緣縱酒疎。天涯知己在，何必愛吾廬。

其　二

夢結枌榆侣，招尋恰歲餘。病愁癡興減，閑喜俗氛除。匣底青萍合，燈前白髪疎。高吟今夕倡，取次到蝸廬。

冬至前一日再集同學顧在衡寓中

十日便相憶，招攜續舊歡。興長嫌晷短，語熟忘宵寒。月引鄉心遠，燈欺老眼殘。擁爐候子半，翹首望圜壇。時請假不獲陪祀。

其　二

多病閑無賴，罇開此日歡。風輕吹律暖，霜重射窗寒。擊鉢聲愁促，彈碁局喜殘。數奇還一笑，年少盡登壇。

和伯勤姪向周蓉湖先生索衣原韻

天街誰説錦貂叢，多少鶉衣趂日紅。剩有殘繒堪百結，漫呼冰署訴淒風。

其　二

推解于今事已希，逢人何必賦無衣。一寒縱使真淒絶，雪裏高眠未覺非。

其　三

殘書數卷對甖缸，客夜霜鐘莫厭撞。癡叔縱無温飽術，阿咸何至凍芸窗。

其　四

青青松栢耐霜寒，肯畏程門雪正漫。若爲綈袍因獻句，恐令竟作布衣觀。

和周蓉湖前輩惠伯勤姪繭紬原韻

絳帷高揭萬花叢，争掇龍門一葉紅。十載緇衣今更切，單寒猶自坐春風。

其　二

爨桐柯竹久知希，況復東濱一布衣。忽散五紽酬國士，轉憐國士是還非。

其　三

君山我亦倒春缸，高會生徒金石撞。此日愁支珠桂裏，幾能衣被到寒窗。

其　四

心冰面鐵激孤寒，撥盡青霄雲霧漫。攜得一縑還解贈，素絲莫作繭絲觀。

贈太僕吴匪菴超擢副憲

臚傳早奏五雲翔，珥筆頻叨天語揚。忽借仙班承冏命，特咨鼎望肅臺綱。朝聞鵷鷺彈冠躍，夕訝豺狼戢影藏。從此建牙方岳外，憐君空憶鳳池傍。

吴匪菴王椉齋同日任臺長

羣傳執法亞三台，柱下封章見幾回。忽羨髯公剛獨坐，時王阮亭爲總憲。又逢宏伯恰齊來。亦曾珥筆參藜閣，竟自彈冠領栢臺。總是聖朝無闕補，風流依舊似鄒枚。

和查秀才六階韻

幾畝桑麻幾樹枌，幽棲長恐外人聞。揮鋤睥睨千金芥，振筆疏排八代文。偶别海東聊玩世，非來冀北欲空羣。一樽相見嗟何晚，快領秋風塵屑紛。

和查秀才長源韻

卅載臨雲讓一頭，鳳毛今已擅風流。相看芝宇温如玉，那怕金飈冷似鎪。往事滄桑難再憶，新詩霞錦又誰酬。從今晨夕還憑數，好慰冰銜摇落秋。

季秋集周廣菴寓分咏秋蘆

楓紅菊紫鬭詩新，拈得蘆花别有神。長傍滄浪非泛梗，偶依沙塞肯污塵。風來摇曳招漁父，月上蕭疎引雁賓。莫謂此中秋色冷，蒼蒼露白溯伊人。

其二

疎疎戞戞復叢叢，圖畫寒江恐未工。曾伴芙蓉消寂寞，還疑篠蕩颸溟濛。雖然早白頭如雪，卻自留青骨可風。獨笑軟塵無用處，葦杭何日五湖東。

戲爲僉都王槼齋分咏秋蛩

霜威凛冽孰回天，嘖嘖嚴宵口不緘。莫笑小蟲偏瑣屑，秋聲卻自勝寒蟬。

王薛瀫招集同人僕病不赴聞席間忽失一爐大索詩以嘲之

良朋高會正歡呼，簾外驚喧大索爐。可是座間荀令少，香烟無主暗中逋。

分咏墐户

經歲門常閉，非關氣候寒。病懷疎節易，老態入時難。短景盃中遣，浮雲物外觀。穴居疑便是，那曉客長安。

送杜遇徐宗伯縈旋

當途勇退半吾鄉，黄史彭嚴及陸楊。晉獨魏公善出處，齊惟馮老識行藏。江淮南北懸車少，楚粤東西結綬忙。忽聽履聲歸去好，鴛湖芳躅又相望。

其　二

兩朝鼎望獨擎天，手佐昇平四十年。密掌絲綸勤啟沃，高持衡鑑肅陶甄。平成績奏刑書措，撻伐功崇禮教宣。多少勳名垂史册，中流一棹更誰前。

其　三

光芒萬丈仰雄文，武庫胸羅弼帝勳。瀕海桑麻千載蹟，沿溪桃李百年芬。温綸氣接丹霄靄，睿藻光摇緑野雲。卓犖高踪誰得似，蒼生只恐望還殷。

其　四

家園壤接一湖濱，廿載鑾坡辱後塵。舊釀每傾邀月夜，新詩長讀灌花晨。賓盈蓮幕鄉心合，秀挺蘭堦道氣親。惆悵行旌情脉脉，春江肯待共垂綸。

送周廣菴洗馬假旋分得真韻

曾謝朝簪理釣緡，東山重起應蒲輪。經横鶴禁官還舊，筆珥螭坳眷更新。三晉雄文融大冶，九霄睿藻和陽春。從容正慰蒼生望，忽憶秋風又採蓴。

其二

吳門寒漏接歸塵，簪盍京華誼倍親。酩會每尋邀月夜，詩盟長訂灌花晨。一堂意氣雄千古，半載悲歡剩十人。欲唱驪歌情脈脈，春風好待五湖濱。

送徐華隱前輩假旋次韻

幽懷長傍釣魚磯，鳳閣螭坳亦暫依。金闕未成辭曼倩，青山先卜乞元暉。六年密勿千秋炳，萬卷輕裝一葉歸。多少絲綸參碩畫，忠勤報稱莫嫌微。

其二

何妨鶴髮繫朝簪，孝穆丰標重禁林。玉佩晨趨三殿曙，金鈴夜掣五雲深。功參丙魏司丹筆，學富班揚羨錦心。蕙帶荷衣歸去路，秋江一望影沉沉。

其三

行秘書堪飫主恩，鴻才莫不媿金門。文瀾壯闊踰潘陸，詩格清高鄙李温。自哂庸虛難接武，長將今古快同論。暮雲春樹從相憶，林下分甘抱弱孫。

其　四

雲亭昔被鳳書徵，異數年年去未能。北闕馳驅今已暇，東山登歷老還勝。辭榮高致韋元宰，賦別深情杜少陵。幸托枌榆趨步久，深知出處是師承。

其　五

昌時薄海盡同書，端藉儒英領石渠。銀闕金宮簪筆暇，珠江銅柱采風餘。文章方作凌雲鳳，游泳俄追縱壑魚。廣受高踪今漸杳，欣看芳躅豈難如。

其　六

趨隨藜閣快多年，忽聽驪歌倍黯然。鳳闕更誰工雨賦，鴛湖竟自種雲田。非關白眼攖時忌，實爲青山戀我緣。此日都亭争羡望，秋風明月米家船。

其　七

拜命啣恩别紫宸，林泉風味舊翻新。隴分紅稻花迎午，池蔭青桐露滴晨。纓紱乍辭身便適，縹緗重拂夢逾親。從今縱有蒲輪促，何似丘園養谷神。

其八

遲遲去國倚斜陽，敢惜田蕪徑又荒。廿載春明成底事，一灣秋水憶何方。宸章寵耀平泉野，睿藻光摇載月航。只恐蒼生勞夢想，未容高枕傲羲皇。

贈邵少宗伯

十載蹒坳步後塵，平章風月倍相親。經横泮壁千秋範，祭酒。筆贊綸扉萬國春。閣學。幸到容臺尋舊雨，恍追閬苑飲新醇。如公意氣真無幾，許邵原來是一人。

次阮于岳齋頭並蒂蘭原韻

冰署風清入夏涼，隔垣遥挹玉池香。一枝已羨盈堦秀，並蒂還驚絶世芳。氣襲雙鬟薰佩玉，影摇連理拂匡床。生來早結同心契，臭味重叨鄰壁光。

其二

頻敲佳句譜伊涼，賦得幽姿笑語香。楚畹春秋誇獨茂，謝庭伯仲喜聯芳。紫莖互映珊瑚架，緑蕊雙摇翡翠床。莫漫援琴傷寂寞，奇芬早晚奏明光。時于岳偶被謫。

送魯留耕司業假旋

瀾倒中流孰砥狂，豫章今復挺歐陽。三年壁沼千秋澤，一棹江湖兩鬢霜。驛路凋楓彌望紫，家園叢菊竚看黃。從今高臥東巖好，只恐蒲輪又速裝。

和張樸園前輩榮旋原韻

曲江高躅邈誰攀，洛下耆英又一班。赤手障川還北闕，黑頭抒草乞東山。艱難百折敢言瘁，著述千秋未許閑。纔到家園新句滿，塵羈不覺愧癡頑。

其二

八代衰文手獨刪，鴻裁争羨管城斑。丹書黼黻垂黃閣，白髮風騷戀碧山。砌繞芝蘭和菊淡，蹊盈桃李伴桑閑。從今高臥漳濱穩，肯爲蒲輪又出關。

哭同學張繩其

海内人豪第一流，鄴侯仿佛亦留侯。六經手訂三才貫，四庫胸羅百代蒐。銘受東西扶聖學，譜傳忠孝翼王猷。豈知中道悲淪落，底事茫茫孰與儔。

其　二

張許雙祠峙海門，風流今日幾人存。生同歲月天相契，跡異行藏道並尊。三世絲蘿逾骨肉，六旬肝膽共晨昏。哲人云萎將安倣，枯頰衰頤淚滿痕。

賀張運青先生撫浙

琴聲鶴影結行藏，正氣巖巖肅廟廊。佐國曾持三尺法，告天不愧一爐香。平生所學原難負，天下何人可或忘。吳越萬家先得歲，還將一德報君王。

其　二

旌節纔臨樂不支，圖書數卷聖明知。劉公尚有錢堪受，胡質還無絹可遺。月霽風光宵閉閣，霜清電紫晝褰帷。西湖湖水澄于鏡，正是臣心坐照時。

其　三

楚鄭何曾見易民，爲寬爲猛總洪鈞。湖山到處都真學，徑竇無緣少雜賓。京洛故人愁問道，桑麻佳氣樂更新。莫言過化無奇績，絶塞曾欽第一人。

其　四

半生名行重儒林，寧静渾忘歲月深。温飽原非平日志，孤高大有歲寒心。六橋碧浪添新潤，萬里丹山送好音。常笑于公托邑子，太虚何處着輕陰。

和卞令芝臬司轉陞浙藩

數卷圖書入載輕，萬民歌笑又逢迎。趨蹌廊廟詩還就，嘯傲湖山政已成。乍見清霜飛玉節，旋看膏雨潤霓旌。蠲租封事心原切，更喜恩綸出鳳城。

其　二

大宋何如小宋賢，雲津龍躍總無前。識韓不隔同年面，借寇欣逢此日緣。萬里桑麻沾舊雨，六橋花柳籠新烟。曾聞計相旋黄閣，會見鋒車下日邊。

送王體仁任桃源

茂宰經綸到處佳，錦帆此去又清淮。西江峻節真如水，東海仁風倍滿懷。鸞彩翩翩隨皁廨，皛雲點點護喬衙。君家臥閣依然在，好向棠陰聽政諧。

贈廖樾阡不染菴五首

心遠從知地亦偏，閉門端喜日如年。山窗無事看周易，消盡薰爐幾縷烟。

其　二

春水羣鷗繞舍南，忘機整日對書龕。裁詩休羨雲菴集，麗句争傳不染菴。

其　三

小池經雨長菱絲，每向花間覓路岐。獨撫孤松成徙倚，箇中幽意少人知。

其　四

鳥集空庭早散衙，書籤藥裹任横斜。要知廉吏心如許，看取方塘菡萏花。

其　五

簷外黄花照眼青，仙人樓閣總飄零。他年鄴下推名勝，韻事應歸吏隱亭。

校勘記

〔一〕原衍一字「岧」。

德星堂詩集卷三

海寧許汝霖時菴著

河干集

癸未除夕

拜舞楓宸二十年，温綸靄靄荷恩偏。明朝萬國朝元會，獨愧孤臣遠日邊。

其　二

髫齡久廢蓼莪篇，荆樹凋零花半鮮。遥憶萼樓椒酒後，還思予季早朝天。

其　三

悼亡歸櫬路三千，京邸青娥别袂牽。迴想團圞猶昨日，今宵幾處泣殘年。

其　四

麻衣一子甫南旋，弱息西陵痛九泉。剩有幼珠揮淚别，窮途此夕竟誰憐。

保陽喜晤張昆貽查求雯

共屬枌榆侶，年來中外分。若非膺異數，安得聚同羣。乍晤真疑夢，高談戚轉欣。遲遲重惜别，攜手望鄉雲。

過高陽

髫年競説系高陽，那識高陽世系長。今日偶從封域過，始知此地是家鄉。

喜晤李幼祥

憶窺東閣似登瀛，抱膝郎君大有聲。曾向冰清誇衛玠，還隨玉筍羡玄成。苔蕪緑野遺三徑，燈續青箱勝百城。十載炎涼休復問，竚看刷羽早飛鳴。

贈高陽令陳木公

風流奕奕鳳池濱，我亦先揚逐後塵。今日泥塗重握手，玉堂遥想幾時春。

其二

同是登瀛客，偏爲失路人。青雲君百里，白髮我千緡。漫醉高陽酒，休迷上苑津。升沈原有定，攜手問河濱。

抵任丘

保陽西往復東游，重到阿陵漫展眸。南望家山歸不得，北瞻帝闕去何由。月窺野店雞聲亂，風射孤衾蝶夢悠。勉策孱軀還盡瘁，國恩未報敢身謀。

抵大城

征途僕僕向河濱，蕞爾居然號大城。百堵垣墻六七圮，十家隴畝二三耕。風高夜静鼋鼉吼，日冷朝淒鳩鵲鳴。幸賴皇恩周蔀屋，村燈也自閙新正。

上元抵子牙河

端居終日志澄清，攬轡河干快此行。萬里奔騰趨一綫，五年宵旰障千泓。疎慵敢詡隨刊績，衰老偏深饑溺情。願藉上元香半炷，安瀾早奏鑒微誠。

廣福樓讀御製恭和

不誇纜錦與檣牙，玉趾親勞蓬户家。風擁龍舟飛水澱，雲籠鳳幄駐平沙。豐亨澤國登稌黍，淡泊天厨供菜蝦。從此堯封皆沃壤，恩膏頻沛豈還賒。

其　二

宵旰經年奠子牙，天章燿燦萬民家。千條横潦歸青海，數仞穹碑鎮碧沙。敷土共欣多黍稷，安瀾漸喜少魚蝦。微臣幸際成平日，欲報涓埃愧尚賒。

王家口讀御製恭和

九重勞省閲，三輔奏平成。睿慮同天運，宸章燦日明。黍禾沾帝澤，魚鳥悦皇情。拜舞穹碑下，年年慶鑿耕。

其　二

聖慮勤民切，神功喜告成。霓旌楊鷁燦，鳳藻耀奎明。實廑憂勞隱，非誇遊豫情。汾歌與鎬咏，何似省春耕。

過河間

憶昔公車到武垣，雲霄指日夢乘軒。今朝忽望重經地，腸斷南輪與北轅。

文安大風

甫別文安境，風來萬丈囂。聲狂驚地裂，氣橫逼天號。策馬前還卻，揚旌去轉撓。殘軀勉努力，豈敢畏賢勞。

答河臺張運青前輩

宦拙存吾道，時艱仗素心。相於期磊落，原不問升沈。淮浦憐同調，燕山慰遠音。衰頹還自策，豈敢負微忱。

白洋淀

茫茫遥望裏，云是白洋涔。有影天疑接，無邊地覺沉。孤帆飛鳥狎，緩櫂夕陽侵。何處堪依泊，羈愁一片陰。

保陽喜李恕谷至

塵羈好閉户，倒屣揖高風。河道窮三策，音書辨六同。傳經言亹亹，論世話匆匆。相對難相别，踟躕城闕東。

夜　雪

飛雪洒空庭，淒其愁裏聽。一宵鬚並白，幾日眼誰青。柝警鄉思斷，衾寒酒意醒。何時重見晛，矯首望冥冥。

聞同年王薛澱擢少宗伯

喜聽容臺信，冠雖敝亦彈。友朋甘避席，兄弟羨同官。故轍憑君鑒，新型待我看。皇猷潤色暇，曾念老河干。

喜查洵安東州至

剥啄冰衙少，欣逢二妙來。十年驚一晤，五日喜重陪。對奕醒時局，談詩醉旅杯。遲遲今夜别，肯復憶蒿萊。

對　弈

閑閑無個事，藉手一談碁。花嫩午風暖，燈殘夜雨遲。局新人競羡，計拙我偏宜。勝負何須較，長安異昔時。

送朝近侯開藩三晉

握別春郊曾幾時，新恩又向晉陽馳。五年疏瀹棠陰蔽，千里旬宣黍雨滋。麗日柳迎旌節燦，和風花送馬蹄遲。臨岐何事重回首，鴻鯉頻煩寄好詩。

重謁李相國第

重謁元臣第，蒼蒼古木盈。兩朝垂黼黻，四世續簪纓。故墅烏啼樹，頹垣燕語楹。年來誰復顧，瞻拜一書生。

重過任丘

碌碌征鞍難自由，酸風苦雨又任丘。東西頻往忘新節，南北交馳憶舊遊。想到百年雲過眼，重來一月雪盈頭。閉門不敢窺行客，恐有親知笑敝裘。

任丘道中遇東撫王東侯還朝

建牙東海客三千，兩袖風輕雪鬢旋。旅次相逢俱索寞，團圞還羨似登仙。

喜晤何子厚覺羅

頻年逢俗侶，觸目厭塵氛。偶爾遐相逅，翛然迥不羣。茅簷勝百堵，彩筆掃千軍。相見何嗟晚，高歌薄暮雲。

其　二

結廬村外墅，耕釣自爲隣。不羨朱門舊，偏憐白鬢新。一尊烟樹畔，千卷露花晨。握手難相別，秋風再問津。

王家口歸遇風雨

長堤方閱歷，歸棹雨漫漫。霧散初凝霰，風高漸激湍。鰲\凌千頃戲，雁度一聲寒。不涉淒其苦，安知利濟難。

大風泊子牙河

一棹大河洋，狂飈撼短檣。雲圍漫地黑，浪湧拍天黃。忠信雖堪涉，風波應早防。停橈還信宿，聊以慎行藏。

清　明

平舒郊外草芊芊，日靄風和恰禁烟。夢向紫宸分杏火，醒看青陌散榆錢。思鄉霧眼遥難望，覓句霜髯斷拍拈。何日一杯丘隴畔，團圞子姓笑衰年。

生　日

甲子重週又五年，髯霜鬢雪眼泫然。昨宵分火徒虚話，明日流觴亦漫傳。追想劬勞悲罔極，閑思班舞笑誰前。浮生看破真如夢，且學癡頑不老仙。

其　二

初度從來不耐詩，祇緣酬應苦紛如。荒郊幸少登門客，謫宦誰貽祝嘏詞。一卷殘書春寂寂，三杯村釀漏遲遲。閑來偶想今何日，始曉黄昏吾誕時。

聞同年王眉長擢銀臺

清標垂玉署，峻宇重銀臺。破格天心渥，殊榮人望推。納言通萬國，敷政兆三台。衮衮羣賢集，河濱孰溯洄。

讀葛友峰且閑亭集

十年懷舊雨，一夕讀新編。磊落胸中吐，悲歡句裏傳。黃鬚淪海角，白髮老河邊。何日重攜手，春風秋月前。

即　事

地暌三百里，情擊一千時。乍聚真疑夢，徐看喜轉悲。團圞誰骨肉，棲止尚流離。酸楚防人覺，咲談淚暗垂。

端　午

日暖河干漾午風，兒童争報節天中。青袍藉草蒲增緑，白鬢看花榴愈紅。窮巷無絲懸五色，荒郊有艾掛三叢。一杯村酒消佳節，莫憶龍舟競海東。

贈藍總戎

卅載鐘彝早勒名，河干何幸忽班荆。南澄閩海千秋績，北鎮燕山萬里城。揮麈春容扶大雅，披襟磊落罄生平。相思相見俄相别，惆悵依依望遠旌。

聞同年蔡方麓擢宫詹

憶聽臚傳漏曉終，彩雲五色見茗東。十年歸省風霜戚，半載承恩雨露豐。獻替情深依紫禁，師資望重領青宫。平生温飽原非志，佇聽龍樓啟沃崇。

遥送徐座師錦旋

東海龍門萬仞超，獨留碩果鎮飄飖。花當全盛偏先斂，樹任羣摧卻後凋。經術天教傳絶學，典型帝簡式同朝。勳名多少揚何盡，只此行藏近已寥。

其　二

雲逵衮衮忽歸田，詔起東山又十年。珥筆談經崇啟沃，乘軒糾吏肅衡銓。青宫重領親師篤，黄閣遲歸論道專。一值懸車身便退，從容舒卷總由天。

其　三

師生末俗那堪論，知己從來勝感恩。半世追隨同骨肉，多年甘苦共晨昏。豈期臘雪辭雙淚，不待秋風餞一樽。遥望歸帆情脈脈，蹣跚何日立程門。

遥送陳謝浮前輩南旋

樓高百尺海門標，公輔羣推重兩朝。纔喜三遷蒙異數，忽驚一案誤同僚。霜飛法冠秋聲颯，風送儒裝旅鬢蕭。偶向河干翹首望，歸帆還帶聖恩遥。

聞同年吴匪菴擢揔憲

仕途征逐似雲屯，偏怪孤踪兩院尊。方駭西臺何執法，刑部方議降級。那知北闕反承恩。萬邦共秉都堂憲，獨坐羣趨亞相門。此席從來不易副，糾繩須自凜晨昏。

其　二

温綸乍喜慰衡銓，太史重膺柱史權。鳳詔摛毫聲擲地，烏臺簪筆力回天。鳴鞭侍值東西可。侍朝班者掌院在東，總憲在西。揮扇趨朝冬夏便。體肥性熱，嚴寒亦用扇。雙篆一時争襍沓，河干翻自覺清漣。

聞同年魏一齋授東宮講官即擢諭德併候李東陽舍人

芸窗同看杏林紅，聯步丹墀聽漏終。自喜舞班辭紫禁，忽驚緇帙翊青宮。榮叨稽古追桓子，恩溯貽謀念鄭公。獨憶東朝曾侍幄，河濱何日復春風。

其　二

摛毫久矣共承明，鳳閣重爲玉署英。同譜廿年謙後進，殊榮半載羨先生。龍樓珥筆尊三館，鶴禁攤書勝百城。寄語崆峒好視草，争看聯袂踏西清。

贈文安黄秀才霖南

河干托跡鬢蕭蕭，山谷風流老更超。秀挺蘭蓀承桂茂，輝聯棣萼映松喬。謀貽孝悌家聲遠，慶積詩書庭訓劭。何必老泉傳此地，蘇橋今已屬黄橋。

遥哭韓慕廬先生

衰文重起似昌黎，不似昌黎數上書。臚唱南宫旋伏枕，紳垂東閣又歸廬。十行應召奎盈榜，累疏辭榮淚滿裾。無奈恩深還盡瘁，風流千載共欷歔。

其　二

憶讀鴻篇夢識荆，十年趨步共承明。聯鑣閬苑看花咲，曳履容臺聽鳥鳴。臘雪辭公詩有畫，秋風訃我淚無聲。河濱遥望難爲送，絮酒何時瀝九京。

贈静海袁儀文秀才

小築青郊隱市廛，汝南丰致自翩翩。何須寒雪山中臥，且傍春流陌上眠。揮麈春容霏玉屑，披襟慷慨湧金蓮。聊將一扇相題贈，願奉仁風紹昔賢。

送大城劉用章司鐸南皮

平舒文獻屬彭城，儒雅風流羨長卿。手註一經傳世德，胸藏四庫領時英。方瞻鳳羽凌雲逈，已覩鱣堂化雨盈。太史河邊回首望，徵書早晚佇登瀛。

贈文安魏生仲玉并寄黄生霖南

了翁白髮興翩翩，小築河干仿老泉。架滿圖書憑尚友，庭盈縞紵接名賢。蓴樓花謝根仍茂，指令兄。桂苑枝單香自綿。指令郎。寄語芳鄰山谷叟，風流勝地兩家偏。

喜恒姪孫以五經入學

弱歲羨新鍘，便便腹五經。一衿欣繼武，四庫早趨庭。棣萼雖聯秀，與煐孫同雋。芹根似獨馨。前途何限望，勿負此衫青。

哭陳幼木夫子

秣陵鍾瑞挺醇儒，一代人倫百代模。教就三吴王者佐，裁成兩浙聖人徒。南荒馴雉鯨波静，北闕乘緫虎冠驅。忽悼山頽棟竟折，斯文寂寂更誰扶。

其 二

每尋廉吏讀遺編，那見遺編若様廉。餬口郭田無半畝，賃舂臯廡有三椽。老憑轅固傳經舌，病藉文園賣賦錢。身後百般渾未備，空留清白子孫延。

其 三

絳幄睽違十五霜，鯉鴻南北日相望。豈期乘檋來三輔，忽報騎箕赴九閶。桂苑一枝誰擷秀，蘭堦雙蒂尚含香。師門蕭颯疇能憶，憔悴侯芭倍斷腸。

哭家僕楊雲

幼别鴛湖侍海濱，丹忱百折倍艱辛。一生砥節榮枯共，半世萍踪冷暖親。先意承顔逾孝子，隨機效力似純臣。誰知潦倒泥塗日，痛我窮愁殞汝身。

其　二

天道茫茫那可量，煢煢積善反餘殃。三旬父魄淒京邸，六秩孀魂咽野邙。弱弟殘軀憐薄植，幼妻孑影痛他鄉。半生辛苦誰承受，風送孤棺幾斷腸。

雄縣接駕　二月初七日

春風駘宕屬車塵，拜舞雄州謁聖人。數見霜髯無第二，不煩中使問勞臣。

趙北口扈駕　初九日

憶昨南宫玉尺懸，癸未此日總裁會試。孤帆忽傍水雲眠。身隨鳳艦千檣後，夢逐龍門百丈前。襆被擁罏風淅淅，低蓬欹枕月娟娟。萬家燈火欣相望，恍覩勳華復旦天。

其　二

霓旌綵鷁擁千官，獨照疎燈聽漏殘。豹尾雲屯宵仗肅，龍舟風湧曉波寒。九閽萬里瞻偏易，五夜丹忱寐轉難。多少冠裳欣拜舞，那堪衰病老河干。

隨看水圍 初十日

聖代韶光分外妍，宸遊三輔溯流泉。和風習習輕橈舞，靄日融融飛棹翩。萬頃烟波澄禹甸，千羣魚鳥媚堯天。春蒐遠邁先王典，扈蹕今朝榮倍前。

其　二

淑影融和萬國春，省耕畿甸畝畇畇。恩波浩蕩重臨舊，畫艇輕颺四望新。魚躍武舟御聖澤，禽隨湯網戴皇仁。昇平盛事真難遇，何幸觀光到水濱。

呈北河頌重荷恩褒 十一日

畿南匯百谷，漳滏挾滹沱。一綫奔荒淀，三支導運河。轉輸沾聖澤，灌溉沐恩波。幸睹神功奏，賡颺效九歌。

其　二

禹功先冀域，底績溯漳流。饑溺慙臣職，平成仰聖謀。川原敷五郡，畝澮奠千秋。聊述輿人頌，何當天語褒。

十五夜扈駕口占

纖纖月色映波清，倦枕支離到五更。忽傍鄉關娱骨肉，還隨京國狎簪纓。醒來孤艇迎風咽，想去愁腸逐浪驚。何日硤東歸棹穩，緑楊堤畔聽雞鳴。

其　二

鷁首紆隨一葉輕，風飄霜髩愧逢迎。低昂笑覰冠裳態，冷煖愁窺僕隸情。一卷模糊尋蝶夢，半杯潦倒聽鴻鳴。可憐多少團圞客，孤影天涯對月明。

駕閲子牙河　十九日

雨細風旋緊，重勞玉趾巡。温綸傳少海，皇太子傳旨。緩步問前濱。隨駕步行三里，細問利弊。西顧東還慮，南咨北更諄。瓜期煩屈指，何以荅高旻。

二十日辭駕 蒙問幾時任滿，回奏十月。上將手指細數，云：『只有五個月了，愈當勤慎，不可功虧一簣』

午夜扈宸遊，平明荷帝諏。兩年叨默鑒，數月厪前籌。特恐衰殘逼，徒慙涓滴酬。歸來銘聖訓，一簣敢忘否。

遥哭老友趙恒夫先生

風清琴鶴典型存，白嶽吳山鍾後昆。早歲賢書尊砥柱，荒城吏績軼盤根。含香粉署優三館，簪筆梧垣動九閽。老去寒氈聊寄跡，忽驚風雨泣橋門。

其　二

從來大隱托金門，卜築林泉傍帝閽。廣厦千間依俊彦，新詩萬首嘯乾坤。蘭芝競繞東山砌，桃李頻擕北海樽。不道風流頓歇絶，寄園松菊爲誰存。

其　三

交情末俗那堪論，古道於今爾我敦。兩世執經同骨肉，令郎、令孫皆拜門下。卅年披膈忘寒温。秋風江上愁懷結，巳午之秋，先生寄跡焦山，每月一通音問。臘雪河濱别淚吞。癸未之臘，予往河，先生含淚送別。回首當年腸欲斷，天涯何處更招魂。

喜楷姪聯捷

多年夢斷曲江濱，忽聽神駒步後塵。埋筆九原遺澤炳，倚門七秩笑顏新。弟兄奮勇争摶翮，伯叔垂衰喜積薪。更有一腔欣賞處，硜硜介節不淄磷。

遥哭王渠齋

嵩洛靈鍾百代英，茂弘峻望又誰京。梧垣視草從天禄，翰林轉科。栢府陳謨晉地卿。副憲升少司農。廟簡雄儀懷嶽瀆，風生高論肅簪纓。争看揮麈家聲懋，不道山頽梁竟傾。

其　二

杏園同醉醁醽新，衮衮雲衢逐後塵。南北忘形千載契，東西聯宇一家春。看花坐卧無晨夕，對酒歌呼孰主賓。忽聽秋風悲薤露，能禁雙淚落河濱。

其　三

氊車憶昔别金門，君亦憂讒淚暗吞。踏雪歌驪强笑語，臨風寄鯉滿啼痕。豈期家破留衰朽，翻痛身亡累子孫。回首蓀園嘯傲處，那堪風雨泣黄昏。

過青縣送匪菴都憲予告還鄉

讓卻臚傳第一人，五雲偏奏語溪濱。恩遷九列邀前席，威肅千官望後塵。玉署方驚豸繡異，金門又羡鳳毛新。書生榮遇誰堪並，何待懸車始乞身。

其　二

桂香杏艷共題名，聯褉巖廊歲幾更。冷煖從無三日隔，苦甘恍似一家并。非關兒女圖温飽，實爲天人策治平。不信迂疎廻棹晚，請看明哲掛帆輕。

其　三

春暮辭朝秋暮還，慇懃戀主畏間關。雄軀謀國容先瘦，壯軀忽瘦。讜論匡時舌漸艱。病不能語。三載别來留半夕，一灣送去隔千山。獨憐衰鬢飄蓬梗，目斷歸帆淚暗潸。

喜查夏重編修過署次韻賦送南歸

氈車遥賁子牙燸，兩夕挑燈一榻連。踏雪淚辭曾幾日，擁爐笑叙恍當年。登樓試望新堤畂，披卷重尋舊硯田。莫厭冰銜留信宿，囊空還有杖頭錢。

其　二

平舒十室九云空，疏瀹年來幸奏功。浪静桃花迎化日，陽回黍谷動薰風。敢誇乘橇稱勞吏，聊仿垂綸作釣翁。揮手羨君先我去，扁舟何日海門東。

還朝集

蘭皋鹿太常招集天壇看牡丹用李文正公壁間二韻

柳拂瑶壇一望遥，仙姿璀璨倚風摇。花疑北向依天闕，根想南來自洛橋。黄蕋霞披金五色，碧枝烟籠玉千條。獨憐勝地三年隔，前度何緣今又招。

其　二

數苞幽艶許誰尋，烟鎖苔封曲徑深。紫府錦鋪疑貝闕，丹房燦列恍瓊林。衰軀頗厭濃華態，冷眼何縈富貴心。偶對繁英聊共賞，掀髯把酒且高吟。

景峰張少宰招集豐臺看芍藥分得無字

西郊花事艷青蕪，紅白紛翻待酒徒。丞相園亭悲舊雨，天卿絲竹羨新歈。春餘還仿披裘客，高會偏摹戴笠圖。借問平泉游玩侶，疎狂有似此人無。

寄亭張庶子招飲怡園值雨次孫司成韻

憶別三年闊，相逢一笑歡。形衰鬢並白，氣壯面猶丹。遲日看花媚，高亭望野寬。忽聞聲淅瀝，着屐縱游難。

其　二

四望羣峰翠，浮空一葉舟。景從詩裏寫，人在畫中遊。日月如飛渡，風雲等逝漚。炎涼瞬息事，何必話千秋。

其　三

林密疑無路，灣深一徑通。側身行曲曲，豁眼鬱葱葱。雨細沾花潤，風高撼樹雄。羣公争捷足，緩步愧頹翁。

其　四

遊倦依花坐，雄談舌吐蓮。草書原自聖，品酒不遺賢。劇飲傾晨露，狂吟起暮烟。歸來佳句滿，醉和竟忘眠。原稿三、四句：『瀾翻先庶子，飈發續羣賢。』

抵都任少司農和孫樹峰韻

蓬瀛攜手廿年餘，晨夕高談慰索居。自抵河干違鷺序，空懷日下寄鴻書。重來幸荷雲逵闢，相對驚看雪鬢疎。落落衰翁誰復憶，吟詩那得不思渠。

其　二

孤懷磊落嘯乾坤，肝膽逢君吾道尊。一代文章推獨擅，千秋意氣賴重敦。寰中翰墨皆鴻筆，海内英髦半匠門。衰朽自憐會計拙，瑶華寵賁愧承恩。

和王少宗伯聖駕兩幸秀甲園原韻六首

巖幽徑曲水清潯，鑾輅時巡駐羽林。春入平泉饒麗景，寵承珂里焕綸音。行穿苕砌風回輦，坐挹花枝香滿襟。三載兩逢宸眷渥，感深如戴碧山岑。

其二

棠花韡韡羨深根，帝澤沾濡湛露繁。八座同懷勷黼座，三春輪直到花村。林泉不出烏衣巷，山阜還踰太傅墩。徙倚容臺虛扈從，家園偏喜叠蒙恩。

其三

茂弘峻望炳丹霄，雛鳳風流覺更超。胸擅雕龍陳禁幄，才高倚馬奏行朝。草浮秀色臨池燦，花送清香入硯飄。玉樹從來根自異，何疑困桂與申椒。

其四

翠輦重增緑野光，丹青遥繪日相佯。巖邊恍識宸遊路，軒内如親御坐床。惠逮禽魚咸煦育，榮滋草樹不鉏荒。莫嫌尺幅情難罄，浩浩吴淞江水長。

其五

清詞麗句湧流泉，稠叠恩深意轉憐。韋墅偶臨聞自昔，軒車屢駐見何年。韻諧金石心如錦，語帶烟霞筆似椽。盛世賡颺誰得媲，高吟試展畫圖全。

其　六

盛事喧傳百萬家，恩流弱草及微花。九峰雲斂韶華秀，三泖風和瑞氣嘉。蘋沼每涵禁籞澤，瓊杯頻酌小山茶。明良遇合堪千古，詎止當年里巷誇。

贈趙价人東籬詩

自喜清芬不逐時，凌霜含露一枝枝。人間亦有孤芳僻，何必淵明是鮑知。

其　二

採菊高踪豈預期，偶焉興會覺東宜。但存靖節陶然意，北與西南亦可籬。

陸孝子同節母扶柩還鄉和司成韻

忠宣公後有聞孫，翠栢青松植滿門。百草萎黄霜葉朽，獨留葱蒨鎮乾坤。

其　二

隻身萬里走江湖，身後誰憐旅櫬孤。料得命終蕭寺日，只拚骨向鬱林枯。

其　三

兩子奔號歷險難，一兒卻挈兩喪還。千秋孝子傷心血，應化萇弘碧玉班。

其　四

撫孤暫作未亡人，旅骨歸來志已伸。絶粒西風含笑去，夜臺仍是一家親。

其　五

一門節孝世無倫，四字褒嘉特筆存。不有成均賢季子，大文何以慰幽魂。

秦母胡夫人旌表

安定深閨馥秀蘭，栢舟早誓慘離鸞。心同縞雪争光潔，節比貞松耐歲寒。恤緯奉姑魚入饌，傳經課子膽和丸。旌綸錫後觴王母，彤史輝連錦帨丹。

送李天稃先生

題輿雅望動皇都，此去閩江再剖符。相業自來傳玉署，清標端不讓冰壺。荔枝果熟霞凝座，茉莉花深月映厨。在昔佩刀稱世寶，即看繼美入黄樞。

李玉堂任江安道

麟符初剖具區東，又喜新綸建節雄。雨穴遺錢歡父老，并州騎竹走兒童。褰帷吏昔行冰上，轉粟人今在鏡中。才健自知宸眷渥，不難立看百城紅。

其二

宣房共濟識仙才，叠聽綸音次第開。纔剖麟符離魏闕，旋持龍節過蘇臺。風清震澤汪波遠，春滿鍾山淑氣廻。聞道百城新介壽，高歌遥佐九霞杯。

寄懷武翁長兄

歷鎮雄都展壯猷，功成早遂赤松遊。黄花晚節娱三徑，翠竹清風臥一丘。徼外書勳銅作柱，海邊凝眺蜃爲樓。孔懷時廑池塘夢，龍馬精神老益遒。

效忠圖

臣忠子孝事稀聞，血戰孤城樹異勳。組練三千同受業，生徒七十盡從軍。星河夜撼衝霄磤，風雨晨飛壓陣雲。龍渡口碑長不朽，褒嘉況際聖明君。

賀觀城令張渠老 雲間張文宗幼子

觀城紫氣接蓬萊，飛舄争看曙色開。昔爲哦松傳好句，今將製錦試新裁。家餘玉尺衡文鑑，世有金門射策才。拭目政成三異後，鋒車羣羨五雲來。

送謝昆皋檢討省覲

南陔鄉物近何如，歸向高堂問起居。朝别鵷鸞投驛路，晚來烏鵲報州閭。倚門白髮秋風裏，懷橘媥衣小雪初。贏得方蓬争歎羡，此行真不爲鱸魚。

賀徐道積

金貂華閥冠皇都，年少能文起壯圖。三載科名天下有，一時英玅榜中無。雲騰洼水知龍種，霞著丹山識鳳雛。便擬從今摹老眼，看登虎觀領羣儒。

贈畫馬

千里霜蹄總攝雲，斑斑目絢五花文。不須更待孫陽顧，自出洼池早逸羣。

抱琴圖

碧梧翠竹映清虚，萬籟無聲待月餘。流水高山幽獨坐，小童抱出白雲廬。

送刑垣周弘濟同年假旋

花縣移根植禁林，孤踪磊落聽升沉。青蒲映水傳家節，白簡凌霜報國心。匡濟滿懷難罄筆，憂懸觸目勉抽簪。臨岐脈脈情何限，我亦秋風到海涔。

送太宰宋牧仲榮旋五十二韻

盛代垂裳治，元臣晝錦榮。世家三恪舊，地望六星明。毓秀崧峰峻，鍾靈孟澤清。斗樞欽祖德，鼎鉉紹家聲。早挺奇童譽，羣誇國士名。黄熊經笥搏，白鳳夢祥呈。筆陣千人掃，詞源萬斛傾。驥騰歷塊足，鵬奮入雲程。質穎標家瑞，才高羨國楨。門資官汲黯，侍從選黄瓊。劍倚龍墀立，鞭隨豹尾行。楚江襄竹使，畫省握蘭英。席擅珪璋粹，廷推柱石貞。津門持繡斧，岱麓建牙旌。覲察風何肅，屏藩績更宏。洪都專節鉞，大鎮控蠻荆。雲捲西山碧，波澄南浦晴。已盈江右澤，旋涖石頭城。財賦中邦裕，金湯半壁横。凜冰釐宿弊，沛澤達勾萌。書奏三千牘，胸涵百萬兵。省耕春汎鷁，按部雨聽鶯。酒對名花酌，詩同郢客賡。逸情王謝合，偉烈范韓并。帝既紓南顧，朝尤藉老成。將煩司燮理，先試掌銓衡。壁立看書削，淵渟俯碧泓。延賓風月麗，啟事品題精。即賜高憑鏡，行調傅説羹。明良交遇泰，止足獨持盈。引例辭丹闕，投閒采緑蘅。慰留温綍渥，寵錫帝心誠。瑶品雲霞錯，奎章日月瑩。舟從文囿泛，花向震宫擎。北斗名彌重，東山道自尊。伊余叨世好，在昔締心盟。遡德中台迥，尋源一脈瀠。淮南嘗校士，江北謬司評。雷漆堅如結，周醇飲輒酲。維公持皎皎，容我賦菁菁。契闊忻聽履，追隨共捧罍。正期趿黼座，忽見解朝纓。瀟灑尋真樂，優游頌太平。跡同仙鵠舉，身逐野鷗輕。履道居重葺，耆英社復營。渥池龍種健，丹穴鷟雛鳴。琪樹皆連理，靈芝本共莖。摛毫鸜眼潤，執法豸冠崢。貴盛人誰及，勳名世孰京。詩書遺後起，綸誥焕先塋。疏傅何須羨，韋侯未足驚。獨憐離緒苦，矯首望蓬瀛。

送張爲經銓部假旋

啟事銓曹歲月深，暫辭鳳闕訪丹林。封題書笈緘名畫，收拾吟囊背古琴。明月一簾良友夢，白雲千里故鄉心。聖朝六計需才切，莫戀烟霞玉爾音。

送周□□任閩江游府

侍從親陪翠輦遊，閩江特簡擁華騶。恂恂雅度推儒將，赫赫才名識壯猷。刁斗夜閒山月净，牙旗晝捲海雲收。欣逢九譯梯航日，南顧應紓聖主憂。

對　月

海月濕雲光，徘徊電影長。不知何處雨，遥贈此宵涼。風定更籌緩，雲閑宿鳥藏。坐來烟氣薄，童子又添香。

題葉山農看雲圖　諱洮，雲間人，忠節公嫡姪，今上賜號山農

咄爾何人，性孤峭。坐名山，恣嘯傲。抒其餘技，點綴嶺嶠。觸目烟霞，盪胸憑眺。磊落孤踪，問誰足肖。

送周涵任江寧游府

平泉風月憶相親，握手京華笑語頻。豹尾時瞻揮羽扇，螭頭常羨整綸巾。節旄闔望三山重，樓櫓軍容二水新。閑溯秦淮佳句滿，可能時寄日邊人。

送顏宜菴任文安游府

譙邑摛毫早識名，金臺何幸復班荆。九閽仗劍千秋烈，三輔擁旄萬里城。揮麈春容扶大

雅，披襟磊落罄生平。頻煩鴻鯉傳佳句，莫令依依盻遠旌。

送陳右淮任江南游府

雲州威望鎮巢雲，薊北江南閫外分。豹尾十年叨異數，虎牙萬里策奇勳。元龍意氣今誰似，曲逆風流舊有聞。遥望靈山劍珮杳，好將新句慰離羣。

送郭晉卿任江南游府

威名久矣重燕臺，争識汾陽蓋世才。執戟九霄聲萬里，建牙半壁望三台。竹山着屐看揮羽，桐水投壺羨飲醅。此日離亭情脈脈，江鴻時帶好音來。

贈自南弋典簿

人師自昔重經師，儒雅風流慰我思。手擅凌雲揮鳳管，庭盈立雪擁臯比。絳帷競聽笙歌繞，素壁驚看蝌蚪垂。争仰高山欣在望，臨岐聊贈數行詩。

哭總憲王薛澱

九峰棣蕚映三台，獨羨瀛洲任往來。銀案揮毫歸玉署，龍樓珥筆轉烏臺。謀參密勿丹忱格，弊剔銓衡百職培。重到都堂還獨坐，忽驚棟折泰山頹。

其 二

杏林把酒向花看，攜手蓬瀛幾歲寒。風雨每愁三日隔，雪霜時嘯五更殘。疇咨國是同披膽，偶話家常輒露肝。伏枕依依猶似昨，今宵那得淚痕乾。

送張司寇景峰歸里

秋風歸思羨張翰，慷慨輸君拋一官。疑案曲矜心獨苦，嚴綸直任誼偏安。是非敢望千秋白，得失聊憑一寸丹。籍籍都亭爭嘆息，挂冠翻覺勝彈冠。

哭吴匪菴

征帆南指送河干，一夜挑燈話别難。兩地書傳腸欲斷，三年夢憶淚常彈。詎知衰䰟還欹枕，忽報雄軀竟蓋棺。回首卅秋聚散日，那堪風雨泣長安。

予告誌喜

東濱何日忘垂竿，白鬢蕭疎始挂冠。半世文場都戲偏，卅年宦海幾危灘。艱辛獨任功成易，慷慨僉謀道濟難。回想一生聊自信，蓬門此去任蹣跚。

其　二

少壯揮毫早踞壇，金門射策歷層巒。十年八座趨丹鳳，四世三公迓紫鸞。桃李盈蹊争納履，芝蘭繞砌佇彈冠。寒窗夢想何曾到，歸沐恩榮報轉難。

其　三

海濱潦倒嘆儒冠，十載蓬瀛鴻漸磐。幾處持衡推砥柱，頻年操畚慶迴瀾。農工纔悉民依苦，禮樂重宣上理難。自愧疎庸何報荅，從無微譴荷恩寬。

其　四

蕭蕭短鬢雪漫漫，半世遭逢千載難。四庫縹緗輝玉燭，九章錦繡映琱鞍。奎文璀璨光盈棟，珍果離奇香滿盤。多少殊恩紀不盡，卅年前是一單寒。

其　五

晝錦堂開拜舞歡，那知愁緒卻千端。蓼莪早廢肝還裂，棠棣重摧淚未乾。白首荆釵何處墜，黑頭玉樹幾枝殘。晨星落落誰爲伴，獨臥東山興恐闌。

其　六

霜髯霧眼擁歸鞍，未到家山意已闌。望旆老蒼驚異態，迎門稚子訝何官。同儕白髮飄零盡，後輩烏衣記認難。回首當年聚散處，臨風欲語淚先彈。

賀澤州陳座師同月予告

桑榆景逼賦歸田，元老同心豈偶然。分定師生欣接武，官分閣部忝齊肩。兩年序齒原叨後，半月聯章反媿先。雖許行藏惟爾我，獨慙鑽仰益高堅。

同澤州陳座師石槽接駕

師生同月共辭官，咏雪吟風耐歲寒。忽報鑾回攜手接，欣承天語問平安。

迎駕即歸致虚傳宴賦以誌感

迎得鑾輿便着鞭，歸來始曉聖恩傳。自慙寵錫雖虚負，垂問難忘天意惓。

和琄湖王少宗伯原韻 原咏數首皆以澤州座師同時予告爲賀

懸車乞放海濱東，太傅辭榮眷更崇。先後雖邀堯舜許，行藏敢詡孔顔同。西郊匹馬雲霄外，南國扁舟烟雨中。回想朝端情脈脈，陽春三復倍思公。

其　二

夢想家山溯硤東，經綸曲體荷恩崇。霜髯景逼鄉心切，黄髮風高歸思同。師弟陳情十日内，公卿矯首五雲中。寒窗敲句憑誰和，三錫琳瑯獨佩公。

其　三

蹣跚聊溯一帆東，敢擬耆英地望崇。落拓每慙偏我異，疎狂曾見幾人同。青雲此去還江上，白雪何來自郢中。讀罷新詩還羨望，七旬猶是黑頭公。

別王少宗伯琄湖 仍和原韻

海門一棹接江東，棣萼聯輝攀望崇。閬苑三珠先後共，容臺一鶴步趨同。新詩每和春郊外，舊釀頻傾夜月中。歸別茂弘留黼黻，蒪鱸莫漫憶張公。

別安溪李相國

千載根蟠閩嶠中，龍門百尺仰彌崇。枳荆豈想栽瓊苑，溲渤何緣置藥籠。幾載河堤邀化日，多年綸閣被春風。衰慵欲別重回首，媿荷鈞陶負國工。

別京江張相國

仰止宫墻萬仞崇，卅年陶鑄藉宗工。尊卑分隔形骸化，甘苦情深骨肉同。霖雨羣沾蒙澤渥，陰陽均燮荷春融。朽株雖向深山老，尺寸能忘扶植功。

別阮少司空

旗亭回首重逡巡，欲別嗣宗倍愴神。桂苑秋殘把酒舊，杏園春老看花新。官分兩署星霜隔，手握卅年風雨親。從此烟波憑一棹，雲霄肯復憶東濱。

別史宫詹

漢廷許史共名揚，今日風流更擅場。對酒瓊林年最少，摛毫閬苑歲偏長。銀濤東障君同苦，雪鬢南旋我獨傷。轉眼淩霄橋共梓，誰憐弱稚忝宫墻。

別王閣學

年少烏衣第一流，蓬瀛攜手忽卅秋。風飄東海慙黄髮，日暖西江羨黑頭。纔領銀臺歸玉署，還參槐閣貯金甌。今宵風雨聯床話，一別迴看隔十洲。

別胡宫詹

惜別依依安定公，熱腸露膈吐詞雄。冰衡乍蒞秦風變，璧沼均沾楚澤瀜。學贊龍樓欣接武，謀參鳳闕快和衷。詎知衰鬢扁舟去，鴻鯉能煩到海東。

遥別張司寇

蓬瀛憶昔上層巒，卅載雲衢共據鞍。幾處啣綸持玉尺，同督學典試。一時曳履步金鑾。同日擢正卿。連衡笑語晨相接，寓居同巷。對酒笙歌夜未闌。忽送離亭身又去，蹣跚何日聚長安。

遥別傅副憲濟菴

萬里巴程憶舊遊，欣逢國士慰旁求。燈挑蜀署三更柝，酒送瞿塘一葉舟。花縣重來曾咫尺，栢臺相對幾春秋。誰知一別關河隔，霜鬢南還更遠憂。

其二

情同骨肉義同讐，八載飄零竟白頭。臘雪臨河君矯首，臘月赴河工。炎飈出塞我凝眸。六月出塞。鴻書風雨孤燈憶，蝶夢關山兩地愁。此别賜環縱不遠，烟湖可復共登樓。

和别少宰曹蓼懷前輩

海門遥跂鶴湖東，當代文章物望崇。桂苑一枝南北共，鑾坡卅載後先同。啣盃每賞烟霞外，敲句頻商風月中。自愧蹣跚聊賦别，金甌指日卜山公。

别魏一齋宫諭　時正在河工

幸附寒松萬仞墻，朂勤齋内和琳瑯。瓊林對酒欣先醉，閬苑看花羡晚香。曾向江南同砥柱，忽來薊北共廻狂。自慚奏績還歸去，竚聽平成偉烈彰。

贈别李麗生中翰

鶚堡龍池仙李鍾，輝聯棣蕚燦羣峰。鴻文映雪光千載，道氣凌雲徹九重。東觀談經儲啟沃，西清視草復春容。卅秋把握形骸化，惜别何年再寫悰。

題廖若村望雲圖

曾同鉅手細論文，雞穴風流更軼羣。已近蓬萊蒸爛熳，卻瞻岵屺繞繽紛。泖湖佇想爲霖切，藜閣凝眸愛日慇。早晚雙鳧飛闕下，白雲還共捧紅雲。

德星堂詩集卷四

海寧許汝霖時菴著

歸田集

歸泊烟雨樓和拙宜楊宫允韻 時辛卯五月十二日

千頃湖光一望收，家園咫尺且勾留。雲圍雉堞迷鄉徑，月引漁燈映客舟。勝地卅年欣共會，高吟半夕苦難酬。明朝幸傍東山卧，香餌還誰噬釣鈎。

題鄒古愚瞻雲望日像 古愚居邑西長安鎮，時同余自都回南，故戲語及之

長安撇卻上長安，憶上長安幾歲寒。袖手瞻雲慵策杖，科頭望日笑彈冠。酒酣朱邸裘還敝，詩滿青山筆更殘。且别長安歸舊里，長安咫尺海天寬。

題程雨和讀書秋樹根像

都亭載酒賦登樓，重晤東山話舊遊。老樹盤根擁萬卷，小僮捧筆嘯千秋。放懷自覺乾坤

隘，静坐方知身世浮。我亦歸來曾畫此，翛然高致可同否。

九日

每逢九日淚沾衣，況復桑榆景漸西。七衮晚歸十月雁，三秋曉促五更雞。白雲野望愁燕市，緑鬢塵埋憶洛溪。迴想哀號罔極夜，鴒原喪盡只孤啼。

輓廓然師

慶觴歌未歇，弔哭忽驚聞。雪黯東林月，風淒西嶺雲。花陰雖寂寂，鳥語自欣欣。悟得無生意，去來何足云。

四老初會 有序

僕行年七十有五矣。乞身四載，屏跡兩山，神雖憊已，興頗勃然。因思前輩家居，每多良會，而風流歇絶，日廑予懷。不期兩海之濱，特挺三君之望。既輝廊廟，復賁丘園。如陳柱史梅谿，風清荷沼，依郭悠然；查供奉悔餘，唫澹龍山，杜門自適；而楊宫允晚研，別築武原，高棲物表。是皆年踰六衮，蘭桂争芬；居各一方，川巒競秀。向我硤山約俱五十里而近，袛接襟連。誠哉，鍾其靈以作之合也！僕與諸公誼托葭莩，情敦金石，欲邀歡于晨夕，爰訂晤于春秋。凡吾四老，神跂耆英，會循真率，肴遵五簋，飲限二更。每歲值一行，須尋勝地；每觴聚三日，預卜芳辰。乃於三月之杪，迄四月朔，春光猶藹，夏景旋新。曲徑初開，方舟肆集，遂首會于也叫園中。斯時也，濃陰蔽野，薄霧遮山。遥睇若迷，放懷欲舞，汎南湖而訪道院，登西嶺以揖僧寮。屐着東山烟雨中，忽攜四杖；罇開北墅亭臺外，恍現雙峰。真看一幅畫圖，并貯千章詩料。敢呈巴倡，用冀郢酬。

當途幾見一車懸，東海風流興獨偏。卅載壯懷籌報國，兩年逸興賦歸田。青箱已付兒孫業，白鬢還尋山水緣。靄靄烟雲扶四杖，春郊羣訝地行仙。

緑陰新夏望無邊，兩海烟巒繞硤川。敢謂耆英惟四老，聊循真率各三天。東山更領西山勝，南院重參北院禪。信宿高談足千古，何須後會計年年。

次悔餘韻

芳辰登眺興何窮，緑墅青巒映碧宫。春老葉稠花咲倦，夏新林鬱鳥啼空。衝烟策杖衰髯繞，冒雨扶輿病眼濛。一望兩山來四叟，高吟描盡畫圖中。

其二

歸田何必賦留窮，且會高年一畝宫。榻借陳蕃三宿去，書探楊政五車空。道源清節凌風勁，良季長髯帶雨濛。讀罷陽春回一想，攜笻宛聚緑陰中。

小園即事

官抛三載益身輕，好景當前若箇争。北闕兒傳封事稿，南樓孫响讀書聲。小僮攜杖看花咲，老友啣盃聽鳥鳴。一局閑碁赢半着，掀髯鼓掌滿園驚。

五色蝶

誰説羅浮洞澌夷，香飄鳳子卻鮮奇。蹁躚似入莊周夢，消息還傳張㟍詩。有色斑斑嗤粉翼，無聲隱隱戀芳枝。獨憐金碧逢人艶，那得樊籠肯脱伊。

拙宜園次集 中秋

臥想玄亭夜棹舟，凌晨天柱好同游。趙知微以八月積雨，十四訂好友，曰：『明日中秋必晴，可同遊天柱峰。』誰知月半雲遮月，恰值秋分雨點秋。鶴隱千竿聞唱和，魚憑一葉看沉浮。挑燈三老團圞話，惆悵元龍獨倚樓。梅谿以病不至。

其二　十七早晴游秦駐

連宵聽雨客窗幽，早旭登峰快壯遊。南幹山廻知地盡，東洋水闊覺天浮。潮雄何待明朝午，居人十八午刻羣看大潮。風颯還疑昨夜秋。吾輩攜笻同一駐，山名豈必爲秦留。

次悔餘韻

昨宵遲月望，今午恰秋中。時忽陰晴異，心仍風雨同。碁敲松籟下，酒酌桂花叢。從此草玄處，亭宜換醉翁。

其二

久鬱秦山夢，晴雲豁早堂。放懷乘老興，陟頂趂晨光。浪湧乾坤外，峰遮日月旁。茫茫遥一睇，萬慮卻多忘。

敬業堂三集　十月朔後三日

四桂堂開聚五星，玉峰恰又過芝庭。後先解組憑頭白，遠近揚帆縱眼青。扶杖翱翔還潑墨，敲碁慷慨復談經。獨憐衰病惟高枕，臥聽狂歌倒醁醽。

其二

載酒靈泉醉小春，風流儒釋遠相親。馬仲安、家伯勤及杲山法師輩。扶笻重訪龍山舊，鼓棹遥看鳳嶺新。幾處牛眠營兔窟，何年緑野蔽黄塵。放懷且盡今朝勝，良會生平得幾巡。

又次悔餘韻

憶從高隱欵衡門，坐嘯秋風老樹根。桑苧似非當日徑，桃源可是舊時村。堂前四桂争飄子，堦下叢蘭漸吐孫。五十年來重此會，好同諸老一追論。

其二

承明先後賦歸廬，會看浮雲總是虚。耒耜自甘同稼圃，網羅誰肯效畋漁。攜笻暫憩摹秋奕，把盞纔乾索柳書。我亦追隨猶健步，翻憐策馬復乘輿。

其三

東海人豪過東海，海東風雅盡同人。還山得趣何遲早，對酒當歌孰主賓。老去雖衰偏似壯，冬來餘煖卻疑春。登臨到處争相訝，勝地他年可再巡。

其　四

春靄秋陰冬日紅，天容數老嘯寰中。乘車偏羨懸車叟，失馬誰欣得馬翁。寺歷宋元探舊蹟，山連吴越挹高風。洞庭還訂新年約，夢想梅花映雪豐。

次觀卿徐太史韻

扁舟恍聚老人村，天許還山共感恩。況幸南州來鳳嶺，敢忘東海溯龍門。泉烹妙果看花笑，酒醉菩提聽石言。寺有怪石。日薄高歌歸棹穩，丹楓一路任紛翻。

過靈隱贈願海師

重尋蘭若侶，剩有一衰翁。塵鬢凌霜白，酡顔映日紅。窗飛靈鷲石，杖倚冷泉菱。亭畔有西來菱樹。談笑渾如夢，浮生幾再逢。

舊句題妙音閣

高閣妙音中，廊廻一徑通。路盤千個竹，門對五株松。夜鉢聞江籟，晨燈耀海鐘。祇園半載别，仍倚兩雙峰。

過韜光贈山止師

卅載韜光別，山公欣再逢。癯容還峭石，冷語尚尖鋒。月映千林白，虹垂萬丈紅。忽思當日伴，淚洒兩三松。

十月望後三日諸同人又集也吽園

昨冬鼓楫會靈泉，經歲重臨谷水烟。游擬商顔多一皓，飲歌杜句少三仙。髫孫着膝慙依玉，才子摛毫競吐蓮。自咲草堂空寂寂，何緣史奏德星躔。

其　二

連宵聽雨滴堦空，忽睹霜林旭影曨。棹放東山尋菊紫，笻攜西嶺嘯楓紅。彈琴鬭奕留殘靄，把盞題箋候曉風。我醉自眠公等去，好儲春釀待衰翁。

和言揚韻

秋葉粘霜望似銀，霜粘五老鬢翻真。幾年共謝雲霄翮，此夕纔收泉石身。笻策兩山屐折齒，箋題四壁麈揮塵。冬寒忽聽陽春調，恍探驪珠照水濱。

和梅溪韻

東海元龍豪最奇，每逢豪舉卻遲遲。凌霜放鵡來何暮，聽雨鳴雞坐莫辭。書羨小王驚後勁，詩宗大阮駕前規。賓筵恍似家筵集，羨殺風流傾一時。

其　二

啣盃宿雨竚天明，旭報晨鐘趂醉行。青嶽凋楓籠日靄，紫岑殘菊傲霜清。胸吞八斗談爭劇，手競三叉句早成。何幸蹣跚逢勝舉，掀髯頓覺此身輕。

和晚研悔餘韻

落落耆英兩海留，鵑湖今又集方舟。還家白首生何幸，報國丹心死未休。暮雨床聯三夕話，曉晴屐着四山游。莫將此興尋常視，良會從來得幾秋。

其　二

霜點楓林谷水南，東西畫鷁欵雲菴。夜吟不厭更交五，晨臥何煩晝接三。棹鼓烟巒尋勝侶，杯傾風月縱清談。挑燈欲和陽春咏，醉唱巴音醒卻慙。

聞梅林囑題令兄君儀同嫂嚴孺人遺像

曾聞鴻案傲王侯，何況齊眉又白頭。嚴母貽徽垂萬石，聞公樹德廕三丘。鹿車共挽薇山夕，鳳管長吹谷水秋。留得倡隨圖一幅，蓴樓追奉屬孫謀。

鴛鴦盆梅和古愚韻

墅傍東山半畝餘，一盆香艷影蕭疎。枝横鉄幹凌霜後，花綴金蓓吐月初。素質染脂丰孰似，酡顔映雪韻何如。清標落落憑誰賞，聊和陽春臥草廬。

牆角梅次韻

也園空吋兩年餘，清友當前相對疎。霜鬢蕭騷寧似昔，冰姿澹艷卻猶初。籬邊孤倚思誰並，雪裏高眠愧不如。自咲塵羈常鹿鹿，漫勞芳韻賁蝸廬。

其　二

雨洒寒窗滴瀝餘，一枝冷蕋影扶踈。塵寰潦倒誰還舊，屋角幽棲獨似初。秦隴無書徒遠憶，羅浮有夢亦難如。試看轉瞬繁英競，那得孤芳伴我廬。

庭前老栢

一樹蒼然俯兩峰，騎鯨磐石似游龍。雖慙孔植千秋檜，卻傲秦封五老松。雙幹參天標勁節，孤根拔地聳高蹤。還欣日薄桑榆暮，得傍長青醞酒濃。

其二

日映霜姿伴雪鬆，孤標凌漢絶纖埃。春來釀蟻香浮盞，夜望翔烏夢繞臺。石榦稜稜誇五柳，銅柯磊磊傲三槐。不知幾歷滄桑變，留得千秋樑棟材。

盤栢

誰扶正直隱墻東，屈曲崚嶒奪化工。廿載盤旋纔七尺，十層團結似千叢。霜浮翠蓋還承露，松伴蒼顔肯變桐。從此凌霄憑百折，齊長共久羡童童。

賦得多雨春空過

聞説春來好，春來那似春。樹昏棲宿鳥，花悶悵遊人。酌酒徒愁主，吟詩漫想賓。浴蘭還折柳，勝事幾曾循。

楊宫允晚研密雲之役約餞禾中届期病阻詩以送之

鴛湖在望病蹣跚，目送燕雲握手難。瀾倒三江纔砥柱，城雄萬里又登壇。臨風鼓鵲神何壯，對酒歌驪興倍歡。只恐傅巖圖夢賚，也園高會竟闌珊。

自笑

雪鬢霜眉壓隻眸，蹣跚萬狀假風流。半殘蟻盞常欺口，百補貂冠且誑頭。巴唱盈笥誇李杜，吴儂滿座認應劉。還餘一咲人知否，醉倚無鹽醒卻羞。

其二

晝錦堂開緑野邊，也園半畝閣三椽。名花插架薔薇占，珍鳥投林鵓鴿嫌。炎日樗籌招漫浪，寒宵湯罐當嬋娟。還餘一笑人知否，七八獠奴號典籤。

其三

斗室支離幾度春，東山數武夢徒親。五車經籍供蟲腹，八座旌旗敝鼠唇。碟菜盤餚尊菽乳，筆床硯匣愛蓬塵。還餘一笑人知否，犬矢開門日日新。

其　四

六載歸田五載荒，窮年祈禱究茫茫。熱腸每惹蠅蚊嗤，皜首誰憐牛馬忙。口苦日嘗甘草味，湯香夜浸臭皮囊。還餘一笑人知否，老淚沾巾唾滿床。

書　懷

歸休無一事，只事掩柴扉。閑笑鷗還鬧，瘦慙鶴較肥。愛花晨露賞，玩月夜窗依。門外紛紛者，憑他是與非。

其　二

何處生涯好，生涯在緑陰。消閑頻數竹，解俗漫張琴。午悶碁三局，宵愁酒半斟。野花相對笑，聊咏一披襟。

登樓望東山

歸來原爲爾，病想漫勞神。偶向樓頭望，偏從眼底親。夢遊還是假，畫看亦非真。何似憑虚眺，翻憐着屐人。

自述 和韻

昏騰兀兀到華顛，日飽饔飧夜飽眠。匏繫一官踰廿載，塵羈八袠欠三年。畧知黼黻輝廊廟，粗曉謳吟嘯石泉。獨奈逢時終不會，踈狂偏自傲頑仙。

送杭守張韋存先生假旋

北固雄蟠久，南藩鬱麗偏。光風開鐵甕，瑞氣泛金船。分斗三吴翕，横江百越闐。文章端應運，氏祚況連天。籲俊初交泰，掄元正轉乾。自承劈華手，遂比占鰲肩。璀璨連珠照，巍峨臚鼎傳。似荀星聚潁，抗竇桂薰燕。攬轡紛中外，彈冠耀後先。望崇黄閣迥，輝亘紫微躔。公也人中傑，敻乎天上仙。白眉原壓馬，繡腹大誇邊。四庫憑誰貯，五車任獨編。翺翔羣藝圃，開闢萬書田。倫有從兄樂，文還自我宣。胸吞墨浪湧，手奪筆花鮮。戛玉聲聲振，鳴簧字字圓。商周非淺獵，班馬合濃煎。第五名何讓，兼三學乃全。隨邀千里目，等遇九方歅。便可乘飛騄，其如又折旋。礪才甘破硯，績學耐棲氈。釋褐年方壯，沖霄氣倍先。巖廊資翼翼，畫省借翩翩。農部經先試，民曹閲屢銓。衮司鹽筴裕，黔署榷逋蠲。偉績踰衡岳，流膏被潤瀍。仙郎題柱竣，郡伯剖符專。三浙東南會，兩江左右便。鳴珂珂里過，衣錦錦堂褰。水直趨京口，山斜傍海堧。襟連還衽接，扼吭且通咽。九邑單車控，雙峰五馬駢。但歌來日暮，惟恐去時遄。初蒞憑廉肅，端居麾委填。尊經先矻矻，崇道務拳拳。澆習煩磨濯，衰文賴洗湔。翹材青汗地，定品絳紗權。遁虎防胥猛，烹鴞杜吏涎。有條休舞美，無問可夤緣。訟牘冰銷冷，圜扉草鞠芊。薰風方解愠，旱魃疊堪憐。窮鳥呼焚藪，枯魚泣涸川。公儲勞請益，薄俸慨能捐。家沐二千石，户沾三百廛。歲饑纔軫恤，海嘯又迍邅。波駭無迴轍，濤奔不控絃。胼胝瀾自砥，畚鍤浪何顛。勳並吴山峻，澤同聖水漣。惠都霑雨露，威復警風愆。正色摧强禦，危言撼巧儇。剛腸終似鐵，傲骨肯如綿。特立情多忤，宸遊眷獨虔。趨蹌膺異數，褒寵拜天然。縱道三公弟，唯知太守賢。温綸承日馭，睿藻賁奎躔。賜賚誠優矣，撫循益勉旃。忽驚頹泰嶽，特籲奠重泉。承旨迎丹旐，啣恩執素鞭。哀追台曜隕，哭向大江還。躬匪屏私服，情慇跨故韉。堂仍虚白坐，鏡自逼青懸。得暇頻移棹，探幽每住軿。梅尋處士咏，柳認樂天眠。鄰井疏依六，蘇堤種約千。梵鐘何谷出，仙石幾峰連。靈鷲看飛鳥，風篁聽響蟬。喜扶山馬醉，嗤挾謝家娟。巢父遥遮路，漁翁唱徹淵。光融三竺靄，祥繞萬松烟。輿誦聲洋溢，交章績炳爗。何爲違衆望，竟爾樂孤騫。十載憐遺赤，崇朝掉屬員。一辭復一綰，三慰勿三悛。甘退心靡動，勞謙志愈堅。烟霞將此痼，組紱更奚攣。借寇車難挽，攀劉市可遷。驚飛雞滿巷，狂走犬盈阡。白叟傴轅下，黄童抱馬前。霜嚴轟祖道，風緊肅離筵。還犢充官廐，封魚印廨椽。虚舟并卻石，清渚且沉錢。户祝思何罄，亭碑淚欲穿。急流偏勇決，歸里便痌瘝。玉樹叢争秀，蘭蓀茁倍妍。香收春塢草，花賞鶴林鵑。望海樓瞻月，留雲亭聽潺。研園招雅客，焦嶺訪枯禪。興到排樽俎，歡餘罷管絃。如公真達者，而我安從焉。仁宇叨新庇，師門緬舊甄。微言曾獨薦，大德實羣鐫。虚壓夔龍跂，翻隨綺角跧。殘編恣嘯咏，荒徑任游延。漫想陶籬菊，還看周沼蓮。銷憂殊磊落，寄傲頗蹁躚。酒盞雖疎對，詩筒可遞聯。迢迢七百里，片片兩三箋。遇水閑呼艇，逢山快坐篼。各隨行樂處，共享太平年。

送王帶河中丞擢少司空 内腸、粧、彰、氓、疆五韻，先生定稿後又手改十句，附註于下，今仍之

紫氣鍾東武，青圻麗少陽。九仙標特秀，三桂照遥光。地既占雄會，門尤表大方。瑯琊無匹族，閥閲有司常。枕海源真遠，襟淮泒更泱。佩刀啟薇省，鳴玉紹槐堂。公稟如椽筆，羣推似繡腸。公本趨庭訓，羣推柱國望。亭亭同鵠立，矯矯邁鸞翔。稽古胸書庫，承先手墨莊。黑頭覘偉器，翠管發奇章。自奮凌雲翮，難韜游刃鋩。宦從花縣始，政報日南倡。凫舄頻遥謁，鮭封卻遠將。未幾甄卓越，遂乃任清剛。豸法森冠上，總威避路旁。引繩期必直，對仗問誰當。片語摇山嶽，孤聲聳廟廊。一班驚落膽，舉國賀鳴吭。爲展埋輪績，因揮攬轡韁。褰帷辭輦轂，持節鎮鄖襄。勞運陶營甓，閑醺習沼觴。化深虎代乳，波渥蟹輸芒。忼慨沉碑杜，悠游緩帶羊。鋒車徵絡繹，綸誥拜輝煌。台鼎調羹試，天厨奉膳勷。既而遷亞尹，恰也繼三王。敷教儲材懋，宣猷佐理良。司平星獻瑞，執法烏呈祥。丹筆常投署，赭衣盡改粧。三代吴家蔭，七傳郭氏芳。爰拋寺内棘，又凜殿中薑。鳳翽梧重盛，烏還栢豈僵。皂囊仍側席，白簡復排閶。鐵柱彈

方肅，銀臺納轉詳。喉唇通鳳綍，風貌冠貂璫。投匭輿情達，封函國典彰。投匭呈情僞，封函別否臧。俄焉廻北斗，展矣副南床。氣象增凝重，丰裁倍激昂。盈堂欽左个，獨坐踐中央。對柱三公慄，簪毫百職惶。農卿副特簡，版部正胥康。泉府源源裕，天庾處處穰。一時同譜聚，九列滿朝驤。家醞年都釀，鄉鮮月每嘗。佳辰遊紫陌，麗句鬪青箱。忽奉皇華策，重臨蠻土鄉。衡平文武洽，鑑徹異同亡。特假司徒旆，權持節度綱。撫綏控辰沅，經畧扼瀟湘。廻雁啣恩迥，潛蛟被澤滂。甫俞叩金闕，隨命轄錢塘。三浙東西匯，雙峰南北傍。建牙憑鎖鑰，秉鉞奠金湯。恩煦陽和日，威凌秋肅霜。崇文欣折桂，閱武競穿楊。圖繪窮簷瘠，籌捐積歲荒。旱潦兼水儆，海捍復江防。干謁潛茇牘，苞苴悔洗囊。寬和非縱屬，寧靜實安氓。鎔陶十一郡，蹈舞百千氓。勳並高峰峻，德垂聖水洋。九霄軫吴越，兩篆攝蘇杭。澤徧徐揚域，風行淮楚疆。海日融揚域，江雲徧楚疆。一江如襟帶，八郡徹關梁。盤錯何辭瘁，馳驅不厭忙。朞年胥惠保，半壁悉安攘。野慶單車賁，宸褒萬户昌。鄰封雖借寇，舊治重思黄。福德還專耀，規模益具張。初終主不擾，遐邇壓如傷。寵綍冬官召，榮綸春日揚。向葵原拱極，傾藿幸朝暘。王事雖靡盬，天倫適聚慶。過門敦問寢，便道慰瞻岡。晝錦嬉斑綵，春醪介壽觴。烏衣輝象翟，白鬢燦珩璜。長樂花盈帳，恒春樹繞房。況傳荆本茂，久羨棣花香。箎籟隨塤籟，鴒行接雁行。蘭堦還馥郁，玉樹更琳瑯。鶴和容先後，鵬飛定頡頏。到家纔欸欸，納陛即鏘鏘。開府聲彪炳，還朝望喬皇。策勳台輔召，分職水虞強。且竢平成奏，行看朝野匡。黄扉煩補衮，丹陛翊垂裳。慙予歸田暮，懷君去思長。勳名原獨擅，意氣更誰償。友誼惓惓別，師恩欵欵商。大賢登俎豆，鉅典賁宫墻。知己生成慰，羣員留別愴。圖書隨露幄，琴鶴伴風檣。三竺争留舄，六橋變樹棠。挽橈冰甫泮，臥轍露偏瀼。有水皆涵碧，無山不戴蒼。扳留踰海嶠，謳咏徧滄浪。遇驛梅堪折，沿河柳欲颺。一樽慙祖餞，數語勸行藏。寵辱真難信，盈虚詎易量。功高儲鼎鼐，志澹謝圭璋。喜豎千秋蹟，歡承百歲坊。删修希孔孟，嘯傲樂軒唐。公抱從兹快，予懷何日忘。停雲惟佇想，矯首各相望。

頌劉觀察在園假旋

南郡遺清德，如君大可風。鳳樓綿世澤，麟閣炳前功。石室藜光燦，金門桂籍通。佩刀傳海牧，解印賦興公。鄰壤旋移馬，專城倍式熊。括蒼蒼阜峻，羅刹刹波瀜。召杜流膏遠，龔黄奏績同。遂先羣牧舉，洊歷外臺崇。攬轡聲尤壯，褰帷望更隆。一身懷數篆，五載肅羣工。東浙方揚旆，西江又馭總。嚴霜威草木，春靄化霓虹。會泛桃花浪，隨勷瓠子宫。障川憑砥柱，敷土荷𢊁幪。特鑒新猷懋，重膺舊秩雄。負薪公路浦，填石吕梁洪。勞勸頻施澤，輸將率效忠。廻瀾功孰並，底績慶何窮。忽見雲環北，還思水就東。閑尋芳草碧，遐覽野棠紅。謝墅敲棋局，陶園醉菊叢。溪鱗欣脱餌，林羽快辭籠。花正攀長樂，斑猶舞似童。衍椒真鬱鬱，藴玉總璁璁。興寄烟霞外，風高圖畫中。羡君纔乞老，笑我已衰翁。憶昔曾推轂，於今忽轉蓬。興懷看落月，比跡指翔鴻。是處風光好，隨時意氣融。何年重把握，相與嘯鴻濛。

失　題[一]

岐亭憶别晨星落，好友重臨幸撫肩。昨去新霜未滿歲，今來舊雨又同年。西溪柳浪摇舟後，東閣槐陰貯目前。忽見玉峰先我在，同年王醇叔先在。鴛湖含淚話離筵。

皇華映隰馬蹄駸，垂訪東濱誼獨深。共羡賢勞周驛路，自憐衰病臥家林。清風暫向尊前挹，明月仍從夢裏尋。遥想遠猷勤入告，法星霜氣倍嚴森。

富平家世自多賢，佳兆欣聞鳳集肩。望重黄扉正今日，彩輝丹穴看他年。六橋皓月三秋後，九島青雲十載前。自此何時重握手，一燈風雨話清筵。

同景峰司寇過海寧閱塘又叠前韻送其還朝

曲江讌罷歲華駸，官燭花磚結契深。節鉞清時仗元老，郊扉晚計愛長林。恩邀帝眷蹔同竊，誼感師門喜共尋。時訪錢塘座主後人。强欲留君且少住，丹楓摇落自森森。

海濱父老瞻天使，夾道褰帷競聳肩。澤國波濤愁五載，秋官疆理喜今年。寧無上策籌胸内，定有昌言納陛前。老我白頭頻悵望，三升醲酒勸蓬筵。

和　諶

歸臥東山幸飯强，逢君對酒興彌狂。來冬待我朝天後，收貯春醪剪燭光。

又　和

並遊京洛爾精强，老去猶聞發興狂。他日東華看雛鳳，桐花萬里挹輝光。司寇時將舉雄，故云。

校勘記

〔一〕以下三首，原失題。

德星堂詩集卷五

海寧許汝霖時菴著

酬應集

李鄴侯總制壽

麟閣丹青地，龍韜戰伐場。何人標北斗，元老重南疆。節制通甌越，聲威訖甸荒。滇頑倡逆焰，閩孽抗顔行。羽檄千書逼，風塵一劍當。建牙橫瀫水，奮弩壓錢塘。嚴壁新軍壘，專征邁斧斨。柯山披蔓草，霞嶺掃欃槍。雲鳥天邊陣，濡毫露布章。親王騰虎旅，方叔並龍驤。封豕逃何窟，潛狐問爾藏。琱弓彎夜月，蓮鍔瑩秋霜。笛裏梅花落，風前草木揚。遊魚看沸鼎，飲馬度江郎。談笑清戎莽，神機静陸粱。鏟壕空竊弄，銜璧受降王。銀鎧三年挂，金城萬里長。魁梧丰自峻，髯戟鬢成蒼。破産家奚事，持籌國是皇。軍屯麾赤羽，士飽割黄羊。賞激風雷氣，兵銷日月光。匡廬峰出瀑，大庾嶺生香。革面來思服，歸心亦孔將。錦波嘗蒟醬，緑樹洗桄榔。稽野休鴻鴈，吴山立鳳凰。有家依霅水，得蔭芾甘棠。桃洞人迷櫂，蘋洲自採蔣。思飄紅蓼雨，望倚白雲鄉。烟暖蠨蛸户，風吹薜荔牆。烏皮無恙几，蛛網拂塵牀。境外宵傳柝，場中秋峙粮。村村寧婦子，井井理柴桑。盡是隨陽鳥，誰云頳尾魴。碧瀾開畫錦，浮玉泛春航。官冷閑孫楚，恩多拜李綱。長留班定遠，莫説段文昌。西望驂鸞馭，東征袞繡裳。昔歌楊柳雪，今挹露莖漿。天老康無算，民依樂未央。豳風朋酒在，歲歲酌公堂。

李厚菴先生六十

泰運鍾名世，昌時誕大儒。祥開藍水上，瑞毓閬山隅。仙裔根盤遠，瓊枝棫蔭殊。丰姿鷟日角，淵度躍冰壺。氣擅天人望，神徵道德符。趨庭承世澤，和膽奉家謨。豈止人間傑，還推聖者徒。蒐羅窮二酉，著作陋三都。柱砥韓歐集，衙開屈宋趨。索丘藏笥腹，河洛演疇圖。象緯寧窺管，山川如列臚。植躬希孔孟，致主在唐虞。遂視鑾坡草，爰操蓬島觚。文標雄玉署，賦擲響金鋪。藜閣推新穎，瀛洲闢舊蕪。陳情疏早切，養志色常愉。萊服斑斕戲，蓴絲菽水娛。情非輕黼黻，跡暫寄江湖。豈料鴻飛境，翻成蛙跳區。妖氛迷海嶼，逆焰裂山衢。搶攘時誠迫，艱危志不渝。蠟丸馳一介，險道歷千嶇。環甲躬巡壘，登陴手執枹。忠貞孚廟算，赫濯奉天誅。乍見欃槍落，欣看綬帶紆。黄扉參鼎鼐，丹殿侍氍毹。下直時恒晚，颺言帝每俞。宸衷資柱石，慈景迫桑榆。再倣歸林鶴，長隨反哺烏。忽煩宣室召，重爲鳳池須。五絶胸疇匹，三長腹獨腴。茵重朝論難，鈐掣夜傳呼。鰲禁書思密，螭坳謨更訏。寵深滋物忌，勞劇倍神癯。精白天心格，忠勤衆志孚。銀臺司獻納，玉帳筦機樞。武庫韜鈐裕，文昌奎璧俱。南宮咨秉鑑，東海羨搜珠。八代衰文起，千秋大雅扶。經綸還報國，顧復敢忘劬。悼聽靈萱萎，驚傳寶婺徂。鄉關萬里遠，血淚數年枯。身甫離縗絰，朝仍重楷模。冰衡操斧衮，玉尺運錘鑪。笛製郵亭竹，琴裁旅爨梧。清風瑩似鏡，化雨潤如酥。喜見弘薪樵，旋聞假節鈇。單車三輔震，兩袖萬家蘇。威鼓雷霆奮，恩流汪濊敷。角收桓氏衛，歌滅郭家姝。獄市官何擾，租庸户自輸。有河皆渡虎，無穴可藏狐。才大紛絲解，操嚴勁節孤。典衣緣賚士，傭汲僅供厨。介潔今誰並，澄清古亦無。楓宸頻眷渥，禾野叠豐膴。德厚凝天祐，功成遜碩膚。高秋方授几，週甲適懸弧。樹燦連枝萼，埸鳴千里駒。天香飄霎䨴，廣樂溢笙竽。筍錦輝黄菊，樽霞艷紫萸。攜筇歡父老，騎竹喜童雛。陌繞黍禾穗，門盈桃李株。榮名人莫及，大德理寧誣。廻憶隨先達，深慚屬後驅。學山欽泰岱，觀海愧潢汙。幸附凌霄鵠，曾憐伏櫪駑。繫匏依魏闕，放鴿想遥途。耿耿情奚極，戔戔頌豈諛。臨漪青靄重，横翠碧雲迂。祝嘏羞蟲篆，抒忱倩鼠鬚。喬松賡孔固，揚扢笑巴渝。

吴端山别駕壽

臥龍環翠擅清標，季札風流老更饒。江管未抛花尚簇，吕刀原佩鬢還蕭。淮南編户棠陰蔽，冀北趨庭黍雨飄。嶽降重逥隨處好，蘭香桂馥繞松喬。

裘以敷五十

吴山挺秀毓人豪，紫氣晴浮鴨緑濤。臥閣風清琴韻古，訟庭月朗鶴音高。花繁春郭千枝樹，香送仙崖五色桃。半百懸弧才正健，竚聞飛舄荷綸褒。

范以濟八十

註史箋經臥碧霞，桃源渾勝列仙家。樽前歲月塵滄海，砌下芝蘭蔚國華。曳杖每能登白岳，延年何用覓丹砂。薰風冠珮稱觴日，九節蒲香棗似瓜。

道遠姪五十

萬魚一鴿事尋常，未抵銀丸出玉箱。陰德何慚大官禄，深宫争重越人方。三層閣上桐雷帙，四霤軒中梨棗香。幸附同岑何所祝，春來松釀自餘杭。

張封翁八十

星明南極燦天章，玉露凝華桂蕋香。鶴隱條山迎皜月，鳳棲粉署待朝陽。赤松久授餐芝術，丹籙新傳餌菊方。聖世只今勤顧問，佇看扶杖拜巖廊。

張小白中翰壽

粉署含香倚藉洪，深知萬石有家風。瑶林更長凌雲樹，丹室常留煉藥翁。老我鬚眉雙闕下，多君詩酒五湖中。枌榆想像稱觴會，碧海桃花映日紅。

百歲王老人

七朝遺老舊烏衣，人瑞由來見者稀。倚杖更無同輩在，傳經幸有耳孫依。家承簪紱通仙訣，理晰軒岐悟道機。竚看賜旌常典外，還膺異數沐恩輝。

江臯王公符六十

瑯琊綿世德，嵩嶽降賢英。蕭育師名父，馮君似哲兄。花封傳化洽，晝省喜班清。轉嘆郎潛久，尋邀帝簡榮。任專財賦地，節駐管絃城。攬轡千村慶，持籌萬户盈。繡衣旋執法，丹筆獨持平。吴會棠應徧，圜扉草盡生。高門同定國，解組慕淵明。遂託漳濱疾，聊從潁尾耕。仁恩留户頌，哲嗣繼家聲。接武含雞舌，衡文賦鹿鳴。敢辭丹陛去，暫望白雲行。雅樂東山奏，雕弧西第横。銀筵開露井，彩服晉霞觥。海鶴姿難老，閒聽出谷鶯。

吴滌齋八十

吾浙推高躅，何人得比踪。兩朝留碩果，羣望屬喬松。遊蹟千巖炳，家君萬石恭。雲霞隨捧席，烟月到扶笻。藍轝門生御，詩囊野老從。卷書收篳栗，分岸種芙蓉。桂樹雙崖賦，蓮花九子峰。青雲翹首近，黄石授書逢。渭水綸垂餌，商山芝佐饔。琳瑯還觸目，次第羨花封。

姚棐忱八十

蓬廬蒼鬱挺鴻儒，扶杖朝端豎楷模。藝苑狂瀾廻赤手，薪傳微焰鼓紅罏。蹊盈桃李呈虬翰，砌遶芝蘭兆鳳梧。莫訝琳瑯遲戲綵，春來黼黻耀天衢。

趙處士雙壽

何必蓬瀛號列仙，太和頤養意翛然。唱隨琴瑟稱偕老，紹述詩書啟後賢。慷慨不私身外物，安閑自得性中天。清和節序賓朋集，滿泛流霞祝大年。

韓仲翁同年壽

一篋家傳韋相經，文章吏部繼前型。玉壺冰鑑懸槐署，鐵網珊瑚焕鯉庭。三輔清華連北闕，百年耆壽耀南星。蓬山早作神仙伴，又向瓊筵醉醁醽。

郑封翁五十

帝里秋香通德門，覽揆逢閏恰開樽。瓊漿先拜瑶池惠，彩服還承魏闕恩。桃李負墻欣結子，芝蘭當户喜添孫。百年勝事纔將半，好向千秋細討論。

壽趙明經

碧雞遥映少微星，秀拔明賢蔚句町。百行咸登先壼内，一經獨授獻明廷。道通任岬原天性，力以肫誠作典型。國史會編高士傳，姓名應許箇常青。

沈允斌前輩雙壽

吴興風物擅清華，才地還推僕射家。錦賜龍樓輝棣蕚，綵盈鴻案映菱花。金門近挹東方宿，珂里遥飛南極霞。更羡銀河雙曜炯，徵書早晚到蒲車。

開雍兄四十

雪滿關河悵各天，忽逢驛使到春前。書傳京洛人千里，路隔家山夢六年。老我風塵歸未遂，遲君絲竹臥仍堅。禦兒亭畔真堪憶，萬樹梅花引畫船。

其二

笑指蓬山路不賒，語溪風物傍烟霞。城端翠擁千家樹，水面紅開一塢花。定有高吟驚俗客，向來仙藉隸吾家。好修玉斧真人傳，四十平頭記歲華。

南先生八十

當代推先達，何人得比踪。百年留碩果，羣望屬喬松。宦蹟多年著，家居萬石恭。大賢虚左轄，名德繼司農。老益頭銜重，閑抛腰綬鬆。雲霞隨捧席，烟月到扶笻。藍轝門生御，壺漿野老供。卷書收葦栗，分岸種芙蓉。桂樹雙山賦，蓮華九子峰。青雲翹首近，黄石授書逢。渭水差相似，商顔懶未從。蓬萊波淡淡，無路覓仙踪。

汪茗千先生八袠

渭濱洛水久從容，杖錫延年海内宗。六館皋比才子席，兩山晴翠丈人峰。寧親扈蹕榮誰似，拜道扶輪禮又逢。更慶白頭偕老在，琳瑯觸目引花封。

程蝶莊封君六十

盛世鍾人瑞，耆儒應運昌。遺清垂柱史，碩望在槐塘。洛下傳經遠，篁墩衍澤長。繇來書滿笥，久見笏盈床。慶積岑山後，基恢淮水陽。丰姿驚日角，粹質表圭璋。潑墨工鸚鵡，含毫咏鳳凰。承歡芝挺秀，篤慶萼聯芳。絲作平原繡，金成賈島裝。脱驂非異事，分囷亦尋常。德配欣齊案，謀貽紹肯堂。盈堦盡蘭桂，觸目羨琳瑯。令子真才子，元方共季方。文壇争樹幟，粉署快含香。力贊平成績，早儲公輔望。斑衣輝鳳采，綸誥賁龍章。適屆青陽轉，重迎玉輅翔。紅雲環翠蓋，白髮覲黄裳。幸睹天顔喜，還瞻宸翰煌。縱横超八法，璀璨耀三光。甫慶奎章錫，欣逢嶽降祥。仰窺璇榜麗，俛映玳筵張。座上桃方熟，庭前鶴正颺。瑶池斟玉液，瓊島泛霞漿。甲子雖云徧，春秋益未量。巴詞慙祝嘏，聊以侑飛觴。

題聞梅林八十壽圖

兩山八袠一閒人，半白鬚眉半氎巾。經滿青箱傳自舊，琴攜緑水調還新。篔竿百个龍鱗繞，苔徑千層鶴跡匀。三秀仙芝呈石畔，何須五老畫長春。

山僧廓然七十

爲訪東林識遠公，廬山買盡悟空空。奇思泉湧容偏朴，高論飈生耳卻聾。羨覓葛仙傳道訣，慙招元度闡儒風。古稀三老人争異，兩叟皤然一禿翁。

浄文法師五十

高踞薇峰五十年，無生偏悟有生緣。登壇共羨花飛雨，摇管還驚舌涌泉。西嶺晨鐘三界徹，東林暮皷一燈懸。從今謝卻談經席，黄菊拈衣微笑傳。

佛慧師五十

佛説慧空方見佛，豈知能慧佛偏嘉。逢人嬉笑真彌勒，遇事慇勤老毗耶。五衮何曾半席暖，兩山似欲一拳拏。登堂正傍黄花好，好祝陶公慧師俗姓酒快賒。

李偉齋壽

天邊列宿地行仙，大隱先生不記年。俠氣直傾流輩外，高風還出古人先。慣傳道德五千字，閒把逍遥六七篇。好稱秋光陳桂醑，扶疎玉樹舞蹁躚。

浙藩趙公壽

經術元公重濟川，才雄八面邁前賢。浣衣里第連天上，列戟斑斕倚日邊。槐閣鸞啥開壽域，湖心鶴舞接瓊田。更聽父老三多祝，攙入霓裳奏綺筵。

顧子勉先生壽

蔗倒餐來味愈佳，毫添頰上色彌諧。快談共喜瓊飛屑，妙趣須教春滿懷。已見郎君雄玉署，且容阿父玩花牌。讀書臺畔傳家學，著作于今燦御街。

其　二

武林仙境本君家，記得桃花爛若霞。洞口豈迷漁父棹，岸邊常駐酒人車。畫圖百幅支頤遠，題署千篇着眼奢。駕鶴驂鸞徒濫説，何如憑此樂無涯。

陳封君雙壽

江郭湖亭錦似花，鳳啣雙誥錫朱華。帨長懸綉天孫駕，杖編尋梅處士家。金訣書傳珍綠字，玉壺酒獻泛紅霞。太丘況復稱偕老，葛嶺丹飛幾斛砂。

丘太翁八十

磻溪鬱箋緬高風，八袠蒲車復遇翁。策對彤廷專偉望，政勷赤縣叠膚功。床榮珮紱方連襲，堦秀芝蘭又幾叢。千畒蒼筤森渭涘，鳳啣紫誥爲生嵩。

熊總憲蔚懷七十

五老峰廻司憲堂，森森柱後總清綱。皂囊收得萸初紫，法酒頒來菊正黄。奉使軺隨江上雁，還朝驄踏嶺頭霜。有熊自昔雄南服，台鼎瞻扶寶曆長。

木崖李先生七十

皖國尋耆舊，如君德可膺。威儀持抑抑，羔雁謝仍仍。教子經專席，呼朋酒幾升。長春扶路穩，鳩老百株藤。

師先生九袠

皤然人瑞老還童，九十威儀德更沖。紫葛岸巾呼緑蟻，紅藤支杖聽黄公。塤篪早吹凌雲氣，鉛槧還紆漱藝風。更喜含飴雙白髮，孫枝鬱翠倚高桐。

邑侯陳衡山壽

豐湖鍾秀映蓬萊，飛舃蠶官接上台。花發春陽膏雨渥，琴調海曲怒潮回。樓懸百尺千檣舞，碑勒期年萬户培。試聽雲璈聲未闋，鋒車又羨日邊來。

其二

潁川鍾偉傑，庾嶺挺名臣。世閥東京望，雄文南海珍。分符臨赤縣，遊刃試青萍。介節千峰峻，和風萬井淳。催科勞撫字，聽讞頌明神。俗以蒲鞭化，材將玉尺掄。飛濤肆吞齧，巡築任艱辛。戞溺晨星下，忍饑晚浪濱。安瀾還擊壤，樂土復吹豳。琴帶潮聲潤，花涵露氣匀。朞年争介壽，闔户盡生春。蕋吐紅桃艷，觥斟緑蟻醇。通門情夙契，戴宇誼重親。佇看躋堂祝，屏書睿藻新。

李陟千壽

奕葉仙根迥軼羣，靈鍾嵩少焕星文。庭迎瑞氣盈丹壑，筵奏清歌遏綵雲。家世龍門稱峻絶，才華鳳闕吐奇芬。共知名壽方無極，好啖交梨快酒醺。

姚虞翁雙壽

雙星絢爛暎明霞，照徹齊眉燕喜家。湖海襟期人共羨，郝鍾閫範世羣誇。行觴孽脯紛仙客，舞綵將車蔚國華。椿正凌霄萱正茂，不須洞口問胡麻。

孔□□六十

赫奕宗邦凛素王，靈鍾岱嶽慶延長。承家瑞應青麟紱，績學經傳白玉堂。尊聖淵源榮世德，憐才迢遞厲官常。小春佳候懸弧日，金掌遥分湛露香。

張静齋五十

赤松黄石啟鴻儒，奕奕才名冠具區。博辨河懸翻白馬，高文霞蔚握靈珠。還丹已署長生籍，寡過應垂後學模。時值清和青鳥至，遥瞻紫氣接蓬壺。

孫懷老五十

墻東谷口静愔愔，坐對名山敞素襟。卻軌偏開竹下徑，無絃能韻壁間琴。蘭芽並蒂芳華早，棣萼樛枝雨露深。五十長齡方未艾，鋪筵花外有清陰。

汪乾甫八十

瑞兆平陽鍾大年，竿垂黄海漾晴烟。金門捧杖依才子，石室看棋伴列仙。瓊籙寧誇籌五百，瑶筵不數客三千。長安紫氣欣相接，何必雲霄羡偓佺。

徐静齋三十

孺子知名早，終軍英妙年。栽花初製錦，馴雉正調絃。日下仙凫集，雲間朱鷺傳。瑶觴今日醉，桃熟待三千。

河南許□□得子

朝來佳氣報充閭，欣獲吾家千里駒。半老論年雖較晚，一生得意復何需。晬盤湯餅邀嘉客，取印題戈卜壯圖。從此高陽貽澤遠，琳瑯豈遜仲將珠。

周藴翁壽

絳蠟光摇映畫堂，喧稱絲管正傳觴。金盤喜進長生草，碧字新傳卻老方。令子聲騰三輔牧，文孫名擅七經坊。九天恩遇頻年渥，叠奉奎章賁顯揚。

徐幼序七十

清淑吴山擅，鍾英世澤長。高名推孝穆，華閥自騶王。司馬宜分郡，扶鳩正杖鄉。願乘櫻笋會，共晉紫霞觴。

魏太師母李太夫人八袠

卓哉司寇天下無，厲忠遂孝樹楷模。高平文貞莫之過，堂堂正正大丈夫。乃有夫人秉内範，家檢真能佐國檢。直言不阻勸靖共，廉節相成務師儉。有時逆鱗且阽危，有時甘退與俗睽。壼中無懼亦無喜，出處一一稟厥規。某在高門叨礲斵，親炙雍雍與嶽嶽。雞鳴執爨送早朝，夜半焚膏起後學。是時館舍題朂勤，麗澤不止諸郎君。女夫内孫紛硯席，仙李妙才皆軼羣。爾乃南宫得並舉，文章鼎立魏李許。毋曰品槩自此分，無忘朂勤敦古處。亡何司寇遂懸車，長公薇省辭勿居。一如厥考奉大母，自喜投閒馭板輿。我思親在資禄養，未免王事勞鞅掌。由來忠孝難並圖，不如歸去專事仰。司寇歸養垂十年，母執婦道罔勿虔。長公于今亦如是，中心愛日何等堅。今年大耋稱燕喜，人倫聚順疇侔比。堦前五子戲斑斕，膝下十孫繞瑶珥。閭里婣婭盡歡歌，瓞綿椒衍盛絲蘿。鶴綾芍醬滿庭實，李家將酒魏家酡。我看南山南，北山北，靡勁草，零嘉木。碩果不遺，文鸞罷啄。仙葩奚采，野鹿徒躅。惟有寒松堂上春，紺霜絳雪蒸鬱燠。

王母李太孺人

絳雲繚繞似樓臺，繡帨高懸母範推。孝水早從慈水出，萱花長共菫花開。麥新勝進雕胡飲，桃熟宜添瑞露醅。戲綵正酣旋捧檄，德門原自鬱三槐。

吴母金安人

西華紫氣靄森森，母揖羣真恰是金。譙國山河綿象服，延陵聲帨嗣徽音。梅花十月知光綻，栢酒千春取次斟。更喜萱庭多寶樹，風吹環珮韻璆琳。

龍母郭夫人

坤儀端合歲華長，彤管争傳炳豫章。吉字溪流原瀲灧，龍光門第舊輝煌。紫萸色老胥供佩，黄菊香清正奉觴。善御潘輿傳駕部，斑斕亞子更飛揚。

王母李夫人

仙李根從天上來，蟠桃况復母親栽。錦氍預設迎春幄，煖玉争擎獻壽杯。天姥投壺紅雪舞，皇娥拊瑟紫雲開。郎君官貴分中外，次第承恩鸞誥回。

史年伯母吴太夫人

石渠舊業炳丹鉛，恰羨慈徽毓掞天。機杼龍文原在手，雲霞鳳彩早飛肩。識高不貴投金瀨，德厚應償種玉田。從此恩綸褒未盡，起居纔喜及耆年。

其二

安輿翟茀未迎將，端愛鄉園課柘桑。蓬鱠雖豐辭學士，萊衣正麗試諸郎。水澄千里蓴羹細，風淡三秋萸佩香。强飯雕胡慈色好，棗紅黎紫萬珠璫。

鄭母葉夫人

光耀南陽寶婺星，于歸通德樹芳型。豸冠嶽嶽欽嘉耦，麟角峩峩羨寧馨。白髮相莊娱緑野，青雲争附繞彤庭。恰逢勾漏啣新命，好煮丹砂駐百齡。

孫年伯母夫人

邗水迢遥溯漢江，祥連千里織濤瀧。星雲喜鼓皇娥瑟，萸菊香開玉女窗。鸚鵡洲前詞似錦，鳳凰池上筆如杠。母儀彤管書無盡，遥看歡承王母缸。

甘母程太夫人

孤忠烈烈峙滇黔，巾幗持危勇更沈。碧血淋漓光汗簡，青燈嗚咽炳瑶箴。靈椿貽廕萱葩茂，寶婺長輝玉樹森。色笑豈緣斑綵戲，平反深慰白頭心。

鹿年伯母張太夫人八十

閬苑秋清會上仙，喜看金母岳圖懸。脱簪黽勉成夫志，畫荻恩勤啟後賢。栢府飛觴稱八袠，瑶臺獻菓紀三年。筵前恰奏霓裳曲，又聽鸞音發九天。

劉門伯母房太夫人

淮南世閥懋徽音，婦道母儀擅女箴。梁國高風傳藴玉，彭城貽德佐投金。欣看驥子翔華省，又羡蘭孫馥上林。最喜小春添算日，雲璈縹緲和仙禽。

劉母朱太夫人

霄漢星垂寶婺輝，祥光靄靄繞慈闈。挑燈咏史追前烈，設絳傳經啟後徽。紅葉花隨高讌爛，紫泥恩逐綵雲飛。華堂勝事真堪羨，豈獨盈堦盡錦衣。

劉母陳太夫人

彤管流輝冠古今，夜香臺築舊知音。栽成庭樹行行玉，博得綸章字字金。期棗徧斕疑閬苑，朔桃芳馥類璚林。堦前衣繡承歡舞，不負劬勞一片心。

蔣母熊夫人

西池開壽域，南岳紀長生。碧落雲璈細，瓊林寶瑟清。烟霞浮錦帨，沆瀣溢瑶觥。天姥峰原峻，皇媧石自貞。彤編垂禮法，紫誥荷恩榮。慈竹春陰滿，靈萱瑞氣盈。鸞坡衣是綵，花縣樹爲瓊。共效期頤祝，援毫和鳳笙。

史年伯母吴太夫人七十

萸菊九秋新，瑶池壽母辰。使星初照里，學士正寧親。曲奏簫吟鳳，筵開脯擘麟。稱觴歡四世，簪紱勝荀陳。

鍾郝徽型遠，韋陶懿澤長。仙顔恒不老，彤管久餘芳。橘似冰桃艷，魚同雪藕香。起居欣强健，晝錦足輝光。

王中丞年伯母任太夫人八袠

八袠思齋羨太任，瑶池親降祝徽音。栽成庭樹行行玉，博得綸章字字金。天姥投壺紅雪舞，皇娥拊瑟紫雲森。錢塘萬頃歡聲溢，不負劬勞一片心。

沈母朱夫人節壽

紫陽閨秀紹儒風，誓栢貞心千古同。恤緯奉姑晨汲鯉，傳經課子夜丸熊。已看卿寺摇斑綵，更覩庭堦馥桂叢。四一堂開歡介壽，浙西寶婺燦長空。

任母史太夫人

北堂紅草盛丰茸，繡户簾前花影重。懿德好書添女誡，祥雲瑞氣捧階濃。

朱母程宜人七衮

黄山高與采雲齊，鍾秀名媛表碧閨。堂上留賓稱湛母，簾前舉案羡鴻妻。行隨花縣看紅艷，拜受金章啟緑綈。桃核仙盟千歲在，壽筵遥望晚霞西。

汪母邵夫人五十

男兒出尋師，間關輕萬里。有成學乃貴，中道烏容已。緬彼樂羊妻，大業勸夫子。斷機引刀譬，忍把成功毁。九仞一簣虧，慎終當如始。聖賢豈異人，何況拾青紫。

汪母夫人

慈竹檀欒瑞靄敷，郝鍾禮法本來殊。向時鴻案藉相對，此日潘輿喜共扶。天以百年娱鶴髮，人從五色慶鵷雛。靈山青鳥能傳語，道有新添燕喜圖。

葉母張太夫人

一部雲璈集錦筵，紫芝初發曉風前。試看堂上坤儀厚，目有堦前令子賢。滿室坐來緱嶺客，盈庭争拜鷺峰仙。板輿會向南州去，沅芷湘蘭吐瑞烟。

俞母仲太夫人六十

錦堂設帨彩雲重，翟茀魚軒奉女宗。解珮昔曾襄鳳沼，和丸今更對鰲峰。親承北闕宸章錫，貴勝齊廷石窌封。周甲稱觴歌壽母，桂花香泛紫霞醲。

吴母太夫人

南國羣稱壽母觴，小春天氣早梅芳。里占寶婺輝刊水，脯擘金麟佐錦堂。不數薛家三鳳彩，略同竇氏五株香。只看極品鸞書重，會見年年衍發長。

周節母韓太君七袠

寶帙初開第七旬，雲璈聲裏玳筵陳。尊前介酒笙馱鶴，膝下含飴脯擘麟。尚憶栢舟堅夙志，佇看褕翟賁新綸。分甘自愛芝蘭繞，不羨金芝號養神。

贈汪氏烈女

鬟眉潦倒孰難降，氣震乾坤羨緑窗。豈待逢鴛思合壟，已成單鵠願投瀧。蓋山泉上原無匹，灞水津頭幸有雙。不見素馨花尚在，香風習習滿珠江。

補遺

遊韶光晤山止大師

卅載韶光别，山公欣再逢。癯容還峭石，冷語尚尖鋒。月映千林白，虹垂萬丈紅。時有紅光經天。忽思當日伴，淚洒兩三松。

［清］釋彌高《韶光紀游初編》，康熙二十七年刻本

輓章一首

醞釀詩書久，胡然上舍終？窮經撥霧障，落筆掃雷同。才大功名厚，年高意氣雄。只今需作賦，奮藻玉樓中。

［清］鄒天嘉《永思集輓章》，清康熙五十六年刻本

壽朱照鄰八十

樓臺縹緲即仙家，八十纔看鬢欲華。無俟入山乘鹿駕，且來遶郭問梅花。齊眉共喜歌難老，遶膝還憐舞欲斜。況有葛洪仙井在，秖須勾漏覓丹砂。

［清］陳枚輯《憑山閣彙輯留青采珍集》卷三，清康熙憑山閣刻本

贈浙撫張中丞公

秉節南來作外屏，灑然風度自亭亭。刑輕白水無冤獄，澤霈青齊有德星。今日黔黎安海國，競傳貔虎肅雷霆。威名久矣邀宸眷，遠駕龍車駐耳聽。

傳家七葉珥金貂，新擁朱輪過六橋。膏雨春深濃蔀屋，歡聲秋半起江潮。地兼吴會恩威遠，名在丹青事業昭。有馬如羊誰入廐，早知銀艾十懸腰。

［清］全浙士民《布澤編》卷八，康熙刻本，題爲編者擬

雲岑李先生贊

見危授命，舍生取義。聖賢名訓，琅琅傳記。讀古人書，所學何事？嗚呼先生，正氣浩然。司李嶺外，剔弊鰲奸。昭雪覆盆，盪滅探丸。計車初上，尋丁國難。朝拜夕奏，批鱗奚憚？賈生痛哭，陳平深念。狼藩東犯，鼠相南馳。大厦將傾，一木寧支？罔極君恩，死以報之。報君以忠，從夫以節。公有賢偶，躬全四德。茹荼集蓼，以圖燕翼。燕翼既成，令子之名。經綸方試，民社是膺。佇昌畢萬，振此家聲。

［清］李汝瀫《苞溪李氏家乘》第十七，道光十五年刻本

琴譜指法序

琴之制，昉自羲、農。歷代以來，侯王君公以至於學士、大夫，皆晨夕所必御，而上下千百載以善琴名者，屈指僅數十餘家。何哉？誠以琴之爲道，通神明，協造化，衆樂之中，其德最醇，其品獨貴，非有超邁絶俗之才，瀟灑出塵之致，雖日習焉，不能詣其極，擅名千古也。

徐君晉臣爲江左高士，其來京師也，王公大人争折節與之交，聞其撫絃動操，一彈再鼓，游情沕穆之先，得意形骸之外。泠然而興，鏗然而止，殆不啻襄、曠復生而成連、伯牙之再見也。高山流水，余想望者久之。偶於一二好友家接其丰采，軒軒然如天半朱霞、雲中白鶴，絶無世俗塵坌罥其胸次。知徐君之德之品，實與琴之醇且貴者相脗合，故其精神之貫注、意氣之流通，足以上追古人，而擅絶藝於當時，奚疑焉？况夫中郎、中散未嘗昆季同稱，而徐君則金昆玉友，並造精微，家學淵源，講求更異。學者試按譜而求其音，審音而得其趣，緣趣以通其理，則徐君之精神意氣必有躍然於不傳之外者，豈僅以吟、猱、綽、注、撞、逗、退，復見長於鳴絃拂軫間哉！

東海弟許汝霖拜草。

［清］徐常遇《琴譜指法》卷首，清康熙響山堂刻本

註思綺堂文集序

章子豈績以四六擅名於时久矣，《思綺堂》一集不脛而走者三十年，海内操觚家有志於妃青儷白者，莫不輾轉購之，秘爲鴻寶。顧有讀其辭而不解其義，亦或泥其義而未盡伸縮變化之妙。甚矣，註釋之功所宜亟亟也！然而註書之難倍難於作者，而註四六之難，又復難於他書十倍。他書引證故實，不過於議論段落開闔轉折間偶一用之，亦甚顯易可尋，而四六之一句一聯，各有根據，必非空疎杜撰之爲。且當其作之之時，興到神來，奔赴腕下，初不計及某字出某典也。而依文註釋者，旁採博覽，尋端竟委，單詞隻字，一一搜剔，而又不敢附會影響，以欺來學。嘗觀古今來註四六者有矣，若徐、庾，若李義山、李梅亭、橘山諸集，備極淹博，詳核靡遺。而其間不無一二滲漏紕繆之處，似是而非，毫釐千里，不特貽誤後來，亦大失作者之本旨，顧安所得徐、庾、義山諸公之自註乎哉！雖然，宋吴淑進《百字賦》，亦嘗奉敕自註矣。而其中間多以訛傳訛者，要亦因仍《藝文類聚》、《北堂書鈔》及《白帖》等書之誤，而未及旁採博覽，尋端竟委耳。

乃章子退閒家居，予嘗致書章子：『爲足下計，宜杜門著述，爲千秋不朽之業，以視當時則榮，殁則已焉者，其得失相懸，奚啻萬萬！』章子報書曰：『敬聞師命。』因自檢録《思綺堂》一集，且改且删，細加註釋，得文幾三百篇。噫！視古今四六諸家，何其富也！原原本本，經史子集，凡十數易稿，六閱寒暑，而其註始成，洵爲後學之津梁，俾入五都之肆者，皆能一一名其所寶貴。吾知章子之四六得是註，而益信爲不朽矣。至其結撰憑空，銖兩悉稱，如造凌雲臺，如累十二丸不墜之手，蓋從六朝、唐宋中脱跳而出，自闢一家，第以清新流麗目之，直皮相耳矣。

癸未四月，天子臨軒顧問，章子以四六名動九重，得與館選，官翰林才五六月，遽引疾遄歸，奉母太夫人以天年終。今且潦倒窮愁，闔户著述，持是編以報余曰：『敬承師命，若果何如？』余曰：『有是哉！千秋之業固在此而不在彼。』吾於章子有厚幸焉。予告禮部尚書年通家眷生許汝霖拜序。

［清］章藻功《思綺堂文集》卷首，康熙六十一年刻本

遂園禊飲集序

蒲輪鳩杖，帝制用以優賢；松牖雲扉，聖代於兹賜隱。故履江湖而懷魏闕，忠不忘君；洒搴蘭蕙而綻春衣，道存樂性。則有仙臺元老，鶴禁名卿。直聲久邁於鄭崇，經學遠踰於孔演。君宗望重，璇斗比其德輝；鑾徼風馳，弓衣織其詩句。

爾乃遺榮解組，投老歸田。置别墅於清源，仿名園於緑野。林昏谷曙，乍變涼暄；水北花南，時迷向背。别有西周柱史，東國仙儒。韶夏暢其文辭，煙霞成其痼癖。於焉練兹時日，潔

我栢鐺。聚簪袚於三州，合輜軿於千里。

春逢上巳，正秉蘭祓水之展；會號耆年，咸緯國經邦之老。荀家子弟，加帚應門；馬帳生徒，扶輿入户。陟魚鱗之仄磴，度雁齒之廻橋。源水桃花，浮觴引至；曲泜柳絮，舞燕銜來。泉韻松聲，迸入謝公之絲竹；花香鳥語，增妍裴令之池臺。夫子爰舉觶而言，嘉賓皆正襟而聽。今夫湔裠令節，躡柳芳朝。漢庭遊元灞之橋，晉代向翠瀉之浦。風流莫紀，僅等聚蟁；簡牘罕傳，瞥如過駟。若乃張茂先之洛水，王逸少之山陰。白香山履道之坊，富鄭公西京之第。高明一座，並聚德星；君子肆筵，喜逢人瑞。荷纕蕙帶，尊罍爲得意之親；文海辨河，魚鳥實會心之事。所以述賢豪之曠達，紀朝野之歡娛。業有曩規，可無繼作？雲蘭點筆，鶯已能歌；繭紙承豪，花先欲笑。隔籬翁孺，來看平地之神仙；此日琴壺，坐沐盛朝之雨露。

汝霖夙從鄭學，舊出韓門。欣校士之初閒，願趨風而請益。識同仲治，猶懵曲水之舊聞；才豈興公，忽作蘭亭之後序。深憂隕越，曷任主臣。

康熙三十三年春三月，提督江南學政右春坊右贊善兼翰林院檢討海寧門人許汝霖謹序。

[清]徐乾學《遂園禊飲集》，康熙三十三年刻本

博齋集序

古來高僧以詩名者代不乏人，如唐之貫休、齊己，宋之清順、覺範。集之傳於世者，迄今

猶稱道之。然雕章琢句，類文人之所爲，初非有關於宗旨。而精心禪理者，又以爲文字障也，不屑措意。故道林與趙州輩，著述遂不概見。要之，或則專工，或則鄙棄，異指同蔽，二者交譏。

今宇亭禪師胸有智珠，功超十地，日以三車妙義接引後人，始則傳燈於金粟，今則卓錫於海昌，何嘗沾沾焉求工於詩哉！而餘閒無事，觸景寫懷，或吟嘯山水，或贈答士大夫，耳目有接，因寄所託，深合於風人比興之趣，即宇師亦或不自知也，讀之者且以爲宇師之詩耳。

夫黄花翠竹，即是菩提；運水搬柴，無非般若。況發自性情，命諸筆墨，豈逐爲糟粕土苴乎？己亥夏日，寓一編示余，余讀竟而覺其辭邇，其旨遠，斷章觸類，別有會心，似非唐宋諸僧之可同日語者，因以數言序而歸之，使世之知詩者以爲詩可也，談禪者以爲禪亦可也。

洛溪衰朽許汝霖拜書。

［清］釋元尹《博齋集》，康熙刻本

國朝三家文鈔序

余少攻舉業，未嘗爲古文詞。通籍後，從海内鉅公遊，稍知講求。然如農者之爲工，易耒耜之用，以當刀鋸斧鑿，格格焉拂於心手閒，弗能善也。嘗博稽秦、漢、八家之文，下逮元明諸子，雖不獲造其堂，嚌其胾，管中之窺，時見一斑。至本朝作者雖多，槩乎未之討論，獨於侯朝宗、汪鈍翁、魏叔子三先生文有篤好焉。侯之文，如天潢屈注滄海，浮槎飄梗，滅没濤瀾。汪之文，如名將署師行陣之餘，營壘井竈，動合古兵法。魏則奇力變化，而矩矱森嚴，鴻洞踔厲，籠蓋諸家，雖旨趣不同，氣體亦别，要皆一代文豪也。三家者各有專集行世，卷帙繁重，醇厖閒雜，竊欲稍加澄汰，以出其真，媿固陋逡巡不敢。

年來視學江左，適會商丘宋公奉命自西江移節來吴，閒從鎮撫之暇，劇論古文詞，謬許知言，約取三家文共訂之。公與朝宗少同筆研，齊名二十年；鈍翁、叔子皆前後定交。今於其古文詞表章亟亟，使三先生之名遂足鼎峙千古。是書也，别裁精當，出入謹嚴，余雖欲贊一詞，無庸也。既訖事，相與授之梓，而爲之序。

康熙三十三年甲戌夏五，東海許汝霖書。

［清］宋犖、許汝霖輯《國朝三家文鈔》，清康熙三十三年刻本

施玉符二賦序

三吴人文甲天下，余膺簡命，視學兩江，首省會，即進蘇郡、雲間之士校焉，如登群玉山，人多寶藏，無美弗備，而不勝收也。又念吴士多博學嗜古，不沾沾以制義鳴，而其工詩古文辭者率韜晦弗獲見。試既竣，亟羅而致之，試《三江賦》及次孟東野、張承吉《馬鞍山》詩。日暮，一生已脱稿，請益卷繼燭。蓋嘉邑明經施子也。詩如其所和之人，賦有序，詳且核，細札雙行，未

及半而卷滿矣。余曰：『研京練都，必窮日之力乎？可歸而卒業。』施子謂卷自外來不足信，請留稿，明日呈卷。同試三百人，渺焉寡儔也。拔其尤，兩郡得十九人。施子實冠諸生而不入等第，示超軼之意。及延見，詢平生，則童年食餼，未壯貢大廷，九戰鎖闈，幾得而失者三。氣鬱勃不少挫，明年冬科録貢監。施子上啟事，以前賦改本乞余序。芟繁補缺，詳攷備註，文賦經而騷古排律緯之，上下千百年利害通塞，瞭若指掌，由湖而江而海，原委支幹，若綱之在綱也。旁通於歷代戰爭、屯戍、運艘、寶船、鹽倉、倭盜之出没及賢隱僊釋逸事，下至物產土風、禽魚艸木，屬三江者蔑弗備，而於人文聚散，詩、古文、制藝之源流，昭代得人之盛，尤三致意焉。若其復東江故道，及倣《周禮》治水遺法，人謂不可攷且迂而置之者，獨詳哉言之，可見諸實事，豈獨其弘覽博物、讀書稽古之力哉！蓋其留心於國計民瘼而爲東南水利財賦慮深遠者，匪朝伊夕矣。

屬試事殷，久虚其請。甲戌夏四月，余將及瓜，施子適承乏淳湖司訓，來謁，呈癸酉薦卷，嗟數奇，余慰之曰：『早遇幸也，晚成命也。庸知非天之玉女於成而老其材乎？且子之不幸，淳士之幸也。淳邑小而大有人，余心極不忘體天所以玉女於成者，偕淳之士相與有成，所得亦多矣。命則不可知，讀書明道以自命不朽者，可自信也。子益勵其所可信以俟其所不可知者而已，不遇何病？』施子退，即次三載文字之知以爲之序，俾亟登梓，與當世博雅之士共賞焉。

康熙三十三年清和月，督學使者東海許汝霖序

［清］施麟瑞《施玉符二賦》卷首，康熙抄本

張氏宗譜弁言

古者，宗法行而昭穆敘，則譜録可以無作。譜録之興，自宗法不行始也。顧吾謂，後世敦本睦族之義，莫切於譜，以著氏族，以別大小宗，以詳世系服屬，本支有百世，胥於譜焉是恃。以故，士大夫之務敦六行者，鮮不講貫而修明之。世變多故，播遷不一，王有兩派，裴有三眷，凡名宗巨族之去墳墓而適異域者比比焉，甚至矜言閥閲，賣婚求財，弊之極也。譜録都廢，縱有講於是者，或不免攀附賢達自緣飾以瀆其宗。

嗚呼，此歐陽子所以致辯於南豐，而老泉族譜之作，兢兢不敢誣世次於高祖之上下也。越柯山張氏，世稱望族，自大參公發祥，簪纓詩禮，世世弗替。其先宋忠獻公五世孫武略將軍，以南渡卜築雷門，今所謂余貴張者是也。柯山之祖郡大賓遺安公爲武略公五世孫，自明永樂迄今，傳世衍宗，既廣既繁，而世譜仍隸余貴舊牒。遺安公十世孫肇泰字岳宗，渼字綘山，慮其溷瀆散漫，沿後而茫無緒也，謀立柯山宗譜，與余貴譜二而一之。會余遊越，而問序於余。余按其譜録，上自受姓，下及本支，源源本本，遠不遺，邇不忽，疑不飾，僞不惑，深有當於歐、蘇之義。以視攀援附瀆者，相萬焉。矧夫二子以仁孝誠敬之心，極搜羅纂述之力，而輯成是編，條

理分明，規制悉備，質而不陋，文而不㸂，蓋駸駸乎近於古矣。噫！二子者，不可謂非持世砥俗之君子也已。是爲序。

康熙己亥賜進士出身，光禄大夫予告、禮部尚書兼户部尚書加二級、前工部右侍郎、經筵講官、禮部左侍郎兼翰林院學士、督理北河、癸未會試總裁、工部左侍郎、翰林院侍讀學士、侍讀侍講、提督江南學政、皇太子講官、左春坊左諭德、翰林院編修、庶吉士，海寧洛溪衰朽許汝霖撰。

［清］張國本輯録《佘柯合纂張氏宗譜》，同治十一年刻本，題爲編者擬

藝粟齋墨引

嘗聞光疼螭壁，右將軍錦號連城；神戲龍賓，小道士嵩呼萬歲。蓋物雖微而自貴，製以久而彌精。色欲其黑，賞心不易於東坡；而質取其堅，適用莫良乎北苑。自徂山不作，麝氣徒存；汶水無香，髓精難再。今素功家傳墨寶，工擅文珠。龍盡塗金，李監篋中深秘；雀非貯瓦，曹公甕内常珍。海内松煤雖富，尚賴調和；領表砂粒誠多，終煩烹鑄。

方今行之燕市，高名與駿骨俱馳；此後囊以齊紈，異采比冰絲共焕。諸大夫得其一味，自可敲以刀圭；百君子存其兩丸，何難等之劍脊？用弁數語，介易千縑。

賜進士第文林郎、翰林院編修、丁卯科奉命典試四川正主考、東海年家眷弟許汝霖題。

[清]曹聖臣輯《曹氏墨林》卷下，康熙刻本

祭吴素菴文

嗚呼！雲横越水，月冷吴山。風淒廣陌，雨暗重關。吁嗟吴哲，遠絶躋攀。追維嘉懿，涕泗潸潸。有道云亡，行路悲慘。童子不歌，夕舂致感。况屬宗支，能無永嘆？緊維延陵，新安世胄。聚俗丹山，席豐履厚。簪笏盈庭，詩書裕後。翁生穎異，實維亢宗。英奇駿偉，禮樂雍容。涉獵經史，爾雅澤躬。性安恬退，弗慕青紫。遨遊四海，風塵相士。僑寓西泠，江干别墅。竹溪藤塢，高情斯寄。牙籤錦軸，寶瑟瑶琴。隱囊麈尾，茗椀清尊。或月之夜，或花之辰。徜徉自適，以樂天真。放曠高懷，香山洛社。對月呼白，臨風懷謝。良友二三，欣然命駕。興致淋漓，嘯歌自寫。下至理家，肅穆是敦。伉儷偕老，雍雍如賓。不吐不茹，以儉以勤。允矣師表，卓然典型。矧復坦衷，不設城府。力崇孝友，心期古處。傴僂循墻，莫或予侮。有丈夫子，磊落多英。濟濟繞膝，頭角峥嶸。曰維長君，獻策帝京。十年肆力，規矩先民。弗辭攻苦，聘轡天衢。聖主首拔，御筆特書。行看視草，天禄石渠。雖曰天授，式穀非虚。翁老山林，優游泉石。自此期頤，堪娱晚節。胡天不弔，山頽梁折。某等或絺縞紵，或切葛藟。遽聞遠訃，涕下唧哀。各緣職守，滯跡燕臺。遥望南雲，躑躅

徘徊。率布蕪詞，敬陳清酎。未遑作誄，中心負疚。嗚呼！壘壘北邙，茫茫九有。古今同慨，青春白晝。令德臧嘉，千秋不朽。況乃貽謀，克紹厥後。

［清］陳枚輯《凭山閣彙輯留青采珍集》卷一，康熙刻本

皇清登仕郎寧菴張君暨元配徐夫人傳

君諱德康，字純乎，號寧菴，越柯山人也。系出宋忠獻公後，自余貴遷柯山。始祖喆，齒德俱尚，爲郡大賓。祖昱先，太學生，銓授州司馬。父貫之，授閩漳浦尉。君幼而醇謹，長而愿直，老而恬曠，嗜學强記問，下帷授徒，且教且學。嘗獨客，夜檢書，卻一奔女，終身秘其事不洩。連失怙恃，家勢中落。服闋後，不遑卒業，依媴翁嘉定丞徐某遊。京師，用恩例，授山西絳縣尉。絳民尚氣，鏊惈懻忮，一詞牴牾，輒輕生。君白令，設法懲之，又時時覺諭戇愚，風以漸殺。邑無丞簿，惟一尉，易侵令權。君獨恪慎，不怵勢，不惑賕，一平以法。嘗奉檄上課藩庫，法輸既入，始給驗文。時輸課者雜沓庫外，吏倥傯不遑應。君至，謁吏登籍，既悞與驗文或慫恿君可無輸。君曰：『吾不忍乘人之冗而貽之戚，且皇皇國課，天其縱吾私以爲利乎？』亟還，白吏入緡，吏驚歎曰：『長者長者！吾屬不死，幸也。』咸叩顙泣謝。尉絳五年惟謹，吏民便之。追謝事歸，媴翁即世，媴弟學博徐兆福篤親誼，堅申合居約。君一日忽喟然曰：『吾飫外父恩，魂魄自應戀此也。雖然，吾老矣，不可以重累阿舅。』遂辭歸鄉里，時年七十餘矣。又優

游里門者十年而卒，春秋八十有三。夫人移風徐氏，端淑嚴明，爲九宗冠。自君出遊，撫君三幼弟成立；教三子，延名師，備盡尊禮；償先人夙負及營葬舅姑，皆出簪珥。鄉人以爲難，其仁孝稟天。嘗三刲股，爲父再，爲後母一，學士文人競爲詩歌誦之，名《金管集》。子一正、渼、一聘。渼尤賢儁，爲諸生，大有聲稱。

贊曰：余嘗至越如柯山，耳張君之賢稔矣。一二長老爲余道徐夫人刲股事尤嘖嘖，更謂張君之崇善好義，夫人之力居多。而其卻奔女、還庫綌二事，雖自好者力能之，不可謂非近世之所難也。余嘗攷其譜録，詢厥遠祖，留侯以下，魏公而上，代有哲人。嗟乎，宜其澤之未艾哉！

［清］張國本輯録《余柯合纂張氏宗譜》，同治十一年刻本

聖真朱先生傳

先生諱襄，字聖真，系出紫陽。世居東鄉之小桃源，後遷邑中仁賢里，爲隆陽公仲子。穎異過人，克紹家學，年十四補博士弟子，試輒高等。前明丁卯鄉試，爲司衡所賞拔，限於額，僅登副車，人皆爲先生扼腕。先生益勵其志，歷試棘闈凡十有三，雖屢躓不休。

康熙乙卯，年已七十六矣，猶能作蠅頭楷字，下筆千言立就，龐眉皓首，率二子入場屋，戲語人曰：『余嘗夢二龍繞室，必有異徵。昔梁灝以八旬被遇，我年近之，安見龍頭不屬老成乎？』及榜發，令嗣南軒以《禮經》入彀。余亦於是科獲儁，登堂拜先生，先生慨然曰：『壯心

不已，轉盻衰老。我子幸叨鄉薦，差强人意，今而後，我當絶意功名矣。』因於安國寺山房興義學，以制義迪後進，與從遊者講誦不輟。

時先生之從弟司理止溪先生解綬南歸，晨夕往還，談道論文，世稱二老。耄而好學，壽踰八旬，以天年終。淑配查，賢而有德，鴻案相莊，早先生十年没。長子栻，乙卯舉人，餘姚縣教諭。次子標，庚午舉人，候選知縣。

論曰：先生以儒業起家，行事卓然可稱道者，不勝指屈。迹其生平，定靜沖和，樂善不倦，葢有篤行君子之風。始居於鄉，中更喪亂，流離播遷者屢矣。卒能振家聲於弗替，訓嗣子以成名，非所稱光前裕後者乎？至其割股以療親疾，撫猶子如己出，此又至性所流露，不徒以儒業自見者也。

［清］朱昌燕纂《海寧朱氏宗譜》卷十七，光緒十年刻本

逸齋朱公傳

朱公逸齋，諱觀光，字史雲，紫陽文公十八世孫，高明令諱淛五世孫也。少喜讀書，大父諱之禕司鐸武原，公隨侍學署，髪未燥，熟龍門全史。年十五，補鹽邑弟子員。科歲試及撫按觀風，輒高等。督學張公、王公選刻試牘，公文膾炙人口，國士之聲滿兩浙。

歲壬辰，從其族叔方菴先生下帷祝氏甯拙堂，盛名之下，益增策勵，每呈一藝，先生必奇賞

之，曰：『字字從古文中鎔鑄來，真名元一燈也。』當是時，文教誕敷，社風蔚起，天如倡盟後，聲氣轟天下，而臨雲則專言砥礪，鱗集公户，往復切劘，人人以實學知名。一日，會事畢，與查勉齋、彭駿孫、曹飛雒諸前輩效致仙術於鎮東古祠，忽有一童仆地，自稱祠神，指姓氏頗悉，言休咎又歷歷，斯近恠矣。

及諸公相繼蜚鳴，公則累躓場屋。至庚午科，膺《易》三房薦，主司亦大欣賞，嗣以力争掄元，竟成蠖落，是有物以主之，其幾所兆，信非誕也。嗟乎！人生道德行誼，與天地同朽，與日月争光，發之詩書者居多。至以帖括取功名，抑末耳。然方少壯，落落自負，咿唔則金石也，翰墨則風雲也，懸之國門則紙貴，投之有司則符合也。踈逖引爲同心，交遊欽其譽望，以爲功名我所自有，紆青拖紫，指顧可期，意氣何其盛也。而乃日月頓遷，英華易邁，廻顧名場角逐，曾幾何時，而沉淪蹭蹬，一至斯歟。

嗚呼！大丈夫積學自好，數奇不偶，而名字澌滅，無以信今而傳後者，可勝悼哉！公獨畢其力於學，七十年如一日。夫嗟老嘆卑，公獨非人情乎？誠以士恒於學，如農之耕，工之藝，商賈之貿遷有無，不以得喪利鈍計也，故死生以之。公嘗言中年遇一異人，授以養生要訣，其獲康居而躋耄耋，或者得力於此。晚年與成都名僧碧羅講大乘法。壬辰病劇，預決考終期，超然於去來之際，葢有托而逃焉，非所尚也。享年八十有二。配徐，勤儉持家，享年七十有九。子三：廷棟，郡庠生；愈，邑庠生；廷槐，太學生。孫五：作梅、李柱，仁邑庠生；作舟、作羹、作醴。曾孫二：鳳、黄矢，俱世其家學。

余與公少同研席，臭味相投。今者解組歸里，從容話舊，嘗自述平生如此。余壯其志，而知其意之屬望後人，且以戒世之見異而遷也，不禁泫然而爲之傳。

［清］朱昌燕纂《海寧朱氏宗譜》卷十七，光緒十年刻本

附録

傳記

許汝霖字時菴，海寧人，性篤孝友，讀書根柢經史。康熙壬戌進士，選庶常，歷贊善，視學江南，釐正文體，整飭士風，丁卯典試四川，癸未總裁會試，衡鑒不爽銖黍。科場例不録五經卷，汝霖任禮部侍郎，時力持之，得增額有差，又廣兩浙湖廣解額，皆著爲令。出修子牙河，度勢選材，不期月而奏績，變斥鹵爲沃壤，河獻八州縣之害以除。召爲户部侍郎，尋晉禮部尚書兼理户部。上軫念民依，有全蠲直省錢糧之論，廷議欲免三之一，或半之。汝霖獨慨然曰：『此熙朝恩覃九有，不宜沮格。』于是各省輪蠲之詔下。立朝三十年，精白乃心，聖祖嘉其績，親書『清慎勤』匾額賜之。平生慷慨好施，禄俸所入恩周三黨，予告歸，著書講學，式化鄉閭。《海寧州志》

［清］鄭澐修，邵晉涵纂《（乾隆）杭州府志》卷八十二，乾隆四十九年刻本

許汝霖字時庵，浙江海寧人，康熙二十一年進士，授編修，遷贊善，提督江南學政。三十三

年四月，任滿將還，疏言：『教職雖微，而訓迪士子責任綦重，凡由俊秀捐授者，應改爲州縣佐貳。』又疏言：『文章關乎世運，必使風氣操于上，而後可化成天下，自末學羣尚私刻元魁之墨、主考之評，竄改假捏，盡易本來。近奉諭旨，各省鄉墨禮部悉照原本刊刻頒行，臣愚謂會試額數較少，亦應刊四書經藝，各省試牘仍由學臣頒刻，此外概行禁止，則習舉業者不致雜亂其心思，兼可研窮乎經史。』疏並下部議行。又疏言：『康熙二十五年，禮部議行江南學政李振裕條奏，贊禮生員須選擇在學生員文行兼優者充補，大學六名、中學四名，五年更易，歲科試作爲優等，以重典禮、杜倖冒，而歷久弊生。凡地方大小各官到任，謁廟、祭壇、講約、朔望行香，皆生員爲鳴贊，情面既熟，奔競遂滋。臣受事三年，嚴行懲誡，而藉口趨蹌，實難悉禁，請敕部議，裁其額。惟萬壽令節、元旦、冬至、春秋二丁仍用生員贊襄大典，其餘有陰陽生及禮生執事，不必衣頂，皆可鳴贊，一概不用生員，則賢者閉户潛修，不肖者公庭罕至矣。』事下部議，自後生員贊禮大學亦不得過四名，停歲科試作爲優等之例。是年遷侍講，歷官至禮部尚書，四十九年以老乞休，五十九年卒于家。

〔清〕宋如林修、石韞玉纂《（道光）蘇州府志》卷七十，道光四年刻本

許汝霖浙江海寧人，康熙二十一年進士，由庶吉士授編修，二十六年充四川鄉試正考官，二十九年遷贊善，尋提督江南學政，三十三年四月任滿將還，疏言：『教職雖微，而訓迪士子責

任綦重，凡由俊秀捐授者，應改爲州縣佐貳。』又疏言：『文章一道關乎世運，必使風氣操於上，而後可化成乎天下，自末學小生羣尚私刻元魁之墨、主考之評，竄改假捏，盡易本來，甚至有一榜數十人雜一稿，數十篇總非本人所自爲者，耳目易淆，好惡錯亂，流弊遂以日滋。近奉諭旨，各省鄉墨禮部悉照原本刊刻頒行。臣愚謂會試額數較少，亦應刊四書經藝，各省試牘仍由學臣頒刻，此外概行禁止，則士之習舉業者，不致雜亂其心思，兼可研窮乎經史，亦訓迪人材、維持風教之大端。』疏並下部議行。又疏言：『生員不許結納官府，法至嚴也。康熙二十五年，禮部議行江南學臣李振裕條奏，以禮生冒濫衣頂，選擇在學生員文行兼優者充補，大學六名、中小學四名，五年更易，歲科試作爲優等，以重典禮、杜倖冒，而歷久弊生。凡地方大小各官，到任、落學、祭壇、講約、朔望行香皆生員爲鳴贊，情面既熟，奔競遂滋，或私相夤緣，或公行請託，借結交官長，以恐嚇鄉愚，一二不肖倡之，而效尤者踵相接矣。臣受事三年，嚴行選擇，嚴行懲誡，而藉口趨蹌實難悉禁，請敕部議裁其額，惟萬壽令節、元旦、冬至、春秋二丁仍用生員贊襄大典，其餘有陰陽生及禮房執事，不必衣頂，皆可鳴贊，一概不用生員，則賢者閉户潛修，不肖者公庭罕至矣。』事下部議。自後生員贊理大學亦不得過四名，停歲科試作爲優等之例，餘如所請。

是年遷侍講，三十五年充順天武鄉試正考官，三十八年轉左庶子遷侍講學士，四十年轉侍讀學士擢开部侍郎，四十一年調禮部右侍郎，明年二月充會試副考官，六月轉左侍郎。先是，三十八年十二月上以江南學政張榕端、浙江學政張希良居官平常，命發往河工效力，並諭自後分理河務酌遣曾任學政各員。至是汝霖奉員出任子牙河分司，自備工料，修築大城、静海、青縣、河間、獻縣所屬漳、釜、滹沱諸河各隄，三年期滿，直隸巡撫趙宏燮入奏得旨，仍以侍郎用，四十六年補户部右侍郎，四十八年遷禮部尚書，四十九年以老乞休，五十九年卒於家。

［清］佚名撰《清國史》，民國嘉業堂鈔本

浙江通志文苑傳《海鹽縣續圖經》參載

許汝霖，號時庵，海寧人。天性孝友，中康熙壬戌進士，選庶常，曆贊善，督江南學政。釐正文體，整飭士風，所取試卷膾炙人口，公明之聲徹於遠近。陞工部侍郎，曆户、禮兩部侍郎。晉禮部尚書，予告歸。汝霖讀書根柢六經，旁及子史，故發爲文章，詞醇理正。未第時，四方生徒負笈從遊，及典試四川，督學江左，癸未科爲會試總裁，衡鑑不爽銖黍。在江南，考試事竣，輒置酒君山，大會諸生，布席分題，或詩或賦，各展所長，至今傳爲盛事。平生慷慨好施，禄俸所入，恩周三黨，里人德之。卒年八十一。所著有《德星堂文集》十二卷，《詩集》五卷行世。妻陸氏，有賢行。子惟模，己卯孝廉，清謹克繼其業，官至提督四譯館太常寺少卿。

［清］許承祖编《許氏宗譜》卷八，乾隆十八年鈔本

江南通志名宦傳

許汝霖，字時菴，海寧人。康熙三十年，以春坊贊善，督學江南。汝霖浙中宿學，通經書，熟於文律。甫下車，以釐積弊、拔孤寒爲已任。嘗矢天日，以告僚佐，謂不明之罪，同於不公。視學三年，謝請託，絶包苴，崇先賢，平冤獄，尊師重儒，風教大行。其校士稔知甘苦，試牘必親自研覈，寒暑宵分不輟，手定甲乙，士咸服其公鑒。

［清］許承祖编《許氏宗譜》卷八，乾隆十八年鈔本

時庵公傳

張廷玉

公諱汝霖，初名汝龍，字時庵，號且然。浙江海寧人。唐睢陽守遠裔也。康熙壬戌進士，曆官禮部尚書。公以文章名壇社，以行誼式邦國，以經濟官方表，朝宁進退從容，始終一節，可爲後世法。

公兄弟六人行最幼，一門共爨，自相師友，東南孝友推公家第一。甫應試，即傾動試官。迨長，名益噪。家故貧，遠近争延請授經，所得修脯，盡奉兄嫂。登賢書，文稿走天門，與韓公慕廬分道争馳。司寇蔚州魏公風裁峻厲，罕交接，獨重公，以禮致之，使子若壻受學。時學使金某，公師也，陷重辟而情可原，公泣諸于魏公三日夜，得按律末減。長安諸公争高其義。入

中秘，上早稔公名，一日，召試翰詹，親拔公置十卷中。院長遂以講官薦，一時巨公名儒，如徐公健庵、李公厚庵、湯公潛庵、陸公稼書輩咸與公善。公内行修潔，議論風發，不激不隨，坦率樂易。以故，羣敬重之。初，典蜀試，得士甚衆。旋視學江南，屏除請託，培植孤寒，振作文運，所刊試牘，至今風行海内。總裁癸未禮闈，必合後場以覘根抵，知名士無一落者，如汪公份、劉公岩、查公慎行、陳公世倌皆出是榜。惟心賞方公苞、何公焯文，與熊文端力争不能得。二公卒以公爲知己。科場例不録五經，公爲少宗伯，與韓公菼力持之。于是，定爲新例，額外取中三名。又廣兩浙、湖廣之解額，給直隸、兩廣、雲貴之牌坊。公之培護人才，皆此類也。其綜理農部，絶河工之浮冒，改山東之聯批，禁錢局之歲例，贊全蠲錢糧之盛舉，出修子牙河，則一切木石工役，躬自料檢，奏續速而公帑省，公之辦事精練，不避怨嫌，皆此類也。會議國是，與仇公滄柱秉持公論，鬚髯俱張，衆不能奪。公精《易》理，嘗謂盈虚消息，在人不失其正，造物亦不能主，要必知退而後可進。又以爲懸車之禮，非獨優老，亦以勵恥，豈可令二疏獨擅千古乎。晉秩宗伯，懇請致仕。天子以公老臣，急流勇退，人情所難，遂得予告。歸而置祭田，立宗祠，築室三楹，雜蒔花藥。月進里中髦士，講學其中，優老敦舊，詩酒燕會，談諧盡歡。田夫牧豎，皆得至其前，忘其爲八座之尊也。性輕財重義，卹孤寡，賑貧窮，恩周三黨。年八十一，卒。著書甚夥，已刊者《德星堂文集》十二卷，《詩集》五卷，《族譜》二卷。配陸夫人，有賢行，詳公自作傳中。子惟模，克繼公德，官提督四譯館、太常寺少卿，自有傳。孫六人，翰林院編修焞，予門下知名士。餘皆讀書有志雲。曾孫五人。

贊曰：惇大之朝，每多耆耇，不特唐虞三代也。漢唐宋以逮勝國，亦然。即其遺事，想其丰采。流連愾慕之餘，猶見明良，喜起一德一心之休。吁！何其盛也。豈非氣運使然乎？聖祖仁皇帝享國六十餘年，海内薰蒸，理學政事文章之臣，後先輩出，公其最也。公推賢愛士，如恐不及。曾入直南書房，上遣内侍問趙申喬爲人云何，衆未及對，公爲具言居官居鄉之概，趙公遂起用。公與先相國厚，而廷玉辱門下，知之尤悉。公行事當載國史，茲特撮行狀之畧，以寄仰止之私云。

［清］許承祖編《許氏宗譜》卷九，乾隆十八年鈔本

立巖公傳

王　猷

公諱惟模，字立巖，别字念倫，大宗伯汝霖子也。宗伯負東南文望，遠近争延請受業。公自幼隨侍讀書，故淵源有自。爲人坦率樂易，譚笑傾肺腑，然遇不可，輒介然持正，不苟黨同，人亦卒無犯之者。急人之難，周人之乏，雖有忤意，過而不留。其天真爛漫，灑然自拔於塵埃，視世之榮名厚實，一切勢利之場，泊如也。少曾與名流結硯山社于邑之西南，登康熙己卯賢書，屢躓南宫，無纖毫介意。迨宗伯遁例引年，精力未衰，安于葛恭人，暨嗣君焞侍奉，命公入都謁選，以報國恩。

初授武選，司員外郎，凡弁員例得官者，吏每索賄持之。公檢得成牘援証，卒得遷陞户部郎中。時趙恭毅犒軍粤東，急徵兵籍。籍爲吏匿，諸曹郎袖手徬徨。公鈎得之，置吏于法。九列集議，朝堂布席，坐則屬僚陳事于其長官，或屈一足就之，或俛而不屈。有欲以必屈爲例者，公抗言，制不可更，體不可褻，聽者悚然而止。爲御史時，巡視東城，廉知某事羅織，欲雪之，同官猶豫。公引歐公之言曰：『求其生而不得，則死者與我皆無憾，今可生矣，豈忍坐視其死？』乃畀末減。寧邑海潮爲患，塘陷亟修築。帑且不繼，或議加徵畝税。時適開俊秀捐例，公疏請移於海寧，於是隄工繕完，民生無擾。嘗侍經筵，聖祖問當今人才，公以蔣陳錫、楊永斌對，後皆秉節鉞。其任府丞也，試士絶請託，務遴才俊，承恩公慶公，復及太守王君喬林、中允色君，誠皆首拔也。丁宗伯艱，服闋補四譯館太常寺少卿，八館譯生，向無定額，賄胥吏，給照欺鄉裏，殆不勝計。公親考校，留四十人著爲額，仍移直省，黜其冗竊者，積弊一空。

旋以老疾乞歸，築圃於東山麓。泉流檻下，山映檐前，幅巾藜杖，逍遥其中，其所往來非群從兄弟，則貧交故人，俗士詣門輒謝弗見，見或道俗事不答，年七十六先卒。一日召畫工貌一戴笠圖，自題詩于上，從容而逝，配葛恭人賢而能自有傳。子六人，熯貢生，早卒；焞翰林院編修，有文行；式賢候選通判，後公卒；承祖庚午副榜，善詩馳名吴越間；熿、烜皆監生。孫五人。

贊曰：余爲公群從，侍邸第無間，既又與編修弟同館，夫自東漢以來，世輒喜呼長者，然或頹無崕岸，或厚貌深情以沽此名，誰如公和而諍諍不失和，官中朝日，遇意外被累者、失職行者、輿櫬歸者，公知之無不傾囊贈卹，即寒士偶通一面，叩户亦無不應，公無德色而受者感之，倍于他人，何也？知其發于誠然也，然則公之生平惟一真而已。

〔清〕許承祖編《許氏宗譜》卷九，乾隆十八年鈔本

葛恭人傳

吴嗣廣

恭人葛氏，故大宗伯許公汝霖子婦，四譯館卿惟模配，今翰林編修焞母。人皆謂恭人蒙三世光榮，生有賢名，没貽令范，富貴福澤，列女所少，而不知其三世之光榮，出自恭人贊佑也。恭人之先，自上虞遷海寧，歷世以清宦聞，自幼即爲考友峰公松所愛重。讀書曉大義。友峰公與宗伯同社相契，故以字館卿。館卿終鮮兄弟，恭人來歸，宗伯已官翰林，恭人侍陸太君於家惟謹。宗伯典蜀試，便道假歸，一見恭人心喜，知其爲克家子婦。故自視學江南後，盡以家事付恭人，而挈陸太君及館卿隨任。恭人綜内外務，言不出閫而巨細井然。延師課子，必選通經之儒，且致理學文章之士與之游，故編修早年品望已著。迨宗伯引年里居，館卿就選都門，恭人以婦而兼子。飭紀綱，築墅屋旁，叠石疏池，藥蘭花徑與房闥相接，便老人扶杖其中也。宗伯性澗達，喜賓客，門生故舊如牆而進。恭人省視壺觴，經營贈遺，下及傔從，得其歡心，寒暑無虚日。或以勞苦言者，曰：『我以奉老人一笑爾。』歲辛卯，長子煐卒，憂嗣續之不

繁，請於宗伯置副室，送都門。館卿既連舉子，則所以撫字之者，過於親出。性淡泊，食麤衣布，兒女昏嫁，約之以禮，紡織所餘，悉以賑貧乏，往往折券棄債。操家政數十年，囊無一錢私蓄也。敬事家廟，潔祭享。約束童僕嚴明，無不謹戢者。宗伯林下十年，忘館卿之不在側。館卿遠宦京師，忘其家於數千里。編修讀書勵行，克承先業，則皆恭人承歡教子之故。故曰：三世之光榮，出自恭人之贊佑也。甲辰，恭人抱恙，編修方奉命閱城垣，司賑濟，夢神語之曰：急南歸，見慈闈。於是方寸亂而病作，亟欲告歸。定例詞臣病即休致，編修不顧，以病狀上請，蒙恩給假。病痊赴補，舊例并停，此異數也。到家未期歲而恭人不起，編修得視含斂，人皆異之，以爲恭人孝行之報云。嗣廣忝同里，辱宗伯館卿之知，自少即與編修爲文字交。謹就見聞，識其大者如此，其他懿美，實不勝書。

［清］許承祖編《許氏宗譜》卷十，乾隆十八年鈔本

誥　身

勑提督江南等處學政、右春坊右贊善兼翰林院檢討許汝霖

自古帝王治天下，率以興賢育才爲首務。稽察前制，學政皆用憲臣，董率之任至重也。近來士習未變，文事弗彰，良由督學各官不能仰體朕意。今特命爾前往江南等處提督各府、州、

縣學政。爾尚端軌，儀崇經術，勤勸課，嚴坊刻，振維新之典，革積衰之弊，毋炫華而遺實，無避怨以市恩，俾士有真才，國收實用。南土人文所萃，尤宜加意作新，多方鼓舞，以稱朝廷培植人材至意。所屬道、府、州、縣及提調等官，凡關係學政者，聽爾據實考核。其頒卧碑及禮部題准申飭事宜，當著實舉行。向有傳諭，嚴禁考試情弊，當恪奉遵依，至本處督撫，各有攸司，不得互相干預，如遇公事交接暨文移往來，俱照平行。其布、按、都三司接見禮儀，往來文書，有干係學政者，俱照學院衙門舊例。爾受兹委任，務嚴絶情面，一秉靈公，振拔孤寒，澄汰污賤，教士有程，取文有法，俾士風丕變，時維爾功。如或蹈常襲故，違命曠職，亦惟爾罰，爾其慎之。故勅。康熙三十年二月十五日。

［清］許承祖編《許氏宗譜》卷七，乾隆十八年鈔本

四庫全書存目提要

《德星堂文集》八卷，《續集》一卷，《河工集》一卷，《詩集》五卷 浙江巡撫采進本

國朝許汝霖撰。汝霖字時庵，海寧人。康熙壬戌進士，官至禮部尚書。是編文集目列十四卷，而十一卷以下録有書注曰：以下嗣出。又目列卷九爲《課士條約卷》，卷十《河工集》。而書中九卷題曰《續集》，《河工集》則自爲一帙，不入卷數。且書有刊刻未完之處，蓋初刻未

校之本，故體例不畫一也。《詩集》五卷，而分爲八編：曰《祥獻集》，曰《應制集》，曰《冰銜集》，曰《使旋集》，曰《河干集》，曰《還朝集》，曰《歸田集》，曰《酬應集》。汝霖才思富贍，集中諸體皆備。然如《河工集》内批高陽水災詳文云：『仰速行確查候撫部堂批示繳』之類，僅十二字，亦列之集中，則授梓之時，舉其平生手蹟，一字不遺，未免不能割愛耳。

［清］永瑢等撰《四庫全書總目提要》卷一百八十三，乾隆五十四年武英殿刻本